DELPHINE COULIN

# LOIN, À L'OUEST

*roman*



BERNARD GRASSET
PARIS

*Collection littéraire dirigée par*
Martine Saada

L'auteur remercie le Centre national du livre pour son soutien.

ISBN 978-2-246-82419-0

*Pour Joe*

*Et l'on sera un jour dans le souvenir de nos enfants au milieu de petits-enfants et de gens qui ne sont pas encore nés. Comme le désir sexuel, la mémoire ne s'arrête jamais. Elle apparie les morts aux vivants, les êtres réels aux imaginaires, le rêve à l'histoire.*

Annie Ernaux

*Nous avons tous deux vies : la vraie, celle que nous avons rêvée dans notre enfance, et que nous continuons à rêver, adultes, sur un fond de brouillard ; la fausse, celle que nous vivons dans nos rapports avec les autres, qui est la pratique, l'utile, celle où l'on finit par nous mettre au cercueil.*

Fernando Pessoa

*Si la légende devient réalité, imprimez la légende.*

John Ford

Georgette a été l'une des premières femmes à mettre des pantalons. Elle fumait, aussi, et parfois la pipe. Elle ne refusait jamais un verre de vin rouge, d'eau-de-vie non plus, à l'occasion. Elle a milité aux Jeunesses communistes à une époque où les femmes n'avaient pas encore le droit de vote.

Yeux bleus, vifs, pénétrants, cheveux un peu bouclés, courts, bardés de peignes.

Elle mesurait 1,48 m et n'avait peur de rien – sauf de la mort, qui l'a eue à cent six ans.

Elle s'est mariée trois fois, elle a donc porté quatre noms de famille différents. Georgette, *il lui fallait toujours un homme dans son lit*, à une époque où seuls les hommes pouvaient revendiquer leur droit au plaisir. Elle a eu son dernier amant à l'âge de quatre-vingt-six ans, il en avait soixante – c'était un ancien pompier, qui venait lui faire son jardin.

Elle était le cauchemar des curés.

Elle a vécu principalement à Paris et en Bretagne, ainsi que dans l'est de la France. N'ayant jamais eu son permis de conduire, elle chevauchait un tandem deux fois plus grand qu'elle, qui lui permettait de transporter les nombreuses trouvailles qu'elle faisait dans les brocantes ou dans les rues, ainsi que Mimi, un Siamois à l'œil crevé qui l'accompagnait partout et plantait ses dents dans les mollets de ceux qui s'approchaient trop d'elle.

Elle aimait les chats, les hommes, la justice.

Ses deux premiers maris sont morts assassinés.

En 1910, à l'âge de quinze ans, elle rencontre Vincent Serrer, vingt ans, dans l'est de la France, à Nancy. Ils se marient quatre mois plus tard – tout va très vite avec Georgette.

Elle dira toute sa vie que Vincent était *une vraie saloperie.* On ne saura jamais pourquoi. Peut-être était-il infidèle, méchant ou violent.

Il meurt le 24 août 1914, au cours du premier mois de la Première Guerre mondiale. On ne se réjouit pas de la mort des gens, disait-elle. Le fait qu'elle se sente obligée de le préciser, ou qu'elle baisse les yeux en le disant avec une humilité qui ne lui ressemblait pas, permettait de douter de sa sincérité.

Dans un livre d'histoire, on ne parlerait que de lui, on verrait les gradés venir dans un quartier populaire de Nancy pour saouler les hommes jeunes et leur faire signer leur engagement au bas d'une page, il enfilerait pour la première fois son pantalon aussi rouge qu'une cible et son casque qui ne servirait à rien sinon à alourdir son corps au moment où il aurait besoin de fuir sous le feu, il obéirait aux officiers en les croyant plus informés que lui sur ce qu'il devrait faire, et il tomberait, à quelques kilomètres seulement du lieu de sa naissance, après douze jours à creuser des tranchées et neuf à craindre les bombardements sous un soleil accablant. Il serait tué lorsque son bataillon repousserait les Allemands, qui se vengeraient en incendiant le pays.

Lueurs sinistres des flammes, cris des blessés, clameurs des soldats chassant les envahisseurs à coups de baïonnette.

Il mourrait jeune, *pour la France.*

Mais c'est Georgette qui m'intéresse. Elle a dix-neuf ans, en 1914. Elle vend des boutons, des rubans et de la lingerie sur les marchés. Peut-être est-ce d'ailleurs un de ses atouts de séduction, la lingerie, un de ceux grâce auxquels elle s'est mariée trois fois. Ou, à l'inverse, peut-être a-t-elle choisi de vendre des culottes et des boutons parce qu'elle aime séduire.

Elle porte des pantalons, mais au-dessous ce ne sont que dentelles, tissus couleur chair, rose ou ivoire, fermetures compliquées ou bien au contraire, trop faciles à défaire.

Elle a dix-neuf ans et elle se retrouve veuve. Sans enfant. Elle travaille, et à l'époque ce n'est pas si fréquent que ça, une femme qui *fait commerce*, seule.

Peut-être sa vie semblera-t-elle insignifiante à ceux qui aiment les combats et admirent les faits d'armes. Ils me reprocheront de m'intéresser à une figurante, dont les questions de vie ou de mort sont sans éclat. Personnellement, j'ai l'impression d'avoir lu mille fois ces histoires de tranchées et d'hommes qui meurent trop jeunes en n'y comprenant rien. Et même s'il reste des lettres de Vincent et aucune de Georgette, comme si les siennes s'étaient perdues dans la boue, ou qu'elle en ait brûlé les brouillons, persuadée du peu d'intérêt de ses propres écrits, même s'il apparaît en héros mort au combat et elle en femme attendant son retour – ou pire, en femme qui ne *l'a pas attendu*, c'est elle que j'ai envie de mieux connaître. J'aimerais savoir pourquoi il reste si peu d'elle. Car il n'y a presque aucune trace des années, des journées, des heures qu'elle a vécues, à peine les actes d'état-civil (une page pour la naissance, une pour chaque mariage), un ou deux articles de presse et quelques rapports de police. On y devine que Georgette a aimé, qu'elle a été trahie, qu'elle s'est vengée, aussi, peut-être. La vie des femmes nécessite encore plus la fiction que la vie des hommes, puisqu'on a gardé d'elles peu de récits ou de preuves d'existence. C'est comme si la moitié des pages d'un livre d'histoire avaient été effacées. Il faut avoir recours à l'invention – parce qu'elle-même a dû s'y raccrocher quand sa vie lui semblait trop molle, trop floue, trop peu digne d'intérêt – pour raconter comment Georgette s'est mariée trois fois, comment elle a rencontré les trois héroïnes de sa vie, sa mère, Louise Michel et Calamity Jane, et comment elle a eu, non pas un seul secret, mais trois.

Je ne dirai pas seulement la vie de Georgette, mais aussi celle de Rosa, sa rivale, forcée à l'exil, de la Grande Zélie, sa grand-mère, qui a mangé du rat pendant la Commune, de Lucie, sa belle-fille haïe puis aimée, et de Solange, sa petite-fille à la beauté singulière. Je raconterai comment leurs existences ont elles aussi eu besoin d'imaginaire pour être remplies, et comment les mensonges et les secrets peuvent sauver des vies.

Je raconterai tout un siècle du point de vue des femmes – ces invisibles qui ont eu du pouvoir, même si elles n'avaient pas *le* pouvoir.

Après tout, il y a plus à dire sur Georgette, son mauvais caractère, ses mystères, ses silences, que sur cette *saloperie* de Vincent Serrer. Elle a vécu plus longtemps que lui, et, d'une certaine manière, elle aussi a vécu *pour la France*.

# I

# GEORGETTE

Elle souffle et tourne autour de la douleur qui rugit dans son ventre, elle se cambre, sa tête part en arrière, elle souffle encore. Seul l'air qu'elle expire semble capable d'évacuer ce mal de chien qui la prend tout entière. Elle pousse sur son ventre, de l'intérieur, de l'extérieur, pour faire glisser son petit, et reprend sa respiration. La vague de douleur reflue, un cri traverse sa bouche. Elle s'accroupit. Son corps s'ouvre, c'est la porte d'un autre monde, ses chairs cèdent, son bassin craque. Elle pense fugitivement aux battants de l'armoire en vieux chêne, qui grincent avec un bruit similaire. Sexe gonflé, rouge, odeur animale. Elle croit qu'elle va mourir. Ce n'est pas une expression : elle croit qu'elle va *mourir*. Elle pense à celles qui en sont mortes, celles qui meurent chaque jour en donnant naissance à un enfant. Les yeux écarquillés, elle regarde sa mère, à ses côtés, saisit sa main tendue comme si elle tombait à la mer. Celle qu'on appelle la Grande Zélie a déjà accouché onze fois et son corps, imposant comme un tonneau, a connu toutes les naissances. Mais elle ne dit rien. Son visage aux joues pleines et rosées, que les enfants aiment caresser, est tendu. Elle sait ce que sa fille est en train de vivre. Ce n'est plus le moment de lui mentir.

Celle qui souffle se sent liée à une longue chaîne de femmes. Elle les entend crier, celles qui ont accouché sur ce même lit, de génération en génération, et toutes celles qui, depuis la nuit des temps, ont connu cette douleur, cette peur, cette vie qui passe au travers d'elles, toutes celles qui au même instant mettent elles aussi un enfant au monde.

Toutes ces femmes se donnent la main depuis la préhistoire, et elle crie.

La tête apparaît, mais le bébé remonte, aspiré à l'intérieur. Le ventre pousse à nouveau. Il lui échappe. Elle a la sensation que ses organes s'arrachent à son corps en même temps que l'enfant, elle a peur de se retourner comme un gant de chair. Elle reprend son souffle. Elle voit le ventre rond de sa mère tout près d'elle, la peau tendue comme celle d'un tambour. La Grande Zélie attend un enfant, elle aussi. On pense qu'elle a conçu son douzième enfant le soir des noces de sa fille. La mère et la fille sont enceintes en même temps – *elles ne font jamais rien comme les autres, dans cette famille.*

Sa mère lui dit de ne pas perdre le contact avec le bébé. Elle ne perd pas le contact – elle a l'impression au contraire qu'on cherche à lui arracher un bout d'elle-même. C'est une partie de son corps depuis neuf mois. Ils partagent le même ventre. Elle pense au petit, *je veux que tu vives et je veux vivre*, plante ses ongles dans la main de sa mère qui subit en silence, et crie à nouveau. Yeux exorbités, jambes arquées, dents contre la lèvre à la faire saigner. Souffle, court, long, éternel. La tête surgit, suivie par les épaules, et alors le corps mouillé glisse entre ses jambes, et c'est elle qui l'attrape avant qu'il ne sorte complètement d'elle.

Le bébé était dedans, il est dehors et tout est pareil.

Elle le colle contre sa poitrine mouillée de sueur, de sang, de salive. Ils sont aussi rouges et poisseux l'un que l'autre. Leurs deux corps tremblent ensemble, sous l'effort. Ils sont encore liés. Ils le sont, à jamais. La tête de l'enfant est gonflée, ses yeux sont ceux d'un boxeur après le combat, ses cheveux sont collés au front plissé d'effort. Il est recouvert d'une fine couche blanche, plus douce qu'une soie sauvage, plus satinée que tout ce qu'elle a pu toucher jusque-là. Elle a eu ce geste, des deux mains, pour le sortir de son sexe ouvert en deux comme une coquille, avant de le poser contre sa poitrine. Leurs cœurs battent à la même cadence très rapide. Ils sont un même corps.

Le sien lui semble haché. En charpie. Elle espère qu'il n'en est pas de même pour le bébé. Elle sait que c'est pourtant le cas.

Sa mère lui dit :

— C'est une fille.

Palmyre en est navrée pour elle. Un jour, peut-être, elle connaîtra cette douleur.

C'est une injustice. Elle comprend que c'est équilibré : aux hommes la guerre, aux femmes la naissance.

Elle a l'impression que son corps a été roué de coups. Il a fait la guerre.

D'autorité, Zélie saisit le bébé et le nettoie. La petite hurle, et Palmyre ressent un vide, une absence, qu'elle n'a jamais connu. Elle se penche vers le corps minuscule, son ventre lui fait mal. La sage-femme y fouille encore, mais elle n'y fait pas attention. C'est à ce moment que la main du bébé, toute rouge et froissée, attrape sa chemise de nuit pleine de sang. Les autres mains, celles de la sage-femme et celles de la Grande Zélie, sa mère, s'arrêtent. Les regards sont tous sur cette main de nourrisson qui s'accroche à la vie.

Palmyre est soulagée quand on lui rend son enfant.

Le temps est incertain. Les nuages donnent aux choses des contours flous et font bouger les ombres. Elle pense à celles qui accouchent à l'hôpital et risquent d'y laisser leur peau, les pauvres ou les filles-mères, elle imagine ces femmes et leurs tout-petits sur les lits alignés d'une grande salle. Celles qui n'ont pas pu accoucher chez elles, celles qui donneront leur nourrisson à l'hospice. La petite est à elle. L'odeur de son cou est à elle, et chacun de ses doigts aux ongles minuscules, et ses jambes qui poussent la peau de son ventre exactement de la même manière que quand elles étaient dedans.

L'enfant tourne vers elle son regard de noyée. La mère frissonne : on dirait que les yeux se font plus sombres et se fixent sur elle.

Elle a l'impression que personne n'a jamais vécu ça.

La petite à côté d'elle réclame ses mains, ses seins, sa présence, qu'elle est habituée à posséder tout entiers.

La mère sent son ventre, vide. Ses seins qui enflent. Son corps en ruines.

Autour d'elle, les autres femmes de la famille et du voisinage viennent voir. Les hommes n'osent pas. Ils restent dehors et ne reviendront coucher dans la maison qu'à la nuit. Dans les pleurs et l'odeur de viscères, elle serre plus fort sa fille contre elle.

Le bébé ne la lâche pas des yeux, et crie de rage. La mère panique, tente de lui donner le sein. Elle obéit maladroitement à la créature de trois kilos qui la commande, n'y arrive pas, la petite hurle.

La grand-mère saisit alors le corps minuscule et dégrafe le haut de sa robe. Son sein sort de son corsage, énorme, gonflé. Des veines violettes courent le long de sa peau blanche, presque transparente.

— Laisse, je m'en occupe.

La Grande Zélie colle le bébé sur son ventre rebondi, ses doigts lui écartent les lèvres et lui fourrent le téton pourpre dans la bouche, sous le regard approbateur de la sage-femme et des quelques voisines qui sont venues aider. L'enfant s'empare alors goulûment du sein de sa grand-mère. On dirait qu'elle soupire : enfin, quelqu'un a obtempéré. Palmyre se sent inutile. Les autres femmes le lui font sentir. La petite est féroce dès ses premières heures de vie et croque la poitrine tendue de sa bouche sans dents. Zélie, elle, a l'air satisfait de celle qui sait.

Les yeux de la jeune accouchée se perdent vers la fenêtre. Elle est tellement épuisée qu'elle ne peut plus réagir. Le monde est le même, et pourtant tout fait sens. La pluie qui vient du ciel est reliée à la terre, les arbres poussent vers le cri des oiseaux, et c'est la même force qu'elle sent revivre au creux de son ventre et qu'elle entend dans les silences habités de l'enfant qui vient de naître. Elle voit cette force, et elle redécouvre le monde, comme s'il lui était donné une deuxième vie, nouvelle.

Elle est ailleurs, et laisse sa propre mère, la Grande Zélie, qui décide de tout dans cette famille, s'emparer de son enfant.

C'est tout juste si Zélie lui laisse le choix du prénom. Elle a toujours aimé baptiser ses enfants, elle s'en est même fait une spécialité. Palmyre a le nom d'une ville exotique parce qu'elle était sa première fille, la promesse de grandes découvertes. Zélie avait lu un article qui l'avait marquée dans la revue *Le Petit Écho de la mode*. Blaise ne s'était pas opposé à ce drôle de nom. Les autres prénoms avaient suivi, Adélaïde, Alfred, Euphrasie… Zélie demande :

— Comment va-t-on l'appeler ?

Palmyre se sent dépossédée de son corps. Elle refuse d'être un ventre en jachère, qui appartient à tous. Après un tel effort, elle trouve légitime de décider elle-même du nom de son premier enfant. Face à son silence, Zélie repose le bébé sur elle. Palmyre caresse le crâne mou de sa fille. D'un geste de la main, elle montre alors Georges, son mari, au-dehors. Zélie comprend que son autorité commence à être bousculée – et ce n'est que le début.

Ses yeux noirs luisent de l'éclat brillant de ses épingles à tête.

— Georgette ? demande Zélie, qui trouve que cela manque un peu d'originalité.

Sa fille secoue la tête.

— Non. Georges.

Zélie a un rire nerveux.

— C'est une fille, chérie. Une petite fille.

— Elle s'appelle Georges. Comme George Sand, mais avec un s, précise sa fille.

Zélie reste interdite. Elle connaît le nom de la femme écrivain, même si elle n'a jamais lu ses livres, ni d'ailleurs aucun autre roman – elle sait lire et écrire, mais uniquement pour vivre et pour compter, pas pour le plaisir.

Palmyre sourit enfin :

— Va lui dire, dit-elle. Va lui dire qu'elle s'appelle comme lui.

Parce que Georges lui a proposé de l'épouser dès qu'il a su qu'elle était enceinte, parce qu'il est le fils « naturel » d'une Michelle, domestique, qu'il respecte plus que tout, et parce qu'il sera peut-être un peu déçu, malgré tout, d'avoir une fille et pas un garçon, elle donne son prénom à leur enfant.

C'est ce que se dit Zélie, confusément, en sortant de la pièce pour aller voir son beau-fils.

C'est un cadeau, pour lui, une récompense. En tout cas, c'est ce que tout le monde croit quand elle leur annonce la drôle de nouvelle avec aplomb, le rouge aux joues mais les pieds bien campés au sol, pour que personne n'ose un commentaire.

— C'est une fille. Elle s'appelle Georges.

Une femme pouffe de surprise, mais éteint vite son rire dans sa main sous le regard sévère de Zélie. Le jeune père se précipite à l'intérieur pour voir l'enfant qui porte son nom, en se demandant au passage pourquoi sa femme n'a finalement pas choisi une des nombreuses possibilités évoquées, débattues, argumentées tout au long des neuf mois qui viennent de s'écouler. Il secoue la tête en souriant intérieurement. Sa femme *invente toujours de ces choses.*

Ce pour quoi Palmyre décide de donner à sa fille ce prénom, la vraie raison qu'elle ne révèle à personne, surtout pas à sa mère, c'est qu'elle lui souhaite une vie libre, une vie aventureuse : une vie d'homme.

Le jour où elle est arrivée à pied dans cette ville qui s'appelle Port-Loin, cent six ans exactement après la naissance de Georgette, un vent cinglant venait de l'océan et imprégnait de crachin tout ce qu'il traversait. Les arbres qui avaient réussi à pousser l'avaient fait au prix de contorsions figées, et gémissaient à chaque rafale. Les nuages avaient des couleurs visqueuses de chair d'huître. Elle a failli rebrousser chemin, direct. Au lieu de cela, elle s'est courbée en avant, tête baissée, et elle a avancé vers l'adresse que lui désignait son portable. Elle regardait chaque maison, chaque plaque des rues vides. Les seules personnes qu'elle croisait semblaient lutter autant qu'elle contre le temps. Des goélands criaient, contrariés d'être obligés de s'éloigner du rivage. Un trou dans sa chaussure laissait passer l'eau, sa chaussette était trempée et ses orteils, glacés.

Le ciel était bas, enfermant l'horizon contre l'écume des vagues. Elle a quitté le front de mer, où la tempête menaçait de faire s'écrouler les jardins, et elle s'est enfoncée dans les rues vides, le nez dans le col de son manteau. Plus elle avançait, plus les portes semblaient closes, les volets baissés. Elle ne savait pas à qui elle demanderait son chemin si elle se perdait, et s'accrochait à son téléphone qui ne trouvait pas toujours de réseau auquel se connecter. Finalement, elle s'est retrouvée face à la maison qu'elle cherchait. Le 56, rue de Zanflamme. Elle a regardé la grande façade, le toit d'ardoise, la véranda ancienne. Elle avait envie de s'approcher, de savoir s'il y avait quelqu'un. Il y avait deux portes : l'une, au bout d'une descente, à côté d'un garage, l'autre, en haut d'un chemin dessiné par des ardoises sur la pelouse inondée, qui donnait sur la véranda. Elle a opté pour celle du haut. La peinture des murs était écaillée, celle des fenêtres s'épluchait. Elle s'est avancée dans l'allée, posant avec précaution un pied sur chaque pierre. Le bas de son pantalon était moucheté de boue.

Elle a monté les marches glissantes et elle a écouté à la porte. Rien.

La pluie dégoulinait dans ses cheveux. Elle avait froid. La porte du garage aurait sans doute été simple à forcer, mais elle allait d'abord essayer la manière douce.

Elle a contourné la maison en pensant aux histoires de naufrageurs, de trafiquants, de marins qu'on racontait sur la Bretagne. Les traces de l'Histoire avaient disparu, sauf peut-être celles de la dernière guerre, qui tourmentaient les cerveaux détraqués de vieilles femmes encore vivantes. Au fond du jardin, elle a distingué des cages au grillage fin et rouillé envahies par la végétation, qui semblait revigorée à cet endroit, entretenue par un terreau fertile, où tout pousserait trois fois plus gros qu'ailleurs. Des coquillages sortaient de terre, et elle ne savait pas s'il s'agissait de décorations anciennes, ou de vestiges d'une mer qui serait venue jusque-là, des milliers d'années auparavant. Elle a fait quelques pas vers la maison et la protection dérisoire d'une lampe s'est déclenchée en détectant sa présence. Elle est restée immobile, tétanisée, un lapin dans la lumière des phares. Mais rien n'a semblé bouger à l'intérieur.

La lumière s'est éteinte, et elle a collé son visage entre ses mains contre la vitre pour essayer d'apercevoir l'intérieur de la maison, en faisant le moins de bruit possible. Sa silhouette s'y est reflétée. Le ciel était tellement sombre que quelques lampes avaient été allumées en plein après-midi. La maison était imposante, d'un luxe décati. Des meubles vernis et des tissus de velours narguaient son dos trempé. Le jardin d'hiver était défraîchi, le vent passait sous les portes-fenêtres et faisait frémir les rideaux, mais si doucement qu'on aurait pu le prendre pour une caresse distraite.

Elle se souvient du bruit de la pluie sur les baies vitrées, et de la satisfaction qu'elle avait ressentie à se dire qu'elle était enfin arrivée.

Une silhouette tassée et maigre, aux allures de pin maritime, s'est approchée. La vieille dame a longé les vitres en les tâtonnant, puis elle a ouvert la porte d'un geste décidé. Derrière ses lunettes, ses yeux étaient couverts d'une fine pellicule bleutée et ne regardaient qu'approximativement dans sa direction.

La fille a regardé si elle pouvait s'échapper mais il était trop tard. La femme a demandé :

— Vous venez pour l'annonce ?

La fille n'avait aucune idée de ce à quoi elle faisait allusion, mais il pleuvait de plus belle et c'était une aubaine. Elle a écarté ses cheveux trempés de ses yeux, pour mieux la regarder, et elle a acquiescé. La femme restait immobile, comme si elle la jaugeait sans vraiment la voir. Elle était recroquevillée sur elle-même, pliée en deux, et il était difficile de deviner quel genre de femme elle avait pu être. On aurait dit une vieille petite fille, au regard hautain, peut-être sournois. Les gouttes s'écrasaient à ses pieds. La lumière océanique laissait croire que le soleil allait percer, mais c'étaient toujours les nuages qui gagnaient. Ce vent et cette pluie faisaient fuir les touristes qui n'avaient pas la peau assez dure, et seuls ceux – ou celles – qui avaient un tempérament aussi sauvage que les natifs s'installaient ici.

La femme lui a tendu la main :

— Appelez-moi Lucie.

La fille a scruté son visage, cherchant à y reconnaître quelque chose de familier.

— Octavie.

La femme a répété le prénom à mi-voix, pour elle-même. La fille n'aimait pas trop son prénom, il lui semblait toujours décalé par rapport à son physique, qu'elle trouvait ordinaire, et il ne lui avait jamais paru sonner aussi vieux, accolé à celui de Lucie. Elle avait l'impression de faire un bond dans le passé.

Lucie a cligné des yeux.

— Suivez-moi.

La fille avait cru que Lucie l'inviterait à entrer pour s'abriter, mais au lieu de cela, elle a attrapé une cape imperméable, s'est engouffrée dessous, et elle a refermé la porte derrière elle. Sentant son hésitation, elle a ajouté :

— Venez, je vais vous montrer le *studio*.

Elle a dit ce dernier mot comme s'il venait d'être inventé, comme elle aurait dit *loft*, ou *duplex*. La fille l'a suivie alors qu'elle marchait d'un pas alerte et rapide malgré son âge et sa vue basse. La pente du garage était luisante de pluie, et elle craignait que l'une d'elles glisse et tombe. La porte était basse, à peine une tête de plus qu'elle. Lucie a introduit la clé d'un geste assuré. À l'intérieur, la fille a senti une odeur de renfermé lui sauter à la gorge, mais Lucie n'a pas bronché, comme si cela ne lui piquait pas le nez.

La fille s'est avancée dans la pièce sombre, en sous-sol. Les deux fenêtres horizontales, au niveau de l'allée du jardin, ne laissaient passer que peu de lumière. La main aux doigts tordus de Lucie a appuyé sur l'interrupteur d'un néon. La pièce unique était entièrement carrelée de blanc, mais les meubles étaient en bois ancien. L'ensemble était beaucoup plus simple qu'à l'étage. Au-dessus de la table, il y avait la photo d'une vieille femme en robe noire qui souriait, bouche fermée, un chapeau à l'arrière du crâne.

Lucie s'est assise et la fille s'est mise dans le fauteuil face au sien.

— Vous pouvez vous asseoir.

Octavie s'est mordu la lèvre en se relevant, mais il lui a semblé que la vieille réprimait un sourire, comme si elle ne l'avait invitée à le faire que pour souligner son impolitesse. Il fallait qu'elle fasse plus attention.

Le corps de Lucie paraissait minuscule. Elle était vulnérable, seule dans l'immense maison vide. En cas d'agression, personne ne l'aurait entendue crier. Elle était folle d'ouvrir sa porte à n'importe qui.

— Vous êtes originaire d'ici ?

— Non. Je suis là pour l'année scolaire.

Lucie a semblé satisfaite de sa réponse. Le manteau de la fille dégoulinait sur le tissu râpé. Elle l'a enlevé et replié sur l'accoudoir. Il était trop tard pour qu'elle s'en aille, de toute façon.

— Vous vous êtes déjà occupée d'une personne âgée ?

— Oui… Non. Pas vraiment.

— Tant mieux. Je n'aime pas les vieux. Et j'aime encore moins ceux qui ont l'habitude de les soigner, ils les traitent comme des infirmes. Je veux un coup de main de temps en temps, c'est tout. Un objet lourd à transporter, une casserole de crabes à égoutter. La pelouse, les vitres. Les ongles… Et puis je voudrais que vous fassiez quelques recherches pour moi sur Internet. En échange, je vous loge gracieusement.

Ses mains ressemblaient à des serres d'oiseau. Une tache noire a souligné le creux entre le pouce et l'index quand elle a levé la main en signe d'avertissement.

— J'ai besoin de quelqu'un qui s'engage à rester. Si j'accorde ma confiance, ce n'est pas pour quinze jours.

La fille était troublée. Elle réfléchissait à cent à l'heure.

— Si je m'installe, ce ne sera pas pour deux semaines. Je commence mon année universitaire lundi prochain.

— Qu'est-ce que vous étudiez ?

— Les Beaux-Arts.

Lucie a froncé les sourcils :

— Je comprends mieux.

La fille ne savait pas ce que la vieille entendait par là, mais elle s'est sentie un peu vexée. Elle a mis ses cheveux longs et sales en arrière, et elle a fermé la bouche.

— Vous peignez ?

— Non. Je fais des performances vidéo. Dans la dernière, j'étais déguisée en Blanche-Neige et…

Elle n'était pas sûre, mais il lui semblait que Lucie avait levé les yeux au ciel avant de demander :

— Vous n'êtes pas une fugueuse ?

La fille a ri, un peu trop fort, un peu trop vite.

— Non ! Je suis étudiante, c'est tout.

Lucie n'a fait aucun commentaire. Ses vêtements étaient impeccables. Octavie avait l'impression que les siens trahissaient les deux nuits qu'elle venait de passer à la cité universitaire au milieu des cartons, même si elle avait compris que la vieille était sans doute incapable d'en voir le détail. Elle était contente que Lucie ne puisse pas constater à quel point son jean était passé et ses cheveux sans forme. Elle a frissonné en repensant à la chambre d'étudiant orange et marron qu'elle avait détestée dès le premier coup d'œil.

— Très bien. Je veux dire, j'ai besoin d'un endroit où loger et où pouvoir créer. Je serai très bien ici.

Le visage de Lucie s'est durci, et son regard s'est fait plus précis – il avait même semblé brusquement traversé d'une lueur plus vive.

— Avant toute chose, il vous faudra être discrète. Rien ne doit sortir d'ici.

— À qui pourrais-je en parler ?

— Personne. C'est justement ce que je vous demande.

— D'accord. C'est d'accord.

— Vous ne voulez pas savoir à combien s'élève la rétribution mentionnée dans l'annonce ?

— Ah… Si.

— Vous ne posez aucune question ?

— Non, non, c'est mieux qu'une chambre d'étudiant minuscule et hors de prix. Ici, je serai logée, j'aurai mon entrée à moi, de l'espace, je serai près de la mer. Si en plus j'ai un peu d'argent de poche…

— Deux cents euros.

— C'est très bien.

— Alors vous pouvez vous installer. Je laisse la clé sur la porte.

Lucie s'est levée, en s'accrochant à la table. Inquiète, la fille a demandé :

— Et que se passe-t-il si je ne trouve pas les renseignements que vous me demandez ?

— On trouve tout sur Internet, non ? a répondu Lucie d'une voix rêveuse, comme si elle parlait d'une créature capable de faire des miracles.

Elle est ressortie aussi vite qu'elle était venue, sans se retourner, et Octavie s'est retrouvée seule, son sac à dos à ses pieds. Elle était une étudiante ordinaire, mais aussi la fille la plus chanceuse du monde.

La petite Georges grandit entre les mains douces de sa mère et celles, plus rêches, de sa grand-mère, et elle continue de téter au sein de l'une comme de l'autre. La peau de sa mère a une saveur sucrée, sa poitrine est plus dense, mais le sein de la Grande Zélie est doux et le lait en coule plus facilement. Le lait va de leurs seins à sa gorge et parfois, quand elle dort à moitié, elle ne sait plus laquelle des deux lui *donne*. Mais ce n'est pas l'emploi du temps des deux femmes qui décide de l'heure des tétées : c'est Georges elle-même. Lorsqu'elle ne veut pas du sein de l'une, l'autre accourt. Elle a six mois et choisit ce qu'elle boit : lait de Palmyre, lait de Zélie, selon ses heures et ses envies. Les rugissements que ce tout petit corps arrive à pousser réveilleraient un mort et semblent ne pouvoir s'arrêter que lorsqu'on cède à ses désirs, et encore, dans des hoquets accusateurs et avec des regards outrés. Pas question de la forcer à faire quoi que ce soit. Georges Mathurin, qu'on appelle de ses deux prénoms suite à la naissance de sa fille, est fier d'elle et s'éblouit de ses puissants poumons : il soutient qu'elle sera chanteuse d'opéra. Zélie hausse les yeux au ciel et demande à quoi cela servirait, Palmyre, elle, prie pour ne pas avoir un autre enfant tout de suite – son mari est tellement amoureux qu'on croirait qu'il veut monter un orchestre.

Georges grandit sous tous ces regards portés sur elle. Peu à peu, elle commence à se traîner par terre, près de la cheminée en pierre qui domine toute la pièce de sa chaleur brute, pour aller se coucher sur le chien aux longs poils qu'on appelle Zéphyr. Elle imite parfaitement les attitudes des animaux, et même leurs cris – en particulier ceux des oies. Sa grand-mère essaie de le lui interdire : ce ne sont pas des façons de fille, et elle commence secrètement à s'en inquiéter. La petite au prénom de garçon se conduit bizarrement, sans la même docilité que les autres. Mais Palmyre, sa mère, s'en amuse. Le premier mot que Georges prononce, les poings sur les hanches, s'adresse au chien, et c'est un ordre : « aplat' ». Après une journée entière où l'animal, finalement menacé d'un fouet de dompteur en ficelle, a compris qu'il ne pourrait pas s'échapper tant qu'il n'aurait pas obéi, il s'aplatit de mauvaise grâce devant elle. Palmyre rit, et dit à sa mère contrariée :

— Tu devrais être contente, c'est une *commandeuse*, comme toi.

La Grande Zélie mérite bien son surnom : elle est la plus grande de tous et sa silhouette colossale en intimide plus d'un, d'autant que sa démarche si particulière, due à une gangrène attrapée au moment de la Commune de Paris qui lui a coûté deux orteils, la fait gîter du côté gauche au moment où on s'y attend le moins. Zélie mesure une bonne quinzaine de centimètres de plus que son mari, elle a des mains de maçon et chausse du 42. Elle en impose. Les enfants de Zélie qui vivent encore là lui obéissent, Georges Mathurin aussi. La maison est le prolongement de Zélie : elle porte sur les épaules les pièces qui abritent la famille, la fumée qui sort de son toit ressemble à sa chevelure, ses jambes et ses bras costauds sont des colonnes pour les enfants qui s'y agrippent.

Dans la polyphonie des voix de toute la famille, c'est celle de Zélie qui remet de l'ordre. On se tait quand elle le demande, on se met à manger quand elle l'ordonne. Les aliments tournent dans les bouches ouvertes, les serviettes essuient les coins de lèvres, les morceaux de *pain de trois* saucent les assiettes jusqu'à ce qu'il n'y reste plus rien. Blaise, son mari, qu'on appelle parfois Cyrille, ne parle presque pas. Quand il se met à table tout le monde l'imite, et Zélie ne s'assied que la deuxième, après avoir posé la marmite sur la table. Mais c'est elle qui distribue la parole : quand il y a dispute ou fâcherie, quand les poings s'abattent sur le bois et font trembler les assiettes, c'est elle qui décide du retour au calme. Le soir, c'est encore elle qui raconte les grandes histoires de la famille, quand tout le monde l'entoure et se tait, alors que le vent souffle dehors et que la neige recouvre tout. Tous sont suspendus aux lèvres de Zélie qui raconte la vie de sa sœur défigurée, qui n'a jamais pu se marier à cause de son visage abîmé par un coup de pied de cheval dans la pommette, ou ses souvenirs de la Commune de Paris, lorsqu'elle lançait des pierres contre les policiers et qu'elle achetait des rats chez le boucher.

— Un bon rôti de rat, dit-elle avec une gourmandise exagérée.

Les enfants effrayés poussent quelques cris de surprise, alors elle en rajoute. Dans une rue de Paris, la bouchère alignait sur un lit de paille des cadavres de petits rats blancs, par rangs de quatre, en les tenant par la queue, les recouvrait d'herbes séchées, puis elle saisissait de grandes allumettes et enflammait la paille qui noircissait aussitôt. Après deux minutes à peine, elle balayait les herbes brûlées et découvrait les corps qui n'avaient plus aucun poil et étaient rôtis comme des poulets. L'odeur de viande grillée faisait accourir les acheteurs qui se pressaient devant la boucherie.

L'auditoire grimace, Zélie est ravie.

Parfois, elle demande à Georges Mathurin de prendre le relais et de raconter des histoires de son pays, mais souvent les enfants ne peuvent en écouter que le début car elles sont encore plus effrayantes. Il a un drôle d'accent, et il utilise des mots empruntés à une autre langue. On se moque de lui pour ne pas montrer qu'on en a peur. Georges comprend très tôt que son père vient d'ailleurs, d'un endroit où les gens sont très pauvres : la Bretagne. Des bandes de mendiants aux crânes clairsemés par la teigne y vivent dans la faim et vont de ville en ville mendier du pain. Certains meurent sur les routes. Ceux qui s'en sortent prennent à Paris les emplois dont personne ne veut, les travaux les plus durs, les plus sales : l'enlèvement des ordures, le nettoyage des égouts, le balayage des rues. On dit que les Bretons sentent mauvais et parlent un drôle de langage guttural. On se demande bien pourquoi sa mère a préféré un étranger à un garçon du pays, un homme à peine plus grand qu'elle, musclé, certes, mais petit et mince, avec un visage fin comme celui d'une fille. Son père est un Breton, Georges en a honte et elle en est fière à la fois, car personne dans la famille n'a jamais vu la mer à part lui. On regarde avec curiosité les coquillages qu'il sort de sa poche, et ceux qu'il a disposés sur le dessus de la cheminée : des carcasses d'oursin aux dessins géométriques, des coquilles de moule d'un violet sombre, un grand cône tarabiscoté et rosé qu'il fait briller avec de l'huile et met parfois à son oreille parce qu'on y entend l'océan. Tout en caressant du pouce les carapaces polies par le tissu de ses poches, il parle d'horizon, de bateaux, d'aventure. On l'écoute, puisqu'il est le seul à avoir voyagé si loin. Il montre aux enfants comment marchent les crabes, explique que les poux de mer existent et on se gratte la tête rien qu'à l'entendre. Georges Mathurin raconte que l'océan est entièrement salé et on ne le croit pas. Il dit qu'on y mange des escargots marins et seule la Grande Zélie en a l'eau à la bouche – elle a déjà mangé des huîtres à Paris et de toute façon, elle pourrait dévorer n'importe quoi, même un nourrisson si elle n'aimait pas tant les enfants. Georges, elle, sait pourquoi sa mère a préféré cet homme aux autres : il raconte des histoires aussi bien que Zélie, et surtout, il sait faire rêver ceux qui l'écoutent. Il a promis à sa femme qu'il l'emmènerait là d'où il vient, à l'ouest. Le regard de Zélie se durcit quand il prétend des choses pareilles, mais on dirait qu'il ne la voit pas : ses yeux restent braqués sur Palmyre. Il est fou d'elle – cela crève les yeux. Quand il lui coud une robe à même la peau, on dirait qu'il habille une reine. À la différence des autres hommes, son père ne se cache pas d'aimer son épouse. Palmyre est aussi menue que sa mère est massive, elle a les yeux mauve et les cheveux châtain clair, on dirait une poupée. Zélie dit d'un ton dédaigneux qu'il paraît que là-bas, en Bretagne, les couturiers sont des hommes, et qu'on les méprise. Georges Mathurin confirme :

— Ils n'ont même pas le droit d'être avec les autres à table et mangent avec les femmes, c'est-à-dire debout… et froid.

Zélie répond sur un ton de défi :

— Ici, on mange tous ensemble.

Mais Georges sait que ce n'est pas le cas dans les autres maisons alentour. Dans leur quartier, on murmure que chez Zélie, elles sont *drôles*, et on tourne un peu la bouche en ajoutant *les couturières*, sur un ton entendu.

Zélie pousse un pied puis l'autre et le bruit l'hypnotise, les trépidations courent depuis ses semelles jusqu'à son ventre, elle redresse ses épaules, sa tête part en arrière, elle pousse encore, son corps ne fait plus qu'un avec la machine à coudre. Ses cheveux tressés battent la mesure jusque dans le bas de ses reins. Elle retape une veste, raccourcit un pantalon, rapièce un gilet, retourne un col de chemise, raccommode une chaussette, passe de la machine à coudre à son fauteuil, puis revient à la machine. Quand elle se lève, Palmyre la remplace, dans un drôle de ballet où la machine est centrale, et toujours occupée. Depuis que sa mère l'a achetée, elles travaillent jour et nuit, ou presque. Les cadences sont infernales. Les commerçants et les intermédiaires exagèrent et baissent régulièrement les prix à la pièce. Palmyre proteste parfois : Zélie croit encore que sa machine les libère, alors qu'au contraire, elle les rend chaque jour un peu plus esclaves de leur travail. Nuit et jour, elles découpent, assemblent, construisent, festonnent, ourlent, surjettent, reprisent, crochètent. Georges est fière que Palmyre et Zélie ne *fassent pas la culture* comme les autres – et ne s'abîment pas les mains.

Tandis que les doigts de sa mère et ceux de sa grand-mère s'activent, Georges reste à leurs côtés, souvent par terre. Elle joue avec une poupée de chiffon aux cheveux de laine et aux yeux en bouton, ramasse les épingles, écoute les conversations, apprend à faire des chaussons avec des carrés de laine cousus ensemble. En grandissant dans leur giron, elle développe un don prodigieux pour la couture. Quand elle dessine ou qu'elle coupe un tissu, quand elle pique l'aiguille dans la matière molle, la pièce lui semble plus lumineuse, et elle se sent à sa place. Zélie ne devine pas que ce talent cache une rébellion, elle en est juste fière : Georges est bien sa petite-fille. On ne peut savoir à quoi pense Zélie quand elle travaille, si elle espère une autre vie ou seulement manger à sa faim et ne pas revivre la guerre, on ne sait pas si elle prie pour la survie des enfants qui lui restent ou si elle pleure ceux qui sont morts. Ce qu'on sait, parce que Georges le répétera toute sa vie, c'est qu'elle aime sa petite-fille par-dessus tout. Elle la considère comme sa fille, malgré ses allures de garçon et son caractère de cochon, et elle compte bien l'élever comme elle l'entend. Les autres enfants de Palmyre et Mathurin seront ses petits-enfants, mais celle-ci, elle est à Zélie.

Elles se ressemblent, avec leurs cheveux qu'elles ne coupent jamais et tressent chaque matin. Toutes les trois, elles restent à l'intérieur de la maison, près des fenêtres, pour mieux voir leur travail – et ce qui se passe dehors.

Les couturières voient tout, c'est pour cela qu'on s'en méfie.

Georges devient une fille aux yeux bleus et ronds, qui observe, parle sans complexe et fait un peu peur à tout le monde – surtout lorsque l'impression de Zélie se confirme : elle n'est pas comme les autres. Déjà, la petite ne semble pas avoir d'odorat. On tente d'y remédier en lui fourrant la tête sous des torchons où elle doit inhaler des potions de sorcière, en lui faisant subir chaque jour un entraînement où elle doit apprendre à reconnaître le parfum de la rose, celui de la menthe et celui du citron. Rien n'y fait. Sa grand-mère s'inquiète et chuchote à sa mère de drôles d'histoires. Palmyre ne s'en affole pas vraiment, mais comme toujours c'est Zélie qui l'emporte. Elles l'emmènent au fond du jardin, dans une pièce en bois construite au-dessus d'un trou qui ressemble à un puits, qui *sent*, et on lui explique qu'elle y sera bien, tranquille. Elle ne comprend pas pourquoi elle y serait tranquille alors qu'elle a peur dès qu'elle s'approche de cette pièce exiguë et sombre.

Elle fronce le nez et sa mère et sa grand-mère rient, soulagées. Pour la première fois, Georges a senti une odeur.

La Grande Zélie l'assied sur les planches. Georges a froid aux fesses. Sous elle il y a des papiers qui trempent dans un liquide brunâtre. La lumière, dehors, est froide. Elle remue ses orteils dans ses chaussettes humides.

Elle fait pipi et sa grand-mère l'embrasse. Elle ne sait pas pourquoi.

Seules les senteurs exceptionnellement fortes semblent arriver jusqu'à ses narines ; ce sera un handicap toute sa vie (et le début d'une lignée de femmes à qui il manque un des cinq sens).

Cent ans avant qu'elle ne devienne une petite vieille au dentier jaune et aux chaussons à fermeture Éclair, elle a déjà ce qui la caractérisera sa vie durant : un tempérament de feu, un odorat paresseux, et une attitude à part. On ne la remarque pas tout de suite, puisque ses vêtements ne sentent pas le fumier et qu'elle a des bottines silencieuses, et pas des sabots de bois. Quand elle rentre de l'école, sa grand-mère est prévenue par les cris de l'oie qui l'accueille comme un chien. Elle ne va pas *aux champs les vaches* comme les autres enfants, alors elle a du temps pour traîner un peu partout. Elle est libre. À cause de cela, elle se sent un peu étrangère, elle aussi. Elle est la fille du Breton et de la couturière. On se met à la trouver spéciale, dure, sauvage, avec son oie de compagnie, *et puis c'est quand même un drôle de prénom.*

L'instituteur, qui est son parrain, est le seul à l'appeler Georgette. Il dit qu'elle a des dispositions. Elle aide Zélie dans sa comptabilité et emprunte des livres à l'école pour se distraire le dimanche, quand les autres vont à la messe. Elle obtient de bonnes notes, des très bien. Les garçons du quartier sont amoureux d'elle, mais méfiants. Les filles savent qu'elle n'est pas une fréquentation très recommandable. Elle joue seulement avec ses petites sœurs, et se met à prendre l'habitude d'imaginer des histoires pour elles, en digne descendante de son père et de sa grand-mère. Parfois, elle leur ment carrément, et goûte au plaisir interdit de voir leurs regards crédules gober tout ce qu'elle invente. Elle est excellente en français, surtout en rédaction. Ses parents la regardent avec une profonde satisfaction, et sa mère rêve qu'elle réussisse sa vie.

Zélie aussi, mais elle veut qu'elle la réussisse à ses côtés.

Parfois Palmyre s'absente. Elle part très tôt, à pied, sur les routes, pour ne revenir qu'à la nuit, et parfois même deux jours plus tard. Elle reste auprès d'une famille qui lui confie les robes, les blouses et les pantalons des parents qu'elle retaille aux mesures des enfants qui grandissent. Elle répare les trous au genou ou au coude laissés par une chute dans la cour de récréation ou l'usure d'un bureau d'écolier, et rajoute une pièce de tissu par-dessus. Elle coupe par le milieu des draps jaunis et les recoud par les bords pour leur donner une deuxième vie.

Georges devrait être habituée aux absences de sa mère, et son indépendance de caractère devrait s'en satisfaire, mais chaque fois, elle en est effrayée.

— Où vas-tu ? demande-t-elle à sa mère.

— Je reviens vite, répond Palmyre d'une voix distraite.

Georges guette le retour de sa mère. C'est la seule femme du quartier qui quitte la maison : les autres ne s'éloignent jamais de chez elles. Elles ne se promènent pas, même en famille, ou alors très rarement, certains dimanches de fête pour aller à l'église, ou les jours de grande lessive. Elles n'ont pas le droit de se réunir en groupe, et encore moins deux par deux, sinon elles sont accusées de comploter, de bavarder, de traîner. Il faut que les petites filles aient toujours les mains prises, pour qu'elles n'aillent pas courir comme les garçons, qu'elles ne restent pas le nez en l'air, qu'elles ne soient pas tentées de lire, ou de penser. Mais les couturières, ce n'est pas pareil, elles ont le droit d'aller et venir d'une maison à l'autre, ou celui de rêver à la fenêtre, comme Palmyre, comme Zélie. On considère, à cause de cela, qu'elles sont des femmes légères.

Chez Georges, on va rarement à l'église, sauf pour les mariages, car même quand ce n'est pas Zélie qui a cousu la robe, c'est elle qui vient habiller la mariée. La femme légère est aussi celle qui fait entrer les jeunes filles dans la vie adulte. C'est elle qui sait ce qui se fait en toute circonstance, elle connaît les bonnes manières et elle est plus raffinée que les autres – mais on ne la respecte pas complètement, parce qu'elle est associée au linge, et au corps des femmes.

Mathurin, qui a peu à peu perdu son premier prénom, est le plus souvent absent les jours de semaine, et ce n'est pas très convenable non plus. Il vend sur les marchés les manteaux et les casquettes qu'il a fabriqués. On dit qu'il ne sait pas tenir sa femme, et on hausse les sourcils d'un air entendu (*les couturières*). Le mari de Zélie meurt quand Georges a cinq ans. Leurs enfants sont partis. Mathurin devient le seul homme de la maison. C'est une ambiance étrange, dans ce royaume de femmes. Il se sent décalé. Il pourrait en profiter pour asseoir son autorité masculine, mais au lieu de cela, il préfère échapper à celle de sa belle-mère et courir les routes.

En tant que spécialiste des femmes, Zélie reçoit chaque année plusieurs apprenties, de la Toussaint à Pâques. Trois ou quatre filles de quinze ans aux fronts bas et aux tignasses claires débarquent chez elle pour être dégrossies. Elles arrivent ensemble, le 2 novembre, leurs affaires entassées dans un baluchon. Les premières années, Georges croit que toutes ces jeunes filles grasses et balourdes sont sœurs, qu'elles sont de la même famille ou du même village de filles blondes et trop simples. Elle les confond, avec leurs visages ronds, leurs yeux éloignés, leurs bouches molles, leurs robes en coton écru, leurs lourdes chevilles de paysannes. Pourtant, l'une a un gros grain de beauté perché sur le bout du nez, une autre le rire facile ou des taches de rousseur. Mais elles ne viennent, au fond, que du même pays des pas dégourdies. Une de leurs expressions communes est un « hé bé ! » qui peut aussi bien signifier qu'elles sont sidérées face aux attitudes libres de Georges qu'incompréhensives face aux explications de Zélie, mais qu'elles ne veulent pas l'admettre tout à fait, par politesse ou par fierté.

Pendant des années, elle ne semble même pas les regarder.

Mais l'année de ses neuf ans, Georges rencontre Marguerite, qui n'est pas comme les autres, et sa vie change.

Marguerite est tout aussi blonde, grasse et appétissante que les autres pensionnaires, elle a les mêmes grands yeux bleus à fleur de tête, et des poignets lourds, mais elle a une énergie folle, qui plaît à Georges. Ses dents irrégulières et espacées lui font un sourire jaune et blanc, comme la fleur dont elle porte le nom. Ses parents l'ont placée chez Zélie, juste avant ses quinze ans, pour lui apprendre toutes les finesses du monde des hommes et toutes les rudesses du monde des femmes. En échange, ils paient une pension, parfois en francs, parfois en nature (quelques mètres de tissu ou un poulet). Le but n'est pas tellement qu'elle apprenne la couture – elle en a déjà appris l'essentiel à l'école pendant que les garçons faisaient du calcul ou de la géométrie – mais qu'elle se prépare à devenir une mère de famille. C'est son destin, il est inimaginable qu'elle fasse autre chose. Marguerite obéit à une morale religieuse, intégrée à la vie, et même son langage est constamment émaillé d'expressions catholiques. Lorsque, le jour de son arrivée, elle dit « doux Jésus », Georges la regarde comme si elle avait dit quelque chose de drôle. La fille au prénom de garçon a des idées sur tout, et ce ne sont pas des idées ordinaires.

À la différence des autres, Marguerite ne la juge pas. Elle est au contraire curieuse de cette fille au caractère fort, qui n'est soumise à personne. Quand on lui dit « tu dois », Georges questionne, pourquoi ? La grande blonde cache sa bouche, elle n'en revient pas. Tout à coup, Georges fait vaciller toutes ses certitudes, et en particulier celles qui concernent les filles. Elle semble libre de ses mouvements et court dans les champs en remontant ses jupes. Marguerite murmure « C'est mal... » d'un air fasciné.

Georges en rajoute, naturellement. Elle s'étonne même, parfois, des idées qui lui viennent. À neuf ans, elle dresse les chiens, joue aux cartes, bricole, travaille déjà, aide comme elle peut, de toute façon elle ne peut pas rester en place – mais grâce à Marguerite, elle se rapproche de plus en plus du groupe d'adolescentes et assiste désormais aux leçons de Zélie et de Palmyre. Georges pose beaucoup plus de questions que les autres, et elles répondent sans s'offusquer, sans parler de vierges, de souillures, sans dire *la chose*. Marguerite continue à avoir peur du péché, mais le plaisir de s'encanailler auprès de Georges est plus grand que ses craintes. Les autres pensionnaires la mettent en garde, mais Georges leur rit au nez, et Marguerite ne demande qu'à glousser avec elle, complice. Elles ont cinq ans d'écart, et pourtant c'est toujours la petite qui surprend la grande.

Georges lui confie qu'elle aimerait travailler seule, pour ne jamais dépendre d'un homme.

— Tu comptes te marier, non ? lui demande Marguerite, incrédule.

Georges lui répond qu'elle n'est peut-être pas obligée d'en passer par là.

— Qu'est-ce que tu veux dire ? s'étouffe Marguerite.

— Il y a des femmes qui ne se marient pas.

C'est vrai que c'est un peu cocasse, venant d'une future collectionneuse d'hommes. Mais Georges est lancée.

— Moi, je n'ai envie d'appartenir à personne. Dès que tu es mariée, tu fais un enfant, puis deux, puis trois, et tu passes ta vie enceinte comme une poulinière. Dès que ton petit est assez grand pour marcher, on t'en fait un autre.

Marguerite hausse les épaules, perdue.

— C'est normal.

— Moi, je n'en ai pas envie, et pourtant je suis normale, non ?

Marguerite n'ose pas dire non, même si elle le pense un peu.

— Tes parents, ils t'ont mise ici comme une vache qu'on prépare à rencontrer le taureau, conclut Georges d'un air définitif.

Cela plonge son amie dans des abîmes de réflexion, d'autant que son père lui a donné le même prénom qu'à l'une de ses bêtes.

— Et qu'est-ce que tu comptes faire d'autre ? demande Marguerite, décontenancée.

Georges se lance dans une tirade inattendue. Elle ne veut pas de la vie de sa mère ou de sa grand-mère, et encore moins de celle des femmes du voisinage. Elle veut voir du pays, faire des études. Aller loin, à l'ouest. Avoir son propre magasin de nouveautés, pour ne plus être esclave des intermédiaires et des patrons. Rien que pour voir les yeux de Marguerite s'agrandir encore, ses idées fusent. Elle veut dessiner des vêtements qui seraient plus confortables pour les filles, afin qu'elles puissent faire autant de choses que les garçons, au lieu de rester les jambes croisées à coudre et à broder. Elle veut vivre. Seule. Libre. Tout, plutôt qu'être une esclave corvéable à merci.

Alors elle se confie à sa seule amie : il lui arrive de prier la Vierge, le soir. Elle lui demande de devenir un garçon, pour décider de sa vie.

À l'époque, tout cela est inconcevable. Marguerite regarde ailleurs, l'espace d'un instant. Georges lui fait voir des continents inexplorés. Mais elle n'y croit pas.

— Il vaudrait mieux te marier avec quelqu'un qui prend soin de toi, lui dit-elle prudemment. Un bon mari ne laisserait jamais sa femme travailler. Et puis couturière, alors que tu es bonne à l'école... Essaie au moins de faire autre chose.

— Tu ne comprends rien.

Georges plonge ses yeux déterminés dans les siens. Elle a l'air si sûre d'elle pour son âge.

Marguerite est logée avec trois autres filles au grenier que Zélie a aménagé en dortoir. Dès les premiers jours, elle a aimé cette ambiance d'internat – jusque-là elle n'a connu que l'école et la ferme, où, depuis qu'elle sait marcher, elle a soigné les veaux, ramené le bois, donné à manger aux lapins, pioché les carottes ou les betteraves, tout en raccommodant ou en reprisant. Tout à coup, elle a pu parler des garçons avec les autres filles, travailler au chaud dans l'odeur de feu de bois, feuilleter des revues venues de Paris où s'affichent des femmes en corset et porte-jarretelles, parler avec une femme qui part de la maison des journées entières pour ne revenir qu'à la nuit. Zélie est sévère, mais bien moins que sa propre mère, et Palmyre est différente de toutes les femmes qu'elle a pu rencontrer. C'est une révélation, pour Marguerite. Un paradis. Quand Georges lui déclare que ce n'est pas encore assez, elle est abasourdie, mais tout en protestant mollement, elle en redemande et veut tout apprendre de cette fille excentrique – à la différence des autres blondes, persuadées qu'elles vont finir par rôtir en enfer.

Georges ne se fait pas prier. Elle n'accorde plus autant d'attention à ses sœurs, avec qui elle jouait jusque-là à chercher des têtards dans les mares alentour ou à jeter des crapauds dans les jambes de celles qui vont à la messe. Elle préfère les conversations avec Marguerite, et passe désormais presque tout son temps avec elle. Leur amitié grandit autour d'une seule envie : la liberté.

Zélie, pourtant, n'est pas révolutionnaire. Elle donne des conseils à ses pensionnaires pour qu'elles se tiennent bien à leur place. Son rôle est de les aider à composer leur trousseau et à savoir coudre leur linge, les draps, les culottes, les chemises, les jupons – la couturière s'occupe du dessus, la mère de famille du dessous. Le trousseau est l'ensemble de ce que la jeune épouse apportera à son mariage, et qu'elle conservera toute sa vie. Il est parfois composé de meubles, ceux de la chambre en particulier, mais surtout de linge, et avant tout les draps. Une mère commence à le réunir (avec son propre argent, pour une fois) dès la communion de sa fille. Auprès de Zélie, les pensionnaires commencent à marquer les draps en les brodant de leurs initiales de jeune fille. Ces deux lettres sont tout ce qui leur restera de leur vie d'avant, une fois qu'elles seront mariées et qu'elles auront changé de nom de famille. Elles apprennent le point de croix avec du fil rouge, traditionnel, ou blanc, plus élégant. Sous la surveillance de Zélie, elles travaillent en silence, portant parfois leur regard à l'horizon, auquel elles n'avaient jamais prêté attention. Le soir, elles cuisinent toutes ensemble et apprennent à faire autre chose que le pot-au-feu, puis dînent à table avec la famille de Georges. Le cours de manières continue. Certaines ne se sont jamais servies d'un couteau de table. Elles observent la petite fille qui a des idées différentes de celles de leur mère, et en sait déjà beaucoup plus qu'elles.

Zélie leur montre aussi comment se laver et suggère à celle qui transpire tout le temps de se mettre sous l'aisselle un mouchoir plié sur des pétales de rose, ou à celle dont le menton bourgeonne d'y mettre de l'eau de bleuet. Elle épile les poils disgracieux autour des bouches tendres, lime les ongles en forme d'amande, met de l'huile pour adoucir les peaux. Elle leur fait enfiler leurs premiers « pantalons ouverts », alors que la plupart d'entre elles n'ont jamais mis un seul « linge de dessous ». Pour elles, c'est un événement aussi marquant que, pour d'autres, le premier essayage d'une robe de bal.

Palmyre va plus loin, et leur montre aussi quelques astuces pour être un peu plus gâtées que leurs mères. Elle mime comment marcher en roulant des hanches pour faire tourner la tête des hommes. Elle les coiffe et les arrange, leur apprend à rire sans montrer leurs dents, à battre des cils, à lancer des regards provocants, à chanter d'une voix rauque, et même quelques secrets de bonne femme qui leur seront bien utiles, par exemple comment se laver avec du vinaigre pour ne pas faire d'enfant. Marguerite ne connaît de la *chose* que ce qu'elle a pu observer chez les animaux. Elle écoute. Elle imite. Sa timidité rougissante et balourde devient une discrétion calculée, destinée à provoquer des fourmillements dans le ventre des hommes et empourprer leur visage à leur tour. Les autres filles grognent que Palmyre va au-delà de ce qu'on lui demande, mais Marguerite sait que c'est pour son bien et ne s'en vante pas auprès de ses parents.

Bien entendu, Georges ne perd pas une miette de ces leçons de séduction. À neuf ans, elle sait déjà tout ce qu'on doit savoir à quinze, et sous sa peau aussi lisse qu'innocente bouillonnent déjà des envies qui ne sont pas de son âge.

Mathurin ose donner son avis :

— Ce n'est pas sain pour Georges, d'être au milieu de toutes ces filles.

Zélie hausse un sourcil :

— Vous préféreriez qu'elle fréquente des garçons ?

Mathurin secoue la tête, elle sait bien ce qu'il veut dire :

— Ces filles sont trop grandes pour Georges.

Palmyre sourit :

— Elle en sait plus long qu'elles.

— Ne fais pas semblant de ne pas comprendre. Elles finiront par lui faire du mal.

Il s'énerve de ne pas réussir à mettre des mots sur son inquiétude. Zélie intervient alors d'un ton sans appel :

— Cela lui fait du bien, au contraire, d'être avec des filles.

— Je parle à ma femme !

Quand Mathurin se met en colère, Zélie beugle deux fois plus fort, et c'est elle qui l'emporte : Palmyre finit toujours par se mettre du côté de sa mère. Mathurin grimace :

— Elle risque d'être à part, elle est trop libre.

Zélie rétorque :

— C'est si on la laisse grandir comme un garçon qu'elle sera différente.

Pour elle, ce sont le goût du travail et la fréquentation des autres filles qui la remettront dans le droit chemin de la norme. Mathurin se tait – et perd son premier prénom une bonne fois pour toutes. Il prie pour avoir un garçon. À deux, ils ne seront pas trop pour faire face à cette armada de filles.

Mais c'est une autre petite fille, Rose, qui est née un an et demi après Georges, puis une autre, Rachel, un an et demi après, et c'est encore une autre fille, Olga Artémise, qui a vu le jour presque deux ans plus tard, toujours à la même cadence, comme une nouvelle boucle de temps, un peu plus lente que les saisons, un rythme imprimé à la famille par le ventre de Palmyre qui grossit, désenfle et peuple la maison de filles qui se ressemblent, de la plus grande à la plus petite, comme des poupées gigognes.

Le premier soir, dans le *studio*, Octavie a pris une douche brûlante en réfléchissant au hasard qui allait la faire vivre là. Tout était allé beaucoup plus vite que prévu. En quittant sa chambre médiocre, le matin même, elle avait juste décidé d'aller voir la mer sous l'orage, et, au passage, de regarder de quoi avait l'air la maison. Elle était décidée à saluer poliment Lucie si elle apparaissait, mais pas à la rencontrer.

Sa silhouette hésitante était apparue, et tout s'était enchaîné.

Elle n'aurait pas vraiment su dire pourquoi elle avait eu envie de discuter avec elle, de prétendre qu'elle venait pour une annonce dont elle ignorait tout. Ce dont elle était certaine, c'est de l'élan qu'elle avait eu à se glisser dans la proposition de Lucie, avec l'impression que l'occasion était trop belle pour être négligée. Elle avait passé deux jours à se demander comment elle allait pouvoir faire des films et des photos dans neuf mètres carrés, et tout à coup le *studio* lui était servi sur un plateau.

Elle s'était habituée à l'odeur de renfermé et ne la sentait presque plus. Les robinets faisaient un bruit de moteur et l'eau sortait rousse de la vieille tuyauterie, mais elle se sentait revivre. La chaleur réveillait chaque centimètre de sa peau, et la fatigue de la journée disparaissait miraculeusement. Elle s'est regardée dans la glace embuée accrochée au dos de la porte de la salle de bains. Ses muscles saillaient sous sa peau jeune, élastique, et ses yeux bleu marine étaient brillants, mais en faisant un effort de visualisation, en courbant le dos, en plissant les paupières pour y faire des rides, elle pouvait s'imaginer à l'âge de Lucie. Est-ce qu'elle lui ressemblait ?

Elle avait trouvé un savon desséché dans un placard, à côté d'une boîte de sardines périmée, et il lui restait des sachets de soupe lyophilisée.

Sa nouvelle vie pouvait commencer.

C'était comme si elle s'installait dans le décor d'un film d'époque. Tout était vieux, depuis les assiettes jusqu'aux draps brodés d'initiales. PC, bizarrement. Un bouchon de champagne était suspendu à l'une des portes du buffet par un ruban entortillé. Qui avait bien pu vivre dans ce sous-sol ? Pourquoi avait-on installé un logement indépendant près du garage ? C'était pratique, mais elle voyait bien que le *studio* avait été aménagé longtemps auparavant, pour quelqu'un d'autre. Qui ?

Le tissu du mur derrière le lit était délavé par le soleil et abritait de la poussière dans ses mailles. De quand datait la mode où on couvrait son appartement de toile de jute ? Des années quatre-vingt ? Celle-ci était moisie dans les coins. Il faudrait la changer. Mieux : l'arracher et la remplacer par une peinture lisse et brillante comme une peau fraîchement épilée. Il faudrait aussi se débarrasser de la moitié des meubles, et jeter des bibelots. Rajouter des tapis, en revanche, pour réchauffer ce carrelage froid comme une tombe. Elle a souri en s'apercevant qu'elle s'imaginait déjà en propriétaire de la maison. Elle était toute au plaisir de meubler son premier chez-soi.

Si elle était intelligente, et qu'elle se rendait indispensable, elle logerait gratuitement tout au long de l'année universitaire et elle pourrait observer Lucie quotidiennement, tout en commençant ses études. Son baccalauréat scientifique en poche, elle pouvait enfin faire ce qui lui plaisait : des performances, des photos et de la vidéo. Elle avait l'impression de démarrer la plus belle période de sa vie.

Son portable a sonné. C'était sa mère. Elle était inquiète qu'Octavie ait choisi de faire ses études dans cette ville qui, pour elle, était synonyme de malheur. Octavie avait raté le concours des Beaux-Arts de Paris, et tenté celui de plusieurs villes de province. Le jour où elle avait été admise ici, elle y avait vu un signe. Sa décision avait été prise avant même de recevoir les résultats des autres écoles. Elle avait vu que sa mère en était contrariée, même si comme à son habitude, elle l'avait laissée libre.

— J'ai une bonne nouvelle. J'ai trouvé un autre logement, mieux.

— Formidable. Où ça ?

Elle a entrebaillé la porte pour voir s'il pleuvait encore. Le ciel du soir était d'un rouge incendiaire.

— Dans une coloc avec deux étudiantes. J'ai une grande chambre, et même un balcon.

— Et le loyer ?

— 350 euros, payable en liquide chaque mois.

— C'est une aubaine.

— Comme tu dis.

Octavie se sentait un peu mal à l'aise de lui mentir à propos du loyer, mais il était hors de question qu'elle lui dise qu'elle était venue jusqu'à Port-Loin et qu'elle avait vu Lucie. Sa mère se serait inquiétée. Au lieu de cela, elle a raccroché, rassurée.

La mère d'Octavie s'était fâchée avec sa propre mère, Lucie, et avec sa grand-mère, Georgette, avant sa naissance. Elle n'en discutait qu'avec beaucoup de réticence.

Comment peut-on arrêter de parler à sa mère pendant dix-neuf ans ?

Octavie n'avait jamais réussi à connaître la raison de leur dispute, et craignait d'en être, au moins en partie, responsable.

Sous la fenêtre au ras du sol qu'elle avait entrouverte, elle a fumé un bon gros joint pour ne pas s'en préoccuper.

Elle a dormi comme un loir sur le vieux matelas défoncé.

Au matin, Lucie l'a surprise. À 7 h 30, elle tapait déjà à sa porte. Octavie a ouvert, les yeux éblouis par les nuages blafards. Après la tempête, le jardin était devenu un fouillis de broussailles.

— Je vous réveille ?

— Non.

— Tant mieux.

Lucie avait l'air de trouver cela drôle.

— Quand vous serez prête, montez. J'ai hâte qu'on commence.

Pour le petit déjeuner, Octavie avait le choix entre sardines périmées et potage. Une soupe lyophilisée et une douche plus tard, elle se tenait devant Lucie, dans un tailleur gris qu'elle avait trouvé dans l'armoire du studio – ses habits étaient encore tout trempés. Comme la vieille dame ne voyait pas clair, Octavie espérait qu'elle ne s'en apercevrait pas.

— Venez.

Lucie l'a attrapée par le bras et, au contact du tissu en tweed de sa manche, elle s'est crispée, mais elle n'a rien dit.

Le salon était immense, et Octavie voyait de plus près ce qu'elle n'avait fait qu'apercevoir la veille : le sol en marbre, les miroirs Art nouveau, les livres partout, et une drôle de machine sur un bureau. Des rafales de vent miaulaient encore en passant sous les portes. Elles se sont installées dans de profonds fauteuils face à face et Lucie lui a servi un thé sans faire tomber une goutte.

— Je vous ai préparé une liste de courses. Cela fait des années que je ne mange que ce que me propose le poissonnier, qui vient sur la place deux fois par semaine avec sa camionnette. Votre présence va me permettre de varier mon alimentation, pour la première fois depuis longtemps, lui a-t-elle dit avec gourmandise.

Octavie a regardé la liste qu'elle lui tendait. Il n'y avait que des sucreries, en particulier des chocolats, et du porto. Blanc.

— Je vais y aller tout de suite.

— Attendez un peu. On va bavarder.

Elles sont restées toutes les deux en silence un bref instant. Octavie avançait pas à pas, piégée par son premier mensonge. Elle était à deux doigts de lui avouer qu'elle était sa petite-fille, mais elle avait décidé de ne rien lui dire : elle devinait qu'elle avait encore beaucoup à apprendre, et, de plus, elle risquait de se brouiller avec sa mère, qui aurait pris cela comme une trahison. Il lui fallait mieux connaître Lucie : si celle-ci était aussi butée que sa mère, elle craignait de tout gâcher avant même de savoir la raison de leur dispute, et de se faire mettre dehors. L'horloge près du jardin d'hiver était arrêtée, peut-être depuis longtemps.

Octavie sentait que Lucie se retenait encore d'entrer dans le vif du sujet, comme si elle aussi avait besoin d'apprendre à la connaître pour aller plus loin.

— Il y a neuf semaines, ma belle-mère est morte. Elle s'appelait Georgette. C'est elle qui vivait dans le studio que vous occupez.

Octavie trouvait bizarre de faire loger sa belle-mère dans un sous-sol mais elle n'a rien dit. Lucie a poursuivi :

— J'ai vécu cinquante-cinq ans à ses côtés, et je ne sais toujours pas qui elle était.

Octavie n'osait plus bouger, même pas pour boire une goutte de thé. Elle était suspendue à ses lèvres. Sa mère avait toujours affirmé que Georgette était une drôle de bonne femme, et elle ajoutait : *elles sont toutes drôles, dans cette famille.*

Tout à coup, Lucie le lui avait dit :

— Il y a un mois environ, quelques semaines seulement après la mort de Georgette, j'ai reçu un coup de téléphone. À l'autre bout du fil, c'était un homme, avec un fort accent étranger. Il a demandé à parler à Serge, mon mari. C'est impossible, Monsieur, il est mort depuis vingt ans, je lui ai répondu. Qui êtes-vous ?

Lucie prenait une autre voix lorsqu'elle rapportait ses propos. Elle racontait bien. Octavie imaginait la voix de cet homme courir le long de câbles à travers l'Atlantique, ce même océan qu'elle entendait rugir, dehors, au-delà du jardin, contourner le cap Horn et remonter jusqu'au Chili. Lucie a continué :

— L'homme m'a demandé si mon mari était bien le fils d'une certaine Georgette Mankiewicz. Je lui ai dit oui, et je lui ai dit qu'elle venait de mourir. J'arrive trop tard, a lâché l'homme, déçu. Je suis de votre famille. Je vous appelle du Chili.

Octavie essayait de comprendre ce que Lucie était en train de lui annoncer. Elle avait de la famille en Amérique du Sud.

— C'était incroyable ! Un homme, à l'autre bout du monde, qui connaissait Georgette et mon mari ! Et c'est à ce moment-là qu'il m'a annoncé : Je suis le neveu de votre mari. Alors là j'ai réfléchi un moment, et j'ai ri. C'était une erreur. Je lui ai dit : C'est impossible, Monsieur. Mon mari n'avait ni frère, ni sœur. Il était fils unique.

Octavie réfléchissait. Serge, son grand-père, le mari de Lucie, était fils unique. Elle aussi, elle était déçue : sitôt apparus, ses cousins d'Amérique disparaissaient.

— Mais cette fois, c'est l'homme au bout du fil qui a paru surpris, et il a ajouté : Non, Madame. Serge Mankiewicz avait un frère, et deux sœurs. Je vous ai retrouvée par Internet.

Lucie a marqué une pause, ménageant son effet, et attendant sa réaction. Octavie a dit :

— Votre mari avait un frère et deux sœurs et vous ne le saviez pas ?

— Exactement. Et maintenant, j'attends de vous que vous me disiez pourquoi Georgette n'en a rien dit.

— Et comment je pourrais le savoir ?

— Par Internet. Elle a toujours tout caché, mais grâce à Internet, vous allez retrouver sa trace, j'en suis certaine.

Cette conversation téléphonique de part et d'autre de l'océan a eu deux conséquences. La première, c'est qu'à partir de ce moment-là, Lucie a été persuadée qu'Internet était une sorte de génie merveilleux à qui l'on pouvait poser toutes sortes de questions. Secrets de famille, recettes de cuisine, paroles de chanson, programme de télé… Internet avait réponse à tout.

La seconde, c'est que comme elle ne savait pas se servir d'un ordinateur et qu'elle voyait très mal, c'était à Octavie de faire des recherches à sa place.

Georgette versus Internet, le combat était lancé.

Octavie était venue pour dissiper un mystère, mais elle ne le voyait que s'épaissir à mesure qu'elle croyait avancer.

Elle n'avait qu'une possibilité : glaner autant de renseignements dans leurs conversations que possible, chercher sur Internet de quoi étayer ce qu'elle savait, et broder tout autour. Le Chilien avait donné à Lucie les maigres informations qu'il avait, il lui incombait de trouver le reste. Serge avait-il su qu'il avait un frère et deux sœurs de l'autre côté de l'Atlantique ? Pourquoi Georgette avait-elle menti ? On aurait dit que tout jouait contre Octavie : les mystères de Georgette, le temps qui avait tout effacé, mais aussi sa propre tendance à la procrastination, qui la faisait passer d'une page d'Internet à l'autre sans transition, et l'emmenait parfois loin de là où elle croyait arriver.

Lucie lui avait donné les quelques renseignements qu'elle avait sur l'enfance de Georgette, les noms de sa grand-mère, de sa mère, de son père, et même de son amie d'enfance.

— C'est beau, Zélie, comme prénom.

— Herzélie. Zélie, c'est un diminutif.

— Et son nom de famille ?

— Conte. Herzélie Conte.

État-civil de l'Aube/recensement
Recensement 1906
Conte Herzélie, chef de famille

Aube/État-civil/Naissance
Herzélie Conte née Reuf 1849-1931

Herzélie Reuf née le 25/05/1849, sexe féminin
Parents : Reuf Jean, scieur de long et Laguionie Euphrasie Colombe

Témoins : Roch Olivier, instituteur et François Foux, scieur de long

Herzélie Conte, 1860-1860
Herzélie Conte, 1894-1894

Herzélie : origine du prénom

Depuis le début du XXe siècle, environ 4 800 personnes seulement ont été prénommées Herzélie en France.

Octavie avait décidé de reprendre ses recherches en traquant chaque détail, et en les notant dans un classeur qu'elle cacherait dans le buffet du studio. Une fois écrits, les renseignements qu'elle trouverait lui permettraient peut-être d'y voir plus clair. Les différents noms de famille de Georgette ne donnaient rien, il y avait trop d'occurrences. Elle avait commencé par ce qu'elle pensait être le début : sa grand-mère, Zélie, et sa mère, Palmyre.

Elle pressentait qu'un des secrets de Georgette avait un rapport avec elles.

## VIE D'HERZÉLIE

La Grande Zélie a eu son premier enfant à onze ans. Un 25 décembre. C'était une petite fille. Elle aussi a tenu la main de la longue ronde de femmes depuis la préhistoire, et ce n'est pas seulement son sexe qu'elle a cru écartelé, mais son corps tout entier, déchiré par la douleur – son corps de petite fille, coupé en deux pour en faire apparaître une autre.

Personne ne sait qui est le père de l'enfant qui a grossi dans son ventre. Herzélie ne le dit pas. Ses parents s'énervent. On crie, on tape, on tape et tape et tape, mais Herzélie ne le dit pas. Ce sont des mains menues qui la frappent : les mains de sa mère, qui cognent sur son dos. *Tu devrais avoir honte.* De grosses mains s'y mettent aussi. Les mains de son père, qui est scieur de long. Celles de son frère, tailleur de pierres, tout aussi grosses et calleuses. Six mains qui happent, six pieds qui trépignent, qui donnent des coups. Mais Herzélie ne le dit pas. On ne le saura jamais. Zélie a la tête dure. Elle est devenue intouchable, comme si c'était contagieux. Les autres filles du voisinage n'ont plus le droit de lui parler. Elle est la honte de sa famille, de son quartier, de sa mère. Les regards lui commandent de ressentir une émotion qui la prend tout entière : elle apprend à avoir honte.

Le père du bébé est peut-être son propre père, ou son frère. Ils dorment tous dans la même pièce. Peut-être est-ce encore quelqu'un d'autre. Zélie ne le dit pas.

C'est le jour de Noël qu'elle accouche de sa petite fille. Cela dure une nuit, puis un jour, et le début de l'autre nuit.

Le corps en étoile sur le lit des parents, l'odeur de sang, la fatigue. Le chat la regarde de ses yeux calmes tandis qu'elle souffle sous le coup de la douleur. Elle hurle, elle pleure. Elle croit qu'elle va mourir. Sa mère lui siffle à l'oreille, *tu as bien su comment l'y faire rentrer, tu sauras bien comment le faire sortir.*

Personne ne travaille le jour de Noël, toute la famille est là quand le bébé sort enfin. Les hommes ne peuvent pas rester dans la pièce et ce n'est pas commode avec le froid qu'il fait. Mais toutes les femmes sont autour d'elle, et font des commentaires. Zélie ne veut pas qu'on la voie nue sous les couvertures.

On désinfecte l'enfant et la mère à l'eau-de-vie. On met le berceau dans la cheminée, pour que le bébé ait chaud. On demande à ne pas cracher près du nourrisson. Même le père de Zélie se retient.

Malgré tous ces efforts, deux jours plus tard, le bébé meurt. Il était peut-être trop fragile, ou peut-être sa mère n'avait pas assez de lait dans ses seins à peine formés. Il a peut-être manqué d'air tandis qu'il restait coincé dans le bassin étroit de Zélie. On ne sait pas, on n'en parle pas longtemps. La mère de Zélie dit que c'est peut-être mieux pour elle, et Zélie ne sait pas de qui elle veut parler, du bébé ou d'elle-même. Elle la soupçonne de ne pas avoir fait tout ce qu'il fallait pour sauver l'enfant.

Le père de Zélie déclare la naissance de la petite fille alors qu'elle est déjà morte, le 27 décembre. Il la nomme Herzélie elle aussi. Même nom, même prénom. Comme si la Grande Zélie était morte à onze ans. À moins que ce ne soit à ce moment-là qu'on commence à l'appeler la Grande Zélie, celle qui est vivante, à la différence de la petite Zélie, qui est morte. Cela non plus, on ne le saura jamais. C'est comme si le nom de la petite morte n'avait aucune importance.

Ce qui est certain, c'est que l'enfance de Zélie a disparu.

Zélie grandit, loin des hommes. Après avoir été sa honte, son corps devient sa force. Sa haute taille lui donne peu à peu la possibilité de se dresser face à ceux qui voudraient la diriger : même son père n'ose plus lever la main sur elle. Il la destine tout de même à être mariée, si quelqu'un veut bien d'elle. Alors, lorsqu'elle a quinze ans, elle part à la Toussaint faire son apprentissage auprès d'une couturière. Elle aussi a été une de ces grandes filles maladroites aux chevilles épaisses et au sourire vaguement niais.

Là, elle apprend la liberté. Personne ne la juge, personne ne la frappe, personne ne la connaît. Elle comprend qu'elle n'a pas besoin de grand-chose pour échapper à sa famille : du fil, une aiguille, des ciseaux. Elle se passionne pour la couture, passe les épingles et observe tout, au son des aiguilles à tricoter. Dès le début de l'hiver, elle demande à la couturière de lui montrer comment on coupe, comment on assemble, comment on monte une manche. Zélie a déjà sa petite idée derrière la tête. La nuit, à la lumière de la lune, elle se fabrique une robe, seule, quand tout le monde dort. Dans le silence de la salle d'essayage au plancher ciré, elle commence par tailler un patron pour la première fois de sa vie. Puis elle coud, pièce par pièce, parfois jusqu'à trois heures du matin, alors qu'elle doit se lever à l'aube. Quand arrive Pâques, elle demande à la couturière de rester un an de plus, et alors que celle-ci refuse, elle lui montre la robe. La couturière n'a pas le choix. Si elle la chasse, elle va s'en faire une rivale et Zélie va lui voler ses clientes. Son père, qui a l'autorité sur elle jusqu'à sa majorité ou son mariage, accepte volontiers de la laisser partir, à condition qu'elle lui rembourse les frais de son éducation. Il a fait une croix depuis longtemps sur cette fille-là. Sa mère a un dernier regard pour elle à côté de cette *couturière*, et se dit qu'elles sont bien faites du même bois. Zélie ne reviendra jamais chez eux.

Elle continue son apprentissage pendant trois ans. Les garçons qui viennent se faire fabriquer un manteau essaient de la séduire, mais elle garde ses distances, jusqu'à ce qu'elle rencontre Blaise, un manouvrier de vingt-six ans, qui aide à construire la maison d'à côté. Elle mesure une tête de plus que lui mais le trouve de plus en plus charmant. Le jour où elle se pique au doigt et où du sang sort de la piqûre, il l'embrasse, confirmant du même coup la superstition des couturières selon laquelle l'aiguille qui perce et fait saigner entraîne un mariage dans l'année – la métaphore ayant le mérite d'être, sinon fine, du moins claire.

Elle se marie à dix-neuf ans. Elle perd ses premiers enfants avant même qu'ils ne soient des bébés, dans des mares de sang qui surviennent n'importe où. Son mari la regarde d'un drôle d'œil. Les femmes du village chuchotent sur son passage. Sa belle-mère lui en veut, et dit à son mari *c'est une mauvaise fille, mauvaise fille elle a été, mauvaise fille elle restera.* Zélie a l'impression d'entendre sa propre mère. Elle commence à les croire, et craint que sa *faute* la suive toute sa vie. Elle imagine le fantôme d'un tout petit enfant qui l'escorte derrière son épaule, une minuscule silhouette aussi blanche qu'une chemise de nuit qui empêche les autres enfants de naître.

Mais au bout de deux ans, elle a un petit garçon. Blaise Odile. Il porte les deux noms auquel elle pense depuis si longtemps, si c'est un garçon, Blaise, comme son mari, depuis le temps qu'il l'attend ; si c'est une fille, Odile. Il sera les deux, garçon, fille, tous les bébés en même temps : Blaise Odile. Il n'a pas beaucoup de cheveux mais il est beau comme une poupée de riches. Il est calme, et doux. Ses grands yeux semblent toujours ouverts. Il la regarde et sourit, babille, agite ses bras et ses jambes comme s'il voulait l'embrasser tout le temps. Elle le chérit.

Herzélie est pardonnée. Elle est mère, à présent, on la considère. On la salue dans la rue. Les femmes lui parlent de la layette qu'elle a cousue elle-même, imaginant des motifs inconnus, inventant des tapis de change qu'on peut rouler et emporter partout, ou des langes faciles à laver. On loue son ingéniosité. Elle revend ses nouveautés et ils gagnent quelques billets. Son mari plaisante à nouveau. Sa belle-mère rit avec elle des attitudes du bébé.

Elle prie le ciel de ne pas lui enlever cet enfant. Elle s'en veut d'y penser, craint que le germe de l'idée ne pousse dans la réalité.

Le ciel ne l'écoute pas.

Une nuit, le petit se met à pleurer et sa respiration est rauque. Il semble manquer d'air. Son front est brûlant. Zélie lui donne un bain tiède dans la plus grande marmite, en soufflant sur ses boucles collées de sueur. L'enfant tombe de sommeil. Zélie le met contre elle dans le grand lit et il se calme. Mais sa fièvre monte tout au long de la nuit et devient si violente qu'elle l'emporte. Il n'a même pas crié, son souffle s'est affaibli jusqu'à ce qu'il s'éteigne dans ses bras. L'enfant est froid et ne respire plus tandis que Zélie le berce encore. Blaise Odile meurt à deux ans, alors qu'elle est encore la seule à comprendre les phrases qu'il prononce.

Mais entre-temps, une fille a grandi dans son ventre, promesse de nouvelles découvertes. Palmyre naît, et les enfants vont pousser dans le corps de Zélie comme des champignons. Zélie en acquiert l'idée que les filles sont plus fortes que les garçons, et qu'elles sauvent la vie de leurs mères. Palmyre vivra avec elle toute sa vie.

Neuf autres enfants suivront, en vingt ans. Zélie passe les trois quarts de son existence enceinte ou à donner le sein, à élever des enfants ou à prier pour qu'ils restent vivants. Le temps des femmes n'est pas le même que celui des hommes. La vie de Zélie est découpée en périodes qui sont dictées par son corps, et surtout par ce qu'on pense de son corps : puberté, grossesses, allaitements, règles, ménopause.

Elle coud et brode à la main, et vend une partie de son travail au voisinage. Les années fastes, elle fait une robe de mariée, et cela l'occupe pour plusieurs semaines, parfois même plusieurs mois. À force, elle accumule un petit pécule. Blaise ne gagne pas toujours bien sa vie et l'autorise à continuer. Palmyre apprend à coudre avec elle, et devenue adulte, travaille avec sa mère.

Dans *Le Petit Écho de la mode*, qu'elle reçoit de Paris, Zélie découvre une publicité pour une machine à coudre. Cela devient son unique objectif. Elle économise pendant des mois, et finalement, l'année où naît Georges, elle fait sa propre révolution : elle va en ville avec son mari, et s'achète une Singer. La table est en noyer, soigneusement verni, les bords sont moulurés et un mince tiroir s'y loge pour y mettre dés et bobines. Elle est parfaite. La première fois que ses pieds actionnent la machine, alors que l'aiguille oscille de haut en bas, de bas en haut, et que le fil court sur le tissu, elle manque de se blesser au doigt et crie, effrayée. Blaise rit, mais il garde ses distances avec ce drôle d'objet. Ils la rapportent à la maison et Zélie ne s'arrête plus. Le mode d'emploi en est très simple, et la rapidité colossale. Les ourlets sont faits en dix minutes, les poignets en à peine le double. Sa vie en est immédiatement transformée. On vient de quartiers éloignés pour la voir. Les commandes de robes de mariée s'accélèrent, elle en a souvent deux ou trois en même temps. Elle se met à accueillir quatre ou cinq filles à *dégrossir* chaque automne. En somme, elle devient chef d'entreprise à une époque où l'expression n'existe pas encore et où les patrons sont des hommes. Le sien la regarde, étonné. Blaise ne peut que se satisfaire de ce revenu inattendu, même s'il aurait préféré le gagner lui-même. Les autres pincent la bouche en le regardant : non seulement il n'a pas su tenir sa femme, mais en plus il n'est même pas capable de subvenir seul aux besoins de sa famille. Quelle sorte d'homme est-ce là ? Même les femmes en font des choux gras : une femme qui coud, ça a toujours existé, mais une femme qui se lance dans les affaires n'arrivera jamais à rien. On ne s'invente pas patron. Quand on naît pauvre, on reste pauvre, et ceux qui visent trop haut finissent par tomber et se casser les dents. Heureusement, Blaise ne les écoute pas : cinq ans plus tard, c'est lui qui chutera, d'une échelle, et mourra sur le coup. Zélie réussira à survivre grâce à son métier, auquel elle se raccrochera, et les autres accepteront alors son mode de vie. Elle coudra jusqu'à sa mort.

Quand Palmyre se marie avec Georges, il emménage chez la Grande Zélie. C'est le mois de juillet, on mange des cerises par poignées, on croque la peau fine et rouge, le jus coule sur les doigts et sa saveur sucrée emplit la bouche. Le soir du mariage de sa fille, la Grande Zélie, qui a bu un peu de vin et a l'humeur amoureuse, se laisse aller à faire l'amour avec son mari. Dans la chambre d'à côté, les jeunes mariés viennent de rentrer, ils sont suivis par un cortège de phéromones dont la queue de comète effleure Blaise, qui glisse une main baladeuse sur les reins de Zélie, où court un frisson qui ne dit pas non. Elle tombe enceinte au cours de la nuit de noces de sa fille.

On l'a jugée quand elle a accouché à onze ans, *trop tôt*, on la juge à quarante-cinq ans parce qu'elle attend un enfant, *trop tard*. Son corps, toute sa vie, appartient aux autres, qui se sentent en droit de commenter ce qu'elle en fait. Palmyre, elle, a un ventre suspect dès le mois qui suit son mariage. Elle a probablement *fauté* avant même d'avoir *la bague au doigt*. C'est Zélie, qui est tombée enceinte le soir des noces. On s'en amuse. On est choqué. On secoue la tête. On la plaint quand on la voit avec son gros ventre et ses rides, marchant aux côtés de sa fille, grosse de trois mois de plus qu'elle.

Mais la Grande Zélie fait le gros dos face aux commentaires, à quarante-cinq ans comme à onze. Elles se rapprochent, la mère et la fille, à être enceintes en même temps. Elle aide Palmyre à être heureuse pendant sa grossesse. Elles auront un bébé de l'hiver, un bébé du printemps, et tout sera bien. Elles continuent à coudre.

Georges naît. Au plein cœur d'un hiver particulièrement rude.

La Grande Zélie accouche elle aussi d'une petite fille. Les deux bébés sont tante et nièce, mais partagent le même berceau comme des jumelles. Elles sourient autant l'une que l'autre. Leurs mères donnent le sein à l'une ou à l'autre, et c'est Zélie qui nourrit les deux bébés la journée, quand Palmyre va chez les clients, tandis qu'elle allaite les enfants la nuit pour laisser sa mère reprendre des forces. C'est pratique. Les petites pourront grandir ensemble. On s'en réjouit.

Mais la fille du printemps est moins robuste que celle de l'hiver.

À moins que Zélie n'ait pas eu assez de lait pour nourrir deux enfants, ou que Georges ait eu de l'appétit pour deux.

Le dernier bébé de la Grande Zélie meurt, à deux mois et demi. Cette fois c'est elle qui choisit de la prénommer Herzélie, pour signifier que c'est une partie d'elle-même qui meurt en même temps que ce bébé. Elle sait déjà qu'elle n'en aura pas d'autre.

Il y a eu trois Herzélie, deux petites mortes très jeunes, et une qui a vécu quatre-vingts ans.

Quand Georges a sept ans, elle s'aperçoit que sa grand-mère a sous son oreiller deux minuscules poupées qui ressemblent à la sienne, deux miniatures qu'elle a fabriquées et sans lesquelles elle ne dort pas.

Zélie s'occupe doublement de Georges. Elle soigne son deuil auprès de cette petite fille vigoureuse, qui beugle si fort lorsqu'elle a faim qu'on croirait un animal, même si son père préfère la comparer à une chanteuse d'opéra – comme si c'était un destin souhaitable. Zélie connaît la malchance qui enlève les enfants, mais elle se met aussi à croire aux coups de main que l'on donne au destin. Elle décide que Georges lui portera bonheur. Alors, à la différence des autres filles à l'époque, qu'on laisse crier pour qu'elles apprennent la frustration et la patience, puisque tel est leur destin, on ne la laisse jamais pleurer. Dès qu'elle manifeste une petite contrariété, sa grand-mère se précipite pour la nourrir, son père pour la satisfaire, sa mère pour la faire sourire, ses oncles et ses tantes pour jouer avec elle. Georges grandit en étant la personne la plus importante au monde pour ses parents, dont elle est le premier enfant, et pour sa grand-mère, dont elle est le dernier. Elle parle sans arrêt, blague beaucoup, mange avec gourmandise, s'amuse avec ses sœurs, apprend à coudre. Elle ne s'ennuie jamais, et n'ennuie jamais les autres. Zélie s'en réjouit. Georges joue dehors, construit une cabane en lisière de forêt, apprivoise des écureuils et une oie, capture un merle et essaie de lui apprendre à siffler, tue une vipère, fait du tambour et rêve d'être pompier. C'est elle qui allume le feu dans la maison à l'aube, depuis qu'elle a trois ans. Zélie lui a appris à remuer les braises de la veille dans l'âtre, à placer savamment le bois et à souffler. La cendre s'éparpille, le feu revient, pique les yeux, monte aux joues et réchauffe la maison avant le réveil de toute la famille. Georges ne dort toujours pas beaucoup la nuit, mais c'est à présent un avantage pour les autres. Rose la suit comme elle peut, Rachel est trop petite, Olga existe à peine. Elles sont de toute façon beaucoup moins intrépides que leur sœur aînée.

Georges reste toute sa vie la préférée de Zélie.

Un matin, une des blondes vient la voir avec des airs de conspiratrice.

— Tu veux voir quelque chose que tu n'as jamais vu ?

Georges ne répond pas. Elle fixe la fille. Étant donné son caractère, la réponse est dans la question. La bouche molle ajoute avec mystère :

— Prépare-toi, c'est vraiment incroyable.

Elle suit les gros mollets derrière la grange. Les autres pensionnaires sont déjà là, et la jaugent. Son oie est attachée par une patte. Georges caresse ses plumes blanches et lisses pour qu'elle cesse de se débattre et de crier.

Marguerite rougit et dit d'une voix rauque :

— Elle est trop petite.

Georges ne sait pas si on parle d'elle ou de l'animal. Une autre confirme :

— Elle fait le garçon, mais elle va pleurer, c'est sûr.

La première blonde la provoque :

— Si tu veux être un garçon, commence par être aussi forte que nous.

Elle comprend que Marguerite leur a rapporté ses confidences.

— Qu'est-ce que tu vas faire ? demande Georges en percevant elle-même l'inquiétude dans sa voix.

— Ta grand-mère ne t'a pas prévenue ? demande Marguerite en rongeant l'ongle de son pouce.

— Ton père n'étant pas là, c'est à moi que Zélie a demandé de le faire, répond la première, en prenant un air important.

Le seul prénom de sa grand-mère suffit à rassurer la petite. Elle a à peine le temps de voir la lame du couteau surgir des jupes de la fille. Le cou pâle et soyeux de l'animal est tranché net. Même Marguerite laisse échapper une exclamation de surprise. La tête roule à terre, dans l'herbe verte et drue, et puis le corps de l'oie semble se ressaisir et se met à marcher, d'abord droit, puis en zigzaguant comme un ivrogne. Georges expire lentement, un maigre espoir se fraie un chemin dans la douleur. L'oie a la tête coupée mais elle essaie d'échapper à la mort inévitable, elle tente de courir loin de son destin, ou de rattraper son bec. Marguerite laisse échapper un rire voilé devant cette vision incongrue. Les ailes blanches battent encore l'air et perdent quelques plumes alors que l'oiseau titube. La fille au couteau se retourne vers la petite :

— C'est fou, non ? Je te l'avais dit.

Georges regarde son oie décapitée qui marche de travers, le cou sanguinolent et droit qui semble désorienté, le trou à la place de la tête qui a roulé. Elle ne comprend pas ce qui se passe, et surtout pas pourquoi elles ont tenu à le lui faire voir.

L'oie tombe dans la poussière. Georges se retient de pleurer.

— La tête que tu fais ! s'exclame une fille en riant.

Marguerite, elle, ne dit rien. Elle regarde ses chaussures. La blonde à bouche molle attrape la tête aux yeux fermés et la jette près des ordures.

— Elle était vieille. Zélie va être obligée de la faire mariner parce que sinon elle va être sacrément coriace.

Georges se baisse pour ramasser une plume toute blanche. Elle vient d'apprendre, au même moment, à quel point on peut aimer, et à quel point on peut souffrir. La douleur est si forte qu'elle la laisse anéantie. Elle n'est pas sûre que ce soit par cruauté que les filles lui ont joué ce mauvais tour. Les jambes raides, la tête bourdonnante, elle rejoint le salon et fixe sa grand-mère, attendant une explication qui ne vient pas. Sa joie et sa confiance en la vie sont tachées, pour la première fois et pour toujours. Ses parents sont sur les routes, Zélie en a profité pour exécuter son oie et les filles ricanent dans son dos. Georges se met au lit sans dîner, sans parler à personne, et se tourne vers le mur en serrant fort ses paupières. Elle gardera une appréhension vis-à-vis des filles et des femmes qui l'entourent, et préférera toujours la compagnie des hommes.

Marguerite vient lui demander pardon dès le soir du crime, mais Georges refuse de lui adresser la parole. L'autre lui tend un coussin qu'elle a cousu pour y mettre le duvet de l'oie, mais Georges ne lui adresse même pas un regard. Au cours de la nuit, Marguerite se glisse près de son lit pour le poser sur une des étagères qui l'encadrent. Elle ne se réveille pas. Son souffle est régulier. Marguerite entrevoit alors, dans un mince casier creusé dans le bois, un cahier. Après un nouveau coup d'œil sur le visage qui dort, elle le saisit du bout des doigts, et l'ouvre. Sur la page, elle lit une accumulation de mots sans rien y comprendre. On dirait une langue étrangère. Elle relit la phrase en respirant plus vite, rapprochant ses yeux des lettres obscurcies par le fourmillement de la pénombre. Son cœur bat plus fort. Georges expire toujours calmement dans son sommeil, mais elle risque de se réveiller à tout instant.

Marguerite saisit un crayon, une feuille de papier et recopie la première page sans réfléchir. Elle aura le temps de déchiffrer plus tard ce que cela signifie. La page repliée dans sa poche, elle retourne à son lit en catimini. Elle se recouche, les lettres repassant derrière ses paupières, encore et encore.

Le lendemain, alors qu'elle est dans les cabinets au fond du jardin et qu'elle retourne la page du journal de Georges dans tous les sens, elle comprend : les phrases sont codées. Il suffit de lire la première lettre de la page, puis la dernière, la deuxième lettre, puis l'avant-dernière, et ainsi de suite. Georges tient un journal intime. Cette première page confie au cahier tous ses désirs, des plus avouables (apprendre à monter à cheval) aux plus étonnants (mordre la bouche de l'instituteur). Heureuse de sa découverte, même si elle regrette de n'en avoir recopié qu'une page, Marguerite replie la feuille de papier dans sa poche, en se disant que ce secret pourra certainement lui servir un jour.

Le lendemain, Georges refuse de manger – et ne parle pas à Zélie pendant plus d'une semaine. Les autres mastiquent sans un mot la chair durcie de l'oie, tandis que Georges reste immobile face à son assiette vide.

Zélie ne supporte pas le silence de Georges. Pour autant, elle n'essaie pas de le rompre. C'est la première fois que quelqu'un ose la défier. Elle continue à travailler, le visage aussi fermé que celui de Georges, en attendant qu'elle se calme. Celle-ci s'obstine dans son mutisme avec un air buté.

Palmyre non plus ne parle plus à sa mère pendant une semaine. Lorsqu'elle est rentrée à la nuit, il y a eu des chuchotis, et des éclats de voix. Georges a entendu sa mère et sa grand-mère se disputer, pour la première fois.

Depuis, Mathurin ne peut réprimer un sourire quand il croise sa belle-mère, qui fulmine.

Zélie s'en veut, mais elle ne le reconnaîtra jamais. Cette oie était née pour être mangée, c'est l'ordre naturel des choses. Elle n'aurait pas dû écouter Palmyre, qui a repoussé plusieurs fois le moment de tuer l'animal. Pourquoi engraisser une oie si ce n'est pas pour la manger ?

Il faut que Georges apprenne à grandir. Un animal, ce n'est pas un homme. Une fille, ce n'est pas un garçon.

Convaincue d'avoir raison, et résolue à restaurer son autorité, Zélie décide de leur donner à tous une leçon.

La semaine suivante, Zélie emmène toutes les filles en ville, où elle doit aller se fournir en tissu. Palmyre reste à la maison. Georges hésite. Elle se méfie désormais. Sa grand-mère lui fait comprendre qu'elle n'a pas le choix. Georges n'ose pas poser de question et suit le mouvement. Après la matinée à la halle aux tissus, elles laissent leur marchandise au dépôt et se dirigent vers la grande place, en même temps que des dizaines de gens qui se pressent, de plus en plus nombreux, dans les rues. Georges ne saisit pas vraiment où elles vont, mais les filles échangent des regards luisant d'impatience.

Zélie marche devant, les filles derrière. L'une d'elle dit à Georges en ricanant :

— Alors, Georges, jamais peur de rien ?

La petite la regarde de haut.

— Pas de toi, en tout cas.

Les autres rigolent, la charrient. Elles débouchent sur la place, où la foule se presse et où la clameur enfle. Les parents de Marguerite les saluent, ils sont venus en famille. D'autres enfants sont là aussi, ils courent entre les adultes. Georges se sent chahutée jusqu'à ce que Marguerite la hisse sur ses épaules. C'est le premier spectacle auquel elle assiste dans son enfance. Il y en aura trois – et chacun d'eux va la marquer pour le reste de sa vie.

Un homme arrive, encadré par deux gendarmes. Il est très grand, et porte une barbe noire. Ses cheveux clairsemés laissent voir son crâne. On ne peut pas lui donner d'âge. Zélie explique qu'il va être puni parce qu'il a commis une faute, mais elle ne dit pas laquelle. Peut-être ne le sait-elle pas. Ce qui est important, c'est que la foule le hue, et qu'il est seul face à elle. C'est à la fois un jour de fête et un moment solennel. Marguerite, elle, fixe l'homme, qui a les mains attachées dans le dos. Ses joues sont plus rouges que jamais, elle parle avec une voix haut perchée. Georges perçoit l'excitation des filles, mais elle ne devine pas du tout ce qui va se passer. Zélie lui a expliqué ce pour quoi on venait là – la faute, la punition – mais elle ne lui a pas dévoilé la chute de l'histoire, le clou du spectacle.

Le condamné monte sur l'estrade et il a un mouvement de recul, mais le bourreau le pousse fermement.

Un groupe d'hommes et de femmes intervient alors sur la place publique. Munis de banderoles, ils se mettent à crier : « À bas la peine de mort ! »

Les gendarmes interviennent aussitôt et se ruent sur les manifestants. La bagarre ne dure que quelques minutes. Une femme est jetée à terre, un gendarme lui attache les mains derrière le dos. Elle est traînée par les bras, à la suite des autres, et alors qu'elle se contorsionne pour s'échapper, ses jupons s'écartent, et laissent voir les poils de son sexe.

Georges n'a jamais vu cela.

La mère de Marguerite se signe.

Une clameur ramène alors l'attention vers l'échafaud.

Georges voit le bourreau mettre un sac en tissu blanc sur la tête de l'homme.

La lame tombe. Le bourreau a reçu une giclée de sang au visage, qu'il essuie de la main en émettant un cri de dégoût.

La tête roule. Le cou, blanc, se tache de rouge.

Le condamné ne se relève pas. Sa tête a disparu.

Georges n'adresse la parole à personne sur le chemin du retour. Le soir, elle reste seule avec les images de la tête coupée, le sexe poilu, l'oie décapitée. Cette fois, c'est Palmyre et Mathurin qui se disputent. Elle entend son père crier :

— Ces filles sont méchantes, et ta mère ne vaut pas mieux.

Pour une fois, Georges entend sa grand-mère grommeler moins fort que sa mère, qui lui répond avec colère :

— Ce n'est pas l'éducation que nous souhaitons donner à nos filles !

La leçon produit exactement l'effet contraire à celui recherché. Entre la foule et l'homme seul, Georges a choisi celui qui a été décapité comme l'oie. C'est même à partir de ce moment-là qu'elle se met à haïr les gendarmes, les curés, les maîtres d'école, les dames patronnesses, ainsi que Dieu et tous ses saints, dont elle se moque autant qu'elle peut, tous ceux qui punissent avant de comprendre, tous ceux qui ont un avis sur chacun, et surtout sur chacune. Tout le monde déteste les policiers, mais elle, elle se met en colère contre eux avec une véhémence qui n'est pas banale, parce que chaque fois lui revient le regard de l'homme exécuté face à la foule. Elle se met à refuser, plus que jamais, toute autorité.

Plus tard, sa mère vient s'asseoir sur son lit et lui assure que si elle avait pu penser que sa grand-mère l'emmènerait voir le condamné, elle l'aurait gardée à la maison.

— Il y a des gens qui ont essayé d'empêcher l'exécution, dit Georges.

Palmyre regarde sa fille d'un air triste.

— Ce sont des socialistes.

— Il y avait une femme parmi eux.

Sa mère sourit.

— Oui, parmi les socialistes, il y en a. Elles essaient de changer la vie des femmes, mais ce n'est pas facile.

Palmyre réfléchit, puis elle dit à Georges :

— Tu es grande, maintenant. Tu vas pouvoir venir avec moi à une réunion politique. Ça va te plaire.

— Zélie ne voudra jamais.

— On ne lui demande pas son avis.

Ce jour où l'homme est exécuté, et où Georges, sa préférée, cesse de lui obéir, Zélie prend peur. Elle est allée trop loin, ils ne la respectent plus. Pour la première fois de sa vie, elle se sent vaincue. C'est un duel, mais personne n'est dupe. Chacun sait qui a gagné. La petite ne l'écoutera plus.

Zélie jette des regards en coin à Georges, craignant le jour où, élevée en fille libre, elle la laissera seule, et vieille.

En grandissant, Georges devient une sorte d'assistante pour sa mère et dirige ses trois sœurs. Palmyre l'appelle mon petit bonhomme, et cela lui plaît. Très vite, cependant, sa mère est enceinte de son cinquième enfant (le vinaigre n'est pas toujours efficace), et cette fois, la grossesse l'épuise, dès les premiers jours. Elle a mal au dos, son ventre lui pèse avant même de poindre, elle se sent vieille et semble de moins en moins heureuse. Son corps de trente-quatre ans en paraît quinze de plus. Dès le début des nausées du premier mois, elle est prise d'une peur panique de tomber. Chaque pas lui coûte, elle tangue dans la rue, avance le pied précautionneusement sur le trottoir, perd l'équilibre. L'air n'est plus aussi transparent, le ciel le plus souvent d'un anthracite opaque. L'hiver ressemble à un mauvais présage. Georges interroge sa mère du regard. Palmyre lui répond :

— Toi aussi, tu auras un enfant un jour, et alors tu verras. Tu auras faim, et tu ne mangeras pas, tu auras soif, et tu ne boiras pas, tu auras sommeil, et tu ne dormiras pas.

C'est de cette façon qu'elle annonce à Georges qu'elle est enceinte (ce mot-là n'est jamais prononcé). Malgré sa grossesse, Palmyre tient sa promesse : elle va emmener sa fille aînée à une conférence de Louise Michel. C'est le dernier souvenir que Georges a de sa mère debout.

Zélie est toujours silencieuse, et elle ne proteste pas : après tout, Louise Michel est originaire de la même région qu'elle, c'est une figure de la Commune, et elle partage ses idées de justice sociale.

Mathurin, lui, ne veut pas que « les petites » y aillent.

— Pas de problème, sourit Palmyre : je n'emmènerai que Georges.

Celle-ci est heureuse d'être considérée comme une grande et d'aller voir ce qui est à la fois une réunion politique et un spectacle. Les affiches vertes qu'elle croise partout dans la ville ne font que renforcer son excitation. « Pourquoi des églises ? Pourquoi des casernes ? » Georges rit, d'emblée cela lui plaît. Son père baisse le nez : même s'il n'aime pas trop le clergé, il est breton et a toujours baigné dans une ambiance catholique.

— Je ne crois pas que ce soit bien qu'elle y aille.

— Au contraire, répond sa mère. Elle va apprendre à se méfier des curés, des soldats et des patrons. C'est un très bon départ dans la vie.

On murmure pourtant que personne ne veut louer de salle, par crainte des débordements ou des échauffourées dus aux partisans de la Vierge rouge. La mairie a refusé de prêter une école maternelle. Finalement, le patron d'un café, Aux Amis réunis, qui a des terrains de pétanque, se porte volontaire pour accueillir la « conférence antireligieuse, antimilitariste et syndicaliste, publique et contradictoire ». Dès le samedi, une centaine de gendarmes, deux compagnies d'infanterie et deux cent cinquante chasseurs à cheval entourent le café. La conférence se déroule dans une cour où trois terrains de jeu de boules sont bordés de marronniers. L'ambiance est électrique. Les curieux viennent voir comment ça s'organise, les enfants observent les soldats, les gendarmes patrouillent tout autour.

Le prix d'entrée est fixé à trente centimes, mais les femmes et les enfants ne paient pas. Ce sera donc gratuit pour elles deux.

Mathurin hausse les épaules :

— Faites attention. Restez sur les bords, n'allez pas au milieu de la foule.

Palmyre rit, et sa fille la regarde avec fierté.

Le dimanche matin, on croirait que la ville est en guerre. Tous les accès à l'église sont gardés par des soldats armés. La mairie, elle, est protégée par les pompiers. On craint les émeutes. Il n'y a pas souvent de spectacle de cette envergure, sans parler de réunion politique aussi grande et aussi controversée. Les voisins de Georges ont décidé de ne pas y aller :

— Moi, je sais ce que je dois à la République, déclare Palmyre d'un ton définitif.

Zélie n'intervient pas, mais son regard traduit sa satisfaction. La Commune, c'est sa période de gloire, après tout.

— Il faut reconnaître ce qu'on leur doit, c'est sûr, renchérit Mathurin, comme s'il excusait sa femme d'être un peu trop remontée.

— Rien que pour les enfants, ne plus travailler c'est un sacré progrès, non ?

Palmyre sait que le voisin ne peut qu'acquiescer. Sa femme marmonne :

— Même si on s'en trouverait mieux certains jours…

— Louise Michel défend nos intérêts, c'est sûr, dit le voisin, mais moi je ne veux pas qu'on nous prenne pour des agitateurs.

— Si la réunion tourne mal, certains vont se retrouver en prison, approuve la voisine d'un air entendu. Dans tous les cas, ce n'est pas un endroit pour une fille.

Ils ne comprennent pas que Palmyre y emmène Georges. Ils critiquent, toujours. Ils donnent leur avis.

— Je vais peut-être y aller avec elles, répond Mathurin.

C'est déjà plus acceptable.

— Moi, tu sais ce que j'en pense, dit le voisin. Tu ferais mieux de ne pas les laisser faire n'importe quoi.

— De les protéger, aussi, en cas de *grabuge*, ajoute sa femme.

— C'est jour de marché, c'est juste ça, dit Mathurin. Il faut que je travaille.

Palmyre y va seule avec sa fille.

Cinq cents personnes viennent à la réunion : ouvriers, ouvrières, révolutionnaires, anarchistes, bourgeois, sans compter les enfants assis à califourchon sur les murs. La cour est bondée, et Palmyre se faufile entre les hommes et les femmes, certains qu'elle connaît déjà, d'autres à qui elle adresse un sourire de connivence. On en est, on a des intérêts communs, des rêves similaires. Georges comprend que quand sa mère passe la soirée dehors, elle n'est pas toujours chez une cliente : parfois, elle est avec ces gens. C'est pour cela qu'elle tutoie l'instituteur, son parrain. Des enfants courent à côté d'elle, tenant l'équilibre les bras écartés comme sur une poutre. Des jeunes hommes, casquettes en arrière, dansent d'un pied sur l'autre, impatients que ça commence. Un garçon en profite pour poser sa main sur l'épaule d'une fille, elle le rembarre : on n'est pas là pour ça. Il rougit. L'atmosphère est à la fois celle d'une kermesse et d'une messe laïque. Ça plaisante, ça débat, ça s'organise pour être sûr de bien voir et de tout entendre. Georges cligne des yeux, aveuglée par la foule autour d'elle, la cohue, le bruit. Sa jupe longue, qui appartenait à Palmyre quand elle était jeune, lui tombe sur les hanches. Elle se met sur la pointe des pieds pour voir l'estrade. Palmyre soupire, son ventre lui tient chaud. Georges l'encourage d'un sourire et lui indique une place où elle peut s'asseoir, sur le muret, à côté d'une autre jeune femme qui allaite son bébé.

Elle sait que son père espère que cette fois ce sera un garçon, même s'il prétend d'un air détaché que cela lui est complètement égal.

Elle a surpris une conversation qu'il a eue avec un copain :

— Alors, ce sera encore une *fendue* ?

— Cette fois-ci, j'espère que non, a répondu Mathurin. C'est pas toujours facile, d'être entouré par cinq femmes. Alors six.

L'autre s'est marré d'un air entendu. Georges a fixé son père, qui a lâchement détourné le regard puis avalé une grosse bouffée de sa cigarette avant d'en expulser la fumée dans un soupir. Elle a pensé à un Dieu qui entaillerait les filles entre les jambes d'une fente bien nette, celle de ses sœurs, la sienne, droite comme un coup de couteau.

La conférence devrait déjà être commencée, Georges s'en inquiète.

— Et si elle ne venait pas ?

— Louise Michel a toujours un peu de retard, lui dit sa mère, sûre d'elle.

C'est à ce moment-là qu'elles aperçoivent Marguerite. Essoufflée, échevelée, luisante. Elle a échappé à la vigilance de Zélie pour venir les rejoindre. Le visage de Palmyre se masque, mais elle la laisse approcher.

— Nous verrons cela plus tard, lui dit-elle d'un ton sévère.

Marguerite se place à côté de Georges en croisant son regard complice, et lui presse le bras doucement, puis elles se tournent vers l'estrade. Georges ne laisse rien paraître, mais elle est heureuse de cette réconciliation. Elle n'est pas rancunière. L'oie, le condamné, l'incompréhension mutuelle et les jours de silence sont oubliés. Ses yeux sont rivés sur la scène et ses lèvres sourient. Louise Michel apparaît, affaiblie, plus vieille que ce à quoi elle s'attendait. Ses cheveux gris et son visage marqué portent les traces de ses années de lutte et de bagne, mais son corps mince reste droit, altier face à ceux qui la regardent avec admiration. Dès qu'elle ouvre sa large bouche qui articule chaque mot comme pour les imprimer dans les esprits des spectateurs, elle galvanise la foule :

« Partout, la lutte est engagée. Si l'égalité entre les deux sexes était reconnue, ce serait une fameuse brèche dans la bêtise humaine. Les êtres sont égaux, les races sont égales, et dans les races, ces deux parties de l'humanité, l'homme et la femme. »

Palmyre applaudit, enthousiaste. Georges ne comprend pas tout, mais elle imite sa mère avec vigueur. Certaines phrases la marqueront à jamais et lui reviendront souvent en mémoire dans les années qui viennent. Les idées pacifistes de Louise Michel rencontrent son cœur d'enfant, opposé à la guerre. Elle échange à nouveau un regard avec Marguerite et se grandit. Elles se sentent presque adultes, et révolutionnaires.

« Dites à vos fils et à vos filles de mettre leur crosse en l'air si on veut les envoyer combattre. »

Il lui semble que le regard de Louise Michel s'arrête sur elle. Peut-être parce qu'elle est une des plus jeunes, ou parce que son regard clair et volontaire retient l'attention. Marguerite lui sourit et Georges se sent tout à coup importante. Les têtes sont droites, les regards brillent, on se hisse sur la pointe d'un pied pour mieux voir celle qui parle si bien, on acquiesce à voix haute, on tape fort des mains. À ce moment précis, ceux qui assistent à la réunion sont persuadés que le jour venu, ils refuseront de partir à la guerre pour un combat dont ils ne veulent pas. Pourtant, à peine dix ans plus tard, ils crapahuteront dans les tranchées et y laisseront la vie.

Marguerite a le visage échauffé par l'ambiance générale. Cette année auprès de Zélie lui a enseigné plus que la fabrique d'un trousseau : elle est devenue adulte, libre, heureuse. Elle remarque un jeune homme à casquette qui lui sourit. Elle n'entend plus le discours, cherche à cacher la sueur qui lui fait des auréoles sous les bras. Palmyre et Georges n'y font pas attention. Le garçon plante son regard en elle. Il applaudit, elle fait pareil, sourit aussi.

Louise Michel demande du travail pour tous, l'éducation du peuple, l'égalité des droits. Elle crie : « Restons unis ! » Elle raconte les barricades et parle de révolution sociale, et Georges ne sait pas bien ce que cela signifie, mais elle comprend au ton enflammé qu'il s'agit de défendre les pauvres contre les bourgeois. Des cris de joie s'élèvent tout autour, et elle sourit de bonheur en regardant le ciel.

« Il faut dégager nos enfants de la chaîne cléricale. En les empêchant d'être infectés par les manuels des curés, nous les arrachons au vice ! »

Palmyre rit de surprise. Louise Michel ose dire tout haut ce qu'elle pense tout bas. Même aux réunions avec les anarcho-syndicalistes qu'elle fréquente, on n'ose pas en dire autant

– surtout pas les femmes. Zélie a les idées larges, mais elle ne défend qu'elle-même. Palmyre, elle, pressent que la liberté des femmes doit être collective. Cela passera par une libération des corps. Les femmes ne doivent plus subir les grossesses successives qui les empêchent de vivre leur vie. Marguerite, elle, est écarlate. Elle ne sait plus quoi penser. Les curés ont toujours été l'autorité suprême dans sa famille, ce sont eux qui décident de l'ordre des choses : en haut, Dieu, puis les curés, les pères, et puis tout en bas, les femmes et les enfants, qui doivent se tenir tranquilles et se taire. Le garçon lui fait un drôle d'effet, à la regarder sans cesse. Elle se sent mal à l'aise d'être venue. Le plaisir qui lui fouille le ventre n'en est que plus grand.

On se met à chanter *Les Cochons*, contre les curés et les bourgeois. Georges reprend le refrain qu'elle connaît par cœur. Des spectateurs regardent, abasourdis, cette toute jeune fille qui semble venue du futur tant elle ose se tenir, debout, au milieu de la foule, avec sa voix encore enfantine qui prononce les paroles irrespectueuses. Elle n'a pas l'air de s'excuser comme les autres. Elle existe, et compte le faire savoir. Marguerite a un peu honte qu'elle se fasse remarquer. Elle ne comprend pas que Palmyre en rie avec les autres.

Georges regarde alors vers Louise Michel, qui descend de l'estrade, serre des mains et sourit aux commentaires enflammés des spectateurs séduits, fend la foule et disparaît dans une voiture qui l'emmène. La Vierge rouge s'est volatilisée. Un cortège la suit en chantant *L'Internationale* et *La Carmagnole*. Un homme crie :

— Vive Louise Michel ! Vive la Commune !

Et dix autres répondent :

— À bas les assassins !

Dix fois, quinze fois l'assistance reprend :

— Vive Louise Michel !

Mais elle a disparu.

Alors une femme toute mince, à la voix puissante, entonne un chant triste :

« Debout les damnés de la terre
Les despotes épouvantés
Sentant sous leurs pas un cratère
Au passé se sont acculés. »

Sa mère chuchote à son oreille que c'est Louise Michel qui en a écrit les paroles. Georges a des étoiles dans les yeux. Elle est à la fois exaltée par ce qu'elle vient de voir, et bouleversée tant sa vie lui paraît ordinaire. Marguerite, elle, ne participe pas à la conversation. Le jeune homme s'est éloigné, il est installé au comptoir et boit une bière avec ses amis. La réunion politique se transforme peu à peu en bal.

Le ciel a viré à l'orage et le vent fait voler les feuilles tandis qu'elles rentrent à la maison en se remémorant tout haut leur soirée magnifique et en se rappelant les phrases de Louise Michel qui les ont impressionnées. Chacune se sent plus forte qu'elle ne l'était quelques heures plus tôt. Marguerite s'attend à être grondée par Palmyre, mais la punition ne vient pas. Zélie ne s'est aperçue de rien. Les autres filles, elles, la soupçonnent du pire, mais s'endorment vite une fois qu'elle est rentrée.

Sans rien dire à Georges, Marguerite fait le mur, ce soir-là. Elle s'échappe en cachette et rejoint le jeune homme à la fête qui suit la conférence, pour danser. Au milieu des socialistes, excitée par les idées nouvelles, elle tourne au bras du garçon et rit à en perdre la tête. Lorsqu'elle rentre au cœur de la nuit, le feu aux joues, une des pensionnaires ouvre un œil, puis fait semblant de dormir.

Les jours suivants, Georges s'applique à répandre la bonne parole qu'elle a entendue auprès de ses sœurs et des blondes qui se croient si malignes, elle leur parle de la libération des ouvriers, de celle des femmes, de l'accès à l'éducation pour tous, des conditions de vie décentes, d'un avenir lumineux. Les pensionnaires ne disent rien mais enregistrent tout.

— Tu crois vraiment que c'est possible, ce qu'elle raconte ? demande Rachel à sa sœur aînée.

— Bien sûr, si on est nombreux à le vouloir.

Marguerite, elle, pense à sa rencontre avec le garçon et dessine des cœurs sur sa main. Palmyre s'absente deux jours, mais Georges n'y prête pas vraiment attention, même si Mathurin a l'air inquiet. Le troisième jour, alors que Palmyre vient de rentrer, très pâle, à la maison, les parents de Marguerite débarquent. Ils sont venus chercher leur fille, et le père brandit un papier. Ils ont confié leur fille à Zélie, et celle-ci n'a rien trouvé de mieux que de la laisser aller à une réunion des Rouges. Il paraît même qu'elle est ressortie à la nuit et qu'on l'a vue danser. C'est une des autres pensionnaires qui les a prévenus, mais ils ont fait leur petite enquête et ce qu'elle a dit a été vérifié. La blonde à bouche molle qui a égorgé l'oie fixe Zélie dans les yeux.

— Elle va partir au Bon Pasteur, dit le père.

Marguerite le supplie de la placer dans une famille comme petite bonne, de la mettre à l'usine, ou aux champs, elle lui promet de faire tout ce qu'il voudra, tout, plutôt que d'aller là-bas. Son père reste inflexible. Il a porté plainte contre sa fille. Heureusement, il a suffi qu'il fasse part de son mécontentement pour que le juge l'écoute. Le Bon Pasteur, une institution religieuse à qui l'on confie les filles désobéissantes pour qu'elles y soient *redressées*, a accepté de la prendre. La mère, à ses côtés, opine du bonnet, même si personne ne lui a demandé son avis.

Georges s'insurge. Si elles étaient des garçons, personne ne se serait formalisé de leur présence à une réunion politique. Zélie l'écarte, essaie de raisonner le père : elle sait qu'elle est en train de perdre une part substantielle de ses revenus. Palmyre tente de se justifier. Marguerite pleure, son père va pour la gifler, Georges proteste. Mathurin ne s'interpose pas.

En se tenant la joue, Marguerite va chercher son baluchon au grenier. Georges la rattrape dans l'escalier.

Elle lui promet de venir la sauver. Georges a dix ans, la vie devant elle, elle sait coudre, lire, compter, elle est allée à Paris, elle a déjà une vie différente de celle de sa mère, sans parler de celle de sa grand-mère, tout lui est permis. Elle rêve de ne plus avoir à se courber devant quiconque, de travailler, de voyager, de voter, de tomber amoureuse, de participer aux changements de la société qui ne manqueront pas d'arriver. Elle veut exister, profiter de la vie. En être. Les adultes peuvent ne pas être d'accord, il est déjà trop tard : elle ira à d'autres meetings politiques, apprendra à désobéir, prendra son destin en main.

Elle est pleine d'optimisme.

La vie va très vite se charger de la ramener à la raison.

Au moment où Palmyre perd connaissance, la journée paraît basculer. Georges se précipite près de son visage devenu blême. Sa mère respire encore. Ses yeux se plissent sous la douleur qui lui tord le ventre. Sa peau est grise, et même quand elle se mord les lèvres, celles-ci ne deviennent plus roses.

— Parle-moi, dit Zélie.

Mais Palmyre ne lui répond plus. Zélie demande à Georges de lui apporter de l'eau bouillante. Elle se précipite. Dehors, le vent cogne contre la fenêtre, et un corbeau s'y pose pour s'abriter. Zélie se signe, elle, la communarde. Georges ouvre la porte pour appeler à l'aide.

Zélie gifle sa fille qui ouvre les yeux, et appuie des deux poings contre son ventre. Palmyre grimace. Georges caresse les cheveux fins de sa mère, les tout petits filaments semblables à des fils de soie collés à son front. Elle souffle dessus, et certains d'entre eux se soulèvent.

Mathurin, essoufflé, arrive enfin. Il s'agenouille devant sa femme. Il ne sait pas quoi faire. Une poche de sang est expulsée du sexe de Palmyre. Georges a un haut-le-cœur. Son père lui serre le poignet, paniqué. Quand Rachel demande ce qu'elle a exactement, Zélie répond trop vite.

— Elle fait une poussée de fièvre.

Georges intervient dans la conversation chuchotée mais son père lui dit de s'occuper de ses sœurs et de les faire sortir de la pièce. Lorsqu'elle revient, sa mère s'est à nouveau évanouie et respire faiblement. La veine bleue qui palpite le long de sa tempe semble beaucoup plus forte que la ligne rouge-brun qui souligne son ventre.

Palmyre se plaint dans son sommeil. Le sang continue de couler sur les draps, et ni Mathurin, ni Georges ne savent vraiment quoi faire. Ils essuient, rajoutent des couches de linge. Zélie dit que cela va bien finir par s'arrêter, mais Mathurin s'inquiète pour l'enfant. Les yeux de Palmyre ne s'ouvrent plus. Elle murmure quelque chose en boucle.

— J'ai mal, dit-elle.

Georges veut la prendre dans ses bras, mais Palmyre arrête ses mains.

— J'ai mal partout.

Zélie reste à son chevet. De temps en temps, elle s'assied sur le rebord de la fenêtre et regarde le ciel étoilé. Palmyre semble se calmer et respire plus profondément. Georges s'assoupit. Mais sa mère recommence à gémir, Mathurin à marcher, Zélie à poser des linges mouillés sur le front de sa fille. Georges finit par s'endormir aux côtés de sa mère.

Au fil des jours, les objets se multiplient autour du lit : compresses de tissu, boules de coton, flacons de cachets, bassin pour recueillir les divers fluides qui s'écoulent et vident peu à peu Palmyre. Sa peau pâlit jusqu'à devenir presque transparente. Georges joue avec les boutons nacrés de l'oreiller de sa mère. À la tête que fait Zélie, Georges s'attend au pire. Elle renferme dans son ventre cette terreur pareille à un organe : sa mère va mourir.

Mathurin se penche au-dessus du visage de sa femme dont les cernes sombres se creusent chaque jour davantage, et tient sa tête tandis que Zélie lui fait boire une décoction de la même couleur que le sang qu'elle perd. Palmyre se plaint moins mais elle se met à délirer. Georges a l'impression qu'elle se bat contre un ennemi imaginaire, comme elle le faisait, petite, dans son lit au réveil. Elle chuchote, pousse ses mains devant elle, fait des bruits de combat. À l'extérieur de la maison, les arbres s'assombrissent jusqu'à devenir noirs.

Georges s'occupe de ses sœurs mais elle n'arrive pas à leur dire la vérité. Elle prétend que leur mère va s'en sortir, même si elle ne le croit pas. Son père a les yeux gonflés, il dit :

— Ce n'est pas sa faute, ni la mienne.

Mais il a l'air tellement malheureux que Georges détourne le regard, elle sait qu'il ment. Il se sent coupable, mais de quoi ? Elle sent qu'il y a un lien avec l'enfant à qui Palmyre a fait allusion. Cela avait tout l'air d'une énorme contrariété pour sa mère : un événement imprévu et grave, qui allait à nouveau la priver de sa liberté pendant de longs mois. Georges avait espéré que l'enfant ne naisse pas. À présent, elle se dit que tout serait préférable à ce qu'elles vivent, y compris un bébé à la peau transparente de salamandre, ses cris grinçants qui appellent le sein de sa mère et l'épuisent, les petits doigts aux ongles qui poussent comme des plantes et demandent sans cesse de l'attention. Palmyre est comme certains de ces insectes qui n'ont plus qu'à mourir une fois qu'ils ont perpétué l'espèce – son corps l'a fait quatre fois et il est épuisé. Elle s'est affaiblie à mesure qu'elle fabriquait d'autres petits corps, d'autres petites femmes aux ovaires pleins de futurs œufs.

Elle crie parfois la nuit, demande où est son bébé. Georges se bouche les oreilles.

Le docteur vient, et on l'emmène enfin à l'hôpital. Georges se raccroche au corps de Palmyre, dans la pièce aux dizaines de lits alignés.

La mère tourne vers elle son regard de noyée.

— Mon petit bonhomme.

Sa mère s'éteint, d'épuisement. Elle a trente-quatre ans. À l'hôpital, les religieuses en cornette parlent de tétanos et de septicémie.

Son absence se fait sentir immédiatement, comme si une partie de la maison avait disparu et que celle-ci ne pouvait plus bien remplir sa mission de protection – mais personne ne fait plus allusion à Palmyre. Personne ne dit non plus de ne pas poser de question et pourtant Georges sent que c'est interdit. On lui cache quelque chose mais il serait encore plus terrible de le découvrir. Ses sœurs prennent l'habitude de ne jamais citer leur mère. Même Zélie n'en parle plus jamais.

Mathurin doit nourrir quatre filles. Le salaire de Palmyre manque. À dix ans, Georges cesse brusquement d'être une enfant. Elle a compris que la Vierge n'exaucerait jamais aucun de ses vœux. Il n'est plus question pour elle de dessiner des modèles ou de rêver à un autre avenir. Elle continue d'aller à l'école, mais le soir, elle travaille, jusqu'à ce qu'elle tombe de sommeil.

Tout autour, on les juge. C'est une famille sans mère. Il paraît que la grande a déjà fait des siennes, et Zélie n'est plus la même depuis qu'elle a perdu sa fille. Le père devrait se remarier, vite.

Georges s'installe à la machine à coudre avec autant d'acharnement que sa grand-mère. Le travail lui permet d'épuiser ses pensées, qui ramènent sans cesse des *plus jamais* : plus jamais la voix de sa mère, plus jamais ses yeux doux plongeant dans les siens, plus jamais sa main sur la sienne, plus jamais l'insouciance. La machine à coudre fait le bruit régulier, rassurant, de son enfance. Elle se surprend elle-même à reproduire les gestes de Palmyre, une main sur un front pour toucher une éventuelle fièvre, un doigt dans la sauce pour goûter si elle est assez salée, sans compter les gestes du travail d'aiguille. Elle prend la place de sa mère. Elle le fait par devoir, croit qu'elle n'a plus le choix. Ses allures ressemblent de moins en moins à celles d'un garçon. Sa rage grandit.

Octavie applique une teinture sur les cheveux blancs de Lucie. Celle-ci est tellement à l'aise qu'elle enlève son haut avant de mettre une serviette sur ses épaules. Ses seins ne tombent pas, et elle en est fière. Elle rit :

— Tu as vu ? À mon âge, c'est pas mal, non ?

Octavie n'arrive pas à comprendre comment on peut être aussi pudique sur sa vie tout en se montrant torse nu à une étrangère. Parfois, elle brûle d'envie de lui dire qu'elle est sa petite-fille, ou de tout avouer à sa mère, mais plus le temps passe, plus il lui est impossible de leur dire qu'elle a menti. Alors elle pose des questions sur la maison.

— Comment vous en êtes venue à vivre ici ?

Sa peau est rêche, d'une blancheur spectrale, et tellement fragile qu'elle pourrait se déchirer : on dirait du papier à cigarette. Octavie veut réussir à connaître la vérité avant qu'elle meure. Le temps est compté.

— C'est Georgette qui a acheté le terrain. C'était très exotique, pour elle, de vivre tout près des bateaux.

Parfois, Octavie sort le soir dans les bars qui longent le port de plaisance et elle s'étourdit face à la surface noire et graisseuse de l'eau. Les lumières des réverbères s'y reflètent et créent une drôle d'ambiance, à la fois citadine et océanique. C'est ici que sa mère a passé sa jeunesse. Des filles beuglent autour d'elle, et les garçons rient de les sentir divaguer. Un soir, l'un d'eux, aviné, a lancé à Octavie « vous êtes charmante », et le temps qu'elle se dise *on en est encore là*, il lui a renvoyé « tu pourrais dire merci, connasse ». Elle l'a insulté, mais James l'a tirée par le bras. James, c'est le garçon avec qui elle s'entend le mieux dans sa classe aux Beaux-Arts. Parfois, il la raccompagne quand il est trop tard. Parfois, elle rentre seule à pied et dans les rues désertes du port de commerce elle file vite parce qu'elle a peur de faire une mauvaise rencontre. Est-ce qu'elle aurait aussi peur si elle était un garçon ? Non. Ce qu'elle ressent, c'est la peur des filles. Celle qui les tient dès l'âge de dix ans, et jusqu'à la vieillesse, incluse. On en est encore là. Parfois, elle ramène quelqu'un au studio. Au matin, elle lui demande de partir vite, *ma grand-mère vit là-haut*. C'est pratique.

James est gay mais ils prétendent parfois qu'ils sont ensemble, pour que les autres les laissent tranquilles. Ils font des photos, discutent, vont à la mer, fument des cigarettes, et passent de longues journées dans le studio, dont les fenêtres sont désormais presque recouvertes de plantes envahissantes. La lumière sombre convient parfaitement à leurs sessions de travail créatives et enfumées. Il coud des costumes qu'elle doit enfiler et il la prend en photo sous toutes les coutures. En échange, il l'aide à préparer et à filmer ses performances.

Elle a repris son travail sur Blanche-Neige. C'est Robert Walser qui l'a mise sur cette piste. L'écrivain autrichien a créé un « dramolette » mettant en scène une Blanche-Neige qui ne peut se remettre de la tentative de meurtre de sa belle-mère sur elle. C'est donc une version beaucoup plus sombre que celle de Walt Disney. La première œuvre vidéo d'Octavie était un remontage du dessin animé doublé par des répliques tirées de Walser. Les images colorées, enfantines, associées à des dialogues très noirs, montraient en quoi le conte de fées pousse les femmes à être un objet de fascination, voire de consommation : chacun des nains la désire. L'ensemble était une critique des représentations de la femme dans la société. Le titre en était « Conte de pute ».

Elle a poursuivi en se mettant en scène dans diverses situations de la vie courante, habillée en Blanche-Neige. Tout prend sens, avec ce costume. Qu'elle fasse la cuisine ou qu'elle pose devant la vitrine de Pôle emploi, la seule robe de satin jaune et rouge permet de souligner toutes les injustices subies par les femmes, encore aujourd'hui.

Elle a fini par confier à James ce qu'elle savait des femmes de sa famille – et surtout, ce qu'elle ne savait pas. C'était trop dur de le garder pour elle seule, et c'est encore trop tôt pour en parler à sa mère.

Tout ce qui l'a intéressé, c'est de savoir qu'elle a trouvé une vieille Singer dans le buffet du studio. La machine est très lourde, elle l'a traînée dans un coin de la pièce. Il était surexcité quand elle a soulevé la boîte qui recouvrait le corps noirci de la machine : il y voyait les robes qui avaient été cousues sur la table de bois, les mains qui s'étaient posées de part et d'autre de l'aiguille, les personnes qui avaient enfilé les vêtements assemblés grâce à elle. Toute une galerie de portraits et d'habits surgissait devant eux.

Elle imaginait Georgette, Zélie, Palmyre à la machine.

Sur les femmes de sa famille, elle ne trouvait presque rien. Les seules traces laissées par leurs vies se résumaient aux actes de mariage et aux actes de naissance. Elles étaient, clairement, réduites à leur fonction reproductrice. Pour les hommes, elle dénichait plus d'informations, et notamment leurs dossiers militaires, qui détaillaient leur physique, leur niveau d'instruction, leurs différentes adresses. Elle avait retrouvé le livret de soldat de Georges Mathurin (un mètre cinquante-neuf, yeux châtain, cheveux et sourcils noirs, emphysème), ainsi que celui du fils de Georgette, son grand-père, Serge – le mari de Lucie, dont celle-ci lui avait montré des photos. Il était très bel homme. La sœur d'Octavie lui en avait parlé : elle l'adorait, mais elle ne l'avait connu que jusqu'à l'âge de huit ans. C'était quelque temps après la mort de Serge, mais avant la naissance d'Octavie, que ses parents et sa sœur étaient partis et n'avaient plus jamais parlé à Lucie et Georgette. À sa demande, Lucie lui a montré une photo de sa belle-mère, devant une drôle de maison aux allures russes.

— C'était où, ça ?

Lucie est restée immobile. Octavie voyait qu'elle réfléchissait, méfiante, avant de parler.

— C'était sa maison, ici, à Port-Loin. On l'appelait l'isba.

— Où ça, à Port-Loin ?

— Ici. Avant que ma maison soit construite, il y en avait une autre, au fond du jardin.

— Là où il y a du grillage maintenant ?

— Oui.

Mais son visage s'était fermé. Octavie avait touché un point sensible, et elle avait été trop directe. Elle était toujours sur le fil : Lucie n'avait pas encore envie de tout lui dire. Après un silence, elle l'a congédiée. Octavie est redescendue, penaude. Parfois, elle était maladroite.

Le lendemain, elle était arrivée à sept heures quarante-cinq tapantes. Lucie était là, le thé était déjà servi. Octavie s'était installée en silence.

— Je me suis tourné le dos. J'aimerais que vous me fassiez un massage.

Lucie a attendu, comme si elle pensait qu'Octavie allait avoir un mouvement de répulsion, mais c'était plutôt de la curiosité, qu'elle ressentait.

— Après tout, vous avez quelque chose à vous faire pardonner, a dit Lucie d'un ton acide.

Elle était visiblement satisfaite d'elle-même, et elle cherchait à la déstabiliser. Elle ignorait encore que dans la partie qui les opposait, Octavie avait plusieurs coups d'avance.

Elles sont allées jusqu'à sa chambre, où Octavie n'avait encore jamais mis les pieds. Le lit et l'armoire étaient d'un bois blond verni, la moquette jaune était épaisse, et un seul tableau décorait la pièce : une gravure de Jean Effel où un petit garçon faisait les pieds au mur. Lucie s'est allongée sur le ventre.

Son corps était étonnamment jeune. Ses muscles étaient souples, et si Octavie a senti les contractures de ses trapèzes, elles ont vite cédé sous ses mains. Lucie a exhalé un soupir de satisfaction. Octavie ne savait pas tenir sa langue, mais elle savait masser. C'était sa carte maîtresse. Elle a fait rouler chaque centimètre carré de son dos entre ses doigts experts. Elle a appuyé de ses deux pouces sur chaque point situé de part et d'autre de sa colonne vertébrale. Elle a décrit des cercles minuscules sur chacune de ses vertèbres, et le long de chacune de ses côtes. Ses résistances cédaient, l'une après l'autre. La vieille dame s'endormait presque. Après un massage comme celui-là, Octavie savait que Lucie ne se séparerait jamais d'elle.

Ses jambes se sont décontractées peu à peu. Ses cuisses étaient décharnées et Octavie sentait ses os sous sa peau. Ses chevilles, elles, étaient épaisses.

Pour la première fois, Octavie la voyait allongée de tout son long, et non pas courbée en deux comme à son habitude.

Sa silhouette ressemblait à celle de sa mère, même si elle avait plus de ventre, et des jambes amaigries par l'âge. En la massant, elle retrouvait des sensations qu'elle avait ressenties en relaxant le corps de sa mère. Elle pouvait aussi regarder le visage de Lucie en toute tranquillité : celle-ci avait les yeux fermés. Ses pommettes étaient hautes, son nez petit et droit, ses traits fins. Elles étaient de la même famille, sans aucun doute.

Le dimanche qui suit l'enterrement, alors qu'ils sont tous réunis autour de la cheminée dans une ambiance lourde, Mathurin prend la parole et annonce qu'il va partir dans la semaine, avec ses quatre filles.

— Partir ? laisse échapper Zélie.

— En Bretagne, confirme Mathurin.

Ses sœurs se tournent vers Georges, qui n'a pas bronché – seuls ses yeux se sont un peu agrandis sous l'effet de la surprise. En quelques jours, elle vient de perdre Marguerite, sa mère, et à présent, elle va quitter la maison. Tout à coup, elle n'en veut plus à sa grand-mère, elle a besoin d'elle. Son monde s'écroule.

— C'est mon droit, rappelle Mathurin, la tête haute.

Zélie replie le tissu sur ses genoux, et, sans un mot, elle quitte son fauteuil pour rejoindre sa machine, bredouillant qu'elle a du travail. Georges a envie de demander ce qu'on va faire d'elle, mais le bruit de la machine envahit la pièce et, un à un, ils vont se coucher.

Assise à sa machine, Zélie rumine. Ne leur a-t-elle pas tout appris, tout donné – la couture bien sûr, mais aussi la cuisine, le ménage, les économies et tout le reste ? N'est-ce pas pour Georges que Zélie s'est échinée à travailler jour et nuit, pour qu'elle ait une situation ? Combien de fois a-t-elle dit à la petite de ne pas s'occuper des tâches ménagères et de s'appliquer plutôt à faire ses devoirs, de ne pas travailler aux champs comme les autres, qu'elle devait penser à son avenir ? Et comment a-t-il trouvé l'argent pour leur départ ? Grâce aux vêtements qu'elle a cousus, voilà comment. Zélie a tout fait pour que Georges devienne une femme libre, et voici qu'elle lui échappe, au pire moment pour elle, celui où elle perd sa fille. Son corps lui fait mal. Ses doigts restent courbés en permanence.

Zélie se verse un verre d'eau-de-vie. Elle pense à Blaise, qui passait la majeure partie de ses journées au café, les dernières années avant de mourir. On disait qu'il fricotait avec Aurélie, la patronne. Zélie s'en fiche. Elle maudit sa petite-fille et son Breton de père, et se met à prier pour que Georges lui revienne, coûte que coûte. Pédalant de plus belle sur la Singer, elle coud, le regard baissé sur le tissu qui file sous l'aiguille, comme elle le fera tous les jours, à partir de ce moment-là, en attendant son retour.

Ils sont partis pour le bout du monde, la fin de la terre à laquelle elle avait si souvent rêvé. C'était la première fois que Georges prenait le train, avec son père, ses sœurs, et les lourds sacs à fermoir. Les petites la suivaient comme une ombre à trois têtes. Rose, surtout, lui collait aux basques depuis sa naissance – il n'y avait pas un seul vêtement que sa sœur aînée n'ait porté avant elle, avec des manches tantôt trop courtes, tantôt trop longues, jamais à sa taille. Georges était à la fois sa confidente et son meilleur divertissement : elle était championne d'invention de jeux, arbitre en chef, connaisseuse des coins à têtards et attrapeuse de lézards. C'est elle qui avait eu l'idée de lancer une chasse à courre où les porcs du voisin serviraient de sangliers et où elles les avaient poursuivis à travers les jardins au son d'un hallali improvisé dans des roseaux en forme de flûte. On les prenait souvent pour des jumelles. Rachel, qui n'avait pourtant que dix-huit mois de moins, était plus à l'écart, moins mûre, et les deux autres le lui faisaient payer en lui racontant des blagues qu'elle gobait toujours avant de s'en vouloir quand elle les voyait pouffer. La quatrième, Olga, était trop petite pour les intéresser. Quand Marguerite leur avait dit au revoir, les yeux rougis, sous le regard sévère de ses parents, Rose avait jubilé de retrouver sa sœur. Elle était désormais toute à elle.

Dans le compartiment où elles étaient installées, elles observaient Georges pour savoir la conduite à tenir, bottines croisées qui ne touchaient pas terre et dos calé contre le fauteuil de bois. Elle les surveillait du coin de l'œil, sous le large chapeau de feutre de Palmyre qu'elle avait mis pour l'occasion, tandis que Mathurin faisait semblant d'être parfaitement à l'aise dans le train qu'il ne prenait pourtant pas souvent. Dès le départ, elle avait tourné son visage vers la fenêtre, tout excitée par ce qu'elle découvrait. Fumée et vapeur, escarbille, tunnels qui avalaient les trains. Toits d'ardoise. Clochers. Pas encore d'usines, ou de silos, ni de puanteur près d'entrepôts fermés à la vision de tous, mais des maisons blanches coiffées de toits gris, des hortensias bleus et roses, des genêts jaunes. Les plus imposantes avaient un étage et parfois un balcon, les plus pauvres se tassaient les unes contre les autres autour de l'église et du cimetière. Les croix étaient de plus en plus nombreuses au bord des routes. Son père leur désignait chaque nouveau détail, lisait les pancartes comme si elles ne savaient pas le faire, leur montrait ce qui l'étonnait sans manifester sa surprise. Ils allaient vers l'ouest alors que le soleil déclinait, et le jour semblait s'allonger miraculeusement.

— Plus que deux cents kilomètres, a-t-il déclaré alors que la locomotive entrait dans la gare de Rennes. Demain soir, on arrive à Lorient. Après-demain matin, je vous emmène à la mer.

Il a tenu sa promesse et elle a vu l'Atlantique pour la première fois. L'air était bleu et si piquant que la peau frissonnait. La ville de Lorient était adossée à l'océan, qui restait longtemps invisible, mais imprégnait tout. Georges a dit qu'elle reconnaissait le parfum des coquillages qu'elle avait tenus dans sa main des milliers de fois, cette odeur de sable, de sel et de pierre mouillés, et son père ne l'a pas crue mais il lui a été reconnaissant d'inventer cette histoire. Le vent s'engouffrait dans les rues. À mesure qu'ils approchaient du bleu au bout de l'impasse, elle entendait le son régulier des vagues, sentait le vent sur ses joues, et croyait marcher vers le soleil, tant celui-ci devenait plus fort. Chaque rue, chaque chemin, tout semblait vivre au rythme du son des vagues, comme une respiration : ici la mer commandait tout. Ils se sont arrêtés en haut de la plage et tout à coup elle a couru le long de la pente, de plus en plus vite, jusqu'au sable qui l'a accueillie, doux et souple sous ses pieds, et elle a continué à courir, jusqu'à toucher l'eau de ses mains avec des cris aigus de bonheur. Son père a tenté de l'arrêter, il lui a interdit de mouiller ses chaussures – trop tard. Elle ne leur appartenait plus. Tout à coup, l'océan était là, immense et plus bleu que le ciel. Le regard s'appuyait sur l'horizon et semblait pouvoir porter jusqu'à l'infini. Elle n'avait jamais rien vu d'aussi beau. Elle n'avait jamais rien vu d'aussi libre.

Ses sœurs étaient déjà derrière elle, et piaillaient tout autour. Elle a regardé en face : quelque part de l'autre côté se trouvait l'Amérique.

En Bretagne, ils se rapprochent, maintenant que Zélie n'est plus là. Georges est une sorte d'assistante pour son père. Elle prend encore plus d'assurance en grandissant, elle commande, agit, réfléchit – en petit bonhomme. L'arrachement à Zélie a été encore plus difficile qu'elle le pensait, et la vie est dure : elle travaille plus que sa grand-mère et sa mère réunies, mais elle serre les dents et avance. Grâce aux connaissances acquises auprès d'elles, elle coud, elle cuisine, elle élève ses sœurs, tient la maison.

Mais le voisinage ne tarde pas à les juger, une fois encore. Ce n'est pas moral, Georges joue à la mère et grandit, le père risque de la prendre pour sa femme.

Ses seules distractions sont les courriers qu'elle reçoit de Zélie, et de Marguerite. Celle-ci est parvenue à lui envoyer une lettre. Au début, Georges est déçue de ne découvrir que quelques lignes sages et banales, mais elle remarque que la décoration que Marguerite a dessinée tout autour de la page ressemble à des successions de lettres. Elle les observe à la loupe. Elle est d'abord furieuse de découvrir que Marguerite a décrypté le code de son journal intime, mais très vite, la violence de ce qu'elle lit l'absorbe tout entière. C'est pire que tout ce qu'elle pouvait imaginer.

Le premier matin, Marguerite avait embrassé ses frères et sœurs sans savoir quand elle les reverrait. Sa mère l'avait accompagnée en train, puis elles avaient marché jusqu'à un long bâtiment aux murs très hauts. Toutes les fenêtres avaient des verres cathédrale qui empêchaient de voir à l'extérieur. Le portail gigantesque était surmonté des lettres gravées « N.D. du Bon Pasteur ». Il s'était ouvert sur un jardin bien ordonné, où les buissons étaient découpés en formes géométriques, et où régnait un faux calme.

Sa mère et elle avaient suivi une bonne sœur habillée de noir qui marchait vite. Dans une grande salle où personne ne parlait, d'autres religieuses lui avaient attribué un numéro, et donné de nouveaux vêtements. Elle avait pris la pile de linge gris qu'on lui tendait et son « merci » avait résonné bizarrement dans la salle vide, alors elle s'était retournée vers sa mère mais celle-ci avait disparu sans lui dire au revoir. Marguerite avait été emmenée au dortoir, qui était désert lui aussi : toutes les filles étaient au travail. Elle aurait voulu poser des questions aux trois religieuses qui l'accompagnaient, mais elle n'avait pas osé. On l'avait fouillée, puis on lui avait demandé de se changer avant d'aller à la visite médicale. Elle était restée seule avec une fille à peine plus vieille qu'elle, qui avait fermé la porte derrière elles avec un cadenas.

— Quel travail elles font, les filles ?

— Chut. On va nous entendre.

— Je croyais que c'était une école, ici.

— C'est une école professionnelle. Ici, on apprend un métier.

— Lequel ?

— Blanchisserie, broderie, couture. Maintenant, tais-toi, ou on va avoir des ennuis.

Sous le regard sévère de la fille, elle avait appris à se déshabiller sous sa chemise de nuit pour ne pas avoir à regarder son corps, à se bander les seins et à faire disparaître ses cheveux sous un voile. Elle avait enfilé la chasuble de drap grossier, sans couleur.

C'est son apparence, qui avait été modifiée en premier.

Le médecin l'avait examinée par-dessous la robe rêche pour vérifier qu'elle était toujours vierge et qu'elle n'avait pas de maladie honteuse. Marguerite écrivait :

Je lui ai dit que ce n'était pas mon genre, que je n'étais là que parce que j'avais vu Louise Michel. J'ai dansé un peu mais c'est tout ce que j'ai fait de mal. Il m'a répondu qu'il n'avait pas à le savoir. Il m'a enfoncé un objet en fer qui m'a fait saigner. Surtout ne dis rien là-dessus si tu reçois cette lettre et que tu me réponds, ici les punitions sont terribles.

Pour aller aux toilettes, il faut demander la clé où est accroché un écriteau : Dieu me voit.

Et je ne risque pas de me faire une nouvelle amie : on n'a pas le droit de parler entre nous. Elles disent que quand on est à deux le diable est au milieu.

Après son corps, c'était son nom, qu'on avait changé. Avant de la présenter aux autres, la supérieure lui avait attribué un nouveau prénom. Elle s'appelait désormais Anne-Claude, et ne devait plus répondre qu'à ce nom en toute circonstance, sous peine d'être punie. Quant à son nom de famille, il était effacé.

Marguerite disait à Georges qu'elle avait peur de ne plus savoir qui elle était en sortant de là, si elle parvenait à s'échapper un jour. Certaines filles étaient enfermées depuis cinq ou six ans. Celle qui lui avait appris à faire disparaître ses seins était devenue responsable de sa chambrée après huit années d'obéissance sans faille, à seize ans tout ronds. Certaines entraient au Bon Pasteur à l'âge de quatre ans.

La fille lui avait soufflé qu'on leur donnait un autre nom pour que celles qui s'échappent ne puissent pas retrouver les autres une fois au-dehors.

Georges répondait à Marguerite que la vie en Bretagne était dure aussi. Bien sûr, cela n'avait rien de comparable avec elle, qui était sanctionnée au moindre écart et devait prier cinq fois par jour, mais elle travaillait tout le temps, tous les jours, passant de l'école à la machine à coudre et s'occupant de ses sœurs comme si c'étaient ses enfants. Ensuite, elle écrivait à Zélie qu'elle était heureuse à l'ouest, comme si une sorte de loyauté envers son père l'empêchait de lui dire la vérité, ou qu'elle voulait à tout prix empêcher sa grand-mère de s'inquiéter, ou de penser qu'ils ne s'en sortaient pas sans elle.

C'était facile : il n'y avait qu'à écrire le contraire dans l'une et l'autre lettre. Georges apprenait à mentir de mieux en mieux.

Son corps avait changé, un duvet poussait sous ses aisselles et sur son sexe, son visage luisait parfois d'une brillance graisseuse, et sa poitrine enflait. Parfois elle cousait toute la nuit et allait à l'école sans avoir dormi, pour s'abrutir et s'isoler. Son père s'en apercevait, mais il n'osait rien lui dire. Les rêves de Georges semblaient s'éloigner plus encore à mesure qu'elle grandissait. Elle s'est prise à haïr la saleté de leur vieille baraque au sol de terre battue, dans leur rue miteuse, près du port de plaisance, où soufflait le vent fou qui ramenait parfois des senteurs pourries du port de pêche, imprégnant ses narines paresseuses pendant plusieurs jours, et elle qui n'y était pas habituée ne pouvait plus le supporter, elle croyait sentir cette odeur partout et ne pouvait plus la tolérer, comme elle ne pouvait plus souffrir les bateaux qui tanguaient à donner le mal de terre, les oiseaux marins qui criaient dans le ciel et filaient à toute allure, l'horizon qui suggérait un ailleurs qui n'était pas pour eux. Elle s'est mise à détester les choux-fleurs et les artichauts qu'ils devaient manger jusqu'à la nausée, les coiffes tarabiscotées des femmes bien-comme-il-faut qui semblaient toujours en train de la juger, les églises omniprésentes et les croix de pierre qui marquaient chaque chemin et rendaient coupables même ceux qui n'avaient rien à se reprocher. Elle prenait en horreur les mots de breton qu'elle ne comprenait pas, et haïssait encore plus ceux qui franchissaient malgré elle le pas de sa bouche. Elle grinçait des dents pour se punir de les avoir prononcés. À l'école, il était écrit : « Interdit de parler breton et de cracher par terre. »

Georges pensait à Marguerite qui se plaignait de la vie épuisante à laquelle ses parents l'avaient condamnée, et elle aurait tout donné, tout, pour la retrouver, rire avec elle dans le grenier, la provoquer juste pour voir ses joues rougir. Alors elle pensait à Zélie, dont toute la vie n'avait été que travail et grossesse, et elle la plaignait. Elle aurait voulu qu'une de ces deux femmes lui vienne en aide, mais elle savait que c'était impossible.

C'est une troisième femme qui allait la sortir de là.

Un an après la mort de sa mère, la douleur du deuil est toujours très vive pour Georges. Son père l'a vue parfois prête à abandonner. Elle a onze ans, il sait que tout ce qu'elle porte pèse lourd sur ses épaules. Il a surpris ses levers nocturnes, ses promenades au-dehors quand tout le monde est couché. Il ne sait pas quoi dire, ni comment la mettre en garde. Il ne peut pas lui interdire de sortir, ce serait pire. Il a besoin d'elle, pour tenir la maison, s'occuper de ses sœurs, faire sa part de travail. Or un an après la mort de sa mère, jour pour jour, le 10 septembre 1905, un événement extraordinaire a lieu à Lorient : la troupe de Buffalo Bill, qui effectue cette année-là une tournée dans toute la France, débarque pour se donner en spectacle. Mathurin se dit que ce serait une manière de lui montrer qu'il lui est reconnaissant, de lui offrir ce cadeau : une place pour le Wild West Show. Est-ce que c'est une bonne idée ? Est-ce que cela plaira à une fille ? Comment va-t-elle le prendre ? Comment faire pour obtenir des places alors qu'il paraît qu'elles sont déjà presque toutes vendues ? Mathurin se rend à la libraire Veuve Guiserix et réussit à acheter deux places, pour y aller avec elle.

L'événement a été annoncé dans tous les journaux, et quand il lui tend l'enveloppe et qu'elle la saisit, Georges comprend tout de suite de quoi il s'agit. Il la regarde, espérant lui faire plaisir. Elle est stupéfaite. L'espace d'un instant, elle croit qu'il veut racheter une part de sa tristesse et elle sait que c'est impossible. Il continue de la fixer, comme s'il la suppliait de prendre les tickets sans dire un mot. Alors elle se souvient de sa dernière sortie avec Palmyre et Marguerite, la conférence révolutionnaire, les chansons, le bonheur de rentrer ensemble à travers les rues, et elle le remercie. Il sourit.

On connaît l'ampleur du spectacle : huit cents personnes et cinq cents chevaux venus d'Amérique débarquent des cinquante wagons qui entrent en gare de Lorient. Ils défilent, avec des airs de parade militaire, jusqu'au centre-ville. La foule accourt pour les voir. Les soldats, les cow-boys et les Indiens ont des drapeaux, des casques, des coiffes en plumes. Ils avancent lentement, à cheval ou à pied. Les enfants accompagnent le cortège sur les trottoirs et marchent au même pas. Sur l'emplacement du marché central, on a déblayé des milliers de mètres carrés où ils installent leur campement. Des hommes en salopette et gants de travail aboient des ordres nasillards et déploient vingt mille mètres de toile et quatre mille mâts pour monter les chapiteaux. Ils logent dans leurs propres tentes et mangent à leurs propres cantines, mais des centaines d'emplois se créent tout à coup : on demande des palefreniers, des vachers, des cuisinières, des gardiens de nuit, des couturières. C'est toute la ville qui s'en trouve changée. Georges suit son père à travers la foule, et rapproche son poignet du sien, prête à lui saisir la main pour ne pas se perdre dans cette foule exotique, jetant des coups d'œil furtifs, mais scrutateurs, un peu partout, impressionnée. Il la regarde avancer à ses côtés, avec son corps de garçon manqué, ses bras minces comme des bâtons. Des Indiens vendent des plumes et des colifichets de cuir aux futurs spectateurs et à ceux qui n'auront pas assez d'argent pour s'acheter un billet. Des gendarmes à cheval se fraient un passage entre les tentes et les paddocks où des chevaux qu'on dirait peints en larges taches de noir et de blanc broutent la même paille que les chevaux de trait bretons. Le drapeau français flotte à côté de l'américain aux étoiles blanches et aux rayures rouges, que chacun des écoliers s'évertuera à recopier partout où il le pourra à compter de ce jour-là. Les riches de la ville passent en voiture pour venir voir le spectacle avant l'heure.

Des paysans ont fait du chemin pour approcher la centaine de bisons parqués dans un paddock à côté de la mairie. Les hautes coiffes bigouden et les ailes de dentelle lorientaises font face aux parures de plumes jaunes et rouges. Georges s'approche d'une tente pour essayer de voir les cow-boys à l'intérieur et découvre un homme qui se rase avec un couteau long comme le bras, avant que son père la tire en arrière. Sa tête enfantine se promène de stand en stand. Ses yeux bleus sont partout. Ils sont un couple particulier, tous les deux si petits au milieu de ces Américains qui s'agitent d'un bout à l'autre du camp.

Mathurin parvient à se faire embaucher comme cordonnier, et Georges comme couturière, pour trois semaines, tandis qu'une voisine accepte de s'occuper des petites. Ils travaillent aux costumes et côtoient chaque jour les cow-boys. Les Indiens, eux, sont à part, et ils réparent leurs affaires eux-mêmes. Georges ne les voit pas beaucoup, mais chaque fois c'est un choc : ils ont la peau très brune, ravinée pour les plus vieux d'entre eux, les cheveux longs, et ils se promènent pour la plupart torse nu, même le soir, malgré le froid. Leur chef s'appelle Queue de Métal.

Un Américain en costume trois-pièces traduit en français ce qu'ils doivent faire. Georges et son père dorment sur place et travaillent quatorze heures par jour, y compris pendant le spectacle où il faut pouvoir réparer les accrocs dès qu'ils se produisent. Il faut travailler vite. Ils ne voient pas la scène avant le dernier jour. Ce soir-là, ils assistent, enfin, au *show*.

Il y a d'abord des chevaux brillants qui courent en rond dans l'arène, des cavaliers qui crient en galopant. Les spectateurs hurlent des encouragements ou leur surprise, on commente, on mange, on boit, on est debout. Puis il arrive, sur un immense cheval blanc – le seul de toute la troupe à avoir ce privilège : Buffalo Bill. Le cow-boy le plus célèbre du monde, le plus grand chasseur de bisons de tous les temps, la vedette du spectacle en même temps que son créateur.

Il enlève son chapeau pour saluer. Georges applaudit à tout rompre. Elle sent les vibrations des bancs de bois sous les martèlements de la foule en transe.

Buffalo Bill rejoue la bataille de Little Bighorn grandeur nature. Les Indiens sont poursuivis par les soldats de la cavalerie, qui les désarment un à un. Deux ou trois cents cavaliers semblent vissés à leurs selles. Ils parviennent même à ramasser un chapeau au galop. Un sauvage réussit à faire tomber à terre un soldat qui se remet en selle alors que sa monture est encore couchée au sol sur le flanc. Un autre caracole sur un mustang qui le secoue dans tous les sens, tombe à terre sur le dos, on croit qu'il ne se relèvera plus. Quand il finit par le faire, on l'acclame. Georges s'est mise debout et applaudit, comme ceux qui l'entourent, à s'en faire mal. Sa main minuscule et chaude se glisse dans celle, grosse et rugueuse, de son père, qui la regarde, heureux.

Un homme à moitié nu saute depuis son cheval sur celui d'un cavalier en uniforme et le désarçonne. Une diligence à huit chevaux court le long de la piste, les Indiens l'attaquent, se bagarrent avec ses occupants. Ils font semblant d'arracher les yeux des soldats et de les scalper. La foule hurle, se déchaîne contre les sauvages. Buffalo Bill intervient, il tient son arme avec une habileté qui donne le sentiment que c'est le prolongement de son corps, de même que son cheval, dont on dirait qu'il transforme son torse en centaure. Georges sursaute. Les coups de feu ont l'air réels, la poudre des munitions explose, ses yeux s'emplissent de larmes à cause de la fumée. Une femme crie et se met à insulter les peaux-rouges. Bientôt, ils sont des dizaines à l'imiter : on injurie, on crache, on applaudit dès que l'un des Indiens s'écroule dans la poussière. Des chevaux tombent. Il paraît que l'un d'entre eux s'est cassé une jambe le premier soir et qu'il a fallu l'abattre. Le chef sioux se rend, sous les huées.

Buffalo Bill le regarde, l'arme levée, puis il salue.

C'est la première fois que Georges assiste à une pièce de théâtre. Elle est servie.

C'est aussi la première fois qu'elle entend parler de Calamity Jane. Mieux, elle la voit. Des années plus tard, elle racontera combien elle a été impressionnée par cette cavalière hors pair, cette femme aux allures de bonhomme, la seule du spectacle.

Alors qu'elle va quitter, avec son père, l'enceinte du camp où ils viennent de passer trois semaines quasiment sans discontinuer, Georges remarque une silhouette à cheval dans un des enclos qui se fondent dans la nuit. Autour d'eux, les autres animaux se réduisent à des ombres opaques.

Elle hésite, a-t-elle le droit d'entrer dans l'enceinte des chevaux ? Elle se rapproche des barrières, et avance dans l'obscurité et la fraîcheur. Mathurin murmure qu'ils feraient bien de rentrer, mais il a compris que sa fille a du mal à quitter les lieux, et il la suit.

Le cheval file d'un galop impeccable, régulier, en décrivant des ronds dans le paddock. Ses muscles fument dans la froideur nocturne, sa masse s'abat sur le sol poussiéreux à chaque fois qu'un de ses sabots touche le sol. Georges tend le bras à travers la clôture, elle pourrait presque toucher le cheval qui passe en soufflant. Elle a l'impression de rêver. Au départ elle ne distingue pas les traits de celui qui le chevauche, à chaque tour elle essaie de mieux y voir mais c'est difficile, et puis au fur et à mesure elle se fixe sur son visage : le cavalier est une femme. Elle a le nez légèrement épaté et les yeux clairs, et galope sans les voir, avec un regard d'aveugle.

Georges se retourne vers son père comme pour s'assurer qu'il voit la même chose qu'elle. Est-ce que c'est un mirage ? Qui est cette femme qui galope à cheval dans la nuit ?

Mathurin murmure :

— C'est Calamity Jane.

Georges réalise à ce moment-là qu'il n'y avait aucune femme dans le spectacle. Aucun officier de cavalerie, aucun cow-boy, aucun Indien n'était une fendue.

Sauf elle, qui galope dans un ciel anormalement bas.

Quand elle le raconte, des années plus tard, Georges prend une voix plus bourrue, plus virile, c'est tout juste si elle ne se met pas à parler avec l'accent américain. Elle décrit les yeux méfiants et plissés de la cavalière, son allure à cheval, ses manières de garçon, la grande époque de la ruée vers l'or. Calamity Jane est née presque au même moment que Zélie, et ses parents aussi étaient des fermiers, mais ceux de Zélie savaient lire, pas ceux de Martha Jane Cannary.

Georges dit avec gourmandise le vrai nom de la cow-girl, son nom d'oiseau, son double prénom qui sonne bien. Petite, Calamity était un vrai garçon manqué, et Georges s'identifie à elle, peut-être parce que son père a créé un lien dans son esprit entre sa mère et la cavalière.

Pendant des mois, des années, et sur des générations, les enfants de la ville jouent aux cow-boys et aux Indiens, comme partout en France où le spectacle a été montré. Bien avant la mode des westerns au cinéma, les cours d'école résonnent de cris inventés et de combats imaginaires entre colonisateurs et indigènes. Les journaux s'engouffrent dans cette mode et proposent souvent des pages, voire des numéros entiers d'illustrés, consacrés à Wild Bill ou Jesse James. Une semaine après l'apparition de la cavalière, Georges tombe en arrêt devant un petit livre sur un étal de la place du marché. Sur la couverture se détache une photo de sa nouvelle idole, le regard rivé à l'objectif. Georges a l'impression qu'elles se regardent dans les yeux. Louise Michel vient d'être détrônée.

Une large veste de trappeur, élimée, aux ourlets défaits, serrée dans une ceinture de cuir. Un pantalon de daim qui tombe sur des bottes d'homme. Une chemise à carreaux ornée d'une lavallière. Un chapeau coquettement posé de travers. Une intensité dans les yeux qui donne à la fois un air volontaire et une tristesse latente. Une bouche serrée, qui dit une douleur et une force de vivre. Et au bout du bras droit, une carabine.

Tout le monde aujourd'hui connaît cette photo que Georges contemple, médusée, sur la couverture du premier livre qu'elle s'offre, avec les sous qu'elle a économisés, à l'âge de onze ans.

Le premier livre qu'on s'achète est significatif du chemin qu'on va prendre. Georges lit d'une traite les « véritables mémoires de Calamity Jane », la reproduction des quelques pages dactylographiées que celle-ci a laissées en guise d'autobiographie. Quand elle l'a fini, elle le relit. Ce livre écorné à force d'être lu la suivra toute sa vie. Elle le connaît par cœur. Cela aurait pu être un grand volume signé Victor Hugo ou Arthur Rimbaud, ou même la Comtesse de Ségur. Ce ne sera ni un grand classique, ni un ouvrage politique, seulement celui-là, dans une édition bon marché.

À partir de ce jour, chaque matin, quand les premières lueurs de l'aube entrent dans la maison, Georges lit. Elle ne regarde plus le ciel muet en guettant une fissure brillante qui viendrait soudain lui donner des nouvelles de sa mère. Elle voyage. Les paysages sont étourdissants, une femme y galope au milieu du désert. Les hommes qui empruntent cette route accélèrent plus que jamais tant les dangers sont nombreux, et terribles, mais elle passe au milieu des cactus, en pantalon et bottes sur son cheval, dépasse les cadavres de coyote, ignore les crotales, et traverse les canyons où hurlent parfois les loups sans qu'il ne lui arrive rien. Les Sioux l'appellent « femme folle », et surnomment sa monture le « cheval du diable ». Elle traverse les villes de l'Ouest et entre dans des saloons où seuls les hommes sont acceptés. Des chercheurs d'or n'auraient pas le courage d'y entrer, mais elle, Calamity, s'y fait respecter.

Elle ne craint plus rien depuis qu'elle a perdu sa mère.

Georges s'enthousiasme pour le destin de cette fille qui ressemble étrangement au sien, et rêve aux grands espaces depuis l'unique pièce qu'elle occupe avec son père et ses sœurs. L'Ouest est hostile mais enivrant. Elle se reconnaît dans l'instinct de survie, le désir de liberté, l'envie de s'en sortir.

Tout à coup c'est une voie possible, un modèle à suivre, une figure à imiter.

Le matin, avant le réveil des autres, dans ce seul moment qui est encore à elle, au son du souffle de ses sœurs et des derniers ronflements de son père, Georges lit l'histoire de celle qui s'est mariée trois fois et s'est battue toute sa vie contre la malveillance des femmes comme-il-faut. Elle se met à jouer en silence au cow-boy dans le fourmillement sombre de la pièce où ils dorment tous. Si Calamity Jane est capable de tenir tête aux hommes et de s'inventer un destin, alors Georges peut elle aussi tracer sa route. Au bout de quelques dizaines de minutes, son père et ses sœurs se lèvent dans une aube violette et Georges doit de nouveau s'en occuper, mais entre-temps elle a connu la liberté, l'horizon interminable, l'aventure d'une vie à rebours des convenances. Georges se passionne pour Calamity Jane, et se procure tout ce qu'elle peut sur sa vie, dans les illustrés comme dans les livres. C'est à partir de ce moment, peut-être, qu'elle s'entoure de journaux : elle se lève à l'aube pour les acheter et revenir les lire pendant de longs moments au petit déjeuner – plaisir qu'elle continuera à pratiquer toute sa vie. Plus que les contes de fées ou les histoires romantiques, Georges adore les questions de société et les reportages sur le Nouveau Monde. Des dizaines de versions de l'histoire de Calamity Jane circulent, écrites par des journalistes ou des romanciers. Elle est célèbre – aussi célèbre que Buffalo Bill. Alors Georges se met à les lire toutes – même si elle revient, encore et toujours, au premier livre qu'elle s'est acheté.

Bien sûr, quand Octavie lit les mémoires de Calamity Jane, des dizaines d'années plus tard, c'est Georgette qu'elle voit dans les Grandes Plaines.

# VIE DE CALAMITY JANE

Martha, ses parents et ses frères et sœurs roulent en chariot jour et nuit. Les crépuscules les voient quitter les villes, où il est plus difficile de stationner. Les nuits dans la nature sont noires et peuplées de cris d'animaux. Ils suivent le flux de tous ceux qui, comme eux, ont été expropriés et pensent que leur chance gît plus loin, à l'ouest. Il leur arrive de prendre en chemin un homme ou une famille dont le véhicule a rendu l'âme, qu'il faut emmener jusqu'à la ville suivante. Ceux-là ont le visage creusé par le souci, les yeux usés par les pleurs. Parfois le père de Martha accélère et se met à détaler à fond de train à l'entrée d'un canyon, et elle ne dit pas à ses frères et sœurs que c'est à cause des Indiens. Les roues font des étincelles. La poussière du désert s'insinue à travers les pores de la peau et ils doivent remonter un foulard sur le bas de leur visage comme des hors-la-loi. En route, il y a peu de jeux possibles à part monter à cheval et apprendre à se servir d'un lasso ou d'une carabine. Les enfants s'entraînent parfois au tir dans un endroit désert, ou une forêt.

Martha devient un garçon manqué (ou une fille réussie).

Lorsqu'ils roulent de nuit, les enfants s'endorment au sommet du chariot en regardant les étoiles. La route est mauvaise et les ballots de linge dépenaillés n'amortissent pas tout à fait les cahots, mais les enfants se laissent bercer par le son des sabots et les conversations murmurées de leurs parents. Quand elle a trop bu, la mère de Calamity rit de sa voix rocailleuse et fume les cigares jusqu'à ce qu'ils lui brûlent les doigts. Leur bout incandescent voltige dans les airs tandis qu'elle fait de grands gestes avec ses mains. Parfois elle tombe de sommeil au milieu de ses enfants, à cause de l'alcool. Charlotte n'est pas une mère comme les autres : elle s'attife bizarrement, avec des vêtements très colorés, selon les voisines de Princeton, qui s'habillent de gris ou de marron, moins salissants. Elle ne sait pas lire du tout, contrairement à son mari, qui déchiffre les lettres en capitales.

Martha descend s'asseoir à côté de son père et traverse les grands espaces où des flammes surgissent comme autant de signaux d'alerte. Elle aime voir le feu dans les plaines.

— Est-ce qu'on peut s'arrêter ? demande la mère. Je suis fatiguée.

— Va dormir à l'arrière avec les petits, répond le père. On s'arrêtera au lever du jour.

Ils roulent, saison après saison, l'été cuit leur peau et l'hiver la déchire. Ils n'ont plus aucun sou. Un jour Martha mendie du pain, pieds nus, ses frères et sœurs sur les talons et le petit dernier dans les bras. C'est la première fois que son nom apparaît dans le journal : on se scandalise que des parents laissent une enfant en charge de la famille faire du porte-à-porte pour demander à manger. C'est une honte.

Ils roulent, des mois et des mois. Charlotte tousse et pleure un nourrisson qui n'a pas supporté le voyage. La pluie a tout détrempé, des toiles du chariot aux ballots de chiffons, et elle crie que ce n'est pas une vie. L'odeur de moisi les poursuit et dure au moins aussi longtemps que le chagrin de la mère, qui flirte avec la folie. Martha est la seule des enfants à s'en apercevoir, et son père lui propose de plus en plus souvent de monter sur un des chevaux du chariot pour se changer les idées. Quand elle galope, elle oublie tout.

Ils roulent et la mère dort, de plus en plus longtemps. Ils roulent et elle tousse. Elle occupe beaucoup de place en haut des ballots et Martha prend l'habitude de dormir assise aux côtés de son père qui tient les rênes, ou parfois, à califourchon sur une selle. Dans la chaleur des chevaux, elle se sent protégée comme nulle part ailleurs. C'est dans les crins poussiéreux qu'elle cache son visage le jour où sa mère meurt d'épuisement, dans une ultime quinte de toux qui donne l'impression qu'elle a des pierres dans les poumons et se termine dans un vomi sanguinolent. Le soleil se lève à peine, les chevaux soufflent de fatigue, un oiseau de proie crie dans le ciel. Martha a dix ans.

Ils continuent malgré tout de rouler, ne s'arrêtant que quelques jours, parfois, pour encore mendier du pain. Tant qu'ils ne sont pas arrivés aux mines où l'on se rue vers l'or, le père ne veut pas s'arrêter. Les plus petits ne demandent même pas quand ils vont arriver : ils ont oublié qu'on peut parvenir quelque part. Martha se demande elle aussi s'ils ne sont pas condamnés à errer pour toujours.

À Salt Lake City, pourtant, le père demande :

— Tu voudrais t'arrêter ici ?

Martha répond :

— Ce serait bien de faire quelques courses, en ville. Il n'y a plus rien.

Elle a appris à ne pas se plaindre mais elle est soulagée de pouvoir se reposer dans un chariot à l'arrêt. Elle dort de tout son saoul.

Le lendemain matin, quand elle se réveille, son père n'est pas là. Il est peut-être allé s'amuser dans un bar, il a peut-être rencontré une autre femme, ou il s'est battu avec un autre homme à coups de couteau. Ou bien il en a eu assez de toute cette marmaille dont il devait s'occuper seul et il s'est éclipsé.

Martha attend. Son père a disparu.

On ne sait pas s'il est mort ou vivant, mais il n'est jamais rentré à la maison.

Elle a onze ans, elle est seule avec ses frères et sœurs, ne s'en sort pas. Ils vagabondent de ville en ville. Repérés par les services sociaux, ils passent par plusieurs familles d'accueil où le caractère de Martha et ses mauvaises manières ne laissent pas de bons souvenirs, jusqu'à ce qu'elle décide finalement, entre onze et quatorze ans, de vivre en adulte. Pour survivre, elle confie ses frères et ses sœurs à des fermiers et part, seule, à cheval, vers l'ouest.

On perd un peu sa trace, mais on sait qu'elle garde des enfants, qu'elle s'occupe de chevaux dans un ranch, puis jongle entre mille métiers dont lingère, danseuse et peut-être putain, mais aussi chercheuse d'or dans le Wyoming, cavalière pour le Pony Express, et parfois hors-la-loi.

Elle a un talent hors normes pour dresser les chevaux et tirer au pistolet.

Elle n'est pas fréquentable, et préfère la compagnie des garçons.

Elle fume, boit, jure comme un homme.

C'est une mauvaise fille.

Parce qu'il y a peu de femmes dans l'Ouest, il y a peu de vêtements féminins. Elle n'a que deux solutions : se les fabriquer elle-même, ou alors prendre ce qu'elle trouve. Comme elle n'a jamais appris à coudre, elle se met à porter des vêtements d'homme – elle n'en a pas d'autres sous la main.

Elle choque, avec ses pantalons, et cela lui plaît.

Cela lui permet aussi de trouver plus facilement du travail : elle s'engage dans l'armée en 1870, déguisée en homme.

Martha est heureuse d'avoir un cheval à elle, une solde, même maigre, et un repas tous les jours. Dans son uniforme, elle ne se distingue pas des autres – on remarque juste qu'elle est le seul soldat rasé de près, même lors des combats. Parmi ceux à qui il manque un bras ou un œil, les chevaux crottés et les tentes crasseuses qui sentent la fumée, elle a fière allure. On dit juste qu'elle profère plus d'insanités que tous les hommes du bataillon. Comme dirait Zélie, « ce n'est pas beau dans la bouche d'une fille ». Les garçons peuvent bien jurer tant qu'ils veulent, laisser s'exprimer leur colère, leur déception, leur frustration dans un langage imagé, les filles, elles, ne le peuvent pas.

C'est comme s'il y avait deux langues, une pour les femmes, une pour les hommes.

Pas pour Calamity.

Elle intègre, toujours clandestinement, une expédition gouvernementale de chercheurs d'or dans les Black Hills, au Dakota du Sud. Il s'agit de la « sécurisation » d'un futur gisement par l'armée, au prix d'extrêmes violences envers les Indiens. Les soldats ont pour mission de détruire leurs communautés à tout prix, fût-il sanglant. Auprès du général Crook, Calamity devient éclaireuse et le métier lui va bien. Les Indiens se réduisent à des ombres qu'il vaut mieux deviner avant qu'elles ne surgissent. Si besoin, on les fait disparaître d'un coup de fusil.

C'est là qu'on lui donne son surnom de Calamity Jane, mais on ne saura jamais vraiment si c'est parce qu'elle inflige des calamités ou qu'elle en est une elle-même – ses beuveries commencent à faire parler. Il semble qu'on n'ait jamais vu une aussi bonne descente chez une femme (à part chez sa mère, sans doute).

On ne sait pas comment elle fait, pendant tout ce temps, pour ne pas être démasquée en tant que femme, ou violée une nuit dans un camp de soldats. Peut-être est-ce arrivé. À l'époque, Martha ne l'aurait sans doute pas dit. Si cela avait été su, c'est elle qui aurait été renvoyée sur-le-champ.

En revanche, on sait qu'elle se bat, souvent, dans les villes où elle se repose entre deux missions et où elle apparaît en femme aux allures d'homme. Plusieurs fois, elle est emprisonnée après une bagarre. Il vaut mieux ne pas la chercher, elle est coriace et cogne aussi bien les hommes que les femmes. Les croûtes sur ses phalanges font peur à tout le monde. Dans le Wyoming, elle dresse les mustangs et guide les bisons. Les hommes la respectent. C'est une sacrée terreur.

Elle devient la femme la plus célèbre de l'Ouest.

Elle participe aux guerres indiennes aux côtés du général Custer. Mais cette fois, on s'aperçoit qu'elle est une femme, et on lui demande de quitter la troupe.

Déçue d'avoir perdu son emploi, ou pour fêter la quille, Calamity se saoule jusqu'à tomber. Une chose avérée, c'est qu'elle aime boire autant que taper. Les archives du shérif de Fort Laramie en attestent : une fois qu'elle commence, Calamity ne s'arrête pas et termine ivre morte, beuglant dans les rues. De temps en temps, elle cherche à se calmer et connaît quelques périodes sobres, mais la plupart du temps, elle boit du whisky jusqu'à plus soif. Privée de son uniforme, excitée par l'alcool, elle vole des vêtements et se retrouve en prison. Quand elle est libérée, elle fête ses retrouvailles avec ses amis de circonstance dans les bars du camp.

Elle y dépense tout ce qui lui reste.

Ruinée, elle fait ce qu'elle a toujours fait : elle décampe.

Dans le train de Fort Laramie à Deadwood, elle croise Wild Bill Hickok.

On ne sait pas s'ils vivent une histoire d'amour.

On dit que quand elle n'est pas saoule, et qu'elle ne s'habille pas en homme, elle se conduit à peu près correctement, c'est-à-dire comme les autres femmes.

On ne sait pas ce qu'ils se disent au cours de ce trajet en train, Wild Bill Hickok et elle, mais c'est là qu'ils deviennent liés comme deux doigts de la main – et même si Wild Bill repart quelques jours plus tard, il ne cessera de revenir vers elle.

À Deadwood, sur la devanture d'un saloon, Calamity remarque une affiche : ici on embauche. Elle aime ces bars de nuit où l'on boit, on danse, on joue des pièces de théâtre, on parie aux cartes.

— Vous embauchez, dit-elle à celui qui balaie la devanture.

Le patron aux rouflaquettes rousses l'examine de haut en bas et sourit. D'habitude, on grimace à la vue de son pantalon de soldat, on croit qu'elle vient de le voler à une aventure d'un soir.

— Oui, et on paie bien.

Elle s'avance, méfiante.

— Qu'est-ce qu'il faut faire ?

— Boire, et chanter.

Elle lève vers lui un regard rieur.

— Ça tombe bien, c'est ce que je sais faire de mieux au monde.

Elle commence à chanter sur scène dans les saloons. Les hommes sont heureux d'entendre la voix d'une fille après avoir passé des heures à se crever les yeux sur des filons qui ne donnent que de la poussière d'or, ou des jours à traverser des prairies monotones. Parfois cela fait des mois qu'ils n'ont pas vu de femme. Au début, Calamity prévient le Rouquin qu'elle ne fera rien de plus que chanter. Le premier qui la tripote se prendra un coup de tête. Un sourire point dans les rouflaquettes. Il lui prête des robes, il la loge à l'étage, il attend, patient. Il en a vu d'autres.

Calamity, récurée, parfumée, enfile une robe et se regarde dans la glace en riant de se voir déguisée. Mais elle est propre, et elle a le ventre rempli.

Ce soir-là, elle danse comme jamais.

Peu à peu, ceux qui le désirent peuvent lui payer un verre après son tour de chant, et elle ne refuse jamais – chanter donne soif. Pour chaque consommation commandée, le Rouquin lui donne un petit pourboire. Après quelques verres, et contre cinquante cents de plus, Calamity ne voit pas de mal à danser avec un client, ou plusieurs. Et peut-être que pour un pourboire supplémentaire, elle accepte de se donner un peu plus. Dans tous les saloons du Far West, des femmes employées dansent, font boire, jouent la comédie, et font des passes – ou tout ça à la fois.

Calamity a travaillé dans plusieurs de ces établissements, mais surtout au Gem, tenu par l'horrible Al Swearengen. Dans les archives de l'époque, on la voit aux côtés des trois autres danseuses : la première est la femme du Rouquin, Nettie, la deuxième une jeune fille au sourire fermé, Ketty Arnold, et la dernière un homme habillé en femme (ils ont dû avoir des choses à se raconter, Calamity et lui).

Tous les quatre dansaient sur scène puis avec les clients. Mais leur patron était connu pour leurrer des jeunes femmes démunies puis les forcer à se prostituer. Elles étaient suffisamment endettées pour ne pas pouvoir refuser. Même sa femme faisait des passes à l'étage. On ne voit pas comment Calamity y aurait échappé.

Sauf qu'une fois de plus, et même avec l'horrible Al Swearengen, Calamity se met du côté des hommes, pas de celui des femmes.

Mieux vaut une vie d'homme que pas de vie du tout.

On sait qu'elle est allée jusqu'au Nebraska pour lui ramener dix filles innocentes.

Des filles un peu mal dégrossies, blondes, qui ne demandaient qu'à se marier.

Georges et son père partent à bicyclette, la nuit. Les toutes premières lueurs de l'aube leur permettent à peine de voir les bords de la route. Ils s'éloignent des lumières vacillantes et roulent vers le noir. Elle le suit. Parfois il chante des mélodies sans paroles et elle sourit en pédalant. Ses cuisses s'activent au même rythme, hypnotique, que celles de son père, et la route file sous leurs roues. Plus il fait froid, plus ils vont vite le long des forêts qui semblent emmagasiner l'hiver et l'exhaler en vapeurs glacées.

Ils ne croisent jamais personne au début. Seule la vitesse siffle à leurs oreilles. Plus tard, alors que les étoiles ont disparu et qu'ils approchent des villes, ils commencent à rejoindre d'autres marchands, de plus en plus nombreux, chargés comme eux de ballots et de paquets, à bicyclette ou en charrette. Georges aime dépasser l'odeur des chevaux. Parfois une silhouette à pied sort de nulle part, un baluchon à l'épaule ou sur la tête, et ils échangent quelques mots avec un visage connu, tout en continuant à avancer.

Parfois les champs sont en feu et il fait plus chaud. Elle éponge son front d'une main et tient le guidon de l'autre.

Juste avant d'arriver, après être sortis des forêts qui entourent les villes, son père s'arrête le long d'un fossé, se roule une cigarette, la lèche, et l'enflamme. Le bout rougeoyant signe la fin du voyage. Ses paupières plissées se tournent vers les premières maisons, qui s'éveillent. Ils viennent deux fois par semaine, l'été, l'hiver, sauf lorsqu'il pleut trop : ils ne peuvent pas prendre le risque de tremper les tissus avant d'arriver au marché et de revenir aussi chargés au retour qu'à l'aller. L'instant de cette dernière cigarette avant le travail leur est si précieux que peu à peu Georges prend l'habitude de lui en demander une bouffée. Quand elle a douze ans, son père lui offre une cigarette entière. Il n'ose plus poser ses lèvres sur l'empreinte des siennes.

Les jours de marché, Georges ne va pas à l'école et met son pantalon. Il est tout simplement interdit aux femmes, à l'époque, de s'habiller en homme – sauf quand on est une grande sportive, une cavalière par exemple. Il faut, théoriquement, demander au préfet l'autorisation de porter un pantalon. Georges peut être verbalisée si elle croise un policier un peu pointilleux. Mais c'est précisément parce que ce n'est pas permis qu'elle a envie de le faire. Et parce que c'est plus pratique à vélo.

Elle avait d'abord choisi un des pantalons de son père, qu'il ne mettait plus parce que le bas d'une jambe avait été abîmé par sa bicyclette, justement. Patiemment, elle avait défait chaque couture latérale. Lorsqu'elle avait enfilé le pantalon décousu, elle avait déjà ressenti un frisson d'interdit. Elle s'était regardée dans le miroir qui lui faisait face. Ce n'était pas un déguisement, plutôt un uniforme qu'elle aurait usurpé. Un vêtement qui donnait du pouvoir. Elle avait fixé les épingles une à une, de haut en bas. Il fallait que le pantalon soit suffisamment ajusté pour qu'elle ne flotte pas dedans, mais suffisamment large pour qu'il n'en soit pas indécent. C'était un équilibre difficile à trouver. Après plusieurs tâtonnements, elle s'était admirée dans la glace : c'était étonnant de se voir habillée en homme. Alors elle avait recousu chaque côté du pantalon d'un trait, comme si les coutures ne demandaient qu'à être refermées et que le pantalon volait jusqu'à ses jambes. Ensuite, elle avait fait à petits points un ourlet de quinze centimètres et demi. Avec la satisfaction du travail bien fait, elle l'avait mis à nouveau. C'est là, qu'elle avait hésité. Est-ce qu'elle allait oser sortir *comme ça* ?

Elle avait adoré marcher sans contrainte : non seulement ses chevilles n'étaient pas bridées par le bas d'une robe, mais ses tibias étaient projetés en avant, parce que rien ne les retenait, et ses cuisses étaient libres. Marcher n'avait jamais été aussi simple, ni aussi grisant.

Et puis un jour, elle était allée au marché, avec son pantalon. *Je le fais, je ne le fais pas ?* Elle l'avait fait.

Les jambes alimentaient tous les fantasmes érotiques, puisque d'ordinaire elles étaient cachées. Elle était femme, elle était homme, elle était ce qu'il fallait quand ça l'arrangeait. Georges aimait dérouter les autres, et elle était suffisamment sûre d'elle pour ne pas céder devant les regards qui la jugeaient. Elle épousait toutes les strates qui allaient des filles aux garçons, selon l'heure et selon le jour.

Son père fermait les yeux : il avait besoin d'elle, et il savait que s'il l'empêchait de s'habiller comme elle voulait, Georges risquait de tout lâcher.

Chacun installe son étal et la lumière se fait plus claire. Tout grandit ensemble : le bruit, le marché, le monde. Partout, des hommes sont occupés à vendre ou à acheter, montrent des tissus ou des tomates en criant plus fort que leur voisin. Les blagues fusent, les regards mentent, les mains s'agitent, les bouches marchandent. Georges aime ces ambiances, et le fait qu'elle soit de loin la plus jeune. Elle joue aussi à la mère – remplacer Palmyre prolonge en quelque sorte sa vie.

Son père attire le client, et surtout les clientes. Il tend vers elles des corsets et des jupons, il blague et sourit, et quand l'une d'elles prend au sérieux ses boniments, Georges en est à moitié gênée, à moitié énervée. Elle baisse le regard et range les plaquettes de fil par couleurs, la bouche crispée dans un faux sourire.

Très vite, elle reprend le travail, dans le bruit et la poussière. La clameur de la foule est immense et mélange toutes les voix des passants, d'où ressortent celles des vendeurs.

Chacun d'entre eux a son propre cri pour vanter sa marchandise, nasillard pour le rempailleur de chaises, strident pour la dentellière, métallique pour le marchand de ferraille, grave pour le boucher qui hurle le nom de ce qu'il propose ce jour-là, lapin, volaille, filet mignon. Les marchands ont gardé l'habitude de l'époque encore proche où, tous les clients ne sachant pas lire, on criait dans les allées ce qu'on avait à vendre. Georges se fraie un passage entre les corps, au milieu de la cacophonie et des odeurs puissantes. Elle a douze ans et elle est contente de cette nouvelle vie. Plus elle apprendra à être libre, moins elle dépendra des autres, et en particulier des hommes.

Marguerite est toujours au Bon Pasteur. Elle travaille comme une folle dans ce couvent qui est aussi une usine de blanchisserie, où les filles dévoyées sont exploitées à bon compte. Les religieuses s'enrichissent sur le dos de leurs pensionnaires et celles-ci doivent obéir et travailler dix-huit heures par jour. Les hôtels, les restaurants, mais aussi certaines familles donnent leur linge à laver et à repasser à l'institution. On se félicite de retrouver des draps et des nappes immaculées, en même temps qu'on se sent blanchi de permettre à ces jeunes filles sans morale de se racheter par leur travail. Les doigts de Marguerite ne quittent plus une couleur rouge foncé à force de frotter les tissus dans l'eau savonneuse et glacée. Et ce n'est pas tout : elle a dû grimper l'escalier du dortoir à genoux parce qu'elle s'en était plainte. Chacune des marches était plus difficile à monter que la précédente. Les punitions sont toujours plus inventives, et liées au *péché* commis. Elle doit faire pénitence. Parce qu'elle a eu un langage inapproprié, elle a dû faire des croix avec sa langue sur tout le sol du réfectoire, dalle après dalle. Parce qu'elle a taché son lit, elle a fait la lessive des culottes souillées des filles de son dortoir pendant un mois. On lui a appris à détester son corps, à se punir de cette honte qui saigne chaque mois. Le travail les aide à s'amender de leur passé, les punitions leur permettent de se faire pardonner leurs fautes. Marguerite voudrait s'échapper, mais Georges ne lui parle plus d'évasion.

« Les seuls moments de bonheur, écrit Marguerite, c'est quand on fait la crise. On joue au diable, pour faire peur aux bonnes sœurs. Au début, c'est juste l'une de nous qui se met à rugir de rage, à souffler entre ses dents ou à s'acharner sur ses draps. Et puis sa voisine de lit ou quelques autres se mettent à l'imiter, et le grondement enfle, les autres commencent à s'exciter. On grogne, on rit, on s'arrache nos chemises de nuit. L'une ou l'autre d'entre nous se met nue et les autres l'imitent alors. On se peint en noir et en rouge, avec du charbon de bois et du rouge à lèvres, et on danse toutes ensemble en criant des mots obscènes. On jure, on crie, on se frotte contre nos mains. La première sœur qui vient, on l'entoure, on danse autour d'elle, d'abord lentement, pour lui faire peur, puis de plus en plus vite, en la fixant des yeux jusqu'à ce qu'elle se mette à hurler de terreur. Alors les autres bonnes sœurs viennent et on est punies. Mais entre-temps, on a lâché les chiens. »

Georges aussi aime lâcher les chiens. Dès lors qu'elle se met à porter un pantalon, elle devient une mauvaise fille. D'abord, aux yeux des gens. Puis, par provocation, et par goût de l'imaginaire : elle s'aperçoit qu'on peut inventer sa vie comme on invente une histoire. Puisqu'on la prend pour une dévoyée, autant le devenir. Elle se met à braver de plus en plus d'interdits. Georges a douze ans et elle est déjà presque adulte, elle boit un verre de guignolet rouge comme un calice d'église à la fin du marché, juchée sur un haut tabouret au bar du coin, et trinque avec des vieux forains et des poissardes aux blagues salées, elle rit, se sent vivante. Elle attire les regards. Une toute jeune femme en pantalon, avec un prénom d'homme et des yeux bleus presque gris. On questionne son père, on essaie de le convaincre de lui donner une éducation avant qu'il ne soit trop tard. Elle a eu son certificat d'études, ce qui est encore rare pour une fille, alors pourquoi ne pas lui donner une chance ? Mathurin s'inquiète de l'exemple qu'elle donne à ses sœurs.

Georges n'a plus aucune envie d'aller à l'école, elle qui adorait cela. Elle préfère prévoir les stocks de tissu, additionner les gains chaque semaine, reprendre un guignolet.

Le soir, elle se met à sortir, avec des gens plus âgés qu'elle. Après une journée au marché, elle s'amuse un peu. À treize ans, elle est jugée dévergondée. À quatorze ans, on la dit débauchée. Quand elle va en ville, désormais, c'est en sachant ce qu'elle fait : elle boit de l'alcool pour être une hors-la-loi, et elle embrasse les garçons qui lui font envie parce que son corps lui appartient. Son père a compris que les lectures ne lui suffisent plus, et que lorsqu'elle fait la tournée des cafés, le soir ou le dimanche, elle boit parfois trop et finit dans les bras de n'importe qui. Il ne dit rien, quand elle rentre aux premières heures du jour. À quinze ans, elle ressemble à Calamity Jane. Le ciel est démesuré, sa vie est imprévisible.

Un matin, pourtant, alors qu'elle a passé, pour la première fois, une nuit entière dehors, son père l'attend, les yeux cernés. Il n'a pas dormi et ose enfin lui demander ce qu'elle fait de ses soirées. Pour ne pas avoir à le lui avouer, elle lui dit qu'elle a quelques idées concernant leur commerce. Mathurin n'est pas surpris : il a toujours su qu'elle n'était pas comme les autres. Il l'écoute. Ils vont ramener les petites à Zélie, continuer à être marchands forains dans l'Est, s'approvisionner aux ateliers parisiens et revendre des marchandises à la mode, ce qui rapportera plus que de s'user les yeux à la machine, coudre moins et vendre plus, et quand ils auront assez économisé, ils s'offriront le magasin dont Palmyre rêvait. Ils seront alors libres comme jamais.

Georges était censée aider son père – en fait, c'était elle qui tirait les ficelles. Elle refusait qu'il vende au rabais comme il avait l'habitude de le faire, parce qu'elle savait que leur marchandise était bonne et qu'elle n'avait pas l'intention de la brader. Face au client qui discutait les prix et croyait qu'elle était trop jeune pour lui résister, elle défendait la qualité de leurs articles en détaillant toutes les techniques de couture. Elle patientait le temps qu'il fallait mais ne lâchait pas. C'était toujours le client qui cédait en premier. Elle sentait bien les regards insistants sur ses jambes, ses fesses, mais elle restait impassible et prétendait ne pas s'en apercevoir. Parfois on la prenait pour un garçon, parfois pour une fille. Elle penchait un peu plus son buste, ou étirait sa cambrure, l'air de rien. Elle ne savait pas encore que son corps était une arme, mais elle avait appris qu'il attirait l'attention. Même l'abbé du coin la regardait d'un drôle d'air. Elle n'en devenait que plus méprisante des curés, leur Dieu, elle y croyait encore moins depuis que sa mère était morte.

Dans le brouhaha, les injures, le tumulte, elle interpellait les passants et leur vendait des vêtements et des sous-vêtements. C'est elle qui, peu à peu, avait convaincu son père de vendre du linge de corps au marché. Jusque-là, personne ne sortait la lingerie des tiroirs, mais Georges sentait que bientôt, les femmes n'auraient plus envie de rester à la maison pour fabriquer elles-mêmes leurs dessous et leurs draps, elle savait que, bientôt, les filles ne voudraient plus passer leur jeunesse à broder leur trousseau. Aucune ne voudrait plus étrangler sa taille dans un corset. Elle décrivait à son père le ventre ceinturé au point de sentir ses viscères coincés dans les côtes, le soupir de libération lorsqu'on desserrait le lien et qu'on sentait les organes se replacer, le soulagement à pouvoir enfin s'asseoir naturellement, ou à reboutonner sa bottine sans se cisailler le ventre. Mathurin l'écoutait. Peu à peu, les manteaux et les vestes disparaissaient de leur étal pour laisser place à toujours plus de rubans, de draps de coton, de popeline, de boutons, de fils, de corsages, et puis de jupons, de culottes, de chemises de nuit.

Georges bousculait les règles, elle prenait la place d'un autre sur le marché s'il le fallait, criait plus fort que les forains alentour, et ça marchait.

Les gens passaient devant leur stand et les femmes s'y arrêtaient. Elles donnaient leur menue monnaie contre un bout de galon ou de biais, et l'enfouissaient dans leur panier, au milieu des pommes de terre et des choux, tout en posant des questions sur les nouveautés qui s'étalaient. Quelques dames détournaient encore le regard, mais plus pour longtemps. Georges avait persuadé son père de vendre des gaines, cette invention révolutionnaire *qui galbait les courbes sans contraindre les mouvements*, comme elle le disait aux clientes. Elles étaient de plus en plus nombreuses à glisser leurs hanches dans ce nouveau sous-vêtement plein de promesses et Mathurin se félicitait que sa fille soit bien de son époque. Elle était enthousiaste, exaltée, inventive. De fil en aiguille, ils s'étaient aussi mis à vendre des soutiens-gorge, des culottes, des pantys, des déshabillés. Georges proposait aux clientes de revenir la semaine suivante si l'essayage ne s'était pas révélé concluant, et les clientes revenaient, mais pour dire tout haut combien elles étaient heureuses de leur achat et libres de leurs gestes, devant d'autres femmes qui se laissaient tenter à leur tour. Mathurin avait même fini par afficher qu'il était prêt à reprendre la marchandise si on la trouvait moins cher ailleurs. Ce n'était jamais le cas. Ils proposaient toujours plus de couleurs, de matières, de modèles. Ils vendaient des boutons de toutes les formes : des carrés et des ronds mais aussi des trèfles, des carreaux, des canards et des coquillages. C'était nouveau. Mathurin regardait cette fille de quinze ans au tempérament étonnant. Sa beauté inattendue, son corps qui ne grandissait plus, ses yeux couleur de ciel d'orage, ses attitudes de conquérante. Il la voyait au milieu des autres vendeuses, qui criaient moins bien, moins fort, moins juste. Le marché était comme tous les autres, les vendeurs se ressemblaient et les clients aussi, mais au milieu il y avait cette petite bonne femme virevoltante, souriante, qui parlait fort et à toutes les clientes en même temps, une tornade. Elle plaquait une gaine contre les hanches d'une dame, contournait l'étal et dans le même mouvement proposait une série de boutons en forme d'animaux à une mère de famille tout en rangeant par coloris les culottes en dentelle et en enroulant rapidement les rubans défaits. Elle posait un soutien-gorge pour aller complimenter la dame à la gaine, riait. Riait fort. Un rire tonitruant.

Un rire en cascade, qui faisait trop de bruit.

On sursautait à son rire, qui ne se cachait pas. On se mettait à la regarder de travers. *Georges. Elle a mauvais genre. Elle fait masculine. Elle fume en pleine rue.* On prenait des airs entendus. On regardait ses fesses trop dessinées dans son pantalon.

Georges travaille sur les marchés, dort de plus en plus souvent dans des garnis avec son père pour éviter les trajets éreintants, va parfois au bal sans lui, et rencontre Vincent. Il est beau, grand, maigre, il a une pomme d'Adam qu'elle a envie de toucher et une voix rauque qui lui fait dresser les poils dans la nuque, elle n'a jamais connu ça. Il lui fait une cour ordinaire, mais comme c'est la première fois elle se laisse entraîner après son travail. Elle est belle, petite et fougueuse, elle se met à aller au bal tous les samedis, et finit par l'embrasser : son corps esquisse un léger mouvement comme s'il tombait très lentement, très doucement, elle tangue et il croit qu'elle veut recommencer à danser, alors il se penche et elle pose ses lèvres sur les siennes.

Ce premier baiser la marque pour toujours.

Dès ce soir-là elle se doute que c'est un mauvais garçon, mais c'est aussi ce qui lui plaît : il a une ardeur, une sauvagerie, un air malin qui la séduisent. Ce n'est pas un lion, mais c'est un renard, et c'est mieux qu'un mouton.

Ils se marient quatre mois plus tard.

Tout va très vite avec Georgette.

Mathurin ne peut que donner son assentiment à ce mariage : il est transi d'amour pour sa fille, et il est perdu depuis la mort de sa femme. Chacun y va de ses recommandations, et la plus courante est qu'il se remarie, *un homme seul, ça ne vaut rien* – pour une fois, on s'accorde à dire que les femmes servent à quelque chose. Il recommence à parcourir les routes, mais le cœur n'y est pas, maintenant que Georges ne l'accompagne plus. Car Vincent a mis une première condition à leur union : il a demandé à Georges d'arrêter de travailler avec son père. Au début, elle a protesté, mais il a expliqué combien il trouvait malsain qu'elle suive son père de marché en marché, et qu'ils dorment parfois dans la même chambre, sur la route.

— D'ailleurs, je ne veux pas que tu travailles. Je peux subvenir à nos besoins, tout seul. Menuisier, c'est un vrai métier. Qu'est-ce qu'on va penser ? *Les gens vont parler.*

Les gens parlent déjà, depuis longtemps, de Georges et de ses attitudes détendues qui ont pourtant séduit Vincent. Ce n'est pas la place d'une fille de quinze ans, les étals où l'on vend des cochonneries en satin. Avec son père, en plus. On les regarde de travers, ce veuf et sa fille aînée qui vit avec lui. Ils ont des attitudes de couple marié. Plusieurs fois, des étrangers les ont pris pour mari et femme, et Mathurin n'a pas démenti, il n'a fait que rougir avec une fierté déplacée.

S'il avait été honnête, il se serait avoué combien il était troublé par sa fille, le creux de sa poitrine qui ressemblait à une fleur, sa peau fraîche, sa silhouette parfaite et petite comme celle de sa mère.

Vincent avait peut-être perçu la lueur de tentation dans l'œil de son futur beau-père, ou celui-ci avait croisé son regard scrutateur.

Mathurin avait donné son assentiment au mariage, et accepté que sa fille ne travaille plus avec lui.

Georges, qui n'est pas habituée à ce qu'on décide pour elle, s'étonne que son père et son mari s'entendent entre eux de son sort comme si elle était un animal domestique, alors elle donne quand même son avis. Elle proclame haut et fort qu'elle compte bien continuer à travailler – mais quand on parle mariage, même chez elle, on observe la loi. Le code civil accorde depuis un siècle l'autorité au père, puis au mari, sur les femmes, qui sont considérées comme mineures toute leur vie. L'homme a le dernier mot, quoi qu'il arrive. Mathurin laisse sa fille à Vincent, puisqu'il l'épouse, et annonce qu'il va rentrer en Bretagne. Il n'a plus rien à faire là.

Zélie non plus ne proteste pas. Georges se souvient d'avoir raconté à Vincent qu'elle ne voulait pas de la vie de bête de somme de sa grand-mère, et qu'il l'avait écoutée attentivement, à tel point qu'elle s'était confiée à lui comme elle l'aurait fait devant Marguerite. Elle lui avait avoué combien cette vie domestique lui faisait peur, parce qu'elle savait qu'elle pourrait la faire sombrer dans la folie. Elle avait prononcé ce mot, folie. Il était le premier à qui elle osait révéler cette appréhension, cette faiblesse en elle que personne ne pouvait soupçonner : elle craignait, si elle avait un jour la même vie que sa grand-mère, de perdre la raison. Il n'avait rien dit, sur le moment. Mais le jour de leur mariage, quand il l'avait répété devant Zélie et Mathurin au restaurant, quand elle avait croisé le regard blessé de sa grand-mère et celui, effrayé, de son père, elle avait eu encore plus peur du pouvoir qu'il avait désormais sur elle. Pour ne pas gâcher ce qui devait être le plus beau jour de sa vie, selon les contes de fées auxquels elle n'avait jamais vraiment cru, elle s'était tue.

Le lendemain, alors qu'elle lui reprochait d'avoir trahi sa confiance, Vincent lui avait dit :

— C'est ton sort. C'est ce que tu deviendras. Et si tu ne te satisfais pas de ton sort, tu finiras chez les dingues. Tu as raison d'en avoir peur.

Elle avait pensé revenir en arrière mais il avait ri, comme si c'était une blague. C'était trop tard. Le mariage avait eu lieu. Elle était amoureuse et il pensait qu'elle finirait par se ranger, comme un meuble. Il secouait la tête, indulgent, en regardant son petit visage rouge de contrariété. Elle avait protesté pourtant une dernière fois : elle aimait travailler, courir de marché en marché, faire des affaires. Vincent avait eu un sourire de loup :

— Et qui gardera les enfants ?

À cela, elle avait répondu Zélie. Après tout, elle élevait ses sœurs, qui étaient heureuses avec elle et grandissaient bien. Rose venait d'avoir son certificat d'études elle aussi. Il a ricané :

— Pauvre vieille, elle sera morte d'ici là.

Elle l'a poussé du poing. Il a répondu et elle est tombée le cul par terre. Il espérait que cela lui servirait de leçon.

Il ne s'était pas aperçu à quel point elle était dangereusement libre.

Elle l'aimait. Il n'était pas si beau, quand on le détaillait – sa bouche était trop mince, son nez un peu tordu, ses yeux chassieux, pâles, son torse trop massif sur ses jambes trop maigres. Mais il dégageait une force qui lui plaisait. Ses mains, en particulier, continuaient de l'attirer. Son assurance amusée séduisait toutes les femmes, mais elle croyait qu'il ne souriait qu'à elle, et qu'il était assez voyou pour lui proposer une vie d'aventures.

Dès le lendemain de leur mariage, elle aurait dû comprendre qu'il n'était qu'un voyou banal, pas un aventurier. Troyes avait le privilège de recevoir la première étape de la première course d'aéroplanes du monde. Ils étaient parmi les milliers de gens qui allaient à pied, à bicyclette ou en voiture jusqu'à l'aérodrome. Dans la calèche qui les y emmenait,

Georges se sentait portée par son époque, et heureuse de leurs projets d'avenir. C'était la première fois qu'elle voyait un avion, et même si elle s'était aperçue, au moment où le biplan Voisin passait au-dessus de sa tête, que Vincent n'était plus à ses côtés parce qu'il était allé boire un verre aux guinguettes, elle n'avait pas gâché son plaisir : la tête renversée en arrière vers le ciel à la pureté idéale, elle rêvait de partir un jour en voyage et fermait les yeux de bonheur.

C'est Georgette, désormais, qu'elle voit à son âge. Tandis qu'elle enfile son pantalon sans réfléchir, Octavie imagine le rôle des femmes à son époque, et comment elle a réussi à se faire une place au bout de cent ans. Elle ne sait toujours pas qui est Georgette, elle non plus, même si elle a l'impression de mieux la connaître. En revanche, elle n'a pas progressé d'un iota sur la brouille entre Lucie et sa mère.

Heureusement que James est là pour la rassurer.

— Elle finira par se confier.

— Ça m'étonnerait. Lucie a une fille unique, et elle n'en parle jamais. Elle ne s'intéresse qu'à sa belle-mère. C'est plus que bizarre. Je sais que Georgette était une drôle de bonne femme, mais elle n'est pas mal non plus, dans son genre.

— J'aimerais la rencontrer.

— Celle qui pourrait vraiment m'aider, c'est ma mère.

— Elle ne dira rien au téléphone. Tu la cuisineras aux prochaines vacances.

Octavie avait poursuivi son travail sur Blanche-Neige mais elle avait connu quelques mésaventures. Habillée de son costume rouge et jaune, elle était allée à Disneyland Paris accompagnée de James, qui la filmait.

Sur la vidéo, on voit les hommes de la sécurité intervenir et leur demander de quitter le parc. Blanche-Neige refuse. La conversation devient tendue, puis un des hommes l'empoigne et la raccompagne manu militari vers la sortie. Lorsque Octavie lui demande calmement, une fois dehors, pourquoi elle n'a pas le droit d'entrer, le vigile lui répond que

« la vraie Blanche-Neige » est dans le parc et qu'on pourrait les confondre.

La vidéo a bien fait rire Lucie, cette fois. En revanche, l'idée de performance d'Octavie, où elle voulait voir une armée de Blanche-Neige fondre sur l'entrée de Disneyland Paris, tombe à l'eau. Elle se rend bien compte que c'est impossible.

C'est Georgette qui vient alors à l'aide d'Octavie – à moins qu'elle n'ait commencé à phagocyter son travail.

Calamity Jane

Calamity Jane Lucky Luke

La légende de Calamity Jane

Calamity Jane, entre mythe et réalité – L'histoire par les femmes

Sur le même thème, Nellie Bly, Mary Fields

Octavie se perd.

Retour sur un mythe moderne : Calamity Jane

Culottées

Ces femmes qui portent la culotte

Culotte, jupe, pantalon

À moins que cela ne la mette sur une piste.

Elle passe désormais des matinées entières au lit, où elle se recouche après son petit déjeuner avec Lucie. Blanche-Neige a pris du plomb dans l'aile mais elle s'intéresse de plus en plus à Georgette et à Calamity, qui la regarde depuis son cadre accroché au mur. Octavie rêve, consulte ses mails toutes les cinq minutes, fait défiler les comptes Instagram, Facebook, Twitter, de ses amis ou d'inconnus. Dans l'infini des possibles, elle se raccroche à un fil.

Calamity Jane, ou l'amour au-delà de l'objet, Isabelle Morin, psychanalyse

Cette femme contredit certaines positions freudiennes sur le féminin

Féminin
Féminin sacré
Féminin de successeur
Féminin de auteur
Auteur Féminin

Et tout à coup Octavie a l'idée de décliner sa vidéo, mais cette fois, autour de Calamity Jane. Dans une pièce déambuleront plusieurs dizaines de femmes aux identités multiples, toutes habillées de la même manière, et grimées de façon à se confondre. Elles seront une sorte de Cindy Sherman à l'envers : au lieu d'être le même visage incarnant des dizaines de personnalités différentes, toutes ces femmes joueront à être le même personnage. Du coup, leurs différences sauteront aux yeux. Octavie veut figurer parmi elles – ainsi que, peut-être, sa sœur et sa mère. Et pourquoi pas Lucie ?

Toutes ces femmes sembleront prêtes à conquérir l'espace. Les bottes les pousseront à de plus grandes enjambées, et les franges des vestes épaissiront leurs carrures. Sur les murs, des photos grand format prises par James montreront chacune endossant le costume de la plus célèbre femme du Far West. Elles seront toutes des projections ou des doubles, chacune sera elle-même et une autre. Chaque bouche semblera dire que chacune, à sa mesure, a pris sa liberté. À un top, elles diront toutes en chœur : nous sommes toutes des Calamity Jane.

Le problème, c'est qu'elle est tellement contente de sa nouvelle idée qu'Octavie en parle à sa mère pendant les vacances. Celle-ci reste silencieuse, mais elle se doute visiblement de quelque chose. Son visage se ferme. Elle n'intervient pas, cependant. Sans rien lui interdire, elle laisse sa fille poursuivre son chemin – seule.

Octavie n'ose pas lui en demander plus sur Lucie.

Dès qu'il a su, à la mairie, que son prénom administratif était Georgette, il ne l'a plus appelée que comme ça. Elle l'a pris comme un jeu, pensant que cela lui passerait, mais ce n'a pas été le cas. Il a continué à s'adresser à elle par ce prénom, même si elle se mettait en colère – peut-être même à cause de sa réaction, comme s'il voulait lui prouver qu'elle ne pourrait rien lui interdire. À partir de là, il s'est mis à lui imposer de plus en plus de règles. Il y avait ce qu'elle pouvait et ce qu'elle ne pouvait pas faire : porter des décolletés ou du rouge à lèvres trop vif, parler trop fort, montrer ses dents quand elle riait, rentrer trop tard. Elle a tenté de le satisfaire, sauf quand ses demandes étaient vraiment ridicules et qu'elle osait une remarque, mais elle se ravisait quand son regard la remettait à sa place. Alors il s'est mis à lui dire quand aller se coucher, quand se lever, quand se taire.

Sa réputation était essentielle aux yeux de Vincent, comme elle l'était pour la société tout entière, qui surveillait Georges, son corps, ses idées, ses envies. Le ton montait, parce qu'elle n'était pas du genre à se laisser faire, mais il ne supportait pas que des voisins puissent l'entendre et penser qu'il ne savait pas se faire respecter par sa femme récemment épousée, qu'il ne savait pas s'y prendre. Son père lui avait appris à mettre une femme au pas, il s'était toujours *fait obéir* par sa mère. Alors qu'ils n'étaient pas mariés depuis plus de trois semaines, Vincent l'avait punie, comme une enfant. Elle était allée dans un café avec une copine, et elle était rentrée *pompette.* Ses yeux étaient brillants, son débit de paroles ralenti, et même sa démarche n'était pas très assurée. Avec une voix qui déraillait, elle avait protesté qu'elle avait bu à peine deux verres de guignolet, qu'en Bretagne, c'est ce qu'on donnait aux enfants, et elle avait ri.

Il l'avait aimée parce qu'elle avait un air bravache, de mauvaises manières et des yeux rieurs – il l'a enfermée pour les mêmes raisons. Pendant une semaine, elle n'a pas eu le droit de sortir. Quand il partait à la menuiserie, il l'enfermait à clé. Georges tournait en rond dans l'appartement, enragée.

Le septième jour, lorsqu'il l'a enfin autorisée à sortir pour aller faire les courses et qu'il a laissé la porte ouverte, elle est rentrée chez la Grande Zélie. Sa grand-mère a compris, mais elle a tenté de savoir si ce n'était pas aussi un peu sa faute. Georges s'est insurgée, elle lui a raconté la dispute qui avait précédé l'enfermement, les cris, les insultes, mais sa grand-mère lui a rappelé que son caractère était parfois compliqué. C'était peut-être un coup de sang de la part de Vincent. Elle, impulsive comme lui, devait lui pardonner. Zélie savait que si sa petite-fille quittait son mari, ou divorçait, sa vie serait encore plus dure. Les femmes comme-il-faut ne lui feraient pas de cadeau, les hommes la prendraient pour une traînée, la plupart des propriétaires ne lui loueraient pas de chambre, les patrons n'en voudraient même pas comme bonne.

Elle est parvenue à convaincre Georges que la période où elle pouvait faire tout ce qui lui passait par la tête était terminée. C'était cela, la vie de femme. Elle devait s'y résoudre.

Mais parce qu'elle savait que la séparation ne manquerait pas d'arriver, elle a confié à sa petite-fille son seul bien : sa machine à coudre.

— Il ne faut jamais dépendre d'un homme.

— Et toi, tu vas vivre de quoi ? a répondu Georges.

Zélie avait ignoré la question.

— Tu couds des tabliers, des torchons, des vêtements pour vous deux. Tu joues à la bonne épouse. Et quand il n'est pas là, tu couds pour les autres et tu caches tes économies.

Georges n'a rejoint Vincent qu'une semaine plus tard. Ils se sont expliqués à la table de la cuisine. Elle a compris qu'au cours de son absence, il avait bu, il s'était tapé la tête contre les murs, il avait cassé des meubles. Elle a dit qu'elle allait faire des efforts. Vincent a alors tenté de lui expliquer qu'il l'avait enfermée pour son bien, elle a menacé de partir, il s'est tu. Il a promis de ne plus recommencer. Ils se sont réconciliés sur l'oreiller, la chair étant ce qu'elle est quand on a seize ans et qu'on s'appelle Georges.

Le lendemain, elle a dessiné une veste pour lui. Elle était heureuse de retrouver son métier de couturière. Il a été flatté qu'elle s'occupe de sa garde-robe et s'est dit qu'elle avait compris ce qu'il attendait d'elle. Elle a oublié qu'il n'y avait pas si longtemps, elle ne comprenait pas les femmes qui courbaient l'échine et obéissaient aux ordres. À présent, quand Vincent l'insulte, elle se demande si c'est elle qui n'est pas à la hauteur de sa vie de femme.

Trois années passent, à rester à la maison, lessiver les murs, acheter un manuel de bonne ménagère, préparer des ragoûts, et coudre. Elle a dix-neuf ans et elle retrouve les gestes de Palmyre, de Zélie. Tous les jours se ressemblent un peu, elle tourne en rond dans le petit appartement, mais elle s'applique. Elle attend. Il n'y a plus de surprises dans sa vie, plus de mystères, plus de victoires. Elle parle avec les voisines, qui racontent leurs douleurs lombaires ou les suites de leur accouchement, leurs invitations à dîner chez le patron de leur mari ou les cancans du quartier qui les font rire comme des poules, leurs inimitiés, leurs rancœurs, leurs jalousies. Vincent a raison : elles ne savent pas avoir des conversations intelligentes, elles à qui il n'arrive rien. Elles ne savent pas parler autrement des autres qu'en les critiquant. Cela n'a pas beaucoup d'intérêt, mais au moins Georges s'amuse-t-elle, dans ces moments-là, et elle leur vend aussi parfois un vêtement ou deux, en cachette. Elle a l'impression d'être un chat qui se promène en cercles concentriques autour de sa maison, elle voudrait aller toujours plus loin. La vie foraine lui manque, sa jeunesse lui file entre les doigts. Le soir, elle lui sert à dîner. Elle s'efforce d'être polie, calme. Elle l'aime de moins en moins. On lui dit que lorsqu'elle aura un enfant, la joie lui reviendra, mais elle en doute, et de toute façon ils n'ont pas assez de moyens pour élever un enfant. Vincent a laissé tomber son métier de menuisier pour racheter la patente foraine de Mathurin, convaincu que c'était un moyen facile de gagner de l'argent, mais il ne veut toujours pas que Georges travaille. Son père, lui, a ouvert sa première boutique en Bretagne, qui lui semble plus loin que jamais. Il projette déjà d'acheter un deuxième magasin, tellement la lingerie moderne se vend bien, comme elle l'avait présagé.

Le fait d'avoir eu raison ne lui apporte aucun réconfort.

Elle lit le journal. *Un marchand de vin tue sa femme d'un coup de hache parce qu'elle a osé lui répondre.* Elle lit des romans, surtout des policiers. *Il lui ouvrit la face, de l'œil gauche au menton.* Vincent trouve que c'est encore trop de liberté et s'énerve de la voir lire. Les femmes qui lisent sont dangereuses. Elle ferait mieux de cuisiner ou de faire le ménage. Coudre, il s'en méfie, il a compris que cela la relie encore à sa grand-mère et au monde des couturières. Il soupçonne chaque voisin de chercher à la rencontrer. Il l'imagine avec d'autres hommes et ça le rend fou. Elle le trouve injuste. Il passe de plus en plus souvent ses soirées dehors, rentre ivre mort et hurle dans la nuit. Il ne fait plus cas des voisins et la traite de pouffiasse ou de salope.

Elle écrit à Marguerite, mais ne lui dit pas tout, pour que son amie garde d'elle une image de fille volontaire, joyeuse, vivante.

Elle a honte.

Marguerite a quitté le Bon Pasteur après des années de sévices, et uniquement parce qu'elle n'était plus une bonne ouvrière et que son rendement était trop médiocre. Elle n'en pouvait plus des prières tout au long de la journée, de la douche hebdomadaire en sous-vêtements, du contrôle des fonds de culotte chaque semaine. Elle avait tenté de se sauver, mais elle s'était foulé le pied de l'autre côté du mur et elle avait été recueillie par une famille qui l'avait raccompagnée chez elle. Son père l'avait ramenée aussitôt chez les sœurs, en disant à la mère supérieure :

— Reprenez-la, nous on n'en veut pas.

Marguerite avait été bastonnée, puis mise à l'isolement. Après plusieurs jours où personne n'était venu la voir, elle avait cru qu'on l'avait oubliée. Dans le noir, elle s'était mise à crier lorsqu'elle avait senti une créature lui frôler la jambe – sans savoir si c'était un rat, ou le diable. Elle avait peur de rester enfermée et de finir folle. Quand on l'avait laissée sortir de la pièce minuscule au bout de sept jours et sept nuits, elle avait cessé de travailler correctement. Ses broderies étaient lâches, ses coutures mal fichues. C'est ce qui l'avait sauvée. Les sœurs s'étaient peu à peu désintéressées d'elle, et au bout d'un an, elles avaient accepté de la laisser partir.

La fille qui l'avait accueillie le jour de son arrivée lui avait dit au revoir en lui glissant :

— Quand on part d'ici, on devient putain. C'est tout ce qui nous reste.

Marguerite avait hésité à rentrer chez ses parents mais il y avait une probabilité non négligeable que son père la ramène encore au Bon Pasteur, alors elle était allée chez Zélie, qui l'avait cachée quelques mois au grenier où elle ne recevait plus de pensionnaire. Elle avait fini par s'installer à Paris, près du Carreau du Temple, où elle était brodeuse dans les ateliers de confection et vivait avec un casquettier. Ils attendaient déjà un enfant.

Elle conseillait pourtant à Georges de ne pas s'opposer à Vincent, pour ne pas risquer d'être battue, ou pire, enfermée dans une institution, comme elle-même l'avait été par ses parents. Son mari en avait le droit, autant que son père. Georges tentait de tenir bon. Le soir, elle se caressait la joue puis s'enlaçait elle-même de ses deux bras pour parvenir à s'endormir. Le fait que Marguerite l'ait comprise lui laissait voir l'injustice de ce qu'elle vivait. Vincent lui faisait des reproches, disait que l'appartement était mal rangé, sale. Il y avait des araignées dans les coins. Elle lui répondait entre ses dents qu'elle n'était pas sa servante, et rongeait son frein. Dans son coin, elle tissait sa toile, aussi patiente et organisée que la bestiole qui lui tenait compagnie.

Un soir où Vincent était rentré plus tôt que d'habitude, le dîner n'était pas encore prêt et elle était en train de lire près de la fenêtre, lorsqu'il s'était rapproché et lui avait arraché son journal : il s'agissait d'un numéro de *La Fronde*, une publication qui était à la pointe de la défense des femmes. Vincent avait crié, mais Georges, galvanisée par ce qu'elle venait de lire, avait crié aussi fort que lui. Il lui avait donné des coups de poing, des coups de pied, puis il l'avait enfermée deux jours dans le petit appartement. Elle avait soigné sa pommette éclatée, et essayé d'alerter les voisins qui s'étaient rassemblés pour voir ce qui se passait mais s'étaient bien gardés d'intervenir. Elle ne pouvait pas défoncer la porte d'entrée du haut de son mètre quarante-huit. Calamity Jane enrageait dans son cachot mais se préparait à riposter. Quand il avait à nouveau menacé de la frapper, elle avait rampé sous la table pour se protéger, atteint une bouteille de vin blanc qu'elle avait saisie par le goulot, et par un geste magistral, dont elle ne se serait jamais crue capable, elle avait fait décrire à la bouteille un arc de cercle dans l'air, qui avait abouti droit sur le sommet du crâne de Vincent.

Il était aussitôt tombé, assis par terre, adossé au mur, étourdi.

Elle avait soulevé la latte du plancher où elle cachait ses économies, hésité à tout prendre, mais elle s'était dit qu'elle reviendrait chercher le reste plus tard et n'avait pris que quelques billets avant de s'enfuir à pas rapides. Après quelques heures de marche où elle avait réfléchi à ce qu'elle pouvait faire, elle avait trouvé une chambre pour une nuit, chez une logeuse qui l'avait regardée de haut mais n'avait pas protesté. Elle avait écrit une lettre à son père où elle rêvait de l'ambiance du commerce, des compliments aux clientes, du toucher soyeux des tissus, de l'étal aux rubans de toutes les couleurs. C'est là qu'elle se sentait vivante. Pour la première fois de sa vie, elle demandait conseil à Mathurin. La réponse était arrivée quelques jours plus tard. Il lui recommandait, comme Zélie, comme Marguerite, de serrer les dents. Les choses ne pouvaient que s'arranger. Pour ne pas les envenimer, il refusait qu'elle vienne le rejoindre à l'ouest pour travailler avec lui.

Elle avait réfléchi. Vincent l'avait frappée. Elle n'arriverait plus à vivre avec lui, et voulait s'en aller. Mais la fin de la lettre était claire : Mathurin la menaçait de ne plus jamais la voir si elle quittait son mari sur un coup de tête. Il avait peur que celui-ci lui fasse encore plus mal. Elle avait passé son doigt sur la trace qui barrait sa joue, juste sous son œil. C'est comme s'il avait compris tout ce qui lui arrivait.

Mathurin n'a pas osé lui conseiller, en tant que père, de partir, seule, et de s'inventer une nouvelle vie. Il sentait qu'elle était perdue. Il a imaginé sa jeune silhouette, mince comme un trait de crayon, seule dans les rues, et a prié le ciel breton, qui s'y connaissait en têtes de cochon, pour qu'elle garde son mauvais caractère et s'en sorte.

Quand elle est revenue vers Vincent parce qu'elle n'avait plus d'argent pour payer la logeuse, il lui a rappelé d'un ton mauvais qu'en tant que femme, elle était sous sa responsabilité, et que la loi était toujours du côté du mari. Elle n'avait pas le droit de vote, pas le droit d'avoir un chéquier, pas le droit de louer un appartement, pas le droit de s'opposer à son mari. Elle devait le respecter, mieux, lui obéir, résider où il le décidait, lui confier ses biens si elle en avait, et obtenir sa permission si elle voulait travailler. C'était la loi. Tout homme avait le droit de vous enfermer, de vous contraindre, de vous salir, et il vous était impossible de répondre si vous ne vouliez pas être détruite.

Elle prenait conscience qu'elle était une esclave.

Il a ricané :

— Si Dieu a fait l'homme plus fort que la femme, c'est qu'il devait avoir ses raisons. Tu peux dire ce que tu veux, j'aurai toujours plus de force physique que toi.

— Si tu recommences, je partirai, et cette fois pour de bon.

Il l'a fixée du regard, et lui a demandé :

— Avec quel argent ?

Le cœur de Georges s'est accéléré. Avant même d'aller vérifier sous la latte du plancher, elle savait déjà que les maigres économies qu'elle avait faites au cours des trois dernières années ne s'y trouvaient plus.

Il ne la battait plus, mais il ne lui parlait plus vraiment. Elle avait rêvé d'un grand amour, il la prenait au mieux pour une domestique. Quand il s'énervait et se mettait à crier, elle ne répondait plus, pour éviter que cela s'envenime. Elle s'est mise à le mépriser pour ses accès de colère et son caractère inconstant. Elle le trouvait radin, mesquin, rustre. Ses manières de campagnard la dégoûtaient, ses fautes de français la hérissaient. Elle venait peut-être d'une famille de couturières, mais elle, au moins, savait parler correctement. Il lui rétorquait qu'elle était très jeune, son père était loin, sa grand-mère trop vieille. Elle n'avait plus d'argent, pas même assez pour acheter du tissu, sa machine ne lui servait plus à rien. Cette fois, elle se demandait ce qui pourrait bien la sauver. Elle se croyait perdue.

Élevée par Zélie, Mathurin et Palmyre, elle n'avait pas été prévenue qu'on ne peut pas décider seule de sa liberté.

Le 30 juillet 1914, elle s'est agenouillée près de son lit, pour la première fois, et elle a pensé à sa mère, puis à Louise Michel. Elle leur a demandé de lui souffler une solution, de lui montrer une porte de sortie.

Le lendemain, Jaurès était assassiné. D'abord, elle s'est adressée à Louise Michel, *Mais qu'est-ce que tu fous ?* Ensuite, elle s'est maudite elle-même : comment avait-elle pu croire qu'une prière, même laïque, l'aiderait ? Jaurès, qu'elle adulait,

Jaurès, qui était contre l'entrée en guerre et disait que ce serait les petits, encore, qui paieraient pour les gros, comme Louise Michel, qui était morte et enterrée, comme sa mère, avait été tué.

Mais le 1er août, la mobilisation générale était décrétée. Vincent s'en allait deux jours plus tard.

Elle s'est dit que tout malheur avait ses bons côtés, et que Louise Michel avait toujours eu un peu de retard.

Calamity changeait de nom tous les deux ans, parfois plus souvent. Cela rend les recherches d'autant plus difficiles pour Octavie. C'est comme si elle regardait dans un miroir brisé en plusieurs morceaux.

D'abord elle s'est appelée Martha Jane Cannary, quand elle sautait en jupon sur les chevaux de trait de son père. Mais quand elle s'est mariée pour la première fois à George Cosgrove, un hors-la-loi qui faisait partie du train pour Deadwood où elle a rencontré Wild Bill Hickok et sa bande, elle s'est fait appeler Maggie Cosgrove.

Elle l'a quitté pour un Jim, qui l'appelait Jane, avant de séduire un transporteur, Frank Lacy, avec qui elle s'est mise à tenir un ranch, à quinze miles de Fort Fetterman, jusqu'à ce qu'elle soit envoyée en prison pour vol.

On ne sait pas comment il l'appelait, il a préféré l'oublier.

À sa sortie de prison, elle s'est mise en couple avec un cow-boy nommé Frank King ou Frank Koenig – lui-même avait une identité fluctuante. Ils ont vécu au ranch de la route Graveyard Bottom, en 1881 et 1882.

On l'appelait alors indifféremment Maggie King, Nell King, et Martha King.

Pendant trois ans, autour de 1886, elle est parfois avec un cheminot nommé William « Bill » Steers, qui a neuf ans de moins qu'elle et lui en fait voir de toutes les couleurs (le

Deputy US Marshall note une « relation orageuse et abusive »). Il la blesse plusieurs fois, et lui laisse en souvenir une balafre au-dessus de l'oreille, due à un coup de clé à molette. C'est peut-être la cicatrice dont elle a dit plus tard qu'elle avait été causée par une flèche d'Indien.

À l'époque, elle se fait encore appeler Martha King, mais dès l'année suivante, elle est Mary Jane Steers.

Elle affirme alors qu'elle s'est mariée à Steers deux ans plus tôt, peut-être pour légitimer la naissance de sa première fille, Jessie. Aujourd'hui on sait qu'ils se sont réellement mariés en 1888 à Pocatello (Idaho), environ sept mois après la naissance de la petite. Ensuite, il semble avoir complètement disparu de sa vie.

De 1894 à 1896 environ, elle est Martha Burke, depuis sa rencontre avec Clinton Burke, un cow-boy. Elle signe ses mémoires « Madame M. Burke, mieux connue sous le nom de Calamity Jane ».

Elle est enterrée sous ce nom.

Entre-temps, de 1898 à 1901, elle se fait appeler Madame Robert S. Dorsett. Elle vit alors à Deadwood, une ville connue pour ses hors-la-loi, ses bars à vin, ses « cafés français », ses laveries tenues par des Chinois, dans une petite maison confortable, en bois, sur la colline, au milieu des pins.

Octavie retrouve en ligne un article de journal datant de cette époque. Quand le journaliste se présente chez elle, Calamity l'accueille sur le pas de la porte :

— C'est moi, entrez. La maison va vous paraître sale, mais on a été à moitié malades et on s'est un peu relâchés sur le ménage. Je ne me suis pas peignée aujourd'hui. J'imagine que ça se voit.

Madame Dorsett, dite Calamity Jane, est de taille moyenne, elle est robuste, avec une légère tendance à l'embonpoint. Elle a les cheveux longs, encore bruns (et non pas roux comme on le dit souvent). Ses yeux sont gris foncé. Elle a un visage très expressif, un menton ferme et une bouche décidée. Son compagnon, Monsieur Burke, est un jeune homme vêtu de lin blanc, ce qui est en décalage avec la maison où ils vivent, agréable mais en désordre. Le journaliste se sent obligé de remarquer que le cow-boy paraît considérablement plus jeune qu'elle.

La première fois qu'elle est venue à Deadwood, c'était en 1875. Elle était un « vrai mec » en ce temps-là. C'est la première chose qu'elle dit au journaliste.

Elle lui raconte son enfance.

— On habitait près d'un poste-frontière, et les soldats ont pris soin de moi. Tout ce que je savais c'était jouer avec les vers de terre et demander à faire un tour sur le dos des chevaux de diligence et camper avec les Indiens.

Elle prononce « Indians » *injuns*.

Le journaliste est décontenancé : elle se fait parfois appeler Matilda, une alternative courante à Martha, mais semble préférer Maggie.

Maggie Dorsett, donc.

Tant qu'elle change de nom, Calamity Jane n'existe pas vraiment. Chaque article qu'Octavie trouve sur Internet précise qu'elle n'a d'ailleurs rien fait de remarquable. Tous les historiens le soulignent. Quand elle fait quelque chose de notable, soit c'est attribué à l'un de ses collègues masculins, soit c'est minimisé – puisqu'une femme est capable de le faire, n'importe qui pourrait le faire aussi. Les journalistes de l'époque, mais parfois aussi ceux d'aujourd'hui, la dépeignent comme un monstre, ou une prostituée (ce qui revient, pour certains d'entre eux, au même). Elle n'aime pas seulement boire jusqu'à être ivre morte, elle fume, chique, jure, crache dans la rue, tire plus vite que son ombre et soigne les pauvres et les malades, y compris lors d'une épidémie de variole alors que personne d'autre ne veut s'approcher d'eux. Elle est une *drôle de bonne femme*.

Le seul fait historique qu'on lui accorde, c'est de s'habiller en homme. À l'époque, à l'est des États-Unis, on n'a jamais vu cela. Et même dans le Wyoming où elle a vécu la majeure partie de sa vie c'est un délit puni d'amende. Il y a eu plusieurs cas de soldats dans la Révolution et les guerres civiles dont on a su, plus tard, qu'ils étaient des femmes déguisées en homme, mais Calamity Jane devient la plus célèbre d'entre elles, en l'espace de trois ans seulement, grâce à son surnom qui claque.

Quel est le poids d'un nom sur un destin ?

Aucun de ses dix noms ne lui a permis d'exister vraiment, mais dès lors qu'elle a ce surnom, elle devient célèbre. On dit qu'elle est la première femme blanche à pénétrer dans les Black Hills, le territoire des Sioux. On dit qu'elle a participé à Little Bighorn. On dit qu'elle n'a peur de rien, et que son cheval s'appelle Satan. On la traite de sorcière, comme tant d'autres avant elle. Mais les cow-boys l'aiment bien.

Fière de cette soudaine renommée, extraordinaire pour une femme, elle alimente sa légende et en rajoute largement quand elle raconte ses souvenirs. Ses tournées avec le Wild West Show, le fameux spectacle de Buffalo Bill, font d'elle un mythe.

On peut dire qu'elle n'a rien fait de notable, mais elle a ce mérite : prouver qu'une femme peut faire tout ce dont un homme est capable. Ni plus, ni moins.

Et ce n'est sûrement pas un hasard si les premières avancées en faveur du vote des femmes ont lieu dans l'ouest des États-Unis, ni si le Wyoming est le premier État à l'autoriser, en 1890 – trente ans avant les autres États.

Elle avance rapidement sur le trottoir. La bandoulière du sac chauffe la peau de son épaule et sa machine à coudre lui semble de plus en plus lourde à traîner malgré ses roulettes. C'est la première fois qu'elle est seule dans les rues de Paris et elle est étourdie par les chapeaux, les voitures, les brasseries. Elle regarde le papier dans sa main et réfléchit à ce que lui a dit la marchande à laquelle elle a demandé son chemin. Les soldats en permission montrent leurs cicatrices et leurs médailles et ils oublient de dire qu'ils ont fait dans leur pantalon. Ils traînent d'un bar à l'autre, épuisés, blêmes, sales, en attendant leur retour au front. Leurs uniformes ne sont plus raides et neufs comme au début de la guerre, ils sont piteux et ternis par la boue des tranchées qui ne part jamais complètement des tissus. Un peu partout, elle remarque des femmes, sorties des intérieurs pour travailler. Avant guerre, on en voyait moins dans les rues. Bien plus tard, Georges dira que si l'Allemagne a perdu, c'est parce que les femmes n'y ont pas remplacé les hommes au travail, contrairement à ce qui s'est fait en France. Dès le premier mois du conflit, en pleine période de moisson, les femmes ont assuré la récolte du blé, et en ville, elles ont récupéré le poste de leur frère ou de leur mari, à l'usine de textiles ou au volant du taxi, alors qu'en Allemagne, on a vite manqué de pain et de bras. Pour elle, c'est ce qui a fait la différence : les modernes, égalitaires, ont gagné contre les barbares, qui voulaient garder leurs femmes à la maison.

Elle change son sac d'épaule et repart en tirant la Singer. Le ciel est bleu, pur. Elle est heureuse d'avoir décidé de venir à Paris, la ville de toutes les libertés, et elle se dit soudain que plus personne ne lui interdira de porter une jupe trop courte ou un pantalon sous prétexte qu'elle montre ses jambes. Ce voyage ressemble à une fuite, ou à une réparation, mais il est plus que cela. En venant s'installer ici, elle veut oublier. Son mariage a été un échec. Elle n'a plus que la machine à coudre que lui a transmise Zélie. La guerre, la peur des bombardements, la menace des viols par les Allemands, les files d'attente pour acheter à manger, la pénurie de charbon et le froid, les mauvaises nouvelles s'accumulent. Zélie et Mathurin n'ont pas été là quand elle en avait besoin. Les journaux racontent le désastre, la drôle de guerre qui ne fait rire personne. Georges a besoin d'action, elle veut avoir l'impression de prendre en main son destin. Il lui reste une solution : rejoindre Marguerite à Paris.

Alors que la correspondance est devenue un sport national, et que des cartes postales voyagent à travers tout le pays, elle a écrit à son amie, qui a toujours été de bon conseil – et avait détecté avant tout le monde la difficulté à vivre au quotidien avec Vincent. Débordée par les trois enfants qu'elle a eus en deux ans – une fille et des jumeaux –, maintenant que son mari est parti à la guerre, Marguerite l'a invitée chez elle par retour de courrier. La censure, qui grignote les mots découragés ou pacifistes des lettres du front comme celles de l'arrière, a laissé les commentaires de la mère de famille dépassée.

La porte s'ouvre, Georges bascule en avant. Elle frotte ses semelles sur le paillasson. Dans la pièce unique, des enfants, partout. Une petite fille au visage sale cogne une branche contre un mur et deux garçons jouent avec des pommes de terre transformées en poupées. Pleurs de bébé, coupons de tissu au sol, soupe de légumes qui glougloute. Elle couchera là, au milieu d'eux. Georges a l'impression d'être revenue dans la maison de sa grand-mère, elle se sent bien. Marguerite ne ressemble plus à la blonde aux joues pleines et au regard naïf qu'elle a connue chez Zélie. Ses cernes se sont creusés, et son sourire est encore pire qu'avant : elle a perdu trois dents, une par enfant. Pas de chance, c'est celles de devant qui sont parties en premier. Lorsqu'elle est sortie du Bon Pasteur, elle avait perdu beaucoup de poids, mais ses grossesses lui ont peu à peu fait retrouver sa silhouette épaisse, et quand elle serre Georges dans ses bras, celle-ci se sent enveloppée par ses épaules rondes, sa poitrine accueillante.

— Alors que Paris se vide de ses réfugiés, toi, tu y viens pour travailler. Tu ne fais jamais rien comme les autres, dit-elle, mi-goguenarde, mi-admirative, comme avant.

Georges a apporté du pâté et du pain. Les petits se précipitent, trempent leur tartine, lèchent les assiettes.

— Il faut que je trouve du travail, dit Georges. Je n'ai plus un rond.

Dès le lendemain de son arrivée, Marguerite la charge d'une mission : elle est sur le point d'accoucher de son quatrième bébé et elle préfère être seule, elle sera plus tranquille. Georges emmène les enfants se promener et leur offre des bonbons, le temps qu'elle ponde leur nouveau petit frère. Quand ils reviennent, une heure plus tard, un nourrisson les attend dans un des tiroirs ouverts de la commode de la chambre, transformé en petit berceau : Marcel, un bébé aux cheveux drus et noirs. Marguerite sourit, cette fois elle n'a pas perdu de dent. Peau plissée, culotte garnie, cernes noirs. Elle apprend peu à peu les nouvelles règles d'hygiène et fait bouillir les biberons, mais quand Marcel est trop agité, elle continue d'y ajouter un peu de cidre ou d'eau-de-vie. C'est Georges qui le lui interdit, comme elle lui recommande d'arrêter de leur faire boire du café le matin, et de les laver plus souvent. Marguerite croit que sous les robes, la crasse préserve la santé, comme les poux. Elles se mettent à épouiller les petits le soir, avec de la Marie-Rose et des peignes fins. Marcel dort dans un berceau contre le lit de Georges, qui s'attache à lui.

Des affichettes sont collées sur la façade de l'Hôtel de ville. Les ouvrières se pressent autour. Elles notent les adresses sur leur carnet, les plus matinales à la lueur des bougies. Au milieu des visages anxieux, Marguerite l'aide à trier les annonces, à se méfier des arnaques, à repérer les bons plans. Les filles se battraient presque pour emporter les offres. Marguerite file à l'atelier de couture où elle travaille, et Georges tente toute la journée de se faire embaucher aux adresses qu'elle a recopiées, en vain. Quand elle rentre chez Marguerite le soir, celle-ci a une bonne et une mauvaise nouvelle : un de ses collègues s'est blessé, il y a une place de libre. Mais c'est un emploi réservé aux hommes. Son amie la regarde avec un demi-sourire, l'œil brillant de malice comme quand elle avait quinze ans.

Georges a rendez-vous le lendemain pour le remplacer.

Au matin, elles y vont ensemble. Des dizaines et des dizaines de jeunes filles en uniforme gris se pressent vers la grande entrée. Georges, les cheveux à ras sous une casquette, le pantalon tenu par des bretelles, se laisse entraîner par le flux des ouvrières en suivant Marguerite, mais elles ne se parlent plus et se tiennent à distance. Elles franchissent un portail grand comme celui d'une église et passent devant l'usine des filles, dont la plupart sont déjà à pied d'œuvre. En rang d'oignons, la tête baissée, elles sont occupées à coudre et ne lèvent pas les yeux, ne bougent pas les épaules, à peine les bras. Seuls leurs pieds pédalent, et leurs doigts guident le tissu. Marguerite la laisse devant le bureau du personnel et file rejoindre son poste. Elle est remmailleuse, c'est-à-dire qu'elle doit raccommoder les bas en rattrapant les mailles qui ont sauté jusqu'à ce que ça ne se voie plus. Si ce n'est pas le cas, on trouve dans l'heure une autre fille : on embauche aussi vite qu'on licencie. Le corps de Marguerite se plie au rythme imposé, qui est encore plus répétitif que celui qui forçait Zélie et Palmyre à travailler sur leur machine. À ses pieds, une caisse contient tous les bas qu'elle doit réparer dans sa journée.

Georges se retrouve face au chef du personnel, qui l'emmène à sa suite. Ils passent devant les ateliers féminins et le chef lui montre d'un geste du bras l'ensemble des travailleuses à l'ouvrage comme si ça se passait de commentaires. Georges essaie de parler le moins possible pour ne pas qu'on s'aperçoive qu'elle est une fille, il pense que son nouvel employé est impressionné.

— Ici, on préserve la morale, déclare-t-il d'un ton sérieux. Les hommes d'un côté, les femmes de l'autre, comme à l'église.

Les filles continuent de travailler en courbant l'échine.

— On a de plus en plus d'employées femmes. On les met au raccommodage et au remmaillage. Le travail monotone leur va bien, surtout s'il est délicat : elles ne sont pas très inventives, mais elles sont méticuleuses. Ça suffit, pour ce qu'elles ont à faire. Mais vous, c'est à la ligne, que vous allez travailler. Suivez-moi.

Georges découvre le travail à la chaîne, qui est considéré comme un progrès. Les hommes font le même geste des centaines de fois d'affilée autour d'un tapis qui fait rouler les tissus vers leur voisin de poste. Il y a un seul élément de décor : une reproduction du *Marché aux chevaux*, de Rosa Bonheur, la même que celle qui était accrochée aux murs de l'école primaire. Georges comprend à quoi le chef du personnel l'a fait penser : à un maquignon. Les ouvriers qui l'entourent sont soit très jeunes, soit très vieux, soit infirmes. Il lui explique ce qu'elle doit faire en moins de cinq minutes. Elle ne voit que le tissu qui défile devant elle et ses mains qui s'agitent pour le transmettre aux autres à la même cadence. Il fait chaud. Ce n'est pas compliqué, il faut juste être rapide. Il est interdit de parler. Dans ces conditions, Georges doit pouvoir passer pour un homme sans trop de problèmes.

Le sifflet retentit quand c'est la pause, à midi. Les hommes arrêtent tout à coup, d'un seul mouvement, comme s'ils n'attendaient que ça. Georges sent quelques paires d'yeux se poser sur elle. Le chef du personnel vient vérifier son travail, elle est embauchée. Ils ont une demi-heure pour manger leur casse-croûte. S'ils ont encore du travail le soir, ils restent jusqu'à ce qu'il soit terminé. Qu'il soit neuf ou onze heures, c'est la même chose, et tant pis pour les enfants de Marguerite qui sont sous la garde d'une vieille voisine. C'est la guerre, après tout. À minuit, si elle n'a toujours pas fini, elle a le droit de rapporter son travail à la maison et de finir les coutures à la main. Elle passe une partie de la nuit à finir ses pièces, surtout les premières semaines. C'est toujours mieux du côté des hommes que du côté des filles, qui travaillent parfois vingt-quatre, ou même vingt-huit heures d'affilée à l'atelier. Les hommes, au moins, ont le droit de boire un verre d'eau une fois par jour. Ils ont les syndicats de leur côté.

Lorsqu'elles arrivent à finir au même moment et qu'il n'est pas trop tard, Marguerite et Georges rentrent ensemble d'un pas alourdi par la fatigue, les yeux rougis par la concentration sur l'aiguille ou sur la ligne, des heures durant. Pour dix à douze heures de travail par jour, Marguerite touche deux à trois francs, selon le nombre de pièces qu'elle a réussi à recoudre. Georges, parce qu'elle travaille en tant qu'homme, gagne exactement deux fois plus.

— C'est comme si homme, c'était un métier, conclut-elle.

— C'est plutôt femme, qui l'est, répond Marguerite du tac au tac. On en fait deux fois plus qu'eux à la maison.

Le matin du 25 août 1914, par une chaude nuit de fin d'été où la température n'est pas beaucoup descendue, Georges se réveille à côté des enfants, entortillée dans ses draps, dans une odeur de sang. Elle vérifie le lit mais il est immaculé. Sur le plafond de la chambre, elle regarde les reflets des passants déformés par l'éclairage naissant du soleil, et se retourne dans son lit, moite de sueur. La lumière est déjà crue. Les oiseaux sont excités, ils pépient dans les arbres en commères agitées. Depuis trois semaines déjà, les télégrammes ont commencé à arriver, apportant le chagrin, la perte, la peur. Même si les femmes pensent toutes que cela ne leur arrivera pas, que ce sera le mari de l'autre, la voisine, la cousine, l'amie, qui sera tué sous les bombes, chacune sait que cela peut survenir.

La boulangère, qui augmente presque de jour en jour le prix du pain, a perdu son fils, que tout le quartier connaissait. On dit que les Allemands sont forts mais que les Français sont courageux. Ils ont des armes moins puissantes que celles de l'ennemi, mais ils vont vite gagner malgré tout. La guerre sera bientôt finie. Ce serait trop bête de perdre son homme avant l'armistice qui ne va pas tarder.

Elle pense à Vincent, parti depuis trois semaines et demie – son pas traînant le jour de son départ, ses yeux bleu pâle, son visage au couteau, et devine que la nuit a été dure pour lui. Cette odeur qu'elle croit sentir renforce son mauvais pressentiment. Il ne lui a envoyé que deux lettres, où il lui souhaite de ne pas être heureuse tant qu'il ne sera pas rentré. Elle n'en revenait tellement pas qu'elle l'a montrée à Marguerite, qui en avait déjà reçu huit de la part de son mari, des courriers dignes d'une midinette, avec autant de fois le mot amour que de fautes d'orthographe. Elle a été choquée de constater à quel point Vincent la haïssait d'être restée à l'arrière.

Dans sa première lettre, il écrit que le bruit des bombardements le rend fou, et donne des détails inutiles sur les obus de 210, de 155 ou de 220. Il lui demande de l'attendre et de *ne pas recommencer avec ses idées modernes* : il se doute qu'elle a envie de travailler et le lui interdit d'avance. La deuxième, une page écrite à la va-vite ou sous l'effet de l'alcool, est un récit terrifié du front, où les cadavres des hommes côtoient ceux des chevaux dans la boue mêlée de sang des uns et des autres, qui attire les mouches. À la fin de sa lettre, il annonce qu'il va bientôt monter en première ligne. Cette fois encore, pas un mot tendre. Malgré cela, toute sa vie, Georges la conservera, soigneusement rangée avec celles de Marguerite, dans le tiroir de son bureau aux pieds vrillés, à l'abri du temps et des mites.

Georges a chaud, elle se lève en craignant que la journée lui apporte une mauvaise nouvelle. Elle ne s'est pas trompée : quelques heures plus tard, un homme aux cheveux collés et au regard sombre lui tend le télégramme qui lui annonce que

Vincent est mort la veille, dans la Meuse, à vingt-quatre kilomètres de là où il est né. Il a fait une guerre tout près de sa caserne, pendant quelques jours. Pour lui, pas d'aventure ni de longue bataille, juste un épisode bref et banal, le temps de crever de peur et de se faire descendre. Il a eu le temps d'être l'enfant non désiré de sa mère, de rater l'école et d'être mauvais avec les autres, et puis il a été abattu dans un champ baveux de boue et enterré dans un fossé.

Elle a dix-neuf ans, et elle est veuve de guerre. Sans enfant à charge. Elle se dit alors qu'elle ne se mariera plus jamais, qu'elle ne laissera même plus aucun homme l'approcher, et encore moins lui dire ce qu'elle doit faire ou la dépouiller de ce qu'elle a pu économiser. Le mieux est encore de ne jamais aimer, cela ne peut que vous conduire à votre perte.

Paris est sous les bombardements, par avion, par dirigeable, presque tous les jours au début de septembre. Parfois le travail s'interrompt pendant plusieurs heures et Marguerite et Georges vont se mettre à l'abri, parfois elles n'ont même pas le temps de protéger leurs outils et craignent de tout perdre dans le feu. Les déplacements en ville sont hasardeux, le ravitaillement difficile, mais il faut continuer à se nourrir, acheter le nécessaire, préparer l'avenir. Georges insiste sur le fait qu'elles sont « à la guerre » elles aussi :

— Les hommes à la guerre et les femmes à l'arrière, je t'en foutrais, on la fait, la guerre, nous aussi.

Elle lit à Marguerite le journal, qui décrit les dégâts sur les immeubles, les orages qui se mêlent aux canonnades, les intrépides qui cherchent les débris d'obus pour les transformer en vases ou les revendre comme souvenirs d'un conflit qui sera bientôt fini. On croit qu'il va durer un mois, puis encore un mois, puis, en décembre, on prédit que ce sera fini au printemps. Vincent n'est qu'une victime parmi des centaines de milliers, bientôt des millions. Depuis sa mort, Georges doute des rares informations des communiqués officiels affichés

chaque après-midi. On continue de dire que les Français sont largement supérieurs aux Allemands, mais elle sait à présent que c'est un mensonge, ou une illusion. Même le gouvernement a fui de Paris à Bordeaux. Tout ceux qui le peuvent s'échappent à l'ouest et au sud, sur des charrettes tirées par des ânes ou des chèvres. Il n'y a plus de chevaux. Marguerite et elle n'ont pas les moyens de partir. La guerre change les gens à l'arrière : les vieux portent les galons de leurs fils et ont un avis sur tout, et particulièrement sur la bonne façon de faire la guerre, les commerçants et les paysans trouvent tous les moyens de s'enrichir, les femmes qui ont le diable au corps sont encore plus excitées, et celles qui sont comme-il-faut arborent plus que jamais tous les signes de la respectabilité. À l'atelier, les filles sont toujours traitées comme des esclaves mais elles gagnent leur propre argent. Elles travaillent en silence et rêvent à un avenir meilleur.

L'hiver est particulièrement rude, le ciel a décidé de punir les hommes. Le charbon est rationné, Georges brûle des emballages, des cartons, des briques de feuilles mortes dans le poêle. Pour pouvoir se réfugier plus facilement dans les caves dès que le tocsin sonne, elle prend l'habitude de dormir tout habillée.

Finalement, elle n'a plus rien à attendre de cette guerre, sinon qu'on la laisse enfin occuper une place à elle, sans qu'elle ait besoin pour autant de se déguiser.

À la pause de midi, où elle a appris à écouter plutôt qu'à parler pour ne pas se faire démasquer en tant que femme, Georges entend que des réunions politiques ont lieu dans un café près de l'atelier, et que les femmes y sont admises. Elle s'y rend le soir même, seule, et en robe, les cheveux cachés sous un chapeau. On y cause conditions de travail, mais aussi liberté des ouvriers et liberté des femmes.

Une fille aux cheveux filasses et au teint gris intervient sans complexe :

— Dans les ateliers de textile, les femmes meurent plus souvent que les hommes, parce qu'on respire mal, qu'on ne gagne pas toujours assez pour manger à notre faim, et qu'on est épuisées. Moi mes horaires, on dirait qu'ils sont extensibles à l'infini. Si je n'ai pas fini mon travail à minuit, je dois le ramener à la maison. Ce n'est même pas légal !

Georges a le cœur qui bat plus vite. La dernière phrase est saluée de hochements de tête et d'exclamations de soutien. Dans la fumée de cigarettes, elle écoute les arguments des participants à la réunion et se souvient de son émotion face à Louise Michel.

Auprès des camarades qui l'entourent, elle peut s'informer, débattre, se faire son idée, apprendre des informations qu'elle n'a nulle part ailleurs. C'est là qu'elle entend pour la première fois parler de droits des femmes. Le droit de vote. Le droit de divorcer. Le droit d'avoir un compte bancaire à son nom. On raconte qu'une fois la paix revenue, tout sera différent.

Par moments tous se taisent et imaginent le monde à venir.

Elle revient au café politique dès qu'elle le peut, avec l'impression de participer à la vie moderne, et y entraîne Marguerite, qui n'ose pas prendre la parole. Georges, elle, dit ce qu'elle pense :

— Ce n'est pas normal que les ouvrières soient obligées de nettoyer elles-mêmes les machines et les locaux ! Chez nous, les femmes doivent même nettoyer les toilettes à tour de rôle après leurs horaires de travail.

Les autres réagissent, indignés.

Elles se sentent défendues, mieux, elles ont envie de se défendre elles-mêmes. Georges ose parler de plus en plus souvent. Elle veut tout : l'égalité des salaires, la liberté vestimentaire, le droit de vote, celui de faire des études, le « droit d'être un individu avant d'être un sexe », comme le dit Madeleine Pelletier. Marguerite, elle, est plus timide, et avertit Georges qu'elle devrait se méfier.

— Un jour, quelqu'un va te reconnaître, et tu vas perdre ta place.

— Ils n'imaginent même pas qu'une femme puisse avoir le toupet de se déguiser en homme. Je ne crains rien. Dès que je porte un jupon, ils me voient autrement.

Marguerite grimace. Elle a été échaudée par les conséquences de sa rencontre avec Louise Michel et se sent toujours fautive d'aller à ces réunions. Georges ne l'écoute que d'une oreille, convaincue qu'elle doit défendre les femmes, elle qui se fait passer pour un homme juste pour avoir un salaire décent. Son vocabulaire s'affine, sa pensée se précise.

— Tu parles ! Les couturières, personne ne les a jamais écoutées, proteste Marguerite.

— Ça va changer, prédit Georges. D'une part parce que les couturières sont parmi les plus syndiquées, et d'autre part parce que les vêtements eux-mêmes peuvent libérer la femme.

Au café, elle s'enflamme :

— Je suis contre le corset, la jupe, le chapeau, les chaussures à talon !

Elle qui a toujours voulu dessiner et fabriquer des habits voit se rejoindre ses idées politiques et son ambition personnelle : elle est persuadée que les vêtements libéreront les femmes autant que les nouvelles lois. Certains sourient et la trouvent charmante, c'est-à-dire qu'ils ne la prennent pas tout à fait au sérieux. Elle les ignore, et se tourne vers les autres.

— Tu vas avoir des ennuis, angoisse Marguerite.

— Au contraire. Après la guerre, on reconnaîtra que les Françaises ont été des patriotes et qu'elles ont eu un rôle essentiel.

Marguerite fait la moue.

— C'est forcé, s'insurge Georges. Toutes ces femmes qui se sont sacrifiées, toutes les souffrances qu'elles ont endurées et tout le travail qu'elles ont fourni, y compris dans les usines de guerre, on pourra pas l'oublier.

— Mon œil, répond Marguerite, désabusée. Les hommes reviendront et ils reprendront leur place. On n'aura plus qu'à fermer notre gueule, comme on l'a toujours fait.

— Ça ne se peut pas. Même toi, tu as appris à l'ouvrir. Ton mari ne pourra plus te parler comme avant.

Marguerite grimace.

— On sera jamais des citoyennes à part entière.

— Les associations qui aident les soldats et leurs familles réfugiées ne vont pas disparaître d'un coup. Elles vont aider les travailleuses qui seront au chômage, les veuves de guerre, les orphelins de soldats, les misérables, et elles nous arracheront le droit de vote. N'oublie pas qu'on travaille, et qu'on paie des impôts. Pourquoi on paierait des impôts si on ne vote pas ?

Marguerite met sa main devant sa bouche comme la fille de quinze ans qu'elle a été. Georges est convaincue que le vote est la clé de la libération des femmes, son point de départ. Elle adhère à une nouvelle association, l'Union pour le suffrage des femmes, et elle soutient le vote blanc. Déjà, l'année précédente, cinq cent mille bulletins déclarant *Je désire voter* ont été déposés dans les urnes. Ils n'ont évidemment pas été comptabilisés, mais l'idée a fait son chemin. Des députés font quelques propositions timides. Même Maurice Barrès, que Georges déteste, propose que le vote des soldats morts pour la France soit transmis à leur femme, s'ils étaient mariés, et à leur père, s'ils étaient célibataires. Les féministes s'y opposent. Georges se passionne pour ces débats. Elle est la seule femme de l'assemblée à refuser cette mesure.

— On cherche à nous enfumer ! (Elle fulmine.) Moi qui suis veuve de guerre (les murmures approbateurs ne manquent jamais lorsqu'elle prononce cette phrase), ça m'avantagerait, mais je suis contre. Si on accorde le vote à tout chef de famille, une femme le perdra en se mariant. Les femmes ne sont pas des remplaçantes. Elles ne doivent pas se satisfaire d'une demi-mesure mais obtenir le droit de vote à part entière.

On applaudit cette fille qui mesure moins d'un mètre cinquante mais dit haut et fort ce qu'elle pense sans trembler. Au milieu de l'assemblée, elle remarque pourtant un homme moustachu qui la regarde attentivement, sans applaudir, et écrase sa cigarette dans un cendrier Suze.

En rentrant, elle en parle à Marguerite :

— Il est plutôt bel homme. Son visage me dit quelque chose.

— Tu ferais bien de te méfier, s'agace Marguerite. Si ça se trouve, il travaille à l'usine et il t'a reconnue.

À l'atelier, elle parle le moins possible, et quand on l'interroge, elle prend une voix plus grave, qui la fait passer pour un jeune garçon. Être une autre pour quelques heures, c'est drôle. Elle a l'impression de rouler les hommes, pour changer. Chaque fin de semaine, pour profiter de son salaire double, elle prépare un « repas amélioré » pour Marguerite et les enfants.

Mais on ne connaît personne qui a franchi la frontière homme-femme de manière définitive. Elle craint, comme Marguerite, que son imposture soit découverte. Les jours où elle est optimiste, elle se dit qu'à force de jouer ce rôle, il cessera d'en être un. Elle se sent pousser des ailes. Pour être libre, il suffit donc de faire comme si on l'était ?

Quelques jours plus tard, elle rentre du café et approche de leur immeuble, quand l'alerte retentit. Elle fonce, pliée en deux, dans la rue. On l'interpelle, elle suit la voix, avance à travers la fumée, parvient jusqu'à la cave. Ils sont quarante ou cinquante entassés dans l'obscurité du petit local, les enfants pleurent de terreur, les adultes chuchotent, écoutent, guettent la fin de l'attaque. À côté d'elle, une femme serre contre elle un bébé et deux enfants en bas âge, les traits figés par la peur. Une nouvelle déflagration fait baisser les têtes. Les murs tremblent. Georges cherche une place, finit par s'asseoir à côté de la dame et ses enfants. Elle se sent à l'étroit, enterrée, étouffe. Il faut qu'elle sorte de cet endroit. Elle se dirige à tâtons, en toussant, vers la sortie, mais on lui chuchote de rester là, elle va attirer l'attention sur eux, les mettre en danger. C'est la femme aux enfants qui a parlé. Elle semble plus jeune qu'elle mais elle a déjà une silhouette de matrone et la fixe du regard, dans la pénombre. Malgré la situation, elle détaille les cheveux coupés à la garçonne de Georges, ses yeux fardés, son pantalon, sa façon d'être assise, genoux écartés, comme un homme. C'est étrange comme elles se détestent au premier coup d'œil.

— Je dois sortir, je ne me sens pas bien.

— Taisez-vous, lui dit la femme en serrant plus fort son bébé contre elle.

Elle se tait. La sueur lui coule sous les bras. Les bombes ne pleuvent plus. Dehors elle entend des vitres se casser, des objets tomber, des pas s'éloigner précipitamment. Quand l'alerte est levée, ils sortent tous en file indienne, lentement. La femme la dépasse, suivie par ses enfants, et rejoint son mari. C'est l'homme qu'elle a remarqué au café politique. Georges détaille les cheveux noirs de l'homme, sa moustache qui remonte en boucle de chaque côté de sa bouche, son air jovial. Après l'alerte, elle soupire de se retrouver au soleil. Elle respire au-dehors, et l'homme échange un regard avec elle. Cela n'a pas échappé à sa femme, mais Georges s'éloigne, légère. Elle se sent tellement plus séduisante qu'elle. Sur la façade de l'immeuble, une croix de Lorraine indique que le sous-sol de l'immeuble sert d'abri. À côté, une affiche signée d'un général demande de ne pas prêter l'oreille aux bruits alarmants qui circulent et de compter sur les troupes. Pourtant, tout le monde se sent en danger. Sur la place qui jouxte l'immeuble, on expose les armes prises à l'ennemi. Les grandes roues de charrette et les canons dirigés vers le ciel la narguent et lui semblent dérisoires. Le temps de s'en inquiéter, elle constate que le couple a disparu.

Elle reste un instant immobile dans la rue, le temps de repenser au demi-sourire de l'homme quand elle s'est tournée vers le soleil.

Georges économise chaque sou qui ne lui sert pas à manger, et achète du tissu. Elle se met à coudre dès qu'elle n'est pas à l'atelier. La nuit, elle passe au moins deux ou trois heures à sa machine et façonne des ourlets, des boutonnières, des œillets derrière sa fenêtre calfeutrée. Les lumières à Paris sont interdites. Elle reproduit les gestes de la Grande Zélie et recommence à vendre des vêtements, via Marguerite, aux femmes de l'usine. Le tissu coûte de plus en plus cher, elle raccourcit les jupes et dit aux clientes que la mode est aux robes à mi-mollet. Ses coupes sont ajustées aux corps et découvrent les chevilles, les mollets, le cou. Elle propose à Marguerite de se relayer à la machine en dehors de leurs heures à l'atelier, pour gagner quelques sous supplémentaires.

Elles récoltent à peine un franc par jour à se crever les yeux sur les fronces et les plis. Les gens ne parlent plus que de la hausse des prix. Celui des œufs est multiplié par trois. Celui des légumes par cinq. On s'en étonne, personne n'a jamais connu ça. Les marchands refusent les gros billets. Certains acceptent de se faire payer en timbres-poste. Elles ont du mal à trouver des allumettes, du papier, du tabac, des balais. Le sucre est rationné, puis le pain. Marguerite a besoin de nourrir ses enfants. Elle se lance dans un commerce de pommes de terre en les revendant au triple du prix, mais elle se prend un coup de sabot par une des filles de l'usine et doit arrêter son trafic.

La vie change autour d'elles, les femmes sont encore plus nombreuses dans la rue qu'au début de la guerre. On voit des vendeuses de journaux, des factrices, des employées de banque, des serveuses de café. *Quand Madelon vient nous servir à boire, sous la tonnelle on frôle son jupon.* Les femmes travaillent aussi dans les usines de conserves, de munitions, dans les filatures de coton ou de soie, sous les regards critiques, méfiants, ou goguenards. Des cartes postales caricaturent les femmes chauffeuses de taxi qui retouchent leur maquillage au volant ou une avocate qui allaite son enfant au tribunal. On se moque des « gros bonnets » du féminisme avec beaucoup de finesse. Un professeur de la faculté de Rennes écrit dans le journal : « Il ne leur manque plus que la moustache, et encore ! » On s'étonne du travail accompli par les « munitionnettes », mais peu à peu on met leur réussite sur le compte des qualités *naturelles* des femmes, et ce sont toujours les mêmes qui reviennent : elles sont *méticuleuses*, *délicates, patientes*. Le travail à la chaîne leur semble tout à coup particulièrement adapté – seule la CGT continue de s'y opposer. Au café, les militants s'écharpent :

— Les femmes qui acceptent d'être moins bien payées que les hommes seront bientôt préférées par les patrons, s'inquiète un tout jeune homme, qui ne doit pas encore être en âge d'être mobilisé.

— Il ne faudrait pas qu'elles s'habituent à travailler, on aura besoin de relancer la natalité après guerre ! s'excite un monsieur au visage couleur champignon.

— Vous avez raison, il faut sauver les femmes, déclare une grande brune aux petites dents très espacées.

Georges sait que cette dentition est souvent due à une syphillis contractée par la mère.

— Sauver les femmes, mais de quoi ?

Georges s'énerve : elle n'est pas qu'un ventre.

— Considérer la femme comme une mère avant tout est un piège. Ça permet justement de moins payer celles qui veulent travailler. Qu'est-ce qu'on fait des veuves ? des divorcées ?

On les laisse mourir ? Si les syndicalistes s'allient aux dames patronnesses, maintenant, moi je ne comprends plus rien !

Elle croise le regard du moustachu à la crinière noire qui habite son immeuble. Pour la première fois, il lui sourit, amusé par son esprit de repartie. Elle reprend, plus calme :

— L'indépendance économique est la première des victoires à obtenir. Le droit de vote doit y mener.

Plusieurs personnes l'applaudissent, dont Marguerite et le nouveau voisin. L'Union s'est lancée dans une grande campagne de mobilisation contre l'exploitation des couturières à domicile, qui n'ont pas d'horaires, pas de syndicat pour les protéger, et doivent accepter des tarifs fixés à la pièce. Georges se bat pour Zélie, pour Palmyre, et reste fidèle à Louise Michel : lorsqu'elle milite aux côtés de l'Union, lorsqu'elle participe aux discussions, elle se sent elle-même. Elle ne vit pas pour rien. Grâce à la lutte, une loi est votée en 1915 qui protège les couturières en leur accordant un salaire minimal. Georges fait changer le monde. Elle se sent vivante.

Les robes raccourcissent encore et la lingerie s'assouplit : on ne peut pas conduire un tramway en corset. Tout à coup elle a l'impression de voir des femmes partout. Elles luttent contre la pénurie, contre l'inflation qui galope, contre les bombes. Elles cherchent à s'amuser, à aller au cinéma, à tomber amoureuses – et on leur en veut. Elles chantent des chansons. *Viens Poupoule viens poupoule viens, quand j'entends des chansons, ça me rend tout polisson, ah !*

Elle économise assez d'argent pour s'acheter des bas de soie, suivant une mode féminine qui choque ceux qui voudraient que les femmes n'aient aucun désir, en soutien aux soldats.

« C'est à croire que l'âcre fumée des obus répand sur elle je ne sais quel fluide excitant », déclare un médecin célèbre dans le journal.

Une rumeur se répand à l'usine : on dit que Marguerite fréquente un homme de l'atelier voisin et qu'il l'accompagne le matin. On prétend qu'il dort parfois chez elle. On les a même vus rire ensemble. Si la nouvelle parvient aux oreilles de son mari (les lettres de dénonciation sont fréquentes), Marguerite aura du mal à se justifier. Elle s'inquiète.

Georges apprend qu'une chambre de bonne s'est libérée au dernier étage et elle décide de quitter l'appartement surpeuplé de Marguerite pour s'offrir une pièce à elle, où elle peut profiter de son indépendance. Elle observe les huit mètres carrés sous un plafond cloqué de moisi, évalue si les soutiens-gorge et les gaines qu'elle a commencé à fabriquer vont pouvoir y être entreposés, et s'y voit dormir tranquille, au milieu des couches successives de papier peint à ramages qui laissent voir par endroits les anciennes vies de la pièce, comme des couches archéologiques. Elle paie son loyer sur-le-champ. La concierge la regarde par en dessous : elle n'aime pas cette soi-disant « Madame Vincent Serrer » qui s'habille en homme, et se méfie encore plus d'elle maintenant qu'elle s'offre une garçonnière.

Un soir, après la réunion politique, elle reste boire un verre avec Marguerite pour fêter son proche déménagement et la remercier de l'avoir accueillie. Elles plaisantent avec la serveuse pour qu'elle leur apporte une Suze – l'alcool est interdit aux femmes depuis 1915, mais entre filles, on peut toujours s'arranger. Georges se délecte. L'amertume lui glisse dans la gorge tandis que les glaçons tintent. Elles sont toutes les deux de bonne humeur, même si Marguerite semble crispée.

— Détends-toi, on a bien le droit.

— C'est juste quelque chose que j'ai mangé, qui ne passe pas.

Georges n'est pas dupe, mais elle apprécie l'effort de son amie, qui prend sur elle pour avoir l'air moderne et fêter avec elle le début de son émancipation. Au moment où elle commence son deuxième verre, pourtant, Marguerite vomit sur ses bottines. Elles se font chasser du troquet, et rentrent en riant de leur mésaventure. Georges borde Marguerite dans son lit et chuchote que Palmyre ne serait pas fière d'elle : au lieu de profiter de sa liberté, elle s'est sentie tellement coupable de sortir le soir et de boire de l'alcool qu'elle s'en est rendue malade.

Georges retourne au café, seule. Elle aime parler, boire, chanter. Après avoir été une mauvaise fille, elle est une mauvaise veuve.

Dans les magazines, on loue *la fidélité par-delà la mort*.

Elle retourne au café en espérant que le voisin y sera.

Après avoir été une mauvaise veuve, elle va devenir une veuve joyeuse.

La première fois où Georges a parlé à Abraham, c'était le jour même de son emménagement dans la petite chambre sous les combles. Au café, ils avaient échangé des regards au son des discussions, mais le contexte politique et bruyant ne se prêtait pas vraiment à la séduction. Là, dans la cour de l'immeuble, il y avait les cris des enfants, leur écho, et la voix de cet homme. Les bombardements s'étaient tus. C'était une parenthèse dans la guerre, un homme s'amusait à jouer au ballon avec des enfants, riait et courait autant qu'eux, alors que les hommes étaient rares et les moments de silence aussi. Il s'est interrompu pour la saluer, et elle a souri en reconnaissant l'homme à la moustache qui était marié à la matrone aux marmots. Elle portait la caisse de sa machine à coudre, pour la monter jusqu'au dernier étage. Au troisième palier, essoufflée, elle a posé la caisse et s'est approchée de la fenêtre pour le chercher du regard parmi les enfants, mais il avait disparu. Elle a senti un mouvement derrière elle et s'est retournée. Il avait un petit sourire aux lèvres et la caisse dans les bras. Elle a rougi. La sensation du sang gagnant ses joues l'a empourprée encore davantage.

Il lui a dit bonjour à nouveau et elle l'a trouvé un peu nigaud. La concierge de l'immeuble est alors passée, et elle a immédiatement compris que quelque chose de louche se tramait. Abraham a pris un air détaché :

— Je peux vous aider, Mademoiselle ?

— Madame, a répondu Georges à destination de la concierge.

Elle s'en est immédiatement voulu et s'est mordu la lèvre. La concierge était déjà deux étages plus bas et n'avait rien entendu (sa sagacité était à la hauteur de sa surdité). Abraham s'est fait la réflexion que son mari devait être bien absent, pour la laisser déménager seule, et puis bien pauvre, pour loger dans une chambre de bonne. Il a empoigné la lourde caisse d'un geste vigoureux, et il est passé devant elle, tandis qu'elle lui emboîtait le pas jusqu'au dernier étage en se disant qu'il était décidément plus que serviable, généreux.

Il a déposé la caisse au milieu de la pièce avec une précaution infinie. Seul quelqu'un qui avait un lien avec le métier pouvait avoir autant de respect pour une machine à coudre. Il s'est retourné vers Georges et l'a regardée, l'air aimable et rieur, mais un peu timide, aussi. Il a pincé l'extrémité de sa moustache, l'a légèrement tournée, puis il a carapaté sa main dans sa poche. Georges la voyait qui continuait à s'agiter malgré lui.

— Vous voulez boire quelque chose ?

Il a acquiescé d'un hochement de tête. Elle n'avait rien. Ses caisses étaient en bas. Cette fois c'est elle qui s'est sentie bête, et lui qui a ri. Elle a senti un frisson parcourir sa nuque. Il a décidé de l'aider à transporter toutes ses affaires depuis le rez-de-chaussée. Chez Marguerite, il a compris qu'elle avait été recueillie par une amie et vivait seule, ce qui lui a donné de nouvelles forces pour transporter ses affaires tout au long des étages. Alors qu'il posait le dernier carton dans la chambre de bonne, il a compris qu'elle était veuve. Il a essayé de réagir avec dignité en masquant son soulagement et a présenté ses condoléances. Elle a réussi à prendre un air assez éploré pour qu'il ait envie de la consoler, mais pas trop, pour ne pas qu'il pense qu'elle était insensible à son charme. Il s'est demandé pourquoi elle grimaçait bizarrement.

Elle a haussé les épaules :

— Il vaut peut-être mieux qu'il soit mort dès le début plutôt qu'après des mois de souffrance pour rien.

Il en convenait. Elle lui a versé de l'eau dans un verre. Il a bu lentement, baissant ses longs cils. D'habitude, il était plutôt sûr de lui, mais là, il se sentait déstabilisé par cette fille certes petite, mais dont les yeux étaient bleus et perçants.

— Vous êtes tailleur.

Ce n'était pas une question. Elle l'avait deviné. Il l'a regardée et il a fait signe que oui.

— Et vous, couturière ?

Son accent déformait les e et les u en i, et les r en l. Le mot couturière en devenait absolument impossible à comprendre, mais elle a trouvé cela séduisant. Il lui a dit qu'il habitait au troisième étage mais il a oublié de mentionner sa femme et ses enfants. Elle lui a annoncé qu'elle s'appelait Georges et pour la première fois de sa vie cela n'a suscité aucune réaction chez son interlocuteur. Peut-être que tous les prénoms français lui semblaient bizarres et qu'il n'était plus à cela près. Peut-être qu'il était déjà prêt à tout accepter d'elle. Peut-être n'avait-il pas bien entendu mais n'osait-il pas la faire répéter.

Il est sorti, et elle n'a plus fait qu'attendre de le recroiser.

La machine à coudre, son bien le plus précieux, trônait au milieu de la pièce. Elle se sentait libre, et heureuse. Les dessous avaient pris forme sans qu'elle s'en aperçoive, et se retrouvaient accrochés en l'air sur une corde à linge qui courait à travers la pièce, des guirlandes de soie rosée au-dessus des caisses couleur brune.

Elle avait testé sur elle les modèles qu'elle dessinait, ses seins galbés dans le tissu presque triangulaire. Des obus coloris chair.

Au moment de s'endormir, elle a pensé aux yeux mauves de sa mère : leur façon de se perdre, parfois, à l'horizon. C'était un regard vaguement aveugle, insondable, proche de celui de Calamity Jane, qui l'a entraînée dans un sommeil sans rêve.

Le lendemain, elle a guetté à la fenêtre pour le voir apparaître, avec sa charrette à bras. Elle a virevolté dans les escaliers et l'a rattrapé alors qu'il tournait le coin de la rue. Elle était un peu essoufflée mais il a fait semblant de ne pas s'en apercevoir. Il allait à l'atelier où elle travaillait aussi, pour prendre des pièces de tissu à l'usine et les ramener chez lui. Chemin faisant, elle a appris à apprécier qu'il lui fasse sa cour à l'ancienne, et l'a trouvé de moins en moins nigaud.

Elle n'avait pas envie d'un homme marié, d'un père de famille. Elle ne voulait pas lui faire de mal. La vie était déjà assez compliquée. Mais le lendemain, elle le guettait encore à la fenêtre, et virevoltait dans l'escalier et dans la rue.

Ils ont pris l'habitude d'aller ensemble à l'usine le matin. Marguerite s'y rendait seule, désormais, mais elle a mis Georges en garde : aller plus loin avec lui ne pouvait lui apporter que des ennuis. D'autres juifs lançaient des blagues en yiddish sur leur passage et il souriait, son œil frisait. Mais jamais il n'osait un geste vers elle, ou un mot déplacé, disait Georges à Marguerite.

— Je ne parlais pas de cela, protestait son amie.

Mais Georges ne l'écoutait déjà plus.

Georges était seule, Abraham attirant. Ou peut-être qu'Abraham s'ennuyait. Sa femme, Rosa, s'était alourdie après ses trois grossesses, et puis elle râlait tout le temps, elle se plaignait, en yiddish, en français, en russe, en polonais, dans toutes les langues qu'ils connaissaient elle se plaignait. Ils n'avaient pas beaucoup de moyens, ils n'auraient pas dû quitter la rue des Rosiers où elle connaissait tout le monde. Là-bas il y avait l'amicale réunie autour d'un nom, Piotrków, leur ville d'origine, on pouvait y compter sur le réseau d'entraide, on leur avait trouvé un patron, une chambre, un berceau. On n'avait pas besoin de sortir du Marais, où il y avait tout, même les bains-douches pour aller laver les petits. Le soir, on sortait des chaises pour discuter sur le pas des portes, et les fenêtres étaient toujours ouvertes. Quand sa fille était née, elle l'avait montrée à la fenêtre et tout le monde avait applaudi. Depuis qu'ils habitaient le dixième arrondissement, plus près des ateliers, elle restait enfermée avec leurs trois enfants et elle s'ennuyait.

Abraham, lui, aimait tous les quartiers de Paris, la ville-monde où on trouvait de tout, les rues où défilaient les marchands d'éponges et les vendeurs de parapluies, les vitriers, les cireurs de chaussures, les rempailleurs de sièges. Bien sûr, à Piotrków, il y avait aussi beaucoup de commerçants, des bouchers, des boulangers, des débits de thé, des tabacs, des merceries, mais il manquait la sécurité. Parqués par le gouvernement russe dans un territoire d'où ils ne pouvaient pas s'échapper librement, et dans lequel ils avaient des quartiers assignés, ils ne pouvaient pas toujours exercer leur métier, parce qu'il y avait des quotas et qu'ils étaient parfois trop nombreux. Ils ne pouvaient pas habiter dans les banlieues, ne pouvaient pas acheter de maisons ou en louer à la campagne, n'avaient pas le droit de s'établir où ils voulaient ou d'émigrer d'une ville à l'autre. Ils étaient parfois expulsés d'un village alors qu'ils y vivaient depuis des années. Ils n'avaient pas le droit d'être fonctionnaires, ni employés des postes ou des chemins de fer. Les pauvres n'allaient pas à l'école ; le droit des riches à y aller était limité. Les pogroms étaient de plus en plus fréquents : les femmes étaient mutilées, les hommes pendus, les enfants massacrés. À Paris, c'était peut-être la misère, mais au moins on y était à l'abri.

C'était Abraham qui avait voulu venir en France, des années plus tôt. C'était lui qui décidait de tout, toujours, et Rosa suivait en bonne épouse. À Piotrków, il avait écrit des pamphlets dans des caves, suspendu des transparents sur des fils électriques et déroulé des slogans réclamant plus de justice, suivi des réunions enfumées où il espérait changer le monde, échappé miraculeusement à des tirs de police lors de protestations réclamant des réformes sociales, et fini par être emprisonné pour activités politiques. Il appartenait au Bund, l'union des ouvriers russes et polonais, dont le manifeste disait en 1906 : « Jure de ne jamais lever la main contre la liberté. Jure de ne jamais employer les armes que pour protéger le faible et le malheureux. Jure de les tourner toujours contre les ennemis du peuple. Jure d'ouvrir les yeux aux aveugles, d'éveiller les indifférents et d'en faire les défenseurs de ceux qui combattent pour la liberté. »

Le jour où il est sorti de prison, après un an dans un cachot, il a dit à Rosa qu'ils partaient. Il ne supportait plus l'injustice. Il ne pouvait plus admettre que les juifs n'aient pas le droit d'occuper certaines professions, pas le droit d'acheter des terres, pas le droit de penser ce qu'ils voulaient. Pour échapper au harcèlement par les *khouligans*, une destination s'imposait : la France, terre de libertés.

Peut-être Rosa regrettait-elle d'avoir épousé Abraham, qui lui avait fait traverser l'Europe, peut-être pas. Peut-être était-elle heureuse d'avoir trois beaux enfants de lui. Hélène avait cinq ans, Léon trois, Blanche à peine un an. Ils faisaient du bruit, tout le temps, ils criaient, ils jouaient, ils n'arrêtaient jamais de bouger, ils piaillaient, demandaient sans cesse son attention, surtout depuis le début de la guerre, à présent qu'ils restaient enfermés dans l'appartement.

Peut-être était-elle encore amoureuse de lui. Il était tellement gentil.

C'est ce qui resterait de lui bien après sa mort, des années plus tard : Abraham Mankiewicz était gentil. Jovial, blagueur, débrouillard. Et gentil.

Tellement gentil qu'il aidait tout le monde, y compris Georges.

Il réparait sa machine à coudre quand elle était fatiguée. Il montait les sacs de charbon qui pesaient vingt-cinq ou cinquante kilos, et qu'il fallait aller chercher avec sa carte de rationnement maintenant qu'on ne livrait plus. Il faisait de petits travaux dans sa chambre de bonne, et au passage regardait son désordre, les lettres entassées, les cartes postales punaisées au mur, essayait de voir par qui elles avaient été envoyées, tout en s'interdisant de le savoir. Ils parlaient peu, de la pluie, du beau temps, des tissus, et puis, bientôt, de tout. Ils n'osaient pas beaucoup se regarder. Ils trouvaient mille occasions de se croiser. Georges l'épiait avec ses enfants dans la cour. Il attrapait la plus jeune, la faisait tourner à bout de bras, réussissait à la tenir en équilibre sur la paume de sa main, la petite riait de frayeur. Georges lorgnait ses épaules solides.

Plus elle l'observait, plus il la fascinait. Elle pensait de plus en plus souvent à lui. Peu à peu, elle s'est mise à en vouloir à sa femme, Rosa. Quand celle-ci venait rejoindre son mari et ses enfants au bas de l'immeuble, elle se détournait de la fenêtre.

Un jour, juste avant de se retirer dans le fond de la pièce, elle a vu Abraham jeter un coup d'œil vers son étage et elle a compris qu'il savait qu'elle l'observait tout le temps. Son cœur battait dans sa poitrine. Elle s'en est voulu.

Elle s'est sentie ridicule à jouer la midinette et elle a trouvé qu'elle ne se ressemblait plus. Résolue à ne pas penser à lui, elle s'est mise à sa machine et elle a cousu toute la nuit avec acharnement. Elle a fini la besogne de deux jours en un. *C'est un signe,* s'est-elle dit, *le signe qu'il vaut mieux que je me concentre sur mon travail et que j'oublie cet homme qui ne m'apportera que du malheur.*

Mais dès le surlendemain, elle courait dans l'escalier pour aller échanger quelques mots avec lui.

Elle était anarcho-syndicaliste, comme lui. Ils partageaient des convictions très fortes, qui avaient déterminé leur vie jusqu'ici.

Elle était veuve, aussi.

Et seule, alors qu'elle n'aimait pas ça.

Elle se jetait dans le travail mais cela ne suffisait pas. Son père, sa grand-mère et ses sœurs étaient loin. Marguerite se fatiguait jour et nuit pour nourrir ses enfants, qui avaient commencé à ramener un peu d'argent eux aussi à la maison. Ils fabriquaient des petites poupées de laine rose et noir censées protéger des obus. C'était la mode, on portait autour du cou un garçon et une fille reliés par un fil, Nénette et Rintintin, protections dérisoires contre cette guerre dont on disait à présent qu'elle était pire que jamais auparavant. Les bombes tombaient sur la ville, les chevaux, les immeubles, alors si c'était pour mourir bientôt, autant être soi-même et se moquer des convenances, écouter son corps, céder à ses envies. Au milieu des robes noires qui se multipliaient, il y avait de moins en moins d'hommes. Elle ne voyait plus que lui, Abraham. Elle marchait à ses côtés le matin, pensait à lui en rentrant chez elle le soir, et quand elle était allongée dans son lit, bercée par les bruits sourds des autres appartements, des claquements de porte, des voix assourdies, les soupirs d'un poêle à bois ou le grincement d'une chaise traînée jusqu'à une table, elle guettait ceux qui venaient peut-être de lui. Quand il jouait du violon, elle espérait qu'il le faisait pour elle. Ses pensées ressemblaient parfois à un écran de cinéma, où ils arrivaient invariablement à se rapprocher l'un de l'autre, et il lui semblait que l'instrument de bois ciré n'avait traversé la moitié de l'Europe à dos d'homme que pour venir lui donner la sérénade.

Quelques étages plus bas, il jouait près de la fenêtre et espérait qu'elle s'était arrêtée près de la sienne pour l'écouter.

Marguerite avait peur pour elle.

— Ce n'est pas convenable. Cela ne fait même pas un an que Vincent est parti.

Le deuil était censé durer deux ans, et la première année, tous les plaisirs étaient interdits, y compris celui de la musique.

— Ce n'est pas aux autres de me dicter ce que je ressens, disait Georges. Je n'ai pas envie de m'habiller en noir, ni de me surveiller tout le temps.

— Tu n'es vraiment pas triste pour Vincent ?

— Je suis surtout écœurée que sa vie n'ait servi à rien.

— Alors, mets au moins du mauve, ou du gris.

— Un demi-deuil ! Ce que les gens vont inventer.

Georges secouait la tête. Elle n'avait jamais su obéir aux convenances. Elle ne pouvait pas se forcer.

— Tout le monde sera prêt à te juger. Une veuve de guerre, ça ne doit pas avoir de désir, c'est tout.

— Même à vingt ans ?

Petit à petit, de coup de main en coup de main, Georges a séduit Abraham. Peut-être était-ce son regard franc et droit qui le charmait, ce naturel qu'elle avait à livrer ses envies alors que les femmes étaient censées baisser les yeux, cet impératif dans ses iris bleus, le désir pour ses mains habiles, ses doigts fins de violoniste, ses gestes soignés. Peut-être était-ce le savoir de Palmyre qui portait enfin ses fruits. Georges trouvait qu'il ressemblait à un prince russe, avec son accent charmant et ses yeux de velours soulignés par des sourcils noirs, traits de fusain, chat sauvage. Et puis ils parlaient libertés individuelles, droits des peuples, congés payés, droit de vote, rêves, souvenirs, espoirs. Ils étaient d'accord sur tout.

Elle lui a avoué :

— Tu es le premier homme à parler avec moi.

Il n'a pas osé le lui dire, mais elle était la première avec qui il discutait aussi librement, aussi longuement. Il aurait voulu passer ses nuits à bavarder avec elle. Quelque chose avait bougé, ce jour-là, dans le cœur d'Abraham. Entre eux s'était peu à peu établi un dialogue secret. Chaque geste, chaque regard, chaque rapprochement de leurs corps qui ne se touchaient pas était lourd de sens. Parfois Georges restait sans bouger à ses côtés, son épaule à quelques millimètres seulement de la sienne, tellement la tension était palpable. Parfois il rentrait à peine du travail et sa peau sentait la sueur, une odeur piquante mais pas désagréable. C'est à son contact qu'elle a alors réalisé que son odorat fonctionnait parfois, mais en mélangeant les parfums. Par exemple, le chocolat avait une odeur de caoutchouc brûlé, ou l'inverse. L'odeur de la peau d'Abraham était celle du croissant chaud – comment y résister ? Elle savait qu'il allait compter dans sa vie, même s'il était père de famille et qu'elle était veuve de guerre, ce qui signifiait qu'elle était considérée comme appartenant à la France, et qu'elle n'aurait pas dû se laisser séduire – surtout pas par un juif.

Mais ils étaient seuls, tous les deux, et quand il ne savait pas trop quoi dire mais qu'il voulait rester encore un peu, il appréciait la qualité des tissus que vendait Georges et les caressait tout doucement du bout de ses doigts fins, les yeux pleins d'approbation et de complicité. Il imaginait les dessous féminins sur son corps à elle, tout près de lui. Les armatures qui laissaient des marques sur la peau fine sous les seins, les lacets qui pinçaient la peau. Elle observait ses yeux et savait que c'était son buste qu'il était en train de caresser. Elle prenait un plaisir presque malsain à le sentir réprimer son désir. Il baissait les yeux.

Il lui parlait de son shtetl, émaillait ses phrases de mots yiddish ou polonais, et comme il avait peu de photos de sa vie avant guerre, il dessinait les visages de ceux qu'il avait dû laisser là-bas, son père aux grands yeux limpides, sa mère aux cheveux bouclés comme ceux des princesses des contes pour enfants, les rabbins aux longues barbes blanches et aux larges chapeaux noirs. C'était un artiste, son langage était parfois poétique, parfois direct, et il crayonnait à mesure qu'il décrivait les choses, pour mieux les exprimer.

— J'ai fait tailleur, comme mon père, et ma mère fabriquait des bas, avec une machine spéciale. Elle les remmaillait aussi, comme Marguerite. Tu vois, on était faits pour se rencontrer. Mes parents sont toujours là-bas, et cinq de mes frères et sœurs aussi. Ici je n'ai qu'un frère et une sœur. Les autres me manquent. Ma mère me manque. Je ne sais pas si je la reverrai.

— Elle doit être belle.
— On trouve toujours que sa mère est belle, non ?
— Je ne crois pas.
— D'accord. Alors elle était très belle, même si ce n'était pas sa première qualité. Je n'ai jamais vu quelqu'un avec d'aussi beaux cheveux : des cheveux noirs, bouclés, longs jusqu'au pli du coude, qui est blanc avec des nuances de bleu tellement sa peau est fine. Ses pommettes sont rondes, hautes, slaves. Elle porte un chignon large, mais tous les soirs elle le défait et se démêle les cheveux. Et chaque matin c'est son premier geste aussi, elle se brosse les cheveux avec des gestes doux. Elle a les attaches très minces, et les muscles de ses bras et de ses jambes lui donnent des airs de cheval de course. Elle est racée, voilà, racée.

Il se taisait, regardait au-dehors, et tandis que la machine de Georges piquait le tissu, il racontait la petite ville où goys et juifs vivaient ensemble, décrivait le marché où les paysans russes se mêlaient aux hassidim en habit noir qui filaient à six heures du matin dans les rues encore sombres pour aller prier, où l'on mangeait des harengs à la crème et des cornichons sucrés, où les petits sortaient de l'école qui jouxtait la synagogue à midi et se tenaient en équilibre sur le bord des trottoirs en bois jusqu'à leur maison. Il souriait à l'évocation des commérages sans fin des vieilles sous les marronniers à propos de leurs maris qui jouaient aux échecs ou aux dominos à quelques mètres seulement. Il parlait des immenses forêts de pins vert sombre, dont il ne savait s'il les reverrait un jour.

Il disait pourtant qu'il avait bien fait de partir, qu'il n'en pouvait plus, de subir les traditions, les interdits religieux. Il voulait aller au théâtre, aux réunions socialistes, au bal. Il n'avait jamais aimé prier.

Elle s'intéressait à lui, le trouvait exotique. Il prenait l'habitude de lever la tête en arrivant dans la cour, et si elle lui faisait signe, il était de bonne humeur toute la soirée. Leurs conversations lui manquaient.

Jamais il n'avait ce ton qu'elle détestait des hommes qui pensaient avoir des choses à lui apprendre. Simplement, il partageait avec elle ses expériences, les idées qu'il avait acquises en Pologne, au parti, à Paris. Il avait déjà échappé à la mort plusieurs fois. Elle rencontrait une envie de liberté et d'indépendance semblable à la sienne.

Ils sont tombés fous amoureux.

Bien sûr, on disait que c'était Georges qui l'avait attiré dans ses filets. C'est toujours comme ça quand un homme marié se prend de passion pour une jeune femme séduisante, c'est elle la garce, la tentatrice, elle le fait exprès, elle le détourne de son existence de gentil père de famille.

Vu son caractère, c'est très possible. L'air de rien, elle a sûrement glissé une fois ou deux des petites remarques mesquines sur Rosa, qui restait enfermée tout le jour à la maison sans que cela semble la gêner beaucoup, ou pire, des compliments sur son dévouement de ménagère, mais d'un air peu convaincu. Elle a dû prendre des attitudes de femme libre pour lui faire tourner la tête, et rire à gorge déployée parce qu'elle aimait ça – mais aussi parce qu'elle savait que Rosa ne ferait jamais une chose pareille.

Elle en avait peut-être assez, d'être prise pour un garçon.

Mais c'est peut-être aussi Abraham, qui l'a séduite à force de monter dans sa chambre du sixième étage, c'est peut-être lui, qui lui a raconté des boniments avec son léger accent aux e transformés en i.

À l'époque, les jeunes femmes ne devaient pas souvent faire le premier pas. Il lui a dit qu'elle était belle, et cela a peut-être suffi.

Ou alors, ils se sont jetés l'un sur l'autre un beau jour, parce que ça faisait de longs mois qu'ils se regardaient en coin et qu'il transportait ses cartons jusqu'au sixième étage, et qu'ils n'en pouvaient plus d'attendre.

Le vendredi soir, Rosa se rend à la synagogue avec les enfants, mais Abraham n'y va pas. Georges le sait. Elle tourne en rond dans la mansarde. Pour une fois qu'elle a terminé les travaux de sa semaine, elle se sent désœuvrée. Elle a acheté un kilo de châtaignes et elle les réduit en purée, puis elle ajoute de la crème : il y a assez de potage pour deux.

Contente d'elle, elle descend les trois étages qui les séparent et vient frapper à sa porte discrètement. Abraham ouvre. Elle ne sait pas s'il est surpris mais il a l'air ravi. L'air détaché, comme si elle lui faisait une faveur, elle dit :

— Je crois que j'ai vu trop grand, j'ai de la soupe aux châtaignes pour une famille entière. Ça te dit de dîner avec moi ?

Elle se fait plus détendue qu'elle ne l'est, et joue à la bonne copine, la camarade de parti. Il essaie lui aussi de paraître aussi naturel que possible.

— C'est gentil de penser à moi (comme s'il ne savait pas qu'elle rêve de lui à longueur de nuit).

Il la suit dans le couloir, puis la précède dans l'escalier. Elle apprécie ses bonnes manières – et le frôle au passage. Il s'assied timidement à la table pour deux qu'elle a dépliée et qui prend toute la place dans la mansarde, entre la machine à coudre et le lit. Il occupe la chaise et elle s'assied sur son matelas. L'idée la traverse qu'il n'aura pas beaucoup d'effort à faire pour l'allonger et l'embrasser. Elle sert le potage, et ils dînent en silence, puis parlent politique pour se donner une contenance.

Elle le regarde manger, et en oublie sa cuiller, prend son bol à deux mains et boit goulûment la soupe, puis essuie le dessus de sa lèvre d'un doigt. Il est bouleversé par sa gourmandise, son naturel.

— C'était bon.

Il la regarde. Il croise les doigts comme s'il voulait empêcher ses mains de faire des bêtises. Elle y pose la sienne, les serre, retourne une de ses mains pour la caresser et contemple sa paume. C'est étrange, les trois lignes de sa main se rejoignent près du pouce, comme celles de Vincent. Elle frissonne à l'idée de ce point commun entre eux, mais elle regarde Abraham et reprend confiance. Ses yeux semblent plus clairs. Il se rapproche d'elle et la prend dans ses bras. Son souffle sent les châtaignes.

— Je ne peux pas, dit-il, l'air désolé.

— Ils ne le sauront pas.

— Jamais ?

— Je te le promets.

Elle ouvre sa robe, bouton après bouton. Abraham la regarde et soupire. Rosa ne se déshabille jamais en pleine lumière et Georges peut le deviner dans ses yeux étonnés. Il retient son souffle. Elle n'est pas en corset comme une vieille rombière rétro, elle est en « robe de dessous » toute simple, en jeune fille à la pointe de la mode, à la beauté arrogante malgré son tout petit format. Les bonnets se dressent vers lui et l'invitent à les toucher. Les jarretelles soulignent ses cuisses d'un trait brillant. Abraham enlève ses chaussures sans la quitter des yeux. Il n'ose pas la toucher : c'est elle qui retire, un à un, ses vêtements, en le fixant de ses yeux bleus qui brillent d'un éclat sombre. Elle porte une culotte fermée, et Abraham n'en a jamais vu. C'est un choc pour lui, un choc érotique. Rosa n'en porte pas, ou alors elles sont largement fendues. À partir de ce moment-là, il oublie culpabilité et retenue, ses mains lui semblent douées d'une existence autonome. Les seins nus de Georges sont fermes et ronds. Ils n'ont jamais allaité un enfant tandis que ceux de Rosa en ont déjà nourri trois. Il déboutonne son pantalon et se met nu lui aussi. Tout son être suit Georges et la précède, il n'y a plus de temps, plus de morale, plus de limite. Son corps glisse le long du sien et danse avec lui dans un espace infini, incontrôlé. Georges se dit que l'amour avec Abraham est moins sec, moins dur, moins mat que l'amour avec Vincent, que son corps est doux et ses gestes déliés. Elle rit de se sentir aussi bien. Rien n'existe plus, pas même cette chambre minuscule, seuls leurs souffles et leurs peaux vivent à l'unisson. Abraham se demande pourquoi elle rit mais il rit à son tour, comme un enfant quand il rentre dans l'eau, par pur bonheur. Son sexe est dressé devant Georges, qui le prend dans sa bouche. Rosa ne lui a jamais fait cela non plus.

À partir de cet instant, plus rien, dans la vie de Georges, ne sera comme avant.

La nuit, Georges se sent seule et elle espère qu'il arrivera à s'échapper pour la rejoindre. Elle se renseigne auprès d'une fille de l'Union pour éviter le préservatif ou le pessaire en caoutchouc. La fille lui conseille un produit qu'elle doit s'injecter dans le vagin à l'aide d'une poire, juste avant l'acte. Quand Abraham frappe à la porte, elle le fait toujours attendre un peu.

Une nuit où il attend quelques minutes de plus, un voisin de l'étage le surprend.

La rumeur de leur relation secrète commence à courir dans l'immeuble. La concierge est heureuse d'avoir un sujet de conversation plus gai que les nouvelles du front, et préfère proférer des saletés sur un étranger et une veuve de guerre qui a la mémoire courte – d'autant qu'elle ne l'a jamais bien aimée, celle-là, avec ses cheveux coupés et ses pantalons d'homme. Elle la prenait pour une invertie, venue rejoindre Marguerite dans son lit – elle se demande si ce n'était pas préférable à la maîtresse d'un juif. Elle fait remarquer aux voisins que le bon père de famille fait des efforts d'élégance, et que les ourlets de Georges semblent se raccourcir de jour en jour. La mode des jupes au genou a bon dos.

— Ils travaillent soi-disant ensemble.

— Tu parles. Quelle honte.

La honte qui a empoisonné la vie d'Herzélie rôde autour de Georges. À son arrivée, elle était respectée parce que veuve de guerre, à présent, elle est jugée de travers pour la même raison. Les commentaires vont dans tous les sens, mais s'accordent sur une chose : leur histoire ne durera pas.

— C'est lui, qui est un profiteur. Il a flairé la bonne affaire, une Française avec une pension de guerre. C'est après son argent qu'il en a.

— C'est elle qui s'amuse. Quand la paix sera revenue, elle ne le regardera plus. Elle ira voir ailleurs.

— Pensez-vous, c'est une putain à juifs.

Les femmes de l'immeuble préfèrent traverser la rue plutôt que la croiser. Georges s'en aperçoit, et elle sait que tout cela finira mal – mais elle ressent aussi une joie qu'elle n'a jamais connue. Ce n'est pas un amour ordinaire. Georges sait qu'en continuant à voir Abraham, elle défie l'ordre moral, l'ordre social, l'ordre sexuel, et affirme, chaque jour, son individualité. Elle sait que les femmes comme-il-faut et toutes les blondes à bouche molle ne le lui pardonneront pas. Mais elle est follement amoureuse, pour la première fois.

Parfois, elle s'interroge sur Abraham. Au fond, elle ne sait pas qui il est, ni ce qu'il veut d'elle. Plaisir facile, peau contre peau. Depuis son mariage avec Vincent, elle se méfie de l'intérêt des hommes. Marguerite pense, comme les voisins, qu'elle n'est pour lui qu'une récréation en attendant la fin de la guerre.

— Qu'est-ce que tu veux vraiment de lui ?

Georges ne le sait pas. Elle s'était juré de ne plus aimer. Quand elle imagine ce que pourrait être leur vie commune, elle ne souhaite pas qu'il abandonne ses enfants pour elle. Alors quoi ? Elle essaie de ne pas penser au lendemain et de prendre du plaisir tant que c'est possible, en pleine guerre.

Parfois, elle parvient à se persuader que continuer à voir Abraham serait une mauvaise idée, qui ne pourrait la mener que de déconvenue en déconvenue, jusqu'à l'échec. Il court peut-être après toutes les femmes. Peut-être a-t-il juste besoin de sexe. Marguerite a souvent raison. Georges retrouve son bon sens, se réveille d'un cauchemar où elle a filé tout droit à sa perte, et d'où elle doit sortir. Il faut qu'elle oublie cet homme qui n'est qu'un danger.

Elle s'endort, seule, le drap sur la bouche comme s'il pouvait l'empêcher d'avoir peur pendant son sommeil, ou de ressentir une aigreur entre son palais et sa langue.

Elle ferait mieux de n'être qu'un garçon à l'atelier, et de dormir le reste du temps.

Mais en essayant de se forcer à l'effacer de son esprit, elle ne pense plus qu'à lui. Elle se réveille avec l'envie de le voir.

Sa seule présence lui donne envie de se sentir vivante.

Ils continuent à se voir en cachette. Parfois, il lui dit qu'il ne veut pas lui créer d'ennuis, mais même s'il la rassure, son étrange pressentiment revient : cet homme va faire son malheur.

Elle se ravise, souffle dans son cou, touche sa pomme d'Adam, et la certitude revient : elle va rester à ses côtés. On ne se refuse pas à aimer parce qu'on a peur de souffrir.

Abraham lui dit qu'avant elle, il ne savait pas qu'on pouvait aimer à ce point. Ils n'ont ni passé commun, ni avenir possible, mais dans le présent fragile qui est le leur, ils profitent l'un de l'autre. Le seul endroit où ils s'affichent ensemble est le café des réunions politiques. Là-bas, les esprits sont suffisamment libres et occupés pour ne pas les juger. Ils peuvent être eux-mêmes.

Abraham y est plus agité, plus sûr de lui, plus bavard. Il parle patrons, ouvriers, salaires, protection, congés. Chacun y va de son avis, et les autres écoutent, il n'y a plus de barrières. Tous les sujets sont abordés, même si on n'est pas toujours d'accord. Orphelins, veuves, malades. Droit de vote. Georges hait l'exploitation sous toutes ses formes, du travail à la guerre, en passant par la misère, mais c'est celle des femmes qui la révolte avant tout. Elle essaie d'en parler autant que possible, mais c'est difficile, on lui répond soit qu'elles sont incluses dans la discussion, soit que c'est moins essentiel que la lutte des classes. Et puis son ton est trop virulent, *surtout pour une jeune femme*. Elle a du mal à contenir ses colères, n'arrive pas à comprendre qu'on puisse penser différemment, est révoltée par l'injustice. Avec son tempérament apaisant et son débit de parole tranquille, Abraham, lui, est aimé de tous.

— Le droit des femmes n'est pas moins important, affirme-t-il. Cela en fait partie. Les femmes sont instrumentalisées, pire encore que les hommes.

Georges le remercie silencieusement d'être intervenu.

— Je ne suis pas d'accord, dit un moustachu à l'air suffisant qu'elle a déjà remarqué. Les femmes qui travaillent mettent en péril la défense des ouvriers. Elles acceptent un plus petit salaire, elles sont moins habituées à se battre. Regardez ce qui s'est passé dans l'imprimerie. Elles ont accepté un tarif horaire plus bas, et du coup les patrons les ont embauchées à tour de bras.

— Vous, les syndicalistes, rétorque une grosse rousse à la poitrine opulente, on dirait que vous ne défendez que les hommes.

— Ce n'est pas vrai, répond le moustachu en tordant la bouche. Les syndicats ont accepté qu'elles soient payées autant que leurs maris.

— Tu parles, s'enflamme Georges, c'était pour qu'on ne nous emploie plus ! Et vous êtes verts parce que ça n'a pas marché, c'est tout.

La grosse rousse rigole, lance un regard de connivence à Georges.

— En tout cas, tousse le moustachu, ça n'a pas suffi, et aujourd'hui elles sont si nombreuses dans les imprimeries que les hommes n'y trouvent plus de travail.

— Pire, dit un homme aux cheveux ras et gris. Elles volent les emplois des hommes qui sont au front. Que va-t-il se passer quand ils vont rentrer ?

Georges recrache la fumée par le nez. La grosse rousse parle avant elle :

— Quand ils rentreront, les hommes et les femmes travailleront, pour le bien de tous. Ils élèveront mieux leurs enfants s'ils ont un double salaire, non ?

Elle regarde autour d'elle, cherchant l'approbation.

— Et celles qui sont seules pourront vivre libres, renchérit Georges. Travailler, c'est s'émanciper du père ou du mari.

— Ma pauvre petite, vous dites n'importe quoi, sourit avec dédain le petit gris.

— C'est une aliénation pour la femme. Elle se fera exploiter autant, sinon plus, que l'homme.

— L'homme, c'est aussi la femme, répond Georges.

Certains rient à cette phrase, d'autres secouent la tête en la regardant, horrifiés. L'homme aux cheveux gris n'a pas compris ce qu'elle a dit, il demande à son voisin de le lui répéter à l'oreille mais lorsque l'autre le fait, il ne comprend toujours pas.

— Je veux dire qu'on ne peut pas parler de libérer l'homme sans libérer la femme.

— C'est vrai, approuve Abraham. Après la guerre, il faudra penser aux hommes comme aux femmes.

Les tracts circulent. Georges ne dit pas qu'elle est pacifiste : l'heure est à l'union sacrée. Tout le monde vante la guerre comme une solution parfaite, les généraux, les bourgeois, les paysans et les ouvriers, pour une fois tous d'accord : la France doit se battre contre l'Allemagne, même si on ne sait plus pourquoi, l'assassinat d'un archiduc autrichien inconnu jusque-là, la revanche sur 1871 ou la question yougoslave. Les hommes rentrent du front avec de la mitraille incrustée jusque sous la peau, les membres parfois agités de tremblements incontrôlables ou la gueule cassée, on crève de faim à l'arrière et on est obligé de travailler pour des salaires qui n'en sont pas, mais on ne doit surtout pas dire qu'on n'est pas d'accord. On traiterait de lâcheté ce qu'elle pense être de l'intelligence. Alors Georges se tait, même si ce n'est pas dans son caractère. Elle continue à débattre avec ceux qui pensent que les hommes et les femmes sont foncièrement différents, et ceux qui pensent qu'ils sont égaux en tous points. Ces discussions l'exaltent, elle ne savait même pas qu'on pouvait en parler, mais elle s'inquiète, aussi. À quand le retour de bâton ? Elle rentre tard du café, la tête bouillonnante.

Parfois Abraham la rejoint à la nuit, en prenant des précautions de voleur, dans sa chambre sous les toits. Ils s'embrassent sans pouvoir s'arrêter. Elle est dévergondée, et il aime ça. Ils parlent, ils font l'amour, ils font l'amour, ils parlent. Il n'est plus ni timide ni maladroit. Il n'a peur de rien, et elle aime ça. Ils prennent de plus en plus de risques et se retrouvent presque toutes les nuits, sans craindre que Rosa se réveille dans un lit vide.

Il lui dit :

— Je n'ai rien à t'offrir,

et elle rit, alors il insiste :

— J'ai trois enfants, je suis marié, et je suis juif, étranger.

Alors elle le toise de ses yeux bleus et elle répond :

— Je suis moi avant d'être femme, et avant d'être française.

Elle n'aime pas les étiquettes. Ce sont les étiquettes, les collectifs, les généralisations, qui sont à l'origine du malheur. Marguerite l'a mise en garde contre les juifs, et elles se sont disputées. Georges a tenté de lui expliquer l'arbitraire de la ségrégation dont Abraham est victime : il est réduit à une religion qu'il ne pratique pas, de la même manière qu'elle est réduite à ce qui n'est qu'une partie d'elle, son sexe, qui la définit, mais pas tout le temps. Le plus souvent, elle oublie qu'elle est femme – elle est, tout simplement. Et pour lui, c'est pareil, il est autre chose que juif. Mais pour Marguerite comme pour les autres, elle est d'abord femme, veuve, couturière et Abraham, lui, cumule les défauts, en étant à la fois juif, polonais et communiste.

Quand elle s'énerve trop des attitudes étriquées qu'ont les gens, Georges coud. Elle suit les pas de Zélie.

Abraham, lui, joue du violon. Les nocturnes de Chopin glissent d'une corde à l'autre. La mélodie contraste avec les bruits de la guerre et les bavardages dans la cour. L'air se répète. Abraham ne s'aperçoit pas qu'il le joue en boucle pour ne plus penser. Il revoit son village en Pologne, son dernier matin là-bas, le moment où il a embrassé sa mère et où il s'est éloigné sans savoir s'il reviendrait un jour. Elle, qui ne sait pas écrire, doit se faire aider par une cousine, et lui envoie des lettres polies, qui ne ressemblent pas à la femme tendre et enveloppante qu'elle est. Les blagues de son père lui manquent. Chaque corde joue l'absence qu'il occulte la plupart du temps, le manque des siens, le manque de son pays, le manque de certitudes.

Rosa, comme il se doit, est la dernière à se douter de quelque chose. Pourtant, les allées et venues de son mari entre le troisième et le sixième étage lui ont mis la puce à l'oreille. Elle devine qu'il est séduit par cette fille et que c'est pour cela qu'il lui tourne autour. Même si elle pense que son mari est trop vieux, trop marié, trop juif pour elle, Rosa garde un œil sur eux et trouve que la machine à coudre de Georges tombe souvent en panne.

Un jour où ses enfants jouent avec ceux de Marguerite dans la cour de l'immeuble, les deux mères s'adressent la parole pour la première fois. Rosa demande d'un air détaché :

— Votre collègue n'est pas là aujourd'hui ?

— C'est une amie, répond Marguerite, sur la défensive. Nous ne travaillons pas au même endroit.

— C'est curieux, répond Rosa. Ce n'est pas ce qu'on m'a dit.

Marguerite garde les yeux rivés sur ses enfants. Elle ne sait pas quoi répondre. À frayer avec cet homme, Georges va finir par perdre son travail, et Marguerite risque aussi le sien.

— Ma grand-mère disait toujours qu'il ne faut pas croire ce que racontent les gens.

— La mienne affirmait qu'il n'y a pas de fumée sans feu.

— Georges est veuve de guerre.

— Ce n'est pas une raison pour qu'elle tourne autour du mari des autres.

— Je lui ai déjà dit d'arrêter de le fréquenter.

En voulant défendre Georges, Marguerite la trahit. Rosa n'avait que des soupçons jusque-là. Désormais, elle sait qu'ils ont une liaison.

Ce soir-là, alors que la table est mise et qu'on n'attend plus que lui pour dîner, elle demande à Hélène d'aller chercher son père là-haut. Elle ne veut pas s'abaisser à le faire elle-même, ni montrer ses faiblesses à cette concurrente potentielle, mais elle veut faire honte à son mari, le rappeler à ses devoirs de père. Il n'y a pas que les femmes qui ont des obligations. Hélène rechigne un peu, elle n'est jamais allée au sixième étage, elle a peur d'y aller seule. Finalement, elles montent ensemble, tout doucement, les trois volées de marches, riant un peu de leur aventure, sachant qu'elles vont embarrasser Abraham. Rosa a le rouge aux joues, elle sait que son mari peut se fâcher. Elles avancent jusqu'au fond du couloir interminable des chambres de bonne, et Rosa entrouvre la porte.

Elle y voit son mari allongé à même le sol, sur les planches en bois brut, au milieu des cartons et du désordre de cette toute petite chambre, et Georges assise sur lui. La position lui semble tellement étrange qu'elle ne comprend pas tout de suite ce qu'ils font. La fille bouge sur Abraham et lève la tête vers elle. C'est au regard de Georges, à ses iris qui semblent soudain basculer vers un bleu plus foncé, qu'elle comprend.

Cette vision la poursuivra toute sa vie, et l'amènera à traverser un océan et deux continents.

Rosa recule, pousse Hélène en arrière, et prie pour que sa fille n'ait rien vu.

Quand Georges rouvre les yeux, elles ne sont plus là. Elle ne sait pas encore qu'elle va passer sa vie à penser à ce moment, et que ce sera ce qui lui donnera, si on veut, un sens.

Rosa ne parle plus. Elle rumine la trahison, l'humiliation, tandis qu'elle redescend à petits pas les trois étages qui les séparent de leur appartement, sa fille sur les talons.

Elle ne dit rien, pas même à Abraham qui les rejoint quelques minutes plus tard. Le dîner se passe sans un mot. Rosa pense à la chambre qui ressemble à un grenier, à son mari chevauché par cette femme. Elle se souvient de ses doigts sur la poitrine d'Abraham, et revoit son regard chaviré.

Hélène réfléchit, sidérée. Elle a compris au même moment l'amour et la trahison. Elle se dit que son père préfère une putain à sa mère. Rosa sert une part de gâteau à son mari, bouche pincée, regard éteint, elle qui passe ses journées à ranger l'appartement et à faire la cuisine, et Hélène partage l'humiliation de sa mère. Celle-ci est dévouée, mais elle n'est pas drôle, et sa fille s'en veut de s'en apercevoir.

Elle se promet de ne jamais subir ça. Jamais elle n'aimera, pour ne jamais souffrir. La petite fille rumine et se durcit. Elle ne fera plus confiance à personne.

Rosa n'arrivera plus jamais à regarder son mari dans les yeux. Elle baisse la tête ou détourne le regard quand il lui parle.

Elle est devenue muette : elle s'est mise à préparer sa vengeance.

Bientôt, plus personne ne parle à Georges dans l'immeuble. D'abord, ce sont les femmes juives qui l'évitent : elles ne lui disent plus bonjour le matin. Puis ce sont tous les voisins qui se mettent à chuchoter en l'observant, à ricaner, en yiddish, en français. La concierge ne lui porte plus son courrier. Un jour, sur son passage, elle siffle :

— Putain des juifs.

Georges est avec Marguerite et celle-ci fait semblant de n'avoir rien entendu. Georges s'arrête, et se retourne. Elle attend une réaction de Marguerite, qui finit par lâcher :

— Je te l'avais dit, que ça t'apporterait des ennuis.

Marguerite l'avait prévenue, en effet. Mais ce n'est pas cela qui reste au travers de la gorge de Georges. C'est le regard incertain, le silence poli, le dos droit de Marguerite qui l'effraient. Elle ne dit rien, incapable de préciser ce qui vient de se glisser entre elles.

Deux jours plus tard, lorsque Georges revient de l'atelier, la concierge lui annonce d'un air fataliste qu'il y a eu le feu chez elle, en désignant le sixième étage et les traces noires de l'incendie tout autour de sa fenêtre. Georges court le long des étages et quand elle arrive à sa porte défoncée, elle voit tout de suite les cartons carbonisés, les rubans déchiquetés, les murs salis de suie. L'eau apportée par un voisin pour éteindre le feu a tout détrempé : les cartes postales envoyées par Zélie, le sac à main en cuir dont elle ne retrouve plus que les boucles en métal, les couvertures qu'on a lancées sur les flammes et les patrons de couture dont il ne reste que des bouts épars. Son unique paire de souliers à talons a brûlé. La concierge se bouche le nez mais pas Georges, qui cherche au milieu des décombres encore chauds ce qu'elle peut sauver.

Tout a flambé, ses draps, ses rubans, ses bobines de fil. Certains tissus ont complètement disparu. Elle jette une boîte à cirage qui est intacte mais lui chauffe les doigts, retourne les débris noirs et trempés, mais tout ce qui reste de ce qu'elle possède, c'est sa machine à coudre : elle a bruni mais peut encore servir. Elle met de côté les boîtes d'aiguilles avec précaution, puis recommence à chercher ce qui peut être sauvé. Elle s'énerve, balance les cartons, retourne les boîtes de boutons où les couleurs des canards et des trèfles, des carrés et des ronds ont fondu sur la céramique déformée. Elle gueule, se brûle les mains, continue à fouiller quand même, pour récupérer une gaine ou un bout de tissu.

Toute sa vie, elle gardera une peur panique du feu.

Au même moment, Rosa entend les exclamations de Georges par la fenêtre ouverte. Elle laisse les vêtements de ses enfants dépliés sur la table de la cuisine, sort la boîte de macarons en fer où elle met son argent, et recompte les billets qu'elle a obtenus quelques heures plus tôt en vendant les tissus et les pelotes de laine à la *trolle*, le petit marché où chacun propose ce qu'il peut sur le trottoir.

Au moment où Blanche et Léon faisaient la sieste, alors que les adultes étaient au travail et les enfants à l'école, elle a demandé à leur sœur aînée de les surveiller et elle est montée à l'étage des chambres de bonne. Elle ne savait pas encore ce qu'elle allait y faire, mais elle a ouvert la porte mince d'un coup d'épaule armé par sa jalousie, et elle est entrée. Les culottes en ribambelle étaient indécentes au plafond, et cette accumulation de toutes les nuances de couleur chair lui a donné la nausée. Quand elle a vu la machine à coudre qui trônait au milieu de la pièce, elle a eu la nette impression qu'on se moquait d'elle. Mais alors qu'elle allait essayer de la renverser, bouillonnant de colère, Rosa a entrevu la possibilité d'une solution à tous ses problèmes.

Elle est allée voir l'Alsacien pour lequel elle avait fabriqué, à son arrivée en France, des taies d'oreiller, nuit et jour, pendant des mois. Elle lui a dit qu'elle cherchait à se séparer d'une machine à coudre à un prix avantageux. Mais l'homme l'a trouvée nerveuse, il n'a pas cru à son histoire et il a refusé. Vexée, elle est revenue dans la chambre de bonne et elle a volé tout ce qu'elle pouvait. Elle a vidé les tiroirs et cherché des bijoux, mais il n'y en avait pas. Elle a jeté bobines de fil et rubans dans un drap qu'elle a noué en baluchon et posé dans le couloir, puis, pour brouiller les pistes, elle a enflammé des rubans et des soutiens-gorge avec de l'essence à briquet. Le rouleau de satin est devenu torche, illuminant les robes pendues à leurs cintres qui devenaient squelettes. Les images de son mari avec cette fille, par terre, la poussaient à une méchanceté et à une rage renouvelées. L'odeur de brûlé remplaçait le parfum insupportable de la maîtresse d'Abraham. Les étincelles ont sauté vers les rouleaux de biais à ourler et les flammes ont couru d'un tissu à l'autre dans la pièce minuscule, les peignant tous en orange, en jaune, et éclairant les yeux effrayés de Rosa. C'était comme mettre le feu aux cheveux de Georges.

Elle est descendue voir la concierge dès que la fumée a été visible de l'extérieur. Blanche était grognon à cause de sa sieste écourtée, elle pleurait, mais la concierge avait filé au sixième sans remarquer quoi que ce soit les concernant. De toute façon, elle détestait tellement Georges qu'elle n'aurait probablement rien dit. Tandis que Rosa s'éloignait dans la rue étroite avec ses enfants, elle l'avait entendue crier au feu, et elle avait continué, à petits pas, tout en tenant ses enfants par la main, le baluchon enfermant les maigres possessions de Georges sur son dos. Hélène la fixait du regard. On aurait dit que sa fille avait deviné quelque chose.

— Maman, pourquoi tu serres fort ma main ?

— Pour rien, ma *fayguele*, pour rien.

Elle avait détendu sa main autour des petits doigts de sa fille, ses os fins comme ceux d'un oiseau. Si le feu courait d'un appartement à l'autre jusqu'à ce que tout l'immeuble brûle et que tous leurs biens flambent, ce n'était pas grave : rien n'avait de prix, dans leur appartement, sinon la boîte en fer qui était dans son sac, et le violon d'Abraham. Ses chaussures avançaient vite, suivies par celles de ses enfants. Elle a vendu les tissus de Georges à la *trolle*. Des ouvrières heureuses de trouver de quoi s'habiller en temps de guerre lui ont remis des billets qu'elle a lissés un à un avant de les placer dans la boîte de macarons, en rêvant à ce qu'elle allait en faire.

De temps en temps, au cours des jours suivants, Rosa sortait le sac de voyage à carreaux qu'elle avait caché sous son lit, ouvrait la large fermeture et contemplait les quelques photos de Piotrków et de la rue des Rosiers, le portrait d'Abraham en veston et celui d'Hélène à trois ans. Elle remplaçait un vêtement par un autre, plus grand ou plus chaud, elle recomptait les billets, et relisait les lettres. Elle avait repris contact avec son cousin, lui demandait comment était la vie là-bas, et invariablement il répondait qu'à Santiago les juifs étaient libres. Elle essayait de deviner entre les lignes s'il enjolivait la réalité ou s'il taisait la misère. Un train et un bateau la séparaient du Nouveau Monde. Elle rêvait un peu, mais elle finissait toujours par replacer sa valise sous le lit.

Quelques semaines plus tard, au milieu de la nuit, Georges accueille Abraham d'un air grave. Les odeurs de charbon lui donnent la nausée, elle en a parlé à la fille de l'Union qui lui a dit de faire un test au bleu de méthylène. Une mèche de ses cheveux trempe encore dans le liquide bleu profond, qui s'est décoloré aussitôt. Il ne fallait pas qu'elle tombe enceinte et c'est pourtant ce qui est arrivé.

Elle attend un enfant, en pleine guerre.

Il promet de l'aider. Elle ne pleure pas, ne se plaint pas, ne l'accuse de rien. Sa mère et sa grand-mère ont été des femmes fortes, qui n'ont jamais eu besoin de personne. Elle sera aussi solide qu'elles. Mais plus elle lui assure qu'elle n'a pas besoin de lui, plus il a la certitude qu'il veut rester avec elle. Il le lui dit. Elle proteste.

— C'est une catastrophe, Abraham.

— Non. C'est le début de notre liberté.

Il n'est pas sûr d'y croire vraiment, mais les mots précèdent ses pensées. Comment Rosa pourrait-elle le laisser partir ? Elle s'enchaînera à lui plutôt que d'accepter qu'il parte avec Georges dont le ventre arrondi va bientôt se voir. Elle l'étranglera de ses propres mains dès qu'elle saura. Elle crèvera ses yeux bleus.

Tandis qu'il entend les bombardements qui reprennent au loin, il se dit qu'ils vont peut-être mourir avant même que cet enfant ne voie le jour. Et cette pensée lui fait à nouveau dire tout le contraire de ce qu'il croit :

— Nous allons partir d'ici.

Il n'a aucune idée de l'endroit où ils pourraient aller, lui qui a déjà tout quitté une fois et commence à peine à s'en sortir, à se sentir installé quelque part. Mais c'est une évidence, tout à coup, pour Georges :

— On pourrait aller en Bretagne.

Il n'a encore jamais vu l'océan. Ici les bombardements sont de plus en plus fréquents, là-bas la situation est plus calme. Son père les aidera. Il ne voudra pas que sa fille aînée traverse ce que sa propre mère a vécu. Georges est convaincante. Elle sait parler. Tout à coup, Abraham se sent poussé par l'aventure, l'inconnu, il sait qu'il va aller au bord de la mer et qu'il se mariera avec cette femme.

Leur enfant naîtra, libre.

Il en oublie le temps qui passe. Il rentre très tard chez Rosa.

Les enfants sont couchés mais elle l'attend, le visage gris. Elle l'insulte à voix basse, les dents serrées.

Il lui annonce alors qu'il ne l'aime plus. Il est amoureux de Georges, la petite goy du sixième étage à qui elle a voulu voler la machine à coudre pour la vendre à l'Alsacien. Il sait tout.

À six heures du matin, après avoir parlé toute la nuit avec Rosa, il frappe chez Georges et la demande en mariage. Elle ne s'y attend pas, il n'est même pas divorcé. Elle hésite entre lui sauter au cou et le renvoyer chez sa femme. Il ne sait pas qu'elle n'a jamais envisagé de se marier avec lui, ni qu'elle s'est juré de ne plus jamais épouser personne après Vincent Serrer. Il est tellement ému de lui annoncer qu'il quitte tout pour elle qu'elle n'ose pas lui dire qu'elle ne veut pas.

Il ne lui dit pas non plus qu'il n'a pas vraiment le choix : Rosa ne veut plus le voir, ni qu'il revoie ses enfants, elle va partir en Amérique du Sud, chez son cousin. Elle lui a montré sa valise, son passeport, les lettres. Tout est prêt. Il croit la trahir mais c'est elle qui le quitte.

Ils partent à pied, à une heure d'intervalle, chacun de son côté portant quelques vêtements et un trésor : pour elle, une machine à coudre, pour lui, un violon. Ils se rejoignent à la gare, comme des espions professionnels. Dans la salle des pas perdus, au milieu d'un flot de réfugiés chargés de valises et de lampes, de ballots attachés par des cordes, de bébés dans des couffins, ils se retrouvent mais ne s'embrassent pas alors qu'ils en meurent d'envie. Au lieu de cela, ils échangent leur fardeau : il se charge de la caisse qui renferme la machine à coudre, elle porte le violon, léger sous son bras.

Dans le train, ils font semblant de ne pas se connaître. Ils s'asseyent à quelques mètres l'un de l'autre sur les bancs de bois d'un même compartiment encore vide. C'est la première fois qu'elle le voit porter une cravate. Il a une chemise blanche et des bottes astiquées. Sa veste est devenue trop étroite pour lui, et il a dû arranger son pantalon pour qu'il lui aille encore. Cet effort la touche. Il fait au mieux avec ce qu'il a et veut qu'elle puisse voyager à ses côtés sans avoir honte de lui, alors que c'est de son ventre qu'il pourrait rougir. Bien des hommes ne s'embarrasseraient pas d'une fille enceinte.

Ce n'est que quand le train démarre qu'elle ose lui chuchoter :

— Tu t'es fait beau.

— Un peu. Pour toi.

— Tu vas avoir chaud pendant le voyage.

— J'ai pris une autre chemise pour l'arrivée.

Elle lui sourit. Il pense à tout. Le train démarre. Ils sont toujours seuls dans le compartiment et peuvent s'asseoir côte à côte.

Il lui raconte qu'il a embrassé un à un ses enfants pour leur dire au revoir, en crispant ses mains sur l'étui de son violon, et elle se souvient de ce qu'il lui a raconté de son départ de Piotrków. Il baisse les yeux mais elle a vu qu'ils s'étaient mis à briller derrière ses longs cils noirs. Il vient d'abandonner sa famille pour la deuxième fois.

Alors que le soleil descend, on dirait que le train cherche à le rattraper et qu'il file toujours plus loin, à l'ouest. Ils regardent ensemble la carte affichée sur la paroi derrière eux. La Bretagne est le nez de l'Europe, un nez qui ne sent rien mais se dessine, magnifique, sur la mappemonde et donne sa forme au continent. Georges retrouve des souvenirs à mesure qu'elle montre à Abraham le vent qui tord les bras des arbres, les couleurs blanchies par le sel, les femmes aux cheveux remplacés par des coiffes blanches de toutes les formes, plates, hautes, rondes ou ailées, blotties dans leurs châles, et dont les regards suivent le train qui file.

Une famille s'installe dans leur compartiment. Ils jouent à nouveau les inconnus et s'en amusent. Il voit la mer pour la première fois un peu plus tard, depuis la vitre du train. Georges ouvre la fenêtre. L'air est bleu et si piquant que la peau frissonne. Elle est heureuse de retrouver son père.

Mathurin a changé, il a l'air plus sûr de lui. Il porte un foulard blanc qu'il ne quitte jamais et lui donne de l'allure. Contrairement au reste du monde, il ne les juge pas. Il accepte Abraham, il sait ce que c'est que d'être un étranger. Tout juste est-il ennuyé pour sa fille, pour laquelle la vie n'a pas été simple depuis la mort de sa mère – il se sent un peu responsable de l'état dans lequel elle est. Grâce à sa petite taille et sa « faible constitution » d'enfant naturel, qui n'a survécu que par chance, il a été dispensé de guerre, et il n'a pas été brisé comme d'autres de sa génération. Il est optimiste : tout va changer. Il va les aider. Les idées de Georges ont porté leurs fruits et il a brusquement prospéré. Il a deux magasins, à présent, bientôt trois : il vient d'en acheter un pour eux, pour sa fille, pour son petit-fils.

Il regarde Georges, craint d'avoir fait une bévue, mais elle rit, complice. Depuis le temps qu'il attend un garçon.

C'est Mathurin qui les emmène à Port-Loin. La petite ville n'est pas encore une commune et appartient au territoire de Lorient.

Georges dit retrouver le parfum subtil des coquillages, et son père a un sourire de connivence : il sait que c'est impossible. C'est dans ce paysage où elle se reconnaît qu'elle recommence à mentir. Toute sa vie, Georges reviendra sur cette petite plage où elle a l'impression d'être plus près du soleil, où elle peut se plonger dans l'eau même si elle ne sait pas nager, où, justement, elle aime se baigner parce qu'au plaisir se mêle le risque.

Elle a plus peur du feu que de l'eau.

Abraham, lui, sait qu'il a trouvé son paysage, le lieu où il veut vivre.

Ils reprennent leur vie à zéro. Abraham vit dans l'arrière-boutique du magasin que Mathurin a acheté rue du Morbihan, mais sa porte d'entrée est située à l'arrière, dans l'impasse du Puits : il n'a donc pas la même adresse. Georges, elle, habite chez son père, les premiers temps. Elle est enceinte, mais ça ne se voit pas encore. Euphorique, elle trouve du plaisir à se réinventer, à jouer à être une autre, c'est-à-dire à être plus proche de ce qu'elle est vraiment. La liberté qu'elle souhaitait plus que tout l'éblouit. Enfin, elle peut l'éprouver chaque jour.

Personne ne sait qu'ils se connaissent déjà. Ils font semblant de se rencontrer sur place. Les voisins de Mathurin s'habituent à ce que sa fille sorte parfois, l'après-midi, en compagnie d'un homme. Ils font des sous-entendus et le charrient tandis qu'il feint de ne pas croire à cette histoire d'amour naissante.

Personne ne sait, et personne ne se doute. Parfois, pourtant, ils ont peur que Rosa les retrouve, ou que le ressentiment envers les juifs, qui semble grandir de jour en jour, même dans cette ville où il y en a peu, leur attire des ennuis. Les journaux s'agacent, les hommes politiques accusent les étrangers d'avoir ruiné la France, les voisins n'hésitent plus à dire qu'ils se méfient des « Israélites », un mot qu'ils prononcent avec des airs ostensiblement polis. Alors qu'ils se promènent tranquillement, Georges voit un homme hausser les sourcils, étonné par cet accent étranger qu'il n'entend pas souvent, puis la fixer d'un air désapprobateur. Elle s'écarte imperceptiblement.

— Qu'est-ce que tu fais ? demande Abraham.

— Rien.

— Chaque fois que je parle, tu te raidis.

Il la saisit par l'épaule mais surprend son regard inquiet sur l'homme. Il lâche son bras, et s'en va, irrité. L'homme s'est arrêté pour les regarder. Georges s'en veut. C'est Abraham, son pays. Elle court vers lui. Il marche en marmonnant, se demandant comment il en est arrivé là, dans cette ville inconnue au bout du continent. Elle lui attrape la main, il se laisse faire. Sa curiosité reprend le dessus, il regarde les vitrines des boutiques et les bars à marins, les toits presque noirs à force d'être bleus et le bassin à flot en plein centre-ville. Sans même s'en apercevoir, il a oublié ce qui vient de se passer et se balade en touriste, heureux de cette nouvelle vie qui commence, main dans la main avec elle. Malgré elle, ses doigts serrent les siens, comme si elle cherchait à le protéger de la menace secrète qui grandit autour d'eux.

Bientôt, ils vont emménager ensemble. L'appartement est situé au dernier étage du magasin, qui, lui, est à rénover complètement.

Pour fêter leur nouveau départ, et pour se protéger contre les a priori dangereux et les regards scrutateurs, ils se rebaptisent : il sera Albert, elle sera Georgette. Ce qu'elle a refusé à Vincent, elle se l'accorde à présent, et veut bien changer de prénom, si c'est le prix de la liberté. Ils tirent un trait sur leur passé et veulent croire qu'ainsi, ils seront tranquilles. Ils trinquent avec une eau-de-vie qu'on distille en Bretagne, la *goutte*, qui rend parfois aveugle mais nettoie l'estomac et donne chaud au cœur.

Ils sont des aventuriers. Des pirates. Des hors-la-loi.

Ils rêvent. Georgette dessinera des sous-vêtements. Ils ramèneront des tissus, des habits de Paris pour leur *magasin de nouveautés*. Elle sera enfin styliste, ils deviendront commerçants, ils auront peut-être plusieurs boutiques. Leur fils ira au lycée. Ils ont des rêves de droite et des idées de gauche. Ils sont de leur époque.

Abraham n'a pas eu d'enfants, il n'est pas juif et il s'appelle Albert. Tout est parfait. Le monde obéit à Georgette. C'est elle qui tient le stylo.

C'est Marguerite qui avait raison. La fin de la guerre remet chacun à sa place. Les hommes retrouvent leurs postes et les femmes redeviennent des mères avant tout. Elles n'ont plus envie de vivre comme avant, mais les traditions, autant que les lois, les brident à nouveau. Si elles ne demandent plus officiellement le droit de travailler à leur père ou à leur mari, elles n'ont toujours pas celui d'ouvrir un compte en banque, ne profitent pas souvent de leur salaire sans avoir à justifier leurs dépenses, et ne sont pas mieux considérées par leurs employeurs. Elles n'obtiennent pas le droit de vote non plus. Certains députés y sont favorables, mais le Sénat s'y oppose. La plupart des hommes politiques continuent de penser que la femme est inférieure, et ils craignent que le corps électoral devienne trop féminin à cause des pertes masculines dues à la guerre. La gauche n'est pas plus libérale à ce propos que la droite : on se méfie du « péril clérical ». Un député explique le plus sérieusement du monde que les femmes sont « soumises à leur confesseur » et qu'elles risquent de voter comme leur curé, c'est-à-dire à droite. Georgette peste, mais elle comprend que jamais l'avis des femmes ne comptera : que la gauche perde ou gagne, on les oubliera.

Elle devra encore attendre vingt-sept années avant de voter.

La panacée, c'est à nouveau se marier et fonder une famille. Le pire, c'est rester célibataire, alors que les femmes sont plus nombreuses que les hommes, et que la France a besoin d'enfants (« vieux garçon, vieux cochon, vieille fille, vieille guenon »). Pour une fois, Georgette est plutôt en phase avec le reste de la société, puisqu'elle est enceinte. Mais comme tout n'est pas résolu, elle reprend la lutte politique.

Ce sont d'autres réunions, dans un autre café, une autre ville, mais Georgette et Albert y vont autant qu'avant et se font de nouveaux amis. Le parti communiste est en train de naître. Les premiers échos de la révolution russe sont commentés, les mutineries et les grèves se multiplient depuis 1917. Les esprits s'échauffent et pourtant toutes les nouvelles ne sont pas bonnes. La grippe qu'on a longtemps cachée aux soldats continue de faire des victimes. On dit qu'il y a déjà des centaines de milliers de morts, surtout des femmes et des enfants. Les cadavres s'alignent à l'air libre à l'entrée des cimetières tant on peine à tous les enterrer. On ne lit que quelques lignes dans les journaux, mais on ne parle que de cela. Une peste.

La pénurie, elle aussi, se poursuit. Tout manque : les allumettes, le papier, le fer, les balais, le tabac, et surtout le charbon, alors que l'hiver est encore plus rigoureux que le précédent. Georgette trouve pourtant toujours des raisons d'espérer, peut-être parce qu'elle est enceinte, peut-être aussi parce que pour une fois, un parti politique s'adresse aux femmes. On y prône l'égalité des sexes, on compte présenter des candidates aux élections, on veut créer des organisations pour former les filles, les défendre, les syndiquer.

« Lénine l'a déclaré : le moment est venu où chaque cuisinière doit apprendre à gouverner l'État », lit Georgette dans le journal féminin du parti, *L'Ouvrière*.

Georgette est féministe, plus que jamais. C'est un mot qu'elle emploie encore peu, mais une chose est sûre : elle milite pour la « libération sexuelle ». L'expression est toute nouvelle et lui plaît bien. Elle n'est pas mariée avec Albert, ils vivent en union libre et vont avoir un enfant. On s'en méfie. On se pose des questions. Les femmes craignent qu'elle s'approche trop de leur mari. Les hommes deviennent parfois agressifs quand ils trouvent qu'elle parle trop fort. Pour qui se prend-elle ? Un homme ?

Leurs regards pèsent sur Georgette mais elle continue à être révolutionnaire, antimilitariste, et ose dire tout haut ce qu'elle pense, surtout dans les réunions enfumées du café politique.

— Les femmes, par leur travail, facilitent la vie des hommes ! C'est parce qu'elles occupent les places les moins enviées que les hommes peuvent occuper le haut de l'échelle. Elles acceptent de plus bas salaires, et ne se syndiquent pas, pour ne pas risquer leur place. En cas de crise, ce sont elles qui se retrouvent sur le carreau et permettent aux hommes de garder leur emploi. Tout ça fonctionne grâce à nous.

On commente ses propos, tantôt avec amusement, tantôt avec agacement. Une fille au visage grêlé renchérit :

— Tout ce que la femme fait au foyer, le ménage, la lessive, le repassage, la couture, sans parler de l'éducation des enfants, entretient la force de travail à moindre coût. Sans nous, le système capitaliste ne tient pas ! Il faut reconnaître cette part de travail.

— Oui, poursuit Georgette. Et il faudrait réclamer le droit au chômage pour les femmes : pourquoi une chômeuse dont le mari ou le père travaille n'a pas le droit à une quelconque indemnité ? Vous trouvez ça normal ?

Un homme quitte la réunion, agacé. Un autre grommelle et prend à partie ceux qui l'entourent :

— Si son mari travaille, pourquoi toucherait-elle une allocation ?

Des cris de protestation le font taire. Galvanisé, un vieux forgeron de l'arsenal s'énerve contre lui :

— Elle a raison. Pourquoi les femmes mariées n'ont pas le droit au chômage ? Ma femme, elle a travaillé pendant dix ans et elle n'a droit à rien.

Certains acquiescent, jusqu'à ce que Georgette, encouragée, s'érige contre le « lapinisme » défendu par ceux et celles qui sont pour une politique nataliste, très en vogue à l'époque.

— Comment on peut échapper à la pauvreté si on a plein de gosses ? La modernité, c'est de faire peu d'enfants mais d'avoir les moyens de les élever.

— Ça, c'est sûr que depuis qu'ils n'ont plus le droit de travailler... approuve une dame maigre aux yeux fatigués.

Georgette est *enceinte jusqu'aux yeux*, et sa parole a d'autant plus de poids. Elle défend le droit de faire des enfants quand on veut. À mesure que le terme approche, et même si les femmes ont désormais moins peur de mourir en accouchant, l'idée la traverse, forcément. Encore trop souvent, les médecins, quand ils ont à choisir, sacrifient la mère. Les pères se retrouvent comme le sien, avec une bouche de plus à nourrir mais deux mains de moins pour travailler.

Elle y gagne en respectabilité dans la rue : les mères de famille sont plus que jamais admirées. La France a failli être battue parce que ses jeunes soldats étaient trois fois moins nombreux qu'en Allemagne. On regarde de travers celles qui ne veulent pas faire de bons Français et une loi punit plus sévèrement toute « propagande » pour le contrôle des naissances. La droite va même plus loin, et prétend que c'est l'urbanisation qui est responsable de la baisse de la natalité en France. Une fois de plus, on oppose Paris, « foyer de subversion », « tombeau de la race », et province. Paris accapare la jeunesse, donne du travail aux femmes et les stérilise.

Lorsque Marguerite lui écrit pour la féliciter, elle lui confie de moins bonnes nouvelles : elle-même a failli mourir, et elle a eu peur de disparaître sans lui avoir reparlé. Parce qu'elle attendait un cinquième enfant, elle s'est fait avorter avec une tige de buis. Elle raconte la douleur, la déchirure intérieure, l'hémorragie, l'infection. À l'hôpital, les bonnes sœurs l'ont renvoyée chez elle malgré la fièvre, en la traitant de « vilaine ». Il fallait qu'elle saigne davantage, pour qu'on soit sûre que l'enfant n'était plus dans son ventre. Finalement, elle y est retournée à bout de force et on lui a fait un curetage, au dernier moment. Avec sa bonhomie habituelle, elle conclut qu'elle ne pourra sans doute plus tomber enceinte, ce qui est une bonne chose. Elle a déjà assez d'enfants.

C'est à ce moment-là seulement, plus de treize ans après la mort de sa mère, que Georgette comprend que Palmyre est probablement morte après un avortement clandestin. Ni son père, ni sa grand-mère n'en avaient parlé : lui, parce qu'il se sentait coupable, elle, parce qu'elle ne voulait pas qu'on se souvienne de sa fille comme d'une criminelle.

Elle décide de créer des réunions de femmes au café politique. En cela, elle prend le relais de Zélie et Palmyre, mais les temps ont changé : plutôt que le point de croix, elle leur recommande d'acheter un agenda où consigner les jours où elles peuvent avoir des rapports sans aucun danger.

— Un thermomètre et une poire de lavement, c'est tout ce dont une femme a besoin pour prendre sa vie en main, déclare-t-elle avec assurance.

Elle risque gros : celles qui prônent la contraception, sans parler de celles qui encouragent ou pratiquent l'avortement, sont emprisonnées. Mais tous ces visages à côté du sien, qui la dévisagent avec confiance et l'écoutent avec gravité, lui donnent une sensation d'appartenance collective, et le sentiment d'être à sa place.

Lorsque Georgette perd les eaux chez elle, Abraham va chercher la sage-femme en courant. On est le 9 décembre 1918, la guerre est finie et cet enfant va naître dans un monde plein d'espoir. Entre deux contractions, Georgette se réjouit pour lui : il ne connaîtra pas la guerre. Son mari revient avec l'air de s'excuser dans un demi-sourire, et laisse passer la sage-femme qu'il a trouvée, plus large que haute, et qui semble presque aveugle. Georgette aurait envie de rire si elle n'avait pas envie de crier. Ensuite, tout se passe très vite. Ses organes semblent s'arracher à son corps en même temps que l'enfant, elle a peur de se retourner comme un gant de chair et entend des hurlements qu'elle ne reconnaît pas jusqu'à ce qu'elle s'aperçoive que ce sont les siens – tout à coup elle s'arrête de souffrir, et entend ceux que le bébé se met à pousser. Elle voit la femme couper le cordon ombilical au jugé, et Abraham, derrière elle, qui la regarde avec compassion. Il porte une marmite d'eau brûlante. La femme désinfecte les ciseaux dans l'eau qui se colore de rouge, puis elle lui pose son enfant sur la poitrine. Le bébé sanguinolent, qui gigote comme un animal sans pelage, glisse entre les mains de sa mère, comme une jeune fille qui se défait d'une robe. Georgette le regarde.

C'est un garçon.

Ils l'appellent Serge.

# VIE DE JEAN MCCORMICK

Au moment où Serge naît, en 1918, une jeune Américaine nommée Jean McCormick se trouve à Paris, aux côtés de son troisième mari, officier dans l'armée française. Elle aime qu'il lui offre son plus beau sourire en contournant la voiture pour lui ouvrir la portière, avant de la refermer comme dans un souffle tandis qu'elle se glisse du côté passager. Elle n'a jamais été aussi bien traitée par un homme. Alors qu'il roule, il lui flatte la cuisse ainsi qu'il le ferait à l'encolure d'un cheval mais elle ne s'en formalise pas. Elle apprécie au contraire de sentir son instinct de propriété l'inclure dans les nombreux biens qu'il possède. Elle se sent protégée. Grâce à son laissez-passer, même en pleine guerre ils ont pris l'habitude de circuler dans toute la Ville Lumière, et de rouler vite. Il fume en voiture et cela ne la rend pas malade comme cela a toujours été le cas. Son corps semble se plier à cette nouvelle habitude parce qu'il a intériorisé que c'était mieux pour elle.

Jean McCormick n'a jamais travaillé. Elle a d'abord été la fille d'un capitaine, puis elle est devenue une épouse. À chaque veuvage, son but a été de retrouver un mari. Comment feraitelle pour vivre différemment ? Elle ne sait rien faire, sinon regarder la fumée sortir de sa bouche, ou lire paresseusement au creux d'un canapé. Ses robes sont toujours ajustées pour que les hommes qui la possèdent soient fiers que les autres la regardent avec convoitise. Les fentes à l'arrière de ses jupes laissent voir le début de ses cuisses pour que tout homme qui la suit ait envie d'y glisser la main. Elle se drape dans des cols de vison pour avoir chaud et se donner des allures animales.

Elle ne se sent jamais aussi bien que lorsqu'elle a la taille sanglée et que sa gorge n'en paraît que plus offerte. Ainsi parée, elle se sent protégée – et c'était le cas même en pleine guerre. Un officier ne va pas en première ligne, il prend moins de risques que ses soldats, et il a des privilèges qui lui permettent de mieux supporter la guerre. La femme d'officier a plus de chances que les autres de passer au travers, c'est un de ses nombreux avantages.

Elle a des amants de passage et il a des putains, mais ce ne sont que des passe-temps qui leur permettent de faire société – lui, parce qu'il faut bien qu'il accompagne les autres officiers à la maison rouge où tant de secrets militaires sont dévoilés, elle, parce qu'il faut bien qu'elle se console d'être alors délaissée malgré tous ses efforts.

Elle ne supporte plus d'être seule depuis que son enfant est mort.

Jean McCormick a été une fille libre, heureuse, éduquée. Elle est la fille adoptive d'un capitaine au long cours et de sa femme extravagante et gaie. Ils formaient un trio parfait et voyageaient beaucoup, de l'Angleterre, d'où ils étaient originaires, aux États-Unis, où le père avait de la famille. Jean a grandi dans une ambiance faite de traversées transatlantiques, de fêtes élégantes et de précepteurs stricts mais justes.

Le premier malheur arrive lorsque la mère de Jean meurt soudainement d'une maladie respiratoire. La petite reste auprès de son père inconsolable. Le trio devient duo, mais le lien entre eux se resserre. Tout ce qu'ils ont, c'est l'autre. Ils voyagent ensemble, mais sur le pont des bateaux l'odeur semble à présent faite d'algues en décomposition et d'excréments d'oiseaux ou de marins. Ils se montrent aux mêmes fêtes sensationnelles, mais les convives y sont plus avinés que jamais et son père, Jim, se fait souvent remarquer en fin de soirée par ses propos déplacés, voire ses chutes spectaculaires. Jean, elle, prend l'habitude de finir les verres des adultes. La première fois, cela fait rire l'assemblée, alors elle recommence ; par la suite, c'est elle qui rit, parfois à gorge déployée, d'un rire gras, quand un homme en profite pour la chatouiller ou glisser un baiser dans son cou. Quand elle ne sait plus comment éliminer l'alcool qu'elle a absorbé, elle danse. La musique la soigne. Elle vieillit sans s'en apercevoir. Elle dort comme une princesse piquée à son rouet. Son père aime la regarder quand elle est absorbée par le sommeil et qu'une légère bulle se forme au coin de ses lèvres. Il ne semble pas s'apercevoir que c'est l'alcool, qui cherche à s'échapper de sa bouche.

Elle se réveille sur des bateaux, dans des sofas, sur des sièges arrière de voiture. Son père s'occupe d'elle. Fidèle au souvenir de sa mère, il porte leurs deux alliances, une à l'annulaire, l'autre à l'auriculaire. Il les enlève lorsqu'il culbute une des nombreuses conquêtes qu'il fait au cours des soirées somptueuses. Sa fille sait qu'il n'est pas seul lorsqu'elle voit, au matin, les deux alliances sur le meuble en acajou qui garde la porte de sa chambre. Un veuf, c'est si séduisant. On rêve de le consoler.

Elle devient jalouse de ces femmes et séduit ses amis pour le lui signifier. Il ne comprend rien à ses appels et se dit qu'elle grandit.

Elle se marie une première fois avec un malfrat. Leur fille de deux ans se fait kidnapper, elle ne la revoit jamais. Elle divorce devant l'indifférence de son mari.

Jean épouse en secondes noces un riche sénateur, mais son petit garçon meurt noyé. Respirer n'a plus aucun sens. Elle ne boit plus pour rire, elle boit pour pleurer. Son mari l'abandonne parce qu'il trouve qu'elle ne sait plus vivre.

Elle rencontre alors un pilote américain qui s'est engagé volontairement dans l'armée française, Ed McCormick. Pour rester à ses côtés, elle le suit en Europe et devient infirmière bénévole sur les champs de bataille. Sa ténacité est récompensée : il demande sa main au moment de l'armistice.

Elle en est là, un peu plus de trois semaines après le 11 novembre 1918, lorsque l'homme qu'elle vient d'épouser quelques heures plus tôt est tué, bêtement, par la poutre d'une maison close fragilisée par un bombardement qui s'écroule sur lui.

Elle rentre chez son père, qui vit désormais aux États-Unis, dans le Missouri, et loge dans une maison qui sent la rivière. C'est le moment qu'il choisit pour lui annoncer qu'elle a été adoptée toute petite.

Lorsqu'il meurt, elle tient d'abord un ranch mais dilapide son héritage, tente sa chance en Alaska, revient dans les plaines et devient femme de ménage dans de grandes fermes. Elle cuisine pour les ouvriers et les garçons vachers.

Un soir, alors que tous les cow-boys sont réunis après le dîner, l'un d'eux lance une sorte de jeu : chacun doit raconter une chose qu'il n'a jamais dite à personne. Lorsqu'arrive son tour, elle lâche le secret de son enfance : elle est la fille de Calamity Jane. Son père lui a remis un tas de lettres et un album qui lui sont adressés. Elle a toujours eu honte de le dire, mais à la vue des regards enfiévrés des cow-boys et du silence passionné qui plane autour de la table de ferme, Jean McCormick prend confiance. Elle file dans sa chambre et revient avec l'acte de mariage de ses vrais parents, Calamity Jane et Wild Bill Hickok, écrit à la main sur la page arrachée d'une bible. Les cow-boys laissent échapper des cris d'exclamation. Elle exhibe les lettres de sa mère, qui l'a confiée à un couple qui l'a élevée en Angleterre, puis en Virginie.

Elle montre la photo d'une fillette en jolie robe à dentelles, entourée d'un couple élégant. La photo est usée, et il est difficile de savoir si on peut reconnaître la vieille femme dans les traits de l'enfant, mais peu importe : à voir les regards admiratifs qui l'entourent, Jean McCormick sait qu'elle vient enfin de se trouver elle-même.

Elle est la fille de Calamity Jane et cela seul suffit à justifier son existence.

L'arrivée de son enfant dans la vie de Georgette a plus de conséquences que celle de tous les autres hommes qu'elle a connus. Elle découvre, bien sûr, que Palmyre avait raison : elle a faim et ne mange pas, elle a soif et ne boit pas, elle a sommeil et ne dort pas. L'enfant l'absorbe tout entière. Mais alors qu'elle n'était pas sûre d'aimer la maternité, elle se découvre plus heureuse que jamais. Le chaos règne au-dehors, mais la bulle que crée autour d'elle le tout petit corps de son fils suffit à la protéger. Il occupe tout son horizon. Hormis le plaisir à toucher la plante plissée de ses pieds, ses cuisses dodues, sa peau veloutée, le tissu rebondi de ses joues, ses premiers sourires, ses regards francs, ses rires rendent la vie plus grande, plus riche, plus complexe depuis qu'il est né. Le monde lui-même a changé. C'est comme si elle revivait son enfance avec lui et redécouvrait la terre avec une double paire d'yeux, comme si elle avait un coup de foudre chaque jour. Elle n'a jamais été aussi vivante. Un oiseau traverse le ciel et ils restent, tous les deux, le regard brumeux pendant quelques secondes. Le vent venu de la mer les frôle et ils frissonnent au même instant. Elle est à la fois un garçon, une jeune femme et une mère, et le regard des autres n'a plus aucune importance.

Albert aussi est heureux. Sa nouvelle identité est celle qui lui convient. Il fume des cigarettes toute la journée et blague en les agitant quand des clients s'approchent. Souvent, il les fait rire, et pas seulement pour faire de bonnes affaires. Il est gai. Il chante aussi, beaucoup – il attrape Georgette par la taille et lui fredonne une chanson, *elle a perdu son pantalon tout en dansant le charleston.*

Elle rit.

Il demande à Rosa de divorcer, elle refuse. Pendant dix ans, il insiste. Elle ne veut pas. Il la menace de divorcer en son absence, puisque le droit lui donne raison. La femme abandonnée est considérée comme fautive. Si elle n'a pas suivi son mari, on considère qu'elle a quitté le domicile conjugal – même si c'est lui qui est parti. Comprenant qu'elle n'est pas en position de force, Rosa fait du chantage : s'il l'autorise légalement à obtenir des passeports pour leurs enfants, elle acceptera le divorce. À l'époque, pour obtenir des papiers d'identité, l'autorisation du mari est nécessaire, et s'il est absent, la femme et ses enfants sont coincés. L'identité vient du père de famille, de l'époux, et uniquement de lui.

Abraham accepte et expédie les trois formulaires d'autorisation, mais Rosa ne renvoie pas les documents nécessaires au divorce. Elle lui rit au nez. Maintenant qu'elle a les passeports, elle va partir en Amérique du Sud et il pourra toujours courir pour son divorce. Le tribunal ne sera peut-être pas indulgent avec ce juif et cette femme qui ont eu un enfant dans le péché. Elle le lui écrit : il ne reverra jamais ses enfants. Il ne se remariera jamais non plus. Elle fera tout pour lui pourrir la vie.

Abraham lui écrit une lettre où il lui demande une dernière fois la paix. Le courrier lui revient avec la mention : « inconnue à cette adresse ». Il finit par apprendre par des voisins qu'elle a quitté le pays.

Le divorce est prononcé aux torts complets de Rosa qui est partie, avec leurs trois enfants, pour « une destination inconnue en Amérique du Sud ». Ils ont disparu, il ne saura jamais où.

Leurs ennuis ne sont pas finis pour autant : si Georgette épouse Albert, elle perd sa nationalité française. Ils veulent protéger Serge et font une demande de nationalité pour lui : il peut choisir d'être français avant ses dix-huit ans s'il décline toute envie de devenir polonais un jour. Albert entame de son côté une demande de naturalisation.

Pas à pas, la vie qu'ils se sont inventée prend forme.

À neuf ans, Serge devient français, comme s'il ne l'était pas déjà. Sa mère doit établir un certificat de reconnaissance maternelle, ce qui est rare puisqu'on sait toujours qui est la mère d'un enfant, alors que pour le père on en a toujours le doute (c'est bien le problème). Son père lui parle encore en yiddish, mais uniquement lorsqu'ils sont tous les deux. C'est sa langue paternelle. Les mots de l'enfance d'Abraham affleurent parfois à la surface du français de son fils. Il est fier de Serge, le premier de sa famille à pouvoir étudier en paix, sans que son origine l'en empêche. Serge est brillant. Non seulement il sait lire et écrire depuis l'âge de quatre ans, mais il est, à neuf ans, capable de tenir la comptabilité de la boutique, et parle deux langues étrangères, l'anglais et l'allemand, sans compter le yiddish. C'est lui qui lit à son père les courriers officiels de la demande de naturalisation, même si c'est Georgette qui remplit les vides des dix-sept pages à compléter, pour que la syntaxe soit irréprochable et qu'il n'y ait pas une seule faute d'accent – Abraham en fait encore, à l'occasion.

Il ne dit pas que s'il travaille aussi bien, c'est pour éviter que les insultes des professeurs s'ajoutent à celles des élèves. Une fois, il est rentré avec des taches d'encre tout au long du dos de son manteau, mais les crachats s'effacent d'eux-mêmes. Il est un bâtard, de surcroît fils de juif. C'est inévitable. Il apprend à se faire discret, et préfère fréquenter les garçons de l'école de musique, qui semblent au-dessus des lois ordinaires. Il est doué au violon, apprend l'harmonica et le banjo.

Ils passent toute une soirée à remplir le formulaire, en faisant attention à chaque mot, pour se donner le maximum de chances que la demande soit acceptée. Chaque feuille résume une partie de la vie d'Abraham. Son enfance à Piotrków. Ses dix-neuf années en France, sa jeunesse à Nancy, puis à Paris.

Son installation à Lorient. Il y a quelques lignes réservées au préfet, pour qu'il apporte la preuve de sa « bonne conduite » et sa « bonne moralité ».

Le lendemain matin, Serge demande à voir les papiers qu'ils ont fini de remplir la veille après qu'il est monté se coucher, mais sa mère lui dit qu'ils sont rangés, elle les lui montrera plus tard. Il ne les verra jamais. Abraham les fait taper à la machine en ville, chez une secrétaire de direction qui vient souvent au magasin acheter des bas, et les dépose à la sous-préfecture dès qu'il les a en mains – la veille de l'anniversaire de Georgette. Le récépissé et sa demande en mariage (à genoux, en riant) seront ses cadeaux, cette année-là.

Ce qu'ils ne veulent pas que leur fils sache, c'est que sur le formulaire, Albert s'appelle Abraham. Il n'a pas de femme – la colonne de droite est vide. En revanche il a quatre enfants, et chacun a le droit à une ligne entière.

Hélène, née en décembre 1910

Léon, né en septembre 1912

Blanche, née en février 1915

Serge, né le 9 décembre 1918.

C'est le seul de ses enfants dont Albert connaisse la date d'anniversaire exacte, mais le fait est que Serge a bien un frère et deux sœurs.

Ces chiffres qui manquent ne sont que le début de leur effacement.

## VIE DE ROSA

Rosa n'avait pas dit à ses enfants à quel point elle redoutait le voyage. Ils étaient tellement heureux, tous les trois, tellement émerveillés par l'étendue bleue, le grand bateau, l'aventure, qu'elle n'avait pas le cœur à leur gâcher le plaisir. La traversée de l'océan parmi plusieurs centaines d'étrangers ne paraissait pas les effrayer. Ils regardaient les aristocrates en mal de dépaysement, leurs femmes en manteau de fourrure et leurs enfants attifés comme des adultes miniatures, les oiseaux jaunes et les petits chiens dans des paniers d'osier, les bagages que des hommes en chemise hissaient par des échelles. Seule Hélène semblait deviner que sa mère était tendue : elle savait que ce voyage n'était pas désiré, mais contraint. Rosa avait été obligée de lui confier son petit frère et sa sœur quelques minutes, le temps de s'isoler derrière des caisses sentant le pourri, où couraient des rats, pour vomir dans un coin. Elle s'était essuyé la bouche avec son mouchoir brodé de ses initiales, R.M., qu'elle avait contemplées. Les fils mêlés de traces jaunâtres lui avaient fait prendre conscience qu'à compter de ce jour, elle ne s'appellerait plus Mankiewicz, même si leur divorce n'était pas encore prononcé. Une nouvelle page s'ouvrait. La mélancolie de ceux qui ne faisaient plus d'affaires parce que leur clientèle s'amenuisait, les insultes proférées entre les dents serrées, les regards de mépris s'éloignaient enfin. Elle commençait une autre période de sa vie. C'est sous son nom de jeune fille qu'elle s'était inscrite sur la liste des passagers. Elle avait jeté le mouchoir derrière un tas de détritus.

Une femme seule, au col de fourrure mité, s'était fait refouler alors qu'elle tentait de rejoindre la première classe. Elle avait protesté et Rosa avait compris à son accent qu'elle était américaine. Ses dents étaient mal soignées et ressemblaient à celles des chiqueurs de tabac. La femme, qui semblait vaguement avinée, prétendait qu'elle était femme d'officier français. Elle avait fini par montrer son billet, qui était valable, et on l'avait laissée monter sur le pont supérieur, tandis que Rosa et ses trois enfants devaient descendre au sous-sol du bateau avec les autres émigrants.

Rosa avait transporté leurs bagages, transpirante, jusqu'aux troisième classe. Blanche donnait la main à Hélène, qui donnait la main à Léon. Ils ne reverraient probablement pas leur père mais ne le savaient pas. Blanche s'en était inquiétée, mais elle n'avait aucune notion des distances, et Rosa lui avait dit qu'il pourrait venir leur rendre visite un jour.

Le bateau leva l'ancre, laissant l'Europe derrière eux. Rosa ne reviendrait jamais en Pologne, ni en France. Devant elle, à l'ouest, se trouvaient l'Amérique, et une nouvelle vie.

La traversée avait été atroce, encore pire qu'annoncé. Hélène avait eu des nausées dès le départ, et elle avait été presque constamment malade, dans le dortoir sans cabines où des centaines de personnes étaient entassées comme des bestiaux, qui sentaient la sueur et les glaires. À mesure que la température grimpait, les deux plus petits avaient été pris de vomissements eux aussi. Il y avait des cas de typhus et de choléra sur le bateau, et on regardait de travers ceux qui toussaient. Rosa avait été inquiète jour et nuit. Si Blanche, la plus jeune, vomissait tout ce qu'elle avalait, elle allait peut-être mourir avant l'arrivée. Rosa avait décidé de les sauver, mais si elle les condamnait au contraire ? Si elle les perdait l'un après l'autre ? Si son cousin n'était pas à l'arrivée en Argentine ? Le vent soufflait fort et le bateau les transbahutait. Les étoiles dansaient, il n'y avait plus aucun repère fixe auquel se raccrocher.

Mais à mesure que le navire remontait le détroit qui mène à Buenos Aires, les enfants avaient retrouvé un teint normal. Ils avaient regardé les champs de hautes herbes laisser place à des terres habitées, puis des entrepôts aux cheminées fumantes annoncer la présence de la ville, toute proche. Les saisons étaient inversées et ce fut le premier miracle offert par l'Amérique du Sud : après l'été venait le printemps.

Le paquebot avait finalement accosté. À l'arrivée, son cousin était là, au milieu de la foule qui s'entassait sur les quais d'une grande ville – ils n'imaginaient pas que Buenos Aires serait aussi moderne et grande que Paris. Il y avait même des tramways. Sur l'esplanade devant les quais, un couple dansait le tango pour qu'on lui lance des pièces.

Moïse, qui s'appelait désormais Mauricio, ne ressemblait plus au garçon malicieux qui tirait les papillotes des autres dans la cour de l'école de la rue du rabbin Haguenauer, et s'il n'avait pas reconnu Rosa grâce à la photo qu'elle lui avait envoyée dans sa dernière lettre (sa photo de mariage, dont elle avait découpé Abraham avant de le déchirer en petits morceaux), ils auraient erré longtemps avant de le localiser au milieu de la foule. Moïse était devenu un petit homme bedonnant aux cheveux et à la moustache luisants de brillantine noire et au teint sombre, on aurait dit qu'il était déguisé en cow-boy. Blanche avait pouffé de rire, mais sa grande sœur était impressionnée.

Ils ont dormi dans l'appartement d'un cousin de cousin qui les a serrés dans ses bras comme s'il n'espérait plus qu'eux pour commencer à être heureux. Le lendemain, ils l'ont suivi à travers les avenues espagnoles de Buenos Aires et ils sont finalement partis en charrette vers la cordillère des Andes, dont Blanche trouvait qu'elle ressemblait à une patte de géant.

Au pied de la montagne, ils ont loué deux ânes, dont l'un était aveugle. Les trois petits chevauchaient le plus valide, les bagages étaient juchés sur l'autre, et Rosa marchait à côté dans ses chaussures dont la semelle commençait à laisser voir le sol. Ils ont suivi une caravane de migrants et voyagé pendant trois jours et trois nuits à travers des pics et des cratères qui n'existent nulle part ailleurs que sur la lune.

Elle a débarqué à Santiago du Chili et s'est mise à faire ce qu'elle faisait le mieux depuis toujours : des gâteaux au miel, qu'elle vendait dans les rues de la ville inconnue, en yiddish, en russe, en polonais, en français, et désormais en espagnol.

Au même moment, à Lorient, Serge jouait du violon.

Georgette arrache elle-même les tapisseries qui pendouillent et demande aux ouvriers qui l'accompagnent une peinture marron glacé qui mettra en valeur la peau de ses clientes. Elle fait élargir les vitrines du rez-de-chaussée pour que la lumière du jour entre et éclaire les silhouettes. Son « magasin de nouveautés » est moderne. On n'est pas habitué à essayer des vêtements dans les boutiques, la plupart des gens vont encore chez la couturière. Des cabines larges et luxueuses sont séparées les unes des autres par de lourds rideaux de velours suspendus à des tringles en cuivre. Le magasin se déploie sur un rez-de-chaussée et deux étages dont les fenêtres sont aussi hautes que des vitraux d'église. Georgette crée des rayons, où elle aligne les marchandises pour que les clientes puissent commencer leur choix elles-mêmes. Un matin, un livreur apporte même un tourne-disque qui permet de mettre une ambiance musicale, pour donner envie de chanter – et d'acheter. Elle met des fleurs artificielles très bien imitées dans des vases – des fleurs fraîches, ce serait du gâchis. Des pancartes qu'Abraham a peintes à la main annoncent : « Si vous trouvez moins cher, nous vous remboursons deux fois la différence ! » ou bien : « La gaine la plus invisible du marché ». Il y a un coin des bonnes affaires, où des caisses renfermant un fatras de dentelles rosâtres et d'élastiques distendus feront le bonheur de celles qui aiment fouiller, et un coin « tenues de cérémonie », où les robes les plus chères sont exposées.

Pour ne pas avoir à donner leur nom à leur magasin, ils font comme les autres juifs du centre-ville et choisissent un nom neutre : ils décident de l'appeler Au Sans Rival.

Mathurin aimerait pouvoir aider sa fille mais son souffle est de plus en plus court et chaque geste lui demande de plus en plus d'effort. Il se plaint de son emphysème et pourtant personne ne s'inquiète, puisqu'il a toujours eu des poumons faibles. Le jour de l'inauguration, il se réjouit d'aller à la réception et se fait beau. Sa nouvelle femme, Marie-Vincente, avec qui il est remarié depuis deux ans et qui vient, enfin, de lui donner un fils, lui a préparé son costume trois-pièces crème. Le bébé hurle, et la jeune femme doit quitter la salle de bains pour aller le calmer. Lorsqu'elle revient, Mathurin est en détresse respiratoire.

À six heures du soir, Georgette et Albert, tirés à quatre épingles, attendent les clients derrière le comptoir fraîchement verni. En lissant du plat de la main le papier fin et élégant où les lettres *Au Sans Rival* sont imprimées, Georgette arbore un grand sourire. Elle a réussi.

L'inauguration a lieu, mais Georgette s'inquiète, au milieu du monde et des petits-fours, de ne pas voir arriver son père. Albert la rassure, Mathurin a dû avoir un empêchement de dernière minute.

Ce n'est qu'à la fin de la soirée que Georgette apprend que son père, son complice de toujours et son plus grand soutien, ne verra malheureusement pas le magasin ouvert : il est mort, à cinquante-six ans.

Bientôt les clientes se pressent dans des allées entières de soutiens-gorge. On palpe les longues robes de mousseline imprimée, des « robes à danser » auxquelles on ajoute des voiles, des écharpes, des ailes, qui suivent et soulignent les mouvements des femmes quand elles dansent, marquant leurs déplacements dans l'espace, laissant durer une trace d'elle. On essaie des chapeaux cloches. On caresse les chemises d'homme. Au Sans Rival, on trouve tout : les faux-cols, les cravates, les chaussettes, les combinaisons, les mouchoirs, les jupes, les tailleurs. Georgette se paie le luxe de faire sa publicité dans les journaux : « Lorsque vous allez dans un magasin, que désirez-vous ? Ce qu'il y a de mieux : du choix, du bas prix, de la qualité. Cet IDÉAL se trouve au SANS RIVAL. Entrée libre. » Le magasin est ouvert tous les dimanches, et même les jours de fête, jusqu'à midi. En l'espace de quelques semaines, ils doivent renouveler une partie du stock. Les vendeuses en lingerie sont séduisantes. Serge aime être dans cette ambiance, au milieu des clientes et du personnel féminin, dans l'odeur particulière du feutre repassé par son père. Ils travaillent sans cesse, vendent, cousent, achètent des tissus, les revendent, se déplacent sur les marchés, ramènent de Paris la dernière mode, ils sont à la fois associés et amoureux. Ils font l'amour le matin dans l'arrière-boutique en cachette de leurs employés, l'après-midi dans une cabine d'essayage en cachette de leurs clients, le soir dans leur maison en cachette de leur fils, ils sont infatigables.

Georgette, elle, se sent lestée par sa vie de mère de famille mais elle avance, guidée par l'enthousiasme de découvrir ce à quoi elle ne s'attendait pas. Serge est un petit garçon merveilleux, et quand elle demande à Albert :

— On trouve toujours son enfant merveilleux, non ?

Il répond :

— Non. Je ne crois pas.

— D'accord. Alors il est plus que merveilleux, il est parfait.

Jamais elle n'a eu à ce point la certitude d'avoir fait un choix qui transforme son existence tout entière, et jamais elle n'a ressenti à ce point qu'elle a eu raison de le faire – qu'en l'absence de ce choix, elle serait passée à côté de sa vie. Elle en est la première surprise.

Leur entreprise prospère, ils profitent de leur succès et de la paix retrouvée. Albert obtient la nationalité française et ils se marient, vite fait, à la mairie, à l'heure de midi. Serge est à l'école : ils préfèrent le préserver et ne lui annoncent pas la bonne nouvelle. Il croit qu'ils ont toujours été mariés.

Albert porte un costume croisé de flanelle grise à la coupe impeccable, et elle est en robe, pour une fois, mais celle-ci lui arrive à mi-cuisse et l'adjoint au maire s'en offusque. L'espace d'un instant, ils croient que le mariage va être repoussé, jusqu'à ce que le témoin du marié, Israel Zelikowitz, lui offre la bouteille de champagne qu'il avait prévu de déboucher en quittant la mairie. Ils sortent en riant, heureux de n'avoir rien fait comme les autres.

Ils établissent un contrat de mariage devant notaire : le patrimoine de Georgette, qui comprend le Sans Rival et l'héritage de son père, est alors trois fois plus important que celui d'Albert et elle tient à protéger ses biens. C'est une véritable femme d'affaires. Elle achète un réfrigérateur, une lessiveuse, prend quand même une bonne. C'est assez courant, à l'époque, mais c'est la première fois que cela se produit dans sa famille. Pourtant, elle ne fait pas partie des bourgeois qui comptent chaque sou. L'argent est fait pour être bu, mangé, jeté par les fenêtres. C'est un mariage d'amour, et ils le célèbrent chaque jour.

La seule ombre vient d'une lettre : Zélie est morte, épuisée par l'usine et les années. Après avoir élevé ses petites-filles, et parce que la couture ne fait plus recette, elle a dû travailler dans une fonderie qui l'a usée. Georgette prend le train et retrouve les paysages de son enfance. Dans la maison, elle éprouve la solitude de la Grande Zélie à la fin de sa vie, et s'en veut. Sa grand-mère est couchée dans un cercueil fait sur mesure dans du bois de chêne qui était destiné à devenir une poutre de maison. Sa main se pose une dernière fois sur celle de sa grand-mère, large comme une pelle. Lorsqu'elle embrasse sa joue, elle est surprise de ne plus retrouver la peau de pêche veloutée au bout de ses lèvres. Elle rejoint ses sœurs dans un cimetière glacial où aucune embrassade figée ni formule convenue ne parvient à traduire l'immensité de son chagrin. Marguerite est là, elle s'est réinstallée à la campagne avec son mari et tous leurs enfants, près de ses parents, avec qui elle est réconciliée. Elle ressemble de plus en plus à sa mère, et semble comme apaisée de correspondre enfin au modèle auquel elle a essayé d'échapper dans sa jeunesse. Aucune envie ne la tourmente plus. Elle félicite Georgette pour son mariage, mais elle regarde son manteau comme si ce bonheur ne pouvait qu'entraîner un malheur un jour ou l'autre. Lorsqu'elles reviennent vers la maison de Marguerite, Georgette tient Marcel par la main. Le garçon se laisse faire, même s'il n'est pas habitué aux démonstrations d'affection. Georgette est pour Marcel un visage de son enfance. Il est devenu un adolescent aux jambes de faon, qui rougit quand une fille croise son regard – il lâche sa main à ce moment-là. Elles rient de son embarras. Marcel est le seul enfant de Marguerite à faire des études. Il remercie Georgette pour l'argent, et ses lettres.

La cour de la petite maison est pleine de boue, ils pataugent tous les trois. Georgette regarde autour d'elle l'horizon bas, la pierre sombre, les maisons aux étroites ouvertures.

— Tu es sûre de vouloir rester près de tes parents ?

— Je resterai là jusqu'au bout, déclare Marguerite avec la détermination rude et paisible qui la caractérise.

Ils prennent un goûter tous les trois, mais Marguerite préfère qu'elle ne croise pas sa mère et Georgette repart vite, emmitouflée dans son manteau qui laisse passer le froid et l'humidité.

Ils gardent l'appartement au-dessus du Sans Rival, mais ils ont bientôt les moyens de s'offrir un terrain à la campagne. Ils l'achètent à Port-Loin, l'endroit où ils ont vu la mer ensemble pour la première fois. Le terrain est au nom de Georgette, *en cas de problème*. Les juifs sont de plus en plus souvent montrés du doigt. Serge est rentré du collège avec un hématome sur l'œil et il n'a pas voulu dire pourquoi. Quand son père a insisté, il a fini par avouer qu'on l'avait traité de « calicot » mais Albert sait, au fond de lui, que les mots prononcés étaient plus probablement « youpin », ou « rat ». Georgette trouve qu'il s'inquiète toujours, et qu'il ne doit pas croire aux rumeurs. Il espère se tromper.

Au magasin, il a pourtant remarqué des regards hostiles. Certains clients ont même des accents de mépris lorsqu'ils s'adressent à lui, désormais, et Israel Zelikowitz, son grand ami, dit qu'au marché c'est pire. D'ailleurs, il boit de plus en plus, le regard perdu. On dirait qu'il tète sa bouteille de bière. Albert est indulgent :

— C'est cela, les juifs, dit-il à Georgette. Ils s'inquiètent toujours.

— Ah, tu vois, rit-elle. Toi même tu le reconnais, tu t'affoles pour rien.

— Ce qui se passe en Allemagne, ce n'est pas rien.

— Et puis tu n'es pas vraiment juif.

— Je n'ai pas honte d'être juif, je n'en fais pas une gloire non plus. Je ne vais ni le nier, ni le revendiquer. Je suis un homme, et j'essaie d'être honnête, c'est déjà bien.

On murmure qu'une nouvelle guerre est possible, mais on ne peut rien faire d'autre que continuer à vivre. Albert construit la maison de campagne de ses propres mains, en bois, une isba, comme il dit. Ils y ont les mains pleines d'engelures en hiver, et le front humide de sueur l'été, le toit fuit en automne et au printemps, mais toute l'année ils peuvent profiter du grand jardin d'où l'on aperçoit l'océan qui scintille, parmi les lilas et les iris. L'été, ils peuvent passer la journée à bronzer et à se baigner sur la petite plage en forme d'arc, toute proche. Serge est si beau, si jeune, si musclé, que sa seule silhouette fait fuir toute idée de cataclysme. Georgette est fière de son fils, heureuse de tout ce qu'il fait et attentive à tout ce qu'il dit. Les meubles apparaissent comme par magie dans la maison en bois, et chaque bibelot, chaque souvenir de Georgette trouve la place qui lui était assignée depuis toujours. La brosse en poil de sanglier côtoie le coffre à bijoux en marqueterie de nacre et les boîtes à chapeau s'empilent dans un placard qui ne pourrait rien contenir d'autre. Serge passe des heures à pêcher les fruits de mer en se tordant les pieds dans les rochers qui sont encore riches de crabes, de crevettes et de bigorneaux, et d'autres à lire Jules Verne ou à apprendre à jouer du violon avec son père.

— Tu vois ce bois, lui dit Albert. C'est du bois russe. Un jour il a été un arbre dans mon pays. Ce sont eux qui donnent les meilleurs violons.

Tous les trois, ils vont au cinéma, et adorent Chaplin en particulier. Ils ont de plus en plus d'amis, et font des réunions politiques, mais aussi des fêtes, à l'isba. Georgette peut boire toute la nuit, danser, rire, monter sur les tables – sa silhouette minuscule se glisse partout. Albert boit autant mais son ivresse est intérieure tandis qu'il la regarde valser, même avec d'autres hommes. Grâce à la TSF, elle danse la rumba, le paso-doble, le one-step, le tango – et elle se met à écouter du swing. Elle *lâche les chiens*. Sous l'apparence de Georgette, Georges réapparaît alors, boit comme un homme, danse les aisselles en sueur et le rouge aux joues, rit fort. Ils laissent derrière eux le commerce et la vie domestique.

Georgette a invité Marguerite à venir leur rendre visite, et contre toute attente, elle est venue, pour une semaine, en compagnie de son mari et de deux de leurs enfants, dont Marcel. L'époque a changé, et les vacances sont à la mode. Ils logent à l'étage de l'isba. Marguerite est impressionnée par le magasin, l'appartement en centre-ville, la maison du bord de mer, et semble avoir oublié ses a priori sur les juifs. Les deux femmes sont heureuses de se retrouver et les deux hommes s'entendent bien, même si Marguerite et son mari sont gênés par les convictions communistes de Georgette et Albert qu'ils ne cachent même pas, leur langage fleuri, leur goût pour la fête, le vin, l'excès. Marguerite rit pourtant la bouche grande ouverte, heureuse d'être choquée par Georgette, comme toujours, appréciant malgré tout son franc-parler, sa liberté, son culot, sa fantaisie, et son mari la redécouvre, lui qui ne la voit jamais comme ça. Georgette la regarde, espiègle, heureuse de parvenir encore à la dérider.

Marguerite et son mari reviendront trois années de suite. Georgette et Albert promettront de venir chez eux, mais n'en auront jamais le temps.

Lorsque Serge a dix-huit ans, ils célèbrent le Front populaire, qui valide, pour Albert, tous les choix qu'il a faits dans sa vie. Un juif, marxiste, est à la tête de la France. Même lui n'aurait pu rêver mieux. C'est sûr : l'avenir de leur fils chéri sera radieux.

On arrête d'expulser des étrangers, on amnistie des réfugiés, on accélère les procédures de naturalisation. Enfin, les étiquettes tombent et le monde ressemble au rêve d'Abraham.

— Je ne suis ni avec les juifs, ni avec les autres. Je suis avec eux tous.

Son ami Israel devient enfin français, après vingt-trois ans passés en France. Léon Blum nomme trois femmes au gouvernement – elles sont sous-secrétaires d'État. Il faut s'en contenter. Les libertés progressent doucement. Les députés français adoptent à l'unanimité moins une voix une proposition accordant aux femmes l'intégralité des droits politiques... Mais le Sénat refuse de l'adopter. Puisque les antiféministes leur conseillent de s'occuper de leurs chaussettes plutôt que de politique, l'originale Louise Weiss offre à chacun des sénateurs des chaussettes et s'engage à les raccommoder s'ils votent dans le bon sens... en vain. Les femmes ne votent pas, elles n'intéressent donc personne. Et puisqu'elles n'intéressent pas les hommes politiques, elles ne risquent pas d'obtenir le droit de vote. C'est un cercle vicieux. À la radio, on entend de plus en plus souvent s'exprimer la Ligue patriotique des Françaises, en revanche. L'association, qui défend « les droits de la femme au foyer », compte beaucoup plus d'adhérentes que les partis de gauche. On y combat le divorce. Une des deux présidentes de la Ligue, la baronne de Brigode, affirme sans fléchir que le suffrage féminin est inutile, puisque les femmes voteraient comme leurs maris.

— C'est toujours le même refrain, peste Georgette.

L'autre présidente, la baronne Reille, renchérit : les femmes ont déjà fort à faire à élever leurs enfants, et leur nature, qui les soumet à des humeurs périodiques, les rend faibles psychologiquement et physiquement.

Georgette se heurte aux autres, qui rient, lèvent les yeux au ciel ou la traitent de mauvaise femme.

— Vous vous êtes vus ? s'énerve-t-elle. Je me demande si je ne vais pas retourner chez les anarchistes, eux au moins ils méprisent le vote mais ils défendent le droit des femmes à disposer de leur corps.

On rit, on crie, on l'attrape par l'épaule, Georgette sourit.

— C'est pourtant vrai. Vous ne me verrez plus.

Mais elle revient, elle ne peut pas s'en empêcher. En 1936, elle a encore des raisons de se réjouir et d'espérer : Colette est déclarée « plus grand écrivain français » et Marie Curie « plus grand savant ». Les femmes savent, en franchissant l'imposante porte à tambour du Sans Rival, qu'elles y seront considérées comme des individus à part entière, qu'elles seront écoutées et pourront poser des questions sans qu'on les juge ou qu'on réponde à leur mari plutôt qu'à elles, comme si elles étaient incapables de se payer une culotte. Celles qui viennent là dépenser l'argent qu'elles ont gagné, et qu'elles n'ont pas demandé à leur mari comme un cadeau destiné à les récompenser de leur bonne acceptation du devoir conjugal, ne seront pas regardées par Georgette comme des femmes dangereuses, inquiétantes, voire scandaleuses. À l'extérieur du magasin, on continue à s'adresser à elles en disant « ma petite dame », mais au Sans Rival, quel que soit leur milieu d'origine, on les appelle Madame et on les respecte.

— Un jour, on ne se souciera plus de savoir si on est un homme ou une femme, prédit Georgette avec son optimisme légendaire.

Trois ans plus tard, la France compte deux millions de ligueuses, et *La Fronde* de Marguerite Durand n'existe plus depuis longtemps.

Dès 1937 et la fin du Front populaire, les « obligations de quitter le territoire français » se multiplient. L'embellie n'a pas duré.

On dit qu'il faut une France forte dans une Europe en crise.

Le petit frère d'Abraham lui décrit la vie à Piotrków. On commence à manquer de tout, et on ne peut rien acheter. On échange tout ce qu'on peut contre de la nourriture apportée par des profiteurs polonais qui viennent dans le ghetto. Un cercle d'un kilomètre de diamètre a été tracé autour de la place du marché, et les juifs qui s'aventurent au-delà sont immédiatement exécutés. On les reconnaît facilement : ils doivent porter un brassard avec une étoile de David bleue.

Albert répond aussitôt à son petit frère d'émigrer en France. Leurs autres frères et sœurs sont chargés de famille mais lui est encore célibataire. Albert s'inquiète, mais Georgette le rassure. Elle reste marquée par le Front populaire et attend le retour des progressistes. Dès que le pays sera à nouveau dirigé par des politiques capables, la situation se rétablira. Son mari l'écoute, et voudrait y croire, comme un enfant préfère se laisser bercer par des histoires qui ne sont plus de son âge.

En France, son frère sera protégé, c'est sûr.

Serge fait son service militaire. Il est spécialisé en transmission radio parce qu'il parle bien l'allemand. Quand on l'appelle le juif il ne proteste plus. Georgette continue d'espérer que les rumeurs de guerre se révèlent infondées. Certains commerçants ont vendu leurs affaires et pensent à fuir en Amérique. Tout le monde se demande si la rentrée scolaire va avoir lieu. La tension monte et Albert s'angoisse. Il ne veut pas que Serge parte au front. L'assurance de Georgette se fissure mais elle ne le montre ni à son mari, ni à son fils.

En 1939, à la sortie du nouveau cinéma le Rex où il vient de voir son premier film en couleur, *La Fille du Roi maudit*, au bras d'une jeune fille, Serge apprend qu'il est mobilisé. L'Allemagne a envahi la Pologne. La France et l'Angleterre viennent de lui déclarer la guerre.

Il a une soirée pour dire au revoir à ses parents.

Le Sans Rival doit être débaptisé. Une loi oblige les commerçants à donner leur nom de famille à leur magasin, pour faire barrage aux commerçants étrangers. Albert, qui a connu les pogroms en Pologne, pense qu'il serait plus prudent de le vendre. Déjà deux boutiques du centre-ville ont dû mettre la clé sous la porte, leurs propriétaires sont ruinés. D'autres commerçants cherchent à en profiter et Georgette a reçu plusieurs offres. N'est-il pas temps de saisir l'occasion ? Les rumeurs se mêlent aux faits, il faudrait lire l'avenir. Georgette et Albert continuent de vivre comme avant mais la tension imprègne chacun de leurs gestes, chacune de leurs conversations. La pénurie commence, et les prix augmentent, surtout ceux des denrées alimentaires. Ils ont déjà connu la première guerre et pensent qu'ils sauront faire face aux restrictions. Plus que le magasin, plus que la crise, leur seule préoccupation, c'est Serge, dont ils reçoivent une lettre chaque jour.

Un des acheteurs potentiels, qui est déjà venu deux fois, leur a dit d'un air entendu :

— Il serait peut-être temps d'arrêter de rêver. Bientôt vous allez savoir ce que c'est que la réalité.

Albert l'a regardé longuement, mais il ne lui a pas répondu. Le soir, il tente pourtant à nouveau de convaincre Georgette. Le visage de sa femme se ferme :

— Attendons de voir. Qu'est-ce qu'il en sait, lui, il est devin ?

— Peut-être faudra-t-il fuir à un moment, et dans ce cas, mieux vaut avoir des liquidités qu'un magasin.

— Et on fait quoi, avec nos valises de billets ? On va où ? Et Serge, il fait comment pour nous retrouver ? On le laisse sans adresse où nous joindre ? Fuir, ça signifie ne plus recevoir de lettres de lui. Je ne peux pas.

Ils se disputent. Georgette ne veut pas perdre tout ce qu'elle a construit depuis la mort de sa mère et redevenir marchande foraine. Elle croit encore qu'en Bretagne, où il y a peu de juifs, ils sont en sécurité. Albert vit et travaille en France depuis trente et un ans, il a la nationalité française depuis douze ans, et leur fils se bat pour leur pays. Elle a plus peur pour lui que pour eux.

Elle contacte malgré tout une lointaine cousine qui tient un hôtel à la campagne au cas où ils auraient besoin d'un endroit où se cacher, mais elle n'y croit pas. Albert, lui, voudrait s'y réfugier sans tarder. Il sait depuis la Pologne que quand on s'attaque à un juif, on s'attaque aux autres juifs, puis à tous les autres :

— Si on attend trop, on risque d'être coincés, prévient Albert.

En quelques semaines, le magasin qui ne s'appelle plus le Sans Rival mais Mankiewicz perd les trois quarts de sa clientèle. L'anxiété gagne Georgette. Elle pensait être protégée par sa nationalité, mais son seul nom de famille suffit à la rendre indésirable. Des clientes habituelles changent de trottoir en la voyant. Son stock se raréfie, ses vitrines font moins envie. Elle doit se résoudre à licencier les employées et tient le grand magasin toute seule, tandis que son mari gère les stocks et prépare les commandes dans l'arrière-boutique : son accent est devenu embarrassant pour les clients. Ils parviennent à maintenir leur commerce ouvert, mais chaque jour ils perdent plus d'argent. Les soirées s'étirent dans un silence triste. Albert a perdu sa joie de vivre. Son visage autrefois rieur est amaigri et soucieux. Georgette pressent quc bicntôt, rien ne sera plus comme avant. Elle tente de profiter de chaque moment passé à l'appartement ou à l'isba mais s'aperçoit que c'est déjà perdu : les objets sont les mêmes, de l'horloge à battant aux bibelots accumulés sur les étagères, mais l'insouciance a définitivement disparu. Un matin, elle découvre sous leur lit une valise d'effets personnels. Le cœur battant, elle fouille précipitamment les vêtements soigneusement pliés, mais découvre, soulagée, qu'Albert a prévu des affaires pour elle aussi.

La mort dans l'âme, elle commence à préparer la vente du magasin et leur déménagement. L'appartement qu'elle loue est plus petit que celui qui occupait tout le dernier étage de leur commerce, mais comme ils ne sont plus que tous les deux, ils se disent que ce n'est pas grave. C'est moins douloureux que l'abandon du magasin. Les offres se font moins nombreuses à mesure que les commerces ont été rachetés. Ils sont parmi les derniers commerçants « étrangers » du centre-ville à vouloir vendre. Les Jouanno, qui n'avaient jusque-là qu'une petite mercerie, sont intéressés par l'achat des murs et du fonds de commerce. Ils proposent un prix dérisoire. Albert et Georgette n'ont pas vraiment le choix. Ils acceptent.

— De toute façon, il faudra bien partir, dit Albert.

— Où ?

— En Amérique, peut-être.

— Encore une autre vie ? Ici on est chez nous. Serge sait où nous retrouver. On a nos habitudes, et l'isba.

— On aura de l'argent si on vend tout.

— J'ai déjà changé de vie trop de fois.

— Israel dit qu'il faut regarder la réalité en face, et partir.

— Qui dit qu'on sera mieux ailleurs ? En tout cas, moi, je ne pars pas en Amérique sans mon fils, insiste Georgette.

Il y a un peu de marché noir ou le troc, mais l'argent file vite. Georgette retrouve ses vieilles recettes de soupe aux orties qui sent la terre, et de potage au pain. Albert redevient marchand forain avec Israel. Il faut survivre, et au moins, sur les marchés, on n'est pas obligé de clamer son nom. Georgette tourne en rond dans le nouvel appartement, qui lui paraît rétrécir chaque jour. Elle s'était habituée à recevoir une lettre de Serge un jour sur deux, mais au mois de juin, un troisième matin s'écoule sans courrier, et elle commence à se morfondre. Le quatrième jour, elle s'angoisse toute la journée, et ne dort pas la nuit suivante.

Le 22 juin 1940, Georgette pleure comme jamais depuis la mort de Mathurin. Cela fait quatorze jours qu'elle n'a pas reçu de lettre de Serge. Ils n'ont jamais été sans nouvelles de lui aussi longtemps. Albert la rassure maladroitement en lui disant que s'il avait été tué ils auraient déjà été prévenus. La liste des prisonniers de guerre s'allonge et Serge est sûrement parmi eux. On dit qu'ils sont un million et demi à être prisonniers en Allemagne. Georgette s'énerve :

— Avec un nom comme le sien, tu trouves ça plus rassurant qu'il soit prisonnier des nazis ?

Israel débarque chez eux, catastrophé :

— Ça y est ! Ils sont en train de signer l'armistice.

Ils sont consternés. La défaite est actée. Abraham murmure :

— Tout est perdu, tout est perdu.

— Pourtant il paraît qu'il y en a qui se battent encore…

Abraham s'effondre. C'est la première fois qu'elle le voit craquer. Israel le prend dans ses bras. Georgette décharge sa colère contre Pétain : ceux qui se sont battus en 1914-18 sont morts pour rien.

Le discours du nouveau gouvernement oppose le masculin au féminin. La Révolution nationale est considérée comme « virile », la défaite et la République, sont, elles, constamment associées au féminin.

— De quoi il parle, le Maréchal ? dit Georgette. Il y connaît quoi, à la masculinité, lui qui n'a pas eu les couilles de résister à Hitler ?

Mais les discours s'enchaînent, et tous vont dans le même sens. C'est à cause de la république des femmes que la France a perdu sa grandeur. Le féminisme, en particulier, mais aussi l'individualisme ou l'homosexualité sont accusés d'avoir conduit le pays à sa perte. Si on n'avait pas tant œuvré pour l'égalité des sexes à l'école et au travail, on n'en serait sûrement pas là. La garçonne des années vingt personnifie la décadence qui a mené à la défaite. À force de ne penser qu'à la jouissance et à la liberté, on a oublié les vraies valeurs. Il est temps que le père de famille retrouve son autorité, et la mère de famille sa discrétion. Si ce n'était pas si grave, Georgette en rirait. La France se réaccapare le corps des femmes, et Pétain entend bien les ramener à leur fonction première : faire des enfants et les élever. Bien sûr, on parle là des vraies femmes françaises, pas des étrangères, ni des juives, des célibataires, des homosexuelles ou des communistes – toutes celles qui ne fabriquent pas de bons bébés français. Personne ne proteste vraiment devant ces idées, qui semblent être des vérités pour la plupart des gens.

— Écoute-le ! *Soyez sages, taisez-vous*, on dirait que c'est notre faute, et que si on se tenait tranquilles ça n'arriverait pas, rumine Georgette.

L'oppression s'accélère. Dès le mois de juillet, les établissements publics sont interdits aux juifs. Mais au début, les contrôles ne concernent que les juifs étrangers. Georgette rassure Albert :

— Tu as la nationalité française et on est mariés. Ils ne pourront rien te faire.

Albert ne répond pas. Lorsqu'il fait les marchés avec Israel, il voit bien qu'on les traite mal. Certains clients se sont mis à les tutoyer, du jour au lendemain. D'autres tournent le dos dès qu'ils entendent leur accent. À Paris, il paraît que des vitrines de magasins juifs ont été saccagées.

— La guerre entière va être dirigée contre les juifs, dit Israel.

— Arrête de boire, répond Albert.

En septembre, Lisette Ockrent frappe à l'appartement. Ils n'ont pas voulu céder leur commerce, à deux numéros du Sans Rival, et ils ont tenu bon jusque-là. Georgette les cite souvent en exemple à Albert : peut-être auraient-ils dû faire comme eux et résister à la peur. Mais Lisette montre à Georgette une pancarte de vingt centimètres sur quarante où les lettres noires se détachent sur fond jaune : « Judisches Geschaeft : entreprise juive ». Elle vient d'aller au siège du journal *Le Nouvelliste* acheter le nouvel écriteau obligatoire, pour cinq francs. Tout commerce dont le propriétaire est juif doit être désigné par cette affiche spéciale. Les juifs représentent moins d'un pour cent de la population totale en France, mais c'est encore trop. Lisette a honte. Georgette lui remonte le moral : elle n'a pas le choix, elle n'a qu'à afficher le maudit panneau. Seules les ordures éviteront le magasin parce qu'il est estampillé juif. Lisette en sera débarrassée. Les bons clients continueront à venir.

Mais le soir, lorsqu'elle imagine tout haut l'affiche placardée devant le Sans Rival et les regards des clients qui auraient hoché la tête ou grimacé, elle se félicite d'avoir échappé à cette humiliation. Albert, lui, s'enfonce dans le silence.

Leur complicité s'est envolée.

Le quartier de la Ville en Bois et la rue du Port sont bombardés. On compte trente morts, plusieurs dizaines de blessés. Chaque nuit, la ville est visée, et particulièrement l'arsenal, dont leur appartement est proche. Ils descendent dans l'abri anti-aérien et Georgette pense, fugitivement, à la première fois qu'elle a vu la famille d'Abraham à Paris, mais elle ne lui dit rien. Rosa a peut-être eu raison de partir loin. Georgette ne veut pas se dire que leur histoire d'amour les a peut-être condamnés au malheur.

Les Allemands ordonnent le recensement des juifs en zone occupée. Georgette interdit à Abraham d'aller se déclarer à la Préfecture :

— C'est un piège.

— Israel y est allé. Si je n'y vais pas, je risque de me faire arrêter sur un marché.

— C'est si tu y vas, que tu te feras arrêter. Il ne faut pas croire les Allemands.

Mais le gouvernement français lui-même publie une « loi » qui exclut les juifs de la fonction publique ainsi que de nombreuses professions : la médecine, le barreau, l'enseignement, la presse, le cinéma. On y définit *le juif* : tout individu issu de trois grands-parents de *race juive*, ou de deux grands-parents si le conjoint est juif, doit se présenter à la préfecture pour se faire enregistrer. Albert n'a jamais connu ses grands-parents, et il n'est pas religieux. C'est même un peu pour cela qu'il a émigré en France : pour les possibilités d'avenir qu'on y offrait à tous – et puis pour échapper au carcan de la religion de ses parents, pour avoir une vie moderne, laïque, où il ne subirait plus la pression des anciens, de leurs croyances, de leurs coutumes.

Albert ne croit pas en Dieu, il croit en l'homme.

Alors, il se rend à la sous-préfecture, pour obéir aux lois de la République à laquelle il fait confiance depuis trente-deux ans.

Sur sa carte d'identité, où il s'appelle Abraham, on appose un tampon : juif.

Le 7 février, un homme gras en costume sombre, arborant l'air supérieur de ceux qui se sentent investis d'une mission importante, se présente chez eux. Il enlève son chapeau et leur annonce qu'il vient d'être nommé administrateur provisoire de leurs affaires. Il a tout pouvoir, il *a la signature*. Eux n'ont plus aucun droit sur leur entreprise foraine, qui est considérée en faillite. Ils ne peuvent plus avoir aucun contact ni avec des fournisseurs, ni avec des clients. Abraham et Georgette l'écoutent, le visage tendu. Georgette pourrait faire valoir son statut d'aryenne, mais elle ne le fait pas car c'est contraire à ses principes. Elle ne se sent pas différente de son mari, qui est français – ils vont se défendre comme Français. Albert est le plus patriote d'entre eux. Elle le dit à ce Monsieur Guyonvard, qui ne veut rien entendre et dit avec un sourire mince :

— Votre mari s'appelle Abraham, pourquoi l'appelez-vous Albert ?

Le droit de choisir son nom leur est retiré.

— En quoi cela les gêne-t-il ? demande Abraham, perdu.

— Tu sais ce qui définit un fasciste ? Le manque d'imagination. L'empathie, c'est d'abord cela : une capacité à se mettre à la place de l'autre, donc à imaginer. Guyonvard en est incapable.

Georgette le trouve limité et elle croit encore que d'autres fonctionnaires plus intelligents pourront les sauver. Elle écrit au préfet et au sous-préfet, mais ne reçoit pas de réponse.

Après quelques jours, Abraham lui dit :

— J'aime ce nom que m'a donné ma mère. Et toi, tu préfères Georges ou Georgette ?

— Moi, je préfère le nom que je me suis inventé avec toi.

Raymond Guyonvard revient, accompagné d'un autre administrateur provisoire, André de Blignes, qui est aussi sec que l'autre est gros – on dirait Laurel et Hardy, version sinistre. Ils font poser des scellés le jour même sur la charrette à bras d'Abraham et son stock de marchandises, qui se trouve dans l'appartement qu'ils louent.

Georgette comprend que c'est l'arrêt de mort de leur entreprise.

Guyonvard, le plus gros des deux, est ingénieur. Il le précise sur chacun des multiples courriers qu'il écrira pendant l'Occupation : il est « membre correspondant de la chambre des ingénieurs-conseils et ingénieurs-experts de France ». Il profite de la guerre pour faire carrière. Il fait partie de ces hommes toujours prêts à renseigner la police sur l'auteur d'un délit, à dénoncer ceux qui font monter l'agitation dans les usines, à acheter une propriété bradée par des occupants aux abois, du moment que cela peut accroître son pouvoir.

André de Blignes, lui, est docteur en droit, et vient d'une longue lignée d'aristocrates typiques de la noblesse française : il vit dans un château à l'extérieur de la ville, qu'on appelle la Mosquée parce qu'il contient une grande collection d'objets arabes constituée par son père, haut fonctionnaire en poste au Moyen-Orient. Jamais personne ne l'a ennuyé quant à la provenance de ces objets d'art orientaux. Sa femme, elle, vient d'une famille de navigateurs qui n'a pas plus été questionnée sur la traite des esclaves. Lorient tient son nom de la glorieuse époque où les bateaux partaient en Afrique puis aux Amériques et échangeaient une marchandise contre une autre. C'est une famille qui a du bien, et du pouvoir, et tous l'acceptent comme un fait : certains sont riches depuis des générations, d'autres moins, c'est ainsi. On n'a pas à en connaître les raisons. Cela revient à dire que certains ont de la chance, d'autres pas. Pourtant, leur fortune ne doit rien au hasard.

Leur sensibilité politique les porte à l'extrême droite depuis toujours. Ils ont été pour l'esclavage, contre la Révolution, et sont heureux de voir Pétain faire gagner l'autre France, celle qu'ils ont toujours aimée. Aveuglés par leur espoir de voir finir la République, ils lui préfèrent le nazisme allemand.

Guyonvard et Blignes ont l'intention de profiter de cette occasion historique que leur offre la France collaborationniste. Ils ont envoyé leur curriculum vitae à l'administration française, accompagné d'une « déclaration de non juif », et d'une lettre où ils se sont montrés prêts à se charger d'une ou de plusieurs entreprises juives pour les revendre à des aryens. Il est précisé qu'ils s'acquitteront de leur mission « en bons pères de famille », et on sait combien pour le maréchal Pétain, la famille, c'est important.

Georgette s'oppose violemment à la mise en place des scellés, elle prétexte d'abord un marché en cours, déclare qu'ils sont en train de vendre l'affaire, puis, comme Guyonvard lui dit que c'est désormais impossible sans son autorisation, Abraham déclare qu'ils sont sur le point de se séparer, et que leurs biens ne sauraient être considérés comme communs. Abraham a un accent, Georgette non. Cela met le doute dans l'esprit de Guyonvard qui se demande que faire. Blignes, prudent, lui propose de consulter le sous-préfet. De toute façon, ils s'occupent tous les deux des biens juifs de la région, une vingtaine d'entreprises. Ils ne manquent pas de travail. Ils reviendront. Georgette les reconduit à la porte qu'elle claque sans leur dire au revoir. Guyonvard estime que c'est de la provocation.

Il écrit au sous-préfet quelques jours plus tard :

« Le retard apporté du fait de son opposition à la pose des scellés lui a permis de vendre une certaine quantité de marchandises qui a échappé ainsi à notre contrôle effectif (lettre du 13 février). »

Entre-temps, Georgette a en effet essayé de vendre son stock à Jouanno, et elle lui a même proposé de racheter son fonds de commerce forain, mais Guyonvard et Blignes veillent : ils interdisent la vente et se justifient auprès du sous-préfet (« cette candidature a été rejetée comme il se devait »). Les juifs sont si rusés qu'ils essaient toujours de revendre leurs affaires à des connaissances, et Abraham Mankiewicz n'a pas fait exception. Les femmes, elles, sont perfides, et Georgette en est un bel exemple. Heureusement, eux, on ne la leur fait pas. Il arrive qu'on épargne un aryen marié à une juive, mais une aryenne avec un juif, c'est moins pardonnable. Ce ne sont pas ses airs libres et sa cigarette aux lèvres qui les empêcheront de faire leur travail proprement. « Cette petite femme, écrivent-il au préfet, ne saura pas nous faire plier. »

Les administrateurs vont à la Kreiskommandantur, qui les renvoie sur le juge de paix, au tribunal. Celui-ci informe les administrateurs, dès le lendemain, que les scellés ne peuvent être apposés en vertu de la législation française. L'appartement est au nom de Georgette, comme le stock. Elle est née française, et elle n'est pas juive. Ses biens doivent être protégés. Georgette souffle. Autour d'eux, les commerçants n'ont pas tous autant de chance. Les affaires se font vite, on vend au plus offrant.

Il n'y a aucune indignation publique face à l'aryanisation de leurs biens.

Le soulagement de Georgette est de courte durée : Guyonvard a écrit une lettre de protestation à la sous-préfecture. Il en fait désormais une affaire personnelle : il ne tient pas à se faire humilier dans ses nouvelles fonctions, surtout pas par une *petite femme* qui se permet de l'insulter. Il a des témoins qui ont vu *le juif Mankiewicz* déballer sa marchandise sur les marchés. En conséquence, il demande à ce que sa patente de marchand forain lui soit retirée et que le stock appartenant à Georgette Mankiewicz, sa femme, lui soit confisqué pour être vendu au nom du Commissariat aux questions juives.

Deux jours plus tard, l'apposition des scellés est autorisée par le président du tribunal de Lorient. Abraham et Georgette n'ont plus le droit d'exercer leur commerce, ni de pratiquer des activités ambulantes.

Ils ont eu l'audace de penser qu'ils pourraient s'aimer librement, et inventer leur vie, mais chaque jour leur prouve que c'est impossible.

Des scellés sont posés sur le magasin des Kongrad, qui jouxtait le Sans Rival. Le 6 mars, c'est au tour des Ockrent, qui vendaient des manteaux de fourrure.

Georgette organise chez elle une réunion clandestine des amis du café politique. Comme d'habitude, elle est remontée, Abraham plus calme. Ils ne sont plus qu'une dizaine à l'écouter décrire ce qui leur est arrivé. On les plaint poliment, on craint les ennuis. Alors qu'ils sont presque tous rentrés chez eux, l'un d'eux, Charles, s'attarde. À mi-voix, il leur explique qu'il fait partie d'une brigade de résistants.

— On a besoin d'hommes comme toi, et on accepte les étrangers.

Abraham connaît les armes, qu'il a maniées dans ses jeunes années en Pologne. Georgette aime l'action. Ils reçoivent leur premier kilo de dynamite deux jours plus tard. En les mettant dans un tube de gouttière scié et rebouché, Abraham fabrique des bombes tout à fait capables d'endommager un train, par exemple. Il n'a pas peur, au contraire : de proie, il devient chasseur, et il dit à Georgette qu'il préfère ce rôle-là. Ce sont de petites actions, mais elles sont des preuves que la lutte continue.

L'argent file, au marché noir, et ils n'ont plus d'activité. Ils n'ont plus le droit d'aller à l'isba : la zone côtière est interdite. La situation se dégrade. Abraham est de plus en plus inquiet, il essaie de convaincre Georgette de partir à la campagne mais elle n'arrive pas à s'y résoudre. Après avoir perdu le magasin, elle craint de tout perdre, ses meubles, ses objets, ses photos. Et puis elle espère toujours recevoir une réponse de Serge, son fils unique, à qui elle envoie de nombreuses lettres sans jamais avoir la certitude qu'elles lui sont transmises, s'il est encore vivant.

Et c'est là qu'elle reçoit, en pleine guerre, des nouvelles de Calamity.

*Ma chérie, ceci n'est pas censé être un journal, et il se peut même que ça ne te parvienne jamais, mais j'aime à penser à toi en train de le lire, page après page, un jour dans les années à venir, après que je serai partie. J'aimerais t'entendre rire en regardant ces photos de moi.*

*Je suis seule dans ma cabane ce soir, et fatiguée.*

Le 6 mai 1941, alors que les États-Unis sont en guerre contre l'Allemagne nazie depuis un mois exactement, une des émissions de radio américaines les plus connues reçoit pour invitée quelqu'un dont le nom ne dit rien à personne : Jean McCormick. Cette femme de soixante-huit ans qui semble avoir eu plusieurs vies prétend être la fille cachée de Calamity Jane et en avance les preuves : un ensemble d'une vingtaine de lettres qui lui auraient été adressées par sa mère tout au long de sa vie, et qui sont rassemblées dans un petit album relié de cuir en mauvais état. La journaliste qui la reçoit lui demande d'en lire certains passages en direct et ils sont bouleversants. Calamity y est malheureuse, rongée par le remords, tourmentée par la culpabilité d'avoir dû abandonner sa fille alors qu'elle était toute petite.

*J'ai fait soixante miles à cheval jusqu'à la poste et je suis rentrée ce soir. C'est ton anniversaire et tu as quatre ans aujourd'hui. Vois-tu, ton papa Jim m'a promis qu'il m'enverrait une lettre chaque année, le jour de ton anniversaire. Comme j'ai été heureuse d'avoir des nouvelles de lui ! Il m'a envoyé ta petite photo : tu es mon portrait craché à ton âge, et en la regardant ce soir, je m'arrête pour t'embrasser, et puis, à me souvenir, les larmes viennent et je demande à Dieu de me laisser un jour réparer mes torts d'une façon ou une autre envers ton père et envers toi. Je suis malade et n'ai plus longtemps à vivre.*

Jean McCormick est une petite femme : elle mesure un mètre quarante-huit, et elle est très timide. Au micro, elle s'excuse presque de raconter sa vie rocambolesque. Elle explique que Calamity Jane a préféré la confier à des sœurs, dans un couvent, puis qu'elle a consenti à la faire adopter, mais elle lui a écrit des lettres pendant vingt-cinq ans, de 1877 à 1902, sans qu'elles lui soient transmises. C'est son père adoptif, Jim O'Neil, qui lui a remis l'ensemble du courrier juste avant de mourir.

Jean n'a connu la véritable identité de sa mère qu'à la mort de celui-ci.

Georgette lit dans le journal le compte rendu de l'émission américaine, qui confirme ce qu'elle a toujours pensé de Calamity : c'était une soiffarde bagarreuse, certes, mais aussi une femme sensible et généreuse. Outre qu'elle semble dévoiler les coulisses du Far West comme jamais quiconque auparavant, elle témoigne dans ces lettres d'un immense amour maternel.

Georgette pense à celles qu'elle écrit à Serge, prisonnier en Allemagne, sans savoir s'il les reçoit.

*Ce matin, je suis allée sur la tombe de ton père, à Ingleside. On parle de transférer son cercueil au cimetière de Mount Moriah, à Deadwood. Une année et quelques semaines ont passé depuis qu'il a été tué, et on dirait un siècle : sans vous deux, les années à venir m'apparaissent comme une piste solitaire.*

*Demain, je vais descendre la Yellowstone Valley, juste pour l'aventure et les sensations.*

C'est la grande époque du patriote John Ford, et les westerns louent la grandeur des États-Unis – *La Chevauchée fantastique* date de deux ans. On peut dire que les lettres de Calamity Jane tombent à pic. Les quotidiens français, eux aussi, publient ces nouvelles de la plus célèbre des cow-boys, qui changent un peu de celles du front. Les lettres ont un écho dans le monde entier.

Jean McCormick est invitée partout. Les journaux, américains comme européens, reprennent des extraits des lettres, et racontent son incroyable aventure.

On analyse l'écriture de Calamity Jane, dont on croyait qu'elle était analphabète. L'encre et le papier sont authentifiés comme datant du siècle précédent. On corrobore les faits décrits grâce aux derniers témoins encore vivants.

On finit par officiellement considérer Jean McCormick comme la fille de Martha Jane Cannary et William Hickok, qui se seraient mariés en cachette et auraient eu une fille unique.

*J'emporte de nombreux secrets avec moi, Janey. Ce que je suis, et ce que j'aurais pu être.*

Le 12 juin 1941, Guyonvard et Blignes reviennent à l'appartement avec un acquéreur potentiel pour le stock et son coupeur. Georgette est absente. Abraham dit d'abord qu'il a vendu son fonds à sa femme et que cette visite n'est pas nécessaire.

Les quatre hommes insistent, avec l'arrogance que leur confère le sentiment que la loi est de leur côté.

Abraham les laisse entrer. Le salon est rempli de « malles d'osier neuves, empilées du plancher au plafond, et disposées de telle façon que toute vérification de la marchandise est impossible à effectuer » (lettre de Monsieur Guyonvard au sous-préfet du 13 juin).

« Ayant prié Monsieur Mankiewicz, après avoir fait toutes réserves sur l'utilisation par lui donné (sic) actuellement à son appartement, de déplacer ces malles et de les déplacer dans la pièce qui lui sert d'atelier ou plus exactement de dépôt, j'ai été brutalement pris à partie », ajoute l'administrateur.

Georgette revient à ce moment précis à l'appartement. Elle explique qu'ils n'ont presque plus rien et proteste qu'elle ne voit pas en quoi une affaire de marchand forain peut les intéresser. Guyonvard lui répond que ce n'est pas à elle d'en juger. Il n'a visiblement pas l'habitude qu'une femme s'oppose à ses décisions. Elle refuse d'ouvrir la pièce du fond, parce que cette pièce dépend de son appartement et qu'elle ne tombe pas sous le coup de l'ordonnance visant les entreprises juives.

Elle est dans son droit.

Guyonvard en est d'autant plus furieux. Il décide d'aller à la police.

Quand il revient avec le commissaire, en début d'après-midi, Georgette et Abraham n'ont pas d'autre choix : ils acceptent de déplacer les malles. Ils comprennent qu'ils sont en train de perdre la partie. Mais le ton monte, Georgette s'énerve devant l'air satisfait de Guyonvard, qui déclare alors que « les juifs ont assez volé les catholiques, c'est aux catholiques maintenant de voler les juifs ». Dans sa lettre au sous-préfet, Guyonvard n'a aucune honte à rapporter ces propos.

Il note qu'il se fait alors insulter, mais ne donne pas le détail de ce que dit Georgette. Elle l'injurie :

— Administrateur de mes deux, vieille peau de chien, cul pourri, videur de pot de chambre, coquin de bourgeois, ingénieur de mes deux…

Georgette a toujours été inventive en matière de gros mots, mais Albert, qui découvre ceux-ci au fur et à mesure, retrouve la fille aux allures de garçon qu'il a connue vingt-six ans plus tôt – narines dilatées, torse droit, poings sur les hanches –, et ne peut pas s'empêcher d'avoir envie de rire. C'est cela qui blesse le plus Guyonvard : le fait qu'un juif ose encore sourire devant lui, malgré sa fonction.

Voyant qu'il ne va pas réussir à avoir le dessus ce jour-là, il se drape dans son indignation et annonce qu'ils vont s'en aller, mais que cela ne se passera pas comme ça.

Avant de partir, cependant, Blignes se penche vers Abraham et lui demande :

— C'est vous, n'est-ce pas, qui avez construit la maison en bois à Port-Loin, près de l'Amirauté où se sont installés les Allemands ?

Georgette serre les dents.

— Oui, répond doucement Abraham, craignant que la maison soit réquisitionnée.

— Si un jour vous souhaitez la vendre, sachez que je serai ravi de pouvoir vous aider, dit Blignes.

Abraham fronce les sourcils, n'étant pas sûr de comprendre, et échange avec Georgette un regard silencieux.

— À titre personnel, dit l'administrateur. J'ai toujours aimé Port-Loin.

— Sortez d'ici, murmure Georgette.

Le soir même, Guyonvard écrit au sous-préfet, et ses menaces sont à peine déguisées : « Dans ces conditions je suis dans l'obligation de vous prier de bien vouloir faire prendre à l'égard de Mr Mankiewicz les mesures qui s'imposent pour que je puisse à l'avenir remplir la mission qui m'a été confiée sans avoir à craindre des incidents de ce genre. »

Il décrit ce qui s'est dit dans l'appartement : « Mr Mankiewicz a d'abord déclaré qu'il venait de vendre son fonds à sa femme, puis n'étant pas à une contradiction près (on imagine sa satisfaction à avoir trouvé une bonne formule), qu'il ne consentirait jamais à signer un acte aliénant son fonds.

Je vous serais donc obligé, Mr le sous-préfet, de bien vouloir transmettre cette lettre à Mr le Préfet du Morbihan afin qu'il puisse lui donner la suite qu'elle doit comporter. »

Lorsque Guyonvard et Blignes signent tous les deux cette lettre, ils savent que « la suite qu'elle doit comporter » n'est pas seulement l'aryanisation.

L'existence du camp de Dachau est connue depuis 1933.

Quelques jours plus tard a lieu la vente de l'activité foraine d'Abraham et Georgette Mankiewicz, la vente forcée de ce qui représente leur vie, ou ce qui leur reste. La liste de ce qu'ils laissent est dérisoire : « Vingt et un caleçons et gilets, treize combinaisons en rayonne, vingt et une chemises en coton, dix-neuf chemises nuisette, vingt et une culottes en rayonne rose, quinze chemises femme, vingt-six paires de chaussettes en coton, douze chemises femme en coton, trente douzaines de paires de chaussettes enfant, un lot de coupons en dentelle pour rideaux, un lot de morceaux de pull over, un lot de rideaux divers, un lot de blanc, un lot de corsages démodés. »

Est-ce Guyonvard ou Blignes qui les a jugés démodés ?

Le prix de vente aussi est dérisoire : 7 221 francs, auxquels Guyonvard et Blignes enlèvent 1 929 francs pour frais de déplacement, frais de téléphone et frais de courrier. Chacun en a pour 250 francs de correspondance, et facture chaque journée de vacation à 100 francs.

Sur ce qui reste, seuls 3 000 francs reviennent à Georgette et Abraham. C'est trop peu pour s'enfuir. Ils sont piégés.

Guyonvard et Blignes parviennent à radier du registre du commerce Israel et Abraham, qui ne pourront plus faire les marchés ni travailler, où que ce soit, même comme employés. Les administrateurs sont relevés de leurs fonctions, c'est la fin de leur mandat. Ils ont d'autres commerces à aryaniser.

À partir du 7 juin 1942, Abraham n'a plus le droit d'aller au café, ni au restaurant, ni au jardin public, ni à la piscine, ni aux bains-douches, ni au cinéma, ni au concert, ni dans une cabine téléphonique, ni à l'hôpital.

Il y a des pancartes « interdit aux juifs » partout.

Il doit porter une étoile jaune à la poitrine.

Personne ne proteste.

Un mois plus tard, Laval décide de déporter les enfants juifs. L'État allemand ne le demande pas, mais que faire des enfants quand on déporte les mères ?, interroge Laval, qui prétend qu'il ne veut pas « séparer les familles ». Dès le mois d'août, l'État allemand donne son autorisation à l'État français pour déporter les moins de seize ans.

Devançant cet accord, la police française enferme plus de cinq mille femmes et plus de quatre mille enfants au stade vélodrome, à Paris. Abraham ne dort plus, les images d'enfants battus à coups de crosse pour être séparés de leur mère se mélangent. En Pologne et en France, à des dizaines d'années de distance, des bébés crient pour ne pas être séparés de leurs parents, une mère sourit pour ne pas pleurer devant ses enfants qui se tiennent par la main tandis qu'elle est emmenée par la police.

Israel Zelikowicz se fait arrêter pour possession illégale d'un poste de radio. Il est déporté pour une destination inconnue.

Ce soir-là, c'est Georgette qui prépare les bagages tandis que son mari ne dort pas et enchaîne cigarette sur cigarette. Elle n'a pas tenté, cette fois, de le convaincre de rester quelques jours encore.

Ils partent grâce à un paysan qui a accepté de les emmener sur une charrette tirée par deux traits bretons à la quiétude contagieuse, emmenant quelques meubles, des vêtements, des casseroles – et puis Nénette, la petite chienne, le seul souvenir que Georgette emporte de Serge. Elle sait qu'il ne voudrait pas qu'elle l'abandonne. Le pas des chevaux résonne sur le pavé de la route désertée par les voitures.

À leurs côtés, sont assises Lisette Ockrent, la commerçante du centre-ville dont le mari fourreur a été déporté en même temps qu'Israel, et leur fille Éliane, Lily, qui a neuf ans. Georgette a demandé à sa cousine de les recueillir dans son hôtel tandis qu'elle irait avec Abraham dans une petite maison qu'elle a trouvée pour eux.

Lily est émerveillée de revoir la campagne, de voyager en charrette à cheval, elle regarde sa mère d'un air heureux. Abraham les suit à bicyclette. En deux jours, ils parcourent la soixantaine de kilomètres qui les sépare du village de Cléguérec, dans les terres, à l'abri. À l'arrivée, lorsque le paysan leur réclame le double de la somme convenue, Abraham fait taire sa femme d'un regard, et met la main au portefeuille avec un sourire amer.

— Pourquoi tu lui as donné cet argent ? demande Georgette.

— Parce que j'espère qu'il en aura honte.

Georgette est revenue au point de départ : la maison que sa cousine leur a trouvée, à l'écart dans les bois, ressemble à celle de Zélie, même si elle n'a qu'une pièce. Elle est beaucoup plus minable, le sol est en terre battue, les volets ferment mal, le jardin est à l'abandon. Mais après tout ce qu'ils viennent de vivre, le seul fait d'échapper aux surveillances policières et aux bombardements donne à la bicoque et son petit jardin des allures de paradis. Ils s'organisent un quotidien hors du temps, où seules les visites de leurs camarades de brigade, désormais affiliée à un plus grand réseau de résistance dénommé « Francs-Tireurs et Partisans », et celles qu'ils font à la cousine de Georgette pour se procurer des vivres, brisent leur routine. Ils n'auront plus aucune nouvelle de Serge, ni de personne : c'est le prix de leur survie.

Il paraît que des Parisiens vont aux courses et parient sur les chevaux. Dans un journal, Georgette voit une femme avec un chapeau qu'elle n'a jamais vu, un très grand chapeau basculé à l'arrière – rien à voir avec les bibis d'il y a deux ans. Elle prend conscience qu'elle est complètement isolée du reste du monde. Pour les autres, la vie continue.

Abraham est plus à l'abri pour fabriquer les bombes qu'il fournit aux FTP. Il cultive son potager, tout le monde le prend pour un jardinier, c'est pratique. Quand il doit livrer des munitions au grand maquis à trente-cinq kilomètres de là, il les met dans la sacoche de son vélo et les recouvre de poireaux ou de carottes. Les camarades ne sont pas mécontents d'avoir un peu de légumes en plus des armes. Parfois il ne leur livre même pas de munitions, juste des provisions, des légumes, de la viande. Il sait que si les Allemands font main basse sur les bombes qu'il fabrique, il sera emprisonné, puis déporté. Mais qui aurait l'idée de venir les chercher au cœur de la forêt ?

Le 4 janvier 1944, Abraham quitte la maison à pas rapides, un demi-veau couché sur son épaule comme un enfant endormi. La forêt l'engloutit presque aussitôt. Georgette écoute le bruit de ses pas qui s'amoindrit jusqu'à disparaître, le son du vent dans les branches des arbres qui se balancent doucement, les mille bruits ténus des insectes et des petites bestioles qui grouillent dans la terre, indifférentes au sort des hommes. Elle revient dans la pièce unique, referme la porte. Si elle n'était pas communiste, elle prierait pour qu'il revienne vivant. Elle regarde autour d'elle, il ne reste aucune trace de lui. Tout est rangé dans le trou aménagé sous le lit, au cas où les Allemands viendraient. C'est comme si elle avait rêvé sa présence. Pour la première fois de sa vie, elle a peur.

Abraham ne rentre pas. Quatre heures après son départ, il n'est toujours pas là. Georgette tourne en rond. Elle hésite à aller voir jusqu'au village au risque de se faire arrêter elle aussi. Pour l'instant, elle essaie de se persuader qu'il se cache quelque part dans la forêt, et qu'il attend la nuit pour réapparaître. Elle l'imagine, recroquevillé dans un terrier, guettant les signes d'une présence ennemie, ou à l'abri avec ses compagnons résistants. Elle prépare un bouillon, pose deux assiettes sur la table pour conjurer le sort. Mais le noir descend, et elle n'en peut plus.

Elle court à travers la nuit, seule, dans la forêt, des branches la griffent au visage, l'air froid lui brûle la gorge, elle contourne les troncs cassés et les trous qu'elle évite au dernier moment, elle serre les dents et espère qu'elle va se traiter d'idiote dans quelques minutes. Elle tourne dans sa tête les arguments d'Abraham qui lui a affirmé qu'il ne pouvait rien lui arriver (« c'est une bonne date, 4.1.44 ») et court vers l'hôtel du village.

Quand elle entre, elle comprend immédiatement aux yeux gonflés et rouges de sa cousine ce qui est arrivé.

— Il y a eu une rafle, lui dit-elle. Ils ont même pris Lily.

Georgette s'écroule sur une chaise. Elle a la sensation de se retrouver dans le cauchemar de quelqu'un d'autre, une histoire qu'on lui a racontée quand elle était petite pour lui faire peur.

— Quand ?

— Il y a deux heures, peut-être un peu plus. Je pense qu'ils sont allés à la ferme d'à côté.

Georgette est déjà sortie, et court à nouveau. Elle trébuche, se relève, le souffle lui manque.

À la ferme, on lui raconte que quatre miliciens français, accompagnés de deux sous-officiers allemands de la police de sûreté, ont arrêté Lisette et sa fille, tandis que deux autres Français, des gendarmes mandatés par les services préfectoraux, ont pris Abraham dans la forêt. Ils devaient avoir été renseignés. Des gens du village ont crié :

« Des terroristes ! On arrête des terroristes ! »

La fermière ne peut pas s'empêcher de sourire, tant le mot ne va ni à Abraham, ni à Lisette ou la petite. Le chef milicien a proposé à Abraham de repasser chez lui pour prendre ce qui lui était nécessaire, mais il a refusé, sans doute pour l'épargner, elle. Ils ont été poussés brutalement dans une voiture. La raison invoquée de leur arrestation a été qu'ils ne portaient pas l'étoile juive.

Ils sont partis.

Abraham a regardé vers elle, et la forêt qui dissimulait la petite baraque, puis en direction de la ville, qu'on ne voyait pas. Le soleil d'hiver inondait la terre, la mer, cette nature qu'il avait aimée. En la quittant, il savait qu'il n'était plus protégé.

À l'arrière de la voiture qui l'emmenait, il s'est retourné vers les paysages qu'il ne reverrait peut-être plus, vers leur passé heureux.

Georgette apprend qu'il y a eu une grande rafle dans toute la Bretagne. Le commissaire régional aux questions juives en a fait une affaire personnelle. Il restait des juifs, particulièrement dans le Morbihan. Il fallait les éradiquer.

Abram Mankiewicz (dont le prénom a perdu deux lettres au passage, comme si on cherchait à le diminuer) est déchu de sa nationalité : il est polonais, jardinier, marié. Il est emprisonné en même temps que Lisette et sa fille de neuf ans, ainsi que le professeur de mathématiques de Serge au lycée, Monsieur Fleur, qui a soixante-huit ans.

Les huit militaires dépêchés à Cléguérec ont réussi à capturer deux hommes vieillissants, une femme et une enfant. Piètre gibier.

Georgette parvient à rendre visite à Abraham à la prison de Vannes, où il a été incarcéré dès le jour de son arrestation. Elle a aussi apporté un colis de vêtements d'hiver pour Lisette et Éliane.

Abraham apparaît, fatigué, menottes aux chevilles et aux poignets. Elle se sent ridicule en lui tendant une couverture râpée, son gilet bleu et les deux pots de conserve qu'elle lui a apportés. Il serre ses mains dans les siennes. Dehors, des coups portés sur la terre résonnent jusque dans leurs poitrines. Le soleil est pâle, et les fusils des Allemands brillent dans la lumière, puis s'éteignent en retombant vers le sol. Quelques cris fusent, parfois, dans le silence. Cela fait vingt-neuf ans qu'ils ne se sont pas quittés, pas même pour une nuit. Ce soir, elle va dormir sans lui et peut-être ne le reverra-t-elle plus jamais. Abraham essuie ses tempes mouillées par la sueur, ou par l'humidité de la prison.

Un soldat déclare que c'est fini. Il doit partir. Elle essuie ses yeux du dos de sa main. Il cherche une phrase qui ne serait pas trop triste.

— Quand je reviendrai, on ira de nouveau au cinéma, tous les trois.

Elle hoche la tête, pour lui faire plaisir, même si cela lui semble tellement dérisoire. Lentement, elle se lève et elle recule vers la porte sans le lâcher des yeux, comme si le regarder c'était lui promettre de ne jamais l'abandonner, quoi qu'il arrive.

Elle pédale avec rage jusqu'à la petite maison perdue dans la forêt. Là, tout est calme, obscur, l'air sent encore le feu qu'il a fait la veille avant de partir. Elle allume une cigarette. Autrefois elle était fière de parler clope au bec comme un vrai bonhomme, mais à présent elle s'y raccroche comme s'il ne lui restait rien d'autre. Elle voit le visage d'Abraham dans la fumée. Elle pense à l'isba, où elle voudrait retourner avec lui pour ne plus jamais en sortir.

Elle s'assied devant la cheminée et rallume le feu de ses mains amaigries, qui n'ont rien pu faire pour le sauver. Elle le connaît depuis vingt-neuf ans et ils ont eu un fils. Une guerre venait juste de finir, ils s'installaient près de la mer et se promettaient d'être heureux. Ils n'auraient jamais pensé qu'une deuxième guerre mondiale allait les séparer. Elle cache son visage dans ses mains. Les Allemands vont peut-être gagner la guerre, et elle est seule.

Elle ne va peut-être revoir ni son mari, ni son fils.

Georgette se retourne dans son lit et elle voit Abraham transbahuté dans un train plombé où des milliers d'hommes, de femmes et d'enfants tentent de s'asseoir alors qu'il n'y a pas de place pour tous. Avec d'autres, aussi épris de justice que lui, il organise un tour de marche dans le wagon pour que ce ne soient pas toujours les mêmes qui respirent près des minces ouvertures entre les planches de bois, et pas toujours les mêmes près du coin de paillasse où ils ont commencé à se soulager de leur pisse et de leur merde.

Georgette se tourne et se retourne dans son lit.

Elle imagine Abraham et ses mains toujours si propres et si douces au milieu de ce wagon de marchandises. Elle le voit qui ne réagit pas aux cris brusques des Allemands. Il comprend leur langue, bien sûr, si proche du yiddish.

Georgette pense alors à Serge, qui était si bon en allemand au lycée parce qu'il avait entendu des mots de yiddish depuis l'enfance, quand son père lui parlait en cachette. Il croyait qu'elle ne le savait pas, mais bien sûr, elle les entendait glousser dans son dos. Elle espère qu'il n'aura pas de problème parce qu'il est fils de juif. Tordant ses mains l'une dans l'autre, elle essaie de se calmer en se disant que Serge n'est pas circoncis et qu'ils doivent probablement s'en assurer avant de fusiller les gens.

Mais alors elle voit Abraham le pantalon aux genoux, devant un groupe d'Allemands ricanant. Elle le voit réfléchir à cette guerre et à l'autre guerre, celle qu'ils ont vécue ensemble. Elle suit son regard qui glisse à travers les planches du wagon sur les étendues immenses des régions qu'il a parcourues des années auparavant, avant de la connaître et d'aimer son pays. Le train ne s'arrête pas, il file à travers l'Europe et Abraham tente d'imaginer quelles régions il traverse. Il entend parler polonais, il colle ses yeux contre la lucarne du wagon, et tout à coup il le voit : un policier, au teint pâle et au nez large, aux lèvres sombres, qui fait passer de l'air entre ses canines pour y déloger un bout d'aliment. Il reconnaît sa bouche et cette mimique, il jurerait que c'est lui : l'homme qui l'a arrêté, il y a trente-sept ans, parce qu'il avait déployé sur les murs des transparents réclamant la liberté. Se pourrait-il que ce soit lui ? Mais comment pourrait-il avoir oublié celui qui l'a battu, insulté et promené en laisse à travers la ville alors qu'il n'avait que dix-huit ans ?

La soif est pire que la faim. Il boit la neige qui se colle aux bords de la lucarne et laisse passer des gouttes que les autres tentent aussi de recueillir, avec la langue. Il cherche à reconnaître les bribes de paysage qu'il parvient à saisir à travers la lucarne, à situer l'accent qu'il entend dans une gare, à réfléchir au trajet qu'ils ont pu suivre. Ils sont en Pologne, il en est sûr, mais où ? Peut-être revient-il à Piotrków, où il n'est pas retourné depuis le matin où il a serré sa mère une dernière fois contre lui. Il revoit les rues de son village, sa mère qui cuit le pain et son père qui prie. Il repense aux idéaux auxquels il croyait alors, la révolution pour tous, la société sans classes, le droit à inventer sa vie, et il comprend que son existence n'a servi à rien. Il est un *shlimazel.* Peut-être est-ce un ultime sarcasme du destin, qu'il revienne au point de départ.

Peut-être croit-il faire un mauvais rêve, de ceux où on est condamné à tourner en boucle et revenir à son lieu d'origine pour racheter ses fautes. On cherche à percevoir la vie comme une ligne et à la raconter comme une histoire pour lui donner un sens, mais elle n'en a pas, elle tourne en rond comme un rongeur en cage.

Il fait le voyage en sens inverse, de la France vers la Pologne, et cela ne peut être qu'un rêve, puisque seuls les rêves ont cette symétrie-là. Sa vie ne peut être un rond parfait, seuls les rêves ressemblent à des ritournelles obsédantes. Qu'a-t-il pu faire de mal pour être puni à faire ce voyage en forme de chanson cauchemardesque ? Qu'est-ce que son peuple a fait pour être condamné à souffrir ?

Dans le train, Abraham pense peut-être à elle, qui ne dort pas. Elle imagine Abraham rongé par le remords d'avoir abandonné sa famille pour la suivre, elle, et lui faire un enfant.

Mais Abraham s'en est toujours sorti. Il sait des choses que d'autres ne savent pas, il comprend des bribes de phrases dans les gares qu'ils traversent, en allemand, en polonais, peut-être même en russe, il n'a peur de rien. La destination de ce train est inconnue, on sait seulement qu'il va vers l'est, la direction du malheur tandis que celle de l'ouest a toujours été promesse d'avenir, mais lui, il saura s'y retrouver, s'il parvient à fausser compagnie aux gardes et à s'enfuir dans la forêt.

Georgette reprend espoir. Abraham a toujours été malin, et il n'est coupable de rien, sinon d'être né ailleurs. Il est dans son droit. Cela lui donnera de la force. Il saura s'en sortir, et revenir vivant. Il sautera depuis son wagon dans la neige pour courir jusqu'aux arbres et se cacher.

Il reviendra, une nuit, alors qu'elle ne s'y attend plus.

Elle plonge alors dans un long rêve silencieux, sans parole et sans ombre, effrayant comme un film noir et blanc et muet.

Elle se réveille en sueur. L'espace d'un instant, elle voit la lenteur gracieuse des particules de poussière lumineuses dans l'air de la chambre, ou les dessins minuscules des vers anciens dans le bois de son lit, et elle est suspendue dans un lieu où le temps et le malheur n'existaient pas. Mais le coq de l'hôtel chante, et son cœur se serre à l'idée que la petite Lily et sa mère sont elles aussi dans le wagon. Elle sait qu'Abraham les protégera tant qu'il sera capable de le faire.

Parfois elle revient à elle-même et se trouve auprès de la fenêtre, regardant en direction des bois, et elle ne sait pas depuis combien d'heures elle est restée assise là.

La fièvre la cloue au lit. Elle n'arrive plus à se lever que pour manger un peu. Dès qu'elle semble aller mieux, la maladie revient, elle tousse, s'épuise, se recouche.

Elle n'a plus rien. Son mari a disparu.

Elle hait Guyonvard et Blignes. Si Abraham ne revient pas, elle le vengera.

Elle a tout perdu, sauf son fils.

# II

# LUCIE

Une blague que racontait Abraham :

*Un garçon n'est toujours pas marié parce que sa mère n'aime aucune des fiancées qu'il lui présente. Alors il décide de lui en présenter trois, sans lui dire à l'avance quelle est celle qu'il aime. Ainsi, elle les jugera sans a priori.*

*Ils passent la journée tous ensemble. Le soir, le garçon demande à sa mère :*

*— Alors, quelle est celle des trois que je veux épouser ?*

*— Esther.*

*— Oui ! C'est incroyable, comment as-tu deviné ?*

*La mère fronce le nez, et lâche :*

*— Je ne l'aime pas.*

Georgette sourit malgré elle, revoit les yeux de son mari se plisser quand il raconte une histoire drôle. Elle s'est assise sur l'une des marches de la petite maison pour fumer. Dans le potager d'Abraham, adossé à la forêt qui l'a vu disparaître, des plantes qu'il ne verra pas grandir commencent à sortir de terre. Sa gorge la brûle et la toux grasse qui emplit ses poumons depuis plusieurs semaines lui secoue la poitrine. Elle fume trop. Elle a froid.

Alors qu'elle se rallume une cigarette, la chienne aboie. Georgette voit une silhouette allongée se profiler face à elle, au milieu des arbres. Une jeune fille marche à côté d'une bicyclette sur le chemin caillouteux que personne n'emprunte jamais, et se rapproche d'un pas décidé. Son bas s'est troué dans les rayons du vélo. Elle essaie de le cacher en plaquant sa jambe contre la bicyclette mais les yeux vifs de Georgette sont partout.

— Madame Mankiewicz ? demande la fille, de loin, pour s'annoncer.

La fille est à contre-jour et Georgette ne distingue pas bien son visage. Elle cligne des yeux. C'est un jour de printemps et même s'il fait encore froid, le soleil est clair, la lumière éblouissante. Elle a le temps de se demander si c'est encore une source d'ennuis – elle espère des nouvelles et les redoute en même temps. Pour gagner du temps, elle répond :

— Qui la demande ?

— Je cherche Serge.

— Il n'est pas là.

— Ça, je m'en doute, répond la fille avec ironie.

Elle pose sa bicyclette dans l'herbe, la rejoint d'une démarche assurée, lui serre la main et reste debout devant elle en silence, comme si la conversation était terminée ou qu'elle attendait que Georgette prenne le relais. Celle-ci la détaille, méfiante, en finissant sa nouvelle cigarette. La fille a un regard chaleureux, de l'allure, une haute taille – elle doit être aussi grande que l'était Zélie, mais elle est élancée. Georgette ne se rappelle pas l'avoir jamais vue. Elle n'est pas d'ici.

La fille reste immobile, mais elle n'est pas sur ses gardes, elle ne semble pas avoir peur d'elle. On la dirait même assez détendue. C'est nouveau pour Georgette, qui a toujours impressionné les gens malgré son mètre quarante-huit. *Je ne fais plus peur à personne. Je ne me ressemble plus.*

— Je m'appelle Lucie, dit la fille. Je fréquente Serge.

— Ça m'étonnerait, ça fait six ans qu'il est parti.

— Je sais. Nous nous écrivons depuis. Mais je n'ai plus de nouvelles depuis un mois.

Georgette s'assied, soulagée d'apprendre qu'il y a seulement un mois, il était encore en vie, étourdie aussi, un peu. Comment se fait-il que cette fille ait eu des nouvelles alors qu'elle n'en a plus depuis si longtemps ? Elle regarde cette étrangère dans sa maison.

— Il ne m'a jamais parlé de vous.

— Ce qu'on ne dit pas à ses parents est souvent ce qui nous arrive de mieux, répond la fille du tac au tac.

La quinte de toux qui secoue Georgette à ce moment-là l'empêche de reprendre son souffle. On dirait qu'un morceau de ses poumons cherche à se décrocher. Lucie se rapproche, la prend par l'épaule, lui demande si ça va, Georgette repousse brusquement son bras. Elle ne comprend pas du tout ce que cette fille lui veut. Elle se lève et s'apprête à rentrer dans sa maison pour prendre un peu de miel quand Lucie annonce :

— Je me suis dit que vous saviez peut-être s'il allait bientôt rentrer.

— Qui ?

La fille la scrute comme si elle était folle.

— Serge.

Georgette se rend compte que cela fait longtemps qu'on ne lui a pas souri. À ce moment-là, elles savent toutes les deux qu'elles vivent un moment déterminant, où elles doivent décider si elles vont s'accepter mutuellement.

— Vous voulez que je vous fasse un lait de poule ? Je vous ai apporté trois œufs, un peu de lait, et vous avez sûrement de l'eau-de-vie.

La fille regarde la petite maison qui ne paie pas de mine, le sol en terre battue, la porte disjointe, la pièce unique. Nénette vient vers elle en remuant la queue, confiante, et la regarde casser avec sérieux, en silence, un œuf dans de l'eau-de-vie, qu'elle bat tout en le faisant chauffer sur le feu. Georgette n'a pas envie de boire la mixture épaisse qui gonfle dans la casserole, elle voudrait qu'on lui fiche la paix, que la fille s'en aille pour qu'elle puisse aller se coucher. Elle est prête à tousser jusqu'à crever toute seule. Mais elle est malade, ruinée, et elle a faim. Les magasins ne sont plus ravitaillés depuis longtemps, et les tickets d'alimentation ou la carte de charbon ne sont plus honorés. Pour la première fois de sa vie, elle se sent faible, elle a besoin d'aide.

Lucie semble avoir lu dans ses pensées.

— Ça ne sert à rien de s'inquiéter. Vous n'allez pas mourir. Mais si vous voulez que ça passe vite, il faut boire.

Georgette n'a pas l'habitude d'obéir, mais c'est la tasse d'Abraham, que la fille lui tend. Évidemment, elle l'a prise au hasard sur l'étagère, mais la vue de la porcelaine ouvragée que son mari tenait dans ses mains chaque matin la fait soudain fléchir. Si elle n'était pas face à cette inconnue, elle pourrait se mettre à pleurer. C'est la maladie, sans doute, qui l'use, et puis la solitude, le malheur qui n'a cessé de s'abattre sur elle, qui va finir par l'avoir.

— Vous savez, continue Lucie d'un débit de parole rapide, j'ai une théorie : pour moi, la mort naturelle n'existe pas. On meurt parce qu'on décide qu'on en a assez. On abdique. Sauf en cas de mort violente, naturellement, mais alors il y a un moyen facile de le prédire, dans les lignes de la main. Bref. Si vous avez la volonté de vous en sortir, vous allez guérir, c'est tout.

Elle a un aplomb rare pour une fille de cet âge, et un sacré bagout, on dirait une Parisienne. *Qu'est-ce que c'est que ça*, se dit Georgette. *Mademoiselle a une théorie.*

La perspective de sentir l'eau de vie chaude lui descendre dans l'œsophage la convainc, et puis la fille la regarde, l'air de dire qu'elle ne s'en ira pas d'ici avant qu'elle ait tout bu. Elle approche la porcelaine de ses lèvres et avale à petites gorgées le drôle de breuvage. Lucie n'attend pas de compliment, elle ne cherche pas à lui plaire : on dirait au contraire qu'elle jauge Georgette, que c'est elle qui doit accepter ou pas cette maison qui n'a pas été aérée depuis plusieurs jours, ces cigarettes qui sont une dépense inutile et mauvaise pour la santé, ce pantalon d'homme décousu qu'elle porte sous sa tunique. Lucie fixe ses doigts jaunis par le tabac d'un air sévère, et Georgette cache sa main sous son tablier comme une gamine prise en faute. Contrairement à toute attente, l'œuf mélangé à l'eau-de-vie a bon goût, malgré sa consistance baveuse. Son corps se réchauffe d'un coup, son souffle s'allonge, la toux semble s'éloigner.

La fille s'assied alors face à elle à la table de la cuisine, et lui tend une enveloppe qu'elle a reçue en mars, dont elle extrait une feuille de papier toute fine, qui tremble dans les doigts de Georgette : la lettre est de son fils, et lui est adressée. Elle lève les yeux vers la fille, mais elle n'arrive plus à parler, ni à comprendre.

— Il avait ajouté cette feuille dans la dernière lettre qu'il m'a adressée. Il disait que le courrier qu'il vous envoyait ne semblait pas vous parvenir, et que vous aviez une cousine à Cléguérec, qui savait peut-être quelque chose. J'ai fini par apprendre que vous étiez réfugiée ici.

Les yeux de Georgette courent déjà sur les lignes qui disent que son fils est vivant. Les derniers temps, il ne rentre au camp de travail que le soir. Le jour, il travaille dans une ferme, ce qui lui permet de grappiller dans les récoltes ou de troquer quelques travaux en plus contre du pain ou un bout de saucisson. Il a moins faim, il va mieux. Les prisonniers commencent à rentrer. Du camp d'officiers XVIIA où il était, ils sont déjà un sur dix à être rentrés. Les mots parviennent lentement à sa conscience, imprégnés de la voix chaude de Serge, de sa douceur, de ses yeux bleus qui se posent sur elle à travers la lettre. Chacun de ces mots lui rappelle l'isba, le violon, les lampes perroquets et les collages au mur… Il revient d'Allemagne. Il sera là dans le courant du mois de mai.

Son rhume lui permet de se moucher sans rien laisser paraître. Elle ne veut pas montrer son émotion à cette fille qu'elle n'a jamais vue. Mais une nouvelle quinte de toux la secoue, lui vide la poitrine, elle étouffe, se noie dans ses propres poumons. La fille se lève, imperturbable, et lui prépare une nouvelle tasse de sa potion.

Quand elle rouvre les yeux, le visage de la fille est au-dessus du sien, et elle est couchée dans son lit, sous toutes les couvertures qui ont été bordées serré. L'eau-de-vie l'a assommée, autant que la maladie, ou la lettre.

— Vous avez de la fièvre. Je vais rester près de vous.

Georgette se réveille par intermittences, et voit la fille faire une lessive dans la cocotte en fonte, entourée de vapeur, remuant les draps avec une grande cuiller en bois. Il fait chaud, ses bras nus, musclés, tournoient. Georgette se rendort. C'est comme si la fièvre l'avait vaincue, ou au contraire que la présence de la fille lui avait permis de lâcher prise. Elle tombe dans le sommeil. Elle ouvre un œil quelques heures plus tard, sans savoir si c'est la nuit ou le jour, et la voit lire *Vie et Mémoires* de Calamity Jane à la lueur d'une bougie. Elle voudrait protester mais n'y arrive pas. Le geste de la fille pour tourner les pages lui paraît ralenti, presque figé. La guerre semble loin.

Elle a attendu un hypothétique retour d'Abraham après sa visite à la prison de Vannes, au moins une lettre. Rien n'est venu. Peu à peu, les journées enfermées dans la petite maison se sont mises à ressembler les unes aux autres et le temps ne s'écoulait plus. Elle a cessé d'avoir des contacts avec la brigade FTP, dont plusieurs membres ont été arrêtés. Chaque jour suivait le même emploi du temps, du lever au coucher, avec une sortie vers 17 heures dans le jardin pour voir si les plantes continuaient à pousser. Elle cueillait quelques légumes. Une fois par semaine, elle traversait la forêt pour aller au village vendre les chaussettes et les écharpes qu'elle tricotait. Quelquefois elle apercevait des arbres en feu et rebroussait chemin. Un jour c'étaient les sirènes d'une alerte qui l'avaient poussée à revenir aussi vite que possible à la petite maison où, au moins, elle vivait dans le silence. Elle s'était mise à manger très peu, pour aller moins souvent au village. Parfois, elle partait en forêt cueillir des champignons ou des orties. La nuit, elle rêvait qu'on la poursuivait dans des rues étrangères où elle courait pliée en deux pour que les silhouettes noires ne puissent pas la repérer. Elle se sentait de plus en plus fatiguée de vivre et avait de moins en moins envie de se lever. Elle préférait rester au lit et penser à Abraham, quitte à se faire du mal. Un jour, sa cousine avait traversé la forêt nocturne pour prendre de ses nouvelles mais elle lui avait à peine répondu, n'ayant plus confiance en personne. C'était comme si elle s'était déshabituée de la présence des autres. Elle restait au lit de plus en plus tard. Une pellicule se formait sur le dessus de la soupe qu'elle préparait pour plusieurs jours. La force qui avait toujours caractérisé son regard s'était fêlée, et laissait désormais apparaître une certaine inquiétude.

La fille l'observe, elle le sent, mais elle n'arrive pas à ouvrir les yeux. Georgette perçoit le fer d'une cuiller contre sa bouche alors elle l'entrouvre et avale encore la mixture glaireuse qu'elle appelle lait de poule. L'alcool descend dans sa gorge. Elle en redemande, la fille rit :

— Faut pas exagérer, sinon vous allez être saoule.

Georgette aimerait être saoule. Elle en a un peu honte, elle sent bien que ce n'est pas le genre de la fille qui, même en pleine guerre, porte une robe repassée, et a changé ses bas, ce qui signifie qu'elle en avait pris une paire de rechange, par précaution. Lucie est donc soigneuse et prévoyante, toutes choses que n'est pas Georgette. Elle est très confiante, aussi, comme si elle ne lui demandait rien, et n'avait pas besoin de lui plaire. C'est très clair : elle ne la soigne pas pour se rendre aimable, elle n'est pas en train de passer un entretien d'embauche, ou pire, de lui demander la main de Serge. Pour elle, l'affaire est comprise : il vaut mieux qu'elles s'entendent, parce qu'elles sont appelées à se revoir toute leur vie. Georgette n'en a jamais entendu parler mais Lucie a l'air sûre d'elle : elle va se marier avec son fils, s'il rentre vivant.

— Sinon je ne resterais pas là à laver votre linge, dit-elle avec un franc-parler que Georgette apprend à connaître.

Elle se sent vieille, tout à coup. Elle a cinquante et un ans. Serge est en âge de se marier, il va partir avec cette fille, elle va rester seule, et vieillir jusqu'à mourir. Lucie lui paraît puissante, elle respire la santé et bavarde beaucoup. Elle dégage une énergie similaire à celle de Zélie, en très jeune, et très mince. Elle pourrait probablement être jolie si elle n'avait pas ces lunettes qui lui font des yeux démesurés. Il est impossible de le savoir, puisque si par hasard elle les enlève, son regard est tout plissé, ce qui lui fait alterner deux visages complètement dissemblables. Georgette est perplexe – à moins que ce ne soit la fièvre, qui lui donne la berlue.

Heureusement, la maladie est une excuse commode pour ne pas lui répondre. La fille ne demande pas où est son mari, ni quand il a disparu, mais elle pose d'autres questions. Georgette se tourne contre le mur pour signifier qu'elle ne souhaite pas parler de son enfance, ni de son commerce, ni de la première guerre, ni de la deuxième. Lucie se tait alors, et l'observe de ses yeux ronds. Le soir, elle dort sur une paillasse qu'elle s'est arrangée au fond de la pièce quand Georgette était encore inconsciente. Cela ne la gêne pas :

— En prison, j'ai dormi dans des conditions pires que celles-là.

Georgette ne tombe pas dans le piège : elle enregistre l'information, mais ne pose pas de questions. Elle ne veut pas que l'autre en profite pour lui demander de faire des confidences. Ce n'est pas parce qu'elle l'aide à se soigner qu'elles vont devenir *cul et chemise*. Mais la fille semble s'apercevoir de toutes ses pensées.

— Arrêtez de gigoter, il faut vous reposer.

Lucie comprend que rien de ce qui a trait au passé ne doit être abordé. Elle ne pose plus que des questions concrètes : ce que Georgette aime manger, si elle veut unc bouteille d'eau chaude en guise de bouillotte pour chauffer son lit, si les pommes de terre sont prêtes à être tirées. Elle continue le ménage, bat le tapis, range les conserves, nettoie les placards, lave sous les meubles avec une énergie renouvelée.

Peu à peu, Georgette reprend des forces. Elle recommence à se lever, fait sa toilette derrière la maison, cuisine avec elle. Lucie lui raconte le centre-ville entièrement en ruines, les maisons des réfugiés pillées par les profiteurs, les fosses d'aisance qui débordent dans les cours, les quartiers entiers de taudis. Certaines familles vivent dans des caves sans eau, sans chauffage, au milieu des rats. Georgette pose une ou deux questions, comprend qu'il ne reste plus rien.

Elle n'arrive toujours pas à l'appeler par son prénom. C'est comme si, tant qu'elle ne savait pas qui elle est pour elle, ni quelle place elle pourrait tenir dans sa vie, Georgette ne pouvait l'appeler ni Lucie, ni Mademoiselle. Elle ne l'appelle pas. En revanche, elle finit par lui poser une question qui lui brûle les lèvres :

— Dans votre théorie... (Elle prend un air désinvolte, ne veut pas montrer que c'est important pour elle.) Le signe de la mort violente, au creux de la main – qu'est-ce que c'est ?

Lucie réfléchit en la regardant. Elle se demande si Georgette est digne de confiance. Puis elle lâche :

— Les trois lignes, soleil, vie, cœur. Elles démarrent toutes au même endroit.

Georgette blêmit, se dit immédiatement *Je ne crois pas à ces conneries*. Lucie n'aime pas le silence qui suit, alors elle ajoute :

— C'est en prison, que j'ai appris ça. J'étais à Fresnes avec des filles qui m'ont appris deux ou trois choses qui peuvent servir. À lire dans les cartes, aussi. Vous voulez que je vous tire les cartes ?

Georgette secoue la tête. Elle n'a plus qu'une envie, que la fille s'en aille.

Le lendemain, elle la regarde partir depuis le perron de la maison, à la place même où elle fumait le premier jour.

Lucie s'en va, pédalant tranquillement sur sa bicyclette, soulagée de lui échapper. La petite femme au visage sévère lui a serré la main sans la regarder dans les yeux et n'a eu aucun mot de reconnaissance, comme si ce n'était pas évident qu'elles soient appelées à se revoir, ou qu'elle attendait que son fils revienne pour être vraiment sûre qu'ils vont se marier. Lucie est vexée, elle vient de s'occuper d'elle comme d'une mère, elle a passé presque une semaine à faire sa lessive, sa cuisine, sa vaisselle, à la remettre d'aplomb, elle lui a même apporté des fleurs et trois œufs ridicules, et si ce n'est pas parce qu'elles aiment toutes les deux Serge, alors pourquoi aurait-elle fait cela ? On dirait qu'elle n'a pas vraiment apprécié que Lucie fasse son devoir et la soigne, ou qu'elle lui en veut de l'avoir vue en position de faiblesse. Et puis elle n'est pas bavarde. On dirait qu'elle cache quelque chose. Si elle se souvient des rares conversations qu'elles ont eues au cours de ces six jours passés ensemble, elle ne retrouve aucun souvenir personnel, aucune pensée essentielle, rien qui la concerne particulièrement. *Vraiment spéciale, cette bonne femme.* À mesure qu'elle pédale, elle se met à regretter d'en avoir peut-être trop fait. Elle se concentre sur le bruit métallique de la chaîne sur le pédalier, pour ne plus y penser, mais les petits yeux perçants, les silences lourds, la chienne triste s'imposent malgré elle à son esprit.

À son arrivée, elle en est à se dire qu'il vaudrait peut-être mieux qu'elle ne la revoie plus jamais. Si ce n'était pas pour Serge, elle la supprimerait de son existence.

Elle met la main dans sa poche, et en sort le petit livre écorné qu'elle lui a volé.

Personne n'a jamais croisé Lucie sans se souvenir d'elle. Jeune, elle mettait le monde sens dessus dessous. Elle avait un rire cristallin, du franc-parler, des colères mémorables, une voix qui perçait les murs – d'ailleurs, elle était convaincue de ses talents de chanteuse réaliste, qu'elle ne se privait pas d'exercer, en particulier à la fin des repas de famille (en ignorant consciencieusement les sarcasmes des plus jeunes). Son visage était régulier, et son petit nez en bouton, associé à des pommettes hautes, rondes et écartées, lui donnait un air asiatique dont elle n'était pas peu fière – il était juste dommage qu'il soit dissimulé la plupart du temps par des lunettes épaisses et volumineuses qui lui mangeaient la moitié de la figure. Elle était aussi myope que Georgette était sans odorat. Elles avaient d'ailleurs plusieurs points de comparaison possibles, même si elles étaient profondément différentes et se détesteraient une bonne partie de leur vie. L'une prendrait l'autre pour une foraine vaguement lubrique vivant dans une masure, l'autre pour une sorcière coincée, au drôle de penchant pour les cartes à jouer. Et ce que Georgette avait senti dès leur première rencontre, c'est que Lucie ne faisait rien pour être aimable, jamais – mais qu'on l'aimait malgré tout.

Le premier souvenir de Lucie est un jour de forte colère, celui où on l'a prise en photo pour la première fois, à l'âge de quatre ans. À l'époque, c'était un événement. Sa mère lui avait mis un ruban rose dans ses longues boucles châtain. Après la séance de pose où elle avait été obéissante et jolie, elles étaient rentrées à leur appartement de Clichy-la-Garenne, en banlieue parisienne, et la petite avait commencé à jouer dans un coin. Elle avait pris les romans-photos à dix sous de sa sœur aînée, une paire de ciseaux, et elle avait découpé les personnages avant de les coller sur des petits bouts de carton pour en faire des poupées. Elle était, en quelque sorte, l'inventeur des Playmobil. Une femme en cheveux faisait les yeux doux à un moustachu, clac, découpée. Un amoureux bécotait une jeune fille… clac, clac, découpés. Les personnages se répondaient, les histoires se nouaient et les disputes arrivaient vite, il fallait toujours plus de découpages. Les profils étaient difficiles à suivre, les petites mains s'appliquaient. Le temps avait passé, et Lucie était tellement absorbée par son nouveau jeu qu'elle n'avait même pas entendu sa sœur rentrer. En voyant ce qu'elle avait fait de ses revues, Catherine s'était emparée des ciseaux, et s'était vengée sur ses cheveux. Clac, clac, clac. Les boucles châtain étaient tombées une à une au sol.

Lucie, le crâne ratiboisé, s'était mise à brailler – un cri aigu, continu, qui resterait longtemps dans les mémoires. On aurait dit une sirène de colère, que le père, qui rentrait à ce moment-là de la Société du Gaz où il travaillait, avait entendue depuis la rue. Il avait monté les escaliers quatre à quatre.

La grande avait eu beau protester que la petite avait déchiré ses « films complets », elle avait pris deux coups de ceinture et ses jambes s'étaient aussitôt zébrées de rouge. Le paquet d'illustrés avait atterri dans le tiroir de la cuisinière en fonte. Les amoureux s'étaient tordus aussitôt dans des volutes de fumée noire. Les « Bicot, président du club » de la petite avaient suivi, pour qu'il n'y ait pas de jalousie entre les deux filles.

Lucie, quatre ans, petite tête d'oiseau et des trous sur le crâne, avait été emmenée chez la mère Boulard, qui faisait office de coiffeuse au bas de la rue de Clichy et sirotait du vin rouge à longueur de journée. *Il valait mieux aller la voir le matin que le soir.* La mère Boulard piquait du menton et sentait le moisi, mais quand la coupe de cheveux était finie, elle donnait une sucrerie, guimauve ou berlingot, qui consolait de la tête de pouilleuse qu'on avait en sortant de chez elle.

Sa sœur avait ri sous cape en la voyant revenir les cheveux coupés à ras. Par défi, et pour ne pas reconnaître que Catherine avait gagné la bataille, Lucie avait serré les dents. C'est quand elle était sortie jouer dans la rue que tout avait changé. Tout à coup, en même temps que le vent sur la peau de son crâne, elle avait ressenti la liberté de passer pour un garçon : courir comme une dératée, faire ce qu'elle voulait sans que personne y trouve à redire, jurer tout haut, lancer des pierres. Lucie avait gardé les cheveux courts tout au long des années qui avaient suivi, puis, par habitude, toute sa vie. La photo était déjà caduque quand ils l'avaient reçue : elle ne ressemblerait jamais à une petite fille modèle.

Elle avait dix ans quand son père était mort de tuberculose. Il avait toussé pendant des années et s'était étouffé lui-même, ses poumons semblant s'amenuiser au fil des années jusqu'à ne plus laisser passer qu'un filet d'air à travers sa bouche. Soudain, il n'était plus là et on avait beau lui promettre qu'elle sentirait sa présence dans son cœur et qu'elle pourrait même lui *parler*, le vide qu'elle avait découvert l'avait fait basculer dans une autre vie. Son enfance était morte. On avait accusé la bertholite et le gaz moutarde, entraînés par le vent sur les champs de bataille de la Première Guerre mondiale, et contre lesquels il n'avait pour se protéger qu'un masque de fortune fait d'un chiffon trempé dans son urine. Il y avait pourtant plus de probabilités que la faiblesse de son souffle et les caillots de sang qui s'échappaient de sa bouche soient dus à son emploi à la Société du Gaz de Paris – mais on préférait accuser la guerre que le travail. Le gaz était la première véritable incursion de la finance dans l'économie, et sa première capitalisation à grande échelle. Il eût été inconvenant de critiquer sa modernité. Après la mort de son père, elle avait quitté Paris pour la Bretagne, où l'air était plus pur, la vie moins chère et les souvenirs moins encombrants, abandonnant pour toujours ses amis à la gouaille parisienne, et sa mère avait fait mille métiers pour qu'elle puisse étudier :

à l'époque, il fallait sacrifier une vie pour en sauver une autre.

On peut dire qu'à dix ans, Lucie était devenue communiste.

Cela lui faisait un point commun supplémentaire avec Georgette. Ce n'était pas le seul. Les idées de gauche, la voix de tête. Le sale caractère. Serge avait été séduit, consciemment ou non, par une fille aussi volcanique que sa mère.

Le problème, c'est qu'à la différence de Georgette, qu'Octavie n'a jamais connue, c'est Lucie qui lui raconte des bribes de ses souvenirs, et elle n'est pas sûre que cela l'aide à y voir plus clair. Aux silences du Web se rajoutent les possibles mensonges de Lucie, ses petits arrangements, comme ceux qu'on fait sur les réseaux sociaux quand on poste des photos où on est forcément plus à son avantage qu'en vrai, ou qu'on passe sous silence les mauvais jours. Lucie raconte une histoire d'amour comme elle aurait rêvé d'en avoir une, et minimise ses actions pendant la guerre pour ne pas se vanter. Elle arrange son histoire, comme chacun le fait plus ou moins. Octavie se dit que dans cent ans, une fille cherchera peut-être dans les archives d'Instagram ce qui restera d'elle, et tirera les fils elle-même, avec peut-être des erreurs, en rajoutant du mensonge au mensonge.

En attendant, elle essaie de faire la part du vrai et du faux dans ce que lui raconte Lucie.

Ses cheveux courts étaient probablement une raison suffisante pour que Serge remarque Lucie, un soir de bal où il jouait de la musique. Entre-temps, elle était devenue une jeune fille qui se faisait coiffer à Port-Loin par Madame Berthe, autrement plus habile que la mère Boulard (et un peu moins alcoolique), qui avait chez elle trois fauteuils surmontés de séchoirs sphériques étouffants et promettait à ses clientes amour, gloire et beauté. Grâce à la coiffeuse qui lui massait le crâne de ses doigts couverts de crème et faisait des mises en plis capables de durer deux semaines, Lucie avait une coupe *dernier cri*. De plus, elle était grande, avait les cheveux très clairs, et elle dansait bien. Serge, du haut de l'estrade des musiciens, l'avait aussitôt remarquée.

Il gagnait de l'argent en jouant du violon et du banjo dans un orchestre qui mettait de l'ambiance dans les bals des alentours – et parmi eux, tous ceux du parti communiste, dont ses parents étaient des membres éminents (les grands principes n'excluant pas l'entraide familiale). Ses doigts se baladaient sur les cordes et faisaient bouger les jambes des filles et les mains des garçons. Il donnait du corps à cette jeunesse qui découvrait la musique moderne et à qui l'avenir semblait ouvert. Il passait d'un instrument à l'autre, on aurait dit qu'il savait tout faire. Lucie se mit à le regarder comme des millions de filles regarderaient bientôt (une guerre et quelques années plus tard) les premiers chanteurs de rock'n'roll : avec dévotion. Aujourd'hui, chacun sait que la recette est facile et inratable : un jeune homme aux yeux bleus, un instrument de musique, et le cœur des jeunes filles, sans parler de leur corps, s'échauffe. Mais à l'époque, et pour Lucie en particulier, qui était myope comme une taupe et s'était jusque-là surtout concentrée sur ses études, c'était une pure découverte. Séduite par la musique, Lucie pinça la fermeture de son sac à main et saisit sa paire de lunettes papillon. C'était la première fois qu'elle les mettait pendant un bal, avant cela elle s'en gardait bien. Elle était lucide et savait que, comme Janus, elle avait deux visages : l'un sans lunettes, agréable et séduisant, l'autre avec, caché derrière des verres où ses yeux étaient démesurément agrandis. Ses lunettes en forme d'ailes étaient épaisses comme des culs de bouteille. Sa coquetterie avait eu pour conséquence que tous les bals où elle était allée danser étaient un ensemble de couleurs brumeuses où de temps en temps un garçon s'approchait, un peu moins flou que ses contours, l'invitait à danser, et repartait dans un nuage vaporeux. Mais ce soir-là, tout à coup, elle vit net, et le bal lui apparut dans une affluence de détails, de couleurs précises, de tenues masculines et féminines, de visages, de sourires, et surtout celui-là : le sourire du violoniste qui semblait rêver en jouant. Des cheveux noir corbeau, des dents blanches, des yeux clairs, un teint mat, et des épaules rondes qui accueillaient le violon comme si elles avaient été dessinées pour ça.

Serge, menton levé, longs doigts dessinant des touches sur les cordes, pied en rythme, lançait dans l'air des notes tourbillonnantes et habiles qui rosirent les joues de Lucie et lui donnèrent l'envie de danser toute la nuit.

Le regard bleu ciel du violoniste, qui s'oubliait dans la musique, croisa soudain le sien, qui était concentré comme jamais. Il remarqua cette fille aux cheveux courts planquée derrière ses grosses lunettes, sa robe d'un vert trop vif qui lui allait comme un bonnet à un chat (soyons honnête, la beauté de Serge était plus évidente, même si Lucie avait du *chien*), et surtout son visage comme illuminé, transporté par le jazz manouche, si bien que lorsque le morceau se termina, il abaissa son violon et lui sourit. Il se dit qu'elle avait une drôle de touche, avec ses yeux grands comme des soucoupes et ses cheveux dépeignés qui lui donnaient l'air d'une chouette, mais qu'elle avait l'air d'aimer sincèrement la musique. Elle crut au même moment qu'elle venait de séduire le plus bel homme qu'elle avait jamais vu, et ce fut une libération. Le début d'une existence avec verres de correction, sans maladresse, sans flou, et avec la certitude d'être aimée pour ce qu'elle était.

Il y eut un moment suspendu.

Puis il recommença le même morceau du début, sans même s'en apercevoir, et ses amis musiciens surent, à ce moment-là, qu'il venait de tomber amoureux.

Ils ne se parlèrent pas au cours de cette soirée. Ils ne firent qu'échanger des regards, l'un sur l'estrade, l'autre dansant sur la piste. Serge dit au revoir aux autres musiciens à la sortie du bal, et resta un moment près de la porte à fumer un de ces petits cigares qu'il piquait à sa mère, au cas où la fille aux grosses lunettes serait restée l'attendre. Il a entendu un drôle de bruit venant des poubelles et s'est approché, curieux, ses instruments en bandoulière sur le dos. Il a regardé en arrière, pour s'assurer que la fille ne le verrait pas fouiller dans les ordures, mais un nouveau gémissement s'est fait entendre. Il a soulevé le gros couvercle de métal. Une petite boule de poils était coincée au-dessous : un chiot, à la fourrure foncée, dont le bout des pattes et du museau était blanc – une chance, sinon il ne l'aurait pas vu. On aurait dit un morceau de tissu, ou de serpillière, qui tremblait. Il l'a enfoui dans son manteau, la tête dépassant seulement du col, et il est rentré chez lui à bicyclette, tâchant de ne pas être déséquilibré par le poids des instruments tout en ne conduisant que d'une main pour continuer à tenir la minuscule chienne qu'il venait de trouver.

Georgette l'a embrassée sur la truffe et l'a acceptée tout de suite (elle était trop petite pour impressionner ses chats), puis elle l'a frictionnée avec une serviette et de l'eau de Cologne pour la réchauffer, ce qui a donné au chiot une odeur terrible. Serge s'est pincé le nez.

La chienne n'était pas belle, avec ses poils ni longs, ni courts, ni raides, ni frisés. Même sa couleur était incertaine : ni brune, ni noire. Mais elle avait des yeux intelligents et expressifs, qui compensaient largement son apparence ingrate, et elle était reconnaissante envers Serge, qu'elle ne lâchait pas d'une semelle. Elle dormait au pied de son lit. Il jouait avec elle, et lui parlait comme si elle comprenait tout. Elle obéissait à plein de mots, et avait l'air espiègle. Tout le monde l'adorait. Il l'appela du nom des poupées de laine un peu moches qu'on vendait pendant la guerre pour porter chance aux soldats, dont sa mère avait gardé quelques exemplaires. Pas Rintintin, puisque c'était une femelle. Nénette.

Six ans plus tard, ce serait elle qui le ramènerait à la vie.

Lucie et Serge se sont revus dans un autre bal, puis d'un dancing à l'autre, ils ont *guinché* des valses, des rumbas, des tangos, et se sont fréquentés pendant un an. Serge ne se confiait pas beaucoup. Il était secret, mais il était amoureux. Lucie n'en revenait pas de fréquenter un si bel homme, brillant, cultivé, généreux. Il n'avait qu'un seul défaut : de très grandes oreilles. C'était étonnant, mais pas si gênant. Ils commençaient à faire des projets d'avenir quand il a entamé son service militaire, à vingt ans. Ils se lamentaient de cette séparation, ce serait long.

Ils ne savaient pas encore à quel point.

Six ans d'attente.

Lucie avait dix-neuf ans quand la guerre a été déclarée : exactement l'âge d'Octavie.

Face aux deux feldgendarmes qu'on appelle « colliers de chien » à cause de la plaque sur leur uniforme, Lucie se sent punaisée à un mur. Pourtant, elle n'a pas peur, et elle n'est pas triste. Elle ressent juste une grande colère, et un sentiment de gâchis. Après quatre années de guerre, elle vient de se faire arrêter. La soldate allemande qui lui fait face regarde la plage arrière, le visage impassible comme celui d'une statue. La femme n'a pas d'alliance, mais elle a peut-être un fiancé qui se bat quelque part, peut-être contre Serge.

Dans la voiture qui l'emmène vers une destination inconnue, Lucie pense qu'elle ne reviendra jamais et que rien de ce qu'elle a rêvé dans sa jeunesse, qu'on peut déjà considérer comme disparue, ne se réalisera : ni les études supérieures, ni les nuits avec Serge, ni les voyages ensemble en Italie ou en Égypte. Elle se réveille en sursaut quand la voiture devient silencieuse. Ils viennent de s'arrêter dans la cour de la prison de Vannes. Un rayon de soleil perce un nuage comme une aiguille. À l'arrière d'un camion où des hommes sont entassés, un moustachu à la crinière grise et au visage doux croise son regard. Ils se suivent des yeux jusqu'à ce que le camion soit trop loin.

Elle emboîte le pas de la soldate comme si elle avait été droguée par une substance inconnue. Dans une pièce grise à l'odeur de boucherie, on l'attache sur une chaise et on lui pose une question à laquelle elle ne répond pas. Elle s'apprête à être giflée mais un violent coup de matraque la surprend par derrière et elle tombe à genoux avant que de fortes gifles s'abattent sur ses côtes, son cou, ses bras, et qu'un coup de poing au ventre la plie en deux. On lui bande les yeux et on lui plonge la tête dans une eau sale, à l'odeur de sang. Elle étouffe, reprend sa respiration avant qu'on immerge à nouveau son visage et qu'elle boive la tasse, en s'étouffant. On lui fait répéter qu'elle ne sait rien jusqu'à ce qu'elle ne se souvienne plus si elle vient juste de le dire ou si c'était la veille, ou le jour d'avant. Elle perd la notion des jours dans des couloirs crépusculaires où elle ne croise jamais d'autres prisonnières mais où elle les entend, qui pleurent ou crient. On la laisse sans manger, sans dormir, elle urine dans ses vêtements après avoir réclamé vingt fois d'aller aux toilettes et alors on l'insulte parce qu'elle a fait sous elle. La soldate allemande qui l'a accompagnée en voiture, ou une de ses collègues qui lui ressemble, lui fait cérémonieusement un cadeau : un crayon et des feuilles de papier. Elle ne veut pas écrire. Elle ne veut pas parler. Elle veut juste dormir. Mais elle ne leur laisse pas voir cette fragilité, et continue à dire qu'elle ne sait rien. Cela ne fait qu'augmenter leur cruauté à son égard. Elle s'endort et ils l'en empêchent, elle n'a pas faim et ils la forcent à manger. On la gifle, elle tombe, crie, se relève, escalade la chaise pour se rasseoir tandis qu'ils rient. Ils la frappent à nouveau, elle retombe sur l'os acéré entre ses fesses amaigries. Une douleur la plie en deux. Elle a le coccyx fêlé. Ses petites fesses de lapin, disait Serge. On la fait retomber, elle s'évanouit.

Elle rêve à des autos, d'abord toutes petites et silencieuses, qui grossissent à vue d'œil jusqu'à emplir tout son champ de vision. Les Allemands roulent parfois si lentement qu'on peut les croire à l'arrêt. Des charrettes s'en vont. Les gens sont assis sur le dessus de leurs affaires, ou marchent à côté. Elle reste seule dans la maison au bord de l'eau.

Lucie n'avait pas voulu fuir, comme sa mère, qui était partie se réfugier chez sa sœur en banlieue parisienne et n'en bougerait plus. Elle préférait rester chez elle, pour garder la maison, et surtout attendre Serge, qui finirait bien par rentrer un jour.

Parce qu'on manquait de fonctionnaires, tous les hommes ayant été mobilisés, elle était parvenue à se faire embaucher à la Perception, même si elle n'était pas encore majeure. Peu à peu, comme elle était chargée de payer les ouvriers des usines et les salariés des administrations, elle avait été approchée par un réseau de résistants, et avait aussitôt accepté de travailler pour eux. Alors que les employés avaient passé la journée dans les bois ou sur les rails, elle déclarait qu'ils avaient bien été au bureau et continuait à leur verser leur paie, chaque mois. Le plaisir qu'elle ressentait à mentir à l'ennemi était aussi grand que la peur qui la saisissait au moment de signer les papiers et de tendre les billets à travers le guichet vitré.

Lucie savait qu'elle risquait gros, mais elle s'en serait voulu de ne rien faire. Elle avait vingt ans.

Le soir, le quartier était vide, les quelques vieilles excentriques qui n'avaient pas voulu, ou pas pu fuir, étaient couchées. Elle tendait l'oreille. Parfois un éclair ou un bruit sourd perçait la nuit. La maison craquait, comme si elle essayait de la prévenir d'un danger imminent.

Peu à peu, la brigade à laquelle elle appartenait lui avait confié d'autres tâches. Elle devait recopier des tracts ou des exemplaires du mensuel communiste la *Femme française* au stencil. Elle recevait chaque semaine un sac et toujours le même ordre : « Recopiez et distribuez. » Au début, les tracts étaient simples et tenaient en quelques mots, « à bas Hitler », « à bas les traîtres français, Pétain et les autres », mais peu à peu, les formules étaient devenues plus variées, et plus ou moins inspirées (« rien ne sert de gémir, il faut lutter à temps »), ou simplement informatives (« patriotes, deux avions allemands ont été sabotés en gare de Lorient »). Les slogans antinazis circulaient, les bombes artisanales explosaient sur les rails ou dans les entrepôts de la base sous-marine, des câbles électriques d'avion étaient sectionnés. Elle aimait découvrir chacun de leurs exploits, même minuscules, et les recopier comme une élève qui aurait des lignes à faire, jusqu'à se faire mal à la main.

Sa fine écriture ronde s'acharnait sur les mots : c'était sa seule arme. Chaque lettre la libérait un peu de sa colère et semblait la rapprocher de la victoire.

Chassons les nazis ! Collaborer c'est trahir ! Femmes françaises, le traître Laval recrute vos fils, vos pères et vos maris. Ne les laissez pas partir en Bochie !

Une fois qu'elle avait fait ses deux cents exemplaires, elle se glissait à l'aube dans les rues et les distribuait dans les boîtes aux lettres, en faisant attention à ne pas se faire voir. Elle prenait garde de varier ses itinéraires pour qu'on ne puisse pas retrouver sa trace. Une jeune fille à l'air candide passait inaperçue, personne ne l'aurait soupçonnée autant qu'un garçon. Être une femme devenait paradoxalement un atout. Elle avait résisté trois années durant.

Elle ouvre les yeux dans la cellule et voit d'autres corps féminins autour d'elle, des jeunes, des vieilles, des grosses, des maigres, comme si c'était la même femme à différentes périodes de sa vie. Une femme qui aurait épaissi, puis fondu, au gré des épreuves de l'existence, une femme qui aurait vieilli, jusqu'à rapetisser. Elle croit rêver et referme les yeux. Une plainte sort parfois de sa bouche. On la tire ailleurs, à travers les couloirs, on l'interroge à nouveau et elle répète qu'elle ne sait rien. Elle voit des formes apparaître et disparaître devant son visage et ignore si c'est sa mauvaise vue, la sueur qui coule sur ses paupières ou la fatigue qui l'empêchent d'y voir mieux. Son coccyx lance des douleurs comme des épingles le long de sa colonne vertébrale. On la menace de déportation si elle ne parle pas, elle s'en souvient parce que c'est la première fois qu'elle entend ce mot, déportation, et ils le disent avec une façon particulière qui fait saillir le mot de la phrase. Mais elle se tait. Elle est ailleurs et pourtant la douleur rend son corps présent à chaque instant. Le reste n'existe plus. On la ramène sur sa paillasse au crépuscule.

On la laisse enfin tranquille, des jours durant. Une fille du même âge force sa bouche à la cuiller et elle sent la soupe insipide descendre dans sa gorge, elle en bave tellement son corps a faim. Elle réalise qu'elle a envie de vivre à cet instant. Un air de banjo lui trotte dans la tête. Le temps des bals lui semble si loin. Elle regarde la fille et ne la voit que dans un nuage. On lui a cassé ses lunettes, ou elle les a perdues. Elle tâte le sol autour d'elle en sifflant les mots les plus grossiers qu'elle connaît. La fille rigole.

Chaque jour, Lucie va de mieux en mieux. La fille s'appelle Suzy. Elle a été attrapée parce qu'elle épluchait des pommes de terre pour les Allemands et qu'elle en profitait pour en voler quelques-unes. Son fiancé est lui aussi prisonnier en Allemagne. Cela suffit à créer un lien.

Elle confond encore les gardiennes qui se ressemblent comme des pensionnaires dans leur uniforme, mais Suzy l'aide en inventant des surnoms rigolos, Margot-les-chicots ou Ida-dada. À ses côtés, elle reprend des forces. La prison est entourée d'un jardin, on entend les oiseaux le matin. Elle voudrait voir la lumière sur la mer, profiter de quelques minutes d'amnésie au soleil. Quand Suzy lui demande pourquoi on l'interroge sans cesse, elle dit qu'elle l'ignore. L'autre insiste, pourquoi continuent-ils à la questionner si elle ne sait rien ? Lucie ne répond pas. Elle se méfie de la fille qui lui a peut-être sauvé la vie en l'alimentant quand elle ne pouvait plus le faire elle-même, qui la rhabillait comme une enfant après les interrogatoires. Elle se méfie de tout le monde. Pourtant Suzy lui rend ses lunettes, qu'elle avait planquées sous sa paillasse en attendant qu'elle aille mieux, pour ne pas qu'elle casse un verre. C'est elle aussi qui a lavé de sa robe les plaques de pisse séchée.

Un matin, *raus*, on les sort toutes en même temps de la cellule et on les pousse dans la cour. La lumière et la chaleur du soleil sont irréelles après tout cet enfermement, et relancent le sang dans ses veines. Elle essaie de détailler avec ses mauvais yeux chacun des visages qu'elle n'a pas eu l'occasion de bien voir jusque-là, les matonnes comme les prisonnières. Suzy a les dents qui se chevauchent, mais son visage aux grands yeux verts est plutôt agréable quand elle ferme la bouche. Sa robe est lacérée, elle a honte qu'on voie sa cuisse sale. On les pousse dans des camions qui démarrent bientôt. Les usines, les cheminées, les maisons, les passerelles défilent.

Elles sont collées les unes aux autres et se soutiennent. Lucie s'endort contre Suzy, qui la laisse sommeiller sur son épaule. La fille sent. La matonne demande si c'est son amoureuse avec un accent à couper au couteau et un air lubrique. Elles ne relèvent pas. Lucie mord l'intérieur de ses joues pour se retenir de rétorquer. Parfois le sang lui coule dans la bouche tellement c'est difficile. Elles roulent longtemps, elles se réveillent quand un chauffeur remplace l'autre, s'assoupissent encore.

On les conduit à Fresnes, une immense prison froide. Après l'énorme grille, elles longent les centaines de petites portes des immenses couloirs parallèles, sur quatre étages. Elle a de la chance : Suzy est avec elle. Les autres ont été mises ailleurs, elles ne les reverront plus. Toutes les deux, elles sont complémentaires : Suzy est habile mais ne sait pas bien parler, Lucie est gauche mais se défend bien. À elles deux, elles s'en sortent pour obtenir un peu de nourriture supplémentaire ou se protéger des attaques des autres prisonnières. La nuit, elle est parfois réveillée en sursaut par des bruits de bottes ou des sirènes. On les fait sortir dans les couloirs sombres, on les rassemble dans la cour, certaines femmes pleurent à l'idée de partir en Allemagne, et puis on les fait remonter dans les cellules et on éteint tout, sans qu'elles sachent ce qui s'est passé. Parfois, elles entrevoient un groupe d'hommes et certaines se tordent le cou dans l'espoir de voir un visage connu.

Les femmes se grattent la peau ou les cheveux. Elles dorment à même le sol ou sur des paillasses infestées de vermine. Face à elles, sur un banc, reposent plusieurs cuvettes de fer émaillé. Les conditions d'hygiène sont épouvantables dans les cellules surpeuplées, où l'aération est insuffisante. Chaque soir, elles font la chasse aux punaises qu'elles tuent à coups de talon dans une odeur écœurante. Il paraît qu'à cause de la promiscuité, les maladies comme la diphtérie ou le typhus se propagent à vue d'œil. Parfois ce ne sont que des furoncles, qui crèvent et qui font mal. Suzy a des taches foncées sur le visage depuis peu, au début elle croyait que ce n'étaient que des tavelures mais les taches s'étendent comme de l'encre et elle s'inquiète. Lucie, elle, voit des plaques rouges envahir les paumes de ses mains, et la vieille Matisse le remarque :

— C'est la gale.

Amélie Matisse est la femme du peintre. Elle est la plus âgée de toutes, et la seule vraie bourgeoise. Même en prison, cela fait une différence, elle reçoit des colis et des égards auxquels les autres n'ont pas accès. Une petite cour l'entoure en permanence tandis qu'elle reste allongée toute la journée sur sa paillasse. Lucie s'énerve, même ici et en pleine guerre, les riches ont des droits que les autres n'ont pas, elles qui ne reçoivent qu'un bout de pain le matin et ont le ventre toujours plus creux. Lucie a l'impression que de minuscules bestioles sont parvenues jusqu'à son ventre et mangent ce qu'elle avale à sa place. Elle craint de découvrir un insecte, ou l'extrémité d'un ver, ressortir par sa bouche. Une autre fille, Jenny, lui dit que c'est la peur de mourir qui fait ça. Mais Lucie refuse d'entendre des phrases pareilles. Elle préfère remonter le moral des autres :

— Allez, allez, on ne va pas baisser les bras maintenant. Il faut absolument qu'on rentre !

Résistantes et « droit commun » sont mélangées, jeunes et vieilles, filles de joie et petites bourgeoises. Jenny est une prostituée, encartée dans une maison close. Lucie ne pensait pas qu'elle en rencontrerait un jour, elle est tantôt amusée, tantôt impressionnée par cette brune aux longues jambes et aux jarretières usées, qui parle fort – même ici. Elle fait partie d'une bande de filles comme elles, qui ne se connaissaient pas avant la *taule* mais se sont reconnues tout de suite, de la même manière qu'à l'autre extrémité de l'échelle, une clique s'est formée autour d'Amélie Matisse. Les filles froufroutent près de la femme du peintre, qui joue à la grande dame vénérable, et se disputent le privilège de la coiffer le matin. Elle agace Lucie avec ses manières. Suzy demande :

— Pourquoi elle est là ?

— Elle tapait des rapports pour les FTP puis les faisait passer aux Anglais.

Lucie hoche la tête. Elle la regarde un peu différemment.

— C'est surtout parce qu'elle reçoit des pommes, du pâté, et même du chocolat, qu'elle t'énerve, fait Suzy.

Les petites esclaves de la reine l'entourent d'autant plus qu'elle a des colis.

— Et toi, pourquoi t'es là, Jenny ?

— Parce que je suis une résistante, comme vous.

Lucie fronce les sourcils, l'œil de Jenny pétille.

— C'est mon corps, qui a décidé d'entrer en résistance ! J'ai refilé la syphilis à des soldats Allemands.

Jenny éclate de rire. Les autres filles sont attirées par sa bonne humeur. Avec elle, rien n'est grave.

Sur le plâtre sale des murs, sur le bois des bancs, sur le métal des gamelles, il y a des inscriptions, partout, que Lucie marque dans son calepin.

« C'est mon dernier dimanche sur la terre »

« Il n'y a pas cinquante manières de se faire fusiller »

« Des Français arrêtent des Français »

Ce sont des phrases brèves, parfois juste un prénom, une trace dérisoire qui trahit l'envie de ne pas disparaître sans rien dire, un genre de lettre courte et anonyme. Lucie les note à la sauvage pour que les Allemands ne puissent pas les effacer complètement. Elle essaie de mieux les voir, colle son nez aux lettres griffées dans le plâtre. Parfois les mots ont été gravés avec un clou, ou un ongle. Elle aimerait pouvoir reproduire leur écriture malhabile ou tremblante, qui traduit la peur ou unc maladie. Une jeune fille a laissé un numéro de téléphone, peut-être pour qu'on prévienne chez elle qu'elle ne pourra pas rentrer. Une autre a compté les jours avec des traits barrés par groupes de sept, et des R tous les mois.

Toutes ces résistantes anonymes, Lucie sait qu'on les oubliera. On fera disparaître toute trace de celles qu'on élimine dans la nuit. Elle voudrait conserver les derniers mots écrits par des fantômes.

Elle, c'est une maison qu'elle dessine, sur le mur près de sa paillasse : une petite maison, au départ, avec tout le confort. Un plan, qu'elle crayonne distraitement un jour, pour passer le temps. Elle s'imagine avec Serge, dans une vie enfin redevenue insouciante et tournée vers l'avenir. Suzy, le lendemain, y ajoute une chambre, par jeu. Peu à peu, elles meublent les pièces qu'elles font se rejoindre par des couloirs biscornus ou des escaliers en colimaçon, des étages et des greniers secrets. Ensemble, elles inventent une maison idéale, fantaisiste, évolutive, où elles seraient à l'abri. La maison prolonge les murs de la cellule.

Les interrogatoires reprennent. On traîne Lucie jusqu'à un bureau où on essaie de la forcer à donner ses contacts. On la bat tous les jours, parfois avec un nerf de bœuf. Son crâne saigne, ses jambes sont couvertes de bleus plus ou moins foncés, plus ou moins étendus, comme la carte d'un territoire. On la ramène et on la jette à terre, nue, au milieu des autres. On la conduit à nouveau à travers les couloirs. Elle se demande si elle dort en marchant. On la traîne quand ses pieds ne la portent plus. On lui tond le crâne et du sang coule dans ses yeux. Elle appelle sa mère intérieurement et la gardienne se moque d'elle et la traite de folle, elle a entendu. On la pousse dans le dos et elle tombe par terre.

On allume la lumière dans la cellule toute la nuit et on la montre du doigt : c'est à cause d'elle que vous ne pouvez pas dormir.

Il y a une première morte. Lucie apprend qu'une fille s'est pendue, peut-être pour éviter de parler, ou poussée au suicide par les soldats. Elle est choquée, mais Jenny lui dit qu'on ne les compte plus, les mortes. Crise cardiaque, suite de couches, tuberculose, embolie, hémorragie cérébrale. Jenny, qui n'a pas sa langue dans sa poche (l'expression fait rire ses collègues, Lucie ne comprend pourquoi que la deuxième fois), lui confie que quand elle a été placée à l'isolement pour insolence, elle a vu une condamnée à mort sans pain et sans paillasse. La fille n'a pas dû résister longtemps.

Suzy remarque une trace de sang sur la main d'une matonne, qui surprend son regard. L'autre la toise, et lentement, délibérément, essuie sa main sur le bras de Lucie, pour punir celle qu'elle n'appelle jamais autrement que son amoureuse parce qu'elles sont inséparables. Lucie ne dit rien, mais dès que l'autre est partie, elle lave à l'eau froide la tache de sang sur sa manche, qui ne s'en va pas complètement. Elle pleure de rage, en s'acharnant à frotter le tissu entre ses doigts glacés.

Une des demoiselles qui entourent Madame Matisse devient folle. Elle parle toute seule, en murmurant au creux de son épaule, puis met sa main dans sa culotte et se touche devant les autres. Une femme essaie de l'en empêcher mais la fille crie. Une soldate vient et l'emmène, la fille se traîne à terre, une deuxième gardienne vient aider la première et elles la portent en lui tenant les poignets et les chevilles. Finalement, deux semaines plus tard, on leur dit qu'elle a été libérée. C'est rare, puisqu'il faut une double autorisation, française et allemande. Lucie pense qu'on leur a menti, ou alors que la fille a été transférée dans un asile. On ne sait pas.

À partir de ce jour-là, la vieille Matisse s'isole de plus en plus.

La vie s'organise entre elles. Jenny et ses copines racontent des histoires de bordel, et Lucie apprend des choses qu'elle ne soupçonnait pas. Elle n'avait jamais imaginé qu'on puisse choisir ce métier, putain. Jenny explique qu'elle préfère être enfermée dans une maison close que travailler à l'usine, elle trouve que c'est plus confortable, *je fais ce que je veux avec mon cul, ce n'est pas le cas de toutes les bourgeoises.* Madame Matisse lève un sourcil.

Jenny raconte l'odeur de sexe mélangée à celle de la lavande qui devrait la camoufler et ne fait que la rendre plus écœurante, les nuits sans sommeil, les chairs qui font mal à force d'avoir servi. Elle confond parfois ses clients, à plus de vingt passes par jour ce n'est pas facile de se les rappeler tous. Lucie et Suzy grimacent. Certains l'aiment bien et lui font des cadeaux, des billets, du parfum. Ils sont tous persuadés qu'avec eux, ce n'est pas pareil, qu'elle le fait parfois par plaisir. Jenny sourit.

— C'est plus facile que de travailler à la chaîne dans un atelier mal ventilé, mais du plaisir, faut pas exagérer. On ne va pas me faire le coup de la pute qui tombe amoureuse. Simplement, quand on n'a plus que son cul, autant s'en servir.

Lucie n'en revient pas, rigole quand même avec les autres. Jenny est une femme fatale, même s'ils paient pour l'avoir, et même si elle doit boire pour tous les supporter. Ses mains tremblent, en manque d'alcool ou de morphine. Lucie observe son visage, essaie de lui donner un âge, c'est difficile. Elles ont la vingtaine toutes les deux, mais Lucie se sent comme une esquisse à côté d'elle. Jenny dit :

— Je n'ai jamais su reconnaître les bons des mauvais, parce que je suis née dans une drôle de famille. Je préfère être au bordel, ça m'évite de faire trop de bêtises.

Lucie n'est plus interrogée, et pourtant elle n'a rien dit. Ils ont fini par croire qu'elle ne savait rien, ou ils ont d'autres prisonnières à torturer. Elle continue à être sur le qui-vive parce qu'elle sait qu'au moindre indice, les coups recommenceront. Elle a peur pour ses yeux. Ils sont déjà fragiles, et pendant une semaine son œil gauche a pleuré une sorte de pus jaune. Mais elle voit à nouveau comme avant : mal, mais des deux yeux.

Les semaines s'étirent. Elle s'attache aux autres, même si elle ne leur fait toujours pas confiance.

Jenny lui apprend à tirer les cartes. Avec des bouts de carton récupérés ici ou là, elle a fabriqué un jeu de trente-deux et elle dit que c'est suffisant. C'est une romanichelle qui lui a enseigné l'art d'y lire le présent et l'avenir.

— Les tarots, c'est juste pour impressionner, et puis c'est plus joli, mais ça ne dit pas plus de choses.

Lucie a l'esprit cartésien, elle n'y croit pas encore. Mais elle est désœuvrée et cela passe le temps. Jenny lui explique les significations du huit de trèfle et du valet de cœur, de la dame de pique et du roi de carreau, et lui montre comment le voisinage d'une seule influence toutes les autres. Lucie a appris à ne rien dire, même sous la torture, elle s'exerce désormais à recueillir des informations. Il suffit de taper juste, au début de la consultation, et les femmes se livrent.

Elle tire les cartes à Amélie Matisse, et Lucie les regarde en essayant de deviner ce que Jenny va lui dire. Elle annonce que Madame est séparée de son mari à cause d'une jeune femme étrangère. La vieille Amélie est impressionnée, et grimace.

— C'est vrai.

Lucie regarde le visage volontaire, les sourcils épais, la bouche dure de Madame Matisse qui paraît s'amollir sous la confidence. Elle s'est éloignée de son mari à cause de sa secrétaire, une Russe qui était devenue trop proche de lui à son goût. N'ayant jamais travaillé, elle est obligée de faire profil bas pour garder son rang. La voix d'Amélie faiblit. Lucie ne la déteste plus autant qu'avant. Elle voit le corps épuisé, perclus de rhumatismes, l'envie de jouer à la dame malgré tout, de faire semblant d'être encore reine au milieu des rats, de se faire encore appeler Madame alors qu'il ne lui reste plus rien.

Une fois qu'elle est retournée s'allonger sur sa paillasse, Lucie demande à Jenny :

— Tu savais ?

— Non. Les cartes étaient claires, tu ne les as pas vues ?

Lucie est obligée d'admettre que si. Il y avait la carte d'une autre femme, plus jeune et étrangère, qui faisait obstacle entre celles d'Amélie et de son mari.

— Moi, je suis franche, dit Jenny en haussant les épaules. Je n'invente pas. Pourquoi j'irais te mentir ?

Jenny lui montre comment on sélectionne les cartes dans le jeu. Les règles sont précises, il ne s'agit pas de faire n'importe quoi. On choisit selon la couleur, le symbole, qu'on appelle enseigne, et le chiffre. Lucie se laisse peu à peu convaincre. C'est plus rationnel que cela n'y paraît. Il y a aussi des jours où tirer les cartes.

— Si les cartes ne sortent pas, ça ne sert à rien d'insister. Il faut recommencer un autre jour.

— Comment on le sait ?

— Quand elles viennent facilement, elles sont plus simples à interpréter. Tu le sens très vite. Et ne t'avise pas d'essayer de tirer les cartes la semaine où tu as tes règles. Tu verras, ces jours-là, tu ne peux rien faire de ton jeu.

Même les cartes seraient misogynes. Lucie continue d'ironiser, mais elle s'entraîne malgré tout. Parfois, elle se trompe dans la façon de les choisir et Jenny la reprend patiemment.

— La plus proche du pouce, Lucie. La plus proche du pouce.

Elle s'applique, cherche les messages secrets dissimulés dans les cartes colorées, d'un côté toutes identiques, de l'autre si différentes. Elle, si rationnelle, si carrée, finit par se prendre au jeu. Il ne faut pas mentir, mais il ne faut pas détruire tout espoir chez l'autre. Il faut dire ce que les cartes laissent voir, et donner des conseils de prudence, mais il ne faut pas laisser croire qu'on peut changer un destin. Elle aime le silence qui entoure le moment où elle pose les cartes au sol, le recueillement attentif de celle qui lui demande de voir son avenir, l'émerveillement quand elle tombe juste. C'est comme un éclairage nouveau sur la réalité. Elle se penche au plus près des cartes. Jenny, qui a plus d'expérience, est plus précise, mais Lucie s'améliore de jour en jour.

Les nuages s'amassent derrière les barreaux de la prison. Ce mois de mai 1944 ne passe pas vite. Le temps est orageux, sa robe lui colle à la peau, les odeurs de corps sont de plus en plus présentes dans la cellule, et les humeurs plus volatiles. Jenny s'énerve contre une des filles, elles en viennent aux mains, l'autre est griffée au visage par les ongles acérés de la prostituée. Les gardiennes laissent faire. La putain sourit d'un air mauvais en regardant la cicatrice sur la joue de la fille.

— De toute façon, je ne suis plus là pour longtemps.

Elle a un regard de connivence vers Lucie. Elles ont vu dans les cartes un déménagement pour Jenny. Lucie est dubitative mais Jenny arbore depuis un sourire léger.

— Tu y crois vraiment ? demande Lucie.

— Les cartes ne mentent jamais, déclare Jenny.

Quelques jours plus tard, on annonce effectivement qu'elle va être libérée le lendemain. Elle triomphe doublement. Lucie rit. Les prisonnières mettent en commun ce qu'il leur reste de provisions pour fêter sa libération. Amélie Matisse lui offre son rouge à lèvres.

Jenny se maquille la bouche, se coiffe, répare sa robe, prépare ses maigres affaires. Elle est heureuse de sortir et donne à Lucie son adresse à Paris. C'est celle d'un bordel, à Pigalle.

— Tu vas y retourner ?

— C'est le moment ou jamais d'y faire fortune, rigole Jenny.

Quand elle part le lendemain matin, Lucie ouvre un œil mais elle ne se lève pas. Ce serait trop dur de lui dire au revoir. Elle voit l'ombre de Jenny se pencher vers elle et poser le jeu de cartes bricolé près de son oreiller avant de se glisser hors de la cellule.

La porte se ferme et Lucie se demande si elle rentrera un jour chez elle. Suzy dessine avec tristesse quelques meubles sur le plan de leur maison, une penderie, une coiffeuse, une baignoire, un lit. Elle s'attarde sur la chambre, y dessine des édredons superposés, gonflés, confortables. Lucie se retourne sur sa paillasse et s'abandonne au sommeil.

L'absence de Jenny fait comme un trou dans la cellule. Il manque sa gaieté lumineuse, ses histoires de fesses, son langage ordurier. Elle imagine la fille aux longues jambes libre, mais dans une chambre aux rideaux sombres dont elle ne peut pas sortir.

On leur annonce que leur départ pour les camps est prévu dans deux jours. Jenny est partie juste à temps, toutes les femmes de la cellule partiront ensemble. Ce sera Ravensbrück, le principal camp de déportation pour les femmes. Suzy pleure en silence. Elles savent toutes que c'est un voyage dont il leur sera difficile de revenir.

Ce jour-là, Amélie Matisse se lève de sa paillasse, s'avance vers Lucie et lui montre le jeu de Jenny d'un signe de la tête. Lucie accepte, la peur au ventre : même si elle n'est pas encore convaincue de ce qu'elle fait en retournant les carrés de carton, elle craint de voir apparaître la mort dans les cartes.

Elle les mélange et les fait passer d'une main à l'autre.

— Coupe, de la main gauche.

Amélie Matisse s'exécute.

Les cartes viennent s'aligner les unes à côté des autres très facilement, et tout de suite. Lucie comprend ce que voulait dire Jenny : les cartes sortent bien. Et elles sont bonnes. Une à une, celle qui symbolise Amélie Matisse, celle de la surprise, celle du retard, celle d'une joie, s'alignent devant elle.

Lucie n'en revient pas.

— On ne part pas, annonce-t-elle.

— Qu'est-ce que tu racontes ? Ça se peut pas. C'est prévu demain, lâche Suzy.

— Il n'y a plus la carte du voyage, et il y a celle d'un contretemps. On ne part pas, répète Lucie.

— Vous êtes sûre ? demande Amélie, le regard soudain plus vif.

— *Les cartes ne mentent jamais*, cite Lucie.

— Les Allemands, quand ils ont décidé quelque chose, ils le font, conteste la fille à la joue griffée.

— Ici, il y a la carte d'un retard, et là, un voyage empêché. On ne part pas.

Suzy secoue la tête et lève les yeux au ciel. Les autres filles se rapprochent, hésitantes. Peut-être Lucie interprète-t-elle les cartes dans le sens où elle souhaiterait que se dirige la réalité. Certaines pensent à Jenny et voudraient qu'elle soit là, pour en savoir plus. D'autres haussent les épaules devant ces foutaises. Une petite jeune jette un œil à la vieille Matisse pour savoir ce qu'elle en pense.

Toutes l'observent, aucune ne parle. Le soir venu, elles vont se coucher en espérant secrètement que Lucie a raison.

Pendant la nuit, Suzy se glisse dans le lit de Lucie et se serre contre elle, cherchant sa protection. Elle a peur. Peut-être vaudrait-il mieux imiter celles qui se jettent par les fenêtres de la prison pour éviter les camps.

Lucie, elle, ronfle.

Le lendemain, à l'aube, alors que la lumière monte le long des murs, des sirènes retentissent dans toute la prison de Fresnes. Les soldats courent partout, crient, on sort les prisonnières des cellules, puis on les y remet, on s'énerve, on les pousse, on referme les portes des cellules, les filles ne comprennent rien. Il y a du raffut dans toute la prison.

D'autres sirènes résonnent, plus longues. Suzy, grimpée sur les épaules de Lucie, regarde par la lucarne à travers les barreaux et commente pour les autres :

— On dirait qu'ils se réunissent en groupes. Il y a des camions, plein de camions qui arrivent encore. On dirait qu'ils s'en vont !

Lucie la fait redescendre, se juche sur son dos à son tour, voit les colonnes de véhicules dans la cour. Les soldats entreposent du matériel à l'arrière des camions. Ils semblent effectivement évacuer les lieux. Elles n'y croient toujours pas.

Des coups de feu retentissent au loin. Deux soldats allemands traversent le couloir extérieur en courant. Les camions franchissent le portail monumental et disparaissent un à un.

Bientôt, c'est un silence étrange, presque aussi inquiétant. La lumière du soleil atteint la lucarne. Les filles se regardent. La vieille Amélie lève ses yeux fatigués.

— Qu'est-ce qu'ils ont encore inventé ?

— On va toutes partir en Allemagne. Ils déménagent la prison !

— Impossible.

Une autre murmure, terrifiée :

— Ils vont nous fusiller et ils vont partir... Ils ne vont pas s'embarrasser de nous.

— Ou alors les Alliés ont gagné ?

— Tu parles.

C'est le 6 juin 1944, à l'aube. Le débarquement vient d'avoir lieu en Normandie. Lucie n'ira jamais à Ravensbrück.

Face à la fenêtre qui donne sur la rivière, elle verse l'eau froide de la cruche qui coule sur sa peau jusqu'à la cuvette en émail. Ses deux mains lavent son visage et lui mettent le rouge aux joues – à moins que ce ne soit la nervosité, qui monte. Elle se sèche soigneusement puis met la robe verte qu'elle portait le soir du bal où ils se sont rencontrés. Elle se moque d'elle-même, elle sait bien que c'est inutile de mettre une robe plutôt qu'une autre, et que ce n'est pas cela que Serge va remarquer. *Si ça se trouve il ne se souvient même pas de cette robe.* Mais elle a envie de superficiel, de séduction, pour la première fois depuis la fin de la guerre. Elle vérifie que tout est prêt, elle a cuisiné la veille au soir pendant des heures. Presque deux mois ont passé depuis sa première rencontre avec Georgette, et Lucie n'a eu aucune nouvelle de Serge entre-temps, jusqu'à ce que la veille, elle reçoive un télégramme de la mairie : cinq prisonniers de guerre vont être rapatriés aujourd'hui. Il semblerait que Serge soit parmi eux. Pour ne pas lui faire une fausse joie, elle a décidé de ne rien annoncer à Georgette avant d'être sûre que c'est bien lui. Elle espère aussi, secrètement, qu'ils pourront passer quelques moments tous les deux avant qu'il ne rejoigne sa mère.

Ils iront à la mer. C'est ce qui lui fera le plus plaisir. Il fait beau, tout sera bleu, il regardera l'horizon et elle, elle le regardera, les lunettes presque collées à sa figure pour mieux le détailler.

C'est le mois de mai, la guerre est finie, son fiancé rentre : tout est léger lorsqu'elle se rend sur la place de la mairie.

D'autres personnes sont là, des familles, des mères, des filles aussi jeunes qu'elle. Certains, excités par la Libération, sont joyeux, d'autres sont plus calmes, plus mesurés. Personne ne sait avec certitude si celui qu'ils souhaitent retrouver va être là. On parle peu, on murmure. Quelques éclats de voix sortent parfois, sous le coup de l'impatience, de l'espoir. Quand une Traction avant noire se profile sur la route, le silence se fait.

La voiture s'arrête. On y distingue cinq silhouettes sombres, à l'arrière. Les visages sont dans l'ombre. Ceux qui attendent se poussent du coude. On espère. On veut voir dans les traits encore indistincts celui qu'on attend depuis des années. L'un d'eux pourrait être Serge. Il est caché par les autres, elle ne voit pas bien. Saleté de lunettes. Elle se rapproche. Une peur irrationnelle s'empare d'elle.

La portière s'ouvre, et un premier homme en sort. Il a plus de quarante ans. Sale, épuisé, perdu, il regarde autour de lui. Lucie scrute son visage comme s'il pouvait encore être Serge. Une femme gémit à côté d'elle et se précipite vers l'homme en tirant une enfant par le bras. Fatigué, il sourit, embrasse sa femme. La petite fille ne le reconnaît pas, il en rit, un peu gêné, et lui ébouriffe les cheveux, gauche, avant de se pencher pour lui faire une bise maladroite sur la joue.

On regarde déjà le deuxième homme qui sort, encore plus sale que le premier. Il est en uniforme, lui aussi, son calot sur la tête. Une vieille dame pleure en l'approchant, les mains tendues devant elle. Il pose son sac de soldat et la prend doucement dans ses bras.

Lucie s'impatiente, passe d'un pied sur l'autre. Pourvu qu'il soit là.

Les trois autres hommes sortent l'un après l'autre et tout à coup elle le voit. C'est le seul qui n'est pas en uniforme français. Il porte un manteau de SS dont les boutons ont été arrachés, et qui semble trois fois trop grand pour lui. Lucie a un mouvement vers lui, elle ne comprend pas pourquoi il n'est pas habillé comme les autres, et surtout elle examine son nouveau visage. Il est d'une maigreur effrayante. Ses joues sont creusées, de chaque côté du nez, par deux grandes rides de vieillard. Son menton est constellé de petits poils noirs hirsutes et ses cheveux bouclés ont été remplacés par du crin pouilleux, coupé au couteau. Ses yeux qui brillent de fièvre sont toujours couleur de ciel, mais un ciel gris et voilé, ou plutôt du granit, humide et froid. Ce n'est plus un jeune homme, c'est un revenant.

Il la regarde, et ne semble pas la voir. Il paraît perdu.

Lucie s'avance vers lui, timide, heureuse. Son regard la frôle et la dépasse. Ses yeux ne brillent plus, ils stagnent comme une eau morte. Elle détourne les yeux, glacée.

Il observe les lieux autour de lui comme s'il ne reconnaissait rien. Ni la place près de l'arsenal, dont plusieurs immeubles ont disparu, ni la rivière qui coule vers la mer comme autrefois, ni le ciel qui est resté insensible à son sort. Il ne sait plus qui il est, ni ce qu'il fait là, ni même ce qu'il est censé vouloir. Il regarde à nouveau cette jeune femme, dont le visage semble lui dire quelque chose. Elle prononce son nom :

— Serge.

Il cherche quelqu'un d'autre des yeux. Elle aurait tout aussi bien pu prononcer un autre prénom. Il ne sourit pas.

Elle chancelle et prend conscience que rien ne va se passer comme elle l'espérait. Elle, si puissante, si sûre d'elle en toute circonstance, craint de s'effondrer tandis que son visage se décompose sous la frustration et l'humiliation. Elle cherche son regard mais il la traverse à nouveau comme un paysage. Tant de fois elle a imaginé son retour – son visage fatigué dans lequel elle reconnaîtrait ses yeux qui pétillent, la démarche lourde de celui qui a parcouru des pays entiers pour revenir vers elle, sa propre main portée à sa bouche sous le coup de l'émotion, ses jambes qui se soulèvent tandis qu'il la prend dans ses bras – qu'elle reste interdite.

Les gens commencent à partir, il ne reste plus que quelques personnes sur la place. On les regarde. Elle vient vers lui, et lui prend les mains. Elle manque de les retirer aussitôt. Ses doigts sont gelés, et ne ressemblent en rien à ce qu'ils étaient avant, ce ne sont plus que des os entourés de peau rugueuse, qui tremblent. Il remet ses bras le long du corps. L'habit de SS a une odeur aigre. Il a une besace sur le dos, et traîne l'autre, le sac militaire. Elle murmure, la gorge serrée :

— Ça va aller, maintenant. Viens.

Elle a l'air tellement résolu qu'il la suit docilement. Pourtant, elle a honte, devant les autres qui ont des retrouvailles comme il faut, les yeux rougis et les sourires d'une oreille à l'autre. Elle veut partir, vite, avant qu'on s'aperçoive qu'elle est ridicule dans sa robe de bal face à cet homme qui ne la reconnaît même pas et qui la suit de mauvaise grâce. Lucie ne portera plus jamais de vert, elle pensera toute sa vie que c'est une couleur qui porte malheur, comme les grandes actrices. Ses joues, elles, sont rouge sang.

Elle le regarde marcher à ses côtés, en se demandant s'il a perdu la mémoire. S'il l'a oubliée, c'est son monde qui bascule. Plus rien n'a de centre, et tout est à réinventer.

— Ta mère est toujours réfugiée, on va aller chez moi.

Il hoche la tête. Elle est soulagée qu'il sache encore entendre et répondre. Il regarde ses pieds avancer sur le trottoir. De temps en temps, il relève le visage et semble étonné qu'elle soit là. Est-ce qu'il est devenu fou ? Est-ce qu'elle lui restera fidèle comme elle l'a juré, s'il est devenu fou ? Tout vacille. Rien n'est comme elle l'avait envisagé. La joie, les rires, les baisers sur la bouche, ce sera pour une autre fois. Elle est déçue, et blessée, mais ce n'est pas qu'une question de vanité, ou de désillusion : peu à peu, c'est la peur, qui commence à poindre en elle. Cela fait six ans qu'elle l'attend. L'idée de le revoir lui a permis de tenir debout, en équilibre, toutes ces années, malgré la guerre, les bombardements, la prison, la torture. Leurs retrouvailles sont censées être le point de départ de sa nouvelle vie, celle d'après la guerre. Tous les projets qu'elle a imaginés partent de là.

Elle regarde ses propres mains, qui lui semblent étrangères, regarde ses pieds elle aussi, qui passent l'un devant l'autre sur le trottoir. Il faut qu'elle se reprenne. Elle le saisit par la main, forte pour deux, et il la suit à travers les rues jusqu'à chez elle, absent.

Son visage est elliptique, son corps est une ombre. Il est devenu transparent.

Elle lui sert de l'eau gazeuse. Il boit, et rote. Elle rit, dans une sorte de réflexe, alors que ce n'est pas le genre de choses qui l'amuse habituellement. Il ne réagit pas. Elle lui enlève son manteau allemand, puisqu'il ne pense pas à le faire. Ensuite, elle le couche dans son lit, et s'allonge contre sa carcasse maigre pour le réchauffer. Il s'endort tout habillé. Elle se relève, lui retire ses chaussures comme s'il était un cadavre. L'énergie la quitte. Pour la première fois depuis le début de la guerre, elle se dit qu'elle pourrait mourir. Il y a six ans, elle aurait eu peur qu'il profite de cette promiscuité pour se presser contre elle ou la déshabiller, mais aujourd'hui elle voudrait qu'il ait un geste, un seul, vers son corps, pour le sentir vivant. Elle suspend un doigt au-dessus de son souffle, défaite. Il est vivant, et pourtant elle n'est pas heureuse. Elle se murmure *patience* et le regarde dormir.

On dirait un enfant, menu, fragile, plongé dans le sommeil. Ses oreilles sont toujours aussi grandes et cela la fait sourire. Un tout petit défaut. Elle se love contre lui et s'assoupit un peu.

Il dort tout le reste du jour, et la nuit suivante, et même le jour d'après il ne se lève que pour avaler de la soupe. Pendant ce temps, Lucie brosse son manteau et ses godillots, caresse l'intérieur de ses poches, où ses mains se sont reposées, lave les vêtements neufs qu'elle n'a pas voulu acheter plus tôt parce qu'elle ne connaissait pas sa taille, se délivre peu à peu de l'angoisse qui l'a prise le premier jour. Elle sait s'activer et prendre soin des autres. Serge se laisse habiller et déshabiller comme une poupée de chiffon. Elle envoie alors un mot à sa mère pour l'avertir qu'il est rentré.

Georgette ne lui pardonnera jamais d'avoir attendu sept jours avant de la prévenir, et encore moins de l'avoir enlevé dès son arrivée.

Serge se réveille le troisième jour à l'aube et regarde le visage de Lucie endormie. Dehors, on entend les trilles des oiseaux, qui se répondent d'un arbre à l'autre. Une hirondelle jette un cri aigu qui transperce le ciel. Avant la guerre, il a été fou amoureux de cette fille. Ils ont couru les bals où il jouait du banjo, ils ont été au cinéma voir un film en couleur dont il ne se rappelle pas le titre, ils se sont embrassés dans un cloître, ils ont échangé des livres, des disques, ils se sont écrit des lettres pendant six ans. Il a gardé dans son portefeuille le trèfle à quatre feuilles qu'elle lui a envoyé. Son cœur bat faiblement dans sa poitrine, le souffle lui manque. Ils se sont juré de se marier après la guerre. Il reconnaît sa force, et sa volonté. Ce qu'elle lui a raconté sans même savoir s'il l'écoutait, tandis qu'il sommeillait depuis son arrivée, lui revient en tête. La Résistance, la survie dans la ville en ruines, la prison. C'est une drôle de fille.

Il est peut-être plus simple de faire ce qu'elle veut, puisqu'elle, au moins, désire quelque chose.

Il s'aperçoit dans le miroir près du lit et ne se reconnaît pas. Son visage a perdu ses joues. Sa peau est devenue grise. Il a pris dix ans, peut-être cent. Il entend une tourterelle et retrouve dans son chant la voix des disparus.

Il est peut-être un fantôme revenu par erreur.

Avant la guerre, il aurait certainement souhaité vivre ces moments-là. Les lettres qu'elle garde dans son tiroir de chevet, qu'elle lui a montrées la veille, sont là pour en attester. Il l'aimait. Il l'écrivait sur tous les tons. C'est son écriture, il l'a reconnue. Peut-être est-ce tout ce qui reste de lui.

Le stylo coule sur la page devant ses yeux. Il forme des lettres sans écrire de mots, comme on remplit des lignes à l'école. Les lettres prennent la forme qu'elles ont toujours eue sous ses doigts. C'est une preuve de son existence. Son écriture est la même.

Il lui faut être patient, et retrouver le goût de vivre. Elle l'aidera.

Comme si elle sentait son regard sur sa peau, elle se réveille. Il caresse sa joue, et elle, qui n'espérait plus, perçoit soudain dans ce geste l'amour qu'il n'a cessé d'avoir pour elle, elle y voit l'envie de consoler et le désir de continuer, la tristesse de se montrer diminué, et puis l'envie de vivre, celle qu'il semblait avoir perdue, l'envie de respirer et de ressentir chaque rayon du soleil sur son visage. Il continue à l'observer, intensément. Elle veut tellement qu'il la regarde amoureusement qu'elle y croit.

Il est là, enfin. C'est ce qu'elle suppose, ce matin-là.

Elle savait qu'il reviendrait. Ce qu'elle n'avait pas prévu, c'est que ce serait aussi difficile. Il ne parle pas, ni du passé, ni de la guerre, ni du présent. Ses silences sont infinis et s'opposent aux questions qu'elle ose de moins en moins lui poser. Elle remarque alors les lettres qu'il a alignées sur la feuille. Le cœur battant, elle s'approche en croyant qu'il lui a écrit un mot, mais cela ne veut rien dire. Juste des lettres, alignées les unes après les autres sans signification. Elle ne comprend rien. Pour la première fois, Lucie fait l'expérience de la solitude, une solitude telle qu'elle n'en a jamais connu, même en prison, même au cachot. Tout ce qu'elle a, c'est lui, et elle l'a tant voulu qu'elle s'attache à réussir leur vie commune. Mais il est comme un horizon qui s'éloigne toujours plus. Un mirage.

Parfois, comme ce matin, il l'écoute, et semble la voir. Les jeunes feuilles des arbres tremblent autour d'eux. Les premiers papillons commencent à apparaître, ils tourbillonnent et se cherchent, avant de s'évanouir en poussière colorée. Il lui demande ce qu'elle a fait, les deux dernières années, et elle s'aperçoit qu'il n'a rien écouté de tout ce qu'elle lui a dit depuis son arrivée. Elle a l'impression d'être dans le rêve d'un autre, suspendue au bon vouloir d'un dormeur qui ne maîtrise rien. Mais c'est la première fois qu'il lui pose une question depuis son retour, alors elle lui raconte sa guerre, à nouveau, et cette fois il l'écoute.

Elle lui demande :

— Est-ce que tu as été torturé ?

Il hésite.

— Non.

Alors elle n'ose pas lui raconter tout ce qu'elle a subi à Fresnes, parce que ce serait lui faire injure. Ce serait sous-entendre qu'il n'a pas vraiment eu mal, or elle sait, elle voit qu'il a souffert. Les hommes ont déjà subi la défaite, dont on ne parle pas, ceux qui ont été en camp de travail ont vécu des épreuves qu'on évoque à peine dans les journaux, et ceux qui ne sont pas revenus semblent s'être volatilisés dans la nature. On ne va pas leur dire que certaines de celles qui sont restées à l'arrière ont souffert autant qu'eux, ou plus.

Elle se tait.

Il se tait lui aussi. Il ne dit rien de la faim, la crasse, la mort du copain sur la paillasse qui collait à la sienne, la peur, le typhus, la méchanceté quotidienne.

Il comprend qu'elle voudrait discuter. Alors, même s'il trouve que ça n'a pas beaucoup de sens, il essaie de trouver une anecdote à raconter. Au milieu des souvenirs décharnés qui le hantent, il en trouve un : Tatave, un autre copain de dortoir, un marrant, qui avait réussi à adopter une couleuvre et l'enroulait autour de son poignet pour qu'elle ne le quitte pas. La bestiole se lovait contre son torse au moment de dormir.

Lucie l'écoute, s'abreuve de ses paroles. L'histoire lui plaît. Elle la racontera des dizaines de fois au cours de sa vie. C'est un des seuls souvenirs qu'elle a réussi à lui arracher, elle en fera un usage extensif, l'usera jusqu'à la moelle. Ses yeux boivent l'histoire de Tatave avec avidité et sa bouche la répète avec toujours plus de détails.

Soudain, il le lui dit :

— Je me souviens du moment où je t'ai vue, au bal.

Elle donnerait sa vie pour être certaine qu'il vient de prononcer ces mots.

Georgette caresse la chienne qui regarde vers la porte, aux aguets. Nénette est l'être le plus proche d'elle à présent sur cette terre. Elle lui parle de plus en plus souvent, à haute voix ou en pensée, et la chienne lui répond. Bien sûr, les discussions ne sont pas argumentées ou logiques, mais elles l'aident davantage que la plupart de celles qu'elle a encore, rarement, à Cléguérec. Le monde à travers les yeux de la chienne est à la fois plus simple et plus mystérieux – pas moins logique, en tout cas, que celui des hommes. Comme si elle la comprenait, la chienne se relève et va vers la porte, les oreilles dressées, tendue. Elle s'impatiente, gratte le bois, alors Georgette lui demande à mi-voix :

— Quelqu'un vient ?

Elle ouvre la porte, la chienne la bouscule, force le passage, puis court dans l'allée. Elle entend des voix qui se rapprochent et entrevoit deux silhouettes à travers les arbres. La chienne est devenue folle, elle court en rond à toute vitesse, revient, repart, court encore. Georgette rit en silence de voir sa joie animale. Son cœur bat plus fort, elle espère – et si c'était lui ?

*Abraham*. Elle murmure son nom. *Albert*.

Elle passe sa main sur son visage, s'empêche de trop espérer.

Les deux corps se rapprochent, et Nénette fait des bonds sur elle-même, elle saute aussi haut que le visage du jeune homme, qui rit et l'appelle.

C'est Serge.

Georgette s'avance, le cœur serré, les yeux fixés sur cet homme qu'est devenu son fils.

Serge a repris un peu de forces, suffisamment pour venir jusque-là, mais il semble encore faible. Il marche doucement, à petits pas, comme un vieillard. *Il n'a jamais autant ressemblé à son père*, se dit Georgette.

Il vient vers elle en silence, au ralenti. Parfois son regard reste au sol. Puis il relève le visage, regarde sa mère, et sourit.

C'est un sourire de commande, elle s'en rend bien compte. Il sait qu'il est censé être heureux, mais la lueur espiègle qui brillait dans ses yeux bleus depuis son enfance a disparu. Elle s'essuie les mains sur son pantalon et surprend aussitôt le regard de la fille sur les traces qu'elle y laisse. Georgette s'avance vers lui. Il est amaigri, marqué, mais il est bronzé et ses dents brillent au soleil. La chienne remue tellement la queue que tout son arrière-train balance de gauche à droite, de droite à gauche, et sa gueule s'écarquille en un rictus de joie. Nénette sourit. Elle l'a reconnu tout de suite, après six ans d'absence. Serge rit, caresse sa chienne qui lui lèche le visage par à-coups, à chaque fois qu'un saut l'amène à sa hauteur. Le petit corps animal lui communique sa joie, une joie simple, absolue, et le ramène à un présent qui pourrait être radieux, pour la première fois depuis la fin de la guerre. Il a le rire d'un enfant.

Lucie le regarde, partagée entre le plaisir de le voir enfin content et l'amertume que ce soit grâce à cette chienne qui ne ressemble à rien. Elle est profondément vexée. Les jours se succèdent et sa patience ne suffit pas. Elle n'avait pas envie de revenir ici, de revoir cette femme qui lui a laissé un drôle de souvenir, craignant de se sentir de trop au milieu de ses retrouvailles avec sa mère, et voilà que c'est un chien qui la fait se sentir mal à l'aise. Les yeux bleus de la vieille la scrutent. Elle voudrait être ailleurs.

Georgette, face à elle, a perçu la déception de la fille, sa blessure, son humeur assombrie. Son fils ne la regarde pas, ils sont côte à côte mais ne se touchent pas. Ils sont embarrassés, tous les trois. Parce qu'elle ne sait pas par où commencer,

Georgette lui demande la faim, le froid, la mort, et parce qu'il ne sait pas quoi répondre, il balbutie quelques mots qu'elles ne comprennent pas. Ils n'ont pas vécu la même guerre.

Georgette a peur de ce qu'elle a à lui dire. Elle préfère que Nénette lui fasse la fête et prenne tout l'espace, cela retarde le moment où elle va devoir lui parler. Son fils se concentre uniquement sur la chienne. Peut-être qu'elle ne vaut pas plus. Elle se sent soudain épuisée par les événements, affaiblie par les contrariétés, mais elle cherche à ne rien montrer : la fille l'a déjà vue au plus mal, elle va finir par croire qu'elle est souffreteuse. Elle doit se montrer à la hauteur du retour de son fils, et se redresse. Georgette se sent coupable d'avoir pensé à Abraham avant lui. Elle s'approche de son fils, qui la prend dans ses bras. Il s'est rasé, il est beau dans sa chemisette à carreaux, il est solide sous sa maigreur.

Elle n'a plus que lui.

La soirée est poussive, chacun est meurtri mais fait des efforts pour montrer de la bonne humeur. Ils parlent de la chienne la moitié du temps, *elle t'a reconnu tout de suite, après tant d'années, dès la minute où elle a entendu ta voix, c'est incroyable la fidélité des chiens*. Il raconte qu'il a rencontré Nénette le même soir que Lucie, celle-ci se sent alors reliée à la bestiole et l'en excuse presque d'avoir eu les retrouvailles dont elle aurait rêvé.

La chienne s'effondre tout à coup aux pieds de Serge, épuisée par tant d'émotions, et se met à dormir. Ils ne savent plus quoi se dire.

Serge observe la pièce où vit sa mère et constate sa déchéance, mais ne fait aucun commentaire. Il ne demande pas où est son père. Lucie attend toute la soirée une question à son sujet, qui ne vient pas. Georgette voudrait parler d'Abraham mais elle sent qu'ils ne veulent pas entendre ce qu'elle leur dirait. Son fils est aigri, nerveux, agressif – rendu muet par la disparition de son père et par sa jeunesse évanouie.

— Quand il est arrivé, il était en manteau de SS, c'était bizarre, dit Lucie.

— Il faisait froid, qu'est-ce que tu crois, que j'avais le choix entre plusieurs tenues ?

Serge s'irrite parfois des banalités qu'elle énonce pour remplir les silences, Georgette se dit qu'ils sont sans doute prêts à se marier, s'ils en sont là, aux agacements et aux incompréhensions. Serge prend Nénette dans ses bras, et l'installe sur ses genoux. Il caresse doucement les poils réconfortants de sa tête.

— Lorsque ton père a disparu…

C'est tout ce qui lui a échappé, à la fin de la soirée, parce qu'il était tard et qu'elle avait bu trop de vin.

Il y a eu un silence, où chacun regardait ailleurs, et puis Lucie, gênée, terrifiée que Serge ne tienne pas le coup, s'est sentie obligée de meubler, de dire à mots rapides que c'est impossible de faire le deuil tant qu'on n'a pas retrouvé un corps. Elle a parlé de son propre frère, dont elle n'a aucune nouvelle.

— Et l'isba ? a demandé Serge en interrompant Lucie.

— Elle est debout, a répondu Georgette, comme s'il s'agissait d'une personne.

Ils ont changé de sujet de conversation, parlé de la maison au bord de la mer. Pendant toute la guerre, la population avait eu interdiction absolue de se rapprocher à moins d'un kilomètre des côtes. L'isba était restée intacte. Lucie se montre exagérément enthousiaste, elle a hâte que Serge lui montre l'endroit.

Elle a beau n'avoir que vingt-cinq ans, elle a tant vécu pendant la guerre qu'elle se sent responsable de lui et essaie de le ramener doucement à la vie d'après. Serge reprend du poids et donne le change. Lucie sait qu'il n'est pas tout à fait là mais elle s'en accommode puisqu'il est tout à elle. C'est ce qu'elle voulait. Elle ment aux autres, et à elle-même, en se disant heureuse maintenant qu'il est revenu. Elle finira par s'habituer à ce nouveau Serge, ou bien il redeviendra celui qu'il était. La patience n'est pas son fort, mais elle essaie d'attendre en faisant semblant.

Il n'y a qu'une chose, qu'elle veut tout de suite. À chaque fois qu'elle en parle, Serge élude la question. Quelques semaines après son retour, elle le met au pied du mur : cela fait six ans qu'il est parti, elle n'endurera pas un an de plus. Soit ils se marient avant la fin de l'année, soit elle rompt. Ce n'est pas pour adopter une norme. C'est pour savoir s'il est vain de l'attendre. Elle veut qu'il s'engage, parce qu'elle a assez perdu de temps.

Serge ne répond pas. Lucie le demande en mariage, il n'est pas sûr d'accepter.

— Est-ce que tu as aimé une femme en Allemagne ?

Il hausse les épaules.

— Ce n'est pas le problème.

Leur première relation sexuelle a lieu dans un immense champ, sous un pommier en fleurs. Lucie ne s'est jamais déshabillée dehors, elle sent l'air partout sur son corps. Ses tétons ressemblent à des boutons cousus sur deux cercles rose foncé, eux-mêmes brodés à petits points sur la soie de sa peau. Les doigts de Serge y courent comme ceux d'une couturière précise. Elle ne s'attendait pas à autant de tendresse de sa part, ni autant de gravité. Sa lèvre inférieure est épaisse et agréable à embrasser, ses mains sont douces, cela compense la légère impression de déchirure peut-être ressentie parce qu'attendue. Il y a en elle un bref éblouissement qui persiste lorsqu'ils restent étendus dans les herbes folles et qu'elle regarde les fruits dans l'arbre. Sa peau n'avait jamais vu le soleil. Il a laissé sa robe sur le bas de son corps par pudeur, et lui n'a gardé que sa chemise, leur nudité est inversée comme sur une carte à jouer. Ses seins sont à l'air, et cela lui semble délicieusement interdit.

On murmure qu'il a été envoyé dans un camp. Une ancienne cliente confirme que l'ancien professeur de mathématiques de Serge, Monsieur Fleur, était avec lui dans le fourgon qui les a emmenés à Drancy. Des Vannetais les ont vus, ils étaient crasseux et dépenaillés. Georgette hait cette femme pour ce commentaire, et imagine son mari, qui a toujours aimé être tiré à quatre épingles, passer sous les yeux des habitants, se sentir sale devant eux, avoir honte. Elle pense qu'il est parti pour Dachau, parce que c'est le camp le plus connu. On sait que les juifs qui y ont été envoyés ne sont pas revenus, comme s'ils y avaient été avalés. On connaît les fours crématoires. L'image est insupportable pour Georgette. Elle a finalement décidé de ne rien dire tant qu'elle n'est sûre de rien, et d'attendre, au moins, que cette fille qui se mêle de tout, parle trop et semble la juger, ne soit pas là pour aborder le sujet avec Serge. Lucie risque de poser des questions auxquelles elle n'a pas envie de répondre. Chaque fois qu'elle la voit, elle a l'impression que les yeux de la fille se posent partout : les pots de confiture sans couvercle, les boîtes de biscuits qui servent à la couture, le verre à dents près de l'évier, les chaussettes qui sèchent sur le poêle, son gros orteil qui sort au bout de son chausson. Chaque fois, Georgette ne se sent pas à l'aise dans sa propre maison, comme si elle devait quelque chose à cette fille parce que celle-ci l'avait soignée.

Alors que c'est une petite voleuse.

Elle lui a pris un livre, et son fils.

Serge, lui, ne parle toujours pas. Il a de plus en plus l'impression que les animaux le comprennent mieux que les hommes. Nénette le regarde de ses yeux profonds comme des puits et semble lire dans les siens. Il se dit que les chiens et les chats voient souvent des réalités supplémentaires, sans parler des chevaux. La chienne s'allonge à ses pieds comme elle l'a toujours fait, et soupire en laissant sa tête tomber au sol. Elle doit sentir que même s'il est revenu vivant, même si sa mère est là, et sa fiancée aussi, il manque son père. Partout Serge croit qu'il va surgir, derrière une porte, un arbre, un rideau. Il ne peut pas y avoir de monde sans lui. Il ressent alors une douleur profonde, physique, à l'imaginer dans la prison, dans le train, dans le camp, nu, ne voyant pas clair, se raccrochant à quelques bribes de mots en langue polonaise, mêlée de yiddish.

Il est rongé par le regret de n'avoir jamais eu une conversation adulte avec lui – aucune discussion dont il pourra se souvenir. La chienne se met alors à gémir en le fixant des yeux. Peu à peu, son air scrutateur le gêne. Il la pousse du pied pour qu'elle change de position et cesse de le regarder. Nénette lui jette un air interrogateur.

Il ne veut être compris par personne, parce qu'il sait que ce n'est pas complètement possible. Plutôt ne pas être compris qu'être compris à moitié.

Et c'est pareil avec Lucie. Il discute de choses et d'autres, il fait des blagues et siffle des chansons, mais il ne lui livre rien d'important parce qu'il faudrait tant parler que cela l'use d'avance.

Lucie sait tout cela. Elle en est parfois malheureuse, tente quand même de lui adresser la parole, sur la pointe des mots, pour ne pas qu'il s'enferme encore plus dans le silence. Son naturel positif et battant l'emporte.

— Dans la vie, tout est une question de volonté.

Elle le dit à voix haute, à voix basse, en silence, en boucle, comme pour se protéger. Il lève alors les yeux de son livre et il voudrait la croire. Parfois, au contraire, son regard devient méprisant et mauvais. Sa mâchoire se serre et remue sous la peau de ses joues. Il ressemble alors à sa mère.

Lucie cherche dans les cartes les réponses aux questions qu'elle n'arrive pas à trouver dans la réalité. Qu'est-il arrivé à Serge ? Vont-ils se marier ? Mais les cartes restent muettes. Lucie se détourne, va à la fenêtre et regarde les oiseaux sur la terrasse. Elle continue de dire que la volonté est la clé de tout, mais elle y croit de moins en moins.

La colère étouffe Georgette. La population entière est muette : personne ne parle de l'armistice de 1940, cela arrange tout le monde qu'on n'évoque pas la déculottée de la France. Quant au mot juif, qui a été tant prononcé, on dirait qu'il a disparu de la langue française.

Abraham, que l'administration appelait « le juif », alors qu'il s'était toujours battu contre les étiquettes, a disparu sans laisser de trace.

L'histoire est réécrite. On trie les souvenirs. On raye des mots, on en préfère d'autres. On fait en sorte d'oublier les morts.

Alors elle se tait. Son fils et elle ont pris l'habitude de ne rien se dire. Dans une entente tacite, ils ont tu qu'Abraham était juif, ce mot qui leur a fait tant de mal. Mais aujourd'hui, Serge est venu seul. Elle sait qu'il va falloir parler.

Serge a proposé à sa mère de dîner un soir chez elle en tête à tête. Surprise, mais heureuse d'avoir son fils pour elle toute seule, Georgette a préparé le repas plusieurs jours à l'avance. Elle a acheté de la viande pour la première fois depuis la fin de la guerre. Le filet mignon est cher, mais elle veut que ce repas soit exceptionnel. Il est en train de rôtir dans le four quand son fils arrive.

Georgette verse dans les assiettes la soupe de légumes qu'elle a laissée reposer toute la nuit. Il y a longtemps, beaucoup trop longtemps qu'ils ont passé un moment ensemble, uniquement tous les deux, sans Lucie qui est toujours auprès de lui. Ils se sont retrouvés tous les trois plusieurs fois, à dîner d'un lapin maintenant qu'on en trouve, ou de fruits de mer qu'il va pêcher comme lorsqu'il était petit, mais ils n'ont toujours pas évoqué ce qui a pu arriver à Albert. À part Georgette qui, intérieurement, l'appelle Abraham, comme quand ils se sont rencontrés, ceux qui parlent de lui l'appellent toujours de son prénom inventé.

La soupe emplit la bouche de Serge et c'est la même que sept, dix, quinze ans auparavant. Tout a changé mais le goût de la soupe aux légumes de sa mère n'a pas varié, pas plus que les poils doux et la respiration paisible de sa chienne sur ses genoux. S'il ferme les yeux l'espace de quelques secondes, il pourrait se croire plusieurs années en arrière, quand tout allait bien. L'air salé vient de la mer, qui est pourtant loin. La lumière est oblique, le soir descend. Georgette s'assied en face de lui et trempe un morceau de pain dans sa soupe. Elle le mâchonne et il réalise qu'elle a perdu plusieurs dents pendant la guerre. C'est pour cela que ses joues sont creusées, pas seulement à cause de la faim. Elle a cinquante ans et une bouche de vieille femme. Il regarde plus attentivement sa mère et découvre le gris qui s'est infiltré dans ses cheveux. La chienne lève la tête en sentant sa main se raidir.

Georgette verse un peu de vin dans son verre et lui en propose. Il fait non de la tête, alors elle en verse un peu dans sa soupe. Le goût est gâché.

Il observe son visage tendu et comprend qu'elle va lui dire ce que son père est devenu.

Il le sait déjà.

Ou plutôt il ne veut pas le savoir.

Il veut revenir en arrière, retourner dans le petit espace sur le dessus de la tête de sa chienne et ne rien entendre. Il veut retourner dans le lit de Lucie et se pelotonner contre son dos. Il veut être un chien et ne plus être obligé de comprendre les hommes. Il repousse son assiette, et ne touche plus à sa soupe. De toute façon il n'a plus faim.

Il le dit à voix haute :

— Ce n'est pas pour ça que je suis venu.

Soulagée, elle se sert un nouveau verre. Elle comprend qu'il ne lui parlera plus jamais de son père, et elle a l'impression de recommencer à respirer. Mais une autre question fuse :

— Qu'est-ce qui reste du magasin ?

Georgette finit son verre d'un trait et se tait, les yeux fixes.

Son fils enchaîne, amer. Quand il est parti au service militaire, il avait pour projet de faire une école d'arts plastiques à son retour. Il voulait être affichiste. Il n'y a que l'art qui l'intéresse, plus que jamais après la guerre. Il a besoin d'argent pour vivre pendant les trois années que durent les cours.

Georgette lui coupe la parole :

— Je n'ai plus rien. Tu sais qu'on a vendu et que l'argent a fondu.

— C'est impossible ! Avec tout ce qu'on avait ?

Il a haussé le ton. Nénette remue doucement la queue, l'air inquiet.

— Jouanno nous a roulés. On a vendu le magasin pour rien. Depuis il y a eu la dévaluation… On n'a pas fait les bons choix.

— Et le stock ?

— Il ne restait plus grand-chose. Et les administrateurs sont passés par là.

— Tu es sûre ? Tu dis la vérité, pour une fois ?

La bouche de Georgette se fige dans une colère froide.

— J'ai tout perdu, je n'ai plus de mari, et au lieu de m'aider tu viens m'insulter ? Le rôle d'un fils, c'est de soutenir sa mère.

— Le rôle d'une mère, c'est d'assurer un avenir à son fils.

— Je vais finir par retrouver un magasin. Tu n'as qu'à venir travailler avec moi. Tu gagneras une paie, et avec ça tu pourras faire des études. Après.

— C'est ça. J'ai passé six ans de ma vie à me battre sans l'avoir décidé, et je vais passer les quarante années suivantes à vendre des soutiens-gorge. Formidable. Plutôt crever.

— Tu n'as qu'à barbouiller dans ton coin, si c'est ce qui te rend heureux. Si tu es doué, ça se saura. En attendant, sois content d'être vivant.

Il crie si fort qu'elle en est surprise. Ses yeux brillent d'une sauvagerie telle qu'elle se dit qu'il est impossible qu'elle ait engendré un tel fils.

— Et si je préférais être mort que d'avoir une vie qui ne ressemble à rien ? On dirait que je n'ai pas perdu assez de temps. Toute ma vie est confisquée et je devrais être heureux.

L'effort de continuer la conversation lui paraît insurmontable. Il se lève, la chienne, qui était sur ses genoux, rejoint le chat.

— Je voudrais les clés de l'isba, pour y vivre un peu. J'ai besoin de me reposer, seul, et de réfléchir.

Georgette scrute son visage. Il semble impassible. Elle prend les clés suspendues à un clou et les pose sur la table.

— D'accord, mais à une condition. Tu n'occupes pas l'étage.

— Pas de problème. Je dormirai sur le sofa.

La chienne le regarde comme s'il était quelqu'un d'autre. Elle vient se blottir contre Georgette, lève des yeux réconfortants vers son visage et agite la queue en tremblant. C'est comme si l'animal jugeait qui a raison et qui a tort.

Alors Serge attrape la chienne.

— Viens, toi, on s'en va.

Georgette serre les mâchoires. C'est idiot et pourtant il a tapé juste. Il a un sourire mince. Sa mère le toise, le défie de lui enlever ce qui lui reste. Nénette.

Sans un mot, il met son manteau, prend les clés de l'isba et, la chienne dans les bras, il quitte la maison en claquant la porte derrière lui. Par la fenêtre, Georgette voit la chienne chercher à se libérer pour revenir, l'œil humide, mais Serge la tient serrée et elle ne parvient pas à lui échapper.

Ils s'en vont dans la nuit qui gagne l'est.

Alors Georgette sort la viande rôtie du four. Soigneusement, elle coupe deux tranches, en met une dans chaque assiette, puis se ravise. Elle n'a jamais aimé la viande, et ce n'est pas ce soir qu'elle va en manger. Elle met les deux tranches dans l'assiette face à elle, à la place de Serge, contourne la table et coupe le filet mignon, avec la patience que donne la rage. Elle appuie sur son couteau, méticuleusement, et découpe la chair en petits morceaux. Puis elle attrape son chat siamois, déplie la serviette damassée près de l'assiette, la lui noue autour du cou, l'assied sur la table et le laisse manger.

Le visage de côté, elle regarde le siamois dévorer le repas de son fils.

Georgette comprend peu à peu qu'ils sont tous un peu comme Serge. Ils préfèrent parler de l'avenir, pas du passé. Collabos, juifs ou réfugiés, personne n'a envie de remuer ces histoires-là. Seuls les résistants y ont intérêt – et encore, ceux qui ont fait des actions spectaculaires, dont les Français au grand complet peuvent s'enorgueillir, les autres, on les oublie, et au passage on efface les femmes de la Résistance. Dans les actualités comme au cinéma, les résistants, ce sont les FFI qui ont tué des Allemands à bout portant dans les villes au moment de la Libération, pas des femmes qui ont versé leur paie à ces mêmes résistants, ou qui ont recopié des tracts, fait passer des courriers, ou des armes. Celles qui ont aidé dans l'ombre n'ont pas été suffisamment extraordinaires pour qu'on en parle, même si c'était au péril de leur vie, et même si elles ne résistaient pas seulement face à l'occupant mais aussi face au modèle qu'on cherchait à mettre en valeur à tout prix : la femme discrète, obéissante, collaborationniste. Comme sous Pétain, on associe la virilité à la victoire, et la féminité à la France passive, qui s'est laissé prendre. De toute façon, n'a-t-on pas mieux à faire que remuer les mauvais souvenirs alors que le pays essaie de se redresser et de savourer la victoire ?

Lucie et Georgette, malgré leurs vues communes, s'entendent de moins en moins. Elles ont du mal à comprendre Serge complètement, et s'accusent l'une l'autre de l'avoir changé. Georgette en veut à Lucie de lui avoir volé son fils dès son retour alors qu'elle avait plus que jamais besoin de lui. Elle lui reproche d'avoir une façon de vivre éloignée de la sienne, où chaque chose doit être à sa place, et où un poste dans l'administration est une ambition. Lucie, elle, incrimine Georgette d'empêcher son fils de faire des études – ou en tout cas, c'est ce qu'elle dit, parce qu'elle n'aurait sans doute pas accepté qu'il parte dans une autre ville alors qu'elle a pour lui d'autres projets : une vie rangée, à ses côtés. Serge a pourtant du caractère, mais il a été cassé par la guerre et il doit composer avec les deux fortes femmes qui l'entourent. Chacune veut qu'il quitte l'isba, Lucie, parce qu'elle veut qu'il s'installe avec elle, Georgette, parce qu'elle veut partir de Cléguérec et vivre dans sa maison.

Serge retrouve les pièces qui n'ont pas changé depuis son enfance, dans l'isba où ils passaient leurs vacances, leurs dimanches à la mer. C'est à la fois touchant et douloureux de retrouver ce décor, comme une photo jaunie où on a plaisir de reconnaître une époque, mais aussi un pincement au cœur à mesurer sur les visages le temps passé.

Après deux semaines à dormir dans les meubles de son enfance, à réfléchir à l'avenir qu'il veut se donner, Serge cède. Il est vraiment amoureux de Lucie, et à trop attendre il risque de tout perdre. Lucie et lui se marient.

Bientôt, ils louent une maison à vingt kilomètres de là, au bord de la rivière, et Georgette peut retrouver l'isba au bord de la mer. Elle s'y réinstalle avec son chat siamois, comme autrefois. Ils se voient une ou deux fois par mois, un rythme satisfaisant pour tous. De temps en temps, le caractère explosif d'une des deux femmes entraîne une dispute qui disparaît aussi vite qu'elle est venue. Serge, pour sa part, est aussi *soupe au lait* qu'elles, mais il s'emporte de manière encore plus imprévisible : quand il est contrarié, il se lance dans des scènes spectaculaires où il se met tout à coup à crier *Ratatata tous contre le mur* en mimant un geste de mitrailleuse, ou à lâcher un *schnell* ou un *raus* retentissants. C'est à la fois comique et terrifiant, d'autant que les raisons de ses emportements sont parfois compréhensibles, parfois non. Il suffit d'un rien (un feu qui passe au rouge, la phrase malheureuse d'un homme politique à la radio) pour que sa frustration se transforme en rage. Son caractère s'est formé au cours de la guerre, dans les premières années de sa vingtaine, et il a développé à la fois l'imagination d'un adolescent et l'imprévisibilité colérique d'un traumatisé de guerre. Entre deux crises de colère, il est calme et lit des encyclopédies sur les grandes civilisations : Mayas, Égyptiens, Grecs.

Serge travaille à la Poste et Lucie aux Impôts. Elle veut grimper les échelons au fil des concours, en bonne élève qu'elle n'a jamais cessé d'être, tandis qu'il se contente de ce qu'il a. Elle met à profit son temps libre pour conseiller ceux qui n'ont pas assez d'instruction ou de moyens pour faire face à l'administration française, et se transforme en assistante sociale bénévole tous les samedis et dimanches – sa manière à elle de devenir la Robin des bois qu'elle a toujours voulu devenir. Plutôt que de passer des soirées enfumées à critiquer le système capitaliste, Lucie, elle, préfère agir au quotidien. La file d'attente s'allonge toujours plus chaque week-end devant chez eux, et les gens lui sont reconnaissants, partout dans la ville, d'avoir su traduire des textes au langage trop formel ou d'avoir bien voulu rédiger des courriers qu'ils sont incapables d'écrire. La vie est paisible et s'organise autour des biens à acquérir dans les années cinquante en France. Les Trente Glorieuses ne font que commencer.

Une chose intrigue cependant Lucie. Personne ne rentre jamais dans l'isba, les fenêtres de l'étage sont toujours occultées. Elle se demande ce que sa belle-mère peut bien cacher là-dedans. Est-ce qu'elle aurait gardé des objets de valeur ? Il vaudrait mieux faire moins de mystère et peut-être laisser les volets ouverts, elle va finir par attirer les voleurs. Georgette ne reçoit des amis qu'en été, dehors, sur la grande table dans le jardin, ou juste sur le perron où elle peut rester des heures à discuter en buvant du café et en fumant des petits cigares, parfois la pipe, jusque tard le soir, au fil des crépuscules qui s'étirent. Elle se donne des allures de dame, rit, chante, boit, sert les autres dans de beaux verres qu'elle a sortis on ne sait d'où, avec les manières élégantes d'une femme éduquée. Mais ses amis ne vont jamais plus loin que la cuisine qui sert aussi d'entrée, et surtout ils ne montent jamais l'escalier. Lucie, elle-même, n'y a jamais mis les pieds.

Serge y est monté, quand il habitait seul là-bas, et il a dit à Lucie qu'il n'y avait rien à voir, mais elle ne le croit qu'à moitié. Pourquoi Georgette en interdirait-elle l'accès si elle n'avait rien à cacher ? Les hommes ne sont pas fins, ils ne savent pas regarder. Lucie a insisté plusieurs fois, elle lui a posé des questions précises auxquelles il ne savait pas répondre, alors elle l'a prié de retourner y voir, à nouveau, pour bien regarder partout, mais il a refusé, catégorique.

Les yeux de chat de Lucie portent souvent leur attention sur le visage énigmatique de sa belle-mère. Elle se met à guetter les signes qui pourraient lui faire deviner ce qui se passe. On murmure que Georgette a un amant, comme si elle avait déjà oublié son mari. Lucie, qui a vingt-cinq ans de moins et qui a réussi à attendre son fiancé pendant six ans, ne la comprend pas. Il paraît qu'à la fin de la guerre, elle couchait déjà avec un homme au pied-bot, qui n'avait pas été mobilisé.

Un monstre, en somme.

Lucie imagine que ses mystères cachent une honte indicible. Elle l'observe caresser son chat siamois et parler à Nénette, et se dit qu'il y a tant de Français qui ont sauvé des bêtes quand ils auraient pu s'élever contre la déportation des hommes, des femmes, des enfants vers les camps de la mort.

— Va savoir ce que ta mère cache, lance-t-elle parfois à son mari.

Serge ne répond rien.

Lucie est toute proche de la vérité, mais elle n'a pas assez d'éléments pour tout comprendre.

Lucie veut savoir pourquoi ils se sont disputés, le soir où ils ont dîné en tête à tête, et pourquoi Serge n'a rien voulu lui raconter. Elle a d'abord pensé à une querelle d'ordre politique : sa belle-mère est restée profondément communiste, or Serge, qui a été emprisonné au Stalag avec des Russes, a appris que le régime soviétique n'était pas ce que ses parents lui avaient décrit tout au long de son enfance, et il est à présent socialiste. Serge écarte cette éventualité d'un revers de main.

— Mêle-toi de ce qui te regarde.

Lucie imagine que s'il ne veut pas lui en parler, et qu'il devient grossier, c'est que la raison en est très grave. Georgette a des choses à cacher depuis l'Occupation. Cela expliquerait la rareté de ses amitiés d'avant guerre, son goût du mystère, l'interdiction absolue d'aller au premier étage de sa maison. Elle se doute que cela a un rapport avec son beau-père, dont on ne parle jamais.

Elle décide d'affronter Georgette. Un après-midi où Serge n'est pas encore rentré du travail, elle apporte à l'isba les draps propres de Georgette, qu'elle lave elle-même parce que c'est devenu trop dur pour sa belle-mère. Elle en aura le cœur net.

Lucie évoque d'abord son frère, dont ils n'ont toujours pas de nouvelles. Sa mère et elle ont écrit partout, elles ont même retrouvé des copains de son régiment, qui affirment que la dernière fois qu'ils l'ont vu il était en France, mais pour l'instant elles n'ont aucun signe de vie. Ses doigts caressent doucement la pile de draps lavés et repassés qu'elle a posée sur la table. Georgette devient plus nerveuse, se lève, se rassied. Lucie hésite, mais elle continue :

— Parfois, c'est insupportable, je me dis qu'il est sûrement mort et je préférerais que cette attente se termine. J'hésite entre continuer à y croire comme si cela pouvait le sauver, et me résoudre à le considérer mort, pour me laisser aller à la douleur.

Le regard de Georgette se durcit. Lucie ne se laisse pas impressionner, elle a besoin de savoir, elle se lance :

— Et vous, vous avez appris quelque chose sur la disparition de votre mari ?

Les yeux de Georgette semblent tout à coup se rétrécir autour d'une lumière noire, presque folle, qui vacille, et sa réaction est si brusque que Lucie sursaute. Elle se lève d'un coup et disparaît dans l'escalier en déclarant que Lucie n'a pas à le savoir. De quoi se mêle-t-elle ? Depuis le palier, elle dit haut et fort :

— Commencez par me rendre mon livre. Vous croyez que je ne m'en suis pas aperçue ? Vous avez profité que je sois malade pour me voler.

Lucie reste plantée là, rouge d'humiliation face à cette colère que rien ne justifie, car si elle la trouve indiscrète, elle peut le lui faire savoir d'une autre manière, plus civilisée. Elle reconnaît les sautes d'humeur de son mari et se dit qu'ils sont tous cinglés, dans cette famille.

La pile de linge qui sent la lavande semble la narguer. Elle reste seule à table, pensant que sa belle-mère va redescendre d'un moment à l'autre. Ses yeux se promènent sur les coulures jaunâtres des murs de la cuisine, les fleurs séchées dans un vase, un bout de dentelle déchirée, le désordre habituel des bibelots de Georgette, l'odeur de sel marin mêlée à celle du papier peint défraîchi. Le chat s'est caché sous l'armoire. Il la regarde par en dessous, l'air dérangé.

Fidèle à son caractère, elle ne se laisse pas faire et bredouille à voix haute que si elle avait su, elle se serait bien gardée de laver son linge, mais elle ne sait même pas si Georgette l'entend, là-haut. Sa belle-mère ne revient pas. Au bout d'un moment, après avoir tourné en rond dans la cuisine en cherchant à savoir quelle maladresse elle a commise, et en quoi c'est si grave, Lucie s'en va, sans dire au revoir, en sentant le regard de Georgette sur elle à travers les volets.

Le soir, alors que Serge n'est pas encore rentré, on frappe à la porte. Lucie va ouvrir et se retrouve nez à nez avec Georgette. Elle n'a pas du tout envie de la revoir après la scène qu'elle lui a faite l'après-midi, qu'elle n'a cessé de ruminer. Fatiguée, elle n'a pas envie d'une explication pénible. Le ciel s'obscurcit déjà, les étoiles commencent à scintiller, c'est l'heure de se reposer de sa journée, pas celle de s'énerver à nouveau. Elle la laisse entrer malgré tout. Georgette ne dit rien, va au cellier, y pose un sac de linge sale, et repart, sans un mot. Lucie n'a même pas eu le temps d'ouvrir la bouche.

— Ça, c'est un peu fort, dit-elle, à haute voix, derrière la porte. Vieille folle.

Mais une heure plus tard, au moment où elle se met à préparer le dîner, elle trouve dans le sac à linge une assiette d'anchois marinés au citron, délicatement découpés en fins filets, et des palourdes farcies au persil et aux oignons, qu'elle n'a plus qu'à enfourner. Quand Serge lui demande ce qui lui vaut ce festin, Lucie lui dit que c'est sa mère qui a cuisiné pour eux. Elle lui raconte ce qui s'est passé, et au fur et à mesure que lui reviennent les détails irrationnels de la conduite de sa belle-mère, ils se mettent à en rire, tous les deux. Lucie a un peu pitié d'elle. Georgette a dû regretter de s'être emportée, elle a voulu réparer sa saute d'humeur, mais Serge secoue la tête, les yeux humides d'avoir ri, et dit :

— Elle est dingue, ma mère.

Pourtant, lorsque le dimanche suivant Serge la remercie pour le banquet du mardi, Georgette nie avoir déposé quoi que ce soit dans leur maison en regardant Lucie droit dans les yeux. Celle-ci en est muette de surprise. Georgette dit à son fils sans ciller, d'une voix aimable, que sa jeune épouse ne veut pas admettre qu'elle cuisine désormais mieux qu'elle.

Lucie ne proteste pas.

Elle ouvre son sac à main et dit :

— J'avais oublié de vous rendre ceci.

Calamity Jane regarde Georgette sur la couverture de ses mémoires. À présent, c'est elle, la plus surprise. Lucie se tourne vers Serge et dit :

— À la fin de la guerre, je n'avais vraiment plus rien à lire. Ta mère me l'a prêté pour me remercier de lui avoir donné de tes nouvelles, et de m'être occupée d'elle.

À partir de ce moment-là, elles se méfient l'une de l'autre. Lucie prend sa belle-mère tantôt pour une mégère, tantôt pour une amnésique, mais avec une conviction constante : celle que Georgette n'a pas toute sa tête, et qu'elle-même ne doit plus lui poser de questions, mais enquêter seule. Elle cherche dans les affaires de Serge ce qu'il a ramené de l'isba. Au début, elle ne trouve rien. Finalement elle ouvre la boîte du violon et y découvre une inscription en hébreu, à l'intérieur. Lucie est écœurée. Il ne manquerait plus que Georgette se soit glissée dans les maisons détruites pour y saisir des objets abandonnés par les déportés, comme d'autres qui plaident à présent que c'était pour les sauver des bombardements. Si sa belle-mère ne fréquente plus grand monde d'avant guerre, c'est peut-être pour éviter que des histoires sortent, ou que quelqu'un reconnaisse un objet. C'est facile de défendre les déshérités ou de se prétendre communiste quand on profite du malheur des autres.

— D'où vient ce violon ? Ce n'est pas celui sur lequel tu jouais avant guerre.

— Qu'est-ce que tu vas encore chercher, répond Serge, de mauvaise humeur. Bien sûr que si.

Le seul fait qu'il soit fermé à toute discussion renforce Lucie dans sa conviction qu'on lui cache quelque chose. L'époque où l'on soupçonne tout le monde de tout, où les dénonciations, les plaintes, les fausses rumeurs se multiplient, n'est pas encore terminée. Lucie se souvient du jour où on a promené une femme qui avait couché avec les Allemands totalement nue, à travers toute la ville, avant de tondre ses cheveux et de la griffer, par un morceau de sucre, d'une croix gammée sur le front. Georgette n'est pas allée la voir, alors que la plupart des gens de sa génération n'auraient raté ça pour rien au monde. Il paraît que la foule de revanchards énervés et habillés était nombreuse à l'insulter, cette femme au milieu d'eux, tandis que ses yeux tuméfiés regardaient par terre. Une femme lui avait craché au visage, une autre gueulait :

— Tu devrais avoir honte.

Georgette s'était justifiée en disant qu'elle n'aimait pas les tribunaux populaires. Lucie ne pouvait que lui donner raison.

— C'est vrai que je me demande bien ce que faisaient tous ces gens à l'époque, et pourquoi ils ne l'ont pas dit avant, quand les Allemands étaient encore là, qu'il ne fallait pas frayer avec eux.

Elle avait surveillé la réaction de Georgette du coin de l'œil. Celle-ci n'avait rien répondu et elle avait continué à caresser son chat, les yeux fuyants. Elle n'était pas comme les autres.

Lucie avait un peu peur d'elle. Son regard perçant, ses secrets, son agressivité méfiante étaient peut-être des indices. Et si elle avait dénoncé son mari ?

— Je préférerais qu'on juge ceux qui ont retourné leur veste, avait insisté Lucie. Mon patron, à la Perception, a retardé mon avancement pendant la guerre parce qu'il me soupçonnait d'être résistante, et maintenant il essaie de m'empêcher de gravir les échelons malgré mes bons résultats, parce qu'il m'en veut d'être du bon côté.

— Salauds de patrons, avait proféré Georgette comme un automatisme.

— Et tous ceux qui refont l'histoire et s'offrent des lauriers pour se faire une bonne place dans le nouveau régime… Si ça se trouve, parmi eux, il y a ceux qui ont dénoncé votre mari, et tant d'autres, avait osé Lucie. On ferait mieux de tondre les lâches, les collabos, les donneurs, plutôt qu'une ou deux filles faciles.

Mais Georgette était sortie dans le jardin, où Serge jouait avec la chienne. Nénette ne le lâchait pas d'une semelle. Tout le monde s'extasiait devant la fidélité de l'animal, sa mémoire, mais Georgette, elle, la trouvait juste ingrate. Elle lui en voulait d'avoir oublié qu'elle s'en était occupée pendant la guerre.

— Regarde-moi cette putain, avait-elle dit en montrant la chienne.

— Laquelle ? avait répondu son fils.

Sa lèvre supérieure s'était soulevée en un sourire, mais il ne ratait pas une occasion de lâcher une vacherie. Il la jugeait.

Lucie était restée seule à la table de la cuisine. Elle avait pensé à Jenny, espérant qu'on ne lui reprochait pas d'avoir couché avec des dizaines d'Allemands.

Georgette était revenue, passant à autre chose.

— Vous avez vu ? J'ai fait venir de la toile de jute, du Carreau du Temple. Il paraît que c'est à la mode d'en mettre sur les murs. Quand j'aurai ma boutique, j'en vendrai.

Elle avait défait un rouleau de tissu d'un coup de poignet, et le chat s'y était installé aussitôt pour pisser. Le siamois avait plus d'un tour dans son sac, et semblait se moquer de Georgette comme des autres. Lucie avait ri. Même le chat ne manquait pas une occasion d'être désagréable.

Elle avait questionné des amis de sa belle-mère. Peu d'entre eux l'avaient connue avant guerre, et ceux qui en avaient quelques souvenirs la décrivaient comme quelqu'un d'affable et débordée, qui avait possédé le magasin qui occupait tout le pâté de maisons des Nouvelles Galeries, avant la guerre. On l'avait peu vue ensuite. Plusieurs commerçants qui avaient leur boutique à côté de la sienne étaient morts dans les bombardements, ou avaient disparu. On racontait que pendant les attaques aériennes, alors qu'ils étaient réfugiés dans l'abri du centre-ville, son mari s'était emparé d'une bombe incendiaire à mains nues, qui menaçait leurs vies à tous, et qu'il était sorti en courant pour la relancer au loin, sauvant la vie de dizaines de personnes mais se brûlant les yeux. On disait qu'après cet épisode, il voyait mal. À partir de là, on perdait leur trace, à tous les deux.

Le récit que Lucie arrivait à recomposer sur son beau-père était décousu, et Serge ne l'aidait pas à le rapiécer, au contraire. Au mieux, il disait qu'il ne savait pas, au pire, il s'énervait en lui demandant ce qu'elle cherchait. Lucie ne voulait pas lui faire de mal. Elle avait remarqué qu'à l'état-civil, son beau-père ne s'appelait pas Albert, mais Abraham. Son fils lui avait rétorqué qu'avec un prénom aussi folklorique, ce n'était pas étonnant qu'il ait cherché à en changer. Après plusieurs rebuffades, elle s'était résolue à arrêter de penser à ce personnage énigmatique dont personne ne semblait vouloir se souvenir. Il était résistant (Lucie avait aperçu le diplôme dérisoire que les FTP avaient remis à Georgette après la guerre, prouvant par écrit qu'il avait eu un rôle actif dans une brigade), il était communiste, et il était polonais – il avait déjà trois bonnes raisons d'avoir été déporté. Pourquoi en aurait-elle cherché une quatrième ?

Georgette s'enfermait un peu plus dans l'isba. Elle croyait que Lucie ne lui poserait plus de questions. Le silence grandissait.

Georgette écrit plusieurs lettres au préfet, à la chambre de commerce, au maire, au juge de paix, pour récupérer le droit d'avoir une boutique, et elle reçoit finalement une réponse positive. On va non seulement lui rendre sa patente, mais en plus, compte tenu des bombardements, on va lui réattribuer un local. Elle n'y croit pas vraiment, préfère attendre de voir.

De leur appartement, il ne reste rien. L'immeuble a été détruit, comme quatre-vingt-dix pour cent de la ville, par les bombardements des Alliés sur la base sous-marine allemande, qui ont anéanti tout ce qu'il y avait autour. Dommages collatéraux. De toute façon, il ne devait pas y rester grand-chose : des charognards avaient commencé à fouiller les appartements quittés par les réfugiés bien avant leur départ pour Cléguérec, sans parler de ceux des juifs, dont on se doutait bien qu'on n'était pas près de les revoir. Georgette s'interdisait d'imaginer quel voisin pouvait bien s'asseoir sur ses chaises, quelle ancienne amie s'éclairait sous sa lampe de chevet en écoutant ses 78 tours, quelle commerçante se servait de ses ustensiles de cuisine. Tout ce qu'elle espérait, c'est que ce ne soit pas Guyonvard ou Blignes qui soient venus s'en emparer dès qu'ils avaient appris par le Commissariat Général aux questions juives qu'Abraham avait enfin été puni de ses origines. Georgette n'avait plus que les meubles sans valeur qu'ils avaient emportés dans la petite maison en terre battue, et l'isba. Ils avaient vendu le magasin pour avoir de l'argent liquide et pouvoir fuir, mais cela n'avait servi à rien et la dévaluation était passée par là. Elle était ruinée, ses économies ne valaient plus rien.

Marguerite avait vendu la ferme de ses parents au milieu de la guerre et en 1946, elle n'avait pu acheter qu'une paire de bœufs avec l'argent qui lui restait. Son mari était mort, ses garçons aussi. Elle tentait de survivre avec ses filles chez un de ses frères. Sa vie ne ressemblait plus à rien de ce qu'elle avait été.

Georgette était inconsolable de la mort de Marcel. Elle revoyait le nourrisson qui dormait dans le tiroir de la commode à côté d'elle, l'adolescent aux longues jambes qui avait travaillé sérieusement à l'école pour être à la hauteur de ses ambitions, le jeune adulte qui ne manquait jamais de lui écrire pour son anniversaire.

Elle n'osait pas se plaindre dans ses lettres à Marguerite : Serge avait survécu, Marcel, non. Sans réfléchir, elle avait envoyé un peu d'argent, et la moitié de ses tickets de rationnement, à Marguerite, qui avait fini par trouver une place à l'usine où Zélie avait terminé sa vie, et ne rêvait plus à aucune forme de liberté.

Le jardin était en friche, les iris plantés avant guerre avaient une couleur de deuil, le noyer avait noirci, mais à l'intérieur de la maison qu'Abraham avait construite de ses mains, elle aurait presque pu sentir sa présence : rien n'avait changé. Tout était tel quel, comme s'ils étaient partis la veille. Elle avait retrouvé l'argenterie, cachée dans des rouleaux de tissu enterrés dans le jardin, des boîtes en carton remplies de lentilles et de pois cassés qui n'avaient pas germé, dissimulées sous les draps brodés aux initiales de sa mère, et puis des sous-vêtements de satin qui lui permettaient de se souvenir des meilleurs moments de sa jeunesse. Un à un, elle avait déterré ses trésors absurdes. Quand tout avait été rangé, elle avait caressé sa machine à elle, son violon à lui. Le soir, elle s'était allongée dans leur lit aux montants de bois tourné, face à la fenêtre ouverte où soufflait l'air de la mer, et elle avait dormi d'un sommeil sans rêve, pour la première fois depuis deux ans.

Elle s'était dit qu'elle allait peut-être, une fois encore, réussir à remonter la pente. Pour cela, il lui fallait retrouver sa machine à coudre, les ourlets, les boutons, toucher la soie et la popeline, retrouver la réalité de son métier. Coudre. Dessiner. Couper. Habiller les gens, les protéger sous des couches de tissu, les aider à se retrouver eux-mêmes.

Cinq semaines plus tard, elle a reçu un courrier : elle pouvait venir découvrir son nouveau magasin. L'inauguration aurait lieu le lundi suivant. L'adresse était notée au bas de la page.

C'était donc vrai.

Elle quitte l'isba en robe de mousseline vaporeuse fortement échancrée sur le devant. Elle veut faire bonne impression. À plus de cinquante ans, elle se surveille pour garder une silhouette attirante, ventre plat et poitrine qui se tient, même si ses jambes paraissent plus jeunes que son visage, premier signe du déclin de sa séduction. Plutôt que de se sentir déprimée, cela donne à Georgette une urgence à séduire encore un peu avant de ne plus être en mesure de le faire. La vie a filé, d'une désillusion à l'autre. Il lui reste la possibilité d'aimer. Une lueur peu farouche dans le regard, elle grimpe dans le bus en sautillant presque sur ses talons bobine, qui sont un peu démodés mais dont le cuir a été briqué. C'est la première fois qu'elle va au centre-ville depuis son retour : en soi, c'est déjà une sortie, une occasion de se réjouir. Ses malheurs lui paraissent derrière elle, ce jour ressemble à un nouveau départ. Il fait chaud, le soleil tape contre les vitres. Elle replie le siège de bois en lissant la mousseline sur ses fesses et se sent désirable, jeune. Les devantures des avenues défilent, certaines sont encore fermées, d'autres ont des vitrines flambant neuves. Des groupes de filles font la queue devant l'imprimerie et lui rappellent celles des ateliers de couture, qui défilaient le matin les yeux lourds et les mains piquées par les aiguilles

– des filles qui rêvaient d'un monde meilleur, et dont elle faisait partie. Georgette presse son visage contre la vitre. *Tu verrais ça, Abraham, la ville repousse comme une forêt après l'incendie.* Les rues sont maintenant de larges allées rectilignes qui ne ressemblent plus aux courbes d'avant guerre et les immeubles s'y empilent aussi nettement que des boîtes à chaussures. Les lotissements se suturent les uns aux autres autour de terrains de jeux anguleux. On rêve de lignes claires et d'organisation nouvelle. Il ne reste plus rien des quartiers anciens, mais des bunkers, impossibles à détruire, recouverts de fientes de mouettes, parsèment les carrefours en souvenir de l'Occupation. La gare est construite au centre-ville, ce qui est pratique pour les piétons mais immobilise les voitures à chaque passage de train. On ne se rend pas encore compte que ce n'est pas très pratique. Les prostituées, qui ne travaillent plus dans des maisons de tolérance, voient rapidement l'aubaine de ce quartier comme dessiné pour elles, et tapinent chaque soir le long du moderne cours de Chazelles où passent aussi bien les voyageurs de commerce que les pères de famille qui rentrent du travail. La ville se remet à vivre.

Les vêtements des passagers du bus sont pour la plupart défraîchis, démodés, abîmés : les poignets sont élimés, les ourlets mériteraient d'être refaits pour gommer leur usure, certaines mailles de gilet ont sauté. Autant de travail en perspective. Les gens n'ont pas encore assez de moyens pour commander des habits neufs, mais ils en ont juste assez pour les faire réparer. *Si tu étais là, on se referait, comme des joueurs de cartes.* Elle se sent prête à parier sur l'avenir, même seule. Elle remarque un homme aux allures de clochard et le plaint, la pente va être dure à remonter pour lui. Tant qu'on trouve pire que soi, il reste un peu d'espoir. Elle s'est lavé les cheveux et les a mis en plis, ils brillent au soleil.

Elle observe la ville aux allures de chantier géant et les nouveaux bâtiments aux allures soviétiques. On les critique avant même qu'ils sortent de terre. Georgette, elle, n'y trouve rien à redire, elle est restée communiste, même si elle craint qu'en participant au gouvernement gaulliste, ils s'amollissent. Si on pouvait leur emprunter plus que l'architecture, aux Soviets, elle serait contente. Elle continue à pied et, malgré le soleil cuisant, elle évite la rue où était son magasin avant la vente. C'est une des rues principales du centre-ville, mais elle n'y remettra jamais les pieds au cours de sa vie. Elle fera des détours – en se disant à chaque fois que c'est ridicule – juste pour ne pas avoir mal en voyant le magasin détruit, puis rénové sous une enseigne moderne, celle des Jouanno, Les Nouvelles Galeries. Il paraît que le grand magasin a beaucoup de succès.

Elle longe la rue du Port et retrouve le marchand de fruits et légumes, le kiosque à journaux, la caserne de pompiers où loge Laurent, qu'elle vient d'embaucher pour qu'il fasse son jardin une fois par mois, et qui lui rend visite de plus en plus souvent. Georgette observe sa silhouette dans une vitrine et se promet de passer le voir en fin d'après-midi. Avec un peu de chance, sa femme ne sera pas là et ils pourront rigoler un peu. Il a vingt-cinq ans de moins qu'elle, mais on dirait qu'elle ne lui est pas complètement indifférente.

Elle parvient face à un drôle de parc où de petites baraques noires sont alignées les unes contre les autres, sur quatre allées désertes, éclaboussées de soleil. C'est là. Il y a des barbelés tout autour des baraquements. On dirait une prison.

Elle traverse la rue et tout a changé. La lumière semble plus grise, les rues plus poussiéreuses, les boutiques plus petites et les vitrines plus ternes. Aucun magasin n'est encore ouvert, l'inauguration n'ayant pas encore eu lieu, et on dirait une ville fantôme dans un western. Georgette enlève son chapeau qui ne sert plus à rien, et s'essuie le front. Elle voit l'enseigne des Marx, qui avaient eux aussi un magasin de nouveautés avant la guerre et vont se retrouver là, dans un réduit à la façade noircie au goudron, celle des Kongrad, celle des Ockrent, le Tigre royal. Elle pense à la maison close tenue par un juif dans une des rues derrière la chambre de commerce, vont-ils lui donner un local à lui aussi ? D'autres magasins, tous identiques, tous aussi minables, s'alignent sous des pancartes peintes avec les mêmes lettres, et tout à coup elle voit la sienne : Au Sans Rival, un nom si dérisoire maintenant que toutes les boutiques se valent. Georgette a chaud, une lente suée monte dans son corps, elle sent les gouttes de transpiration couler le long de ses aisselles. Elle se sent flouée. *Qu'est-ce que tu espérais*, s'entend-elle dire à Abraham, *tu as toujours été tellement rêveur, pauvre imbécile*. Elle voit une femme changer de trottoir pour ne pas la croiser, puis un couple qui se promène dans les rues silencieuses. Si elle n'était pas si fière, elle leur parlerait, mais quand ils passent à sa hauteur elle s'aperçoit que la femme pleure, et que son compagnon la porte plus qu'il ne l'accompagne. Accrochée à son sac à main, Georgette avance vers son magasin, et regarde à l'intérieur.

Retenant son souffle, elle pose sa main sur la vitre et y laisse l'empreinte du bout de ses doigts. La petite pièce est simple, sombre, et il y a juste un comptoir et des étagères. On dirait une épicerie.

Elle est tête nue, et le vent de la mer souffle glacé dans ses cheveux.

Le grand magasin, ou même la patente de marchand forain, valaient mille fois mieux que cette baraque toute noire construite à la va-vite. On lui a donné un lot de consolation, qui ne pourra jamais faire vivre personne.

Georgette vient de comprendre qu'elle est ruinée pour de bon, et que cette fois elle ne s'en relèvera pas.

Elle rentre à l'isba et voudrait qu'Abraham soit là. À la recherche de ce qui pourrait bien faire taire la douleur qui s'est insinuée en elle, elle tourne dans la pièce et regarde les objets qui l'entourent, cherche la présence de la chienne, ne trouve pas le chat. La force qui l'a toujours caractérisée n'est plus là. Elle se sent vide. Même l'envie de vengeance qui l'animait à la fin de la guerre a disparu. Cette fois, elle n'arrivera pas à tout recommencer à zéro. Le clochard qu'elle a croisé le matin même lui revient en mémoire. Elle s'écroule sur la table de la cuisine, et pleure, à présent qu'elle est seule et que personne ne peut la voir.

Ils vont voter tous les trois, pour le premier scrutin ouvert aux femmes. On s'inquiète : les prisonniers ne sont pas encore tous rentrés, ce qui va renforcer l'importance prise par le vote féminin. Un député (qui pense être féministe) déclare qu'on n'a pas à s'inquiéter : la plupart de ces femmes voteront probablement dans le même esprit que leur mari absent. À part cet optimiste, tous redoutent que les femmes, encore idiotes quant à la politique, ne dénaturent le scrutin. « Si au moins les féministes étaient jolies », soupire un sénateur.

Dans les journaux, les caricaturistes s'en donnent à cœur joie. « Pour qui faut-il qu'on dévote ? » demande une grenouille de bénitier à son curé dans *Le Canard enchaîné*.

Lucie rit : enfin, les femmes vont pouvoir changer le monde, mais Georgette gâche sa joie, elle n'y croit plus.

— Aucun parti politique ne fait une vraie place aux femmes dans ses rangs, ils s'en foutent, grogne-t-elle.

— Ce n'est pas vrai, maintenant qu'elles votent, on s'intéresse à elles, croit Lucie. Il y en a qui veulent défendre les droits des femmes.

— Ils sont rares. Le mot féministe reste une insulte, qu'on prononce en ricanant. On nous donne le droit de vote, mais ce n'est pas demain que les femmes vont pouvoir décider de quoi que ce soit en politique, et ne parlons même pas de devenir députée ou ministre.

Elles défendent l'une et l'autre la cause des femmes, mais de manière différente. Georgette revendique la liberté d'être soi-même, et de coucher avec qui elle veut, Lucie, l'indépendance vis-à-vis des hommes. Pour elle, la dignité, c'est avant tout celle de s'assumer, et pas seulement financièrement. Une femme doit pouvoir vivre sans homme.

Ce n'est pas l'avis de Georgette, visiblement.

Elle a décidé de vivre avec Guillaume dans l'isba. Ce grand gaillard au tempérament calme et au rire gargantuesque qu'elle a rencontré à la fin de la guerre, à Cléguérec, est venu jusqu'à Lorient pour la retrouver.

Guillaume, comme Apollinaire, son poète préféré.

Cela faisait déjà quelques semaines qu'elle évaluait dans le miroir ses capacités à attirer un nouveau mari – elle avait eu une liaison avec le pied-bot, puis une aventure avec Laurent, le pompier qui faisait son jardin, avant de passer des mois à coucher seule, en se frottant parfois sur un oreiller ou sa main. Georgette n'est plus tout à fait jeune, elle est veuve, la vie n'a pas été tendre avec elle. Son corps, lui-même, a des désirs souterrains, des peurs panique. Elle se réveille souvent la nuit avec la gorge serrée. Le ciel ressemble à une pelote à aiguilles, les étoiles piquent ses yeux et l'empêchent de dormir. S'allonger contre la chaleur d'un autre corps ne répare rien, mais cela permet de se rendormir jusqu'au matin.

Au début, elle ne peut se départir de l'impression qu'Abraham la voit, et la juge. Ce n'est pas comme Jean-au-pied-bot, qu'elle ne voyait que pour faire taire le désir dans son ventre. Elle sait que ce qu'elle ressent pour Guillaume est plus important, et ne sera pas sans conséquence. Alors elle manifeste une certaine froideur envers lui – Abraham lui en voudra peut-être moins si elle le maltraite un peu. Mais petit à petit, elle s'habitue à Guillaume et se surprend à bavarder avec lui au petit déjeuner en ayant tout oublié des angoisses de la nuit. Il l'emmène au cinéma, au théâtre, boire une bière, danser. Après avoir vérifié que les lignes de sa main sont bien disjointes, elle accepte de lui donner la sienne. Elle va se marier, pour la troisième fois. Est-elle égoïste ? Est-elle bonne ou mauvaise ? Fuit-elle la vie, ou, au contraire, est-elle en train d'en profiter ?

Parfois elle boit trop, et on la juge mal. Encore. Les voix des autres femmes bavardent à son propos. On ne la laissera jamais tranquille. Elle finit une bouteille parce qu'il n'y a que quand elle boit qu'elle oublie complètement son malheur – et encore, pas toujours. Sa vie n'a pas toujours été belle, elle a commis des erreurs, elle a eu trop d'hommes dans sa vie, mais elle en a aimé un. C'est la seule vérité absolue qu'elle connaisse.

Guillaume sait qu'elle ne l'aimera jamais autant qu'Albert. Il l'accepte, comme il accepte ses bizarreries et obéit à l'interdiction de monter au premier étage. Il est heureux de ne pas travailler, de pouvoir vivre dans une maison au bord de la mer et auprès de cette petite bonne femme vive et volontaire. Ce ne sont pas deux pièces interdites ou quelques colères qui vont l'empêcher de l'épouser.

Elle continue d'être communiste, jusqu'au bout des ongles, mais elle ne veut plus participer aux réunions politiques enfumées où l'on s'empoigne au-dessus des tables. Abraham parti, c'est comme si ces discussions ne valaient plus rien. Après la guerre, l'horizon est ouvert, les communistes sont au gouvernement, elle pourrait profiter de ses dizaines d'années d'action pour défendre des idées auxquelles elle tient particulièrement, et peut-être même grimper dans l'appareil politique. Certains dirigeants de parti veulent capter le vote des femmes et cherchent à placer quelques-unes d'entre elles bien en vue pour convaincre les autres qu'on les écoute. Mais Georgette n'a jamais été calculatrice, et refuse ce type d'ambition. Pour elle, la politique est plus noble que cela. Les décennies qui vont suivre vont la décevoir l'une après l'autre.

Lucie la méprise de ne pas pouvoir vivre sans amant. Elle ne comprend pas qu'elle parle déjà remariage. Pour elle, on ne peut pas se prétendre féministe et dépendre d'un homme. Par ailleurs, elle considère qu'on doit être fière d'être une femme, et qu'il est donc inutile de se travestir en homme. Lucie aime les robes, les jupes – et n'a qu'un ou deux pantalons.

Elles vont se retrouver autour d'un livre.

C'est une bombe littéraire : *Le Deuxième Sexe*. Le scandale est immédiat. Des hommes sont fous furieux. « Nous avons littérairement atteint les limites de l'abject », écrit François Mauriac. Le livre choque aussi bien à droite qu'à gauche. Les associations féministes n'osent pas soutenir Simone de Beauvoir, qui s'oppose presque seule à ses détracteurs. Georgette, elle, l'adule :

— Voilà les dames bien-comme-il-faut, toujours prêtes à s'indigner ! Le plus grand scandale, c'est la domination masculine, pas le fait de s'y opposer.

Lucie est un peu gênée par les pages consacrées au sexe. Elle ne comprend pas bien pourquoi on fait tant d'histoires autour du plaisir : elle aime que Serge la prenne dans ses bras, mais toute cette importance qu'on donne à la jouissance l'étonne un peu. Peut-être cela vient-il à la longue. Elle soutient le combat de celle qu'elle appelle Simone comme une vieille amie, mais elle ne peut pas adhérer complètement à ce livre écrit par une femme qui parle de rapports sexuels sans aucune retenue, et elle n'y fait jamais allusion publiquement. À la Perception, par exemple, personne n'ose citer ce brûlot qu'on se prête pourtant sous le manteau, comme une lecture cochonne.

Serge, quant à lui, ne lit pas le livre, qu'il prend pour des histoires de bonnes femmes.

Quelques mois après la parution de ce livre révolutionnaire, leur petite fille naît. Lucie est sûre qu'elle aura une vie plus libre que toutes les femmes gigognes qui l'ont précédée.

Au moment où elle vient au monde dans leur chambre à coucher, le médecin demande au futur père :

— Alors, Monsieur Mankiewicz, vous préférez un garçon ou une fille ?

— J'aimerais une petite fille, blonde aux yeux bleus, répond-il.

Une petite fille, parce que les hommes côtoient trop de malheur. Une blonde, parce que cela lui en évite d'autres. Est-ce qu'il a conscience, à ce moment-là, que ce qu'il demande, c'est une petite aryenne ? Ou est-ce que les codes et les goûts sont tellement ancrés dans l'esprit du temps qu'il est impossible qu'il réponde une brunette aux yeux noirs ?

— Vous pouvez être heureux. C'est une fille, et elle a les yeux bleus, dit le médecin en brandissant un nouveau-né gros comme un cochon.

Ce jour-là, Serge ouvre l'armoire en bois décoré et en sort l'étui de son violon. Le souvenir d'Abraham prend place entre lui et le soleil. Il pose l'archet sur les cordes et les notes viennent comme s'il n'avait jamais cessé de jouer. Il joue du violon comme on envoie un message au ciel.

La nuit, parfois, quand le plafond de la chambre s'illumine d'éclairs qui traversent les volets, elle se réveille parce que Serge hurle. Dans son rêve il appelle à l'aide mais personne ne vient car aucun son étranglé ne sort de sa bouche. Il remue les lèvres comme un poisson hors de l'eau, mais Lucie allume la lumière et alors seulement il s'aperçoit qu'il a vraiment crié. Elle le prend dans ses bras en chuchotant des mots inventés pour qu'il reprenne son souffle, et il lui semble tout petit, recroquevillé dans des draps devenus coquille. Il tremble à chaque grondement de l'orage qui vient de la mer. Elle croit qu'il perçoit dans le tonnerre des bruits de guerre, des odeurs de métal et de sang, la sueur des bombardements. Dans la chambre éclairée de blanc, c'est comme si des images se projetaient sur les murs. Ses iris sont gris, ses yeux, écarquillés. Mais ce n'est pas seulement ce qu'il a vécu qui le hante, c'est aussi ce qu'il imagine que son père a vu avant de mourir, ou ce qu'il aurait pu faire pour que cela ne se produise pas. Pourquoi n'a-t-il pas pu le sauver ? Est-ce aux pères de sauver les fils, ou l'inverse ? Et sa mère, qu'a-t-elle fait pour sauver son mari ? Comment pourrait-il le savoir, alors qu'il n'arrive même pas à lui parler ?

Un jour, il pleure.

— Rien de tout cela n'a de sens, dit-il. Ni mon passé, ni mon futur.

Passé et futur le tiennent en étau des nuits entières. Lucie s'efforce de rester calme et lui caresse la joue pour qu'il s'apaise. Il parle confusément du temps qui mélange tout, des souvenirs épars qu'il ne sait plus ranger en bon ordre dans sa mémoire, de ces images qui viennent le saisir à toute heure du jour ou de la nuit et se superposent à sa réalité – qui *deviennent* sa réalité, la remplacent. Parfois il est à nouveau sur le champ de bataille et ne voit plus l'armoire aux roses sculptées dans le bois, mais à sa place, son copain qui l'appelle à l'aide alors que ses jambes ont disparu et qu'il n'est plus qu'un tronc. Parfois il croit ne plus pouvoir rejoindre son corps qu'il voit de haut, à distance, comme celui d'un autre, comme ceux qui ont été recouverts d'une terre qu'ils ne connaissaient pas. Il croit se dissoudre, dériver en l'air et glisser le long des fenêtres, puis au-dessus des rues, jusqu'à la mer, jusqu'à l'époque bénie où son père lui apprenait à jouer du violon et où tout était encore possible.

Il oublie qui il est. Il pourrait tout aussi bien être un autre. Pragmatique, elle dit qu'elle saurait s'en rendre compte, et le serre dans ses bras. Il reste tout contre elle en silence. Les roses de bois retrouvent peu à peu leurs contours. L'orage se calme, quelques lueurs du jour qui vient commencent à apparaître. Elle entend sa fille babiller dans son sommeil, protester contre la pluie salée qui frappe la fenêtre.

— Écoute-la. Parfois elle rit en dormant tellement elle est heureuse. Pense à elle.

— Tu ne comprends rien. On m'a volé ma vie, et je la regarde en spectateur. Je n'ai l'impression de vivre que pour mourir.

— Celle qui t'a volé ta vie, c'est ta mère, déclare Lucie.

Et au moment où elle le dit, elle le pense vraiment. Ce ne sont plus les calamités, la guerre, la déportation, la crise, qui sont responsables de leurs malheurs. C'est Georgette, qui l'a dépossédé de ses études, Georgette, qui a perdu son argent, Georgette, qui ne parle de rien. Sans elle, ils seraient heureux, tous les trois.

L'orage de mer dure quarante jours, et chaque nuit Serge se réveille en sueur, son teint devenu crayeux à cause des éclairs ou de la peur. Au milieu des coups de tonnerre assourdissants, sa femme le berce, patiemment, comme elle bercerait l'enfant qui, elle, dort à poings fermés dans la chambre contiguë. Il ne parvient à s'endormir que dans la lumière étique de l'aube. Peu à peu, il croit Lucie et se met à critiquer sa mère avec elle.

Solange grandit discrètement. Elle chuchote, joue seule. Il est entendu qu'elle n'aura ni frère ni sœur.

— Tu te débrouilles comme tu veux, mais je n'en aurai pas d'autre, dit sa mère.

L'accouchement a été pire que tout ce que Lucie imaginait. Une bataille, où elle a cru laisser sa peau. Yeux exorbités, jambes arquées, dents contre la lèvre à la faire saigner. Souffle, court, long, éternel. Personne ne l'avait prévenue. Les femmes se gardent bien de le dire aux autres, pour la survie de l'espèce. Elle se jure de ne pas se taire et de prévenir sa fille dès qu'elle en aura l'âge. C'est une boucherie. Une injustice faite aux femmes, dès le départ.

Le médecin a cru bon d'ajouter « le point du mari » : quand il l'a recousue, il l'a fait bien serré, pour que « Monsieur ait l'impression d'avoir une vierge dans son lit ». Il l'a dit sans honte, alors qu'il l'inspectait devant toute son équipe, le lendemain de l'accouchement. Résultat : Lucie, qui n'était déjà pas très portée sur le sexe, a très mal quand elle fait l'amour. Pire, la cicatrice se rappelle à elle à tout moment de la journée, comme une piqûre de sa faute – celle d'être une femme.

Merci, docteur.

Bientôt, Serge va lui aussi maudire le médecin, parce que son zèle n'a servi qu'à détourner sa femme du plaisir pour toujours. Elle prétexte son corps endolori par l'accouchement, puis la fatigue due au bébé. Ensuite, toute excuse est bonne à prendre. Lucie ne veut pas d'autre enfant. Au début, c'est très simple : ils n'ont plus de rapports sexuels. La petite tète jour et nuit, et Lucie est épuisée. Elle la laisse crier jusqu'à ce qu'elle se calme. Le bébé hurle de faim, pleure pour l'appeler, mais peu à peu elle apprend à dormir toute la nuit. Serge se rapproche de sa femme, se plaque contre son dos. Elle soupire, il croit que c'est de l'amour, alors que c'est de l'agacement. Son sexe durcit, il essaie de s'introduire en elle, Lucie serre les cuisses, elle n'a qu'une peur, que ça recommence. Il l'embrasse, elle finit par se laisser tenter. Mais chaque coup de rein est un supplice. Son sexe est devenu plus étroit qu'avant. Elle reste étendue en étoile sur les draps pour juguler la douleur. Il ne la trouve pas drôle, se referme encore plus. Elle lui demande s'il arrivera à se retenir, terrifiée par l'idée d'un autre accouchement. Il accepte de faire attention. Il lui fait l'amour mais c'est lui, maintenant, qui a perdu de son naturel.

Il roule sur le côté et regarde au-dessus de lui. Lucie s'est endormie et souffle fort. Il se rapproche à nouveau de son corps, mais elle ne se réveille pas. Un gazouillis du bébé suffit à la mettre debout, mais son mari ne lui importe plus. Maintenant qu'elle est mariée, elle n'est plus disponible pour lui. Il se tourne de son côté, déçu.

Quand, n'y tenant plus, il progresse millimètre par millimètre dans le lit pour tenter un rapprochement, elle exhale parfois un soupir résigné qui signifie que c'est d'accord, pour cette fois. Elle ouvre à peine un œil, bouge pour l'accueillir, l'entoure de ses bras, l'embrasse parfois les lèvres fermées et il lui fait l'amour, presque clandestinement, sans un mot. Elle semble à demi consciente et remue à peine sous lui. À partir de cet instant, il doit se concentrer pour ne pas jouir en elle – ce qui le détourne largement de la jouissance. Le plaisir ne vient qu'après, une sorte de fatigue souriante, comme lorsqu'on prend une bonne douche à la suite d'une course à pied. Ensuite, ils restent allongés dans l'obscurité, côte à côte, jusqu'à ce qu'ils s'endorment – ce qui est une forme d'échange amoureux, sans doute. S'ils n'ont jamais cessé de s'aimer, le sexe n'a jamais fait partie de leur vie – en tout cas, de celle de Lucie.

Le bébé pleure dans son berceau, seul sur son oreiller brodé. Ses cheveux sont trempés de sueur et collent à son front. Serge ne sait pas comment entrer en contact avec cette toute petite fille qui ressemble pourtant exactement à celle dont il croyait rêver. Il touche du doigt sa peau satinée. La petite est impressionnée par son silence et n'ose pas faire plus de bruit que lui. Quant à Lucie, elle n'aime pas les enfants remuants. Elle pensait qu'un bébé servait à resserrer les liens du couple ; déçue, elle n'arrive pas à comprendre à quoi cela pourrait servir d'autre. Elle se garde bien de le dire autour d'elle, ce ne serait pas correct, de la part d'une mère.

Elle ne dit pas que tout lui fait mal, ses seins secs, son sexe mal recousu, le manque de discussions avec son jeune mari, le sentiment maternel qui vient difficilement.

Quelques semaines après la naissance de sa petite-fille, cinq ans après la déportation d'Abraham, Georgette reçoit la lettre du maire qui lui confirme qu'il est mort dans un camp de concentration, à Auschwitz.

Elle se doutait qu'il était mort mais elle l'attendait encore. Apprendre avec certitude qu'il n'a pas disparu en Allemagne mais en Pologne n'ajoute qu'un peu plus de cruauté à la nouvelle. Ainsi, il sera retourné au pays de sa naissance pour y mourir, comme certains animaux dont la vie tourne en rond. La bouche de Georgette se tord, mais elle se retient de pleurer devant la lettre, comme si celle-ci pouvait la voir capituler et qu'elle ne voulait pas donner cette faveur à l'ennemi.

Ne pas s'épancher, c'est traiter les nazis avec mépris, diminuer leur importance.

Garder le silence, c'est éviter que sa bouche s'élargisse dans un cri d'horreur qui finirait par l'avaler tout entière.

Elle s'assied sur le lit, leur lit. Ses mains caressent machinalement le tissu. Elle se voit dans le miroir de l'armoire en noyer. Seule dans leur chambre vide.

Elle est là.

Lui ne le sera plus jamais.

Il est mort le 15 février 1944. Dès son arrivée au camp.

Peut-être a-t-il été jugé inapte au travail et exécuté aussitôt.

Peut-être a-t-il tenté de fuir et il a été abattu.

Il a dû essayer de s'évader, c'était son caractère. Il ne se jugeait jamais perdu.

Tout, plutôt que de se dire qu'ils l'ont berné en l'envoyant à la douche, et gazé.

Savoir qu'il est mort met fin à une période d'atroce incertitude, mais ne le rend pas plus absent pour Georgette. Elle a beau ne pas croire en Dieu, elle pense que les morts planent quelque temps au-dessus des vivants et ne disparaissent pas tout à fait – à moins que ce ne soit qu'un réflexe de son cerveau qui préfère inventer que souffrir trop. Tant qu'elle ne savait pas si Abraham était encore vivant quelque part, son attention était concentrée sur la porte d'entrée et le petit chemin devant la maison, où il pourrait apparaître un jour. À présent qu'elle n'a plus à l'attendre, dès qu'elle sent une présence dans son dos, qu'elle égare son nécessaire à couture ou ne trouve plus le tire-bouchon, elle le rend responsable. *Encore une de tes blagues, arrête un peu ça.*

Parfois le chat s'écarte du chemin pour une boucle de quelques centimètres et elle murmure : *c'est fou comme les chats sentent tout.*

Abraham ne rentrera pas, mais pour elle, il est revenu.

Un fantôme.

Une présence qui continue de l'accompagner. Elle n'a jamais porté de noir, et cette fois non plus elle ne marque pas le deuil. Cinq ans après, ce serait ridicule, d'autant qu'elle vit avec Guillaume.

Personne ne sait qu'elle a appris la mauvaise nouvelle, pas même son fils.

Elle ne répond pas non plus aux lettres de Rosa. La première, elle l'a trouvée quand elle est revenue de la maison dans les bois. Elle a été tellement outrée de constater que ç'aurait été si facile, toutes ces années, pour la première femme d'Abraham, de trouver leur adresse, elle a eu tellement mal au cœur de se dire qu'il aurait été heureux de recevoir une photo de ses enfants devenus grands ou un mot lui racontant ce qu'ils devenaient, de l'autre côté de l'Atlantique, qu'elle ne lui a pas répondu. Rosa n'avait qu'à se manifester avant, quand il était vivant et qu'il aurait tant donné pour avoir de leurs nouvelles. Ce n'est pas aux morts qu'on écrit.

Quand elle reçoit la deuxième lettre l'année suivante, elle comprend que l'autre insiste pour voir s'il n'y a pas quelque indemnité à récupérer. Son ancienne femme a toujours cru que si elle avait séduit Abraham, c'était pour son argent – alors que Georgette en avait beaucoup plus que lui. Au fond, Rosa a toujours pensé qu'Abraham n'était pas si *aimable*.

La colère manque de l'étouffer.

*Elle n'aura rien. De toute façon il n'y a plus rien à partager.*

Plutôt que d'avouer à Rosa qu'elle est ruinée, seule, vaincue, Georgette choisit de se taire. Elle remet le courrier dans l'enveloppe et la déchire, avant de l'enfouir au milieu des ordures.

Les jours passent et elle ne parle à Serge ni du courrier du maire, ni des lettres de Rosa. Ne rien dire, c'est prolonger ce temps où la disparition d'Abraham n'était pas tout à fait réelle. Se taire, c'est le faire exister encore un peu. Ne pas parler de Rosa et de ses enfants, c'est les oublier tout à fait. Elle les raye de l'histoire, efface leur paragraphe.

Quant à Serge, il ne pose pas de question. Savait-il qu'ils existaient ? Est-ce que son intérêt pour les civilisations précolombiennes venait d'une envie d'aller en Amérique du Sud ? Son père ne parlait-il pas de ses enfants ? Même si Georgette ne le souhaitait pas, Abraham n'aurait-il jamais fait allusion à eux ?

Une seule fois, elle parlera de la déportation d'Abraham, et ce sera à sa petite-fille, qui ne la croira pas. Solange a six ans. Georgette lui apprend à se laver les mains. La petite fille aime sentir ses mains glisser dans celles de sa grand-mère, peau contre peau, à grand renfort de mousse de savon et de bulles irisées. Elle insiste, à chaque fois, pour qu'elles se lavent les mains ensemble et pas l'une après l'autre. C'est un rituel entre elles deux. Georgette décrit toujours, l'une après l'autre, les étapes nécessaires.

— D'abord le dessus, puis les paumes, on n'oublie pas les jointures des doigts, les poignets…

Le regard de Georgette se perd tout à coup dans le filet d'eau qui coule. Ses yeux semblent regarder à l'intérieur. Elle n'est plus là. La petite continue un temps de jouer avec les mains douces qui s'entrecroisent aux siennes, puis elle regarde sa grand-mère, qui laisse couler l'eau du robinet plus qu'il ne faut. Tout à coup, le visage de Georgette se fige et elle lâche :

— Ton grand-père, les Allemands, ils en ont fait du savon.

En 1949, l'année où *Le Deuxième Sexe* paraît en France, les lettres de Calamity Jane sont éditées aux États-Unis. Le succès est immédiat, partout dans le monde. Des passages sont traduits en français et publiés dans les journaux. Georgette pense à commander un exemplaire en anglais, puisque le livre n'est pas encore traduit, et à le déchiffrer armée d'un dictionnaire, mais elle craint de se gâcher le plaisir. Elle se contente des extraits et des citations.

Jean McCormick, la fille de Calamity Jane, à qui sont adressées les lettres, écrit la préface, qui commence ainsi :

« Quand Calamity Jane mourut, le 1er août 1903, elle n'avait plus qu'un seul ami, un prêtre, qui accourut à sa demande le jour de sa mort. Il la trouva aveugle, sans un sou, et seule. »

Georgette est troublée, et pas seulement parce que Calamity avait pour ami un curé, mais surtout parce que si elle est morte en 1903, comme le dit sa prétendue fille, et pas en 1905, comme l'indiquent les *Véritables Mémoires de Calamity Jane*, alors elle-même n'a pas pu voir Calamity Jane à Lorient un an après la mort de sa mère, le 10 septembre 1905.

Serait-il possible que la propre fille de Calamity se trompe sur la date de sa mort ?

Elle se met à enquêter. À défaut de pouvoir lire les lettres, elle se plonge dans la véritable histoire de Calamity Jane, qui n'est pas toujours celle de ses mémoires.

Les archives du Far West ne sont pas parfaitement

fiables, et Calamity Jane elle-même a brouillé les pistes. Elle a, par exemple, diverses dates de naissance, qui vont de 1844 (quand elle gagnait à être considérée plus âgée qu'en réalité) à 1860 (plutôt vers la fin de sa vie, peut-être dans une ultime coquetterie). Georgette sait que Calamity a exagéré certains de ses faits d'armes ou enjolivé quelques épisodes de sa vie. Mais la date de sa mort, elle n'a pas pu la modifier.

Georgette trouve une photo du cimetière où est enterrée Calamity Jane. Sa pierre tombale n'est pas gravée de la bonne date, puisqu'on y lit qu'elle est morte le 2 août, alors que pour Georgette et Jean McCormick, c'est le 3 août. Mais l'année qui y est inscrite est à nouveau 1903.

Cela signifie que Georgette n'a jamais vu Calamity Jane en vrai.

La photo qui est accrochée dans le studio est prise dans ce même cimetière. Calamity rit, le chapeau en arrière sur la tête, près de la tombe de Wild Bill Hickok, où elle sera bientôt enterrée. Est-ce qu'elle rit parce qu'elle le sait déjà ?

Son air espiègle nargue Octavie, dès qu'elle s'assied à table. Elle a commencé par sécher les cours de « performance-spatialisation-image », puis ceux de « formes de l'écrit, écrits de la forme ».

Elle préfère continuer ses recherches pour Lucie, pour Georgette. Et pour elle-même.

Plus d'un demi-siècle après Georgette, elle suit la piste de Calamity.

On prétend que Jean McCormick a inventé les lettres de toutes pièces. Tant qu'elle racontait ses histoires aux cow-boys dans les ranchs, personne ne contestait son histoire, mais à partir de son succès littéraire, des voix interrogent la véracité de ce qu'elle dit. Elle était femme de ménage dans les ranchs et vivait dans un hôtel minable. C'est pour demander une allocation d'urgence qu'elle a présenté, comme acte de naissance, les lettres et le certificat de mariage manuscrit entre Wild Bill et Calamity Jane.

Il n'en faut pas plus pour qu'on en conclue qu'elle a inventé cette correspondance, pour survivre financièrement.

Quand elle hésite, ou qu'elle ne sait pas quoi répondre, on s'acharne sur elle : elle a menti. Quand on la confronte à des témoins qui ont connu Calamity Jane, et qu'elle connaît des détails de la vie de sa mère que personne d'autre n'a pu connaître, on s'incline.

La vérité s'est entrelacée aux récits de Calamity Jane, de ses amis, des journalistes, des historiens, et de Jean McCormick. Il se pourrait bien que celle-ci ait affabulé. Elle a peut-être hérité de l'imagination de sa mère – ou alors, à l'inverse, c'est une telle menteuse qu'elle se sent proche de celle qui a construit sa propre légende.

Calamity, Jean, Georgette, Lucie. C'est un ensemble de poupées russes. Octavie en est le plus petit élément.

Georgette revoit la femme à cheval, puis adossée à la clôture du paddock. C'est comme si elle avait toujours été dans cette position depuis, et donnait l'impression de rire intérieurement.

Octavie regarde mieux la photo accrochée au mur de son studio. Elle ouvre son imaginaire plus que n'importe quelle page du Web. On y voit Calamity quelques jours avant sa mort. Elle y est vieille, et sourit en pinçant les lèvres parce qu'il lui manque probablement des dents. D'une main, elle tient une fleur des champs, de l'autre, son chapeau de cow-boy. Elle est en robe, mais elle a un foulard de cow-boy autour du cou. Un de ses yeux paraît plus petit que l'autre, comme cela arrive chez les aveugles. Elle a cinquante et un ans, elle en fait vingt ou trente de plus. Pourtant, son expression est gaie, comme si elle venait de dire une bonne blague.

On met en doute le fait que Calamity Jane soit le véritable auteur du manuscrit. Pour commencer, disent les sceptiques, Calamity était analphabète. Elle n'est jamais allée à l'école et a vécu toute sa vie sur les routes, comment aurait-elle appris à écrire ?

Jean McCormick répond à l'aide des lettres, où Calamity se justifie elle-même : « J'ai cherché à m'éduquer afin de pouvoir lire, épeler et écrire. » « Je prends un livre et regarde dans le dictionnaire chaque fois que je ne connais pas le sens. »

Des lecteurs pointilleux relèvent des incohérences. Jean McCormick cite alors un passage où Calamity Jane déclare elle-même qu'elle arrange parfois la réalité : « Un nommé Mulog me demande l'histoire de ma vie. Tu aurais dû entendre les mensonges que je lui ai racontés. Le vieil abruti. Il a dit qu'il gagnerait de l'argent pour moi en les vendant. Je n'ai pas mentionné que j'avais été mariée avec ton père ou que je l'ai très bien connu. C'est mieux ainsi, Janey, mais j'ai menti, et s'il veut imprimer des mensonges pour en tirer de l'argent, c'est son affaire. J'ai fait celle qui savait à peine écrire. »

On ricane. C'est bien commode, ces lettres qui devancent elles-mêmes les questions qui ne vont pas manquer de se poser.

Jean McCormick assure que sa mère aurait pu les dicter à un ami, un journaliste, ou à un écrivain public. Ses mémoires, par exemple, ont été rédigées par différents écrivains. Ce n'est pas étonnant qu'elles comportent quelques contradictions.

Mais l'écriture semble continue. Un graphologue prétend que les lettres n'ont pas été écrites sur une période de vingt-cinq ans comme elle le prétend, mais sur quelques jours au plus. L'écriture est d'abord ronde, puis se fatigue au fil des pages, comme si la main tenait moins fermement le stylo au fur et à mesure. On crie à la fraude. La polémique grandit.

Jean McCormick en convient : sa mère a peut-être écrit ce récit au cours d'une même nuit avinée. Cela cadre avec sa réputation d'ivrogne. Sentant la fin venir, Calamity a entrepris d'écrire une longue confession à sa fille. Le whisky a embrumé sa mémoire et détendu son écriture.

Par ailleurs, Jean possède des échanges épistolaires entre son père et Calamity, elle peut les exhiber pour preuves.

Les journalistes examinent à la loupe les nouvelles lettres produites. Des spécialistes du Far West sont consultés, ainsi que d'autres graphologues.

Les deux écritures – celle de Calamity et celle de Jim O'Neil, le père adoptif de Jean McCormick – se ressemblent. C'est suspect.

Quelqu'un se souvient alors que Jean McCormick a été professeur de calligraphie dans sa jeunesse. On l'accuse d'être plus qu'une menteuse, une faussaire. Lues sous cet angle, les lettres ne sont plus un témoignage émouvant, mais un roman à l'eau de rose.

Les féministes s'en mêlent alors : on cherche encore une fois à minimiser le rôle d'une femme et à ne pas glorifier celle qui a préféré défrayer la chronique plutôt qu'élever sa fille. Georgette se range à leur avis : Calamity dérange. On ne veut pas que les femmes s'en réclament. On ne peut pas être à la fois une soûlarde en pantalons et une mère capable d'écrire.

Georgette découpe la dernière photo de Calamity et l'encadre avant de l'accrocher sur le mur de l'isba, au-dessus de son bureau. Elle ne parle à personne de ce qu'elle a découvert, et cache notamment que Calamity était déjà morte depuis deux ans quand elle prétend l'avoir vue.

Si Calamity Jane a menti sur sa vie, si Jean McCormick est capable d'inventer qu'elle est sa fille, alors Georgette, elle, peut bien raconter qu'elle l'a rencontrée quand elle était petite.

Cela fait cinquante ans qu'elle raconte cette histoire, y compris à elle-même. C'est si elle affirmait le contraire, à présent, qu'elle aurait l'impression de mentir.

Georgette porte et décharge seule les rouleaux de tissu et les caisses de dentelles jusqu'à son magasin, toute petite sous ses cartons. Elle a voulu s'acheter un vélo pour ne pas avoir à payer le bus et elle a finalement réussi à trouver un tandem, deux fois trop grand pour elle, qu'elle a décoré de fleurs en plastique et autres petits colifichets de son invention, et sur lequel elle fait tenir une montagne de valises qui renferment les vêtements qu'elle fabrique sur mesure. Le soir, délestée de ses valises, elle semble transporter un fantôme sur la deuxième selle, en rentrant vers l'isba, cheveux au vent.

Guillaume, lui, se laisse vivre. Il n'a jamais aimé travailler.

Lucie imagine sa belle-mère coudre et vendre jusqu'au bout dans sa baraque noircie au milieu des allées d'après guerre. Elle l'appelle *la vieille* intérieurement, mais au fond elle la considère comme vaguement surhumaine. Une chose est certaine : Georgette est très active pour son âge. D'ailleurs, elle ne révèle jamais celui-ci à personne, et prétend qu'elle n'a plus aucun papier d'identité. Tout a brûlé pendant la guerre. Lucie pense que c'est l'ultime coquetterie d'une incorrigible séductrice.

Un jour d'hiver particulièrement froid, Serge décide d'offrir à sa femme un manteau de fourrure – elle en rêve depuis longtemps. Lucie est indépendante financièrement mais elle cède à l'usage qui veut qu'un mari fasse de temps en temps un cadeau précieux à son épouse, bijou, fourrure, parfum. Ils se rendent ensemble à une boutique de peaux renommée, *en ville :* Au Tigre royal. Lucie essaie les manteaux devant le regard de son mari et celui de la patronne, une petite brune aux yeux couleur miel. Alors qu'elle caresse les peaux suspendues les unes à côté des autres comme des trophées, la commerçante se penche vers Serge et lui dit d'une voix douce :

— J'ai connu vos parents, vous savez. Ils ont tenté de sauver ma belle-sœur et ma nièce, pendant la guerre.

Serge rougit, ne répond pas. Il a un bref regard vers Lucie. Le choix de celle-ci a commencé à se porter sur un renard argenté, mais elle hésite encore en parcourant les rayons de la boutique refaite à neuf.

Serge l'attrape par le bras et la presse, comme s'il avait peur :

— On y va ?

Elle aurait bien essayé un ou deux autres manteaux, mais il la fixe d'un regard qui laisse entendre qu'il ne restera pas une minute de plus dans le magasin. Elle lui fait toucher la fourrure brillante, il acquiesce et paie vite, ils sortent et Lucie doit presser le pas pour rester à la hauteur de son mari dans la rue. Mais elle est ravie de son nouveau manteau, se félicite de son poids, de sa chaleur – elle vient de monter d'un cran dans l'échelle sociale, et elle n'a pas vraiment fait attention à l'échange entre la patronne et Serge.

C'est lorsqu'elle montre le manteau à Georgette, le dimanche suivant, et que sa belle-mère ne la complimente pas, que lui revient l'image de la vendeuse parlant tout bas à son mari. Mère et fils se regardent comme deux chiens avant un combat. Lucie, elle, ne comprend pas ce qui est en train de se jouer. La question fuse, et s'adresse à Serge :

— Qu'est-ce qui t'a pris d'acheter un manteau chez ces gens-là ?

Lucie répond à la place de son mari :

— Ce sont les meilleurs. Les Ockrent.

— Les meilleurs des youpins, oui.

La réponse a fusé. Lucie ne sait pas que les propriétaires du magasin étaient des amis avant guerre, ni que le jour de sa déportation, Abraham était avec la femme et la fille du magasin,

Lisette et Éliane, elle ignore qu'Abraham était lui-même un *youpin*. Tout ce qu'elle croit comprendre, c'est que Georgette n'aime pas les juifs. L'idée qu'elle ait pu en épouser un s'éloigne d'elle avant même d'être formulée. La tactique de Georgette a fonctionné : Lucie ne se doute pas qu'Abraham était juif.

Elle ne devine pas que Georgette a honte de son magasin en faillite, dans sa baraque toute noire, alors que ceux du Tigre royal ont déjà acheté un nouveau local en centre-ville, ni qu'elle a honte de ce qu'elle est devenue. Elle est loin de penser que Georgette a été rejetée de tous, après la guerre, juifs comme non-juifs, parce qu'elle n'est comme il faut pour personne. Pas bien mariée pour les uns, trop vite remariée pour les autres. Trop juive, pas assez juive. Trop libre. Parce qu'elle est une mauvaise fille, elle ne plaît à personne.

Surtout, elle ne peut pas comprendre que pour Georgette, ne pas révéler qu'Abraham était juif, c'est continuer à le protéger.

Georgette a déjà commencé à retisser sa légende, celle d'une jeune fille forte, qui a été mariée une première fois à un homme mort au combat (dont il est inutile de parler), puis une deuxième fois, au grand amour de sa vie, Albert. Un Français d'origine polonaise, un résistant, mort pour la France. Un héros (dont il est interdit de dire du mal).

Lucie, sans le savoir, devient complice de ce mensonge. Abraham a été déporté parce qu'il était résistant, membre des FTP. Le certificat a été rangé dans un tiroir, mais Lucie l'a vu.

Plus de cinquante ans plus tard, il est précieusement rangé dans le tiroir de son armoire, celui où elle met ses papiers les plus précieux. Elle le ressort, de ses mains fines et constellées de taches de vieillesse, pour le montrer à Octavie. On dirait un diplôme. Sur un papier cartonné encadré de bleu et de rouge, les lettres sont inscrites en pleins et en déliés. Le franc-tireur Mankiewicz a servi avec honneur et dévouement pour les Forces françaises de l'intérieur.

Son prénom n'est pas marqué.

Lucie est fière de ce passé partagé avec ce beau-père qu'elle ne connaîtra jamais, même si elle n'a jamais reçu de médaille, pour sa part. Parmi les résistants, seules six femmes ont eu cet honneur. Elle sait ce qu'elle a fait pour défendre les valeurs auxquelles elle croit, et elle est heureuse de les avoir partagées avec le père de son mari. Elle-même a failli être déportée à Ravensbrück. En trois mots, elle se sent proche de lui. Beaucoup plus, en tout cas, que de sa belle-mère, dont elle se méfie de plus en plus.

Serge toise sa mère et répond :

— Il fut un temps où tu ne les détestais pas tant que ça, les youpins.

Lucie sait que Serge est amer. Il n'a rien choisi. Sa mère et sa femme ont décidé de tout. Il a eu le bac, mais il ne fera jamais d'études, il avait un goût artistique, il n'en fera jamais rien, il avait de grandes ambitions, il n'en a plus aucune. Seul le violon de son père l'aide à retrouver qui il est. Quand il joue, un fil le relie à Abraham. Ce qu'il ne sait pas dire, il le communique par la musique. Sans son violon, il ne pourrait pas vivre.

Il sort, ce soir-là, comme il le fait parfois, et revient à la nuit tombée, sentant l'alcool, en se cognant contre les meubles. Lucie ne dit rien. Son ressentiment vis-à-vis de sa belle-mère grandit. Elle la critique de plus en plus ouvertement. Outre sa fortune volatilisée, qui ne leur sera jamais transmise, elle a mille choses à lui reprocher : sa façon de parler, son souffle enphysémateux à table, ses cheveux graisseux, ses chaussons sales, et surtout, ses silences. Georgette, elle, ne l'envoie pas paître, parce qu'elle sait que tout cela n'est pas faux et qu'elle ne veut pas que cela entraîne des questions auxquelles elle n'a pas envie de répondre. Elle affiche une nonchalance qui agace encore plus sa belle-fille.

Les visites à l'isba s'espacent : Lucie veut protéger son mari. Georgette se met à détester pour de bon cette belle-fille qui l'éloigne de son seul fils.

Peu à peu, loin de sa mère, Serge recommence à dessiner des lampes, des cadres, à faire des collages ou des dessins, à construire des mobiles merveilleux, aux mouvements hypnotiques. Des arabesques compliquées se croisent en taches colorées sur des aquarelles qu'il recommence cent fois. Il pense à autre chose, dans ces moments-là. Il s'évade. De temps en temps, s'il a besoin d'espace, il file à vélo jusqu'à la mer. Face à l'horizon, il réfléchit mieux. Il a du mal avec les codes sociaux, les invitations à dîner, il n'aime pas trop parler aux autres. En voyage, quand Lucie doit demander leur chemin, il est rouge de honte. Il s'énerve, regarde ailleurs, veut rentrer se réfugier face à un livre, un dessin ou l'océan. Il s'échappe aussi par le cinéma, mais les films ne viennent pas jusqu'à Lorient aussi souvent qu'il le voudrait. Il a alors une idée.

Un soir, il débarrasse la deuxième chambre d'enfant puisqu'il est admis que Solange restera fille unique, et vide les affaires d'hiver de Lucie, qu'il entasse dans les placards de leur chambre. Il balaie la poussière et passe de la cire sur le plancher, étend un drap blanc sur toute la surface d'un mur, puis laisse aérer la pièce une journée et une nuit. Il retire les rideaux et les emmène chez sa mère, à qui il demande de les doubler avec le tissu le plus opaque qu'elle pourra trouver.

Le lendemain, il achète une caméra 9,5 mm et un projecteur Pathé-Baby, ainsi que deux bobines de film.

*La Ruée vers l'or*, et *Le Kid*, de Charlie Chaplin.

Le soir même, il emmène Lucie cérémonieusement par la main jusqu'à la chambre qu'il a transformée en salle de projection.

Dans une cabane au milieu de la neige, Charlot fait danser ses petits pains plantés dans des fourchettes, et on les entend tous les deux rire aux éclats par la fenêtre laissée ouverte.

Au cours de leur vie, ils ont dû voir ces deux films une centaine de fois. Ils connaissaient chaque gag par cœur, et pourtant ils riaient toujours autant.

Serge se met aussi à filmer. Il filme Lucie, sous toutes les coutures. Lucie qui rit, Lucie qui cache son visage, Lucie qui enlève son tablier, Lucie qui se repose dans un transat au soleil, Lucie qui rajuste une mèche de ses cheveux qui rebique sur ses lunettes. Il lui fait des farces et filme ses réactions – le plus souvent, elle se fâche d'abord, puis quand elle s'aperçoit qu'elle est filmée, elle se met à rire pour ne pas avoir l'air trop revêche. Il filme aussi Solange qui trébuche près de la table du salon, Solange qui fait tomber des cubes, Solange qui construit des châteaux de sable assise sur la plage près de l'isba et qui atterrit sur les fesses, Solange qui défait ses paquets au pied du sapin et casse une boule de verre en mille morceaux, Solange qui lit les ouvrages de la Bibliothèque verte et ne commet alors aucune maladresse.

Solange, avec la *Vie de Calamity Jane* à la main.

La caméra les aime toutes les deux, et les images gravées sur la pellicule sont autant de preuves de la tendresse de Serge à leur égard.

Il filme tout : les petites mains grassouillettes, les pieds dans le sable mouillé, les coquillages aux brillances de pierres précieuses, les bouts de bois flotté, les cordes marines qui s'effilochent dans le goémon. Les squelettes de poissons deviennent fantastiques, les coraux forment des paysages d'arbres, Solange invente des créatures auxquelles il donne vie dans des petits dessins animés. Ce seront leurs rares moments de complicité, muets.

Peu à peu, le mot circule : Serge sait filmer. On l'invite aux mariages ou aux communions pour qu'il immortalise ces moments familiaux. Les jupes s'évasent, les chapeaux se font plus rares, les cravates se desserrent devant son objectif, et les enfants sourient de toutes leurs dents définitives. Serge est, sans le penser, le digne héritier de Zélie, qui allait aux mariages habiller les jeunes épouses et leur donner de bons conseils. Il met sa discrétion au service de la célébration des couples et de leur fertilité, de leur foi et de leur bien-pensance, en film et en photos. Les mariées sourient niaisement, les belles-mères ne cachent pas tout à fait leur émotion dans leurs robes aux couleurs trop vives, les pères gonflent le torse et rentrent le ventre, les demoiselles d'honneur regardent la mariée avec envie, les garçonnets grimacent au milieu des photos figées pour l'éternité. Serge apprend à les mettre en scène, en faisant reculer la mariée pour qu'elle paraisse plus fine, avancer son époux pour qu'il ait l'air plus grand. La femme doit être mince et élégante, l'homme imposant et protecteur. Il déplace une mèche de cheveux pour planquer un œil torve, cache une bedaine derrière une petite fille charmante. Serge reste sobre et mange peu ; on se félicite de l'avoir choisi. Il finit par penser de moins en moins à la froideur grandissante de sa vie, à son absence de perspective, à son destin volé. Il oublie le ressentiment envers sa mère, qui semble avoir attendu quelqu'un d'autre que lui à la fin de la guerre. Il retrouve, aussi, l'ambiance des bals qu'il avait tant aimée. Serge avait rêvé de devenir un artiste, et la photographie de mariage sera ce qui s'en approche le plus. Il démissionne de la Poste. C'est la première décision qu'il prend seul depuis la guerre.

Lucie le laisse faire, tout en s'inquiétant de ce métier qui n'en est pas un.

Sa vie s'anime, son cadre s'élargit, comme lorsqu'il emmène Solange au cinéma et que les rideaux s'écartent pour laisser toute la place au *Monde du silence*. C'est tout un nouveau monde qui s'offre à leurs yeux, subaquatique, et les poissons semblent occuper tout l'espace. La petite pleure au moment du massacre des baleines, ce n'est pas vraiment un film pour les enfants. Serge, lui, angoisse à voir ces créatures : elles auront beau ouvrir la bouche, elles ne pourront jamais proférer aucun son. Mais l'expérience les marque tous les deux, et notamment parce qu'ils la vivent ensemble, et que l'écran leur semblera toujours plus grand que la vie.

Lucie élève Solange, la nourrit, l'habille le mieux possible, mais comme elle ne pense pas vraiment à ce que la petite ressent, elle lui parle peu. Elle est fière que sa fille, qui pesait quatre kilos cinq cents à la naissance, soit un beau bébé et grandisse bien, mais elle est assez dégoûtée, elle l'admet, par les érythèmes fessiers et autres défécations jaune d'or. Elle attend, tout simplement, qu'elle devienne adolescente pour avoir des conversations intéressantes avec elle. C'est une idée assez répandue : les enfants ne savent pas discuter, et les bébés ne ressentent rien (d'ailleurs ils sont opérés sans anesthésie, puisqu'on pense qu'ils ne ressentent aucune forme de douleur – un peu comme les crustacés).

Et puis il faut élever une fille à la dure, pour qu'elle devienne une femme forte.

Une seule chose inquiète Lucie : c'est la petite fille la plus belle qu'on ait jamais vue. Lucie la regarde et pense : d'où vient-elle ? Son père est beau, je ne suis pas mal non plus sans lunettes, mais comment avons-nous pu enfanter une si terrifiante beauté ?

Tout le monde est attiré par elle et veut la tenir dans ses bras. Une poupée grandeur nature. Blonde, les yeux vert foncé, les traits parfaitement réguliers, le nez minuscule, les narines en forme de coquillage, la bouche rose juste ce qu'il faut. Les maîtresses se baissent pour lui parler alors qu'elles regardent les autres de haut. Les garçons ne refusent pas de jouer avec elle, quant aux filles, elles lui vouent une admiration naturelle – en grandissant, celle-ci se transformera en jalousie piquante, en imitation forcenée ou en attirance amoureuse. Même Georgette ne peut s'empêcher de lui parler avec une voix tout à coup plus aiguë que d'habitude – notamment lorsqu'elle se dit intérieurement que ces pommettes hautes, rondes, slaves, viennent d'ailleurs. Solange fantasme beaucoup, en grandissant, sur l'Est d'où venait son grand-père, d'autant plus qu'on ne lui en parle presque pas. Elle s'intéresse plus à lui qu'à sa grand-mère et refuse d'apprendre la couture, craignant que cela fasse d'elle une esclave des hommes. Elle préfère le prêt-à-porter.

Les hommes, eux, la regardent danser sur l'estrade de la kermesse de l'école en rougissant, tout à coup intéressés par le spectacle (un peu comme au cirque, quand ils se réveillent de leur léthargie pour regarder l'écuyère moulée dans son maillot qui lui rentre dans les fesses). Tous les yeux se tournent vers elle. Lucie n'est pas jalouse, comme d'autres mères qui pressentent que leur progéniture, non contente d'être plus jeune, sera aussi, bientôt, plus séduisante qu'elles. Au contraire, Lucie en est fière : cette beauté est sortie de son corps, elle en est l'auteur. C'est la preuve la plus éclatante qu'elle a tout réussi, son mari, sa fille, sa carrière, comme elle réussira bientôt sa maison. Sa fille est non seulement jolie mais brillante à l'école. Tout est parfait. Peu à peu, pourtant, à ses airs ennuyés ou ses moues moins naturelles, Lucie voit que sa fille devient consciente de sa beauté et commence à en jouer. Parfois, elle frémit en la regardant : Solange est presque trop belle. Ce n'est pas toujours une chance. Parfois, cela peut se retourner contre vous.

Un jour elle entend la petite dans sa chambre à coucher et se rapproche discrètement. Solange se fait face dans le miroir et pointe chaque partie de son corps en les nommant :

— Mon front… Mon bidon (elle désigne son ventre), ma baïonnette (elle montre son sexe)… et mon canon (elle pointe son derrière).

Elle rit toute seule, contente d'elle. Lucie entre en furie dans la chambre, et demande :

— Qui t'a montré ça ? Rafael ?

— Personne. Je l'ai inventé.

— Ça ne va pas, non ?

Elle s'aperçoit alors que sa fille est irrésistiblement attirée par son reflet. Tout en l'écoutant, elle ne peut s'empêcher de se contempler avec plaisir, et tourne légèrement son visage pour mieux se voir. Lucie l'empoigne par les cheveux.

— Ne te regarde pas comme ça dans le miroir ! Un jour, tu vas y voir le diable.

Elle serre tellement fort qu'une touffe de cheveux, attachée par un petit bout de cuir chevelu, lui reste dans la main. Sa fille hurle de douleur, et la regarde, terrifiée.

Lucie n'a pas réalisé que Solange cherchait juste à comprendre qui elle était dans le miroir, que c'était de la curiosité et non de l'orgueil, parce qu'elle ne voit que sa propre peur grandissante face à la beauté de sa fille et au plaisir qu'elle semble retirer de son corps. Quand elle coupe les ongles si délicats de ses orteils minuscules, quand elle peigne ses cheveux qui accrochent la lumière, quand elle la voit sortir reposée du sommeil, Lucie sait que cette beauté n'est encore que balbutiante mais que la puberté de sa fille lui attirera des ennuis. Face à cette sensualité qui ne lui ressemble pas, elle se raidit.

Solange grandit entre la sévérité de sa mère et les silences de son père, sans frère ni sœur, et elle apprend à lire très tôt, pour tromper sa solitude et éblouir ses parents qui ne lui font jamais de compliments sur son physique pour ne pas la rendre arrogante, et peut-être, aussi, pour ne pas la réduire à cela : ils préfèrent louer son intelligence. En revanche, elle n'est pas très précoce pour le reste et se met à marcher à deux ans passés. Elle parle déjà parfaitement et emploie le passé du subjonctif bien avant de savoir mettre un pied devant l'autre. Sa mère est très fière de ses exploits langagiers, un peu moins de son retard physique – mais elle s'en satisfait, cela évite à Solange de faire des bêtises, puisqu'elle comprend tout ce qu'on lui dit avant de pouvoir attraper les objets ou de mettre ses doigts dans les prises électriques. Solange n'a pas le droit de toucher la plupart des objets de la maison, et devient de plus en plus maladroite. Elle est myope, mais à la différence de sa mère, elle n'aime pas mettre ses lunettes : la vision tout à coup nette du monde dépoétise tout. Elle aime le charme d'une réalité floue, et tant pis si c'est au prix de quelques pots cassés. Solange passera sa vie à les égarer, volontairement le plus souvent. Elle est belle, rêveuse, libre.

Celui qui rattrape toutes ses bêtises, c'est Rafael, son chevalier servant. Rafael est né trois jours après Solange et vit au bout de la rue, là où commence le quartier des Espagnols. Lucie est l'une des rares Françaises qui leur parlent normalement, c'est-à-dire sans hausser la voix et articuler exagérément comme s'ils étaient sourds ou vaguement débiles. Les Gomez, malgré toute leur bonne volonté, ne prononcent toujours qu'avec difficulté le français, avec un fort accent aux r rocambolesques, mais ils comprennent parfaitement cette langue qu'ils pratiquent à présent depuis vingt ans. Les pères s'entendent bien, même s'ils parlent peu entre eux – leurs femmes bavardent pour quatre. Les petits ont commencé à jouer ensemble avant de savoir parler, et ils ont même, à un moment, développé un langage qu'eux seuls comprenaient, dont ils ont gardé quelques mots qu'ils emploieront toute leur vie, complices. Rafael est le seul à l'appeler Sol, qui veut dire soleil en castillan. Il passe tous les jeudis après-midi chez Solange, et à mesure qu'il grandit, il est, comme tous les autres, hypnotisé par la beauté de la petite fille. Les deux mères ricanent et les traitent de fiancés, Rafael nie, et Solange hausse les sourcils d'un air supérieur. Ils sont amis, c'est tout.

Mais alors qu'ils travaillent tous les deux à la construction d'une mare avec grotte préhistorique dans le jardin de Solange, leurs deux têtes presque à se toucher, Rafael avance juste les lèvres, l'embrasse, puis lui lance d'un air grave :

— Je t'aime.

Solange éclate de rire, essuie ses lèvres dans sa manche, et repart chercher de l'eau.

Plus que la vexation d'être rejeté, ce qui blesse Rafael, à ce moment précis, c'est qu'ils ne se comprennent plus comme avant. Il n'essaiera plus jamais de lui voler un baiser, et l'aimera en silence, à partir de là.

En grandissant, Rafael devient le chaperon de Solange, il l'accompagne jusqu'au portail de l'école des filles. Les regards de convoitise qui se multiplient sur leur passage l'énervent, mais au moins il peut la surveiller. Quand elle lui demande son avis sur tel ou tel garçon, il ne manque pas de les dénigrer de manière fine, et au début elle ne décèle rien. Elle grandit, s'épanouit, voyage avec ses parents, est promise à une carrière d'enseignante – le *nec plus ultra*. Rafael, lui, est moins doué, mais il la suit dans son désir de devenir professeur. Les Gomez pensent qu'elle a une bonne influence sur lui, et préfèrent qu'il fréquente une petite Française plutôt que de traîner avec les autres garçons du quartier sur des Motobécane customisées qui font sursauter les vieilles pendant leur sieste. Lucie, elle, se félicite de ses idées larges et explique à ses collègues en quoi les soirées espagnoles de leurs amis lui semblent nouvelles et rafraîchissantes. Les autres font la moue, dubitatifs : les Espagnols sont peut-être gais, mais ils sont sales, c'est bien connu. Pourquoi tout le monde le dirait si ce n'était pas vrai ?

Solange se moque d'eux et hausse les yeux au ciel, et Serge devient de plus en plus solitaire.

Rafael, lui, regarde l'aisance de Solange et se dit que tout est tellement facile, quand on n'est pas espagnol.

Georgette est à contre-courant du reste du monde de ces années cinquante. De nouvelles voitures, parfois venues d'Amérique, font resplendir les villes de leurs chromes inoxydables et leurs enjoliveurs rutilants. Serge met de la brillantine dans ses cheveux, et Lucie des robes soulignées de fil de lurex. Ses seins pointent en avant dans des soutiens-gorge triangulaires qu'on appelle cœurs croisés. Georgette trouve que ces pièces de lingerie qui sortent des usines ne valent pas grand-chose. Elle n'est plus très moderne.

Elle continue à lire le journal mais elle se met en colère dès qu'elle découvre l'édito – ou les publicités (« Pour elle, un robot-minute, pour lui les bons petits plats » ou « Monsieur, vous qui aimez la cuisine, offrez-lui une super cocotte »).

Jean McCormick est morte, seule, ruinée, à Billings, dans le Montana. Elle est enterrée à l'endroit même où elle était allée voir les services sociaux avec un paquet de lettres et un album de vieilles photos. La petite femme au visage triste a réussi à survivre en vendant le récit de sa vie dans un musée sur le Far West. Sa fin ressemble à celle de Calamity Jane, dont elle n'a jamais pu prouver qu'elle était sa véritable mère.

Georgette découpe soigneusement l'article qui annonce son décès et le glisse entre les pages vieillies des *Mémoires de Calamity Jane*. Elle ne peut s'empêcher de le feuilleter et relit quelques-unes de ses phrases préférées. Elle sait exactement où elles se trouvent. Même si elle n'a pas ouvert le livre depuis longtemps, elle le connaît par cœur.

En 1958, Serge achète une DS vert printemps. Il roule le long de la route côtière, dans un paysage de mer qui brille au soleil. Le porte-clés tricoté qu'il a suspendu au rétroviseur volette dans l'air qui vient des vitres baissées. Sur la banquette arrière, Solange rêve dans sa robe d'été, et à côté de lui, Lucie discute. Elles sont semblables à elles-mêmes et il les aime profondément. Il leur jette des coups d'œil tout en surveillant la route, il est enfin heureux. Les cheveux au vent, il conduit la plus belle berline de tous les temps, selon les Anglais qui s'y connaissent en voitures et sont plutôt avares en compliments quand il ne s'agit pas de leur royaume, mieux qu'une Traction avant – la même classe, la modernité en plus. Sa ligne est révolutionnaire : long capot, museau effilé, échappement en queue de carpe. Feux clignotants dans le prolongement des gouttières, en hauteur. Confort intérieur remarquable grâce à sa suspension hydropneumatique. Splendide montre intégrée au cendrier. Accoudoirs capitonnés. L'intérieur respire le propre et le neuf. Il écoute le moteur le plus silencieux qu'on ait jamais connu, et pour savourer son plaisir, ouvre complètement sa fenêtre et y met le coude. Le paysage défile devant lui en format Cinémascope. La petite, à l'arrière, réfléchit avec des airs enamourés. Lucie, elle, n'est pas tout à fait tranquille. Tout à l'heure, quand il a appuyé sur une des commandes du tableau de bord et que la voiture a semblé s'élever doucement dans le ciel, elle a crié.

— C'est cela, la suspension hydraulique, a-t-il déclaré en souriant.

La voiture est surélevée par rapport aux autres. L'image ne pourrait pas être plus claire. Alors, quand la déesse s'est mise à rouler le long des maisons des voisins, Lucie s'est sentie nettement mieux. Ils ont été les premiers de la ville à avoir l'électricité et l'eau courante, un réfrigérateur et une baignoire, ils sont les seuls à avoir une voiture de luxe, ils voyageront à l'étranger bien avant les autres. Ils accompagnent le progrès.

Solange a un peu le mal de mer, à l'arrière. Quand le clignotant égrène les secondes, chacun penche un peu le buste comme pour aider la voiture à tourner.

Serge sera fidèle à Citroën toute sa vie : il aura, successivement, une DS verte, une DS blanche, une autre DS blanche (aux phares doubles), et une GS marron.

Dans le jardin, il plante un avocatier alors que les copines de classe de Solange ne savent même pas ce que c'est (certaines ne reçoivent encore qu'une orange à Noël). Lucie n'aime pas les ploucs mais elle défend les ouvriers. Georgette aussi, mais elle se dispute avec ses amis du PCF à cause de la contraception : la ligne du parti est de défendre le « droit à la maternité », et la natalité, en France.

Dans la salle poussiéreuse du café de Russie où elle se rend de moins en moins souvent, elle écoute la bibliothécaire à la choucroute platine avec qui elle s'est liée d'amitié :

— Pourquoi les ouvrières réclameraient-elles le droit d'accéder aux vices des bourgeoises ?

Georgette rétorque :

— Personne ne devrait pouvoir dire à une femme combien d'enfants elle doit avoir, ou même si elle doit en avoir. Ni le secrétaire général, qui a assez d'argent pour élever les siens, ni le médecin, qui préfère toujours l'enfant à la mère, ni le mari, qui s'en occupe à peine, ni le pays, qui les envoie à la guerre.

Les réactions sont nombreuses, violentes, on la prend à partie. Georgette monte sur ses grands chevaux :

— On croirait entendre les cathos !

Là, elle va trop loin – même si c'est vrai. On crie autour d'elle. Un homme la traite d'hystérique et le tollé lui rappelle les soirées enfumées de sa jeunesse. Elle voudrait qu'Abraham soit près d'elle pour qu'on ne la prenne pas pour une mégère aigrie. Elle ne peut pas compter sur Guillaume, qui déteste les cris et préfère les cafés où on ne débat pas : au moins, on y boit sérieusement.

Violemment attaquée pour ses positions féministes, elle rend sa carte.

Comme son fils, qu'elle ne voit plus qu'une fois par mois, elle va désormais voter socialiste.

Mais Georgette reste très active, se tient informée, débat beaucoup, parle politique même si elle ne va plus aux réunions. Les gens discutent avec elle, les filles se confient, et grâce à la Grande Zélie, grâce à Palmyre, elle sait les conseiller pour qu'elles gardent leurs fiancés ou n'aient pas d'enfant tout de suite. Elle décide de recommencer à animer des réunions pour les femmes, comme avant la guerre. Les mères de famille lui racontent leurs infidélités, les plus jeunes lui demandent des explications sur les températures. Georgette les écoute mais ne les juge pas.

Elle est vivante. Toutes sont étonnées de voir autant d'énergie dans un si petit corps. Elle travaille, cuisine, ne s'assied presque jamais, parle, débat, fume, boit, recueille des chats, défend veuves et infidèles. Elle reste dans sa boutique jusqu'à dix heures du soir pour vendre un bouton. Sa belle-fille trouve cela ridicule de s'épuiser ainsi – elle ne comprend pas que c'est le mouvement, qui la tient en vie.

Solange grandit entre deux adultes qui l'aiment mais pensent à autre chose. Elle-même n'écoute qu'à moitié les échanges entre eux et préfère les amis de son âge. La seule adulte qui la comprend, c'est sa grand-mère, qui l'encourage à vivre pour elle-même et à ne pas se priver du plaisir des hommes.

Lucie répugne à laisser Georgette se rapprocher de sa petite-fille, comme s'il fallait une distance de sécurité entre elles, mais plus celle-ci grandit, plus elle prend des libertés et passe parfois la voir au magasin en cachette de sa mère. Fidèle à une certaine tradition familiale, celle-ci lui coud des robes et lui passe des dessous féminins en douce. Sans lui parler directement de rien, elle la pousse au crime.

Sa petite-fille la trouve *sensass*.

Lucie parle peu à Solange de son corps, encore moins de sexe. Même si elle se déshabille devant sa fille (ce que son mari ne fait pas), elle n'évoque pas les rapports sexuels, mais elle la prévient tout de même que du sang va couler de son corps chaque mois et que c'est désagréable, mais que, comme les nombreuses souffrances réservées aux femmes, on doit les subir en pensant à autre chose, puisqu'il est impossible d'y échapper. Quand cela arrive, Solange trouve que c'est moins difficile qu'elle le pensait, et ne s'en préoccupe plus. Cela lui semble extérieur à elle, bizarrement, loin, un peu comme se marier ou faire des enfants.

Les cuisses de Solange s'allongent et se galbent, ses seins bourgeonnent, et sa peau ne se grêle pas sous l'acné juvénile qui s'acharne pourtant injustement sur certaines de ses copines : elle est de plus en plus belle. Son père n'ose plus la regarder, il ne sait pas où poser ses yeux. Ils ne se sont jamais beaucoup confiés l'un à l'autre, mais ils cessent complètement de dialoguer. Les hommes de leur entourage, au contraire, parlent plus volontiers à Solange que quand elle était petite. Elle est ravie de ce surcroît d'intérêt mais prend un air indifférent.

Dans un dernier sursaut de protection, Lucie décide de couper les cheveux de sa fille. Après tout, pour elle, cela a marché : elle s'est toujours plus préoccupée de ses études que de ses cheveux. Elle la persuade que la mode est aux coupes courtes, ce qui n'est que partiellement vrai, puisqu'à Jean Seberg s'oppose Bardot. Face aux cheveux lumineux de sa fille qui ne font que souligner sa beauté et se balancent nonchalamment dans son dos comme une invitation à la débauche, déclenchant des concerts de sifflets dans leur rue pourtant si tranquille, Lucie ne se souvient plus de la douleur de voir sa tête bousillée à l'âge de quatre ans par la mère Boulard : elle attrape les ciseaux de couture et coupe, mèche après mèche, la chevelure blond bébé. Solange se laisse faire, elle sait qu'il est inutile de vouloir s'opposer à sa tornade de mère. Les cheveux tombent à terre et la brosse s'acharne au point qu'elle blesse le cuir chevelu de sa fille, qui crie. Lucie s'énerve.

— Tu me fais mal, comme toujours, ose Solange.

Sa mère la gifle.

Elle prétend que c'est parce qu'elle a été insolente, mais ce n'est pas la vraie raison.

La chevelure de sa fille ne cache plus son visage, elle le met en évidence, et surligne sa beauté. C'est pire.

Lucie lâche les ciseaux. Elle dépose les armes.

Solange se regarde dans la glace, et sourit.

Au fil des chansons cucul des yéyé, Solange s'intéresse de plus en plus aux histoires de corps et de cœur, et se met à observer ceux qui la regardent depuis toujours, les hommes. Rafael, comme tous ceux de l'école des garçons qui jouxte la sienne, a la voix qui se réchauffe et les poils qui se multiplient. Il continue de la contempler fixement, comme il l'a toujours fait, et elle sait qu'il en pince pour elle, mais elle s'en amuse et reste attachée à lui, même si elle s'en va avec ses amies, désormais, et le laisse seul. Rafael en souffre un peu, mais il ne peut rien y faire. Les jupes se raccourcissent et les cheveux s'allongent, l'époque ressemble à un immense printemps.

Georgette enterre son troisième mari. Guillaume meurt d'une crise cardiaque, alors qu'il est au lit avec elle. Certaines mauvaises langues le comparent au président Faure, mort au cours d'une nuit d'amour. La réputation de Georgette en prend encore un coup.

C'est Lucie qui va habiller le corps tandis que sa belle-mère est aux pompes funèbres. À quarante-sept ans, c'est la première fois qu'elle voit un cadavre. Elle passe le gant sur la peau vieillie de Guillaume, son ventre rebondi, et lui enfile le costume bleu vif que Georgette a choisi. On dirait un chanteur de music-hall. Sa femme trouvait cela plus gai. Lucie n'a pas envie de rire, elle regarde le résultat, vaguement inconvenant.

Au cours des trois mois qui suivent l'enterrement, Lucie n'a pas ses règles. C'est la deuxième fois de sa vie seulement. La première fois, c'était pour la naissance de Solange.

Lucie se tire les cartes et y voit une naissance. Elle jure. Serge n'a pas fait attention. Elle crie. *À son âge, elle va avoir l'air malin.* Il lui assure qu'il a fait comme d'habitude, et exhibe le mouchoir qu'il cache sous son matelas, comme une vierge prouverait sa probité en montrant une tache de sang. Ils se disputent.

Elle va voir le médecin qui lui assure qu'elle n'attend pas d'enfant. C'est probablement le fait d'avoir vu un cadavre qui lui a fait un choc. Parfois c'est suffisant pour déclencher une aménorrhée.

Lucie est rassurée. Elle ne devrait pas.

Il a pris l'habitude de poser sa main sur sa cuisse, d'admirer le galbe de ses jambes, de l'embrasser au creux qui se forme derrière le genou. La mer leur souffle au visage, les goélands crient dans l'air limpide et plongent en piqué pour tuer les poissons dans de grandes éclaboussures. Elle rêve et se laisse faire. Solange a un corps et elle a bien l'intention d'en profiter. Elle va vers son destin dans ses ballerines à la Bardot, ses cheveux blonds chatouillant sa nuque. Sa bouche sent le chewing-gum à la chlorophylle. Peut-être est-elle naïve, peut-être tout le contraire.

Elle tombe enceinte, naturellement.

Au début, elle croit que c'est l'adolescence, qui continue de lui jouer des tours. Son corps n'a cessé de changer au cours des trois dernières années, alors quand ses seins grossissent et que ses aréoles s'élargissent, elle les regarde avec curiosité. Le jour où elle vomit sa bière des Chartreux et son gratin de macaronis, elle se félicite d'avoir les cheveux courts et nettoie elle-même son chemisier en satin, ce qui semble louche à sa mère, puisque c'est la première fois qu'elle ne lui laisse pas son linge sale à laver. Solange, elle, ne s'en fait pas. Elle est distraite, comme toujours. Elle savonne son chemisier et c'est le début de sa vie d'adulte, mais elle ne le sait pas encore.

Sa mère sent l'odeur aigre sur ses vêtements qu'elle a mal lavés, et lui demande :

— Depuis quand n'as-tu pas eu tes histoires ?

Solange fait semblant de ne pas comprendre. Lucie a le visage dur :

— Tes ennuis de fille ?

L'expression agace Solange qui lève les yeux au ciel. *Dans quel siècle vit-elle ?*

— Le mois dernier, répond-elle.

Elle ment, bien sûr. Cela fait déjà au moins deux fois qu'elle n'a pas eu ses règles. Elle sent un reste de nourriture vomie entre ses dents du bas, essaie de le déloger avec sa langue, tout en plantant ses yeux dans ceux de sa mère d'un air convaincu.

Lucie se dit qu'elles sont peut-être comme ces pensionnaires de lycée qui saignent au même rythme, et que sa fille a peut-être été elle aussi choquée par la mort de Guillaume, qui était son parrain.

Solange ne dit rien à personne, parce qu'elle a appris que garder un secret c'est éviter un malheur, ou parce qu'elle ne réalise pas ce qui se passe dans son ventre. C'est tellement irréaliste, un corps à l'intérieur d'un autre corps, qui pousse comme un arbre.

Tant qu'on n'y prête pas attention, c'est comme si cela n'existait pas.

Paul l'aime et c'est ce qui importe. Elle continue de danser tout l'été en fumant des cigarettes étrangères. Il ne peut pas s'empêcher de la toucher, sous ses vêtements, sur ses vêtements, partout, tout le temps. Il se bat dans une *surboum* parce qu'un garçon l'a approchée de trop près, et lui dit qu'il serait capable de tuer si elle s'en allait, ce qu'elle prend pour un compliment. Ses cheveux sont d'un blond lumineux, ses dents blanches, ses yeux bleu lagon. On les dirait assortis.

Solange part en vacances en Italie avec ses parents au mois d'août, la mort dans l'âme. Elle préférerait rester avec lui. C'est un événement pour Serge et Lucie, un périple préparé de longue date, toutes les nuits d'hôtel ont été réservées par courrier au cours des mois précédents, la DS a eu le droit à une révision complète et les maillots de bain ont été choisis avec soin. Mais Solange s'en balance. Secrètement, follement, elle est amoureuse de Paul et ne pense qu'à lui. Si sa mère savait toutes les cochonneries auxquelles elle pense avant de dormir, elle deviendrait *dingo*.

À la rentrée, elle a de plus en plus peur de ce qui grandit dans son ventre. Une ligne sombre a commencé à se dessiner à partir de son nombril. Quand Rafael vient la voir pour qu'elle lui raconte son voyage en Toscane, elle refuse de lui parler. Il lance doucement des gravillons à sa fenêtre, comme lorsqu'ils étaient enfants, mais elle ne répond pas.

— Sol ?

De sa chambre sous les toits, le cœur triste, elle le regarde partir, la tête rentrée dans les épaules.

Elle ne sait pas à qui se confier. Les femmes de sa famille auront honte d'elle, et son père sera en colère.

Elle est une mauvaise fille, à son tour.

Ils vont à la fête foraine, Paul et elle, ce soir-là, tandis que sa mère croit qu'elle est chez Cathy à réviser son *bachot*. Dans l'autotamponneuse qui brille de mille lumières clignotantes, Paul fait le fier, il prend des attitudes viriles qui ne font illusion qu'auprès de Solange et font sourire les forains. *Roulez jeunesse*.

Ils mangent des pommes d'amour et des beignets dégoulinant d'huile.

Elle le regarde taper dans une machine à coups de poing pour évaluer sa force.

Il court après elle dans le labyrinthe de glaces.

Où est la femme ? C'est le nom d'une attraction. Sur une scène, un homme enferme une fille en maillot de bain à paillettes dans une boîte. Elle se contorsionne pour parvenir à y entrer. L'homme, qui est, lui, vêtu d'un costume noir, la regarde faire. Elle n'est plus qu'un objet qu'on peut emmener comme une valise.

L'homme ne s'en prive pas, il la tourne, la fait pivoter, on ne sait plus où est le haut, où est le bas, ni où se trouve la tête de la jeune femme en maillot.

L'homme saisit une autre boîte, étroite comme un étui à violon, et l'ouvre : des épées y sont rangées. L'assistance frémit, on n'entend plus de conversations, sauf à mi-voix. Une première lame transperce la boîte, et même si on sait que c'est de la magie, on a peur pour la fille en maillot, ses cuisses nues, sa jolie petite tête fragile, son sourire éclatant.

Une deuxième épée traverse la boîte, en croix par rapport à l'autre. Où est la femme ?

Solange frissonne.

La tête de la fille apparaît en haut de la caisse. Elle sourit, comme on veut qu'elle sourie. Gracieusement.

— Avez-vous peur pour elle ? crie l'homme en lui enfonçant une épée au niveau de l'abdomen.

Solange baisse la tête vers le sien.

Cinq épées en tout traversent de part en part la boîte où se tord le corps de la femme.

Solange se sent faible. Son ventre lui fait mal, une crampe.

C'est de cette scène dont elle se souviendra le plus dans toute cette soirée, plus que des autotamponneuses, plus que du colosse, plus que du bal.

Elle aimerait continuer à danser, mais elle sait que c'est bientôt fini.

Elle pose sa figure contre le dos de Paul, à l'arrière de sa moto BB Peugeot rouge qui fonce dans la nuit chaude et salée d'un paysage de mer, puis détache ses bras de lui et les ouvre en croix, dans le vent, ne tenant que par l'équilibre. Elle ferme les yeux, se rattrape in extremis à la taille de son amoureux.

Ils roulent toute la nuit. Elle ne veut pas rentrer.

Au matin, alors que les arbres du jardin tournent au violet, puis au brun, elle revient, les yeux cernés. Sa mère l'attend. Elle a compris.

Solange a les genoux dans la terre et les mains de sa mère tapent son dos. Tapent et tapent et tapent. Sa mère la menace, gronde, sourdement, pour ne pas alerter les voisins.

Ses genoux s'enfoncent sur des petits cailloux et lui font mal. Elle ne pleure pas.

— Il est trop tard pour te faire avorter, même en Angleterre, lui dit sa mère.

Fière, Solange redresse la tête.

— De toute façon je veux le garder.

Le visage de sa mère change d'expression. Incrédule, elle lui demande :

— Tu veux te marier, alors ?

— Oui.

Elle a dit oui avant même d'y penser. Mais les trois lettres ont décidé de sa vie, comme par magie.

— Il est d'accord ?

— Bien sûr.

Bravache, elle toise sa mère. Elle n'en sait rien.

— On peut savoir comment il s'appelle ?

Encore effrayée, elle prononce son nom comme s'il allait pouvoir la sauver :

— De Blignes.

Ils sont réunis dans le living de la maison près de la rivière. Solange, Lucie, Serge, Georgette. Quand Lucie annonce d'un air sévère que sa fille est enceinte, Serge reste immobile mais Georgette hausse les épaules.

Lucie, furieuse, la fusille du regard et aboie :

— Vous, on ne vous demande pas votre avis.

Georgette se tait. Lucie la hait : si ça se trouve, la situation l'amuse, elle qui l'a toujours accusée de ne pas savoir s'y prendre avec sa fille. Les tourterelles s'appellent d'un arbre à l'autre, dans un silence pesant. Solange a les yeux rougis par les pleurs, et elle ne se soucie plus de savoir de quoi elle a l'air.

— Il n'y a qu'une solution, déclare Lucie. Qu'elle se marie.

Elle regarde Serge.

— On va aller voir les parents du garçon. Ils s'appellent de Blignes. Ceux du château – la Mosquée.

Le cœur de Georgette se décroche, et son regard croise brièvement celui de son fils. Serge reste imperturbable mais répond d'un ton définitif :

— C'est impossible.

Lucie ne comprend pas l'opposition de son mari. Solange, elle, pense que son père a dit cela parce qu'il la trouve trop jeune pour être enceinte. Elle-même a toujours du mal à l'imaginer. Son enfant grandit dans son ventre à l'abri des méfaits des adultes. Il ne doit voir qu'une lumière étale et rougeâtre venue de l'autre côté de sa peau. Est-ce qu'il agrandit ses yeux quand la nuit tombe et qu'elle chausse les lunettes qui élargissent les siens ? Comment le regard se pose-t-il quand on est encore dans le ventre de sa mère et qu'on ne perçoit qu'un éblouissement de la chair ?

Georgette, elle, voudrait étrangler de Blignes, sur-le-champ. Elle a souvent pensé à le tuer, au cours des dizaines d'années qui viennent de s'écouler. Elle aurait dû le faire. Parfois dans ses rêves apparaissent leurs visages satisfaits, les scellés qu'ils avaient fait poser pour les condamner à être pris au piège, la charrette à bras qui s'en allait chargée de quelques corsages soi-disant démodés. Après guerre, elle les a maudits en les voyant s'établir à leur compte : Guyonvard l'ingénieur était devenu maître d'œuvre, et Blignes marchand de biens – ceux qu'il avait pour la plupart volés, ou acquis à des prix ridicules. Seul du Perron de Maurin, le commissaire régional aux questions juives qui avait ordonné la rafle de janvier 1944, avait été fusillé, en 1946, après avoir tenté de se réfugier en Allemagne, mais tous les autres responsables de la mort d'Abraham, miliciens, gendarmes, collaborateurs ordinaires, et en premier lieu, les deux administrateurs provisoires, avaient survécu, et même prospéré. Ils s'étaient racheté une image à bon compte alors qu'elle avait été spoliée, par eux, de tous ses biens.

Georgette ne peut pas parler. Une boule de rage et d'amertume grandit dans sa gorge. C'est elle qu'on regarde de travers. Elle qu'on juge. Elle sait que dans son dos, ses mystères et ses silences font d'elle une coupable idéale. Même sa belle-fille la soupçonne du pire, y compris d'avoir dénoncé son mari. Parce qu'elle a toujours été une mauvaise fille, qu'elle aime les hommes, qu'elle n'est pas polie et qu'elle se méfie de tout le monde, on l'accuse de tout, alors que les vrais coupables sont exemptés de tout soupçon.

Les idées se bousculent dans sa tête. Elle vient de comprendre que Serge en sait beaucoup plus qu'elle ne le pensait. Il a immédiatement réagi au nom de Blignes. Elle réalise qu'il a dû se renseigner pour voir si elle ne lui avait pas menti. Il sait que Guyonvard et Blignes sont responsables de leur ruine. Sans eux, ses parents auraient peut-être pu s'enfuir à temps. Abraham aurait pu être sauvé. Tout aurait été différent.

Mais Serge évite à présent son regard. Il est trop tard pour raconter leur histoire à sa femme, à sa fille. Ils étaient convenus, sans se le dire, de ne plus jamais parler de lui, et voici que le passé les rattrape, une fois de plus.

Georgette faiblit sur ses jambes et s'asseoit, précautionneusement, sur le canapé, sous le regard sévère de son fils. Interdite, elle lui renvoie son regard, essayant de comprendre l'ironie de son destin. C'est tellement inouï. Pourquoi sa petite-fille est-elle tombée amoureuse du seul garçon qu'il lui fallait éviter ? Serait-il possible qu'elle ait vécu jusqu'à ce jour pour connaître son arrière-petit-fils et le voir grandir avec le visage de l'assassin de son mari ? Elle ferme les yeux. L'enfant ressemblera peut-être à Abraham, ou ce sera peut-être une fille, aussi belle que sa mère. Mais la colère revient, comme une vague : ces salauds ont tout eu, y compris, à présent, la peau de porcelaine de sa petite-fille et son corps si parfait. Le ciel pèse sur son dos comme pour la faire plier jusqu'au sol. Elle se sent écrasée. Rien de ce qu'elle a pu faire, dire, oser, n'a permis de changer le monde, même de manière infime. Il reste profondément injuste.

L'amnésie collective n'a pas eu lieu pour elle.

Son fils est figé dans une douleur muette, sa petite-fille a les yeux gonflés de larmes et sa belle-fille gronde. Georgette se sent coupable d'une faute qu'elle n'a pas commise.

Elle a honte.

# III

# SOLANGE

L'été arriva. Air salé, bikini rose. Les bus de la route côtière étaient bondés, les gens s'y pressaient, peau contre peau. Elle a été projetée contre lui, coup de frein, cris de quelques passagers exagérant leur peur. Elle a rigolé, il lui a souri, ça a été aussi simple que ça. Un début simple pour une histoire compliquée.

Ils sont descendus à l'arrêt de la plage. L'après-midi était moite de brume, l'air rempli de gouttelettes d'eau en suspension. Un oiseau a crié au-dessus d'eux, mais il était trop haut, impossible à voir derrière les nuages aux multiples couches de gris. Au fond, les grues du port étaient devenues immobiles depuis que l'activité s'était réduite de moitié. Les aiguilles de l'horloge centrale étaient à l'arrêt depuis des dizaines d'années. Cette ville vivait au passé. On y parlait encore de la guerre, quand les Alliés avaient tout bombardé y compris les maisons, ou même de la Compagnie des Indes, qui envoyait des bateaux chercher du poivre ou de la soie sur des terres encore inexplorées, des siècles plus tôt. Cela faisait longtemps qu'on ne découvrait plus de nouveaux territoires. Cela faisait longtemps, aussi, qu'on parlait de soieries plutôt que de trafic d'esclaves, ou de résistance plutôt que de trahison. Solange voulait depuis toujours partir de cette terre de silences.

Paul était grand, il avait les jambes longues et minces d'un garçon qui a poussé trop vite, et les yeux d'un bleu transparent. Elle mesurait une tête de moins et elle était fine et maladroite dans sa robe longue jusqu'aux pieds. Elle préférait les jeans ou les fuseaux à carreaux pied-de-poule mais trouvait qu'une robe et des ballerines c'était plus féminin. C'était la courte époque où elle hésitait entre correspondre à ce qu'on attendait d'elle et faire uniquement ce qui lui plaisait.

Comme tous les garçons de la ville, qui se poussaient du coude quand ils la voyaient dans la rue et lui lançaient des regards en coin, il la connaissait de vue. Il ne savait pas, en revanche, si elle l'avait déjà remarqué ou si elle avait improvisé lors de leur rencontre dans la chaleur de l'été, la veille au soir, à la fête. Il y avait eu cette chanson, *Qui marierons-nous*. Quelques garçons, dont lui, avaient sifflé : au milieu des twists et des rocks, une danse collective, c'était un peu daté. Mais d'autres avaient saisi l'occasion de la ronde à embrassade.

Les garçons et les filles, alternés, se sont attrapés par les mains en quelques secondes, et ils ont commencé à tourner. Les visages souriaient, attendant la suite. On était frappé par la variété des traits, des corps, des voix. Un garçon est venu au milieu du cercle, il a vu défiler les visages dont les cheveux se soulevaient à chaque pas, cherchant la plus jolie, la plus souriante, la plus engageante des danseuses. Il a saisi la main d'une petite aux cheveux épais et très noirs qui a rosi, et tous les autres ont continué à tourner autour du couple formé qui se regardait dans les yeux. Ils se sont embrassés chastement, sur la joue. Les pieds gauches allaient à gauche et les pieds droits prenaient appui avant de repartir en avant, les bras se balançaient et la ronde avançait. *Par ce joli jeu d'amour*. La brune est venue chercher un autre garçon, et celui-ci a désigné Solange. Paul a caché sa déception. Il aurait voulu la choisir et danser avec elle. Elle était au milieu de la ronde, incroyablement belle, consciente de l'être, et faisait durer le plaisir. Il la fixait : c'était son unique chance. Les visages défilaient, les yeux brillaient, les jambes s'avançaient. Tout à coup, c'est vers lui qu'elle est allée, et comme c'était le troisième tour, ils se sont agenouillés au centre tandis que tous reprenaient les paroles qu'ils connaissaient par cœur : *Amants à genoux, à genoux embrassez-vous*. On riait, l'excitation montait. Ils se sont agenouillés l'un devant l'autre, l'air solennel, et c'est elle qui l'a embrassé sur la bouche. Les cris ont fusé : on ne s'y attendait pas. Elle était belle, et n'avait pas froid aux yeux. La ronde est repartie dans l'autre sens et ils sont restés sur place avec la tête qui tournait. Ils avaient oublié de se relever et les danseurs avaient dû reformer un cercle plus loin tandis qu'ils s'embrassaient sans pouvoir s'arrêter.

Le lendemain, c'était leur premier rendez-vous et ils allaient à la plage ensemble. Ils avaient avancé tranquillement sur l'allée côtière qui menait à l'océan, puis continué à marcher dans les dunes. Contrairement à elle, il parlait beaucoup, à toute vitesse, en utilisant des mots à la mode qu'elle connaissait à peine. Elle le regardait en souriant, consciente qu'il cherchait à dissimuler son malaise derrière un surcroît d'assurance, le perçant à jour. Lorsqu'il avait demandé à la revoir, la veille, à la fin de la soirée, il avait eu la même voix enrouée malgré son assurance affichée.

Il s'est arrêté pour prendre une cigarette, et il a arrondi ses mains autour de son Zippo. Ses yeux l'ont regardée juste au-dessus de la flamme qui vacillait. Elle s'est détournée vers la mer. Quelques rayons de soleil ont percé, doigts pointés vers eux. Il s'est rapproché mais il est resté derrière elle sans oser l'enlacer, à respirer l'odeur de ses cheveux.

Ils marchaient sans voir que leurs chaussures se remplissaient de sable, en longeant l'horizon. Elle s'est imaginée continuer avec lui sans s'arrêter par-dessus les côtes et les océans, peut-être jusqu'en Amérique, qui n'était après tout que de l'autre côté de la mer.

À dix-sept ans, on a bien le droit de croire qu'un garçon va vous donner des ailes.

Ils ont continué en équilibre sur les blocs du mur de l'Atlantique, les bras écartés, funambules l'un derrière l'autre, et en arrivant au bout de la ligne de béton il a sauté à terre et il l'a emmenée derrière, dans le blockhaus qui sentait un peu la pisse mais qui était bien commode – on aurait dit qu'il avait été construit là pour eux. Ils étaient à l'abri du vent qui soufflait sur la mer, du sable qui s'infiltrait partout, des regards des baigneurs. À nouveau, il lui a pris la main et elle a fait semblant de rien, fixant son regard sur l'horizon au gris éblouissant, se raidissant malgré elle parce qu'elle n'était pas habituée à cela – on ne l'avait pas tenue par la main depuis au moins sept ans. Il s'est sans doute senti un peu bête, qu'elle ne réagisse pas plus que cela ne l'aidait pas beaucoup à envisager la suite. Le bâtiment était assez sombre pour qu'elle feigne de ne pas voir les coupures jaunies de journaux porno, les cadavres de bouteilles de bière, la vieille lampe de poche rouillée. Les meurtrières laissaient passer une lumière diagonale. Elle sentait son regard sur elle. Tout près, on disait qu'un ancien militaire avait enfermé sa femme avec ses chiens de chasse dans sa maison en pierre jusqu'à ce qu'ils la dévorent. Un Barbe Bleue du bord de mer. Elle ne savait pas si c'était vrai ou faux, ni quand l'histoire s'était passée. Mais elle imaginait, tout près, les bras blancs d'une jeune femme dans un couloir sombre, la clé tachée de sang dans sa poche, l'envie irrépressible d'ouvrir la porte.

Son corps, la clé.

Il l'a regardée avec un petit sourire et c'est elle qui s'est sentie inutile, alors il en a profité pour l'embrasser – la langue, tout à coup, dans sa bouche, la panique à se dire il faut que je tourne la langue à mon tour, à quelle vitesse dans quel sens – jusque-là tout lui avait semblé simple et tout à coup elle paniquait – et pourtant, les semaines suivantes, elle replierait sa langue contre son palais pour retrouver cette sensation étrange, ces muqueuses l'une contre l'autre, les papilles, le mouillé.

Ils s'étaient embrassés et elle n'en revenait pas que ce soit aussi facile, de se retrouver dans les bras de ce garçon aux yeux brillants et au sourire de loup, dont elle n'était pas la seule à rêver sur son lit.

C'était devenu leur lieu de rendez-vous, cet été-là. Lucie la laissait aller à la plage avec ses copines et Paul les rejoignait – sa mère n'y voyait que du feu. Ils passaient une partie de l'après-midi tous ensemble, garçons et filles, à fumer sur le sable et à écouter la radio, et puis au bout d'un moment ils s'éloignaient tous les deux vers leur blockhaus. Il lui chantait *L'Eau à la bouche* de Gainsbourg, *je t'en prie ne sois pas farouche*, et elle souriait. Ils parlaient de voyager ensemble. C'était la première fois qu'elle rencontrait un garçon qui imaginait une vie loin de Lorient. La question n'était pas qu'ils puissent le faire ou non. Ce qui importait, c'était qu'il rêvait grand. Plus leur peau était bronzée, plus leurs baisers s'embrasaient, et ils avaient l'impression d'être les premiers à qui cela arrivait. Est-ce qu'elle jouait l'ingénue ou l'était-elle vraiment, est-ce que l'envie de séduire était trop forte, ou les dés déjà lancés ? Elle ne pensait déjà plus qu'à lui, nuit et jour, et il disait qu'elle lui manquait sitôt qu'elle avait disparu.

Ses seins étaient tout petits et blancs sous sa main bronzée et chaude, tout son corps était chaud et bronzé, elle voulait lui offrir non seulement son enveloppe extérieure mais son corps tout entier, chacune de ses milliards de cellules, son cerveau et son nombril, ses cheveux et son ventre, elle aurait voulu faire une orgie à deux. Elle n'avait pas été timide longtemps, elle se découvrait prête à tout avec lui, et lui qui avait été un don Juan au cours des mois qui le séparaient des premiers signes de la puberté (les poils disparates qui avaient poussé subitement à tort et à travers, la voix qui s'était mise à vriller dans sa gorge, les épaules devenues puissantes) s'apercevait qu'il n'aurait plus besoin de rencontrer les autres, puisqu'elle les rassemblait toutes.

À dix-huit ans, on a bien le droit de croire qu'une fille vous suffira toute la vie.

En quelques heures de soupirs étonnés et de tortillements sur une pierre datant de la Seconde Guerre mondiale, ils avaient commencé à se changer l'un l'autre, par simple contact de leurs épidermes surchauffés.

Solange ne savait pas encore qu'elle allait passer sa vie à y penser, et que ce serait ce qui lui donnerait, si on veut, un sens. Pour elle, c'était ce jour à la mer avec lui qui était le début de tout.

Solange allait dans un lycée pour jeunes filles et portait comme toutes les autres des blouses vichy à petits carreaux. On y était censé lui inculquer le goût d'apprendre, mais aussi un comportement modeste : il était interdit, par exemple, de se toucher les cheveux en classe (c'était mal vu même en dehors des cours). On ne croisait pas les jambes, et on les écartait encore moins : on se tenait genoux serrés. On ne parlait pas fort, on ne se faisait pas remarquer.

Elle se mettait en rang quand la cloche sonnait, puis disséquait des grenouilles ou préparait des précipités qui sentaient l'œuf pourri – l'exacte odeur du port de commerce quand il faisait beau, cette odeur qu'elle exécrait, et qui ne faisait qu'alimenter son envie de s'en aller. *Partir, le plus beau mot de la langue française*, avait-elle écrit dans une dissertation où elle avait eu dix-neuf. Elle découvrait la philo avec passion et s'enflammait pour Alain. Elle était nulle en sport, pire à vélo : elle n'avait aucune coordination, mais au lieu de lui donner des airs de godiche, ses jambes de biche et ses mains hésitantes la rendaient encore plus charmante. L'adolescence lui réussissait. Ses copines n'avaient pas toutes la même chance. Certaines d'entre elles avaient même quelques poils disgracieux au-dessus de la lèvre supérieure qu'elles n'avaient pas encore appris à épiler. D'autres avaient le corps qui s'alourdissait et les faisait de plus en plus ressembler à leur mère. Elles s'extasiaient sur la finesse de ses traits et caressaient ses cheveux quand elles s'asseyaient épaule contre épaule.

Solange n'était pas comme sa mère et sa grand-mère, qui suivaient l'actualité avec intérêt et inquiétude, persuadées qu'un jour ou l'autre une troisième guerre mondiale allait leur tomber dessus, énervées par la morgue des Américains au Vietnam et agacées par leur haine de Cuba, passionnées par l'Algérie devenue indépendante. Elle n'écoutait la radio que pour y découvrir les merveilles musicales qui fleurissaient chaque mois ou presque. Johnny Hallyday, Eddy Mitchell, des chansons d'amour, *Aline, Baby Love*, *(I Can't Get No) Satisfaction*. Quand elle a entendu pour la première fois « il est interdit d'interdire », elle a applaudi : c'est ce que sa grand-mère disait depuis toujours. Mais elle était loin de Paris et n'avait pas fait partie du mouvement. Plus tard, quand ses filles lui poseraient des questions, elle ne retrouverait aucun souvenir personnel des événements de Mai, seule dominerait en elle l'impression que les étudiants parisiens se donnaient du bon temps. Elle minimiserait leurs avancées et garderait une méfiance à l'égard des manifestations – à moins que cela ne trahisse qu'une envie de se démarquer de ses gauchos de parents, qui protestaient dans les rues pour un oui ou pour un non. Solange n'aimerait pas les manifestations, comme elle n'aimerait pas le vin rouge et le fromage qu'ils adoraient, par esprit de contradiction.

Lucie regrettait que les femmes soient négligées par le mouvement de Mai 68. Elles étaient présentes dans les manifs, dans les universités, dans les usines occupées, mais ceux qui étaient au premier plan, une fois de plus, c'étaient les hommes. Georgette ne se faisait plus d'illusions : c'était toujours la même histoire. On ne les écoutait pas. Lucie continuait d'espérer en l'avenir malgré tout. Question de tempérament, ou d'histoire personnelle.

Georgette était de plus en plus amère. Elle n'avait plus envie de parler politique. Elle n'avait plus envie de vivre en couple. Son fils lui en voulait, sa belle-fille ne l'aimait pas, sa petite-fille s'éloignait d'elle. Elle avait quelques bonnes amies, et avait recommencé à voir Laurent, l'ancien pompier désormais à la retraite, qui venait lui faire son jardin et restait parfois passer la nuit. Cela lui suffisait.

Sa vie se réduisait.

Solange appréciait à la fois Virginia Woolf et Johnny Hallyday. Elle qui ne s'était jamais ennuyée ne ressentait pas la difficulté d'être fille unique : seule dans sa chambre, tous les soirs, elle dansait devant sa glace avant de lire les grands classiques dans son lit. Fidèle, on pourrait dire, à sa baïonnette, et à son canon – lesquels, petit à petit, se couvraient ça et là d'un duvet blond qui n'avait même pas éclipsé sa beauté, ne serait-ce que quelques mois. Au contraire, les légers poils fins et presque transparents qui les recouvraient ne faisaient qu'en souligner la délicatesse – et la puissance de feu. Chaque soir, après une session endiablée de twist et de rock'n'roll, Solange les examinait à la loupe en s'émerveillant toute seule des miracles de la nature.

Le samedi après-midi, désormais, elle allait avec ses amies en ville acheter des fards de toutes les couleurs et elles revenaient en piaillant pour les essayer. La poudre bleu vif ou vert pomme s'étalait en forme de lune ou de banane, l'eye-liner ourlait la frange de leurs cils, le baume sentait la fraise et le vernis l'ammoniaque. Le peigne crêpait des mèches qui s'enroulaient en chignon et cassaient quelques dents au passage. La pince à épiler améliorait le profil des copines et dessinait des sourcils fins comme des pinceaux. La crème dépilatoire faisait des miracles : en à peine dix minutes, la chimie faisait tomber les poils des jambes comme des feuilles d'automne, dans des odeurs de désinfectant, c'était merveilleux.

Au rez-de-chaussée, Lucie n'en perdait pas une, et se demandait ce que cela allait donner, cette fille brillante à l'école et niaise avec ses copines, qui passait des heures à lire et d'autres à se maquiller en cachette. Elle les voyait s'éloigner, marchant bras dessus bras dessous, et ne pouvait s'empêcher de penser que sa fille était la plus jolie de toutes.

Lucie continuait de gravir les échelons à force de travail acharné et de succès aux concours administratifs. Serge, lui, n'avait pas d'ambition. Il continuait à filmer des mariages et gardait ses créations pour lui – les films, les lampes, les meubles, les dessins, les mobiles, les peintures, les marionnettes, les maquettes s'entasseraient au grenier et ne seraient jamais montrés à personne. Le peu de fois où elle l'avait encouragé à le faire avaient été suivies par des colères terribles. C'était entendu : il n'avait pas de projet.

Lucie, elle, en avait un, qui était l'aspiration ultime de sa génération : faire construire, sous-entendu une maison. Comme toujours, elle l'avait peu à peu convaincu, et le désir de Lucie était aussi devenu celui de Serge.

Il s'était mis à en dessiner les plans. Lucie rêvait, il inventait.

Quant au terrain, c'était simple : ce serait celui de l'isba.

Serge n'avait rien reçu de son père, il estimait qu'il avait droit à sa moitié de terrain. Il avait prévu un appartement pour sa mère au rez-de-chaussée de la nouvelle maison, parce qu'elle ne pouvait plus continuer à vivre dans une bicoque en bois qui datait du siècle dernier. Elle ne sentait pas l'odeur du gaz, qu'elle laissait parfois ouvert sans s'en apercevoir, comme elle laissait parfois pourrir des aliments dans le réfrigérateur. Au pire, elle allait faire exploser l'isba, au mieux, s'en tirer avec une salmonellose, qui pouvait lui être fatale. Dans l'appartement qu'il avait imaginé, elle aurait une cuisine équipée, une douche, des toilettes à l'intérieur. Le confort moderne.

Georgette haussait les épaules.

Serge avait l'air sûr de lui, et il ne manquait pas d'arguments. On aurait dit un commis voyageur venu lui faire acheter une pile de nappes dont elle n'avait pas besoin.

Elle refusait.

Il insistait.

Elle pensait qu'il pouvait toujours courir, elle n'irait pas dans son soi-disant studio. Il ne pourrait tout de même pas la forcer, si cela ne lui plaisait pas. Elle le laissait dire. Il pouvait bien construire ce qu'il voulait, elle ne bougerait pas de chez elle.

— Tu viendras déjeuner avec nous. Il y aura un escalier intérieur entre ton appartement et notre cuisine, tu n'auras qu'à monter les marches pour nous rejoindre. Je te montrerai les plans.

Georgette accepta – avait-elle le choix ?

Elle pensait qu'elle n'en avait plus pour très longtemps de toute façon, même si cela faisait déjà quelques années qu'elle disait qu'elle allait mourir.

Les bulldozers s'activaient à l'autre bout du terrain. Le bruit était un peu pénible mais Georgette s'y faisait. Serge avait choisi de construire la maison en béton armé, dont on connaissait, à Lorient, la solidité : aucun des bâtiments de la base des sous-marins allemands n'avait pu être détruit. L'essentiel, pour Serge, était que la maison soit debout pour l'éternité. Les plans qu'il avait élaborés rappelaient celui que Lucie avait dessiné en prison, en beaucoup plus précis. Il y avait un jardin d'hiver, quatre chambres, un salon de cent mètres carrés, une piscine au sous-sol, une salle de jeux où seraient disposés côte à côte une table de ping-pong et un billard, une cave à vin à température, un cellier pour les conserves, et tout le confort moderne des années soixante. Serge et Lucie y avaient investi l'argent de toute une vie à deux.

En quelques mois, la maison était sortie de terre. Le jardin comprenait des arbres qui fleurissaient tout au long de l'année, depuis le mimosa jusqu'aux cerisiers et aux pommiers. Le vieux noyer était devenu immense, c'était le plus grand arbre de tous, mais tout autour Serge avait planté des lilas, des buissons de roses, des chèvrefeuilles et du muguet pour le 1er mai. Il avait creusé un bassin alimenté par un ruisseau artificiel pour qu'y glissent des carpes japonaises aux yeux globuleux et peut-être quelques grenouilles. Solange trouvait que cette maison aux grandes baies vitrées rectangulaires exposées plein nord avait l'air triste. Lucie lui recommandait d'attendre, on ne pouvait pas encore avoir une idée du rendu final. Solange faisait la moue. Elle ne s'imaginait pas dormir au premier étage, immense, où seule sa chambre et la salle de bains seraient occupées. Tout au plus se réjouissait-elle de pouvoir faire le mur facilement, puisque ses parents dormiraient à l'autre bout de la maison. Elle ne savait pas encore qu'elle n'y habiterait pas longtemps.

Le dimanche, dès que le déjeuner (qui durait bien deux heures) se terminait, quand Lucie entonnait *Fascination* ou Georgette *Mon petit garçon*, et avant qu'ils commencent à jouer à la belote sur la nappe en Bulgomme (une fois enlevée celle qui était brodée), Solange fuyait, laissant derrière elle flotter les refrains qu'elle avait entendus cent fois. Les récits de la guerre qui ne racontaient rien à part les restrictions alimentaires, le rutabaga et les bombardements, elle les connaissait par cœur et les trouvait dépassés. Dès qu'elle les entendait dire *dans le temps*, elle filait. À elle, l'avenir, la séduction, l'insouciance. À elle les *surpats*, tellement *baths*.

Lucie secouait la tête, mais laissait faire. Elle ne savait pas si elle devait interdire ce qui pouvait entraîner sa fille sur la mauvaise pente, ou au contraire laisser faire ce qui n'était peut-être qu'un symptôme d'époque.

Après tout, elle aussi avait rué dans les brancards, d'une certaine manière, à l'époque de la guerre.

Elle aussi avait été une mauvaise fille.

Il y eut deux étés, et l'année scolaire entre eux. Ils étaient devenus inséparables, plus encore que les « meilleures copines ». D'ailleurs, elle lui racontait tout. Ils étaient à la fois amoureux, confidents et complices. Le seul sujet qu'ils n'abordaient pas, c'étaient les parents. Ceux de Solange seraient déçus qu'elle fréquente un garçon qui mettait des blousons noirs et ne savait pas vraiment ce qu'il voulait faire de sa vie. Ceux de Paul vivaient leur vie d'adultes sans vraiment s'occuper de leurs sept enfants, partaient en week-ends et faisaient des *bringues* où ils invitaient de nombreux amis mais pas leur fils. Paul était fâché avec son père depuis le jour de ses quinze ans, et il ne parlait pas beaucoup à sa mère, mais il ne s'étendait jamais sur ses raisons. Ils étaient vieux, se disait Solange, comme les siens.

Cet été-là, le ciel est d'une clarté irréelle et elle se sent jeune, forte, amoureuse. Lucie est toute absorbée par sa carrière et l'ameublement de la maison où ils viennent d'emménager, Serge par son cinéma, et Georgette reste dans sa maison de bois. Solange peut vivre sans la surveillance des adultes et profiter de la nouvelle famille qu'elle s'est choisie : ses amies, Paul, les amis de Paul. Ils parlent un argot différent de celui des *anciens*, que les garçons apprennent aux filles. Solange répète *falzar*, *bagnole*, *relax* avec délectation. Il fait chaud, la mer est délicieuse, elle vient d'avoir le bac.

C'est le plus bel été de sa vie.

Au retour des vacances, elle ne pense plus qu'à son corps, guettant chaque signe qui pourrait annoncer le sang qui ne vient pas. Elle n'en parle pas à Paul parce qu'elle a peur de l'effrayer, et cherche à gagner du temps. Quand Lucie comprend que sa fille est enceinte, c'est la catastrophe. Le mois d'août vient de se terminer, elle devait entrer à l'université, ses parents étaient fiers d'elle et tout à coup tout change. Sa mère manque une nouvelle fois de lui arracher le cuir chevelu, son père ne lui adresse plus la parole, et pire que tout, sa grand-mère va mourir à cause d'elle.

Lucie est désespérée. Elle a honte de sa fille. Une fille qui couche avec un garçon ne peut plus espérer se marier avec qui elle veut. Au mieux, elle ne peut trouver qu'un déclassé comme elle, un infirme, un pauvre, ou pire – un divorcé. Si ça se trouve, Solange a hérité le diable au corps de sa grand-mère.

En tout cas, une chose est sûre, se dit Serge, ce n'est pas de Lucie que cela lui vient.

Georgette reste au lit en maudissant Blignes et ses descendants. C'est comme si Abraham mourait une deuxième fois. Ses doigts fins sur les cordes du violon, sa bonne humeur, ses blagues et son œil qui frisait, *elle a perdu son pantalon tout en dansant le charleston*, les poils qui couraient le long de ses bras jusqu'à la première phalange de son auriculaire, ses cols amidonnés et son grand sourire – l'homme qui les a fait disparaître a gagné pour de bon. Comment dire à Solange que l'enfant qui grossit dans son ventre a pour grand-père un assassin ? Comment interdire à sa petite-fille de connaître l'amour à son tour, alors que toute sa vie elle a défendu la liberté ?

Lucie pense que sa belle-mère, qui semble encore plus atteinte qu'elle par la grossesse de Solange, n'a finalement pas les idées aussi larges qu'elle le prétend. Elle se sent enfin comprise, alors qu'elle l'est moins que jamais.

Georgette fulmine, non seulement Blignes va lui pourrir la vie jusqu'à la mort, mais en plus il va la faire passer pour quelqu'un de prude et de conventionnel – tout ce qu'elle déteste depuis toujours. Elle ne peut dire à personne ce qui la tracasse. La haine grandit en elle.

Serge, lui, ne parle plus à personne et regarde des films en boucle dans la petite chambre noire, ruminant ses frustrations.

L'atmosphère, à l'intérieur de la nouvelle maison, se pourrit.

Solange a interdiction absolue de sortir, et reste seule avec sa culpabilité.

Le médecin vient, lui demande de s'allonger sur son lit et lui annonce :

— Ça ne va pas te faire mal.

Solange n'a aucune idée de ce qu'il va lui faire, elle ne sait pas s'il va juste l'examiner ou *le lui faire passer*, comme dit sa mère. Personne ne lui a rien expliqué. Elle se concentre sur l'ampoule au-dessus d'elle qui finit par l'éblouir et abolir ses pensées. L'homme lui écarte les genoux et introduit un instrument de métal dans son sexe. Sa mère est à côté d'elle et garde un air sévère. Le docteur farfouille à l'intérieur. Il pose une main sur son bas-ventre et semble écouter dehors.

Il ne dit rien, et ressort de la pièce. Solange reste allongée, la culotte suspendue à une cheville, les jambes en vrac.

Elle est enceinte de plus de quatre mois. Un avortement clandestin serait effectivement trop risqué.

Serge refuse toujours d'aller rencontrer Blignes et Lucie ne sait toujours pas pourquoi.

Georgette va mieux depuis qu'elle sait que sa petite-fille ne va pas essayer d'aller en Angleterre, mais elle ne quitte plus son lit. Son siamois infect ronronne sur sa couette et l'isba sent une odeur de renfermé mélangée à celles d'une cuisine grasse et de l'urine de chat, qui reste longtemps dans les narines après qu'on en est sorti.

Lucie essaie de l'inviter à déjeuner dans la nouvelle maison sous différents prétextes, une émission de Michel Drucker, dont Georgette a connu le père au début des années trente quand il vivait tout près, Simone Signoret dans un film inédit, un superbe plateau de fruits de mer. Georgette refuse, fait semblant d'être sourde, répond à côté, puis tente de se faire plaindre et dit qu'elle veut mourir. Solange a les larmes aux yeux. Lucie la fixe, l'air de dire que tout est de sa faute. Tout le monde s'observe. Georgette demande à Serge de lui préparer la robe qu'on lui mettra *une fois morte*. Son fils soupire. Elle insiste, en essaie une, puis l'autre, allongée sur son lit, tandis qu'il les lui apporte depuis l'armoire.

— Qu'est-ce que tu crois ? lui dit-il. Que tu vas réussir à te faire sauter au cimetière ?

Georgette ne répond pas, elle se drape dans sa dignité, mais il voit à son regard à la fois mauvais et blessé qu'elle l'a entendu. Elle est devenue une petite vieille au dos courbé et aux cheveux gris que chacun se sent autorisé à rudoyer. Son emphysème se réveille, et elle proclame qu'elle va mourir comme son père, des poumons. Sa poitrine siffle quand elle respire. L'autre dimanche, Serge en a rajouté en disant qu'elle avait avalé une flûte, et Lucie a ri. Ils croient que parce qu'elle est âgée, elle est de plus en plus sourde. Elle doit reconnaître qu'elle devient un peu dure d'oreille, mais cette fois elle a juste fait semblant de ne rien avoir entendu pour sauver l'honneur. Ils se moquent d'elle. L'atmosphère est humide, le temps maussade. Elle sait que si elle refuse d'habiter dans l'appartement qu'il a prévu pour elle dans leur maison, son fils va se mettre en colère, et elle n'a plus le courage de s'opposer à lui. Elle préfère ne rien dire, et rester à l'isba sans plus quitter son lit. Depuis que Solange est enceinte d'un de Blignes, elle se laisse aller.

Ses préparatifs ne se limitent pas au choix de sa tenue d'enterrement. Solange aperçoit sur le côté de son bureau une enveloppe où l'écriture maladroite de sa grand-mère annonce : « À n'ouvrir qu'après ma mort ».

Elle demande à son père :

— Tu as vu la lettre sur son bureau ?

Il hausse les épaules.

Mais bien sûr qu'il l'a vue, il se demande ce qu'elle est encore allée inventer. Pendant plusieurs jours, il a cherché comment aborder la question, comment faire pour qu'elle ne botte pas en touche ou imagine encore une histoire improbable. Il tourne autour de la lettre en se demandant s'il va oser la prendre, s'il pourra la décacheter au-dessus d'une casserole d'eau bouillante et la remettre en place sans être surpris, ou s'il doit ignorer un nouveau piège de sa mère.

Le jour où il se décide à la subtiliser, la lettre a disparu.

Qu'en a-t-elle fait ? L' a-t-elle détruite, cachée quelque part dans l'isba, dans le jardin, ou même dans la maison qui venait d'être terminée ? Il tourne en rond, cherche partout, en vain.

À la place de la lettre, sa mère déploie à présent des brochures de pompes funèbres. On dirait un catalogue de jouets à Noël : elle compare les modèles de cercueil et coche ceux qu'elle aimerait avoir, comme les enfants au mois de novembre, avec à peine moins d'excitation.

Comme Serge ne tombe pas dans le piège et fait semblant de ne rien remarquer, elle lui dit frontalement :

— Tu prendras sur mes sous, pour l'enterrement, mais ne t'en fais pas, il t'en restera bien assez.

— Tu n'es pas en train de mourir.

— On est tous en train de mourir.

— C'est gai.

Lucie, elle aussi, a de la ressource. Elle a eu une idée, un jour où Rafael est venu demander des nouvelles de Solange.

Une robe bleu ciel. Des gants bleu ciel et des aumônières bleu ciel. Chaque morceau de tissu rappelle qu'elle n'est plus vierge, même si son ventre est encore plat. Elle n'a pas eu le droit de se marier en blanc, même si ce n'est pas à l'église. Sa faute doit être publique. Les pupilles de Solange brillent. Les grains de lumière scintillent dans l'air de la mairie. Elle resplendit.

Cinquante ans plus tard, alors qu'elle se fait couper les cheveux dans un salon de coiffure, la coiffeuse la regarde dans le miroir qui lui fait face et s'attarde sur son visage, au point de lui faire baisser les yeux sur son magazine.

— Vous vous appelez Solange ?

— Oui.

— Je me souviens de vous, le jour de votre mariage. J'étais coiffeuse à Lorient. C'est moi qui vous ai coiffée.

— C'était il y a très longtemps.

— Oui, mais je m'en souviens. La plus jolie mariée que j'ai coiffée de toute ma vie. Un chignon bouclé, haut et blond. Et votre visage ! Si pur, si doux. Des joues d'enfant. Des yeux verts. Vous étiez vraiment une très belle fille. Pardon, vous êtes encore une belle femme.

— Merci, répond Solange avec une discrète émotion, à moins que ce ne soit de l'ironie.

Elle se regarde alors dans la glace et se dit qu'elle aura toujours ses yeux verts, même si ses paupières sont un peu moins lisses, sa peau moins diaphane, ses joues moins pleines, et son élégance naturelle, son sens de la repartie, son goût du mystère, qui la distinguent des autres.

Dans l'arrière-salle du restaurant où ils fêtaient son mariage en petit comité, elle s'est vue dans la grande baie vitrée qui donnait sur la mer. Ils étaient seuls sur la piste où elle dansait avec Rafael un slow, doux, serré. *La Javanaise. Nous nous aimions, le temps d'une chanson.* C'était la même voix chaude qui chantait *L'Eau à la bouche* l'été d'avant, quand elle passait tout son temps avec Paul.

L'épaule de Rafael est large, elle y appuie son visage et se laisse bercer.

Il se dit que même quand on est espagnol, on a le droit à l'absolu.

Au même moment, Paul est sur le pont d'un paquebot, *Le France*. Il est parti sans lui dire au revoir.

Cela faisait longtemps qu'il voulait s'engager dans la marine marchande pour prendre de la distance avec sa famille, et voyager. Son oncle maternel a enfin accédé à sa demande et lui a trouvé une place sur un transatlantique, le plus grand navire à passagers jamais construit au monde. Une légende. En cinq jours il est à New York.

Quand il a annoncé la grande nouvelle à Solange, il savait qu'elle allait mal le prendre, mais il ne s'attendait pas à ce qu'elle en fasse un drame. Il a eu beau lui jurer que ce n'était qu'une expérience et qu'il reviendrait vite, elle ne lui a plus jamais adressé la parole. Il lui a écrit, il lui a téléphoné, il a essayé de la supplier de venir lui dire au revoir, elle n'a rien voulu savoir.

Il a pensé qu'elle était comme les femmes de sa famille et qu'elle voulait diriger sa vie.

Il ne la laisserait pas décider à sa place de son avenir.

Il s'est dit que quand il reviendrait après un an de navigation, elle serait heureuse de le revoir. Qu'elle l'attendrait.

Il n'a rien compris.

Solange n'a pas voulu priver Paul de son rêve d'aventure, lui qui se prenait pour James Dean, ou mieux, Marlon

Brando. Une vie gâchée, c'était assez. Lorsqu'elle avait répondu à la question de sa mère par une bravade, elle pensait confusément que Paul serait d'accord avec elle, mais tout avait changé. Cette embauche sur *Le France*, c'était comme un signe du destin. Lucie lui disait que ce garçon ne pensait qu'à lui, sinon il ne l'aurait pas *mise enceinte*. Ils n'étaient pas du même monde, et cela ne s'arrangerait jamais. Serge, lui, semblait penser que la famille de Blignes n'était pas respectable, ce que Paul lui-même avait laissé entendre, sans vouloir donner de détails. Quand elle avait osé demander à son père ce qu'il voulait dire, il s'était mis à crier qu'elle n'avait qu'à trouver un emploi et un appartement, parce qu'il ne voulait plus la voir. Georgette était malade depuis qu'elle était enceinte. Solange était désarmée. Cette grossesse avait fait le malheur de tous ceux qui l'entouraient.

Sa mère avait raison, elle n'avait pas de jugeote.

Quand Lucie lui avait proposé d'épouser Rafael, son ami d'enfance, Solange s'était sentie apaisée. Elle aimait Rafael. Vivre avec lui la sortirait des griffes de sa famille. Elle ne voulait plus être amoureuse, elle voulait être heureuse.

La pilule venait finalement d'être autorisée. Elle sentait confusément que sa vie aurait été tout autre si la loi avait été adoptée plus tôt, et que la vie des femmes s'en trouvait bouleversée – libre comme celle des hommes. La révolution française venait d'avoir lieu, mais un tout petit peu trop tard pour elle. Son quotidien la prenait tout entière depuis son déménagement, et l'éloignait chaque jour de ses rêves de littérature, d'études supérieures, de carrière professionnelle. Mais en abandonnant la course à la reconnaissance sociale, elle gagnait en liberté, et contrairement à ce que sa mère et sa grand-mère avaient pu penser, elle profitait de sa jeunesse. Elle avait d'autres joies.

Plus que Mai 68, plus que les partis politiques, les avancées du mouvement féministe lui semblent importantes. On ne parle plus de droit, on parle de libération. Il faut changer les mentalités. Le 26 août 1970, une dizaine de manifestantes se tenant par le bras viennent déposer une gerbe de fleurs sous l'Arc de triomphe et déclarent : « Il y a plus inconnu encore que le soldat inconnu : sa femme. » Georgette rit, ravie de cette action. Lucie ne peut réprimer un sourire, elle qui est toujours soucieuse depuis que sa fille a décidé de gâter ses chances. Solange, elle, berce sa toute petite fille aux boucles presque blanches en regardant les images de ce nouveau Mouvement de libération des femmes, et lui murmure à l'oreille que le monde se prépare à l'accueillir. Tous ses espoirs sont en elle.

En avril 1971, elles découvrent le manifeste des 343 salopes, et en 1974, soixante-dix ans après la mort de Palmyre, Simone Veil déclare à l'Assemblée nationale que son projet de loi va avoir des « résonnances au plus intime » de chacun des Françaises et des Français. Elle a raison : la vie de Palmyre, celle de Zélie, celle de Georgette, celle de Lucie, celle de Solange auraient été totalement différentes si l'avortement, et plus généralement l'accès à la contraception, les avaient rendues maîtresses de leur corps et de leur destin.

La petite grandit.

Elle s'appelle Aurélia, en référence à Gérard de Nerval que sa mère adorait quand elle était lycéenne – il y a si peu de temps. Solange se sent liée à une longue chaîne de femmes, toutes celles qui, depuis la nuit des temps, ont connu cette douleur, cette peur, cette vie passer au travers d'elles. C'est comme si rien n'avait changé depuis le Moyen Âge. L'accouchement lui a déchiré une partie du périnée malgré le manuel américain traduit en français qu'une de ses copines lui a offert. Elle n'en a pas fait une histoire, d'une part parce que ça ne se fait pas d'en parler, d'autre part parce qu'elle ne veut pas avouer qu'elle regrette parfois son choix.

Elle tiendra bon, sa vie durant.

Dès l'année suivante, elle va deux jours par quinzaine à la fac et s'installe au premier rang pour mieux voir. Elle est toujours aussi belle mais n'en joue plus. Cela lui a causé assez de tort comme ça.

Elle ne revoit pas Paul. Il paraît qu'il continue sa carrière dans la marine marchande et vit en Afrique.

Il n'a pas d'enfant, lui. Il peut faire ce qu'il veut.

La petite est mignonne, Rafael gentil, et elle suit des cours pour continuer ses études : la vie s'organise. Rafael, lui, est déjà professeur d'espagnol. Sol a pour la petite une affection qui la remplit tout entière, même si elle ne la comble pas tout à fait. Ils ont une vie d'adolescents avec une liberté d'adultes, organisent des *surboums* dans le petit appartement qu'ils louent, où trône une télévision qui lui permet de poser la petite devant *Ma sorcière bien-aimée*. Force est de constater que même si elle a le droit d'avoir un compte en banque (depuis 1967) et que son nom peut désormais figurer sur la déclaration d'impôts à côté de celui de Rafael (depuis 1974), elle continue de faire ce que sa mère et sa grand-mère ont toujours fait : s'occuper de la cuisine, du ménage, des enfants tout en tâchant de s'accomplir professionnellement. Cela la gêne moins que Georgette, moins que Lucie, car elle est moins ambitieuse que l'une et moins aventurière que l'autre. C'est une rêveuse. Elle continue de lire, découvre Pascal Quignard, Marguerite Duras. C'est Georgette qui lui prête *L'Oeuvre au noir*, de Marguerite Yourcenar. Le temps qui lui reste, Solange ne le consacre qu'à ça : lire. Son regard couleur d'algues sombres effleure les lettres et elle entre dans l'espace illimité de sa conscience. C'est sa liberté.

Elle a désormais deux vies : celle qu'elle offre aux regards des autres, et celle qu'elle s'imagine, qui la définit tout autant.

Sol devient prof elle aussi et c'est une fierté pour sa mère, qui efface doucement la honte et la blessure. C'est aussi une bénédiction pour les adolescents à qui elle enseigne les verbes irréguliers anglais. Elle est un merveilleux professeur (on ne dit pas encore une professeure), belle au point que les garçons sont tous amoureux d'elle, compréhensive au point que toutes les filles lui confient leurs secrets – il faut dire qu'elle s'y connaît en adolescence, cela restera d'ailleurs la période préférée de sa vie, même si elle s'est terminée abruptement, ou pour cette raison. Son seul défaut, c'est qu'elle parle fort, comme si elle avait une classe entière à convaincre en permanence, ce qui est parfois gênant. Solange n'a jamais su, jusqu'à aujourd'hui, chuchoter – et même quand elle s'y essaie, elle roule des yeux et met sa main en coupe au coin de ses lèvres, dans une sorte de pantomime claironnant « attention, secret en cours de divulgation », ce qui ne manque pas d'attirer l'attention sur elle. Ses filles la charrient. Elle aime les bons élèves dont elle se sent complice, et les cancres parce qu'ils sont sympatiques ; elle a un faible pour les cancres intelligents.

Solange aime toutes les modernités que sa mère méprise : les soupes express en sachet, le poisson pané, la purée en flocons, les vêtements à bas prix qui ne sont pas de bonne qualité mais qu'on peut varier plus souvent, les pantalons en tergal qu'on n'est pas obligée de repasser, les magasins dont les logos ont remplacé les enseignes peintes, les réclames à la télévision qui donnent toujours plus envie d'acheter, les voitures qui vont toujours plus vite.

Elle apprend à conduire sur les genoux de son mari. De moins en moins maladroite, elle se sent invincible avec un volant dans les mains et chante toujours Gainsbourg. *Je souffle dans les capotes anglaises, ça fait de jolis ballons.* Ses parents ne comprennent pas qu'on invite ce chanteur à la télévision. Rafael lui lance un regard en coin et ils rient en cachette. Elle garde pourtant des ressemblances avec eux, notamment leur brusquerie, cette affection mal à l'aise qui gêne les gestes fluides, et voudrait être tendre mais ne sait pas comment on fait.

Rafael se saigne aux quatre veines pour acheter une Triumph rouge, et la plupart du temps c'est elle qui conduit tandis qu'il la contemple. Par la fenêtre ouverte où s'échappent ses cheveux longs, elle observe le paysage qui est tout à elle. À l'arrière, leur petite fille aux cheveux d'ange rit dans le siège qui a été construit pour elle. Dans les livres comme dans les films, Solange aime les road movies – en réalité aussi. Elle roule au-delà de la vitesse autorisée, prend des risques, passe les feux à l'orange et se sent vivre. Elle voudrait passer ses vacances avec des bandes d'amis aux barbes longues et aux pieds nus, à San Francisco ou dans les îles grecques. Rafael n'en revient pas d'être à ses côtés. Il la mange des yeux. Il lui fait promettre de ne jamais le quitter. La jupe de Solange remonte sur ses cuisses et il n'ose pas les toucher alors qu'elle est sa femme.

Elle le regarde avec une tendresse un peu triste.

Elle ne peut pas s'empêcher de se demander quelle vie elle aurait eue si elle était restée avec Paul.

En 1979, les *Lettres à sa fille* de Calamity Jane sont publiées pour la première fois en français, et rencontrent un succès immédiat. C'est un événement pour Georgette. Elle commande le livre et compte les jours jusqu'à ce qu'elle l'ait en main. Une brèche s'ouvre alors dans sa réalité, où elle s'engouffre. Elle y retrouve la lumière et la chaleur des Grandes Plaines qui énervent les insectes et accablent les chevaux, les feux de prairie qui donnent aux cieux des reflets rouge sang, la chasse aux bisons, la peur des *injuns*, le blizzard et les tornades.

Elle est chez elle. Elle galope. Elle boit. Elle jure.

Elle voyage, loin des rancœurs et des frustrations de ceux à côté desquels elle vit. Plus que jamais, elle rejette les conventions et le rôle qu'on veut faire jouer aux filles.

Les lettres sont belles et l'émeuvent parfois jusqu'à lui piquer les yeux, elle qui ne pleure pourtant pas facilement.

Après sa première lecture, d'une traite, elle repose le petit volume sur son bureau, soupire. La lumière qui entre dans l'isba éclaire les murs de bois recouverts de tapisserie ornementée à la russe. Un rayon de soleil perce la photo de Calamity Jane d'une petite tache brillante. Le chat au pelage mité et au regard torve ronronne à ses pieds. La violence et l'hostilité que Calamity a rencontrées, sa solitude à la fin de sa vie résonnent avec celles que Georgette connaît, et elle y cherche des messages secrets, des phrases qui lui seraient adressées comme des clins d'œil. C'est comme si elles avaient dialogué tout au long de sa vie. Elle écorne à peine le bas de certaines pages, d'un millimètre seulement, pour pouvoir les retrouver facilement et les relire.

Elle n'a jamais lu les mémoires de Calamity Jane de la même manière : chaque période de sa vie les éclairait différemment. Sa main repousse sans ménagement ce qui s'entasse sur son bureau, journaux, boîte à cigarillos, papiers, crayons, vieux tickets d'épicerie. Elle s'installe pour une relecture. La première page l'aspire à nouveau, et elle lit le livre deux fois d'affilée, comme lorsqu'elle a découvert les mémoires à l'âge de dix ans.

Elle a besoin d'en parler avec quelqu'un, mais elle ne reçoit plus personne depuis qu'elle est à la retraite, et surtout depuis que la grande maison cache la sienne de la rue. Serge, lui, préfère les essais et les encyclopédies. Solange travaille, et ne vit plus là. Alors avec qui, sinon Lucie ?

Cette femme qu'elle a détestée est désormais la seule avec qui elle peut avoir une conversation, à part le poissonnier qui vient avec sa camionnette le mardi et le vendredi et n'a pas le temps d'évoquer autre chose que le prix des crevettes ou la météo marine. C'est aussi la seule qui peut lui couper les ongles de pied, maintenant qu'elle n'y arrive plus (et que cela la gêne de demander à son fils de le faire), et bientôt peut-être la seule qui pourra la torcher quand elle ne pourra plus le faire.

Elle lui prête le livre.

— Arrangez-vous pour me le rendre, celui-là.

Elle ne peut pas s'empêcher une petite phrase féroce de temps en temps.

Les yeux de Lucie s'approchent des pages à presque les toucher. Les lettres se reflètent dans ses verres grossissants, désormais complétés par une loupe. Les mains qui commencent à être tavelées par l'âge et les ongles parfaits suivent mot à mot la correspondance. Il lui semble parfois retrouver l'odeur de la maison de sa belle-mère enfermée dans les pages : un mélange de vieux tissu, de pipi de chat et de cuisine à l'ail. Elle aime y retrouver le sens de l'aventure et la volonté inébranlable de Calamity Jane, mais elle ne croit pas à son amour pour sa fille abandonnée.

Pour elle, cela sonne faux.

Elle sait que l'instinct maternel est une vaste foutaise.

Au fur et à mesure où elle tourne les pages, elle relève des incohérences, à commencer par la rencontre entre sa belle-mère et la légende du Far West. Georgette n'est pas seulement une drôle de bonne femme, c'est une menteuse avérée. Quant à son idole au pantalon à franges, son récit tient à peine debout. En bonne élève qu'elle a toujours été, Lucie prend quelques notes, lit attentivement à la lueur de sa lampe, ses lunettes presque collées à la page, et recroise les dates.

Calamity n'a pas pu se marier avec Wild Bill et faire cette enfant avec lui puisqu'elle l'a rencontré après 1873.

Pire encore, Calamity invente lorsqu'elle prétend que c'est elle qui a arrêté le meurtrier de son mari : elle raconte qu'elle a poursuivi le desperado avec un couteau de boucher et qu'elle l'a capturé devant les habitants de Deadwood. Il a été prouvé que c'était faux, et qu'elle avait imaginé cet épisode de toutes pièces.

Lucie n'aime pas qu'on se moque d'elle. En refermant le livre, elle se dit que c'est un ramassis de mensonges et ne se prive pas de le dire à sa belle-mère.

Georgette est contrariée par les commentaires de sa belle-fille. Elle pensait avoir une interlocutrice, elle se retrouve à polémiquer, et s'énerve :

— On s'en fout, que ce soit faux ! C'est un beau livre.

— Vous êtes sentimentale, répond Lucie.

Georgette regrette d'avoir prêté le livre à sa belle-fille qui ne comprend décidément rien. Comment a-t-elle pu croire qu'elles se retrouveraient autour de Calamity Jane ? Sous ses dehors affranchis, Lucie est trop terre à terre. Mais Georgette sent que leur désaccord va plus loin. Sa belle-fille considère que le roman est un genre du XIXe siècle.

— Cela ne m'intéresse plus vraiment, dit-elle avec une pointe de mépris.

Georgette comprend que pour Lucie, le roman est en quelque sorte périmé, comme le cinéma muet ou le diorama. Elle voudrait le défendre mais n'y arrive pas complètement.

— Vous pouvez me dire ce que vous voulez, j'aurai toujours plus d'intérêt à lire une bonne histoire qu'un essai ou un des livres de poétique que vous vous forcez à apprécier, répond-elle sèchement.

— Encore faut-il que votre histoire ait un intérêt littéraire, ce que n'ont pas les lettres de Calamity Jane, pardon.

Lucie a pris l'habitude de dire pardon au moment où elle est la plus dure et où elle n'est aucunement désolée. Cela agace Georgette. Elle essaie vaguement de citer Balzac, bredouille qu'au plaisir de la narration s'ajoute celui de comprendre la société ou l'histoire, mais Lucie a un regard qui en dit long. Georgette le concède, ce n'est pas très nouveau. Les arguments lui manquent. La déception lui pince l'estomac, et le bas de son dos se tasse.

Sa belle-fille dit que les lettres sont inventées de toutes pièces. Or elle doit admettre qu'elle les a aussi appréciées parce qu'elle les croyait vraies, et que leur caractère « authentique » a joué sur son émotion. La légende de Calamity se fissure, et son rêve d'enfant lui paraît tout à coup opaque. Chacune de ses vertèbres lui semble piquée d'une épingle. Elle est un papillon sous verre.

Même si elle prétend que cela n'a pas d'importance, elle n'arrive pas à convaincre Lucie et ne sait plus quoi penser des lettres.

Solange, elle, est séduite par les aventures d'une femme amoureuse, et sa vie aux accents modernes. Allongée dans le hamac tendu entre les deux arbres de leur jardinet, désormais vêtue d'une jupe indigo longue jusqu'aux pieds et armée de dizaines de bracelets, elle s'identifie à la femme cow-boy. Le crépuscule tombe juste avant qu'elle finisse sa lecture. Malgré ses multiples partenaires, Calamity Jane n'a aimé qu'un homme, visiblement, toute sa vie. Cela lui rappelle ce que dit Georgette à propos de son grand-père russe. Elle pense aussi, vaguement, à Paul et à leurs étés lumineux. Elle s'y reconnaît à son tour, pour d'autres raisons : l'envie de liberté, la difficulté à vivre une vie qui lui ressemble. D'ailleurs, le recueil de lettres est publié par une maison d'édition féministe. Delphine Seyrig, son actrice préférée, s'en est emparée, et projette d'en faire un film.

Lorsqu'elle rend le livre à sa grand-mère, elles discutent ensemble, passionnément, de leur version des faits. Mensonge ou vérité ? Georgette est heureuse de pouvoir partager les questions qui la taraudent :

— Pourquoi Jean McCormick aurait tout inventé ?

Solange, elle, sait :

— Parce que c'est une meilleure histoire.

Georgette sourit. Elle sait pourquoi elle préfère le roman à tout autre genre littéraire. L'imaginaire a le mérite de corriger ce que le réel n'a pas pu réussir. Voilà ce qu'elle va pouvoir opposer à Lucie, le grand avantage du roman : il requalifie les faits, arrange la vérité, défend un point de vue. C'est ce qu'elle a voulu faire toute sa vie. Voilà en quoi le roman est ce qui représente le mieux la vie. On passe son temps à inventer une histoire à partir des bribes éparses de ce qu'on a vécu, à en inventer une version supportable et cohérente. L'existence de Jean McCormick a été d'échec en échec, depuis l'orphelinat jusqu'à la ruine, mais lorsqu'elle s'est mise à raconter qu'elle était la fille de Calamity Jane, on s'est tout à coup intéressé à elle et elle a recommencé à gagner sa vie. Calamity Jane elle-même a fait de sa vie une œuvre, créée ligne après ligne. Le mensonge lui a donné une existence. Elle est née d'un livre. Écrire, c'est naître.

Jean McCormick a été repérée par un musée, le Wonderland Museum, et elle a réussi à survivre comme sa mère l'a fait : en racontant des histoires aux touristes et aux nostalgiques de la Ruée vers l'or. Elle a posé sur des photos avec un chapeau de cow-boy trop large pour elle, comme sa mère avait enfilé un costume de trappeur qui n'était pas le sien pour faire plaisir au photographe de son plus célèbre portrait. Jean McCormick a vendu un petit livre qui racontait son histoire comme sa supposée mère avait vendu ses mémoires.

Elle a eu une vie qui ressemble beaucoup à celle de Calamity Jane, et elle aussi est morte seule, dans la misère, en répétant inlassablement son histoire pour glaner quelques sous.

Calamity était une menteuse, peut-être Jean McCormick l'était-elle aussi.

Georgette a peur de mourir comme elles.

Depuis qu'ils avaient emménagé dans leur maison neuve, Georgette devait passer devant pour sortir du jardin et ne pouvait pas l'ignorer complètement, mais elle n'était toujours pas rentrée chez eux, comme si elle craignait de ne pas pouvoir en ressortir. C'est tout juste si elle ne détournait pas les yeux quand elle prenait l'allée commune. Il serait bien assez tôt pour découvrir ce à quoi ressemblait leur château – parce que pour ce qui était de la superficie, on pouvait dire qu'ils n'avaient pas été timides. La maison était immense. Le salon, qui donnait sur le jardin (et donc sur l'isba), devait mesurer, à lui seul, cent mètres carrés. Son fils s'enorgueillissait d'en avoir conçu les plans quasiment seul, et de l'y accueillir dans la modernité. Elle ne l'avouait pas, mais elle était secrètement contente de lui avoir finalement permis d'accéder à une certaine réussite.

Pourtant, il ne s'agissait plus de nier l'évidence. Bientôt, elle devrait se confronter au choix qu'elle redoutait : habiter au rez-de-chaussée de cette maison neuve ou rester vivre dans l'isba.

Alors, elle l'avait suivi à travers le jardin.

Ils avaient descendu la pente qui glissait vers le garage, et qui était, selon lui, un peu plus raide que prévu. Les petits chaussons zippés de Georgette (qu'elle ne quitterait plus à partir de ce moment, changeant de paire mais jamais de modèle) s'agrippaient dans la descente.

À côté du portail du garage, il y avait une porte d'entrée. Serge l'avait ouverte, et elle avait vu.

C'était une pièce au plafond bas, dont les deux uniques fenêtres étaient étirées à l'horizontale le long de l'allée qu'ils venaient d'emprunter. Elle n'avait pas pu imaginer que ces soupiraux seraient ses seules ouvertures vers le dehors. La pièce n'était pas au rez-de-chaussée, c'était un sous-sol. Du haut de l'isba, elle voyait la mer. Ici, on l'enterrait. Elle s'est sentie vieille, tout à coup, tant la force de protester lui manquait.

— On va me mettre *là* ?

Son fils regardait la pièce comme si le fait d'être avec elle la lui faisait découvrir différemment.

— Ici, c'est la porte qui donne vers l'escalier intérieur. Tu pourras monter quand tu voudras, et tous les midis tu déjeuneras avec nous.

Georgette a cherché une chaise pour s'asseoir mais elle a pris conscience à cet instant que c'étaient les meubles de l'isba qui étaient censés être là. Elle s'est assise sur la première marche de l'escalier.

Son fils avait l'air ennuyé, il savait qu'elle ne s'attendait pas à cela, si elle imaginait quelque chose. Peut-être lui-même n'avait-il pas réalisé que la pièce qui était censée lui servir de chambre-cuisine-salon-bureau ressemblerait à cet espace sombre et aveugle une fois terminée.

— La cuisine est aménagée, avec des plaques électriques et un réfrigérateur tout neuf. Et ici, c'est la salle de bains.

L'espace cuisine et la salle de douche étaient entièrement blancs, comme à l'hôpital. Elle n'a plus rien dit.

Deux jours plus tard, elle tendait à son fils un papier. Le titre en était clair : « Soins reçus en échange de l'occupation de ma propriété par Monsieur Serge Mankiewicz et sa famille. »

Il la croyait à moitié morte, elle renaissait de ses cendres.

Sous le titre souligné deux fois au stylo rouge suivait une liste de tâches dont son fils aurait à s'acquitter, qui allait de l'entretien du jardin (ce qu'il détestait faire, et elle le savait) au ménage des deux maisons par une employée à domicile (ou Madame Serge Mankiewicz, à sa convenance) deux demi-journées par semaine, jusqu'à la préparation d'une bouillotte d'eau chaude les soirs d'hiver et l'achat de pain frais chaque matin. Les repas de midi seraient pris en commun dans la maison de Monsieur Serge Mankiewicz, ceux du soir lui seraient apportés sur un plateau à dix-neuf heures trente précises. L'entretien de son linge aurait lieu en même temps que celui de Monsieur Serge Mankiewicz. En échange, elle lui verserait 1500 francs par mois, qui engloberaient tous les coûts que cet entretien supposait.

Il ne lui avait fallu que deux jours pour rédiger une note des plus complètes.

Serge avait accepté. Avait-il le choix ?

La maison était assez grande pour que Serge et Lucie ne se gênent pas l'un l'autre. Ils vivaient la plupart des journées en parallèle, chacun avec ses intérêts particuliers. Serge achetait des revues canailles, en disant que c'était pour son travail. Il étudiait les photos, certes, et il en faisait des collages – mais il gardait aussi certaines images pornos dans le garage, où il s'enfermait parfois en disant qu'il allait réviser la voiture.

Ils avaient peu d'émotions fortes, à part peut-être les voyages, en Italie, en Espagne ou en Égypte, au cours desquels ils envoyaient à Georgette et à leurs amis des cartes postales de paysages surpeints où Lucie traçait une petite croix montrant l'endroit où ils logeaient. Les voyages glissaient un peu d'aventure dans une vie trop rangée pour l'intrépide résistante qu'elle avait pourtant été. Parfois elle regardait sa vie et la mélancolie propre à Serge la gagnait. Elle continuait de l'aimer, mais elle avait l'impression de s'être égarée en cours de route.

Elle avait commencé à écrire. D'abord c'était le tirage des cartes, qu'elle avait noté sur les feuilles à grands carreaux de ses classeurs petit format, afin de voir si ses prévisions se vérifiaient. Puis elle y avait inscrit des observations sur le temps qu'il faisait, des lignes sur le nom des nuages ou des citations de livres en résonnance avec sa vie. Le cahier se remplissait de plus en plus vite. L'année où ils étaient partis au Portugal en vacances, au printemps, elle y avait inscrit ses impressions de voyage. Le ciel au-delà des ailes de l'avion, les habitations éparpillées comme des grains de beauté sur un dos, les bateaux dont on ne distinguait plus que le sillage, escargots sur un océan courbe. Et puis la légère fraîcheur de l'air, les tramways jaunes, le porto dont elle raffolait et dont elle boirait, à partir de ce jour, un verre chaque soir à l'apéritif. *Avril au Portugal.*

Au retour du voyage, elle avait continué à prendre des notes, même si elle voyait de plus en plus mal. Sa vie devenait un combat entre son envie de lire et sa vue qui semblait baisser de jour en jour.

Elle ne s'était pas arrêtée d'écrire et elle s'était confiée à son cahier sur le changement de caractère de son mari depuis la guerre. Il était gai, musicien, blagueur. Il était rentré colérique, taciturne, secret. Sans qu'elle en comprenne les raisons (ni un ciel particulièrement clair, ni une pêche exceptionnellement bonne), Serge pouvait être drôle, enjoué, farceur comme autrefois : il inventait des chansons, faisait avec un air espiègle des jeux de mots, des calembours ou des contrepèteries, *les parasites me brouillent l'écoute*, citait des répliques de film pour la *mettre en boîte*. Et puis tout à coup il avait des colères comme des orages, il fallait se mettre à l'abri.

Elle ne savait pourtant pas, à ce stade, combien elle le connaissait mal. Et même si elle se doutait que Georgette ne lui avait pas tout dit, elle ne savait pas non plus à quel point.

Elle en avait juste conclu qu'*ils ne disaient rien, dans cette famille.*

Lucie entendait son cœur battre dans ses oreilles à mesure qu'elle se délivrait de la frustration qu'elle ressentait à vivre aux côtés de Serge, même si elle l'aimait plus que tout, et à constater progressivement qu'il n'était pas là. Ses pulsations semblaient répondre au ressac de la mer au-dehors. Elle continuait à se confier à une feuille quadrillée. Une sueur glacée courait en pointillés sur sa colonne vertébrale. Son crâne lui faisait mal, il enserrait des idées qu'elle préférait ignorer. Elle aimait son mari, mais il était comme une planète inconnue, plongée dans un hiver qui durait toute l'année. Même quand il était bronzé par l'été, il y avait quelque chose de froid en lui, quelque chose dont sa fille avait hérité, et Lucie en écrivant s'apercevait que sa fille non plus ne lui parlait plus – elle ne lui avait pas pardonné son attitude à l'annonce de sa grossesse. Lucie avait cherché à se racheter mais c'était trop tard. Sa fille n'oubliait pas qu'elle lui avait dit des choses terribles, et même lorsqu'elle disait, avec une réjouissance un peu forcée, à quel point elle aimait Aurélia, Solange gardait un visage fermé pour lui rappeler que cela n'avait pas toujours été le cas. Elle lui en voulait encore. À présent qu'elle vivait ailleurs, elle avait des secrets grandissants, insupportables. Lucie se sentait comme une navigatrice en pleine mer, au milieu de deux continents inexplorés qui s'écartaient. Elle qui pensait tout maîtriser s'apercevait qu'on ne peut pas changer les autres, comme on ne peut pas atteindre ce qu'ils ont au fond d'eux.

Son enfance lui manquait.

Elle ne savait pas, par exemple, pourquoi Serge continuait à se disputer avec sa mère, et commençait à désespérer d'en apprendre plus. Elle avait cru être maligne en réussissant enfin à convaincre Georgette de se laisser tirer les cartes, pour la première fois en trente ans. Sa belle-mère était moins bagarreuse, moins extravagante, elle se laissait plus facilement convaincre qu'avant, depuis qu'elle vivait *en bas* (même si elle dormait dans l'isba la plupart du temps). Lucie, qui avait quelque chose de naïf en elle, était confiante. Serge, lui, était plus circonspect. Tandis que sa femme et sa mère s'étaient installées de part et d'autre de la table pour y lire les cartes, il était resté à son bureau dans le jardin d'hiver et faisait semblant de replacer sous son globe le trèfle à quatre feuilles qu'il avait gardé depuis la guerre, mais elle voyait à son crâne immobile qu'il écoutait tout. Les cartes s'alignaient sur la table aux incrustations de nacre et de bois, dans la salle à manger plongée dans le silence. Valet de carreau, sept de carreau, quelques piques mais pas bien méchants, et puis cette femme, qui revenait plusieurs fois, une dame de la famille qui vivait au loin. Un jeune homme, aussi, peut-être mort. Lucie pressentait que sa belle-mère cachait quelque chose et allait poser une question quand Georgette avait balayé les cartes d'un geste du bras en se levant.

— Sorcière !

Ses yeux brillaient de révolte, mais c'est Serge, tout à coup, qui avait explosé.

— Qu'est-ce que tu caches encore ?

— Ton père et moi on n'a jamais cru à ces conneries.

La réponse a jailli :

— Est-ce que c'était seulement mon père ?

Lucie pensait que Serge insultait sa mère parce qu'elle avait eu de nombreux amants. Combien en avait-elle eu ? Pourquoi sa mère n'était-elle pas chaste et coincée comme sa femme, qui se refusait à lui une fois sur deux ? Est-ce que c'était le comportement d'une mère ? N'était-elle pas détraquée, à passer des bras d'un homme à ceux d'un autre, à se faire sauter par des étrangers avant même de savoir si son père était mort ? Qu'est-ce qui se passait dans le corps de sa mère pour qu'elle ait ce besoin irrépressible de laisser des amants la pénétrer ? C'était intolérable pour lui d'imaginer que sa mère aimait le sexe. Il n'avait jamais pu supporter les cigarettes au coin de la bouche, les rouges à lèvres sans bouchon qui traînaient dans la salle de bains, la lingerie étendue partout dans l'appartement. À son âge elle n'était toujours pas rangée, et il savait qu'elle avait une liaison avec l'homme qui lui faisait son jardin, Laurent, qui avait vingt-cinq ans de moins qu'elle et qui passait des après-midi entières dans l'isba. Peut-être cet homme avait-il, lui, le droit d'aller au premier étage. Son fils la regardait avec dégoût.

Il savait qu'elle cachait quelque chose, mais quoi ? Si c'était encore plus honteux que sa vie dissolue, qu'est-ce que ça pouvait bien être, sinon que son père n'était pas son père ?

Lucie se livrait de plus en plus à son cahier et de moins en moins à ceux qui l'entouraient. En apparence, elle continuait cependant à être bavarde, gaie, et sûre d'elle – ses doutes, elle les réservait à son journal. Au début, il ne s'agissait que de noter un souvenir d'enfance, pour qu'il ne se perde pas, ou de recopier une recette de cuisine. Elle avait apposé son nom en couverture, avec l'impression de faire quelque chose de délicieusement transgressif. Pourtant, ces souvenirs étaient à elle et personne d'autre n'aurait pu raconter les images qui se formaient dans son cerveau avec les mêmes mots. Elle avait continué à écrire avec une sensation d'interdit. Dans les centaines, peut-être les milliers, de livres qu'elle avait lus depuis son enfance, beaucoup de personnages étaient des femmes belles, troublantes, inspirantes, héroïques, qui ne manquaient ni de personnalité, ni de caractère. Mais très peu des auteurs de ces livres étaient des femmes. C'était comme si, en images, elles étaient omniprésentes, mais qu'elles n'avaient pas le droit d'exprimer à leur tour leurs visions ou leurs pensées. Est-ce que les femmes étaient moins imaginatives que les hommes ? Est-ce qu'elles étaient moins révolutionnaires, moins inventives, moins créatives ? Ou bien leur avait-on tellement dit « Sois belle et tais-toi » qu'elles avaient tout simplement obéi ?

Lucie avait ouvert un nouveau cahier et écrit une histoire complètement inventée, celle d'une femme qui se faisait embobiner par un menteur et y laissait la vie. Ce n'était pas une histoire neuve, et d'ailleurs elle n'était pas totalement sortie de nulle part, Lucie s'inspirait d'une fille qu'elle avait connue. Mais elle brodait. Elle raccommodait. Elle reprisait, elle ravaudait, elle recousait, avec des mots, elle tissait et détissait et retissait, comme les femmes l'avaient toujours fait. Elle était une araignée, patiente et délicate. Les mots couraient sur les lignes et elle ressentait un bonheur qu'elle n'avait jamais connu auparavant, ou alors dans son enfance, quand, après la mort de son père, elle s'était mise à parler avec un capitaine sorti de son imagination, qui lui-même lui racontait des histoires comme le faisait son père le soir avant qu'elle s'endorme. Le capitaine était à la fois un père, un ami et un frère jumeau, elle s'adressait à lui quand elle se sentait seule, chuchotant dans le noir où glissaient des ombres comme celles qui assombrissaient aujourd'hui la réalité à cause de sa mauvaise vue. Écrire lui permettait d'entrer dans des histoires malgré ses yeux de plus en plus malades, d'avoir le plaisir de lire les livres qu'elle aurait voulu avoir à sa disposition, de ne plus tenir ses monologues intérieurs sans fin où elle se demandait pourquoi Serge ne lui parlait pas. La réalité, qu'elle voyait mal, lui apparaissait mieux. Ses rapports aux autres, aussi. Un autre monde s'ouvrait, et c'était pourtant le même, qu'elle voyait différemment. Comme les cartes, l'écriture lui apportait un éclairage nouveau sur la réalité.

Le bruit de la plume l'hypnotise, elle redresse ses épaules, son corps ne fait plus qu'un avec ses pensées. Elle écrit toute la soirée et ne sent pas la fatigue. Elle renaît. Il n'y a pas en elle le vague orgueil de voir son nom inscrit sur la couverture d'un livre, c'est bien plus que cela, le plaisir du mot juste, le bonheur de s'en remettre aux phrases, et l'évasion d'une vie où tout n'est pas comme elle l'aurait voulu alors qu'elle a toujours cru pouvoir tout diriger. Son quotidien monotone de fonctionnaire n'a plus d'importance. Son travail devient le moyen pour elle d'assouvir son besoin d'écrire. Tant qu'elle a assez d'argent pour participer à la vie de sa famille et assez de temps pour écrire, rien d'autre ne compte. Ni les petits chefs à l'autorité nerveuse, ni les administrés aux airs supérieurs, ni la pluie qui n'en finit pas et tambourine à la fenêtre. Lucie ne regarde pas au-dehors, mais au-dedans, elle lit et elle est tous les personnages, elle commande le temps qu'il fait, elle écrit et elle est une autre. C'est encore plus grisant que les voyages.

Elle, si cartésienne, a pris goût elle aussi à s'éloigner de la réalité.

Dans un dernier geste de toute-puissance, quand elle achève l'histoire simple et tragique qu'elle vient d'inventer, elle ne signe pas de son nom. Elle s'invente un pseudonyme.

Capitaine O. Mankiewicz.

Un pseudonyme masculin, bien sûr.

Georgette installe ses meubles dans le sous-sol que Serge s'obstine à appeler son *studio* : le lit aux montants de bois tourné et le bureau assorti, la table de cuisine et les trois chaises, le buffet où elle expose ses plus belles assiettes. Elle ne s'habituera jamais aux deux lucarnes plus larges que hautes qui donnent sur l'allée et ne lui permettent que de voir les pieds de son fils et de sa belle-fille quand ils vont au jardin, comme elle ne se fera jamais au bruit de la voiture qui démarre juste derrière sa cuisine, ou celui du petit réfrigérateur tellement bas qu'elle doit se plier en deux quand elle veut attraper un peu de lait pour son chat. C'est la seule chose sur laquelle elle n'a pas cédé : son chat vit avec elle, et tant pis s'il pisse à l'intérieur du *studio*, ou plutôt tant mieux. Sa belle-fille n'a qu'à rester en haut, si l'odeur la dérange.

Les jours qui suivent son installation à la cave, Georgette y apporte d'autres objets de l'isba, quelques bibelots, du papier à lettres. Elle les déplace plusieurs fois, les range dans les vitrines du buffet, les pose sur le bureau, sur la table de chevet. C'est comme s'ils ne trouvaient pas leur place. Ces objets sont décalés dans leur nouveau décor. *Ça ne va pas*, murmure Georgette. Le carrelage tout neuf, la salle de bains exiguë, la pièce principale ne sont pas faits pour accueillir des objets qui étaient mis en valeur dans l'isba entièrement décorée. *Ça ne va pas*. Elle s'épuise dans des allers et retours entre l'appartement et la maison, et finit par tout y laisser, ou presque. Seule la machine à coudre reste rangée dans le bas du buffet, et la radio s'installe sur son bureau comme autrefois. Georgette refuse le petit transistor à piles que son fils lui offre, et il ne comprend pas pourquoi. Elle ne prend pas la peine de le lui expliquer. Assise dans son fauteuil, face au poste de TSF qui a plus de trente ans, elle oublie les fenêtres étroites et ferme les yeux. Le journaliste donne les nouvelles d'une voix qui grésille comme autrefois. Au mur, Georgette accroche la photo de Calamity Jane.

Elle n'est pas heureuse mais elle est protégée, dans un monde plus stable et tout près de son fils. Elle n'a plus que lui. À bien y réfléchir, elle se dit que les hommes ont toujours décidé de sa vie, même si elle a cru leur tenir tête. Le fait que la contrainte vienne maintenant de lui n'en est que plus cruel.

Elle parle de moins en moins.

Non seulement on la *met là*, mais en plus Serge veut percevoir sa pension, chaque mois, à la Poste. Elle touche à peine plus des mille cinq cents francs qu'elle leur a promis. Autant qu'il ait la somme en entier, directement. C'est plus simple.

L'indépendance financière à laquelle elle a tant tenu n'est plus qu'un souvenir, et elle n'a même plus la force de protester.

Sa belle-fille en est complice, ou peut-être instigatrice. Ils font des apartés devant elle, comme si elle ne les entendait pas. Ils ont bien réussi leur coup, et construit leur château qui lui vole la moitié du soleil et la vue sur la rue. Lucie a probablement embobiné son fils, et elle est arrivée à ses fins. Elle la hait. Sa seule consolation, c'est de la regarder balayer, aspirer, aérer, éponger, au jugé. Alors elle se réjouit toujours en voyant sa belle-fille devenue son esclave.

Georgette s'accroche à la barre que son fils a fixée au mur de sa douche, et elle laisse couler l'eau brûlante sur sa peau, depuis ses cheveux qui dégoulinent sur son visage jusqu'à ses pieds tordus par les oignons, dont les ongles se cassent tout seuls depuis qu'elle ne demande plus à Lucie de les lui couper.

— Un de ces jours, je vais tomber et mourir à poil sur ce carrelage, se dit-elle en se séchant. Je ne devrais plus faire cela.

Enveloppée dans son vieux peignoir déplumé, elle pense à engager une jeune femme qui viendrait laver la vieillarde dépendante qu'elle est en train de devenir. Au moins aurait-elle une autre compagnie que son fils et sa belle-fille, qui se mêlent de tout. Serge s'est mis en colère quand il s'est aperçu qu'elle envoyait de l'argent chaque mois à Marguerite :

— Elle m'a aidée pendant la première guerre, je l'ai aidée pendant la deuxième.

— Et après.

— Et après.

— Mais ça fait vingt-cinq ans que la guerre est finie ! Tu n'as jamais voulu me payer des études et à elle, tu envoies des sous ?

— Je n'aurais jamais pu te payer des études avec cent francs par mois. Tu ne peux pas comprendre, Marguerite a été ma seule véritable amie, je ne pouvais pas la laisser dans le besoin.

— Si elle est si importante pour toi, pourquoi tu ne la revois pas ?

— Je suis trop vieille, et elle aussi.

Aurélia, elle, continue de grandir. Sa mère et elle viennent de moins en moins souvent.

La petite fille est adorable. Georgette fait semblant de ne pas s'apercevoir qu'elle ne ressemble pas à Solange.

Après avoir soigneusement recopié les adresses des éditeurs à l'intérieur des livres de sa bibliothèque, Gallimard, Le Seuil, Grasset & Fasquelle, Lucie donne son manuscrit à une dactylo qui le tape à la machine, et y joint une lettre pour expliquer ses intentions.

Dix jours plus tard, elle reçoit déjà une réponse. Elle est toute contente quand elle découvre la lettre dans son courrier. Elle l'ouvre cérémonieusement, et la glisse dans sa machine à lire. Les caractères sont grossis par les loupes de ses lunettes et celles de la machine, mais elle doit malgré tout approcher les yeux presqu'à toucher le papier tant sa vue a baissé. Un léger voile laiteux les recouvre à présent. Serge s'inquiète parfois de la voir devenir aveugle peu à peu, mais il ne lui en parle pas. Par moments, elle est éblouie sans que le soleil ne vienne spécialement dans ses pupilles élargies. Pour l'heure, elle lit la réponse à la loupe.

Elle comprend vite que c'est une lettre type.

*Madame,*

*Nous avons bien reçu votre manuscrit et nous vous en remercions. Cependant, notre ligne éditoriale ne nous permet pas actuellement de l'accueillir dans nos collections.*

*Nous vous prions de recevoir, Madame, l'expression de nos meilleures salutations.*

Elle n'est même pas sûre que le manuscrit a été ouvert. La prochaine fois qu'elle l'enverra à un éditeur, elle y glissera un cheveu entre les pages, pour voir s'il a été lu. Elle reçoit les autres refus dans le mois qui suit. Les lettres type se succèdent.

Lucie rassemble les lettres et les cahiers, les met dans un sac plastique où elle fait couler de l'eau, malaxe l'ensemble en une pâte informe jusqu'à ce que cela ressemble à une galette épaisse, mi-organe, mi-éponge – un placenta, et jette le tout à la poubelle.

Les amertumes s'installent doucement dans la maison en béton armé.

Serge semble ne s'être jamais remis du mariage de sa fille, qui ne leur pardonne pas d'avoir décidé de sa vie. Il parle peu à sa femme, et moins il lui parle, plus elle se refuse à lui, mais il ne voit pas le rapport. Ils sont devenus sages, vieux, tristes, et vivent côte à côte plutôt qu'ensemble. Lucie tient sa mère pour responsable de leurs malheurs et ne trouve plus aucune échappatoire à sa vie trop rangée. Georgette reproche à son fils de vouloir l'enterrer vivante. Dans leurs yeux se succèdent le ressentiment, la déception, les regrets, les remords, la colère, la déception, l'incompréhension, la méchanceté, la solitude.

Elle continue à dormir sur le canapé de l'isba, ce qui exaspère Serge. Elle passe ses journées dans l'appartement ou au jardin, mais le soir, elle revient chez elle parce qu'elle n'arrive à dormir nulle part ailleurs. Il lui interdit d'aller coucher sur le sofa de sa vieille maison de bois alors qu'elle a désormais une chambre toute neuve, où son lit a été transporté. Cela devient pour lui une question de dignité : il a imaginé cet appartement pour elle, elle doit y dormir. Il l'accuse de vouloir le mettre en colère.

Georgette ne répond pas. Elle laisse l'exaspération de son fils glisser sur elle comme une combinaison de satin.

Mais à la nuit tombée, elle y retourne en cachette, et revient à l'aube, en adolescente qui s'échappe vers des nuits d'aventure.

Serge n'avait pas pensé que la réalisation des plans donnerait un appartement aussi encaissé dans la terre. Intérieurement, il reconnaît que les fenêtres de l'entresol sont plus étroites qu'il l'aurait souhaité, mais jamais il ne l'avouerait. Georgette, en s'obstinant à ne pas vouloir de cet appartement, l'insulte. Qui s'embarrasserait d'une vieille mère à demeure ? Quel fils ne s'offenserait pas de signer un règlement comme un copropriétaire ?

Le studio n'est pas raté. Elle ne peut pas dire cela.

Sa mère n'a jamais été comme tout le monde. Elle n'a jamais obéi à personne, mais cette fois, il se fait un point d'honneur à ce qu'elle cède. Il sait qu'elle lui cache des choses – qu'elle lui ment. La lettre « à n'ouvrir qu'après sa mort » a disparu, et quand Serge lui a demandé ce qu'elle contenait, Georgette a fait semblant de ne pas savoir de quoi il parlait.

Elle le rend fou.

L'isba elle-même le nargue. Où qu'il soit, dans la maison, dans le jardin, son passé lui fait face.

Il met des pièges, installe des fils de pêche à hauteur des pieds, qui sont reliés à des clochettes. En pleine nuit, alors que leurs grelots fendent l'obscurité silencieuse, il accourt et la fait rentrer à la maison en criant.

— En hiver, je t'interdis d'aller dormir là-bas. Il n'y a plus de chauffage, tu vas crever de froid.

Mais Georgette continue. Cela devient un bras de fer entre eux. Son fils a beau lui expliquer que c'est pour son bien, sa santé, sa sécurité, elle ne veut rien entendre. C'est une question de fierté, et de liberté.

Serge s'énerve. Il cloue des planches en croix sur les fenêtres et la porte de l'isba.

Lucie le traite de fou, et le menace de s'en aller. Elle doit admettre qu'elle ne s'est pas mêlée de leurs histoires parce que cela l'arrangeait bien, d'avoir enfin sa grande maison, mais la nuit, quand elle entend Serge ramener la pauvre vieille dans son lit, elle n'est pas à l'aise. Elle se dit que c'est à cause de ce qu'il y a à l'étage interdit de l'isba que Georgette ne veut pas la quitter.

Lorsque Serge emmène Georgette chez le pneumologue pour sa visite annuelle, Lucie en profite. Elle descend au sous-sol et ne met pas longtemps à trouver la clé rouillée de la porte d'entrée de l'isba. Le chat la suit discrètement tandis qu'elle traverse le jardin, le cœur tapant dans sa poitrine, et presse le pas. Elle se demande ce qu'elle dirait si elle trouvait sa belle-mère dans sa propre maison, à fouiller dans ses placards, mais elle continue d'avancer. Ses cris chuchotés font fuir le chat, qui reste au rez-de-chaussée.

Elle monte les marches de l'escalier comme si chaque grincement pouvait la trahir, tourne l'interrupteur noir sur le palier du premier étage, et entre.

La salle à manger est momifiée, tout est resté figé depuis la guerre. On n'y a pas touché depuis des dizaines d'années. Seule une fine couche de poussière révèle le fait que personne ne s'y est assis depuis longtemps. Le couvert est mis pour deux. On dirait que le repas va être servi dans quelques minutes. Contrairement au désordre qu'elle a toujours connu chez Georgette, le fatras de livres policiers, de piles de journaux, de vieux bibis en velours racorni, de dessins au crayon, de gamelles de chat, de sacs plastique et de bibelots en tous genres, cette pièce est parfaitement rangée. Tout est à sa place, on dirait un musée. Les rideaux embrassent les voilages, les meubles en bois sculpté sont assortis les uns aux autres, le tapis est oriental. Les serviettes de table sont pliées de deux façons différentes : l'une en carré, l'autre en rectangle, pour les différencier l'une de l'autre, mais elles sont faites du même tissu. Le reste, couverts, assiettes, verres, est identique. Les deux chaises sont rangées sous la table et attendent leurs corps. Une odeur de vieux papiers et de tissus anciens imprègne le tout.

Lucie avance dans la pièce avec l'impression de profaner une tombe.

Elle tourne dans la pièce, regarde chaque détail, va vers la fenêtre d'où on voit la mer.

Au fond de la salle à manger, elle distingue une petite porte, haute comme Georgette. Elle s'y faufile et découvre une sorte de réduit, aussi grand qu'une chambre de bonne, avec une lucarne au plafond, où tout est également resté intact, et où elle retrouve le foutoir de Georgette. Lucie tourne sur elle-même, cherchant par quoi commencer. Au milieu des montagnes de tissus de toutes les couleurs, des amoncellements de bobines de fil et de pelotes de laine, sur un bureau, à côté de papiers fins autrefois luxueux à l'en-tête clamant fièrement « Au Sans Rival », trône la boîte vide d'une vieille machine à coudre Singer.

Lucie regarde fixement la boîte noircie comme si celle-ci pouvait l'aider à comprendre.

— Qu'est-ce que je cherche ? demande-t-elle à mi-voix, tout en pensant *pourvu qu'ils ne rentrent pas tout de suite.*

Lucie ouvre l'armoire posée contre le mur du fond de la pièce et y découvre deux parties. Dans la première, les costumes d'Abraham sont sagement alignés à côté des cravates pendues à chaque porte-manteau. L'odeur des boules de naphtaline mêlée à celle des sachets de lavande emplit ses narines. Elle caresse le tissu épais d'un pardessus à chevrons gris et fait courir ses doigts sur la pile de chemises blanches aux cols amidonnés. Dans la deuxième partie de la penderie, des robes d'avant guerre en satin léger ou en mousseline, probablement dessinées et cousues par Georgette elle-même, prennent la poussière depuis des années sur leurs cintres en métal devenus squelettes. Chacune se termine par une paire de chaussures assorties, soigneusement parallèles. On dirait de multiples spectres de Georgette qui flottent les uns à côté des autres.

Lucie referme le battant couvert d'un miroir et repousse en frissonnant un pan de tissu qui vient s'y coincer.

Les arbres ont grandi, ils se sont couverts de feuilles puis déshabillés des dizaines de fois, le noyer a crevé et ressemble à un os calciné, les cerises sont passées du vert au rouge puis sont tombées au bas de l'arbre, les modes ont changé puis elles sont revenues, une guerre a détruit quatre-vingt-dix pour cent de la ville toute proche, des millions d'hommes, de femmes et d'enfants ont disparu, les ciels ont craqué dans des orages puis sont revenus au bleu clair, presque transparent, qui lui donne la sensation de vivre, tout s'est modifié sans cesse – sauf la salle à manger de l'isba. Ces deux couverts ont attendu Abraham et Georgette tout au long des années qui se sont écoulées, et cette petite pièce a protégé leur maigre trésor : des bijoux de pacotille vieillis et emmêlés, des rubans ternis et un miroir piqué de rouille.

Georgette, si secrète et aigrie, révèle un continent caché. Une Atlantide.

Lucie referme la porte, craignant que comme dans les contes, l'air salé ronge ces souvenirs jusqu'à les effacer, comme sur un négatif exposé trop tôt à la lumière. Les deux pièces tout entières sont des photographies en trois dimensions, figées dans une époque où tout était encore possible. Un siècle enterré vivant. La réalité peut y être raccommodée de façon à ce qu'on ne distingue plus à l'œil nu qu'une maille, un jour, a sauté. Peut-être Georgette espère-t-elle encore qu'un personnage apparaisse sur cette photographie, révélé par une magie, une illusion d'optique qui lui permettrait de croire encore son mari vivant.

Peut-être a-t-elle cherché dans les visages des autres hommes ce qui aurait pu lui rappeler Abraham, et comme cela n'était jamais assez proche de ce qu'elle aurait voulu ressentir, dans cette lumière toujours changeante, elle passait d'un homme à l'autre, finissant par ressentir une frustration qui ne faisait qu'alimenter sa solitude, et sa misanthropie. Sa joie et sa confiance étaient définitivement détruites.

Alors elle revenait, encore et toujours, au souvenir de celui qui ne l'avait pas trahie.

Quelque part, Abraham existe toujours et il est en chemin vers la table du déjeuner. Le Sans Rival prépare ses rayons à être achalandés. Des rubans n'attendent qu'à être cousus sur des jarretières qui promettront tous les plaisirs, des clientes font la queue devant les cabines d'essayage et des aiguilles attendent en rangs serrés d'enfiler des ourlets.

À laisser la pièce telle qu'elle était quand ils l'ont quittée, Georgette a cru que son mari surgirait, un jour, au beau milieu de la pièce, inchangé. Il dirait :

— *Qui*-ce qu'on mange aujourd'hui ?

Et elle répondrait en riant qu'ils ne vont manger personne.

Dans la DS qui file le long de l'océan, la main déployée au-dessus de la vitre baissée, Lucie est mal à l'aise à l'idée de ce qu'elle a vu, et le parfum des pins maritimes mêlé à l'odeur salée, presque féminine, de la mer, lui donne la nausée. Les nuages filent plus vite que la voiture. Serge n'en finit pas de se taire. L'autoradio est en panne. Lucie se demande anxieusement si elle doit parler à son mari. Elle est embarrassée d'être entrée en catimini dans les pièces condamnées de sa belle-mère, et s'en veut d'avoir violé le secret d'une vieille femme, à la place de son fils. Elle ne sait pas comment elle pourrait lui expliquer son désir irrépressible d'aller voir, de prendre la clé et d'ouvrir la porte interdite. Elle ignore aussi comment elle pourrait lui décrire ce qu'elle y a vu.

Pour la première fois, Lucie non plus ne parle pas.

Le soir venu, Georgette et Serge se disputent violemment. Lucie essaie d'attraper des bribes de mots, parce qu'elle a peur d'être à l'origine de leur désaccord. Et si Georgette s'était aperçue de quelque chose ? Et si elle accusait Serge d'être monté fouiner chez elle ? Serge gronde : s'il la surprend une fois encore dans le jardin en pleine nuit, il condamnera la maison une bonne fois pour toute.

— Je n'en veux pas, de ton trou à rats, a dit Georgette.

À travers les éclats de voix, Lucie réussit à saisir que son fils lui fait des reproches, et pas seulement, pour une fois, d'être allée dormir dans l'isba. Elle croit les entendre parler de Solange, aussi. Maintenant que Lucie est allée là-haut, elle comprend mieux pourquoi Georgette s'entête à aller dormir dans la maison de bois. Elle est attachée à cette maison autant qu'à une personne. Mais comment le faire entendre à son mari sans lui avouer qu'elle a forcé la porte de sa belle-mère en leur absence ? Et en quoi y a-t-il un lien entre l'isba et la naissance de sa petite-fille ?

Serge ne dort pas. Il guette les bruits au-dehors. Sa mère n'ose pas lui désobéir, mais c'est comme s'il la devinait en bas, les yeux ouverts dans le noir, attendant son heure. Ses jambes bougent malgré lui sous les draps. Lucie lui dit, excédée, d'arrêter de remuer dans le lit. Il sort, pour la laisser dormir.

Une fois dans le jardin, il voit la lumière vacillante d'une bougie dans la chambre de sa mère, à travers les fenêtres qui rasent le chemin.

Les arbres bruissent dans le vent qui vient de l'océan. Dans le ciel de nuit, les nuages découvrent la lune et dévoilent l'isba qui est son unique horizon. La maison de son enfance, quand tout était encore possible, l'obsède. Il ferme les yeux et voudrait qu'elle ait disparu au moment de le rouvrir. Il est sur les marches de la véranda en train de fumer un des petits cigares qu'il garde pour les grandes occasions, et croit qu'il va enfin parvenir à se raisonner, et à rentrer dormir, quand il aperçoit sa petite silhouette, dans sa chemise de nuit, se découper à la faveur de la lumière nacrée de la lune.

Sa mère avance vers lui sans le voir, pieds nus dans l'herbe humide.

La colère lui monte à la tête. Il la rejoint à grandes enjambées :

— Qu'est-ce que tu fais là ?

Sa mère le dévisage froidement :

— Je rentre dormir chez moi.

Il l'attrape par le bras. Elle souffle comme un chat mais il a plus de force. Il la ramène dans son appartement sans qu'elle arrive à se dégager de son emprise, et l'enferme à clé. Elle crie comme une démente, et l'insulte. Serge jure. Sa rage grandit.

Alors qu'il va pour emprunter l'escalier intérieur, il revient en arrière, traverse l'autre partie du sous-sol où luit la piscine. L'eau est noire et bruyante, elle fait un bruit chuchotant et familier. Il la dépasse et entre dans le garage où il empoigne en un seul mouvement du petit bois, un peu d'essence et les grandes allumettes qu'il emploie en hiver pour faire du feu dans leur cheminée dorée.

Il sait exactement ce qu'il va faire.

Georgette pressent que quelque chose de grave va arriver, quand elle l'entend farfouiller dans le garage, mais elle ne voit que l'allée qui traverse le jardin sous la lumière de la lune. Les pieds de Serge passent rapidement dans son champ de vision, par les lucarnes de l'entresol, puis plus rien.

Elle a gardé un double de la clé, qu'elle a trouvé dans le garage. Georgette ne s'est jamais laissée enfermer, il aurait dû le savoir. Doucement, elle tourne la clé dans la serrure, la peur au ventre qu'il la surprenne. Il a fait d'elle une gamine contrainte à désobéir. Elle est déterminée à retrouver son autorité sur lui.

Elle progresse à petits pas dans ses chaussons zippés, sur la pente qui relie sa porte au jardin, et elle se met à tousser, mais elle continue à avancer. L'air est chaud. Georgette progresse dans l'allée, hébétée comme une petite fille qu'on a secouée en plein sommeil. Sa vue se brouille, elle se retrouve à traverser une épaisse couche de fumée. *L'isba*. La chaleur lui brûle la peau, mais elle s'efforce d'aller aussi vite que ses jambes le peuvent. La fumée est de plus en plus dense, elle devine ce qu'elle va découvrir avant même de le voir.

L'isba flambe dans la nuit. Les flammes montent facilement à l'étage de la maison en bois. Le vent venu de la mer en fortes rafales les attise. Georgette reste à quelques mètres seulement, les bras le long du corps, le regard incrédule. Le bruit est assourdissant, la vision irréelle.

Les rubans d'essence et de feu propagent les flammes de meuble en meuble et envahissent la maison jusqu'au toit. Les tissus du premier étage flambent comme de l'étoupe sous le feu d'un briquet, et disparaissent dans un tourbillon de cendres. Son cœur bat à se décrocher de sa poitrine.

Elle n'a pas senti l'odeur de fumée.

À quelques mètres seulement, dans l'air flou de chaleur, Serge regarde le sofa s'embraser, la table s'effondrer, les objets disparaître. Le papier peint, le bois et les tissus brûlés dégagent une odeur qui se mêle à celle du vent marin et attaque ses sinus et ses yeux.

Rien n'est indestructible, pas même le passé.

Le vent tombe, puis reprend de plus belle et souffle sur les braises. Les poutres rougeoient dans l'obscurité de l'isba, qui part en volutes de fumée. Des nuées d'étincelles jaillissent entre les murs recouverts de vieilles tapisseries et montent dans le ciel de nuit. Georgette s'aperçoit qu'elle avait toujours cru que la maison lui survivrait, longtemps après sa mort. C'était une illusion, comme tant d'autres. La maison en flammes prouve qu'il n'existe pas de consolation. L'isba de bois qui lui a toujours paru éternelle continue de brûler jusqu'à la moindre parcelle de son existence.

Même son fils la prend pour une sorcière.

Serge s'est retourné vers elle. Ses pupilles sont dilatées. Il a les yeux fous. On pourrait croire que l'incendie le consume de l'intérieur.

Sa mère, enfin, le regarde. Au cours des dizaines d'années qui viennent de s'écouler, il a l'impression que personne ne lui a prêté attention, sa mère encore moins que sa femme ou sa fille. Là, toute petite dans sa couverture de laine, elle le voit enfin, tel qu'il est.

Tout à coup elle porte la main à sa tête, et il croit qu'elle joue la comédie. Mais ses yeux s'écarquillent et son corps s'affaisse. Elle se retrouve par terre et son visage est au-dessus du sien. Elle a le temps de s'en apercevoir avant de perdre connaissance. Il se penche sur elle une fois qu'elle ne bouge plus.

Quand elle rouvre les paupières dans une lumière de cendres, il la porte dans ses bras. Elle veut lui dire que ce n'est pas la peine mais elle s'aperçoit qu'elle n'arrive plus à parler alors qu'il l'allonge à l'arrière de la voiture. Tout le long de la route qui borde l'océan noir, son fils lui parle mais il regarde devant lui et elle n'entend ses mots que quand il se retourne vers elle. Il n'a plus l'air en colère, il semble paniqué. Son visage est barré au front d'une trace de suie. Comme toujours, après ses crises de rage, il s'en veut. Elle le connaît par cœur.

Son fils continue à lui parler, lui qui a été si muet auprès d'elle, mais elle a du mal à l'entendre. Elle voudrait articuler le nom d'Abraham, dire leur grande histoire d'amour, sa disparition après la prison, le train, Piotrków, ses enfants qui se trouvent probablement toujours en Amérique du Sud, mais sa bouche ne lui obéit plus et reste figée, scellée comme une tombe. Son regard s'éteint, parce qu'elle comprend qu'elle aurait dû le faire plus tôt et qu'il est trop tard. Il croit qu'elle n'a plus toute sa tête.

Dans le couloir glacé de l'hôpital dont les lampes éblouissent les yeux, son fils parle aux médecins. Lucie est venue et semble alarmée. L'essentiel ne vient jamais qu'aux moments inopportuns. On est peut-être un autre jour. Ils parlent entre eux, à présent, et l'observent, de loin, puis ils sont soudain tout près d'elle, au-dessus de son visage, et elle sent leur souffle inquiet. Elle parvient à bouger sa main droite, puis son pied, puis tout le côté droit. Mais le côté gauche reste immobile, et sa bouche ne bouge plus.

— Le côté du cœur, dit Lucie dans une dernière remarque acide.

Serge regarde, perplexe, sa mère, qui a toujours été là, et qui va mourir. Il n'y a rien de plus simple, et pourtant il semble n'avoir jamais cru que cela arriverait. Le moment de se parler a toujours été reculé, et maintenant c'est trop tard. Georgette le comprend : elle-même, à un moment, a cru être éternelle. Les livres, le guignolet, les boutons de toutes les formes et les ouvrages compliqués, la venue de Louise Michel et l'arrivée d'Olga, la mort de sa mère et celle de son père, et même celle de cette saloperie de Vincent Serrer, tout cela se perdra à jamais, les *yenkélé* et l'isba, son grand amour et la fenêtre de la petite chambre de bonne d'où elle l'épiait, la vie circulaire et Calamity Jane qui continue de galoper dans les plaines, tout cela est aussi fragile que les poussières luminescentes dans l'air de la chambre.

Georgette sort pourtant de l'hôpital. Elle ne parle toujours pas mais s'est remise de sa chute. Serge lui donne le bras et sent ses mains, aussi petites que celles d'une enfant, peser sur son poignet. Il l'aide à monter dans la voiture en faisant attention à tout, et roule doucement pour ne pas l'effrayer. La route défile et il conduit sans y penser, obnubilé par ce qu'il a fait. Il voudrait lui dire qu'il regrette d'avoir brûlé la maison de bois. Il a été emporté dans une des colères absurdes qui le prennent parfois depuis la guerre. Mais son crime est tellement immense qu'il sait qu'il ne pourra obtenir aucun pardon. Il se demande ce qu'elle se rappelle de cette nuit-là et ne veut pas en raviver le souvenir. Le vent est tombé, la mer qu'ils longent en voiture est calme. Il observe la route, perdu dans ses pensées, jette de temps en temps un coup d'œil dans le rétroviseur. Georgette paraît tellement vulnérable, et fragile, à présent.

Ce soir-là, il rêve qu'on met le feu à son corps et qu'il sort en hurlant, mais qu'il n'a pas le temps d'arriver jusqu'à la mer pour y éteindre les flammes.

Les pompiers sont venus mais ils n'ont rien pu sauver. L'isba n'est plus qu'un tas de ruines puantes. Heureusement, de la rue, on ne voit rien. Tant qu'elle n'ira pas dans le jardin elle s'épargnera ce spectacle funeste. Il la fait descendre de la voiture et l'accompagne jusqu'à son studio, mais dès qu'elle entre, elle le fusille du regard et referme la porte. Il reste là, les bras ballants, ne sachant plus quoi dire. Depuis qu'elle est muette, il se conduit comme si elle était aussi sourde.

Elle reste enfermée dans l'appartement. Personne ne la voit de la journée. Son vieux siamois pelé dédaigne la nourriture que Serge lui dépose dans le jardin et miaule en se frottant contre sa porte. À lui non plus, elle n'ouvre pas. Laurent, averti par ses anciens collègues, est passé chez elle. Il a frappé contre les volets fermés mais elle ne lui a pas répondu. Il n'est même pas sûr que quelqu'un était à l'intérieur.

— Est-ce que vous êtes certain qu'elle n'est pas sortie ?

Serge grommelle qu'elle se repose.

— Depuis hier, elle n'a pas ouvert les volets, elle n'a pas sorti ses poubelles, elle n'a pas nourri le chat, lui reproche Lucie. Imagine qu'elle soit tombée.

Serge essaie d'ouvrir le studio mais elle a laissé les clés à l'intérieur pour bloquer toute intrusion. Il crie qu'il va finir par défoncer la porte, mais tout à coup il l'entend marcher. Au moins, il ne lui est rien arrivé. Elle fait sa mauvaise tête, c'est tout. Il se dispute avec Lucie : il ne peut rien faire, elle le voit bien.

Georgette n'ouvre à personne pendant quatre jours.

Lucie va lui demander à travers la porte si elle a assez de provisions ou si elle veut qu'on lui dépose un plateau repas, tout en râlant.

La réponse surgit, cinglante, à travers une page de carnet glissée sous la porte :

« Je n'ai besoin de rien ni de personne. »

Georgette réapparaît le soir du cinquième jour. Alors que la nuit tombe, elle ouvre la porte et fait entrer le chat, qui se rue à l'intérieur, affamé. Quand elle aperçoit Serge et Lucie dans son jardin, qui la regardent avec inquiétude, elle fait signe à sa belle-fille d'approcher. Elle laisse son fils dehors, et lui claque la porte au nez.

Curieuse, Lucie s'assied dans l'appartement plongé dans le noir. Une puissante odeur d'ammoniaque, de poussière et de cuisine l'assaille. Georgette allume la lampe de chevet qu'elle a mise sur sa table de cuisine. Le chat frôle les jambes de Lucie, qui lève les pieds par réflexe, pour ne pas qu'il y plante les dents. L'ambiance est étrange, presque inquiétante. Lucie s'attend à tout de la part de sa drôle de belle-mère. Le chat se tapit contre les chaussons de sa patronne.

Georgette saisit un carnet à spirale, celui où elle note les courses à faire, et écrit :

« Je vais bien, mais je ne peux plus parler. J'ai besoin d'arnica. »

Elle soulève sa blouse à carreaux gris, sous laquelle ses petites jambes d'écolière sont bleues. Lucie ne peut réprimer une exclamation de surprise.

— Qu'est-ce que vous avez fait, pendant quatre jours ?

« Je réfléchissais. »

— Au point de vous blesser aux jambes ?

« Dites à Serge que la lettre que je lui avais écrite n'a pas brûlé avec l'isba, mais qu'elle ne lui est pas destinée. Il ne saura jamais rien. »

Quand Lucie lui rapporte ses paroles, Serge émet des doutes. Pourquoi en parle-t-elle, si la lettre n'a pas brûlé ? Pour le provoquer ? Ça ne lui a pas suffi ? Il descend chez sa mère. Lucie entend encore des éclats de voix, en bas. Serge se dispute une fois de plus avec elle, la seule différence c'est que désormais on n'entend plus que sa voix à lui, entrecoupée de silences : on dirait une sorte de morse.

Quand il revient du sous-sol, son pas est lourd, et il a le visage fermé. Lucie continue de lire, tout en étant consciente de ses déplacements dans la pièce. Son souffle est court, c'est comme s'il se retenait de respirer. Finalement, il lâche :

— C'est bien commode, de ne plus savoir parler.

Le carnet de sa mère est resté dans sa poche. Elle a refusé de lui répondre.

Et lui, plus que jamais, il a l'air de se consumer dans le silence.

À partir de ce moment-là, le petit carnet orange à spirale accompagne Georgette partout. Ses messages à Lucie sont toujours explicites, même s'il s'agit rarement de phrases complètes : ils ont l'efficacité d'une liste de commissions. Georgette a gardé la faculté de se faire obéir. *Aplat'*.

Elle n'a plus que des blouses de vieille dame. Toutes ses toilettes ont disparu. Elle demande à sa belle-fille de lui commander une robe de soie bleu ciel, et un tailleur pantalon, gris anthracite, en taille 34. Malgré sa peau de crocodile et son nez élargi par la vieillesse, elle a encore du goût.

Lucie n'ose pas demander à quelle occasion elle les portera et s'exécute. C'est le moins qu'elle puisse faire. Georgette n'écrit pas un merci, Lucie comprend et ne dit rien.

À Serge, sa mère n'adressera plus jamais la parole.

Tous les après-midi, Georgette faisait le tour de son jardin dans une de ses sempiternelles blouses (à se demander pourquoi elle avait demandé des vêtements neufs), et observait les plantes, accompagnée de son siamois en laisse. Elle maudissait la grande maison prétentieuse et froide qui aurait mérité de disparaître. Pourquoi n'était-ce pas celle-là qui avait brûlé ? Son regard devenait mauvais. Les voisins plaignaient le chat, pas la vieille. Ils la voyaient d'un œil méfiant aller et venir en maugréant sans proférer un son, et la pensaient à moitié folle. Elle était à la fois trop âgée et trop discrète pour émouvoir quiconque à présent. Seul Laurent passait encore la voir et lui disait : n'hésite pas, surtout, appelle-moi si tu as besoin de quoi que ce soit. Elle hochait la tête mais ne lui téléphonait pas, même si elle éprouvait parfois la brusque envie de glisser ses mains glacées sous son pull pour sentir sa peau tiède. De toute façon, elle n'avait jamais été à l'aise avec ces nouveaux appareils trop petits pour aller de l'oreille à la bouche. Maintenant qu'elle était aphone, ils lui semblaient encore plus ridicules.

Le soir, elle écoutait ses disques de chansons à texte en buvant du vin rouge. Quand la tête lui tournait, elle allait se coucher.

Une nuit, elle avait rêvé qu'elle dînait dans la salle à manger de l'isba. Elle était chacune des treize convives, à tous les âges de sa vie. Un garçon manqué aux bottines impeccables, une coquette aux cheveux courts, une chef d'entreprise à la main de fer, une jeune mère au fils prometteur, une vieille dame détestée. Elle tentait de crier son nom, mais personne ne savait comment s'appelait cette femme.

Une fois par semaine, le dimanche après-midi, Solange et Aurélia venaient la voir. Georgette glissait parfois un billet à la petite-fille, et l'appelait *ma crotte*. Sur ses genoux, la petite ne pouvait pas s'empêcher de froncer le nez. Georgette ne marquait plus seulement sur son carnet ce qu'elle voulait dire aux autres, mais aussi le nom d'une nouvelle voisine, d'un ingrédient culinaire à acheter, l'endroit où elle avait posé ses lunettes, ou le programme télé. Bientôt, c'était la date, qu'elle y inscrivait chaque jour, et de plus en plus elle se trompait de mois, ou même d'année. Parfois Lucie croyait qu'elle faisait semblant, pour se faire plaindre. Elle trouvait que sa belle-mère la regardait du coin de l'œil, et pensait qu'elle tramait encore quelque chose. À quoi jouait-elle ?

Lorsqu'il avait déblayé les restes de l'isba, autour de laquelle l'herbe mouillée était devenue noire, Serge avait pris conscience de l'ampleur de son crime, à mesure qu'il donnait des coups de pelle dans les cendres agglomérées. L'odeur de feu, bien qu'atténuée, ressurgissait par bouffées. Au milieu du désastre, il avait trouvé une montre d'homme, à moitié fondue, et il l'avait mise dans sa poche. On ne l'avait pas inquiété pour l'incendie. La police était venue, juste après les pompiers. Il avait vaguement prétendu que c'était un accident électrique, et puisqu'il ne comptait pas faire marcher l'assurance, personne n'avait cherché à en savoir plus. Il était chez lui, il brûlait ce qu'il voulait. Au loin, la mer était blanche de vent. Un frisson avait parcouru son dos. L'air était froid, et humide. Il avait ressorti la montre carbonisée et l'avait approchée de son visage. Sa gorge s'était nouée. C'était la montre de son père, celle qu'il mettait à son poignet tous les matins.

C'est à cet instant qu'il avait réalisé qu'il avait lui aussi tout perdu.

Georgette ne leur parlait presque plus, mais alors qu'ils faisaient leurs mots croisés ou lisaient leur journal près des baies vitrées, ils la voyaient soudain surgir et se planter face à sa maison disparue. Elle semblait la fixer, comme si son seul regard allait suffire à la refaire exister, intacte, au-dessus des décombres.

Bouleversée, elle contemplait l'espace où l'isba s'était dressée. Les arbres les plus proches étaient devenus noirs comme les silhouettes d'un théâtre d'ombres. Envolés, les objets Art nouveau du pays de Nancy, les costumes, les casquettes, les lettres, les journaux intimes de son enfance, les photographies de Zélie, de Palmyre, de Mathurin. Les soupirs, les chansons, les gestes. Disparus, les outils de couture, les fils de soie, les escarpins à talons, le papier à en-tête. La maison qui avait été construite par Abraham était devenu un magma de tous les objets qui avaient composé leur vie commune pendant vingt-neuf ans, un tas d'ordures.

L'incendie causé par son fils avait détruit chez elle le dernier rempart qui l'empêchait de haïr l'humanité tout entière. Elle était en état de choc. Prisonnière, plus que jamais, alors que toute sa vie, elle avait cherché à être libre. Pourtant – et elle-même ne se l'expliquait pas – à aucun moment, elle ne perdait l'envie de vivre, qui résistait en elle.

Serge avait voulu combler le vide laissé par l'isba et se lancer dans une nouvelle aventure, un projet : un élevage d'escargots. Il adorait en manger, mais les pesticides avaient interdit les ramassages de gastéropodes dans des sacs lourds les jours de pluie. Il avait construit une sorte de volière recouverte d'une moustiquaire tendue sur un cadre pour empêcher la fuite de ses nouveaux pensionnaires, dans laquelle il avait installé des mangeoires et des abreuvoirs, une nurserie et des chambres, comme dans une maison de poupées. Chaque soir, il les arrosait d'une pluie artificielle à l'aide de brumisateurs et les contemplait tandis qu'ils se dépliaient doucement hors de leur coquille et sortaient leurs antennes avant de se nourrir. Les escargots formaient une sorte de société idéale : s'ils étaient parfois semblables aux humains (ils voyaient très mal, comme sa femme, et ne faisaient pas de bruit, comme sa mère), ils étaient à la fois mâle et femelle, leurs rôles étaient donc totalement interchangeables dans la société, et ils s'accouplaient pendant une dizaine d'heures. Ils se retiraient dans leur coquille quand ils étaient fatigués des autres. Serge pouvait passer des heures, fasciné, à les regarder évoluer dans le calme, pondre chacun des centaines d'œufs dont sortiraient des escargots miniatures à la coquille molle et translucide, et se mélanger à deux dans des baisers humides et passionnés – contemplation qui, parfois, l'entraînait à reprendre un magazine excitant et à le feuilleter en cachette dans un coin de l'escargotière. Six mois plus tard, il avait plus de trois cents petit-gris qui formaient des grappes aux couleurs toutes différentes.

L'identification ne l'avait pas empêché d'en sacrifier cinq douzaines, une pour chaque membre de sa famille. Il les avait choisis un par un, en les saisissant entre ses doigts et en les regardant sous toutes les coutures avant de les mettre dans le seau. Un gros escargot jaune pâle avait été épargné et s'était accroché à la paroi en traînant son sillon humide derrière lui, d'autres, plus jeunes, qui n'avaient pas encore le bord de la coquille durcie, s'étaient rétractés.

Aucun n'avait le même nombre de rayures que les autres.

Serge les avait fait jeûner pendant quelques jours, puis tremper des heures dans de l'eau vinaigrée où ils se mirent à baver tant et plus, avant de les ébouillanter, puis de les farcir à l'ail et au persil. Il se sentait cruel et dégoûtant.

Parce qu'ils venaient du fond du jardin, Georgette refusa d'en manger.

L'après-midi même, Serge libéra les gastéropodes qui s'éparpillèrent dans la nature environnante. C'était comme s'il dispersait, avec eux, son envie de vivre.

Serge déclinait. Il chantait moins, on aurait dit qu'il n'avait plus très envie de choquer les mères élégantes qui promenaient leurs poussettes dernier cri dans les rues de ce qui était en train de devenir une station balnéaire à la mode. Sa petite-fille tricotait des mollets à ses côtés mais il faisait moins attention à elle : quand ils allaient à la pêche, avant l'incendie et l'accident de sa mère, il était très joyeux. Depuis, on aurait dit qu'il ne la voyait pas.

La petite se réjouissait quand même de fouiller les rochers à la recherche de fruits de mer qu'ils accompagneraient de la sauce de son Papi, qui mélangeait le rouge de têtes de crevettes aux étrilles et à la moutarde. Cette recette lui était aussi personnelle que son parfum de muguet ou les chansons qu'il inventait pour elle. Il était sévère, étrange, elle avait parfois peur de lui et de ses crises de colère, mais elle l'adorait. Elle aimait toucher ses oreilles – les plus grandes qu'elle ait jamais vues.

Serge se dérobait et cachait ses blessures en faisant des blagues et en multipliant les jeux de mots et les pirouettes. Il ne s'exprimait plus qu'au travers des films ou des objets qu'il fabriquait, ainsi que des articles de journaux qu'il collectionnait, qui traduisaient sa curiosité insatiable, son sens de l'humour, son nihilisme convaincu. Ils avaient plus de cinquante ans d'écart, Aurélia et lui, et pourtant ils étaient unis par une vraie connivence. Elle avait confiance en lui, et elle ne l'embarrassait pas par ses questions, qui n'étaient jamais indiscrètes et portaient plutôt sur la place des étoiles au fil des saisons ou le rôle de la lune dans le coefficient des marées.

Il était quelqu'un à qui on ne parlait pas. Sa fille, comme sa femme, sont passées à côté de lui. Aurélia aussi, probablement, mais elle a gardé de lui des parties de pêche dans les rochers, des chansons sifflées à tue-tête et un volet roulant qui découvrait doucement le soleil pour que ses réveils ne soient pas trop brusques. La sœur d'Octavie regrette peut-être de ne pas avoir grandi un peu plus avant qu'il ne disparaisse, pour parler d'autres choses avec lui que de bigorneaux et de musique. Elle se souvient de ses silences dont elle n'a jamais pensé qu'ils cachaient quelque chose mais dont elle sait aujourd'hui la profondeur. Elle aurait peut-être pu poser plus de questions que leur mère. Ou pas : contrairement à sa sœur, elle ne s'intéresse pas à ces histoires.

Ce jour-là, ils sont partis tous les deux, à pied, de la maison, et il sifflotait entre ses dents sans même s'en rendre compte. Il la tenait par la main, sa grande main aux doigts de violoniste, aux ongles striés comme des coquillages. À mesure qu'ils approchaient de la plage, le soleil devenait plus fort et son contraste avec les ombres s'accentuait. Sensation de vent sur les joues, bruit régulier des vagues, odeur de rochers. Elle avait envie de poser l'oreille contre sa manche mais elle ne l'a pas fait. Ils se sont arrêtés en haut de la plage, puis ils ont descendu la pente de béton et ils se sont mis à chercher sous les rochers couverts d'algues ou dans les trous d'eau, le seau à la main. Ils ne parlaient pas. On n'entendait que le son de l'haveneau qui frottait le sable, et celui des bottes de caoutchouc dans l'eau.

Tout à coup Aurélia a eu l'impression qu'il se raccrochait à son épaule pour ne pas perdre l'équilibre. Elle l'a regardé avec étonnement, et elle a compris qu'il était en train de devenir plus faible qu'elle, et qu'elle ne serait plus une enfant à partir de ce moment précis. Il est tombé à terre, et du sang sortait de sa gorge, formant une flaque grandissante sous sa tête.

Elle l'a embrassé en lui disant de ne pas s'inquiéter, et elle a couru comme une folle jusqu'à la maison. Serge avait fait un malaise au bord de l'eau. Georgette avait son carnet rempli et comme elle faisait des économies de papier, il était tout gribouillé de partout. Lucie, elle, ne trouvait pas ses lunettes et faisait des phrases qui n'avaient ni queue ni tête tant elle savait que ce qui venait de se passer était grave. Aurélia secouait la tête, affolée.

Elles ont appelé Solange au secours.

Serge était mort dans l'ambulance, et elles s'étaient retrouvées toutes les deux dans la maison. Il n'était pas facile pour Lucie d'admettre que l'existence de Georgette était devenue une partie de sa vie. Aucune autre personne n'avait connu Serge autant qu'elle – ou ne l'avait pas connu, il était resté tellement secret jusqu'au bout.

Lucie était dévastée par la mort de Serge. Georgette aussi. Elles ne se parlaient pas beaucoup plus, mais en une nuit elles s'étaient rapprochées sans encore se l'avouer.

Lucie n'avait qu'une peur, qui grandissait : survivre à Georgette et rester seule dans l'immense maison froide, parmi les ombres de leur passé. Sa vue se détériorait, les contours étaient de plus en plus vagues et les couleurs pâlissaient. C'était l'inverse du cinéma en noir et blanc qui passait en couleur, un monde condamné de jour en jour à plus de gris, mais une grisaille paradoxalement lumineuse, toujours plus éblouissante. Un Pathé Baby sans opérateur. La lumière l'envahissait. Elle portait désormais une visière en permanence, été comme hiver, pour protéger le peu d'ombres qu'elle arrivait encore à distinguer. Elle en avait toute une collection : des visières en paille, en feutre ou en coton, que sa fille et sa petite-fille lui achetaient parce qu'elles ne savaient plus quoi lui offrir d'autre. À son âge, elle n'avait plus besoin que de cadeaux de confort, pour avoir moins froid ou moins mal. Elle avait de plus en plus de difficultés à évaluer les distances et se cognait sans cesse. Ses jambes engourdies se couvraient de bleus plutôt mauves, de bosses plus ou moins hautes qui s'accumulaient en perles le long de ses tibias. Elle se servait du tube de pommade à l'arnica de Georgette. Ses cuisses avaient maigri et ses genoux grossi, son ventre s'était avachi, son corps tout entier était devenu vieux, mais ses seins tenaient toujours aussi droit et elle en était fière.

Elle restait sur son fauteuil et lisait grâce à une machine qui agrandissait les lettres. Elle continuait d'écrire alors que l'ophtalmologue pensait qu'elle était aveugle. Elle seule savait qu'elle continuait à voir. *Tout, dans la vie, est une question de volonté.* À l'étage au-dessous, elle entendait les pas de Georgette, imaginait sa petite silhouette qui marchait de son bureau à son lit. Les meubles étaient des ombres plus foncées et les fleurs de la tapisserie avaient disparu. Georgette continuait à parler en secret avec Abraham. Les nuages dans le ciel étaient autant de couches de tissu qui les étouffaient peu à peu.

Parfois, elles s'exaspéraient encore l'une l'autre. Lucie continuait à râler contre Georgette ou à l'insulter copieusement, elle grimaçait quand elle devinait qu'elle bavait à table, et l'autre, qui devenait vraiment sourde et ne saisissait que quelques bribes de mots, l'injuriait des yeux, la maudissait silencieusement. Parfois, elle rotait, bruyamment, pour énerver sa belle-fille avant de quitter la cuisine et de redescendre au studio. C'est Lucie qui préparait le déjeuner, maintenant que Serge n'était plus là pour le faire. Georgette n'aimait que les odeurs ou les saveurs très fortes, les fromages trop faits, la tartiflette, le coq au vin, mais Lucie ne voyait pas clair et en mettait partout dans la cuisine ou sur ses vêtements, sans parler de l'aspect général des plats, qui étaient rarement appétissants. Georgette grimaçait en recevant son assiette, et Lucie reniflait l'odeur corporelle de sa belle-mère qui vieillissait. Elle crachait :

— Vous arrivez toujours à prendre des douches toute seule ?

L'autre ne se laissait pas faire :

— Qu'est-ce que vous croyez, je vois clair, moi.

— N'hésitez pas à vous laver, alors.

Solange se demandait comment elles se supportaient. Elles ne se supportaient pas, mais elles ne pouvaient pas vivre l'une sans l'autre et se ressemblaient de plus en plus. Et puis, tant qu'elles étaient toutes les deux, elles pouvaient faire semblant que Serge était encore là, dans une pièce à côté. La vie imaginaire sauvait la vie réelle. Elles évoluaient dans la maison qui vieillissait, s'assombrissait à mesure que la végétation envahissait les fenêtres en se cramponnant dans des volutes compliquées, et ressemblait de plus en plus à un aquarium dont l'eau tarderait à être changée. Elles glissaient telles des escargots, avec la même lenteur et la même vaillance.

Quand l'une des deux était malade, l'autre s'en inquiétait, et si c'était Georgette alors Lucie venait lui mettre des gants humides sur le front jusqu'à ce qu'elle aille mieux. Lucie, elle, était plus rarement malade, elle tenait bon malgré sa constitution fragile et sa vue qui se réduisait à presque rien, et peinait à déchiffrer les mots de Georgette. Ses yeux s'étaient peu à peu recouverts d'une pellicule d'un bleu laiteux. Parce qu'elle restait coquette, elle les cachait derrière des lunettes qui la privaient encore un peu plus de lumière. Lucie ne se plaignait pas. Elle avançait.

Georgette soupire, elle, mais seulement intérieurement. Elle ne dérange personne, à part peut-être le chat. Ne sortant plus jamais, elle a perdu l'habitude de se laver et ses épingles à cheveux sont piquées dans des cheveux gras. Sa peau autrefois talquée est grise de vieillesse, et de saleté sans doute. Elle sait que sa belle-fille la méprise pour cela, mais elle s'en fout. Elle va bientôt mourir, et cette fois c'est sûrement vrai, même si elle a fini par en douter, à force qu'on lui dise que ce n'est pas pour demain. Elle ne peut plus se garder propre, de toute façon, elle a peur de glisser dans la douche et de se casser le col du fémur. Il paraît que lorsque cela arrive, on ne s'en remet pas. L'huile d'amande douce lave aussi bien sa peau et lui donne moins de démangeaisons que l'eau. Dommage que cela ne suffise pas à guérir les plaies de plus en plus creusées sur ses fesses. Elle voit de moins en moins bien, elle aussi, à tel point qu'à la dernière visite du médecin de famille (qu'elle n'a quasiment jamais consulté de sa vie, elle s'en méfie comme de la peste), il l'a confondue avec Lucie.

Quelques jours après la disparition de Serge, Mimi, le chat siamois à l'œil crevé, finit par mourir lui aussi, allongé près de la fenêtre du sous-sol, entre les rideaux. Lorsque Georgette le trouve, raide et froid, elle en éprouve un chagrin aigu et ne se résout pas à jeter le petit corps qu'elle a l'habitude de côtoyer chaque jour. Il reste sur le rebord, contre la vitre, tandis qu'elle se laisse aspirer par la douleur et la tristesse. Couchée sur son lit, la couverture remontée jusque par-dessus sa tête, elle lâche une plainte qui reste muette. Le vent du nord rentre en sifflant par l'interstice sous la fenêtre. Elle n'a jamais su être seule.

Lucie ne dit rien les deux premiers jours, mais le troisième, la puanteur de dents gâtées, ou de poubelles oubliées, est intolérable. Des insectes vont finir par être attirés et se mettre à grignoter la chair. Elle exige que Georgette se débarrasse du chat mort.

« Je n'y arrive pas. »

— Mettez-le dans un sac poubelle, j'y arriverai, moi.

Georgette se tourne vers le mur, marquant la fin de la conversation.

Quelques jours plus tard, lorsqu'elle pénètre dans le studio, c'est une autre odeur qui accueille Lucie, tout aussi puissante, mais chimique, médicale, presque.

— Mais qu'est-ce que ça sent ?

Elle se demande ce que Georgette est encore allée inventer, et se rapproche d'elle, quand elle sursaute et réprime un cri :

sous sa main qui tâtonne pour l'aider à s'asseoir à la table de la cuisine, elle a senti le corps du chat. Ferme, debout.

Georgette lui écrit, fière d'elle :

« Je l'ai empaillé moi-même. »

Les poils autrefois soyeux sont desséchés et des boutons – un bleu, un marron, avec quatre trous pour les fils – brillent à la place des yeux.

— Quelle horreur !

« Touchez-le, on le croirait vivant. »

Lucie approche sa main du poil mais elle la retire aussitôt. La peau est rêche, et la forme du corps erratique. La queue ressemble à un bout de vieux balai, la colonne vertébrale n'est pas droite et le corps comporte des bosses. On dirait une peluche macabre. Elle sent les coutures sous ses doigts. La saleté doit être restée incrustée dans ses griffes, dans ses poils. Georgette s'en moque, elle va garder son chat. C'est le début de son retour en enfance.

Georgette écrit frénétiquement.

« J'ai connu des tanneurs quand je vivais dans l'Est. Les gestes me sont revenus sans problème. Le dépouillage, c'est de la couture. Le trempage, je l'ai fait avec les moyens du bord. Mais je trouve que je m'en suis bien tirée. »

Lucie ne saurait le dire. Elle ne veut pas approcher son visage de l'animal pour mieux voir : l'odeur est abominable. Il sent le formol, avec des relents de boyaux et de pourriture, mais, bien sûr, cela échappe à Georgette qui le tient contre elle et le berce comme un enfant consolerait un ourson. La gueule, figée pour toujours, n'est pas symétrique. Lucie a un mouvement de recul devant la tête complètement dingue du chat, avec ses boutons qui la fixent. On dirait un animal de dessin animé qui aurait tourné au cauchemar. Elle grimace :

— Ça sent la charogne, ce n'est pas possible…

Elle a recousu l'animal comme elle a pu, mais la peau laisse filtrer une odeur de mort. La taxidermie a raté à plus d'un titre.

— Vous ne pouvez pas garder ça, Georgette, lui dit Lucie d'un ton grave. C'est dégoûtant.

Le stylo plume gratte le papier frénétiquement. Georgette se défend dans un long argumentaire, qu'elle écrit à toute vitesse : elle n'a déjà qu'une pièce pour elle, elle doit être libre d'y mettre ce qu'elle veut – même un cadavre de chat naturalisé. Une vieille dame manifeste sa tendresse comme elle peut, et elle n'y voit pas la mort, elle, mais au contraire, elle essaie de garder la présence de son Mimi près d'elle. Pour elle, c'est garder le corps de son meilleur ami intact, à ses côtés, pour toujours.

— C'est ça, vous êtes Cléopâtre, dit Lucie, à la fois dépassée et furieuse. Je vous préviens, si vous ne le faites pas, c'est moi qui fous cette saloperie à la poubelle.

Mais Georgette a l'air tellement joyeuse qu'elle la laisse caresser son cadavre de chat. L'odeur écœurante des produits chimiques diminue avec le temps, elle ne dit plus rien. Elle n'est plus sûre de détester Georgette, elle s'inquiète pour elle.

Parfois Georgette s'endort la bouche ouverte pour quelques minutes seulement, et Lucie rapproche son visage du sien pour être sûre qu'elle respire encore. Un jour, Georgette se réveille en sursaut. Lucie bredouille :

— Je refaisais mes lacets.

Georgette ne réagit pas. Elle n'est pas dupe. Elle aussi l'épie, parfois.

À chaque fois que Lucie rentre dans la pièce et s'approche de la table où trône le chat, elle sursaute. Elle voudrait jeter la bestiole qui va finir par avoir sa peau à elle, est-ce que Georgette sait seulement empailler un animal ? Les fourmis risquent de venir, ou pire, les asticots. En plus, c'est comme rappeler en permanence qu'on va mourir, que notre corps va finir aussi figé et artificiel que cette pauvre bête. Cela lui fait penser aux vers dans la terre, aux tombes, à Serge. Elle ne le supporte pas. La colère et l'angoisse la réveillent, elle se met à rêver du chat aux yeux de boutons et à la moustache couverte de poussière. Elle se lève dans la nuit sans étoiles et se cogne à nouveau aux meubles, maculant toujours plus le devant de ses jambes.

Le chat empaillé disparaît, sans qu'aucune des deux femmes ne fasse de commentaire.

Georgette s'inquiète elle aussi pour Lucie. Elle vient de plus en plus souvent à l'étage, parfois pour quelques minutes seulement, pour voir si tout va bien. Tout à coup, sa présence fait sursauter Lucie qui ne peut pas la voir arriver avant qu'elle soit prête à la toucher.

Parfois Lucie chante un air, et Georgette se met à danser dans la grande maison vide, qui retrouve une gaieté.

*Je t'ai rencontré simplement, et tu n'as rien fait pour chercher à me plaire…*

Quand Lucie vient lui descendre du linge propre ou des livres, elles discutent un peu. Elles n'ont plus jamais abordé la question de Calamity Jane et ne partagent pas les mêmes lectures : Georgette est restée fidèle aux romans d'aventure et aux policiers, Lucie, elle, lit tout ce qui sort, tout ce dont on parle, même si sa vue baisse de plus en plus, grâce à sa machine à loupes. Elle méprise un peu les lectures de sa belle-mère, et celle-ci juge les siennes prétentieuses. Ce n'est pas la peine de se disputer pour ça. Lucie ne lui parle pas, non plus, de ce qu'elle a écrit. Elle sait que Georgette se moquerait d'elle.

— Elle a vraiment un caractère épouvantable, dit-elle, sans savoir que l'autre dit la même chose quand Solange descend la voir.

Serge était plus qu'un point commun entre elles deux, c'était aussi la raison de leur rivalité. À présent qu'il n'est plus là, les deux femmes tiennent de plus en plus l'une à l'autre. L'affection ne se décrète pas. C'est quelque chose de plus sérieux et de plus absolu qu'une décision. Georgette manifeste son attachement à Lucie d'une manière bien singulière. Elle a toujours eu une façon bien à elle de faire des cadeaux, lui cousant des vêtements qu'on aurait pu croire sortis d'un musée des arts populaires ou un couvre-lit en crochet de toutes les couleurs, qui faisait mal aux yeux. Elle a aussi récupéré des objets dans la rue pour en faire des sculptures à la manière de son fils – en moins réussi. La mode était au neuf qui se jetait et se remplaçait. Elle était en complet décalage avec son époque et avec les goûts de Lucie, mais elle ne s'en apercevait pas.

Un an après la mort de Serge, elle offre à sa belle-fille son chat empaillé, qu'elle avait dû ranger dans un placard entretemps. C'est peut-être ce à quoi elle tient le plus, en tout cas c'est l'objet qu'elle a mis le plus de temps à fabriquer. Sur le coup, Lucie a envie de rire et se dit qu'elle va enfin pouvoir le jeter, mais finalement elle la remercie, pour ne pas la vexer. Elle frémit en saisissant l'animal mort, dont l'odeur est désormais affadie et nettement plus supportable, mais dont la forme est toujours aussi ridicule. C'est une drôle d'idée, un an jour pour jour après l'enterrement de son mari. Mais finalement, elle se fait à cette présence muette, puisqu'elle n'y voit plus assez pour que le siamois empaillé la fasse sursauter. Bizarrement, elle prend l'habitude de caresser l'animal mort en lisant sur sa drôle de machine, et s'accoutume à l'odeur doucereuse, pharmaceutique, du pelage éternel.

En retour, deux semaines plus tard, Lucie lui offre un chaton, bien vivant celui-là, avec des yeux bleu clair presque bridés et des allures de lynx. Ses oreilles sont terminées par des pinceaux qui se rejoignent au-dessus de sa tête, et sa queue est coupée en deux, comme s'il se l'était coincée dans une porte. C'est un drôle de chat, pour une drôle de bonne femme. Lucie appréhende la réaction de sa belle-mère : peut-être ne va-t-elle pas vouloir d'un nouvel animal de compagnie, parce qu'elle a trop souffert lors de la mort de Mimi ou parce qu'elle va bientôt mourir, et que *la pauvre bête restera seule*. Mais Georgette lui en est éperdument reconnaissante. Elle débouche une bouteille de champagne pour fêter cette arrivée, et accroche le bouchon avec une ficelle cadeau à la poignée de son buffet, pour qu'il joue. Le petit chat, qu'elle appelle Mimi II, se jette sur le bouchon et, assis sur ses pattes de derrière, boxe de son coup droit.

Le bouchon jouet est resté là jusqu'à aujourd'hui.

Mimi II sera, finalement, le dernier mari de Georgette. Il a dormi avec elle toutes les nuits, l'a accompagnée au long des nombreuses années où elle a observé les naissances et les deuils se succéder autour d'elle, même quand il est devenu tout pelé, même lorsqu'il s'est mis à ressembler à son prédécesseur empaillé, même quand il a perdu la moitié de ses dents après être passé sous une voiture, même lorsqu'il est devenu boiteux après être tombé du toit.

Mimi II était increvable, comme Georgette.

Celle-ci approchait des cent ans, dans l'indifférence générale, puisque même Laurent, son dernier amant, plus jeune de vingt-cinq ans, avait fini par disparaître.

Pour ne plus avoir à aller au supermarché, Lucie n'achète plus sa nourriture qu'au poissonnier qui passe en camion et klaxonne devant la grille chaque mardi et chaque vendredi. Elles ne mangent plus que des fruits de mer, palourdes, huîtres et praires crues, bouquets, araignées et étrilles cuits, et ne boivent plus que du porto blanc et de l'eau. Georgette s'en accommode, et elles vivent ainsi, toutes les deux, acquérant la force venue de l'océan tout en s'asséchant à force de ne plus absorber aucune graisse. Lucie, qui a toujours été une grande fille énergique et mince, devient une vieille dame aux cheveux blancs et hirsutes, à la silhouette spectrale, recroquevillée sur elle-même, au regard perdu caractéristique de ceux qui voient mal. Elle caresse ses ongles d'un air distrait tandis qu'on lui parle, et continue à aimer que Solange les lui vernisse, non pas pour les voir, mais pour les sentir glisser contre la pulpe de ses doigts. Georgette aussi est toute en muscles et (surtout) en os. Elles finissent par se ressembler, à manger les mêmes choses et avoir le même emploi du temps. À force de se tasser, de se recroqueviller autour de sa vue basse, Lucie a perdu les vingt centimètres qu'elle avait de plus que sa belle-mère. Quand on regarde les photos de sa jeunesse, on ne la reconnaît plus. Elle semble plus vieille qu'elle ne l'est en réalité. Le chagrin a froissé son visage, et décoloré ses joues. Son œil droit a complètement pâli, il est devenu d'une drôle de couleur mordorée. Elle n'est plus du tout la jeune fille heureuse qui résistait à l'ennemi quelques dizaines d'années plus tôt.

Elles sont coiffées de la même manière, puisque c'est Solange qui coupe leurs cheveux comme elle le peut, quand elle vient

– de plus en plus rarement, surtout depuis la mort de son père, qu'elle a du mal à surmonter. Leurs peaux sont ridées, sauf sur les joues qu'elles ont douces, et leurs yeux pâlis sont davantage cachés par leurs paupières tombantes perdues derrière des lunettes sombres. Elles sont devenues aussi sauvages l'une que l'autre, et vivent calfeutrées, chacune à son étage, ne se rejoignant que pour les repas, comme toujours, comme avant.

Plus tard, Solange dira à Lucie :

— Tu ne t'es même pas aperçue à quel point elle t'adorait. Elle parlait de toi en disant la *petiote*. Tu ne te préoccupais tellement que de ton sort que tu ne t'es même pas rendu compte à quel point tu étais devenue tout pour elle.

Lucie s'en aperçoit, pourtant, le jour où elle pose sur la table de Georgette une enveloppe carrée au liseré noir qui lui fait froid dans le dos. Qui connaît-elle encore de vivant ? se demande Lucie, qui la laisse tranquille et remonte à pas lents l'escalier intérieur.

Elle n'ose pas aller la déranger quand elle comprend, à midi vingt, que Georgette ne montera pas déjeuner, mais en fin d'après-midi, inquiète, elle frappe à sa porte.

Les chaussons frottent doucement le carrelage. Georgette ouvre, les yeux rougis, et la laisse passer, avant de se diriger vers le bureau.

Le stylo de Georgette court sur la feuille pour le plus long laïus qu'elle ait fait depuis longtemps.

« J'ai perdu ma grande, ma seule amie. Marguerite est morte. Elle avait la maladie des vieux et ses filles ne m'ont même pas prévenue. J'aurais voulu la voir une dernière fois, même vieille, même folle. »

— Je suis vraiment triste pour vous.

Mais Georgette écrit déjà. Son autre main lui fait signe, tout près de son visage, de ne pas s'affoler.

« J'ai été à la cave, et j'ai mis une bouteille au frais. Elle n'aurait pas aimé me voir pleurer. »

Elle va à petits pas jusqu'au réfrigérateur d'où elle sort une bouteille de champagne, et sourit malgré ses yeux embués. Ses iris sont vifs et clairs comme de l'eau.

Elles boivent le champagne et trinquent dans des coupes en cristal. Elles rient.

— À la mémoire de Marguerite !

Georgette, maigre et fragile comme un oiseau, grignote des biscuits apéritifs en commençant par le gruyère râpé qui en dore l'extérieur. Elle sent bon, Lucie lui a donné une douche, au jugé. Elle s'est laissé dorloter.

Pour la première fois, elle se livre un peu à Lucie, et lui raconte des souvenirs d'enfance, les journées chez Zélie avec Marguerite, le Bon Pasteur, le petit Marcel. Lucie lit lentement les lignes au fur et à mesure où elles apparaissent. Sa réalité tangue.

Comment Georgette pourrait-elle avouer ce qu'elle s'est évertuée à cacher toutes ces années ?

Abraham n'est toujours pas juif, il n'a toujours qu'un fils unique. Il est irréprochable. Pur, drôle, généreux, jovial. Résistant.

Quant à elle, c'est une femme qui a toujours été indépendante. L'une des premières à mettre des pantalons. Une des seules à militer à une époque où les femmes n'avaient pas encore le droit de vote. Une guerrière. Une femme libre.

C'est tout juste si elle ne prétend pas que l'isba existe toujours.

D'ailleurs, si l'on y réfléchit, c'est peut-être le cas, d'une certaine manière, puisqu'elle ne l'a jamais quittée.

Après avoir trinqué une deuxième fois, elles appellent Solange, pour lui demander de venir les voir dès son retour de voyage en Grèce. Elles sont de très bonne humeur et même si seule Lucie peut parler, Solange rit de les savoir complices, avant de raccrocher, vaguement dégoûtée de les sentir un peu saoules.

Ce soir-là, les lumières de l'entresol restent allumées longtemps, rasant la pelouse d'un vert électrique.

Ils partent tous les trois en Grèce cet été-là. Puissance lumineuse, chaleur écrasante, bleu partout. Solange est heureuse de déambuler en robe légère sur les sites antiques, Rafael, barbu chevelu comme le veut la mode, la boit des yeux.

Après le Péloponnèse, ils vadrouillent d'île en île. Chacune est différente de l'autre, et pourtant il y en a des centaines. On dirait un album de géologie, falaises spectaculaires, sources souterraines de gaz carbonique, carrières de soufre, plages d'un blanc éclatant ou au contraire, d'un noir volcanique. Sur des tables recouvertes de papier bleu et blanc, devant des chats maigres aux têtes suppliantes, ils font des orgies de petites crevettes roses fuchsia sous des poulpes suspendus aux fils à linge. Ils apprennent à commander un café frappé *metrio* grâce à une petite *yaya* qui les a pris en sympathie et leur loue une chambre simple qui contient six lits doubles. La nuit, quand le souffle chaud de la petite est parfaitement régulier, ils changent de matelas et font l'amour sur les draps frais, avant de les quitter encore dès qu'ils sont humides de sueur. Cela fait neuf ans qu'elle est mariée à Rafael, et pour la première fois elle arrive à être heureuse avec lui sans penser à Paul, sans les comparer l'un à l'autre, sans se demander si elle serait mieux ailleurs, avec son premier amour. Elle se détend. Sur les photos ils forment une famille modèle, un beau couple au teint hâlé entourant une petite fille aux cheveux couleur de paille. Parfois l'idée lui vient que ce n'était pas ce qu'elle souhaitait en commençant sa vie, qu'elle aurait voulu un quotidien qui sorte de l'ordinaire, des voyages comme celui-là mais plus souvent, plus loin, de l'écriture autre que celle de ses cours dispensés à des adolescents paresseux, et de la passion plutôt que cette amitié profonde qu'elle ressent pour Rafael – mais avoir des regrets serait donner raison à sa mère, alors elle se l'interdit, se noie dans la lecture, part nager dans son bikini en broderie anglaise.

Rafael ne perçoit plus ces ombres qui entortillent ses pensées comme du fil. Pour la première fois, il est pleinement heureux à ses côtés.

Ils décident de faire un baptême de plongée, au club du port. À l'aube, ils confient à la *yaya* la petite encore endormie, l'embrassent dans son sommeil et s'en vont avec un moniteur, tous trois couverts de noir des pieds à la tête. Le long du chemin qu'ils parcourent en triporteur, les oliviers commencent à s'éclaircir dans la lumière qui vient. Leurs cheveux volent dans le vent encore frais. La mer est d'un bleu profond qui effraie un peu Solange, elle n'a jamais été sportive et redoute un peu cette nouvelle expérience, mais Rafael se moque d'elle. Il lui assure que le soir venu, elle se félicitera d'avoir surmonté sa peur.

Le bateau ronfle sur la mer et recouvre la respiration des vagues. Le moniteur ne parle pas bien anglais, ils ne comprennent pas tout ce qu'il hurle par-dessus le bruit du moteur et font des blagues à mi-voix, ils sont d'excellente humeur.

L'eau est de plus en plus sombre à mesure qu'ils s'éloignent des côtes. Rafael demande si c'est profond et le moniteur répond cinquante mètres, Solange veut savoir jusqu'où ils vont descendre et il fait signe avec ses mains : vingt mètres. Ils ne peuvent pas aller plus loin pour une première expérience, ce serait trop dangereux. Le Grec leur réexplique les paliers en leur montrant une plaquette plastifiée rédigée en toutes les langues, Solange écoute d'une oreille en observant les similitudes entre les mots.

Le moniteur arrête le bateau, le silence remplace le bruit du moteur. Ils sont seuls au milieu de nulle part. Solange n'a plus envie de rire, ni de plonger. Le moniteur leur explique à nouveau comment s'asseoir dos à la mer, comment se laisser aller en arrière jusqu'à l'eau. Elle mord le tube qui la relie à l'oxygène, se sent claustrophobe dans le masque qui la serre, bascule.

Ils sont dans l'eau transparente, entourés de dizaines de poissons multicolores. La Méditerranée n'est pas encore envahie de plastique. Les coraux ne sont pas encore morts. Les poissons ne sont pas en voie d'extinction, les tortues ne s'étranglent pas en avalant de fausses méduses. La mer est pleine de vie. C'est la première fois que Rafael et Solange voient des fonds sous-marins autrement que sur un écran de cinéma. Elle pense au *Monde du silence*, à son père qui aurait adoré voir ce drôle de paysage aux montagnes sous-marines et aux horizons en trois dimensions. Chaque fois qu'elle pense à Serge, elle a envie de pleurer et ressent l'amertume d'une vie à côté de laquelle il est peut-être passé. La main de Rafael effleure de minuscules poissons bleus, phosphorescents. Il lui fait le signe qui signifie tout va bien, elle s'amuse à lui répondre de la même manière, le moniteur sourit derrière son masque. Lorsqu'il baisse son pouce vers le bas, elle y voit d'abord le geste funeste que faisaient les Romains dans l'arène pour condamner un gladiateur à mort – avant de réaliser qu'il lui signifie juste qu'il veut descendre.

Ils franchissent un palier, puis deux. La lumière est plus rare. Un groupe de dauphins s'approche d'eux, ils sont tout près et semblent jouer, le son qu'ils font pour communiquer est ténu. Elle pensait qu'ils riaient, comme dans la série que regarde sa fille à la télé, en fait leur cri ressemble plutôt à un léger sifflement, un chant de sirènes.

Le moniteur suit les dauphins, hypnotisé. Avec ses palmes, il va vite. Les dauphins les quittent, vont vers d'autres courants. Le moniteur nage en ondulant dans l'eau pour les rattraper, il tourne autour d'eux, fait des photos peut-être. Il s'éloigne.

Elle se retourne vers Rafael, inquiète.
Il est juste au-dessous d'elle. Appuyant sur ses bras et ses palmes, comme on le lui a expliqué, elle descend le rejoindre. Elle met du temps.

En arrivant à sa hauteur, elle voit tout de suite qu'il ne va pas bien. Il est pâle. Elle arrondit son pouce et son index mais il fait danser sa main à plat dans l'eau. Elle regarde derrière elle mais n'aperçoit plus le moniteur. Il a suivi les dauphins. La mer est vide.

Elle attrape Rafael par la main mais celle-ci est molle.

La lumière du ciel ne semble pas trop loin.

Solange se met derrière lui et le prend par les aisselles. Elle nage vers la surface, en tirant le corps de son mari qui lui semble de plus en plus lourd, injurie en silence le moniteur et se dit qu'elle va lui faire passer un sale quart d'heure quand ils seront remontés.

Son cœur se fatigue, elle est essoufflée. Le moniteur ne revient toujours pas.

Le visage de Rafael est blême, sa tête penche. Il a perdu connaissance. Solange panique, se retourne encore, regarde tout autour d'elle.

*Dans la vie, tout est une question de volonté.*

Elle doit y arriver. Le souffle lui manque, elle ralentit malgré elle. La lumière se réverbère sur leurs corps en petites taches fragiles, elle a réussi à les remonter de plusieurs mètres, le prof de plongée va arriver. Une image de sa petite fille endormie le matin même l'aide à y croire encore. Des poissons semblent voleter autour d'elle. Ils ne doivent plus être loin de la surface.

Mais Rafael pèse presque deux fois plus lourd que Solange, et l'eau ne l'aide plus à le porter. Elle est de plus en plus essoufflée, ses poumons lui font mal. Le paysage est étourdissant, elle ignore où est le bateau, et elle a du mal à évaluer combien de mètres la séparent encore de la surface. Elle n'avance presque plus. Chaque centimètre lui demande un effort intense. Elle ne sait pas depuis combien de temps elle nage, ni combien de temps elle pourra tenir encore. La mer est déserte, plus hostile que jamais. Elle s'en veut d'avoir cédé et d'être venue faire cette plongée. Elle voudrait croire que ce soir elle sera soulagée d'être rentrée.

Sans elle, Rafael aurait fait son malaise, seul. Il faut qu'elle le sauve. Elle est là.

Elle regarde encore autour d'elle et ne voit personne.

Le corps de Rafael l'entraîne au fond. Elle ne tient plus.

Elle jure de désespoir dans son masque, s'interdit de pleurer, reprend son souffle, reste en place avec Rafael, se force à respirer calmement, retrouve de l'énergie.

Elle remonte avec lui. Il lui reste quelques mètres, elle voit la surface distinctement à présent, le ciel qui miroite dans les vaguelettes de surface.

Il pèse lourd et l'entraîne vers le bas.

Elle comprend que si elle continue à le tenir, ils vont sombrer tous les deux. Ce serait peut-être moins horrible de se laisser aller avec lui. Elle ne peut pas le lâcher et remonter seule.

Elle essaie une dernière fois de rester en place, de laisser une chance supplémentaire au moniteur. Autour d'elle, il n'y a rien. Le souffle lui manque. Elle hésite.

Son regard se porte vers la surface pourtant si claire. Elle va mourir.

Ses mains lâchent.

Le corps de Rafael diminue en s'enfonçant dans les profondeurs d'un noir amniotique, jusqu'à ne devenir qu'un point.

Le moniteur la jette dans le bateau comme un sac. Elle reste sur le pont brûlant du bateau, éblouie, incapable de bouger, tandis qu'il repart au fond. Le tube à oxygène s'est enlevé de sa bouche, à moins que ce ne soit lui qui le lui ait enlevé. L'air entre et sort de sa gorge à vif. Le bloc jaune est à côté d'elle. Elle regarde le soleil qui lui brûle les yeux. Le temps ne passe plus.

Le moniteur revient à bord, lance une fusée de détresse, replonge.

Elle voudrait lui dire que c'est inutile, mais puisqu'il y croit encore, Rafael doit pouvoir être sauvé.

Le moniteur revient, il démarre le moteur.

Les secours n'ont pas ramené le corps de Rafael. Le bateau des pompiers l'a cherché jusqu'à la nuit. Elle est restée sur le port avec la *yaya* et la petite qui demandait où était son père, et à qui elle ne savait pas quoi répondre. La vieille dame parlait à sa place, d'une voix apaisante où roulaient les r. Elle s'est laissée pleurer.

Elles prennent le bateau pour Athènes deux jours plus tard. La lumière est étouffante, la chaleur lui pèse, et elle reste en silence, les yeux rougis, sans penser à préserver sa fille qui la regarde avec des yeux ronds et lui pétrit la main. Les Grecs sur le ferry n'osent pas lui demander ce qui ne va pas mais lui font des sourires de soutien. Parfois elle doit se persuader que c'est vraiment arrivé et pleure encore, comme si elle se forçait. Ses mains tremblent et cherchent Rafael. Ses ongles les punissent de ne pas avoir pu le sauver, et font pénétrer plus profondément dans sa peau sa culpabilité.

Elle achète un billet d'avion pour rentrer chez elle le plus vite possible. Elle n'a plus un sou. À l'aéroport d'Athènes elle reste assise à la même place sans bouger, sans ciller, sans parler à sa petite fille, jusqu'à ce que les haut-parleurs crient son nom pour le dernier rappel.

Elle ne se souvient pas du vol de l'avion vers l'ouest.

Le matin qui suit leur retour, elle se lève avant l'aurore et regarde le jardin de ses parents, là où l'isba se dressait quand elle était petite. La lumière fait apparaître progressivement chaque plante, chaque arbre, elle a l'impression d'être une graine sur la planète à l'orée du premier matin. Elle reste assise sur les marches du perron jusqu'à ce qu'il fasse complètement jour et que la petite lui mette les deux mains sur les yeux.

Lucie ouvre l'armoire et tâtonne les piles de linge, bien plié, les taies d'oreiller brodées aux initiales de jeune fille de Georgette ou de sa mère, les draps de flanelle et de coton, les nappes blanches et celles en couleur, les serviettes assorties. Elle sent ses mouchoirs, pliés et empilés en une petite tour, et elle y enfouit son visage. Ils sentent la lessive de savon noir, les petits sachets de lavande, le propre, le frais – et un peu le pipi de chat. Ils sentent Zélie, que Lucie n'a jamais connue. Alors, seulement, elle se sent triste. Elle s'assied face à l'armoire ouverte et elle entreprend de sortir chaque pile de linge et de la déposer à ses pieds. Au départ, elle le fait doucement, pour ne pas renverser les piles. Mais l'enveloppe ne réapparaît pas.

Elle dégage la chaise qui prend trop de place et écarte le linge, passe sa main le long des étagères, approche ses lunettes à presque toucher le meuble. Mais il n'y a que des draps sur celles-ci aussi. Elle renverse à terre les vieilles taies d'oreiller jaunies qui occupent l'espace du bas. Rien, sinon quelques jupons dont Georgette avait probablement voulu faire des chiffons, elle qui ne jetait jamais un morceau de tissu.

Elle se hâte vers le bureau, et renverse le contenu de chaque tiroir par terre, en fouillis. Bibelot après bibelot, journal après journal, elle trie, et ne garde que quelques objets dans un seul carton, jette le reste. Elle trouve une carte postale qui représente la première étape de la première course en aéroplane, à Troyes, en 1910, et n'a jamais été écrite ni envoyée, et elle se dit qu'il est étrange que Georgette ait gardé cette photo, elle qui n'a jamais pris l'avion.

C'est juste après la mort de Marguerite, que Georgette s'est mise à avoir de longues quintes de toux comme quand Lucie l'avait rencontrée. Elle a pensé à l'emphysème dont sa belle-mère avait souffert toute sa vie, mais Georgette lui a lancé un regard grave et plein de sous-entendus : cette fois le lait de poule n'y ferait rien. Elle est restée alitée et s'est mise aux jeux vidéo. C'est Aurélia qui lui a montré comment on y jouait. Ce serait la dernière passion de Georgette. Autant elle n'avait jamais accroché au téléphone, autant elle s'est passionnée, lors de ses derniers jours à vivre, pour le nouvel « ordinateur » de son arrière-petite-fille, une machine à l'écran noir où tout s'affichait en vert fluo. Elle est devenue folle des jeux vidéo, restant des heures à y jouer dans son lit, en particulier des parties de « first-person shooter », où son poing au premier plan tirait sur tout ce qui bougeait. Elle ne s'interrompait que lorsque Lucie lui apportait son déjeuner. Parfois, elle luttait pour respirer et ne pouvait pas manger.

« J'ai l'impression de vouloir tousser mais ne pas pouvoir, comme si un éléphant était assis sur ma poitrine. »

Pour une fois, Lucie ne se moquait pas de sa façon d'exagérer. Elle la croyait. Elle essayait de la convaincre de voir un médecin mais l'autre protestait. Ses joues se coloraient de rose et elle écrivait :

« Il faut bien mourir de quelque chose. »

Lucie descendait trois, quatre fois dans la journée, malgré l'arthrose qui lui grignotait les hanches. Georgette toussait, crachait, jouait, et sa belle-fille ne protestait plus, elle posait le plateau, rangeait l'appartement, balayait ou nettoyait la douche qu'elle n'utilisait pourtant plus, continuait à la soigner avec des remèdes maison, des gargarismes au gros sel, des cataplasmes d'argile, un vin chaud à la cannelle, une couverture chauffante. Pendant ce temps, sa belle-mère tuait tout ce qui bougeait dans son jeu vidéo. Lucie entendait bien la toux qui se creusait, le souffle de Georgette qui faiblissait, mais elle ne voulait plus y croire, et puis chaque fois qu'elle abordait le sujet de faire venir le médecin, la vieille dame se mettait en colère, cela ne servirait à rien qu'à l'emmerder, non mais quel culot.

Le jour de sa mort, Georgette a ressenti l'envie de coudre dès le moment où elle a ouvert les yeux. Son côté gauche était resté faible, mais elle est parvenue tant bien que mal à installer la machine, qui avait subi un incendie et connu trois siècles mais fonctionnait encore. Dans l'armoire, le tailleur gris et la robe couleur de ciel attendaient. Elle a sorti la robe du papier de soie dans lequel elle avait été pliée, et elle a apprécié la qualité du tissu, doux comme une peau de jeune fille. Face au miroir, elle l'a tenue contre son corps vieilli, et s'est trouvée belle, élégante. La soie naturelle, il n'y avait rien de mieux. Elle a fait glisser le mètre ruban entre ses doigts, elle a enfilé le dé à coudre comme autrefois, et elle a allongé la robe sur sa machine, en plaçant soigneusement le tissu contre l'aiguille. Assise face au métal noirci, ses mains ont immédiatement retrouvé les gestes qu'elle avait appris, petite. Ses jambes courtes se sont installées sur les pédales qui les attendaient, elle a poussé un pied puis l'autre et le bruit de pas précipités de souris lui a fait battre le cœur un peu plus vite, les trépidations ont couru depuis les semelles de ses chaussons zippés jusqu'à son ventre, elle a redressé ses épaules, sa tête est partie en arrière, et elle est morte le sourire aux lèvres.

Quelques instants plus tard, Lucie a compris que quelque chose était anormal dès que Mimi II le lynx s'est frotté affectueusement à ses jambes. S'il s'abaissait à être tendre avec elle, c'est qu'il avait besoin qu'on le nourrisse.

Lucie s'est précipitée près de sa belle-mère et elle a touché sa nuque poudreuse, qui était encore tiède mais ne bougeait plus sous le souffle emphysémateux. Elle a essayé de la déplacer pour voir s'il était encore possible de faire quelque chose, et elle a été surprise de trouver le corps ratatiné aussi léger qu'une plume. Alors elle s'est assise sur la chaise en face d'elle, et elle a posé sa main sur celle de Georgette, qu'elle avait fini par aimer.

Lucie a lavé le corps de sa belle-mère une dernière fois, au gant. Georgette avait la stature d'une enfant. La robe était exactement à sa taille, et l'ourlet qui venait d'être fait était impeccable.

Lucie cherche la fameuse lettre, *À n'ouvrir qu'après ma mort*, mais elle ne la trouve pas. Elle a appelé Solange pour la prévenir du décès de sa grand-mère mais celle-ci n'a répondu que par une lettre, sensible, affectueuse, mais où Lucie a compris qu'elle n'était pas prête à revenir. Elle ne leur pardonnait pas d'avoir décidé de sa vie à sa place, de l'avoir séparée de Paul pendant dix ans, d'avoir instrumentalisé Rafael, d'avoir rendu fou Serge. Lucie avait essayé d'expliquer sa version des faits, en vain. Depuis la mort de Rafael, on aurait dit que Solange les évitait. Lucie savait que sa fille avait revu Paul, mais celle-ci avait refusé de lui en dire plus.

Si elle réussissait à trouver la lettre qui intriguait tant sa fille, qu'elle avait de nouvelles informations à lui transmettre, et qu'elle pouvait notamment lui dire pourquoi Georgette et Serge avaient absolument refusé qu'elle se marie avec Paul, Solange reviendrait.

Elle se sent vieille, seule, et voudrait revoir Solange et Aurélia avant de devenir aveugle.

Une enveloppe tombe de l'armoire, Lucie se précipite, l'ouvre. Elle approche ses pupilles malades de la feuille de papier qui sent le vieux. Des fils noirs comme des points de suture quadrillent désormais sa fenêtre de vision et la disputent avec des taches éblouissantes, comme surexposées. Il n'y a que quelques lignes écrites, qu'elle n'arrive pas à déchiffrer. Elle monte péniblement l'escalier qui la conduit à sa machine à lire aussi vite que le lui permettent ses prothèses de hanche. La lentille se place au-dessus de la lettre, les doigts maladroits tournent la molette pour faire le point, les yeux de Lucie se rapprochent. Les lettres déformées, gigantesques, se révèlent une à une. Seule dans le grand salon vide, elle est une vieille dame qui doit réapprendre à lire, assise avec un chat empaillé sur les genoux. C'est le seul papier qu'elle a trouvé parmi les affaires de Georgette, sa seule confession, et s'il l'étonne plus que tout ce qu'elle pouvait imaginer, il ne lui apprend rien. La lettre où Georgette devait avouer ses ultimes secrets a vraiment dû disparaître dans l'incendie de l'isba, malgré ce qu'elle a dit à Serge après l'incendie, dans une ultime, et dérisoire, provocation.

Lucie ne saura jamais qui a été Georgette.

Sur la feuille qu'elle tient sous la loupe, il n'y a que quelques lignes, une contradiction de plus :

*Je vous salue, Marie, pleine de grâce, le seigneur est avec vous. Vous êtes bénie…*

Interloquée, elle fait glisser la feuille le long de la vitre de la machine pour lire la deuxième ligne, puis toutes celles qui se succèdent. Qu'est-ce que Georgette a voulu se faire pardonner ? Comment la culpabilité a-t-elle pu perdurer chez elle, et peut-être lui gâcher la vie, alors qu'elle avait depuis longtemps laissé tomber le catéchisme ? La loupe ressemble à une machine à écrire détraquée qui répète les mêmes mots :

*Je vous salue, Marie, pleine de grâce…*

Plusieurs fois, la main malhabile a tenté de retrouver une prière apprise des dizaines d'années plus tôt. Mais seuls les premiers mots lui sont revenus : elle avait oublié la suite. C'est comme si le papier s'était refusé à inscrire la confession, trop contraire aux convictions de Georgette.

Après « bénie », les mots n'étaient jamais revenus.

C'est la toute fin des années soixante-dix, ou le début des années quatre-vingt. Sur la photo que Paul a prise, elle est debout. Vêtue d'un pantalon et d'un blouson en blue jean, les mains sur les hanches, en plein soleil, fière de sa beauté, sourire et regard provocateurs, les cheveux blond clair, longs, le teint bronzé juste ce qu'il faut, Solange a l'air de dire : « Oui, je suis belle à en mourir. »

C'est la liberté incarnée.

Fini, la crème dépilatoire, en tout cas sous les bras. De petites touffes semblables à des anémones de mer dansent sous les bras de la mère d'Octavie et elle a la chance que cela reste adorable (d'autres sont obligées de contourner la libération sexuelle tant leurs poils sont envahissants). Même l'odeur de sa sueur semble plus délicate et sucrée que celle des autres.

Elle est maîtresse de son corps, et de son désir. On la regarde encore de travers parfois, cette femme qui vit seule avec sa fille, mais cela lui est égal. Elle vit dans son monde. Elle a une vie réelle et une vie imaginaire, qui l'agrandit et la prolonge. On ne devrait pas pouvoir parler d'une existence sans y inclure les rêves, qui définissent autant une personne que sa vie au milieu des autres, et les rêves incluent bien sûr les livres et les projets. Depuis Simone, elle sait qu'on ne naît pas femme, et que les libertés ne lui seront pas données, alors elle va les chercher, une par une, et même si elle se rend bien compte que l'égalité homme-femme n'est pas pour demain, elle progresse.

Elle était toujours aussi belle lorsque Paul était revenu d'Afrique, quelque temps après la mort de Rafael.

Il ne l'avait jamais oubliée. Bien sûr, il avait eu de petites et de grandes amoureuses, mais rien de comparable. Il se renseignait sur ce qu'elle devenait. Il prenait des nouvelles à distance.

Le France avait connu des déboires et était devenu le symbole du naufrage économique d'un pays tout entier. Il avait continué dans l'équipement pour bateaux de plaisance, et s'était établi à Marseille, puis Paris.

Quand il avait su que Solange avait perdu son mari, il était venu la chercher, comme s'il n'avait jamais attendu que cela.

Ils s'étaient d'abord revus en secret. Solange n'avait rien dit à personne. Cette fois, elle voulait protéger cet amour à tout prix. Il fallait aussi épargner Aurélia, à qui on n'avait jamais caché que Rafael n'était pas son père biologique, mais qui n'avait jamais rencontré Paul, et n'était pas prête à le voir s'installer avec elles. Solange avait pris son temps. Petit à petit, ses rêves avaient été remplacés par des versions plus étroites, plus réalistes dans leurs attentes, au point qu'elle s'était parfois perdue en route. Maintenant qu'elle avait enfin la chance de vivre une vraie histoire d'amour, de celles qui marquent toute une vie, elle allait la protéger. Lorsqu'elle avait retrouvé Paul, c'est comme si elle rejoignait son destin. Elle avait décidé de mettre le malheur derrière elle.

Solange n'a rien dit à sa mère, ni à sa grand-mère, mais c'était sans compter sur la sagacité de Lucie, qui a vu dans les cartes une nouvelle naissance. Une fille.

C'était Octavie.

Solange savait que Lucie et Georgette risquaient de tout gâcher. Elle ne voulait plus que sa mère et sa grand-mère décident de sa vie, elles qui avaient toujours brandi le mot de liberté, mais au prix, parfois, d'asservir les autres.

Alors elle s'est enfuie, dès qu'elle a su qu'elle attendait un enfant, avec Paul, et Aurélia. Loin, à l'ouest. Aux États-Unis, mais pas dans les Grandes Plaines. À New York, que Paul avait découverte quand il naviguait.

Elle s'est inventé une nouvelle vie. Au début, elle pensait revenir assez vite, mais après la naissance de sa deuxième fille, elle avait décidé de rester loin.

Ils l'avaient appelée Octavie, toujours à cause des *Filles du feu*. Dans cette famille, on n'avait jamais reculé devant le ridicule d'un prénom.

En revanche, il y avait toujours eu un problème avec la naissance d'un enfant, *dans cette famille*.

Comme si être une femme libre, c'était ne surtout pas faire un enfant.

Ils sont rentrés en France, à Paris, quand Octavie avait dix ans. Cet été-là, ils étaient allés en vacances en Bretagne. Paul avait dit d'emblée qu'il n'irait pas voir sa famille, mais Solange, elle, avait pensé revoir Lucie et Georgette.

Au dernier moment, elle avait reculé.

Ils avaient passé la journée à Port-Loin, mais ils n'étaient pas allés jusqu'à la maison. Solange n'était pas revenue, triomphante et vengeresse, avec une famille radieuse qui aurait permis à tous de se réconcilier. Soit parce qu'il n'y avait pas eu de triomphe et qu'elle n'avait pas suffisamment réussi, à ses yeux, soit parce que pour échapper à l'emprise que Lucie et Georgette avaient eue sur elle, elle avait finalement choisi la solution la plus cruelle : l'indifférence totale.

Elle n'avait plus jamais donné de nouvelles à Lucie et Georgette.

Solange a pris une seule photo d'Octavie, ce jour-là, avant de partir de la petite plage en forme d'arc de cercle.

La photo est un peu à contre-jour, et le point de contact entre la mer et le soleil y est éblouissant d'éternité. On la voit, dos à la mer, assise sur le muret, les cheveux très courts, en short de foot et les jambes écartées, visiblement heureuse. Ni homme, ni femme, bien au contraire : juste elle-même. Un garçon manqué, une fille réussie.

Octavie est l'arrière-petite-fille d'une menteuse, la petite-fille d'une conteuse, la fille d'une grande rêveuse. Chacune d'entre elles a toujours su demander à la fiction ce que le réel ne lui offrait pas.

Elle ne sait pas coudre mais elle sait broder.

Au fur et à mesure de l'écriture, elle a cru découvrir la véritable Georgette. Comme Calamity, celle-ci a fait semblant, toute sa vie, d'être une femme libre et forte, et toute sa vie, tous y ont cru. Mais la réalité est plus complexe, et plus triste, que la légende.

Dans un western de John Ford, *L'homme qui tua Liberty Valance*, il y a cette réplique : *Si la légende devient la vérité, imprimez la légende.*

Octavie s'est aperçue que Georgette était bien moins puissante que ce qu'elle aurait souhaité. Elle avait dû mentir toute sa vie pour échapper à la honte et survivre. Elle avait dû lutter contre les préjugés, essuyer les insultes, arracher les étiquettes. Comme Calamity, elle avait fini presque seule.

Elle avait payé cher son envie de liberté.

Octavie l'a crue puissante, et elle l'a découverte vulnérable. Elle a désormais une autre image d'elle : plutôt qu'une conquérante, une survivante, qui essaie de se sauver coûte que coûte. Aujourd'hui, sur les photos, elle trouve que son regard perçant est celui d'une femme traquée, et elle lit une frayeur obscure sur son visage. Octavie ne peut pas imprimer la légende, parce que celle-ci n'est pas devenue la vérité : elle s'en est éloignée, au contraire.

Elle a hésité, parfois, à s'immiscer dans leur passé. Toute sa vie, Georgette a cherché à laisser les autres à distance, par pudeur, ou douleur, ou goût du secret, et à sauver son image – sa légende. Or Octavie a fouillé dans le peu de traces qui restaient d'elle, jusqu'à son secret le mieux gardé, sa honte la plus forte, qu'elle a découverte au dernier jour de son enquête.

Même sa grand-mère, Lucie, s'est révélée moins forte qu'elle l'avait pensé. Sa mère lui avait fait le portrait d'une femme puissante, et quand elle l'avait rencontrée, elle y avait cru. Lucie était seule, dans l'immense maison vide, tellement seule qu'elle avait publié une annonce pour avoir un peu de compagnie. Peut-être ne croyait-elle pas vraiment qu'elle allait pouvoir trouver des informations sur Georgette, peut-être n'était-ce qu'un prétexte pour parler à quelqu'un. Peut-être pensait-elle qu'elle ne reverrait jamais Solange, ni Aurélia.

Octavie lui a avoué qu'elle était sa petite-fille. Lucie a affirmé qu'elle s'en doutait. Dès le jour où elle était arrivée, au milieu de la tempête, elle avait deviné qui elle était.

— Comment ?

— Tu ne m'as jamais demandé si j'avais des enfants. Et puis ce n'est pas comme si on ne se ressemblait pas.

Les cartes, qui ne mentent jamais, lui avaient dit que Solange attendait une deuxième fille juste avant qu'elle s'en aille, il y a vingt ans. Lucie a pris un air entendu, et elle a souri : elle savait bien qu'un jour une fille débarquerait.

Est-ce qu'elle cherchait à alimenter sa légende ?

Il appartient à Octavie qu'elle ne finisse pas seule, comme Georgette ou Calamity Jane.

Solange, la plus mystérieuse de toutes, a dû grandir au milieu de tous ces silences, mais elle a fini par vivre dans la plus grande liberté, celle d'aimer, et elle l'a transmise à ses filles, ainsi que la liberté de s'inventer, celle de faire des projets, dans un monde qui n'est pas toujours prêt à leur faire une place. Celle de faire un enfant ou pas, ou *tard*. Celle de ne pas respecter les normes, mais au contraire, de s'en méfier.

Celle de fabriquer sa propre liberté, d'être un esprit et un corps libres, soumis à personne d'autre qu'elles-mêmes.

Octavie avait l'impression de mieux comprendre Solange, Lucie et Georgette, mais aussi de fouiller leur intimité et de trahir leurs secrets. Pire que tout, dissiper leur mystère lui semblait amoindrir leur force, réduire leur liberté, leur rogner, une fois de plus, les ailes.

On avait beau s'inventer une légende, quelqu'un pouvait toujours la déconstruire, vous réenfermer dans un récit linéaire, étriqué, quatre générations plus tard, grâce aux nouveaux outils technologiques.

Georgette versus Internet : c'était le réseau, tentaculaire, moderne, implacable, qui gagnait.

Pourtant, elle ne pouvait plus s'arrêter de chercher parce qu'il lui semblait qu'elle n'avait pas tout trouvé sur Georgette. Elle avait laissé tomber les Beaux-Arts, elle verrait plus tard. Elle était tout entière dans le mystère Georgette. Il lui fallait avoir l'histoire complète.

Pour dénicher quelques détails de plus sur les brutalités qu'Abraham et Georgette avaient vécues, elle était allée aux archives, et c'est là qu'elle avait trouvé une lettre signée de sa main.

« Cléguérec, le 31 août 1945,

Monsieur le Préfet,

Mon mari, Abram Mankiewicz, a disparu, ayant été déporté comme Israélite. Mes deux fils ont été mobilisés et l'un d'eux a disparu également. Je suis actuellement réfugiée et fais des démarches pour reprendre mon commerce de marchand forain que j'exerçais avant la guerre.

Je vous serais reconnaissante de bien vouloir donner les ordres nécessaires pour que je puisse avoir à nouveau le droit d'exercer.

Veuillez agréer, Monsieur le Préfet, l'assurance de mes salutations distinguées. »

Octavie avait relu cette page jaunie plusieurs fois, elle l'avait prise en photo avec son téléphone, mais les lettres ressortaient mal à l'image, en particulier le M de « Mes deux fils » qui semblait un peu effacé. Elle avait repassé sur ses contours avec son crayon noir, mais cela ressemblait à présent à une lettre de faussaire. Elle s'était levée et elle avait demandé à l'archiviste de lui en faire une copie, pour avoir une preuve tangible, administrative, de ce qu'elle venait de découvrir.

Georgette avait « deux fils », dont un qui n'est pas revenu. Celui qui était là, en août 1945, c'était Serge. Qui était donc le deuxième ? Est-ce qu'elle voulait dire « *Ses* » deux fils, c'est-à-dire les deux fils d'Abraham ? Léon était en effet venu du Chili pour s'engager dans les Forces françaises libres pendant la Deuxième Guerre mondiale. Mais il était probablement resté en Afrique du Nord, où il s'était battu. En tant que juif, il n'avait pas pu prendre le risque de venir en zone occupée. Abraham n'avait revu aucun de ses trois premiers enfants avant de mourir.

Et Georgette n'aurait probablement jamais revendiqué un enfant de Rosa.

Alors qui était cet enfant ? Quel était cet ultime secret de Georgette ?

Octavie a cherché à nouveau sur Internet, dans les archives départementales, dans les recensements de 1901, 1906, 1911, 1921, 1926, 1931. Elle y a trouvé, bien rangés côte à côte, Zélie et Rose, Rachel, Palmyre, Georges, Mathurin, leurs adresses qui changent, leurs professions qui évoluent, puis Palmyre disparaît des lignes, Zélie aussi…

Nulle part, elle n'a trouvé de trace d'un premier enfant.

Pourtant, cette lettre est réelle. Il semble que son arrière-grand-mère ait eu un autre fils.

Son grand-père a eu deux demi-sœurs, et *deux* demi-frères.

Le cousin du Chili avait surpris Lucie par son coup de téléphone. Il ne savait pourtant qu'une partie de la vérité.

Octavie a eu l'impression d'entendre rire Georgette. Au moment où Internet semblait rafler la mise, elle lui faisait un dernier pied-de-nez. Elle lui a fait penser à l'expression de Calamity Jane près de sa tombe.

Alors Octavie a eu une intuition. Elle est rentrée aussi vite que possible au studio.

Elle savait ce qu'elle venait y chercher.

Elle a décroché la photo encadrée de Calamity. Celle où elle rit en cachant les dents qui lui manquent.

Elle a enlevé le verre qui la protégeait.

Derrière elle, là où elle croyait trouver la lettre *À n'ouvrir qu'après sa mort*, elle a trouvé une autre photo.

C'est celle d'un petit garçon, à côté d'une jeune femme, dans le jardin de l'isba. Au dos, quelques lettres écrites à la plume : *À ma toute petite, si grande amie Georgette, avec toute mon affection, Marguerite… et Marcel.* Fixés sur la pellicule, le garçonnet en culotte courte sourit en plissant les yeux face au soleil, la jeune femme aux cheveux mis en plis à côté de lui reste plus sérieuse. L'enfant a une dizaine d'années. Il est brun. La photo noir et blanc empêche de savoir s'il a les yeux bleu-gris.

Octavie a cherché un Marcel aux noms de Georgette (son nom de jeune fille et chacun des noms de ses deux premiers maris) dans les archives municipales, dans les archives militaires, aux archives nationales, en vain.

*À n'ouvrir qu'après ma mort.*

Tous avaient cru qu'il s'agissait d'un aveu d'infidélité ou de trahison, y compris Serge.

*Est-ce que c'était seulement mon père ?*

Puis un demi-frère et des demi-sœurs chiliens de Serge étaient apparus, et Octavie avait cru que l'enveloppe avait enfermé les secrets d'Abraham, sa judéité, ses enfants cachés.

Elle avait supposé que les secrets de Georgette correspondaient à la honte qu'elle avait ressentie aux différentes périodes de sa vie, une honte toujours due aux préjugés envers les femmes, envers l'Autre, et à la terreur mêlée de plaisir de s'éloigner de la norme.

Si les autres n'existaient pas, on ne saurait pas ce que c'est que la honte.

Georgette avait un dernier secret : elle a eu un premier enfant dont le nom n'est mentionné nulle part, dont elle n'a jamais dit le moindre mot, et qui est mort pendant la Deuxième Guerre mondiale, sans laisser aucune trace.

Elle a emporté ce dernier secret avec elle.

Ce mystère-là, ni Internet, ni Octavie n'ont pu le percer à jour. À l'image de son modèle, Calamity Jane, elle s'est construit une légende et elle a réussi à taire ce qu'elle voulait voir rester caché. Elle a gagné.

*Si la légende devient la réalité, imprimez la légende.*

Elle imagine Georgette scruter la photo, regarder l'enfant qui lui sourit en serrant la main de Marguerite dans le jardin noir et blanc de l'isba. Elle revoit cet après-midi d'été où l'enfant est venu les voir avec son amie de toujours. Abraham était là, ils avaient déjeuné à la grande table d'artiste au milieu du jardin. Où était Serge ? Était-il trop petit pour comprendre qu'il avait un demi-frère, né avant lui ?

Ce qui est certain, c'est que Georgette a détruit toute trace de son premier fils, sauf cette photo. C'est tout ce qui restait de lui, la seule exception qu'elle s'est autorisée dans le secret. Chaque fois qu'elle a été tentée de la déchirer ou de la brûler, elle n'y est pas parvenue. Même l'incendie de l'isba ne l'a pas consumée. Pendant tout ce temps, elle était protégée par Calamity Jane.

Il est impossible que cet enfant soit d'Abraham : il l'aurait reconnu, comme Serge, avant ou après leur mariage. Il est donc né avant 1915. Octavie perd la trace de Georgette à partir de la mort de sa mère en 1904, et jusqu'à son mariage avec Vincent en 1910. Georgette est adolescente. Soit elle a eu un enfant illégitime, soit Vincent n'a pas voulu le reconnaître. Ou ils l'ont abandonné, faute de moyens, lorsqu'il a fait faillite, et alors qu'il interdisait à Georgette de travailler.

Ce qui expliquerait pourquoi Vincent était une *vraie saloperie.*

Elle l'a confié à Marguerite, qui l'a élevé comme le sien.

Georgette soutenait que l'important n'était pas de savoir si Calamity Jane avait vraiment écrit les lettres à sa fille, puisque, de toute façon, elle avait inventé la moitié de sa vie. Elle disait aussi que la vérité, c'est la solitude qu'on sent dans ces lettres, le désespoir de l'abandon, la souffrance du remords.

Si Jean McCormick avait créé les lettres de toutes pièces, c'est qu'elle devait avoir tellement envie que sa mère véritable l'ait aimée et qu'elle ait regretté de l'avoir abandonnée, qu'elle avait écrit elle-même les lettres qu'elle aurait voulu recevoir. L'imagination, et l'écriture, avaient probablement adouci son chagrin.

Quel qu'en soit l'auteur, ce qui restait, c'était l'absence de mère, ou de fille, qui, elle, était réelle dans les lettres.

Elle pensait probablement, alors, à celles qu'elle avait écrites à son fils, Serge, prisonnier en Allemagne chaque jour des cinq années de la Deuxième Guerre mondiale, sans savoir s'il les recevait – mais aussi à celles qu'elle a écrites, toute sa vie, à ce premier fils qu'elle n'a pas pu élever.

Pourquoi Georgette a-t-elle menti ?

Probablement à cause de la honte, qui a empoisonné la vie des femmes tout au long de ce siècle.

Peut-être aussi a-t-elle voulu taire sa douleur, embellir les choses, imprimer sa légende.

Georgette a commis des petits et des grands mensonges.

Calamity Jane n'est jamais venue à Lorient. Elle ne faisait pas partie de la troupe de Buffalo Bill, et n'a joué qu'une fois dans son spectacle, aux États-Unis, où l'arrière-grand-mère d'Octavie n'a jamais mis les pieds. La femme qu'elle a vue le soir du spectacle gigantesque était probablement quelqu'un d'autre.

L'essentiel, c'est que Georgette, la Calamity Jane d'Octavie, l'ait imaginée, et, qu'elle puisse de son côté, en digne fille de liseuse, de conteuse, de menteuse, s'arranger avec la vérité.

Les femmes de cette famille ont eu des destins à la fois quotidiens et épiques. Elles se sont identifiées non pas à des mères parfaites et honnêtes, comme c'était le plus souvent le cas à l'époque, mais à des aventurières qui mentaient comme des arracheuses de dents. À force de leur imposer le silence, elles sont devenues expertes dans l'art de garder un secret. Ces femmes gigognes disent quelque chose de l'existence corsetée des femmes et du goût de l'imaginaire, seul capable de les sauver. Raconter leur histoire, leur part de mensonge, de vérité, et de réinvention, c'est faire un éloge du mensonge, parce qu'il rend la vie plus belle, et que parfois, il la sauve de l'oubli. C'est revendiquer l'hybride, qui passe par toutes les nuances et refuse une réalité qui serait noire ou blanche, parce que le monde n'est pas binaire. C'est espérer qu'on ne revienne pas en arrière dans leurs avancées, mais au contraire qu'on arrive à aller un cran plus loin : une société où le destin de chacun ne serait, enfin, plus dicté par le fait d'être un homme ou une femme.

C'est ériger la fiction en reine, parce qu'elle permet à chacun de faire le récit de sa vie.

Solange, Lucie, Georgette ont appris à Octavie à refuser les étiquettes. Mâle, femelle, fiction, réel, juif, non-juif, noir, blanc, sont sans doute des catégories bien commodes. Ce sont aussi de plus grands mensonges que leurs petits arrangements avec la vérité.

Car mâle ou femelle, juif ou non-juif, noir ou blanc sont des constructions – des fictions.

Ils ne sont plus que quatre à se souvenir de Georgette, peut-être une poignée de plus à connaître Lucie. Il est temps qu'Octavie les rassemble autour d'elle, qu'elle organise des retrouvailles.

Leur vie tiendra en une poignée de lignes dans des archives dématérialisées. Internet ne gardera bientôt plus trace de leur passage sur terre, et peu de gens sauront à quel point elles ont marqué le monde, sans bruit, à quel point elles ont permis aux filles, toutes les filles, de devenir ce qu'elles sont.

Sans les mauvaises filles, les époques n'avancent pas. Ce sont des pionnières, nécessaires à la marche du monde.

Il faut savoir lâcher les chiens.

La plupart de leurs meubles sont dispersés, ainsi que les verres gravés et les nappes ouvragées, les draps de lin, les miroirs Art nouveau, le chandelier à sept branches qui aurait dû leur mettre la puce à l'oreille, les bijoux de pacotille, les gants de dentelle ouvragée et les robes plus ou moins courtes, plus ou moins colorées selon l'époque où elles ont été portées. Certains ont disparu dans l'incendie, d'autres ont traîné dans une brocante ou circulé dans des magasins où ils ont été revendus. Ils ne garderont aucune trace de leur passage. Le noyer a été abattu depuis longtemps, les lilas ont été taillés, et là où s'élevait autrefois une escargotière, les rosiers sont devenus des arbres. Le temps efface tout. Leurs quatre-vingt-huit ou cent six ans sur terre seront pareillement gommés comme une méprise. Un battement de cils et il n'y aura plus rien.

Il reste trois objets à Octavie. Tous ont été les témoins de relations familiales fracassées à cause des guerres et de ceux qui les ont provoquées.

Une machine à coudre, dont Octavie ne veut pas se séparer, même si elle est noire comme le charbon et ne peut probablement plus servir à rien, d'autant plus qu'elles ne savent pas coudre, ni sa mère, ni sa sœur, ni elle. La Singer est un fil qui les relie à Zélie.

Un violon, qui a traversé la moitié de l'Europe, survécu à deux guerres mondiales et voyagé à travers trois siècles pour venir jusqu'à elles, et sur lequel Octavie aime poser ses doigts, tant d'années après ceux d'Abraham et de Serge, même si elle n'en joue pas.

Et surtout, un livre, qui est la Bible des femmes de sa famille, un petit livre de quelques dizaines de pages sur la couverture duquel trône une cow-boy à l'air aussi fier et détaché que sa mère sur la photo que son père a prise il y a si longtemps.

Un livre qui est peut-être cousu de mensonges mais dont chaque page, patinée, écornée, porte en elle, plus que le texte qui y est inscrit, le regard de chacune des femmes qui ont le plus compté dans sa vie et qui sont, chacune à sa manière, des Calamity Jane.

Elles lui lèguent ces trois objets, le goût des livres, et un horizon vers lequel galoper.

## DU MÊME AUTEUR

LES TRACES, Grasset, 2004.
UNE SECONDE DE PLUS, Grasset, 2006.
LES MILLE-VIES, Seuil, 2008.
SAMBA POUR LA FRANCE, Seuil, 2011.
VOIR DU PAYS, Grasset, 2013.
UNE FILLE DANS LA JUNGLE, Grasset, 2017.

Cet ouvrage a été imprimé
par CPI Firmin-Didot au Mesnil-sur-l'Estrée
pour le compte des Éditions Grasset
en mai 2021.

*Mise en pages*
*PCA 44400 Rezé*

N° d'impression : 164221
*Imprimé en France*